LE CARDINAL DU KREMLIN

Du même auteur
aux Éditions Albin Michel

OCTOBRE ROUGE

TEMPÊTE ROUGE

JEUX DE GUERRE

TOM CLANCY

LE CARDINAL DU KREMLIN

ROMAN

Traduit de l'anglais par France-Marie Watkins

Albin Michel

Édition originale américaine
THE CARDINAL OF THE KREMLIN

G. B. Putnam's Sons, New York

Photos par SPOT satellite :

Carte reproduite avec l'autorisation
de Space Media Network Stockholm,
et dessinée par Lisa Amoroso.

Traduction française

22, rue Huyghens, 75014 Paris

ISBN 2-226-03674-1

Pour le Colonel et Mrs F. Carter Cobb

... L'amour n'est pas l'amour,
Qui change avec les changements,
Ou tend à s'éloigner avec qui s'éloigne,
Oh non ! C'est un amer éternellement fixe
Affrontant les tempêtes sans jamais s'ébranler...

WILLIAM SHAKESPEARE

Les opérations des espions, saboteurs et agents secrets sont généralement jugées hors du domaine des lois nationales et internationales. Elles sont par conséquent un anathème à toutes les règles de conduite acceptées. Néanmoins, l'histoire démontre qu'aucune nation ne se dérobera à de telles activités si elles servent ses intérêts vitaux.

Maréchal MONTGOMERY

La différence entre un homme bon et un homme mauvais est le choix de sa cause.

WILLIAM JAMES

PROLOGUE

Anciennes, nouvelles, éternelles menaces

On l'appelait l'Archer. C'était un titre honorable, même si ses compatriotes avaient depuis un siècle renoncé à leurs arcs, dès qu'ils avaient appris en fait l'existence des armes à feu. Le nom reflétait en partie la nature éternelle de la lutte. Le premier des envahisseurs occidentaux — car c'était ainsi qu'il les considérait — avait été Alexandre le Grand, et d'autres avaient suivi. Finalement, tous avaient échoué. Les hommes des tribus afghanes prenaient leur foi islamique pour *la* raison de leur résistance mais leur courage obstiné faisait autant partie de leur héritage que leur regard sombre et impitoyable.

L'Archer était un homme jeune, mais c'était aussi un vieil homme. Lorsqu'il avait à la fois le désir et l'occasion de se baigner dans un torrent de montagne, tout le monde pouvait voir les muscles de son corps de trente ans, qui avaient l'air si jeunes. C'étaient les muscles lisses d'un homme pour qui une ascension de trois cents mètres sur des rochers déchiquetés était au fond aussi ordinaire qu'un petit tour jusqu'à la boîte aux lettres.

Mais ses yeux étaient vieux. Les Afghans sont un beau peuple dont les traits réguliers et la peau claire souffrent vite du vent, du soleil et de la poussière, qui trop souvent les vieillissent prématurément. Chez l'Archer, les dégâts n'avaient pas été commis par le vent. Professeur de mathématiques, encore trois ans plus tôt, diplômé d'université dans un pays où la majorité des gens estimaient suffisant de savoir lire le Coran, il s'était marié jeune, selon la coutume de son pays, et avait eu deux enfants. Mais sa femme et sa fille étaient mortes, tuées par des roquettes tirées d'un chasseur Sukhoï-24. Son fils avait disparu. Enlevé. Après que l'aviation russe avait rasé le village de la famille de sa femme, l'infanterie était venue pour tuer les adultes survivants et rafler tous les orphelins afin de les expédier en Union soviétique, où ils seraient éduqués et dressés à d'autres coutumes. Tout cela parce que sa femme avait voulu que sa mère voie ses petits-enfants avant de mourir, se souvenait l'Archer ; tout cela parce qu'on avait tiré sur une patrouille soviétique à quelques kilomètres du village. Le jour où il avait appris cela — une semaine après l'événement —, le professeur d'algèbre et de géométrie avait soigneusement empilé ses livres sur son bureau et il était parti à pied vers la petite bourgade de Ghazni, dans la montagne. Huit jours plus tard, il était revenu dans sa ville en pleine nuit, avec trois autres hommes, et avait prouvé qu'il était digne de son héritage en tuant trois soldats russes et en s'emparant de leurs armes. Il portait encore avec lui cette première Kalachnikov.

Mais ce n'était pas pour cela qu'on l'appelait l'Archer. Le chef de la petite bande de *moudjahiddin* — un nom signifiant « combattants de la liberté » — était un meneur perspicace ; il n'avait pas méprisé cette nouvelle recrue qui avait passé sa jeunesse dans des salles de classe à étudier les manières étrangères. Pas plus qu'il n'avait reproché au jeune homme son manque de foi initial. Quand le professeur était arrivé dans le groupe, il n'avait qu'une connaissance rudimentaire de l'islam et le chef se rappelait des larmes amères qui coulaient des yeux du jeune homme alors que leur imam lui apprenait la volonté d'Allah. En un mois, il était devenu le plus impitoyable — et le plus compétent — de la bande, manifestement une expression directe des propres desseins de Dieu. Et c'était lui que le chef avait choisi pour l'envoyer au Pakistan, où il mettrait à profit ses connaissances de la science et des nombres pour apprendre l'utilisation des missiles sol-air. Les premiers SAM qui avaient équipé les *moudjahiddin*, remis par un homme sérieux et discret de l'*Amerikastan*, étaient les propres SA-7 des Soviétiques, que les Russes appelaient *strela*, flèche. Ce premier SAM portable n'était pas extrêmement efficace, à moins d'être utilisé avec une grande adresse. Rares étaient ceux qui la possédaient. Parmi ceux-là, le prof de maths était le meilleur et, c'est à cause de cette adresse avec les « flèches » soviétiques que le groupe le surnomma l'Archer.

En ce moment il attendait, avec un nouveau missile, américain celui-là, du nom de Stinger ; mais à présent, tous les missiles sol-air du groupe — et même de toute la région — n'étaient plus pour tout le monde que de simples « flèches ». Il était couché sur l'arête vive d'une crête, à cent mètres au-dessous du sommet de la montagne, d'où il pouvait observer toute la longueur de la vallée glaciaire. Il avait à côté de lui son guetteur Abdoul, le bien nommé puisque ce prénom veut dire « serviteur » et que l'adolescent portait en effet deux projectiles supplémentaires pour son lance-missiles et avait, ce qui était plus important, des yeux de faucon. Des yeux brûlants. Il était orphelin.

Les yeux de l'Archer fouillaient le terrain montagneux, en particulier les crêtes, avec une expression évoquant un millénaire de combat. Un homme sérieux, l'Archer. Bien qu'il fût assez amical, on le voyait rarement sourire ; un remariage ne l'intéressait pas, il ne songeait même pas à unir son chagrin à celui d'une veuve récente. Il n'y avait place dans sa vie que pour une seule passion.

— Là ! dit Abdoul en tendant le bras.

— Je vois.

La bataille dans le fond de la vallée — une des nombreuses de cette journée — durait depuis une demi-heure, probablement le temps pour les soldats soviétiques de recevoir le soutien de leur base d'hélicoptères à vingt kilomètres de là, au-delà de la chaîne de montagnes. Le soleil se refléta brièvement sur la bulle du Mi-24, juste assez pour qu'ils le voient raser les sommets, à quinze kilomètres. Plus haut et hors de portée un Antonov-26, un bimoteur de transport, décrivait des cercles. Il transportait du matériel d'observation et des radios pour coordonner l'action à terre et dans les airs. Mais les yeux de l'Archer ne suivaient que le Mi-24, un hélicoptère d'assaut Hind, chargé de roquettes et d'obus, et qui en ce moment même recevait des informations de l'appareil de commandement qui le survolait.

Le Stinger avait été une rude surprise pour les Russes : ils cherchaient comment faire face à cette nouvelle menace en changeant leur tactique aérienne chaque jour. La vallée était profonde mais plus étroite que la normale. Pour que le pilote atteigne l'Archer et ses camarades guérilleros, il devait descendre tout droit le long de cette espèce d'avenue rocheuse. Il devait rester en altitude, à mille mètres au moins au-dessus du fond rocailleux, de peur qu'un groupe « Stinger » soit là, en bas, avec les hommes armés. L'Archer regarda l'hélicoptère zigzaguer dans son vol : le pilote observait le terrain et choisissait sa route. Comme il fallait s'y attendre, il s'approcha sous le vent pour retarder de quelques secondes, peut-être cruciales, la perception du bruit de son rotor. Il savait que la radio de l'appareil de transport, qui décrivait ses cercles, était réglée sur les fréquences utilisées par les *moudjahiddin*, pour que les Russes puissent détecter le moindre indice de leur proximité et aussi, bien sûr, une indication de l'endroit où pourrait se trouver le lance-missiles. Abdoul avait bien une radio, en effet, mais éteinte et rangée dans les replis de ses vêtements.

Lentement, l'Archer leva le lance-missiles et braqua son viseur à double élément sur l'hélicoptère. Son pouce glissa sur le côté et descendit sur le bouton d'activation ; il colla sa joue contre la barre de transmission. Il fut aussitôt récompensé par le sifflement aigu de l'unité de recherche de l'arme. Le pilote avait terminé son observation et pris sa décision. Il descendit de l'autre côté de la vallée, hors de portée de tout missile, pour son premier assaut. Le nez du Hind était abaissé et le canonnier, assis devant le pilote mais un peu au-dessous de lui, visa le secteur où se trouvaient les combattants. De la fumée apparut dans le fond de la vallée. Les Soviétiques employaient des obus de mortier pour indiquer la position de ceux qui les harcelaient ; l'hélicoptère vira légèrement de bord. Il était presque temps. Des flammes jaillirent des tubes de lancement de l'appareil et la première salve fila vers le sol.

Soudain, une autre traînée de fumée *monta*. L'hélicoptère fit une embardée sur la gauche alors que la fumée s'élevait vers le ciel, assez loin de son objectif mais indiquant nettement un danger sur l'avant ; ce fut du moins ce que pensa le pilote. Les mains de l'Archer se resserrèrent sur le lance-missiles. L'hélicoptère venait maintenant droit sur lui, grossissait et se dilatait autour du cercle interne de la visée. La portée était bonne. L'Archer pressa du pouce gauche le bouton avant, ce qui libéra le missile de sa « cage » et offrit à sa tête chercheuse à infrarouge son premier contact avec la chaleur irradiée des turbopropulseurs du Mi-24. Le son qu'il émettait se modifia. Le Stinger traquait à présent son objectif. Le pilote décida de frapper le secteur d'où le « missile » lui avait été lancé et vira encore un peu plus loin sur la gauche en tournant légèrement. Sans le savoir, il présenta son pot d'échappement à l'Archer, alors qu'il examinait les rochers d'où la roquette avait surgi.

Le missile annonçait maintenant par un sifflement strident qu'il était prêt mais l'Archer était patient. Il projeta son esprit dans celui de sa proie, il jugea que le pilote allait encore se rapprocher afin que son appareil soit idéalement placé pour abattre ces satanés Afghans. Et ce fut bien ce qu'il fit. Quand le Hind ne se trouva plus qu'à mille mètres, l'Archer respira profondément, suréleva la hausse et murmura une brève prière de vengeance. La détente fut presque pressée d'elle-même.

Le lance-missiles se cabra entre ses mains tandis que le Stinger décrivait un léger arc avant de retomber vers sa cible. L'Archer avait des yeux assez perçants pour le voir, bien que la traînée de fumée qui le suivait fût presque invisible. Le missile déploya ses ailerons de manœuvre qui bougèrent de quelques fractions de millimètre en obéissant aux ordres de son cerveau électronique, une micropuce pas plus grosse qu'un timbre-poste. Là-haut, à bord de l'An-26, un observateur distingua une minuscule bouffée de poussière et tendit la main vers un micro pour transmettre l'avertissement mais sa main avait à peine effleuré le plastique de l'instrument que le missile toucha un objectif.

Il pénétra directement dans un des moteurs de l'hélicoptère et explosa. L'appareil fut instantanément disloqué. La colonne de direction du rotor de queue était brisée et le Hind se mit à tournoyer violemment vers la gauche. Le pilote essaya de contrôler son appareil tout en cherchant désespérément un bout de terrain plat où atterrir pendant que son canonnier lançait par radio un appel au secours. Il mit au ralenti le moteur qui lui restait et déchargea son collectif pour contrôler la spirale, les yeux rivés sur un espace plat de la taille d'un court de tennis ; puis il coupa le contact et brancha le système d'extinction du bord. Comme tous les aviateurs, il craignait le feu par-dessus tout. Mais il allait bientôt comprendre son erreur.

L'Archer regarda le Mi-24 piquer du nez sur une corniche à cinq cents mètres au-dessous de son perchoir. Étonnamment, il ne prit pas feu mais fit plusieurs tonneaux, la queue par-dessus le nez, avant de s'immobiliser sur le flanc. L'Archer dévala la pente avec Abdoul sur ses talons. Ils ne mirent que cinq minutes.

Le pilote se débattait avec ses sangles, suspendu la tête en bas. Il souffrait mais il savait que seuls les vivants ressentent encore la douleur. Ce nouveau modèle d'hélicoptère avait des systèmes de sécurité améliorés. Grâce à eux et à sa propre habileté, il avait survécu à l'accident. Pas son canonnier, par contre. Devant lui, le malheureux était inerte, la nuque brisée, les mains pendantes. Le pilote ne pouvait rien pour lui. Son siège était faussé, la bulle avait éclaté et son armature métallique emprisonnait l'homme. Le verrou d'ouverture de secours était bloqué, la mise à feu de ses explosifs impossible. Il dégaina son pistolet de l'étui de son épaule et tira sur l'armature, montant par montant. Il se demanda si l'An-26 avait capté l'appel au secours, si l'hélicoptère de sauvetage de sa base avait déjà pris l'air. Sa radio de secours était dans une poche de son pantalon et il comptait s'en servir dès qu'il se serait extrait de son oiseau cassé. Il se mit les mains en lambeaux en s'efforçant d'arracher, de tordre le métal pour créer une issue. Tout en remerciant sa bonne étoile de ne pas avoir achevé sa vie dans un pilier de fumée noire, il se dégagea enfin de ses sangles et descendit sur le terrain rocailleux.

Sa jambe gauche était fracturée. Une esquille d'os avait traversé la combinaison de vol ; l'état de choc l'avait rendu insensible mais il fut horrifié en voyant la blessure. Il rengaina son pistolet vide et ramassa une barre de métal détachée pour lui servir de canne. Il ne pouvait pas rester là. Tant bien que mal, il clopina jusqu'à l'extrémité de la corniche et trouva un sentier. L'endroit se trouvait à trois kilomètres de forces amies. Il commençait à descendre quand il entendit quelque chose et se retourna. L'espoir se changea en horreur et le pilote comprit qu'une mort par le feu eût été préférable.

L'Archer bénit le nom d'Allah en tirant le couteau de son fourreau.

Il ne devait pas en rester grand-chose, pensa Ryan. La coque était intacte dans l'ensemble — superficiellement au moins — mais on distinguait la chirurgie rudimentaire des soudeurs aussi nettement que les sutures sur le monstre de Frankenstein. Une assez bonne comparaison, se dit-il. L'homme avait créé ces choses mais elles pouvaient aussi bien détruire leur créateur en l'espace d'une heure.

— Dieu, c'est ahurissant, comme ils paraissent gros de l'extérieur...

— Et si petits à l'intérieur ? demanda Marko.

Il y avait dans sa voix de la nostalgie, de la tristesse. Le capitaine Marko Ramius, de la Voyenno Morskoï Flot, avait amené récemment son propre bateau dans cette même cale sèche. Il n'était pas resté pour voir les techniciens de l'US Navy le disséquer comme un médecin légiste procède à une autopsie, retirer les missiles, les réacteurs, les sonars, les ordinateurs du bord et le matériel de communication, les périscopes et même les réchauds de la cuisine, pour les analyser dans des bases disséminées dans tous les États-Unis. Son absence avait été volontaire. La haine de Ramius pour le système soviétique ne s'étendait pas aux bateaux que construisait ce système. Il avait bien commandé celui-là, et *Octobre rouge* lui avait sauvé la vie.

Et celle de Ryan. Jack tâta la fine cicatrice sur son front et se demanda si on avait jamais nettoyé son sang sur la console du timonier.

— Je m'étonne que vous n'ayez pas voulu l'emmener au large.

— Non, répondit Marko en secouant la tête. Je veux simplement lui dire adieu. C'était un bon bateau.

— Assez bon, reconnut Jack.

Il regarda le trou à demi réparé qu'avait fait à bâbord la torpille de l'Alfa et secoua la tête à son tour. *Assez bon pour me sauver quand cette torpille a frappé.* Les deux hommes regardaient en silence, à l'écart des matelots et des marines qui surveillaient le secteur depuis le mois de décembre précédent.

La cale sèche se remplissait, à présent ; l'eau sale de la rivière Elizabeth se précipitait dans le caisson de béton. Ce soir, on allait lui faire prendre la mer. Six sous-marins américains d'assaut rapide étaient en ce moment même en train de « stériliser » l'océan à l'est de la base navale de Norfolk, en principe pour des manœuvres comportant aussi des navires de surface. Il était neuf heures, d'une nuit sans lune. L'inondation de la cale sèche durerait une heure. Un équipage de trente hommes était déjà à bord. Ils mettraient en marche les moteurs diesel et l'emmèneraient pour son second et dernier voyage vers la profonde fosse océane au nord de Porto Rico, où il serait sabordé par sept mille six cents mètres de fond.

Ryan et Ramius regardèrent l'eau recouvrir les cales de bois soutenant la coque et mouiller la quille du sous-marin pour la première fois depuis près d'un an. L'eau montait plus vite, maintenant, glissait sur les marques peintes à l'avant et à l'arrière. Sur le pont du submersible une poignée de marins en gilet de sauvetage orangé allaient et venaient et s'apprêtaient à larguer les quatorze solides amarres qui le maintenaient droit.

Le bateau lui-même était silencieux. *Octobre rouge* ne donnait aucune indication d'accueil favorable de l'eau. Peut-être savait-il quel sort l'attendait, pensa Ryan. C'était une idée stupide, mais il savait aussi que depuis des millénaires les marins avaient toujours attribué une personnalité aux bateaux qu'ils servaient.

Finalement, il commença à bouger. L'eau souleva la coque de ses cales. Il y eut une suite de bruits sourds, plus ressentis qu'entendus, quand elle s'en détacha très lentement, se balançant de quelques centimètres à peine.

Quelques minutes plus tard, le moteur diesel gronda et les matelots, sur le pont et sur le quai, commencèrent à larguer les amarres. En même temps, la toile recouvrant l'extrémité extérieure de la cale sèche fut abattue et tout le monde vit le brouillard qui planait sur l'eau, au-dehors. Des conditions parfaites pour l'opération. Elles devaient l'être, la Marine attendait cela depuis six semaines : une nuit sans lune et l'épais brouillard saisonnier, qui était la plaie de la baie de Chesapeake à cette époque de l'année. Quand la dernière amarre fut larguée, un officier, sur la passerelle du sous-marin, porta une trompe à ses lèvres et souffla un seul coup.

— Paré à appareiller ! cria-t-il et, à l'avant, les marins mirent pavillon bas et déposèrent la hampe. Ryan remarqua pour la première fois qu'il s'agissait du pavillon soviétique. L'attention lui plut. À l'arrière, un autre matelot fit monter celui de la marine soviétique, son étoile rouge vif frappée du blason de la Flotte du Drapeau Rouge du Nord. L'US Navy, toujours soucieuse des traditions, saluait l'homme qui se tenait à côté de Ryan.

Ryan et Ramius regardèrent le sous-marin avancer de lui-même, ses deux hélices de bronze tournant à contresens pour le faire reculer dans le fleuve. Un des remorqueurs l'aida à virer cap au nord. Une minute plus tard, il avait disparu. Seul le sourd grondement étouffé de son diesel se faisait encore entendre sur les eaux huileuses du chantier naval.

Marko se moucha une fois et battit plusieurs fois des paupières. Quand il se détourna de l'eau, il parla d'une voix pleine de fermeté :

— Ainsi, Ryan, on vous a fait venir par avion d'Angleterre pour ça ?

— Non, je suis revenu il y a quelques semaines. Nouveau travail.

— Mais quel est ce travail ? demanda Marko.

— Contrôle des armements. On veut que je coordonne le côté renseignements, pour l'équipe de négociation. Nous devons aller là-bas en janvier.

— À Moscou ?

— Oui. C'est une réunion préliminaire, pour décider du calendrier et veiller à des trucs techniques, ce genre de choses. Et vous ?

— Je travaille aux Bahamas. Beaucoup de soleil et de sable. Vous voyez comme je suis bronzé ? dit Ramius avec un grand sourire. Je viens à Washington tous les deux, trois mois. Je retourne là-bas en cinq heures. Nous travaillons sur un nouveau projet, un projet plutôt apaisant. (Il sourit encore.) C'est secret.

— Ah, très bien ! Mais je voudrais vraiment vous avoir à la maison. Je vous dois encore un dîner, dit Jack en donnant une carte. Voici mon numéro. Appelez-moi quelques jours avant d'arriver et j'arrangerai les choses avec l'Agence.

Ramius et ses officiers étaient soumis à un régime de protection très sévère par les agents de la sécurité de la CIA. Le plus ahurissant, pensait Jack, c'était qu'il n'y avait jamais eu de fuites. Pas un média n'avait eu vent de l'affaire et si la sécurité était réellement si strictement appliquée, les Russes ignoraient aussi, probablement, le sort de leur sous-marin lance-missiles *Krazny Oktyabr*. Il devait être en train de virer vers l'est, en ce moment, pensa Jack, pour passer au-dessus du tunnel de Hampton Roads. Dans une heure environ, il se mettrait en plongée et naviguerait vers le sud-est. Il soupira.

La tristesse de Ryan quant au destin du sous-marin s'effaçait un peu lorsqu'il pensait à la raison pour laquelle il avait été construit. Il se rappela sa propre réaction, dans la salle des missiles du bâtiment l'année précédente, la première fois qu'il avait été si près de ces épouvantables projectiles. Jack acceptait que les armes nucléaires soient des garantes de paix — si l'on pouvait qualifier de paix l'état actuel du monde — mais comme la plupart de ceux qui réfléchissaient à ce sujet, il rêvait d'une meilleure solution. Enfin, se dit-il, c'était un sous-marin de moins, vingt-six missiles de moins, cent quatre-vingt-deux ogives nucléaires de moins. Statistiquement, cela ne comptait guère.

Mais c'était tout de même quelque chose.

À plus de quinze mille kilomètres de là et à deux mille cinq cents mètres d'altitude, le problème était plutôt un temps vraiment pas de saison. Le lieu : la république socialiste soviétique du Tadjik où le vent soufflait du sud, encore chargé de l'humidité de l'océan Indien qui retombait en crachin désespérément froid. Bientôt, ce serait le véritable hiver, qui arrivait toujours de bonne heure, ici, en général sur les talons de l'été éclatant et sans air, et alors tout ce qui viendrait du ciel serait blanc et glacial.

Les ouvriers étaient en majorité de jeunes membres enthousiastes du Komsomol. On les avait fait venir pour aider à achever la construction d'un projet qui avait commencé en 1983. L'un d'eux, candidat à une maîtrise de physique à l'université d'État de Moscou, frotta la pluie sur ses yeux et étira son dos ankylosé. Ce n'était pas une façon d'employer un jeune ingénieur plein de promesses, pensait Morozov. Au lieu de jouer avec cet instrument d'arpenteur, il pourrait construire des lasers dans son laboratoire ; mais il tenait à être membre à part entière du parti communiste d'Union soviétique et il tenait encore plus à éviter le service militaire. La combinaison de son sursis d'étudiant et de son travail au Komsomol l'aiderait puissamment dans son projet.

— Alors ?

Morozov se retourna et vit un des ingénieurs du site. Un ingénieur civil, qui se présentait lui-même comme un homme qui connaissait bien le béton.

— J'observe que la position est correcte, camarade ingénieur.

Le plus âgé se baissa pour regarder par l'objectif de l'appareil.

— Oui, je suis d'accord. Et c'est le dernier, louons les dieux.

Tous deux sursautèrent au bruit d'une lointaine explosion. Un détachement du génie de l'Armée rouge éliminait encore un éperon rocheux à l'extérieur du périmètre clôturé. Pas la peine d'être un soldat pour comprendre ce que tout cela veut dire, pensa Morozov.

— Tu es doué pour les instruments d'optique. Tu deviendras peut-être un jour ingénieur civil, toi aussi, hein ? Pour construire des choses utiles à l'État ?

— Non, camarade. J'étudie la physique de haute énergie, principalement les lasers. *Qui sont bien utilisés aussi.*

L'homme grogna et secoua la tête.

— Alors tu pourrais revenir travailler ici, que Dieu te garde.

— Est-ce que c'est...

— Je ne t'ai jamais rien dit, déclara l'ingénieur avec une petite nuance de fermeté dans la voix.

— Je comprends, murmura Morozov. Je le soupçonnais un peu.

— Si j'étais toi, je ferais attention avant d'exprimer ces soupçons, répliqua l'autre en feignant de regarder ailleurs.

— Ce doit être un bon endroit pour observer les étoiles, dit le jeune homme en espérant une bonne réaction.

— Je n'en sais rien, marmonna l'ingénieur civil avec un petit sourire entendu. Je n'ai jamais rencontré d'astronome.

Morozov sourit à part lui. Il avait donc bien deviné. Ils venaient de calculer la position des six points où seraient installés des miroirs. Ils étaient équidistants d'un point central situé dans un bâtiment gardé par des hommes armés. Une telle précision, il le savait, ne pouvait avoir que deux applications. La première était l'astronomie, qui captait la lumière descendant du ciel. L'autre concernait une autre lumière, qui montait. Le jeune ingénieur se dit que c'était là qu'il voulait venir. Cet endroit risquait de changer le monde.

1

La réception du Parti

Des affaires se traitaient. Toutes sortes d'affaires. Tout le monde le savait. Tout le monde, là, en faisait partie. Tout le monde, là, en avait besoin. Et pourtant tout le monde, là, était d'une façon ou d'une autre voué à y mettre fin. Pour toutes les personnes présentes dans la salle Saint-Georges de l'immense palais du Kremlin, le dualisme était un aspect normal de la vie.

Les participants étaient principalement des Russes et des Américains, divisés en quatre groupes.

D'abord les diplomates et les hommes politiques. On les remarquait assez facilement, à leur habillement au-dessus de la moyenne et à leur posture bien droite, à leurs sourires de robots, à leur diction précise — et qui le restait malgré les nombreux verres d'alcool. Ils étaient les maîtres, ils le savaient et leur attitude d'ailleurs le proclamait.

Ensuite, les soldats. On ne pouvait ouvrir des négociations sur l'armement sans les hommes responsables de l'armement, qui entretenaient les armes, les essayaient, les chouchoutaient, tout en se disant que les hommes politiques qui contrôlaient les *hommes* ne donneraient jamais l'ordre de lancement. Avec leurs uniformes, les militaires formaient de petits groupes homogènes selon la nationalité ou l'arme, chacun serrant dans sa main un verre à demi plein et une serviette tout en observant la salle d'un œil froid, indéchiffrable, comme s'ils cherchaient une menace sur le champ de bataille inconnu. Car c'était précisément ce que c'était pour eux, cette salle, un champ de bataille étrange sans effusion de sang, comme un prélude aux vrais champs de bataille — si jamais leurs maîtres politiques perdaient le contrôle, perdaient leur sang-froid, perdaient la perspective, perdaient ce qui se tient dans un être qui essaie avant tout d'éviter le gaspillage inconsidéré de jeunes vies. Sans conteste, les militaires ne se fiaient à personne qu'à eux-mêmes, et dans certains cas, ils faisaient même plus confiance à leurs ennemis en uniformes de couleurs différentes qu'à leurs propres maîtres civils. On savait au moins ce que pensait un soldat. On ne pouvait pas toujours en dire autant des hommes politiques, même ceux de son propre bord. Ils causaient entre eux à mi-voix, en guettant constamment qui écoutait, en s'interrompant de temps en temps pour boire rapidement une gorgée accompagnée d'un nouveau coup d'œil dans la salle. Ils étaient les victimes mais aussi les prédateurs, les chiens, peut-être, tenus en laisse par ceux qui se croyaient les maîtres des événements.

Les soldats avaient aussi du mal à y croire.

Ensuite encore, les journalistes. Ceux-là aussi étaient faciles à distinguer à leurs vêtements, toujours fripés par les trop nombreux bagages faits et défaits, et ces valises de compagnie aérienne trop petites pour leur contenu. Il leur manquait le vernis des hommes politiques et les sourires fixes qu'ils remplaçaient par des regards d'enfants inquisiteurs et par un cynisme de débauchés. Ils tenaient généralement leur verre de la main gauche, avec un petit bloc-notes à la place de la serviette en papier, tandis que la main droite dissimulait à moitié un stylo. Ils circulaient comme des oiseaux de proie. L'un découvrait quelqu'un qui consentait à parler. D'autres les remarquaient et se précipitaient pour absorber eux aussi l'information. L'observateur le plus distrait pouvait juger de l'intérêt de cette information à la rapidité avec laquelle les journalistes partaient vers une autre source. À cet égard, les journalistes américains et des autres pays occidentaux se différenciaient de leurs homologues soviétiques, qui pour la plupart restaient tout près de leurs maîtres, tels les courtisans favoris d'un autre temps, tant pour prouver leur loyauté au Parti que pour servir de boucliers contre leurs confrères. Mais tous formaient bien le public de cette représentation de théâtre en rond.

Il y avait enfin le quatrième groupe, les invisibles, ceux que l'on ne pouvait identifier d'aucune façon. Ceux-là étaient les espions, et les agents du contre-espionnage qui les traquaient. On pouvait les distinguer des agents de la sécurité, qui observaient tout le monde d'un air soupçonneux mais des bords de la salle. Ils étaient aussi invisibles que les serveurs qui circulaient avec de lourds plateaux de verres de cristal créés pour la Maison des Romanov, pleins de champagne ou de vodka. Certains de ces garçons appartenaient au contre-espionnage, bien sûr. Ceux-là devaient aller et venir dans la foule, tendant l'oreille à toute bribe de conversation, guettant peut-être une voix trop basse ou un mot qui ne convenait pas à l'ambiance de la soirée. Ce n'était pas une tâche facile. Dans un coin, un quatuor à cordes jouait de la musique de chambre que personne n'écoutait, mais cela aussi faisait partie de toute réception diplomatique et son absence eût été remarquée. Il y avait enfin le brouhaha général. Plus de cent personnes étaient réunies là et chacune parlait au moins une minute sur deux. Celles qui se trouvaient près des musiciens devaient parler plus fort. Et tout cela était contenu dans une salle de bal de soixante mètres sur vingt, avec un parquet et des murs décorés de stuc, qui répercutaient les sons jusqu'à ce qu'ils atteignent un niveau qui aurait blessé les oreilles d'un jeune enfant. Les espions se servaient de leur invisibilité et de ce bruit pour devenir en quelque sorte les fantômes du festin.

Mais ils étaient bien là, les espions. Tout le monde le savait. N'importe qui, à Moscou, pouvait vous parler d'eux. Si jamais on fréquentait un Occidental plus ou moins régulièrement, il était prudent de le signaler. Si on en rencontrait un une fois seulement, et si un officier de police de la Milice de Moscou — ou un officier de l'Armée rouge se promenant avec sa serviette — passait par là, une tête se tournait, une note était prise. Peut-être par simple routine, peut-être pas. Les temps avaient changé depuis Staline, bien sûr, mais la Russie demeurait la Russie, et la méfiance à l'égard des étrangers et de leurs idées était bien plus ancienne que toute idéologie.

La plupart des invités de la réception y pensaient sans vraiment y penser, à l'exception de ceux, bien entendu, qui jouaient ce jeu particulier. Les diplomates et les hommes politiques étaient entraînés à surveiller leurs paroles et ne s'inquiétaient pas trop pour le moment. Pour les journalistes, c'était simplement amusant, c'était une fabuleuse partie qui ne les concernait pas trop, encore que chaque reporter occidental sût qu'il ou elle était considéré *ipso facto* par le gouvernement soviétique comme un agent des services secrets. Les soldats, surtout, y pensaient. Ils connaissaient l'importance du renseignement, ils en avaient besoin, ils le recherchaient, ils l'appréciaient à sa juste valeur... et ils méprisaient ceux qui étaient en train d'en récolter : ils les considéraient comme des bêtes gluantes.

Lesquels sont les espions ?

Il y avait évidemment une poignée de personnes qui n'entraient dans aucune catégorie aisément reconnaissable... ou qui pouvaient appartenir à plus d'une.

— Alors, comment trouvez-vous Moscou, professeur Ryan ? demanda un Russe.

Jack interrompit son examen d'une superbe pendule représentant saint Georges.

— Froid et noir, hélas, répondit-il après avoir bu une gorgée de champagne. Il faut dire que nous n'avons guère eu l'occasion de visiter.

Et ils ne l'auraient pas. Les Américains n'étaient en Union soviétique que depuis quatre jours et devaient reprendre l'avion le lendemain, à la conclusion de la session technique préludant la séance plénière.

— C'est vraiment dommage, dit Sergueï Golovko.

— Oui, reconnut Jack. Si toute votre architecture est aussi belle, j'aimerais beaucoup avoir quelques jours pour l'admirer. Les hommes qui ont construit ce palais avaient beaucoup de goût.

Il considéra d'un œil approbateur les murs blancs étincelants, le haut plafond en coupole, la feuille d'or. À vrai dire, il trouvait cela plutôt surchargé mais il savait que les Russes avaient tendance à surcharger beaucoup de choses. Pour les Russes, qui avaient rarement assez de quoi que ce soit, « avoir assez » signifiait avoir plus que le voisin, et même plus que n'importe qui. Ryan pensait que c'était là le symptôme d'un complexe d'infériorité national et il se souvint que les peuples qui se sentent inférieurs ont un désir pathologique de faire mentir leur propre perception. Ce facteur influençait d'ailleurs tous les aspects du processus de contrôle des armements, écartait même la simple logique comme base d'accord.

— Les Romanov décadents, reprit Golovko. Tout ceci a été fait de la sueur des paysans.

— Au moins, répliqua Ryan en riant, l'argent de leurs impôts aura servi en partie à créer quelque chose de beau, d'inoffensif et d'immortel. Si vous voulez mon avis, cela vaut infiniment mieux que d'acheter d'horribles armes qui ne valent plus rien au bout de dix ans. Tenez, voilà une idée, Sergueï. Nous allons réorienter notre rivalité politico-militaire vers la beauté, au lieu de la diriger vers les armes nucléaires.

— Vous êtes donc satisfait des progrès accomplis ?

Les affaires. Ryan fit un geste vague et continua d'examiner la salle.

— Je crois que nous nous sommes tous mis d'accord sur l'agenda. Ensuite, ces individus près de la cheminée auront à mettre au point les détails.

Il contemplait un des énormes lustres de cristal, en se demandant combien d'années de travail il avait coûté et s'il avait été vraiment drôle d'accrocher ainsi une chose qui devait peser autant qu'une petite voiture.

— Et vous êtes satisfait de la question de vérifiabilité ?

Confirmé, pensa Ryan avec un mince sourire. *Golovko est du GRU.* Les « moyens techniques nationaux », une expression désignant des satellites-espions et d'autres façons encore de garder un œil sur les pays étrangers, étaient principalement du ressort de la CIA, en Amérique, mais en URSS ils étaient du domaine du GRU, le service de renseignements militaire soviétique. Malgré l'accord provisoire de principe pour une inspection mutuelle des sites, le principal travail de vérification du respect des accords revenait à ces satellites-espions. Et ce devait être l'affaire de Golovko.

L'appartenance de Jack à la CIA n'était pas particulièrement secrète. Ce n'était pas vraiment nécessaire de la cacher, il n'était pas un homme de terrain. Sa présence dans le groupe de négociation était logique. Sa mission actuelle concernait la surveillance de certains systèmes d'armes stratégiques à l'intérieur de l'Union soviétique. Pour tout traité d'armement à signer, chaque camp devait d'abord surmonter sa propre paranoïa institutionnelle et veiller à ce qu'aucun méchant tour ne puisse lui être joué par l'adversaire. Jack conseillait le principal négociateur en ce sens — quand, se rappela-t-il, ledit négociateur voulait bien se donner la peine de l'écouter.

— La vérifiabilité, répondit-il après un temps, est une question extrêmement technique et difficile. Je ne suis pas tellement au courant. Que pense-t-on chez vous de notre proposition de limiter les systèmes basés au sol ?

— Nous nous appuyons plus que vous sur nos missiles

sol-air, expliqua Golovko, d'une voix plus réservée maintenant que l'on abordait le point essentiel de la position soviétique.

— Je ne comprends pas pourquoi vous n'accordez pas la même importance que nous aux sous-marins.

— Question de fiabilité, vous le savez bien.

— Allons donc ! Les sous-marins sont fiables !

Jack reprit son examen de la pendule. Elle était vraiment magnifique. Une espèce de paysan tendait une épée à un autre homme et semblait l'envoyer à la bataille. *Pas précisément une idée neuve*, se dit-il. *Un vieux con qui envoie un gosse se faire tuer.*

— Nous avons connu quelques incidents, j'ai le regret de l'avouer.

— Ah oui, ce Yankee qui a sombré au large des Bermudes.

— Et l'autre.

— Hein ?

Jack se retourna vers son interlocuteur ; il faisait un sérieux effort pour ne pas sourire.

— Je vous en prie, professeur Ryan, n'insultez pas mon intelligence. Vous connaissez aussi bien que moi l'histoire du *Krazny Oktyabr.*

— Comment dites-vous ? Ah oui, ce Typhon que vos gars ont perdu au large des Carolines. J'étais à Londres, à l'époque. Je n'ai jamais été tenu au courant.

— Je crois que les deux incidents illustrent le problème que nous, les Soviétiques, avons à affronter. Nous ne pouvons nous fier aussi aveuglément que vous à nos sous-marins lance-missiles.

— Hum, fit Ryan en contrôlant soigneusement son expression et en pensant : *Ne parlons pas de vos pilotes.*

Golovko se fit insistant.

— Puis-je me permettre de vous poser une question substantielle ?

— Certainement, à condition que vous n'attendiez pas de réponse susbtantielle, plaisanta Ryan.

— Est-ce que, chez vous, les milieux du renseignement feront des objections au projet de proposition de traité ?

— Voyons ! Comment voulez-vous que je le sache ? s'exclama Jack. Euh... Et les vôtres ?

— Nos organes de sécurité de l'État font ce qu'on leur ordonne, affirma Golovko.

Tiens donc, se dit Ryan.

— Chez nous, si le Président juge qu'un traité d'armement lui plaît et s'il pense pouvoir le faire approuver par le Sénat, peu importe ce que pensent la CIA ou le Pentagone...

— Mais votre complexe militaro-industriel...

— Dieu, vous aimez vraiment toujours cravacher ce même cheval, hein ? Vous devriez être plus avisé que ça.

Mais Golovko était un agent de renseignements *militaire,* se rappela Ryan à retardement, et pourrait bien ne pas être au courant de tout. Le fait que les Américains et les Soviétiques se méprenaient les uns sur les autres était amusant mais aussi suprêmement dangereux. Jack se demanda si les SR soviétiques essayaient de faire connaître la vérité, comme la CIA le faisait à présent, ou disaient simplement à leurs maîtres ce qu'ils voulaient entendre, comme la CIA l'avait fait trop souvent par le passé. Ils devaient adopter cette dernière technique. Les services secrets russes étaient sans aucun doute politisés, comme l'était autrefois la CIA. Une bonne chose en faveur du juge Moore, c'était le mal qu'il s'était donné pour y mettre fin. Mais le juge ne souhaitait pas particulièrement être président, ce qui le différenciait de ses homologues soviétiques. Un directeur du KGB était déjà arrivé au sommet et un autre au moins avait essayé de le faire. Cela faisait du KGB une entité politique et compromettait son objectivité. Jack soupira au-dessus de son verre. Les problèmes entre les deux nations ne seraient pas tous résolus si les idées fausses étaient abandonnées, mais au moins ils seraient plus faciles à aborder.

Peut-être, se dit Ryan en reconnaissant que cela pourrait bien être une panacée aussi fausse que les autres : elle n'avait jamais été employée, après tout.

— Puis-je vous faire une suggestion ?

— Certainement, répondit Golovko.

— Ne parlons plus boutique. Parlez-moi plutôt de cette salle pendant que je savoure ce champagne.

Ça nous fera gagner beaucoup de temps demain quand nous rédigerons, chacun de notre côté, nos rapports de contacts.

— Voudriez-vous que j'aille chercher un peu de vodka ?

— Non, merci, sincèrement, ce vin pétillant est excellent. C'est un produit local ?

— Oui, de Géorgie, annonça fièrement Golovko. Je le trouve meilleur que le français.

— Je ne demanderais pas mieux que d'en emporter quelques bouteilles chez nous.

Golovko rit, en une sorte de bref aboiement d'amusement et d'orgueil.

— J'y veillerai. Bon. Ce palais a été terminé en 1849, et il a coûté onze millions de roubles, une somme considérable à l'époque. C'est le dernier grand palais jamais construit, et, à mon avis, le plus beau...

Ryan n'était pas seul à visiter la salle, naturellement. La plupart des membres de la délégation américaine ne l'avaient encore jamais vue. Des Russes, que la réception assommait, les pilotaient. Plusieurs personnes de l'ambassade suivaient, pour veiller discrètement au grain.

— Alors, Micha, que pensez-vous des femmes américaines ? demanda le ministre de la Défense Yazov à son aide de camp.

— Celles qui croisent mon chemin ne manquent pas de séduction, camarade ministre, répondit le colonel.

— Mais si maigres ! Ah pardon, j'oubliais. Votre belle Élena était mince aussi. Quelle femme remarquable, Micha.

— Merci de vous souvenir, Dimitri Timofeyevitch.

— Bonsoir, colonel ! s'exclama en russe une des dames américaines.

— Ah oui... euh, Mrs...

— Foley. Nous nous sommes vus en novembre dernier au match de hockey.

— Vous connaissez cette dame ? demanda le ministre.

— Mon neveu, non, mon petit-neveu Mikhaïl, le petit-fils de la sœur d'Élena, joue au hockey en division cadets et j'ai été invité à une partie. Ils ont accepté un impérialiste dans l'équipe, répliqua le colonel en haussant un sourcil.

— Votre fils joue bien ? demanda le maréchal Yazov.

— Il est le troisième marqueur de la division, avoua Mrs. Foley.

— Bravo ! Alors vous devez rester dans notre pays et votre fils jouera pour l'Armée centrale, quand il sera grand, dit en riant Yazov qui était plusieurs fois grand-père. Que faites-vous ici ?

— Mon mari travaille à l'ambassade. Il est là-bas, qui sert de berger au troupeau de journalistes. J'avais très envie de venir ce soir. Je n'ai jamais rien vu de pareil, jamais de ma vie !

Ses yeux brillants dénonçaient l'absorption de plusieurs

verres d'une boisson alcoolisée quelconque. Du champagne, probablement, pensa le ministre. Elle avait une tête à champagne, mais assez jolie et elle s'était donné la peine d'apprendre la langue, ce qui était rare pour une Américaine.

— Ces parquets sont si beaux, c'est presque un crime de marcher dessus. Nous n'avons rien de semblable chez nous.

— Vous n'avez jamais eu de tsars, ce qui a été une chance pour vous, répliqua Yazov en bon marxiste. Mais en tant que Russe, je dois avouer que je suis fier de leur sens artistique.

— Je ne vous ai pas vu aux autres matches, dit-elle en se tournant vers Micha.

— Je n'ai pas eu le temps d'y assister.

— Mais vous leur portez chance ! L'équipe a gagné ce soir-là et Eddie a marqué un but.

Le colonel sourit :

— Et notre petit Micha a écopé de deux pénalités pour crosse en l'air.

— Il porte le nom de son grand-oncle ? dit le ministre.

— Eh oui.

— Vous n'aviez pas celles-ci, quand je vous ai vu !

Mrs. Foley indiquait les trois étoiles dorées sur la poitrine du colonel.

— Je n'avais peut-être pas enlevé mon pardessus...

— Il les porte tout le temps, assura le maréchal. On porte *constamment* ses médailles de Héros de l'Union soviétique.

— Est-ce l'équivalent de notre Médaille d'Honneur ?

— À peu près, répondit Yazov pour son collaborateur qui se montrait incompréhensiblement timide au sujet de ses décorations. Le colonel Filitov est le seul homme au monde à en avoir mérité trois à la guerre.

— Vraiment ? Comment peut-on en mériter *trois ?*

— En se battant contre les Allemands, répliqua laconiquement le colonel.

— En tuant des Allemands, rectifia Yazov encore plus brutalement. Filitov a été un des astres les plus brillants de l'Armée rouge, il n'était alors que simple lieutenant. C'est un des meilleurs officiers de chars de l'histoire des blindés.

À cela, le colonel rougit un peu.

— Je n'ai fait que mon devoir, comme bien d'autres soldats pendant la guerre.

— Mon père aussi a été décoré pendant la guerre. Il a commandé deux missions pour aller sauver des gens dans les camps de prisonniers des Philippines. Il n'aimait pas beaucoup en parler mais on lui a attribué tout un tas de médailles. Est-ce que vous racontez à vos enfants les histoires des belles étoiles que vous portez ?

Filitov se figea un instant. Yazov répondit à sa place :

— Les fils du colonel Filitov sont morts il y a quelques années.

— Ah, colonel, je suis affreusement désolée, dit Mrs. Foley, et elle l'était sincèrement.

— C'était il y a longtemps, dit-il puis il sourit : Je me souviens très bien de votre fils, à ce match. Un beau jeune homme. Aimez vos enfants, chère madame, car vous ne les aurez pas toujours. Si vous voulez bien m'excuser une minute...

Micha partit en direction des toilettes. Mrs. Foley regarda le ministre d'un air contrit.

— Je ne savais pas, monsieur le Ministre...

— Vous ne pouviez pas savoir. Micha a perdu ses fils à quelques années d'écart, puis sa femme. Je l'ai connue quand j'étais tout jeune homme, une jeune femme ravissante, une danseuse des ballets Kirov. Très triste. Mais nous, les Russes, nous sommes habitués aux grandes tristesses. Allons, assez parlé de ça. À quelle équipe appartient votre fils ?

L'intérêt du maréchal Yazov pour le hockey était attisé par le jeune et joli visage qu'il avait devant lui.

Micha trouva les toilettes au bout d'une minute. Américains et Russes étaient dirigés vers des lavabos différents, naturellement, et le colonel Filitov était seul dans ce qui avait été le cabinet de toilette d'un prince, ou peut-être de la maîtresse d'un tsar. Il se lava les mains et s'examina dans le miroir au cadre doré. Une seule pensée occupait son esprit. *Encore. Encore une mission.* Il soupira et quelques instants plus tard il était de retour dans l'arène.

— Pardon, dit Ryan en se retournant.

Il venait de heurter un vieux monsieur en uniforme. Golovko murmura quelques mots en russe, que Jack ne saisit pas. L'officier répondit quelque chose qui devait être poli et se dirigea, Ryan le remarqua, vers le ministre de la Défense.

— Qui est-ce ? demanda-t-il à son compagnon soviétique.

— Le colonel est le principal collaborateur du ministre.

— Un peu vieux pour un colonel, on dirait.

— C'est un héros de la guerre. Nous ne forçons pas de tels hommes à prendre leur retraite.

— C'est assez juste, dans le fond, estima Ryan, et ils s'intéressèrent de nouveau à l'historique de la salle.

Ils passèrent ensuite dans la salle Vladimir voisine. Golovko exprima l'espoir que Jack et lui se reverraient bientôt là. C'était en effet dans la salle Vladimir que se signaient les traités. Les deux agents de renseignements levèrent leur verre à cette éventualité.

La réception prit fin après minuit. Ryan monta dans la septième limousine. Personne ne parla pendant le trajet de retour à l'ambassade. Tout le monde ressentait les effets de l'alcool et puis on ne parlait pas dans les voitures ; surtout pas à Moscou. Trop facile d'installer des systèmes d'écoute dans les automobiles. Deux hommes s'endormirent et Ryan n'en fut pas loin. Ce qui le maintint éveillé, ce fut la pensée qu'ils allaient prendre l'avion dans cinq heures et que, s'il était suffisamment fatigué, il arriverait à dormir pendant le vol, un talent qu'il n'avait acquis que récemment.

Il monta se changer et descendit à la cantine de l'ambassade pour prendre un café. Cela suffirait à le soutenir encore quelques heures, pendant qu'il mettrait ses notes au propre.

Tout s'était très bien passé, durant ces quatre jours. Presque trop bien, pensait-il. Une proposition de traité était sur la table. Pour les Russes, c'était plus un instrument de négociation qu'un document. Le détail de son plan avait déjà été communiqué à la presse et certains membres du Congrès ne craignaient pas de dire à la tribune qu'il était équitable... Alors pourquoi ne donnerions-nous pas notre accord ?

Pourquoi, en effet ? se demanda Jack avec un sourire ironique. La « vérifiabilité », c'était une raison. L'autre... y en avait-il une autre ? Bonne question. Pourquoi avaient-ils tellement modifié leur position ? Il y avait des indices que le secrétaire général Narmonov voulait réduire ses dépenses militaires, mais en dépit de ce que pensait l'opinion publique, ce ne serait pas dans le domaine nucléaire. Les armes nucléaires étaient bon marché, pour ce à quoi elles servaient ; c'était d'un très bon rapport qualité-prix pour tuer des populations. Une ogive nucléaire et son missile étaient certes des gadgets coûteux mais infiniment moins coûteux en considérant leur effet que des chars et de l'artillerie. Narmonov voulait-il sincèrement réduire la menace de guerre nucléaire ? Mais cette menace ne venait pas des armes ; comme toujours, les responsables étaient les hommes politiques et leurs erreurs. Cette offre serait-elle symbolique ? Mais pourquoi ?

Narmonov avait du charme, de la puissance, cette sorte de présence qui faisait partie de sa fonction mais plus encore de sa personnalité. Quelle espèce d'homme était-ce ? Que cherchait-il ? se demanda Ryan. Mais ce n'était pas son rayon. Une autre équipe de la CIA étudiait la vulnérabilité politique de Narmonov, ici même à Moscou. Son travail à lui, bien plus facile, était de comprendre l'aspect technique des choses. Bien plus facile, peut-être, mais en attendant, il ne connaissait pas les réponses aux questions qu'il se posait.

Golovko était déjà de retour à son bureau et rédigeait ses notes à la main, laborieusement. Ryan, écrivit-il, soutiendrait à contrecœur la proposition de traité. Comme Ryan avait l'oreille du directeur de la CIA, cela signifiait que l'agence en ferait autant. L'agent de renseignements posa sa plume et se frotta les yeux pendant quelques instants. Se réveiller avec la gueule de bois était déjà assez embêtant, mais devoir rester éveillé assez longtemps pour l'accueillir avec plaisir en même temps que le lever du soleil, cela dépassait les bornes du devoir d'un officier soviétique. Il se demanda pourquoi son gouvernement avait fait cette offre, d'abord, et pourquoi les Américains paraissaient tellement empressés. Même Ryan, qui devait être plus avisé. Que méditaient les Américains ? Qui manipulait qui ?

Ça, c'était une sacrée question.

Il en revint à Ryan, à sa mission de la soirée. Bien « arrivé », pour un homme de son âge, l'équivalent d'un colonel du KGB ou du GRU à trente-cinq ans seulement. Qu'avait-il fait pour gravir si vite les échelons ? Golovko haussa les épaules. Bien pistonné, probablement, un système d'avancement qui avait cours aussi bien à Washington qu'à Moscou. Il avait du courage, l'affaire avec les terroristes l'avait prouvé, il y avait cinq ans[1]. C'était aussi un bon père de famille, et les Russes respectaient cette qualité plus que ne l'imaginaient leurs homologues américains ; elle impliquait de la stabilité qui, à son tour, impliquait un comportement prévisible. Plus que tout, pensait Golovko, Ryan était un penseur. Pourquoi, alors, n'était-il pas opposé à un pacte plus bénéfique à l'URSS qu'aux USA ? *Notre prévision est-elle incorrecte ?* écrivit-il. Les

1. Voir *Jeux de guerre*, Albin Michel, 1988.

Américains savent-ils quelque chose que nous ignorons ? C'était une question, ou mieux encore : est-ce que Ryan savait quelque chose que Golovko ignorait ? Le colonel fronça les sourcils, avant de se souvenir de ce qu'il savait, que Ryan ignorait. Cela le fit sourire à demi. Tout faisait partie du grand jeu. Le plus grand jeu qui puisse exister.

— Vous avez dû marcher toute la nuit !

L'Archer hocha gravement la tête et posa le sac qui lui voûtait les épaules depuis cinq jours. Il était presque aussi lourd que celui qu'Abdoul avait rempli. L'agent de la CIA vit que le jeune homme était au bord de l'épuisement. Tous deux trouvèrent des coussins pour s'asseoir.

— Vous boirez bien quelque chose.

L'agent s'appelait Emilio Ortiz. Son ascendance était suffisamment embrouillée pour qu'il puisse passer pour un ressortissant de n'importe quelle nation de race blanche. Âgé de trente ans aussi, il était de corpulence et de taille moyennes, avec des muscles de nageur, ce qui lui avait valu une bourse à l'USC où il avait été diplômé de langues étrangères. Ortiz était exceptionnellement doué. En quinze jours de pratique constante d'une langue, d'un dialecte, d'un accent, il pouvait passer pour un natif de n'importe quel pays. Il était doué d'une certaine compassion, aussi, il respectait les coutumes de ceux avec qui il travaillait. Ce qui signifiait que le verre qu'il offrait n'était pas — ne pouvait pas être — de l'alcool. C'était du jus de pomme. Ortiz regarda l'Archer boire avec toute la gourmandise et le sérieux d'un connaisseur goûtant un nouveau cru de bordeaux.

— Allah bénisse cette maison, dit l'Archer quand il eut vidé le premier verre.

Ortiz voyait la fatigue inscrite sur sa figure, bien qu'il ne la révélât d'aucune autre façon. Contrairement à son jeune porteur, l'Archer paraissait invulnérable à de telles faiblesses humaines. En fait, ce n'était pas vrai, mais Ortiz comprenait maintenant que la force qui poussait le jeune homme pouvait cacher son humanité.

Tous deux étaient habillés d'une manière presque identique. Ortiz considéra les vêtements de l'Archer et s'étonna de l'ironique similitude avec les Indiens Apaches des États-Unis et du Mexique. Un de ses ancêtres avait été officier, sous le commandement de Terrazas, quand l'armée mexicaine avait fini par écraser Victorio dans les montagnes de Tres Castillos. Les Afghans aussi portaient un pantalon sous leur pagne. Eux aussi étaient des combattants agiles, de petite taille. Et eux aussi traitaient les prisonniers comme des jouets pour leurs couteaux. Il regarda celui de l'Archer et se demanda à quoi il avait servi. Mais, dans le fond, il ne voulait pas le savoir.

— Veux-tu manger quelque chose ?

— Ça peut attendre, répondit l'Archer en reprenant son paquetage.

Abdoul et lui avaient amené deux chameaux chargés, mais pour les choses importantes, seul le sac à dos faisait l'affaire.

— J'ai tiré huit roquettes. J'ai atteint six appareils mais l'un avait deux moteurs et a réussi à s'enfuir. Sur les cinq que j'ai détruits, deux étaient des hélicoptères et trois des chasseurs-bombardiers. Le premier hélicoptère que nous avons abattu était de la nouvelle espèce de vingt-quatre dont vous nous avez parlé. Tu avais raison. Il avait bien du nouvel équipement. En voici une partie.

Ironique, pensa Ortiz, que le matériel le plus sensible d'un appareil militaire survive à un traitement fait pour tuer avec certitude l'équipage.

L'Archer lui révélait six plaques de circuit vertes du signalisateur-laser qui était maintenant un équipement standard du Mi-24. Le capitaine américain de l'armée de terre, qui était resté dans l'ombre et avait gardé le silence jusqu'à présent, s'approcha pour les examiner. Ce fut tout juste si ses mains ne tremblèrent pas quand il les prit.

— Vous avez le laser aussi ? demanda-t-il en pachto, avec un fort accent.

— Il était gravement endommagé mais nous l'avons aussi.

L'Archer se retourna. Abdoul ronflait. Il faillit sourire, avant de se souvenir qu'il avait un fils aussi.

Pour sa part, Ortiz était attristé. Avoir sous son contrôle un partisan possédant l'éducation de l'Archer était chose rare. Il serait sans doute devenu un excellent professeur mais il ne pourrait jamais plus enseigner. Jamais il ne redeviendrait ce qu'il avait été. La guerre avait aussi totalement changé la vie de l'Archer que l'eût fait la mort. Un affligeant gaspillage.

— Les nouvelles roquettes ? demanda l'Archer.

— Je peux t'en donner dix. Un modèle légèrement amélioré, avec une portée de cinq cents mètres de plus. Et aussi d'autres roquettes à fumée.

L'Archer acquiesça gravement et les coins de sa bouche frémirent pour ce qui aurait sans doute été, en d'autres temps, l'esquisse d'un sourire.

— Maintenant, peut-être, je pourrai m'attaquer à leurs appareils de transport. Les roquettes à fumée fonctionnent très bien, mon ami. À chaque fois, elles repoussent vers moi les envahisseurs. Ils n'ont pas encore appris cette tactique.

Pas cette *ruse*, pensa Ortiz. Il disait cette *tactique. Il veut maintenant s'attaquer aux transports, il veut tuer cent Russes à la fois. Dieu, qu'avons-nous fait de cet homme ?* Ortiz soupira, mais quoi ? Ce n'était pas son affaire.

— Tu es fatigué, mon ami. Repose-toi. Nous dînerons plus tard. Honore ma maison, je t'en prie, en dormant sous mon toit.

— C'est vrai, reconnut l'Archer.

Deux minutes plus tard, il dormait.

Ortiz et le capitaine trièrent le matériel qui leur avait été apporté. Il y avait même un manuel d'entretien pour le matériel laser du Mi-24 et les feuilles des codes radio, en plus d'autres choses qu'ils connaissaient déjà. À midi, Ortiz eut fini de tout cataloguer et commença à prendre des dispositions pour expédier le tout à l'ambassade, d'où il serait immédiatement envoyé par avion en Californie pour un examen complet.

Le VC-137 de l'US Air Force décolla à l'heure dite. C'était une version aménagée du vénérable Boeing 707. Son préfixe « V » indiquait qu'il était destiné au transport des VIP, les passagers de marque, et l'intérieur de la cabine en était la preuve. Jack s'installa confortablement dans le canapé et s'abandonna à la fatigue qui l'accablait. Dix minutes plus tard, une main lui secoua l'épaule.

— Le patron vous demande, lui dit un membre de l'équipe.

— Il ne dort donc jamais ?

— À qui le dites-vous !

Ernest Allen était dans le compartiment le plus VIP de l'appareil, une cabine au centre, avec six luxueux fauteuils pivotants. Il y avait une cafetière sur la table. Ryan se dit que s'il ne prenait pas de café il ne tarderait pas à devenir incohérent ; s'il en buvait, il ne dormirait pas. Il s'en versa une tasse.

— Oui, chef ?

— Pouvons-nous vérifier ? demanda Allen, coupant court à tout préliminaire.

— Je ne sais pas encore. Ce n'est pas une question de moyens techniques nationaux. Vérifier l'élimination de tant de lanceurs...

— Ils nous accordent une inspection limitée sur les sites, fit observer un autre membre du groupe, plus jeune.

— Je le sais bien, répondit Jack. Mais est-ce que ça signifie quelque chose, voilà la question.

Et la deuxième question était, naturellement : pourquoi donnent-ils soudain leur accord à quelque chose que nous réclamons depuis trente ans ?

— Comment ça ? demanda le jeune membre.

— Les Soviétiques ont consacré un travail énorme à leurs nouveaux lanceurs mobiles. Et s'ils en avaient bien plus que nous nous en doutons ? Vous croyez que nous pouvons trouver quelques centaines de lance-missiles mobiles ?

— Mais nous avons un balayage radar de surface sur les nouveaux oiseaux et...

— Et ils le savent, et ils peuvent y échapper s'ils le veulent... Attendez un instant. Nous savons que nos porte-avions peuvent échapper aux satellites de reconnaissance et n'y manquent pas. Si on peut faire ça avec un bateau, c'est sûr qu'on peut faire ça avec un train, fit observer Jack.

Allen écoutait sans commentaires, laissant son subordonné défendre le point de vue à sa place. Un vieux renard, un malin, Ernie Allen.

— Ainsi, la CIA va donner une recommandation contre... — mais enfin, bon Dieu, c'est la plus grande concession qu'ils aient jamais faite !

— Très bien. C'est une grande concession. Tout le monde le sait ici. Mais avant de l'accepter, nous devrions peut-être nous assurer qu'ils n'ont pas concédé une chose qu'ils ont rendue sans rapport avec l'affaire. Et il y a encore d'autres aspects.

— Vous allez donc vous opposer...

— Je ne m'oppose à rien du tout. Je dis que nous prenons notre temps et que nous nous servons de notre tête au lieu de nous laisser emporter par l'euphorie.

— Mais leur proposition de traité est... presque trop belle pour être vraie !

Le jeune homme apportait à son insu de l'eau au moulin de Ryan. Allen intervint :

— Professeur Ryan, si les détails techniques peuvent être mis au point à votre idée, comment envisagez-vous le traité ?

— Eh bien, d'un point de vue strictement technique, une réduction de cinquante pour cent des ogives livrables n'a pas le moindre effet sur l'équilibre stratégique. C'est...

— C'est de la folie ! protesta le jeune négociateur.

Jack tendit le bras vers lui, en pointant son index comme le canon d'un pistolet.

— Disons que j'ai là un pistolet braqué sur votre poitrine. Disons que c'est un Browning 9 mm. Son chargeur contient treize balles. J'accepte d'en retirer sept, mais j'ai toujours un pistolet chargé, braqué sur votre poitrine. Alors ? Est-ce que vous vous sentez plus en sécurité ? demanda Ryan en souriant, son « pistolet » toujours pointé. À votre place, pas moi. C'est de ça que nous parlons ici. Si les deux camps réduisent leur armement de moitié, il reste encore cinq *mille* ogives nucléaires capables de frapper notre pays. Pensez à ce nombre. Cet accord ne fait que réduire l'importance totale du massacre. La différence entre cinq mille et dix mille n'a d'influence que sur l'étendue de la dévastation. Si nous commençons à parler de réduire le nombre à mille ogives de chaque côté, alors là j'estimerai *peut-être* que nous arrivons à quelque chose.

— Croyez-vous que la limitation à mille soit possible ? demanda Allen.

— Non. Il m'arrive d'en rêver, bien qu'on m'ait dit que la limitation à mille ogives pourrait avoir pour effet de rendre une guerre nucléaire « gagnable », Dieu sait ce que ça veut dire, marmonna Jack.

Puis il haussa les épaules et conclut :

— Chef, si cet accord actuel passe, il aura l'air meilleur qu'il ne l'est. Sa valeur symbolique est peut-être une valeur en soi ; c'est un facteur à considérer mais il n'est pas de mon ressort. L'économie financière, des deux côtés, sera réelle mais assez mineure en regard des dépenses militaires générales. Les deux camps gardent la moitié de leurs arsenaux actuels ; et cela signifie qu'ils gardent naturellement ce qu'ils ont de plus neuf et de plus efficace. La ligne de fond reste inchangée : en cas de guerre nucléaire les deux camps sont également morts. Je ne vois pas que cette proposition de traité diminue la menace de guerre, quelle qu'elle soit. Pour en arriver là, nous devons éliminer carrément ces foutus engins ou alors trouver quelque chose qui les empêche de fonctionner. Si vous voulez mon avis, c'est cette dernière solution que nous devons choisir avant de tenter la première. Et alors le monde deviendra un endroit plus sûr... peut-être.

— C'est le commencement d'une nouvelle course aux armements.

— Cette course a commencé il y a si longtemps, chef, qu'elle n'est pas précisément nouvelle.

2

Tea Clipper

Il arrive encore des photos de Douchanbe, annonça le téléphone à Ryan.

— O.K., je suis là dans une minute.

Il se leva et traversa le couloir, vers le bureau de l'amiral Greer. Son patron tournait le dos à la couverture blanche aveuglante qui tapissait le terrain montagneux autour des bâtiments de la CIA. On était encore en train de dégager le parking et même la passerelle à claire-voie derrière les fenêtres du sixième étage était recouverte d'une couche de vingt-cinq centimètres.

— Qu'est-ce que c'est, Jack ? demanda l'amiral.

— Douchanbe. Le temps s'est amélioré tout à coup. Vous disiez que vous vouliez être informé.

Greer jeta un coup d'œil à l'écran de télévision dans un coin de son bureau, à côté du terminal d'ordinateur qu'il refusait d'utiliser — au moins tant qu'on pourrait le voir taper laborieusement avec ses index et, les bons jours, parfois le pouce. Il pouvait faire envoyer dans son bureau les photos satellite en temps réel, les recevoir en « direct » mais, depuis quelque temps, il évitait ça. Jack ne savait pas pourquoi.

— C'est bon, allons voir.

Ryan ouvrit la porte pour le directeur adjoint des Renseignements et ils tournèrent à gauche à l'extrémité du couloir de la direction, au dernier étage. Là se trouvait l'ascenseur de la direction. Son principal intérêt était qu'on n'avait jamais à l'attendre trop longtemps.

— Comment va après le décalage horaire ? demanda Greer.

Ryan était maintenant rentré depuis près de vingt-quatre heures.

— Je suis tout à fait remis, amiral. Je souffre bien moins en volant vers l'ouest. C'est le vol vers l'est qui me tue.

La porte automatique s'ouvrit et les deux hommes traversèrent l'immeuble vers la nouvelle annexe contenant le bureau d'analyse des images. C'était le département privé de l'Intelligence Directorate, distinct du National Photographic Intelligence Center, un service associé CIA-DIA desservant tous les services de renseignements.

La salle de projection aurait fait honneur à Hollywood. Il y avait une trentaine de places dans ce mini-théâtre et un écran de projection de sept mètres de côté. Art Graham, le chef de l'unité, les attendait.

— Vous arrivez bien. Nous aurons les photos dans une minute.

Il décrocha le téléphone qui le reliait à la cabine de projection et prononça quelques mots. L'écran s'éclaira aussitôt.

— Vous parlez d'un coup de pot. Ce système de hautes pressions sibérien a brusquement viré au sud et a arrêté le front chaud, comme un mur de briques. Parfaites conditions d'observation. La température au sol est d'environ zéro et il se peut que l'humidité relative soit bien plus élevée, dit Graham avec un petit rire. Nous avons fait manœuvrer l'oiseau spécialement pour en profiter. Il est à trois degrés de la franche verticale et je ne crois pas que les Russes aient eu le temps de piger qu'on était en train de leur faire ce coup-là.

— Voilà Douchanbe, souffla Jack alors qu'apparaissait une partie de la République du Tadjikistan.

Ce premier aperçu leur venait d'une des caméras grand-angle. Le satellite de reconnaissance KH-14 en possédait sept. L'oiseau n'était sur orbite que depuis trois semaines ; c'était le tout premier de la nouvelle génération de satellites espions. Douchanbe, brièvement baptisée Stalinabad quelques dizaines d'années plus tôt — voilà qui avait dû faire plaisir aux indigènes ! pensa Ryan — était probablement une des plus anciennes villes caravanières. L'Afghanistan se trouvait à moins de cent soixante kilomètres. La légendaire Samarcande de Tamerlan n'était pas bien loin, au nord-ouest... et Schéhérazade était peut-être passée par là, il y avait mille ans. Il se demanda pourquoi l'histoire se faisait de cette façon. Les mêmes lieux, les mêmes noms resurgissaient, d'un siècle à l'autre.

Mais l'intérêt de la CIA pour Douchanbe n'avait guère de rapport avec le commerce de la soie.

L'image changea, cette fois en provenance d'une des caméras de haute résolution pointée d'abord dans une profonde vallée où un cours d'eau était retenu par la masse de béton et de pierre d'un barrage hydro-électrique. Distant de cinquante kilomètres à peine au sud-est de Douchanbe, son courant ne desservait pas cette ville de cinq cent mille âmes. Les câbles conduisaient vers une suite de sommets presque à portée de vue de cette installation.

— On dirait les bases d'un autre ensemble de tours, observa Ryan.

— Parallèles aux premières, reconnut Graham. Ils amènent de nouveaux générateurs. Mais nous avons toujours su qu'ils ne tiraient du barrage qu'environ la moitié de l'énergie utilisable.

— Combien de temps pour qu'ils terminent la construction ? demanda Greer.

— Faudrait que je voie ça avec un de nos consultants. Il suffira de quelques semaines pour dérouler les câbles et la moitié supérieure de la centrale sera déjà construite. Il y a des chances pour que les fondations des nouveaux générateurs soient déjà posées. Ils n'ont plus qu'à aménager et brancher le nouvel équipement. Six mois, peut-être, huit s'il fait mauvais temps.

— Si vite ? s'étonna Jack.

— Ils ont débauché du monde de deux autres projets hydro. Et ils ont retiré des équipes du bâtiment et des soldats du génie de deux sites de haut profil à son bénéfice. Les Russkis savent bien focaliser leurs efforts, quand ils le veulent. Six ou huit mois, c'est une estimation un peu large, professeur Ryan. Ça peut se faire plus vite que ça.

— Quelle sera la quantité de courant disponible, quand ils auront fini ?

— L'installation n'est pas tellement grande. Avec les nouveaux générateurs ? Ma foi, disons dans les onze cents mégawatts.

— Ça fait beaucoup d'énergie, et tout part dans ces

collines, murmura Ryan pour lui, alors que l'image changeait encore.

Le sommet que l'Agence appelait « Mozart » formait une sacrée colline, mais cette région était l'extension la plus occidentale de la chaîne de l'Himalaya et bien peu de chose à côté de ces géants. Une route avait été construite à grand renfort d'explosifs jusqu'au sommet, ainsi qu'un petit héliport pour acheminer des VIP des deux aéroports de Douchanbe. Il y avait là seize bâtiments, dont un immeuble d'appartements d'où la vue devait être fantastique ; mais c'était un immeuble locatif typiquement russe, aussi élégant et plaisant qu'un blockhaus, dont la construction avait été terminée six mois plus tôt. Beaucoup d'ingénieurs y logeaient avec leur famille. Cela faisait un effet curieux de voir cet immeuble là, comme pour dire : les personnes qui vivent ici sont des privilégiés. Ingénieurs et universitaires, assez doués pour que l'État veuille bien les traiter et subvenir à tous leurs besoins. Le ravitaillement était acheminé par camions au sommet de cette haute montagne ou, si le mauvais temps coupait la nouvelle route, par la voie des airs. Un autre de ces bâtiments était un théâtre, un troisième un hôpital. Les programmes de télévision arrivaient par satellite à la station qui se trouvait à côté d'un immeuble abritant quelques magasins. Un tel équipement n'était pas courant, en URSS. Il était réservé aux importantes personnalités officielles et à ceux qui travaillaient à des projets essentiels à la défense. Ce n'était pas une station de ski.

Cette impression se trouvait renforcée par le grillage autour des bâtiments et les miradors, deux installations récentes. Un des détails immédiatement identifiables des complexes militaires russes, c'était le mirador ; les Soviétiques faisaient une véritable fixation sur ces trucs-là. Trois clôtures, enfermant deux espaces de dix mètres de large. L'espace extérieur était généralement miné et l'intérieur constamment surveillé avec des chiens. Les miradors étaient situés sur le périmètre intérieur, espacés de deux cents mètres. Les soldats qui y montaient la garde logeaient dans une nouvelle caserne en béton, plutôt bien installée...

— Pouvez-vous isoler un des gardes ? demanda Jack.

Graham parla au téléphone et l'image changea. Un de ses techniciens était en fait déjà en train de s'occuper de ça, autant pour étudier le calibrage de la caméra et les conditions de l'air ambiant, d'ailleurs, que pour ce que demandait Ryan.

Tandis que la caméra plongeait en zoom, un minuscule point mouvant devint un homme en capote et, probablement, toque de fourrure. Il tenait en laisse un gros chien de race indéterminée et portait une Kalachnikov à l'épaule droite. Homme et chien créaient de petits nuages de vapeur, en respirant. Ryan se pencha, inconsciemment, comme si cela lui permettait de mieux voir.

— Est-ce que les épaulettes de ce type vous paraissent vertes ? demanda-t-il à Graham.

Le spécialiste de la reconnaissance grogna :

— Ouaip. Pas de doute, il est du KGB.

— Si près de l'Afghanistan ? murmura l'amiral. Ils savent que nous avons des hommes en opération, là-bas. Vous pouvez parier qu'ils prennent au sérieux leurs problèmes de sécurité.

— Ils devaient avoir vraiment envie de ces sommets, dit Ryan. À cent kilomètres, il y a quelques millions de personnes qui pensent que tuer du Russe c'est la volonté de Dieu. Ce site est encore plus important que nous le pensions. Ce n'est pas seulement une nouvelle installation. Avec ce genre de système de sécurité, sûrement pas. Sinon, ils n'auraient pas eu besoin de la placer là, et ils n'auraient sûrement pas choisi un coin où ils ont dû construire une nouvelle centrale électrique et où ils sont exposés à des peuples hostiles. C'est peut-être une installation R et D en ce moment, mais ils ont certainement des projets plus ambitieux pour elle.

— Quoi, par exemple ?

— S'en prendre à mes satellites, peut-être ?

Art Graham les considérait comme son bien propre.

— Est-ce qu'ils vous ont chatouillé, dernièrement ? demanda Jack.

— Non, pas depuis que nous avons secoué leur cage en avril. Le bon sens s'est imposé, pour une fois.

C'était une vieille histoire. À plusieurs reprises, ces dernières années, des satellites de reconnaissance et d'alerte avancée avaient été « chatouillés », des rayons laser ou des micro-ondes avaient été braqués sur les satellites, assez pour éblouir leurs récepteurs mais pas pour causer de graves dégâts. Pourquoi les Russes l'avaient-ils fait ? Mystère. Était-ce simplement un exercice, pour voir quelle serait la réaction des USA, pour voir si cela causait un grand ramdam au North American Aerospace Defense Command — le NORAD —, sous les monts Cheyenne, dans le Colorado ? Une tentative pour déterminer la sensibilité de ces satellites ? Une démonstration, un avertissement de ce qu'ils étaient capables de détruire ? Ou tout simplement ce que les amis britanniques de Jack appelaient *bloody-mindedness* : le plaisir d'emmerder.

Ils protestaient invariablement de leur innocence, naturellement. Quand un satellite américain avait été temporairement aveuglé au-dessus de Sary Chagan, ils avaient prétendu qu'un gazoduc avait accidentellement pris feu. Le fait que ce pipeline près de Tchimkent-Pavoldar était une canalisation de pétrole avait échappé à la presse occidentale.

Le tour du satellite était maintenant terminé. Dans une salle voisine, des bandes vidéo furent rembobinées : ainsi tout l'enregistrement des caméras pourrait être examiné et réexaminé à loisir.

— Jetons encore un coup d'œil à Mozart, ordonna Greer, et aussi à Bach.

— Un sacré chemin à faire pour aller au boulot, nota Jack.

Le site résidentiel et industriel de Mozart n'était qu'à un kilomètre de Bach, le sommet suivant, mais la route paraissait en effet effroyable. L'image se fixa sur Bach. Le motif de clôtures et de miradors se répétait. Seulement la distance entre une des clôtures les plus extérieures et la suivante était au moins de deux cents mètres. Le terrain avait l'air d'être de la roche nue. Jack se demanda comment on plantait des mines là-dedans, mais peut-être, après tout, n'en mettaient-ils pas. Il était évident que le sol avait été nivelé au bulldozer et aux explosifs pour le rendre aussi uniformément plat qu'un billard. Du haut des miradors, ça devait avoir l'air d'un stand de tir.

— Ils ne rigolent pas, on dirait ! observa Graham.

— C'est donc ça qu'ils gardent..., souffla Ryan.

Il y avait treize bâtiments à l'intérieur de la clôture. Dans une zone grande à peu près comme deux terrains de football — nivelée elle aussi —, on pouvait voir dix trous, en deux groupes, un premier groupe de six disposés en hexagone, chaque trou ayant un diamètre d'environ dix mètres ; et un autre de quatre trous légèrement plus petits — sept à huit mètres peut-être, — qui formaient un losange. Dans chaque trou, il y avait un pilier de béton de cinq mètres de diamètre, planté dans la roche à une profondeur disons d'au moins douze mètres — l'image sur l'écran ne permettait pas de le déterminer avec précision. Au sommet de chaque pilier, il y avait une coupole de métal apparemment formée par des segments en forme de croissant.

— Ça se déplie. Je me demande ce qu'il y a dedans, marmonna Graham.

Il y avait à Langley deux cents personnes au courant des intallations de Douchanbe et toutes sans exception auraient bien aimé savoir ce qui se trouvait sous ces dômes de métal. Ils n'étaient en place que depuis quelques mois.

— Amiral, dit Jack, j'ai besoin de fracturer un nouveau compartiment.

— Lequel ?

— Tea Clipper.

— Vous ne demandez pas rien, vous ! s'exclama Greer. Moi-même, je ne suis pas habilité à faire ça !

Ryan se carra dans son fauteuil.

— Si ce qu'ils font à Douchanbe est la même chose que ce que nous faisons avec Tea Clipper, amiral, alors nous devons absolument le savoir ! Nom de Dieu, comment pouvons-nous être censés savoir ce que nous cherchons si on ne nous dit pas à quoi ça ressemble ?

— Ça fait un bon moment que je dis la même chose, répliqua en riant un peu le directeur adjoint des Renseignements. Ça ne va pas plaire au SDIO. Le juge devra aller s'adresser au Président.

— Eh bien, il ira s'adresser au Président ! Et si cette activité est en rapport avec les propositions de désarmement qu'ils nous font ?

— C'est ce que vous pensez ?

— Allez savoir, marmonna Jack. C'est une coïncidence. Ça m'inquiète.

— D'accord. J'en parlerai au directeur.

Deux heures plus tard, Ryan rentrait chez lui au volant de sa Jaguar XJS en passant par le George Washington Parkway. Cette voiture était un des heureux souvenirs du temps passé en Angleterre. Il adorait l'espèce de sensation soyeuse du moteur de douze cylindres, au point d'avoir condamné à une semiretraite sa vénérable VW Rabbit. Comme toujours, il s'efforça de mettre de côté son travail de Washington. Il passa les cinq vitesses et concentra toute son attention sur sa conduite.

— Eh bien, James ? demanda le directeur de la Central Intelligence Agency.

— Ryan pense que la nouvelle activité de Bach et Mozart pourrait avoir un rapport avec la situation de l'armement. Je crois qu'il a raison. Il veut être admis dans Tea Clipper. Je lui ai dit que vous deviez en référer au Président, répondit l'amiral Greer, et il sourit.

— O.K., je lui donnerai une note écrite. D'ailleurs, ça fera le bonheur du général Parks. Ils ont un essai complet prévu pour la fin de la semaine. Je vais m'arranger pour que Jack y assiste, promit le juge Moore, et il sourit aussi, d'un air un peu ensommeillé. Qu'est-ce que vous en pensez ?

— Je pense qu'il a raison. Douchanbe et Tea Clipper sont essentiellement le même projet. Il y a beaucoup de similitudes, trop pour que ce soit de la pure coïncidence. Nous devrions mettre à jour nos observations.

— D'accord.

Moore pivota pour regarder par la fenêtre. *Le monde va encore changer,* se dit-il. *Cela va mettre dix ans ou plus, mais il va changer. Dans dix ans, ce ne sera plus mon problème. Mais ce sera encore celui de Ryan.*

— Je vais l'envoyer là-bas par avion, demain. Et nous aurons peut-être de la chance pour Douchanbe. Foley a fait savoir à Cardinal que cet endroit nous intéressait.

— À Cardinal ? Ah, très bien.

— Mais s'il arrive quelque chose...

Greer hocha la tête, soupira et murmura :

— Dieu... J'espère qu'il est prudent.

Depuis la mort de Dimitri Fedorovitch, rien n'est plus pareil au ministère de la Défense, écrivit le colonel Mikhaïl Semyonovitch Filitov de la main gauche, dans son journal intime. Toujours matinal, il était assis au bureau ancien que sa femme lui avait acheté peu de temps avant sa mort, il y avait... quoi ? trente ans, se dit Micha. Trente ans en février ! Il ferma les yeux, un moment. *Trente ans...*

Jamais un seul jour ne passait sans qu'il se rappelât son Élena. Sa photographie était sur son bureau, la vieille épreuve sépia jaunie par le temps, dans son cadre d'argent terni. Il n'avait jamais le temps de l'astiquer et ne voulait pas s'embarrasser d'une bonne. La photo représentait une jeune femme aux jambes fuselées, les bras arqués au-dessus de la tête, la tête légèrement penchée. Le visage rond au type slave s'éclairait d'un large sourire, révélant à la perfection la joie qu'elle éprouvait à danser dans la troupe Kirov.

Micha sourit en se souvenant de sa première impression de jeune officier de blindés, de jeune officier à qui on avait offert des billets de théâtre pour le récompenser d'avoir le char le mieux entretenu de la division. *Comment peuvent-elles faire ça ?* Perchées sur la pointe des pieds, comme sur des échasses en pointes d'épingle. Enfant, il avait marché avec des échasses, mais pas avec une telle grâce ! Et soudain elle sourit au jeune et bel officier du premier rang. Un instant tellement fugace. Leurs regards s'accrochèrent, le temps d'un battement de cils, et son sourire changea imperceptiblement. Elle ne souriait plus au public ; en cet instant hors du temps, le sourire était pour lui seul. Une balle en plein cœur n'aurait pas eu d'effet plus ravageur. Micha ne se rappelait plus le reste de la représentation, ni même de quel ballet il s'agissait. Il resta à sa place mais son esprit ne se préoccupait que de ce qu'il allait faire après le spectacle. Le lieutenant Filitov était déjà à l'époque un jeune homme en mouvement, un brillant officier de chars que les purges brutales de Staline dans les rangs supérieurs de l'armée avaient promis à une promotion rapide. Il écrivait des articles sur la stratégie des blindés, organisait des manœuvres novatrices sur le terrain et s'emportait avec véhémence contre les fausses « leçons » de la guerre d'Espagne, avec l'autorité d'un homme né pour sa profession.

Mais que vais-je faire maintenant ? se demanda-t-il alors. L'Armée rouge ne lui avait pas appris à aborder une artiste. Ce n'était pas une de ces filles de ferme assez fatiguée de travailler dans un kolkhoze pour s'offrir au premier venu, surtout si c'était un jeune officier qui pourrait l'arracher à sa triste condition. Micha se rappelait encore honteusement sa jeunesse — mais il n'en avait éprouvé nulle honte sur le moment —, quand il profitait de ses épaulettes pour culbuter toutes les filles qui lui plaisaient.

Mais je ne connais même pas son nom ! se dit-il. *Comment vais-je faire ?* Naturellement, il traita l'affaire comme un exercice militaire. Dès la fin de la représentation, il se précipita aux toilettes, se lava la figure et les mains, se cura les ongles avec son canif, plaqua avec de l'eau ses cheveux courts et examina son uniforme aussi scrupuleusement qu'un général passant une revue de détail. Il l'épousseta, lissa sa tunique, recula devant la glace pour s'assurer que ses bottes étincelaient. Il ne remarqua pas que d'autres hommes, aux lavabos, le regardaient du coin de l'œil avec amusement, devinant la raison de tous ces soins, et lui souhaitant peut-être bonne chance avec une certaine envie. Une fois satisfait de son apparence, il sortit et demanda au portier du théâtre où se trouvait l'entrée des artistes, en lui glissant un rouble. Une fois renseigné, il contourna l'édifice et trouva une porte avec un autre portier, un vieillard barbu, cette fois, portant sur son pardessus les rubans de décorations décernées pendant la révolution. Micha s'attendait à un accueil favorable entre soldats, mais il découvrit que ce vieux considérait les danseuses comme ses propres filles, et n'était sûrement pas prêt à les jeter aux pieds des soldats ! Micha envisagea de lui offrir de l'argent mais eut assez de bon sens pour ne pas insinuer ainsi que le vieux serait un proxénète. Il avoua plutôt, calmement et raisonnablement — et sincèrement — qu'il était séduit par une des danseuses dont il ne connaissait pas le nom, et qu'il voulait simplement la rencontrer.

— Pourquoi ? demanda le vieil homme d'une voix bourrue.

— Grand-père, elle m'a souri, répondit-il d'une voix de petit garçon émerveillé.

— Et tu es amoureux ! (La réponse était dure mais très vite l'expression du portier devint nostalgique.) Mais tu ne sais pas laquelle ?

— Elle était... je ne sais pas comme on dit, dans le corps de ballet, pas une étoile. Je me rappellerai son visage jusqu'au jour de ma mort.

Déjà Micha le savait.

Le portier l'examina et vit que son uniforme était parfaitement net et qu'il se tenait le dos bien droit. Ce n'était pas un soudard, un cochon d'officier du NKVD dont l'haleine arrogante empestait la vodka. Celui-ci était un soldat, et un beau et jeune garçon par-dessus le marché.

— Tu es un homme heureux, camarade lieutenant. Tu sais pourquoi ? Tu as de la chance parce que moi aussi j'ai été jeune et, tout vieux que je suis, je m'en souviens encore. Elles vont sortir dans une dizaine de minutes. Tiens-toi là dans ce coin et ne fais pas de bruit.

Il attendit une demi-heure. Elles sortaient par deux ou trois. Micha vit passer les danseurs et pensa d'eux... ce que pouvait penser un soldat d'un homme qui faisait partie d'une troupe de ballet. Enfin la porte s'ouvrit en grand et il fut ébloui par la lumière crue, après l'obscurité de la ruelle ; il faillit la manquer, tant elle était différente sans maquillage.

Il vit le visage, hésita un instant et s'approcha de son objectif plus prudemment qu'il ne l'aurait fait sous le feu de canons allemands.

— Vous occupiez le fauteuil numéro douze, lui dit-elle avant même qu'il trouve le courage d'ouvrir la bouche.

— Oui, camarade artiste, bafouilla-t-il.

— Avez-vous aimé le ballet, camarade lieutenant ?

Un sourire timide, mais engageant.

— C'était merveilleux.

Bien sûr.

— Ce n'est pas souvent que nous voyons un jeune et bel officier au premier rang.

Elle le trouvait beau !

— Le billet m'a été offert pour me récompenser de mon service dans mon unité. Je suis officier de blindés, dit-il fièrement.

— Est-ce que le camarade lieutenant de blindés a un nom ?

— Je suis le lieutenant Mikhaïl Semyonovitch Filitov.

— Et moi Élena Ivanovna Makarova.

— Il fait trop froid dehors pour une personne aussi mince, camarade artiste. Y a-t-il un restaurant près d'ici ?

— Un restaurant ? s'exclama-t-elle en riant. Est-ce que vous venez souvent à Moscou ?

— Ma division est basée à trente kilomètres d'ici, mais je ne viens pas souvent en ville, avoua-t-il.

— Il y a très peu de restaurants, même à Moscou, camarade. Voulez-vous venir chez moi ?

— Euh... oui, bredouilla-t-il tandis que la porte des artistes se rouvrait.

— Marta, dit Élena à la jeune fille qui venait de sortir, nous aurons une escorte militaire pour rentrer.

— Tania et Resa viennent aussi, répondit Marta.

Micha en fut singulièrement soulagé. L'immeuble était à une demi-heure de marche — le métro de Moscou n'était pas encore achevé — et mieux valait marcher qu'attendre un tramway à une heure aussi tardive.

Elle était encore plus jolie sans maquillage. L'air froid de l'hiver donnait à ses joues toute la couleur qu'il leur fallait. Sa démarche était aussi gracieuse qu'elle pouvait l'être après dix ans de travail intensif. Il se sentait lourd comme un char roulant à côté d'un pur-sang et prenait soin de ne pas trop s'approcher d'elle, de crainte de la bousculer. Il ignorait encore la force que dissimulait si bien sa grâce.

Jamais nuit ne lui avait paru plus belle et pourtant il y en eut beaucoup d'autres, aussi belles, pendant vingt ans... et puis plus aucune depuis trente ans. *Mon Dieu*, pensa le colonel, *nous aurions été mariés depuis cinquante ans cette année... le 14 juillet*. Il tamponna inconsciemment ses yeux avec son mouchoir.

Trente ans, cependant, c'était le chiffre qui restait gravé dans son esprit.

La pensée brûlait encore dans sa poitrine et ses doigts pâles se crispaient sur la plume. Il ne cessait de s'étonner que l'amour et la haine pussent être des émotions aussi délicatement assorties. Il retourna à son journal intime...

Une heure plus tard, Micha se leva de son bureau et alla dans sa chambre. Il endossa l'uniforme de colonel de blindés. Techniquement, il était à la retraite, il l'était d'ailleurs déjà alors que des hommes figurant actuellement sur la liste des colonels n'étaient pas nés. Mais le travail au ministère de la Défense s'accompagnait de certains privilèges et Micha faisait partie de l'état-major personnel du ministre. C'était une des raisons. Les trois autres se trouvaient sur la tunique de son uniforme : trois étoiles dorées accrochées là, aux rubans écarlates. Filitov était le seul soldat dans l'histoire de l'armée soviétique à avoir été décoré trois fois de l'étoile de Héros de l'Union soviétique, les trois fois au champ d'honneur, pour son courage face à l'ennemi. D'autres étaient aussi décorés, mais pour des motifs politiques, le colonel le savait, et cela offensait son sens esthétique. Ce n'était pas une décoration à accorder pour du travail de bureau, et elle n'avait certainement pas été créée pour qu'un membre du Parti la donne à un autre simplement pour orner sa boutonnière. Héros de l'Union soviétique, c'était une distinction qui devrait être réservée aux hommes comme lui, qui avaient risqué la mort, qui avaient versé leur sang — et qui trop souvent étaient morts — pour la *Rodina*[1]. Il se le rappelait chaque fois qu'il endossait son uniforme. Sous son maillot de corps, il y avait aussi les cicatrices qui lui

1. Patrie. (*N.d.T.*)

avaient valu sa dernière étoile d'or : un obus de 88 avait percé le blindage de son char et mis le feu aux râteliers de munitions pendant qu'il faisait pivoter son 76 mm pour un dernier tir. Et ce tir avait occis ceux qui tenaient la pièce allemande, tandis que ses vêtements à lui flambaient. La blessure lui avait supprimé cinquante pour cent de l'usage de son bras droit et, malgré cela, il était demeuré à la tête de ce qui restait de son régiment, pendant deux jours encore, dans la poche de Koursk. S'il avait sauté du char en même temps que son équipage, ou s'il avait été évacué comme le recommandait le médecin-major, sans doute se serait-il complètement remis, mais... Non, il savait qu'il n'aurait jamais pu s'empêcher de riposter, il n'aurait pu abandonner ses hommes en pleine bataille. Alors il avait tiré au canon, il avait été grièvement brûlé. Sans cela, pensait Micha, il aurait pu devenir général, maréchal même. *Est-ce que cela aurait changé quelque chose ?* Filitov était trop réaliste, trop pragmatique pour s'attarder longtemps sur cette pensée. S'il avait combattu dans beaucoup d'autres campagnes, il aurait pu être tué. Ainsi, il avait eu plus de temps à passer avec Élena qu'il n'en aurait eu autrement. Elle venait tous les jours à l'hôpital des grands brûlés, à Moscou ; elle avait été d'abord horrifiée par l'étendue des blessures et puis finalement elle en était aussi fière que lui. Personne n'aurait pu douter que son homme n'avait pas fait son devoir pour la *Rodina.*

Mais, à présent, il faisait son devoir pour son Élena.

Filitov sortit de son appartement et prit l'ascenseur, une serviette de cuir à sa main droite. C'était tout juste à quoi ce côté de son corps était bon. La *babouchka* qui faisait marcher l'ascenseur le salua comme à l'accoutumée. Ils étaient du même âge, elle était veuve d'un sergent de Micha qui avait lui-même épinglé sur sa poitrine l'étoile d'or.

— Et ta nouvelle petite-fille ? demanda-t-il.

— Un ange ! répondit-elle.

Filitov sourit, en partie par indulgence — pouvait-il exister un vilain bébé ? —, en partie parce que ce mot d'« ange » avait survécu à soixante-dix ans de « révolution scientifique ».

La voiture l'attendait. Le chauffeur était une nouvelle recrue, frais émoulu de l'école des sous-officiers et du cours de conduite automobile. Il salua gravement son colonel, en lui tenant la portière ouverte de l'autre main.

— Belle journée, camarade colonel.

— En effet, sergent Jdanov, répondit Filitov.

La plupart des officiers se seraient contentés d'un grognement mais il était un vrai soldat dont les victoires sur le champ de bataille avaient été permises par son dévouement à ses hommes. Une leçon que peu d'officiers apprenaient ou comprenaient. *Dommage*, pensa-t-il.

La voiture était agréablement douillette, le chauffage ayant été monté au maximum un quart d'heure plus tôt. Filitov devenait de plus en plus sensible au froid, un signe certain de l'âge. Il venait encore d'être hospitalisé pour une pneumonie, pour la troisième fois depuis cinq ans. *La prochaine fois*, se disait-il, *sera peut-être la dernière*. Mais il chassa cette pensée. Il avait trop souvent trompé la mort pour la craindre. La vie venait et repartait, à un rythme constant. Une brève seconde à la fois. Quand la dernière arriverait, la remarquerait-il ? S'en soucierait-il ?

Le chauffeur arrêta la voiture devant le ministère de la Défense avant que Filitov trouve une réponse à cette question.

Ryan était sûr d'être depuis trop longtemps au service du gouvernement. Il en venait à... non, pas à aimer l'avion, tout de même, mais au moins à en apprécier la commodité. Il n'avait mis que quatre heures depuis Washington, dans un Learjet C-21 de l'armée de l'air dont le pilote, un capitaine, était une fille qui avait l'air d'une lycéenne.

Je me fais vieux, se dit-il. Le parcours depuis le terrain d'aviation jusqu'au sommet de la montagne s'était fait par hélicoptère, ce qui n'avait rien de facile à cette altitude. Ryan n'était encore jamais venu au Nouveau-Mexique. Les hautes montagnes étaient dénudées, l'air si raréfié qu'il respirait difficilement et le ciel si clair que pendant un instant, il se prit pour un astronaute contemplant des étoiles dans cette nuit glaciale, sans nuages.

— Du café, monsieur ? demanda un sergent.

Il offrait à Ryan un gobelet dont la vapeur montait dans la nuit, à peine éclairée par un mince croissant de nouvelle lune.

— Merci.

Ryan but une gorgée et regarda de tous côtés. Il y avait peu de lumières. Il apercevait vaguement le reflet lumineux de ce qui devait être Santa Fe, mais il était impossible de calculer la distance. Il savait que le rocher sur lequel il se tenait était à plus de trois mille mètres au-dessus du niveau de la mer et que le point le plus proche de ce niveau se trouvait à des centaines de kilomètres. Tout cela était magnifique, à part le froid. Ses doigts étaient engourdis autour de la tasse de plastique. Il avait eu le tort de laisser ses gants à la maison.

— Dix-sept minutes, annonça quelqu'un. Tous systèmes nominaux. Traqueurs sur automatique. ADS dans huit minutes.

— ADS ? s'étonna Ryan, et sa voix résonna bizarrement à ses oreilles.

Il faisait si froid qu'il avait aussi les joues engourdies.

— Acquisition du signal, expliqua le commandant.

— Vous habitez près d'ici ?

— À soixante-cinq kilomètres. La porte à côté pour les gens d'ici.

L'accent de Brooklyn de l'officier justifiait le commentaire.

C'est celui qui a un doctorat de l'université du New York à Stony Brook, se rappela Ryan. Âgé de vingt-neuf ans seulement, le commandant n'avait pas l'air d'un soldat, encore moins d'un officier. Moins d'un mètre soixante-dix, d'une maigreur cadavérique, la figure anguleuse grêlée d'acné. Pour le moment, ses yeux renfoncés étaient fixés sur le secteur de l'horizon où apparaîtrait la navette spatiale *Discovery*. Ryan songea aux documents qu'il avait lus pendant son vol et se dit que ce commandant ne lui révélerait probablement pas la couleur des murs de son living-room. Il vivait au Laboratoire national de Los Alamos, connu localement sous le nom de La Montagne. Premier de sa promotion à West Point, un doctorat de physique énergétique deux ans après seulement. Sa thèse était classée Top Secret. Jack l'avait lue et n'avait pas compris pourquoi on avait jugé le secret nécessaire. Bien qu'il eût lui-même un doctorat, le document n'avait pas eu plus de signification pour lui que s'il était écrit en kurde. On parlait déjà d'Alan Gregory avec le même respect que de Stephen Hawking de Cambridge ou Freeman Dyson de Princeton. À cette différence que très peu de gens connaissaient son nom.

— Commandant Gregory ? Tout est paré ? demanda un général de l'armée de l'air et Jack remarqua le ton respectueux : Gregory n'était pas un commandant ordinaire.

— Oui, mon général.

Un sourire nerveux. Le commandant essuya ses mains moites — malgré une température de quinze degrés au-dessous de zéro — sur son pantalon d'uniforme. Jack fut heureux de voir qu'au moins, le gosse avait des émotions.

— Vous êtes marié ? lui demanda-t-il car le dossier n'en avait rien dit.

— Fiancé, monsieur. Elle a un doctorat d'optique de laser, sur La Montagne. Nous nous marions le 3 juin.

La voix du jeune homme était devenue cassante.

— Félicitations. Ça ne sort pas de la famille, hein ?

— Oui, monsieur.

Le commandant Gregory regardait toujours fixement l'horizon, au sud-ouest. Derrière eux, on annonça :

— ADS ! Nous avons un signal !

— Lunettes ! Tout le monde doit se protéger les yeux !

L'ordre tombait de plusieurs haut-parleurs de métal. Jack souffla sur ses doigts avant de retirer les lunettes de plastique de sa poche. On lui avait dit de les garder là, pour qu'elles restent au chaud. Elles étaient quand même encore assez froides sur sa figure pour qu'il les sente. Et quand elles furent en place, il devint aveugle. La lune et les étoiles avaient disparu.

— Traque ! Nous verrouillons. *Discovery* a établi la liaison plongeante. Tous systèmes nominaux.

— Acquisition d'objectif ! annonça une autre voix. Commençons séquence d'interrogation... premier objectif verrouillé... circuits d'autotir activés...

Aucun bruit n'indiqua ce qui était arrivé. Ryan n'avait rien vu... *Ai-je vu quelque chose ?* se demanda-t-il. Il avait eu une impression fugace de... de quoi ? *L'aurais-je imaginé ?* Il perçut à côté de lui le long soupir du commandant.

— Exercice terminé ! annonça le haut-parleur.

Jack arracha ses lunettes.

— C'est tout ?

Qu'avait-il vu ? Que venait-on de faire ? Serait-il tellement dépassé que même après avoir été mis au courant il ne comprenait pas ce qui se passait sous ses yeux ?

— La lumière du laser est presque impossible à voir, expliqua le commandant Gregory. À cette altitude, il n'y a pas beaucoup de poussière ni d'humidité dans l'air pour la refléter.

— Pourquoi les lunettes, alors ?

Le jeune officier sourit en ôtant les siennes.

— Eh bien, si un satellite passait par là au mauvais

moment, l'impact pourrait être... plutôt spectaculaire. Ça risquerait de faire mal aux yeux.

À plus de trois cents kilomètres au-dessus de leur tête, *Discovery* poursuivait son vol vers l'horizon. La navette devait rester encore trois jours sur orbite pour accomplir sa « mission scientifique de routine », principalement des études océanographiques cette fois, avait-on dit à la presse — quelque chose de secret, pour l'US Navy. Pendant des semaines, les journaux avaient émis des hypothèses sur la mission. Cela devait, supposaient-ils, avoir un rapport avec la détection des sous-marins lance-missiles du haut d'une orbite. Il n'y avait pas de meilleur moyen de protéger un secret que de se servir d'un autre « secret » pour le dissimuler. Chaque fois que quelqu'un posait une question sur la mission, un porte-parole de la Marine faisait son numéro « No comment ».

— Est-ce que ça a marché ? demanda Jack.

Il regarda en l'air mais fut incapable de distinguer le petit point lumineux de l'avion spatial d'un milliard de dollars.

— Il faut voir, répondit le commandant.

Il tourna les talons et marcha vers le camion au camouflage léopard, garé à quelques mètres. Le général trois étoiles le suivit et Ryan ferma la marche.

À l'intérieur, où la température était de zéro, un sergent-chef brandissait une vidéocassette.

— Où étaient les objectifs ? demanda Jack. Ça ne figurait pas dans la documentation.

— À environ quarante-cinq degrés sud, trente ouest, répondit le général.

Le commandant Gregory était juché devant un écran de télevision.

— C'est du côté des Malouines, non ? Pourquoi là-bas ?

— Plus près de la Géorgie du Sud, en réalité. C'est un coin bien tranquille, isolé, loin des sentiers battus et la distance est à peu près idéale.

Et les Soviétiques n'avaient aucun système de renseignements dans un rayon de trois milles nautiques, Ryan le savait. L'essai de Tea Clipper avait été chronométré au moment précis où tous les satellites-espions soviétiques étaient au-dessous de l'horizon visible. Enfin, la portée de tir était exactement la même que la distance vers les champs de missiles balistiques soviétiques déployés le long de la principale voie de chemin de fer est-ouest du pays.

— Prêt ! annonça le sous-officier.

L'image vidéo n'était pas vraiment excellente, prise du niveau de la mer, plus précisément du pont de l'*Observation Island*, un navire revenant d'essais de missiles Trident dans l'océan Indien. À côté du premier écran TV il y en avait un autre, qui montrait l'image du radar traqueur de satellites Cobra Judy à bord du navire. Sur chaque écran, il y avait quatre objets, espacés sur une ligne un peu irrégulière. Un minuteur, encadré dans le coin inférieur droit, dévidait des chiffres comme pour une course de ski alpin, des temps à trois décimales.

— Touché !

Un des points disparut dans un petit éclair de lumière verte.

— Raté !

Rien ne changea.

— Raté !

Jack fronça les sourcils. Il s'attendait plus ou moins à voir les rayons lumineux traverser le ciel, mais ça n'arrivait qu'au cinéma. Il n'y avait pas assez de poussière dans l'espace pour trahir le cheminement de l'énergie.

— Touché !

Un deuxième point disparut.

— Touché !

Il n'en restait plus qu'un.

— Raté !

— Raté !

Le dernier ne veut pas mourir, pensa Ryan. Mais il dut bien y passer.

— Touché ! Temps total écoulé, une seconde huit cent six millièmes.

— Cinquante pour cent, murmura le commandant Gregory. Et il s'est corrigé lui-même... Ça marche.

Le jeune officier hocha lentement la tête, en se retenant de sourire, sauf autour des yeux.

— Quelle était la taille des objectifs ? demanda Ryan.

— Trois mètres. Des ballons sphériques.

Gregory perdait rapidement le contrôle de lui-même. Il était comme un gosse que Noël a pris par surprise.

— Même diamètre qu'un SS-18.

— Oui quelque chose comme ça, répondit le général.

— Où est l'autre miroir ?

— À dix mille kilomètres d'altitude, actuellement au-dessus de l'île de l'Ascension. Officiellement, c'est un satellite météo qui n'a jamais été fichu de se placer sur sa bonne orbite, révéla en souriant le général.

— Je ne savais pas que vous pouviez l'envoyer si loin.

Le commandant Gregory se permit de pouffer, carrément.

— Nous non plus.

— Vous avez donc tiré de là-bas au miroir de la navette, de *Discovery* à cet autre miroir au-dessus de l'équateur et de là vers les objectifs.

— Exact, confirma le général.

— Alors votre système de ciblage est sur l'autre satellite ?

— Oui, répondit le général avec moins d'empressement.

Jack fit un peu de calcul mental.

— Bon, cela veut dire que vous pouvez atteindre un objectif de trois mètres à... à dix mille kilomètres ? Je ne savais pas que nous pouvions y arriver ! Comment ?

— Vous n'avez pas besoin de le savoir, répliqua froidement le général.

— Vous avez réussi quatre tirs et en avez raté quatre. Huit coups en moins de deux secondes, et le commandant dit que le système de ciblage a rectifié les ratages. Bien. Si ces objectifs avaient été des SS-18 lancés de Géorgie du Sud, est-ce que ces tirs les auraient touchés ?

— Probablement pas, reconnut Gregory. L'assemblage laser ne dégage que cinq mégajoules. Vous savez ce que c'est qu'un joule ?

— J'ai jeté un coup d'œil à mon manuel de physique avant de descendre ici. Un joule est un mètre newton-seconde, ou l'énergie dépensée en une seconde par un courant d'un ampère passant à travers une résistance d'un ohm, d'accord ? Un mégajoule c'est un million de joules...

— Un mégajoule est plus ou moins l'équivalent d'une cartouche de dynamite. Nous avons donc lancé cinq cartouches de dynamite. L'énergie réelle transférée est pareille à un kilo d'explosif mais les effets physiques ne sont pas précisément comparables.

— Si je vous comprends bien, le rayon laser ne traverse pas l'objectif en le brûlant mais a plutôt un effet de choc ? hasarda Ryan, à la limite de ses connaissances techniques.

— Nous appelons cela un « impact destructeur », répondit le général, mais vous avez raison, c'est à peu près ça. Toute l'énergie arrive en quelques millionièmes de seconde, bien plus vite que n'importe quelle balle.

— Alors tout ce que j'ai entendu dire sur la façon de polir la surface du missile ou de le faire pivoter va effectivement l'empêcher d'être traversé et brûlé.

Le commandant Gregory pouffa encore.

— Oui, j'aime bien cette image. Une ballerine peut pirouetter devant un fusil de chasse, ça aura sans doute le même effet. Ce qui se passe, c'est que l'énergie doit bien aller quelque part, et ça ne peut être que dans le corps du missile. Le corps du missile est plein de liquide... presque tous ces oiseaux marchent au carburant liquide, non ? L'effet hydrostatique seul va perforer les réservoirs à pression et *braoum !* plus de missile !

Le commandant ne cessait de sourire, comme s'il racontait une bonne blague faite à un de ses professeurs de lycée.

— Très bien. Maintenant, je veux savoir comment ça marche.

— Écoutez, professeur Ryan, intervint le général — mais Jack l'interrompit :

— Je suis habilité pour Tea Clipper, mon général ! Vous le savez, alors arrêtons de tourner autour du pot !

Le commandant Gregory reçut un signe de tête de son supérieur.

— Nous avons cinq lasers d'un mégajoule...

— Où ça ?

— Vous êtes au-dessus de l'un d'entre eux, monsieur. Les quatre autres sont enterrés autour de ce sommet. L'évaluation de l'énergie se fait par pulsations, naturellement. Chacun émet une pulsation en chaîne d'un million de joules toutes les tant de microsecondes, de millionièmes de seconde.

— Et ils se rechargent en...

— Zéro virgule zéro quarante-six secondes. Autrement dit, nous pouvons tirer vingt coups par seconde.

— Mais vous n'avez pas tiré si vite que ça.

— Nous n'en avions pas besoin, monsieur. Le facteur limitant, pour le moment, est le ciblage du software. On y travaille. Le but de cet essai était d'évaluer une partie du matériel software. Nous savons que ces lasers fonctionnent. Nous les avons ici depuis trois ans. Les rayons laser sont envoyés en convergence sur un miroir à une cinquantaine de mètres par là, expliqua le commandant en tendant le bras, et puis convertis en un seul faisceau.

— Ils doivent l'être... Parce que les rayons doivent tous être absolument synchrones, n'est-ce pas ?

— Techniquement, ça s'appelle un Phase-Array Laser. Tous les rayons doivent être déployés parfaitement en phase.

— Comment diable est-ce que vous faites ça ?... Non, ne prenez pas cette peine, il est probable que je n'y comprendrai rien. Nous avons donc le rayon qui frappe la surface inférieure du miroir...

— Le miroir est ce qu'il y a de spécial. Il est composé de milliers de segments, chacun contrôlé par une puce piézo-électrique. On appelle ça l'« optique adaptive ». Nous envoyons un rayon d'interrogation au miroir — celui-là était à bord de la navette — et obtenons la mesure de distorsion atmosphérique. Cette déformation du rayon par l'atmosphère est analysée par ordinateur. Le miroir corrige ensuite la distorsion et nous tirons le coup réel. Le miroir de la navette a aussi une optique adaptive. Il reçoit et focalise le rayon et le renvoie au « nuage volant », le satellite-miroir. Ce miroir-là refocalise le rayon sur les objectifs. Zap !

— Aussi simple que ça ?

Ryan secoua la tête. C'était si simple que, depuis dix-neuf ans, quarante milliards de dollars avaient été consacrés à la recherche de base, dans vingt domaines différents, pour aboutir à cet unique essai.

— Nous avons encore à mettre au point quelques petits détails, reconnut Gregory.

Ces petits détails allaient exiger encore cinq ans ou plus, et nul ne savait combien de milliards de dollars supplémentaires. Ce qui importait au commandant, c'était que le but était maintenant en vue. Tea Clipper, après cet essai du système, n'était plus une vue de l'esprit.

— Et vous êtes le gars qui a réussi la percée sur le système de ciblage. Vous avez trouvé un moyen pour que le rayon fournisse ses propres informations de tir.

— Quelque chose comme ça, répondit le général pour le jeune officier. Mais, professeur Ryan, cette partie du système est classée ultra-secrète, assez pour que nous n'en parlions pas davantage sans autorisation écrite.

— Mon général, je suis ici pour évaluer ce programme relativement aux efforts des Soviétiques dans le même domaine. Si vous voulez que mes agents vous disent ce que manigancent les Russes, je dois savoir ce que nous devons chercher, bon Dieu !

Cela ne lui valut aucune réponse. Résigné, il tira de sa poche intérieure une enveloppe qu'il remit au général. Le commandant Gregory observait la scène avec perplexité.

— Ça ne vous plaît toujours pas, observa Ryan quand le général replia la lettre.

— Non, monsieur, ça ne me plaît pas.

Ryan parla alors d'une voix plus glaciale que la nuit du Nouveau-Mexique.

— Mon général, quand j'étais dans le Marine Corps, on ne m'a jamais dit que mes ordres devaient me plaire, simplement que je devais les exécuter, dit-il, ce qui faillit faire monter le général sur ses grands chevaux, et il se hâta d'ajouter : Je suis vraiment de votre bord, vous savez.

— Vous pouvez continuer, commandant Gregory, marmonna le général au bout de quelques instants.

— J'appelle l'algorithme « la danse de l'Éventail », déclara Gregory, ce qui fit sourire le général Parks car le commandant était bien trop jeune pour avoir connu Sally Rand.

— C'est tout ? demanda encore une fois Ryan à la fin des explications.

Il était sûr que tous les spécialistes de l'informatique du projet Tea Clipper avaient dû se poser la même question : Pourquoi n'y ai-je pas pensé ? Pas étonnant qu'ils proclament tous que Gregory était un génie. Il avait opéré la percée capitale en technologie du laser, à Stony Brook, et puis une *autre* encore dans la conception du software.

— Mais c'est simple !

— Oui, monsieur, mais il a fallu plus de deux ans pour arriver à le faire marcher et aussi un ordinateur Cray-2 pour le faire marcher assez vite. Il faut encore y travailler mais une fois que nous aurons analysé ce qui n'a pas fonctionné ce soir, encore quatre ou cinq mois, et nous serons parés.

— Et maintenant ?

— La construction d'un laser de cinq mégajoules. Une autre équipe en est déjà bien près. Et alors nous en rassemblerons une vingtaine, et nous serons capables d'expédier une pulsation de cent mégajoules vingt fois par seconde, pour frapper n'importe quel objectif. L'énergie d'impact sera alors de l'ordre de, voyons... vingt à trente kilos d'explosif.

— Et ça, ça tuera n'importe quel missile...

— Oui, monsieur ! affirma avec le sourire le commandant Gregory.

— En somme, d'après vous, ce truc, Tea Clipper, ça marche.

— Nous avons validé l'architecture du système, rectifia le général. Le chemin a été long et difficile, depuis que nous avons commencé son étude. Il y a cinq ans, nous avions onze obstacles. Il ne reste plus que trois haies techniques sur le parcours. Dans cinq ans, il n'y en aura plus. Alors, nous pourrons commencer à le construire.

— Les implications stratégiques..., dit Ryan, mais il s'interrompit tout à coup. Dieu !

— Ça va changer le monde, reconnut le général.

— Vous savez qu'ils jouent ce même jeu à Douchanbe ?

— Oui, monsieur, répondit Gregory. Et il se pourrait bien qu'ils sachent quelque chose que nous ignorons.

Ryan hocha la tête. Gregory était même assez intelligent pour savoir que quelqu'un d'autre pourrait l'être plus que lui. C'était un sacré bonhomme, ce gosse-là.

— Messieurs, dans mon hélicoptère il y a une serviette. Pourriez-vous me la faire apporter ? Elle contient des photos satellite qui vous intéresseront peut-être.

Cinq minutes plus tard le général demanda, en feuilletant les photos :

— De quand datent ces clichés ?

— Deux jours, répondit Jack.

Le commandant Gregory les examina à son tour, pendant une minute ou deux.

— Bien. Nous avons ici deux installations légèrement différentes. Ça s'appelle le déploiement clairsemé. Le déploiement hexagonal, celui au six piliers, est un émetteur. Le bâtiment du milieu, là, est probablement fait pour abriter six lasers. Ces piliers sont des montures optiquement stables pour des miroirs. Les rayons laser sortent du bâtiment, se reflètent sur les miroirs et les miroirs sont informatiquement contrôlés pour concentrer le rayon sur l'objectif.

— Qu'entendez-vous par optiquement stables ?

— Les miroirs doivent être contrôlés avec un haut degré de précision, monsieur, expliqua Gregory. En les isolant du terrain environnant on élimine la vibration qui serait provoquée, par exemple, par un homme marchant à côté, ou par le passage d'une voiture. Si on secoue les miroirs d'un minuscule multiple de la fréquence de la lumière du laser, on fout complètement en l'air l'effet qu'on cherche à obtenir. Ici, nous utilisons des amortisseurs pour renforcer le facteur d'isolement. C'est une technique mise au point initialement pour les sous-marins. D'accord ? Bon. Là, cet autre déploiement en losange est... ah oui, bien sûr. Le récepteur.

— Quoi ?

Le cerveau de Jack venait encore de se heurter à un mur de pierre.

— Disons que vous voulez prendre une vraiment bonne photo de quelque chose, mais vraiment excellente, alors vous utilisez un laser comme projecteur.

— Mais pourquoi quatre miroirs ?

— C'est plus facile et moins cher de fabriquer quatre petits miroirs qu'un grand, expliqua Gregory. Hum... Je me demande s'ils essaient de produire une image holographique. S'ils peuvent réellement verrouiller leurs rayons illuminants... Théoriquement, c'est possible. Il y a deux trucs qui rendent ça délicat, mais les Russes apprécient l'approche par la force brute... Ah merde ! s'exclama-t-il, les yeux soudain brillants. C'est une idée bougrement intéressante ! Il va falloir que je réfléchisse à ce truc-là !

— Vous voulez dire qu'ils ont construit ce site rien que pour prendre des photos de nos satellites ? s'étonna Ryan.

— Non, monsieur. Ils peuvent l'utiliser pour ça, bien sûr, c'est facile. C'est une couverture parfaite. Et un système capable de prendre l'image d'un satellite à une altitude géosynchrone doit être capable d'en assommer un en orbite terrestre basse. Si vous considérez ces quatre miroirs, là, comme un télescope, rappelez-vous qu'un télescope peut être l'objectif d'un appareil photo ou faire partie d'un viseur de fusil. Ce pourrait être aussi un sacré système de visée, bougrement efficace. Combien d'énergie est fournie à ce labo ?

Ryan posa la photo.

— L'énergie fournie par ce barrage est de l'ordre de cinq cents mégawatts mais...

— Ils installent de nouveaux câbles de haute tension, observa Gregory. Comment ça se fait ?

— La centrale a deux étages, ça se voit de cet angle. On

dirait qu'ils activent la moitié supérieure. Ça fera monter leur quantité d'énergie de pointe à quelque chose comme onze cents mégawatts.

— Combien en arrive sur ce sommet-là ?

— Nous l'appelons Bach. Une centaine, peut-être. Le reste va à Mozart, la ville qui a poussé sur le sommet voisin. Ils doublent donc l'énergie dont ils disposent.

— Plus que ça, nota Gregory. À moins qu'ils aient l'intention de doubler l'importance de cette ville, pourquoi ne pas supposer que l'énergie accrue va aux lasers, tout simplement ?

Jack faillit s'étrangler. *Pourquoi diable n'y as-tu pas pensé ?* se dit-il avec irritation.

— Parce que, reprit Gregory, parce que... Ça fait cinq cents mégawatts de puissance supplémentaires. Dieu ! Et s'ils venaient d'opérer une percée ? Est-ce que c'est très difficile de savoir ce qui se passe là-bas ?

— Regardez les photos et dites-moi si vous pensez qu'il serait facile de s'y infiltrer.

— Ah oui, bien sûr. (Gregory leva les yeux.) Ce serait bien de savoir quelle quantité d'énergie ils arrivent à sortir de leurs instruments. Il y a combien de temps que cette installation existe, monsieur ?

— Quatre ans environ, et elle n'est pas terminée. Mozart est tout neuf. Jusqu'à ces derniers temps, les ouvriers étaient logés dans cette caserne. Nous avons remarqué le site quand ils ont construit l'immeuble locatif, en même temps que la clôture. Quand les Russes se mettent à soigner leurs travailleurs, on sait que le projet a une priorité majeure. S'il y a un grillage et des miradors, nous savons que c'est militaire.

— Comment est-ce que vous l'avez découvert ?

— Par hasard. L'Agence retraçait ses informations météorologiques sur l'Union soviétique et un des techniciens a décidé de faire une analyse informatisée des meilleurs sites locaux pour l'observation astronomique. Celui-ci en est un. Ces derniers mois, le temps a été anormalement nuageux, mais en moyenne le ciel y est aussi clair qu'ici. C'est aussi vrai de Sary Chagan, de Semipalatinsk et d'un autre site nouveau, Storojevaya.

Ryan étala d'autres photos, que Gregory examina.

— Ils ne chôment certainement pas !

— Bonjour, Micha, dit le maréchal Dimitri Timofeyevitch Yasov.

— Bonjour, camarade ministre de la Défense, répondit le colonel Filitov.

Un sergent aida le ministre à se débarrasser de sa capote et un autre apporta un plateau de thé. Tous deux se retirèrent quand Micha ouvrit sa serviette.

— Alors, Micha, comment s'annonce cette journée ?

Yazov servit deux tasses de thé. Il faisait encore nuit à l'extérieur de l'immeuble du conseil des ministres. Le périmètre intérieur du Kremlin était illuminé par d'énormes projecteurs bleu-blanc et les sentinelles apparaissaient et disparaissaient des flaques de lumière.

— Bien remplie, Dimitri Timofeyevitch.

Yazov n'était pas l'homme qu'avait été Dimitri Oustinov mais Filitov reconnaissait qu'il travaillait aussi assidûment que le devait un officier. Comme Filitov, le maréchal Yazov était issu des blindés. Leurs chemins ne s'étaient jamais croisés pendant la guerre, mais ils se connaissaient de réputation. Celle de Micha était meilleure en tant que soldat — les puristes prétendaient qu'il était fondamentalement un officier de cavalerie et pourtant il avait horreur des chevaux — tandis que Dimitri Yazov était renommé comme officier d'état-major et grand organisateur ; et homme du Parti, bien entendu. Avant toute chose, Yazov était un homme du Parti, autrement il n'aurait jamais accédé à la dignité de maréchal.

— Nous avons cette délégation qui arrive de la station expérimentale du Tadjikistan, annonça le colonel.

— Ah oui. Étoile brillante. Oui, nous devrions recevoir ce rapport aujourd'hui, n'est-ce pas ?

— Peuh, fit Micha. Des universitaires ! Ils ne reconnaîtraient pas une arme authentique si on la leur fourrait dans le cul !

— Le temps des lances et des sabres est révolu, Mikhaïl Semyonovitch, rappela Yazov en riant.

Il n'avait pas la brillante intelligence d'Oustinov mais il n'était pas non plus un imbécile comme son prédécesseur Sergueï Sokolov. Son manque de connaissances techniques était compensé par un instinct quasi surnaturel pour évaluer les mérites des nouveaux systèmes d'armement et par une grande compréhension des hommes de l'Armée rouge.

— Ces inventions paraissent extraordinairement prometteuses.

— Bien sûr. Je regrette seulement que nous n'ayons pas un vrai soldat à la tête du projet, au lieu d'une bande de professeurs visionnaires.

— Mais le général Pokrychkine...

— Il était pilote de chasse. J'ai dit un *soldat*, camarade ministre. Les pilotes soutiennent n'importe quoi pourvu qu'il y ait assez de boutons et de cadrans. D'ailleurs, Pokrychkine a passé dernièrement plus de temps dans les universités que dans les avions. On ne le laisse même plus piloter. Il y a dix ans que Pokrychkine a cessé d'être un soldat. Il est devenu maintenant un fournisseur de magiciens.

Et il est en train de se bâtir son propre petit empire là-bas, mais ça, c'est une question qui devra attendre un autre jour.

— Vous souhaitez une nouvelle affectation, Micha ? demanda sournoisement Yazov.

— Pas celle-là ! s'exclama Filitov en riant mais il reprit immédiatement son sérieux. Ce que je voudrais vous faire comprendre, Dimitri Timofeyevitch, c'est que les évaluations des progrès que nous recevons d'Étoile brillante sont — comment dire ? — déformées du fait que nous n'avons pas d'authentique militaire sur place. Quelqu'un qui comprenne les hasards de la guerre, qui sache ce que doit être une arme.

Le ministre de la Défense hocha la tête d'un air pensif.

— Oui, je comprends. Ils pensent plutôt à des instruments qu'à des armes, c'est vrai. La complexité du projet me cause du souci.

— Combien y a-t-il de pièces détachées, au juste, dans ce nouvel assemblage ?

— Je n'en ai aucune idée. Des milliers, sans doute.

— Un instrument ne devient unc arme qu'au moment où il peut être manipulé de façon sûre par un simple soldat. Enfin, au moins par un lieutenant. Est-ce que quelqu'un, en dehors du projet, a jamais fait une évaluation de fiabilité ?

— Non, pas à ma connaissance.

Filitov prit sa tasse de thé.

— Vous voyez bien, Dimitri Timofeyevitch ! Vous ne croyez pas que le Politburo serait intéressé ? Jusqu'à présent, il a bien voulu financer le projet expérimental, naturellement, mais (il but une gorgée) ils viennent ici pour demander des crédits, pour faire passer le site au stade opérationnel, et nous n'avons aucune étude indépendante du projet.

— Comment devrions-nous obtenir cette étude, d'après vous ?

— Il est évident que je ne peux pas la faire. Je suis trop vieux, pas assez instruit, mais nous avons quelques nouveaux colonels brillants, au ministère, en particulier dans les transmissions. Ce ne sont pas des officiers de combat, strictement parlant, mais ce sont des soldats et ils ont assez de compétences pour examiner ces merveilles électroniques. Ce n'est qu'une suggestion...

Filitov se garda d'insister. Il avait semé le germe d'une idée. Yazov était bien plus facile à manipuler que ne l'avait été Oustinov.

— Bien. Passons à ces problèmes de l'usine de chars de Tcheliabinsk, dit Yazov.

Ortiz regardait l'Archer escalader la montagne, à moins d'un kilomètre. Deux hommes et deux chameaux. Ils ne seraient probablement pas pris pour un commando, comme le serait un groupe d'une vingtaine d'hommes. Cela n'avait pas grande importance, Ortiz le savait, car les Soviétiques en étaient arrivés à attaquer presque tout ce qui bougeait. *Vaya con Dios.*

— Je boirais bien une bière, dit le capitaine.

Ortiz se retourna.

— Mon capitaine, ce qui me permet de traiter aussi efficacement avec ces gens, c'est que je vis comme ils vivent. J'obéis à leurs lois et je respecte leurs coutumes. Cela signifie pas d'alcool, pas de porc, cela signifie que je ne touche pas à leurs femmes.

— Merde ! grommela avec mépris l'officier. Ces sauvages ignorants...

— Mon capitaine, la prochaine fois que je vous entendrai dire ça, ou même le penser tout haut, ce sera votre dernier jour ici. Ces gens travaillent pour nous. Ils nous apportent ce que nous ne pouvons obtenir nulle part ailleurs. Vous les traiterez donc, je le répète, avec tout le respect auquel ils ont droit. Est-ce clair ?

— Oui, monsieur...

Dieu, ce type se transforme lui-même en nègre des sables !

3

Le renard roux fatigué

C'EST impressionnant... si on peut arriver à comprendre ce qu'ils font.

— Jack bâilla. Il avait pris le même appareil de l'Air Force pour revenir de Los Alamos à Andrews et il avait de nouveau du retard sur son sommeil. Et il avait beau voyager fréquemment, il n'arrivait pas à s'habituer au décalage horaire.

— Ce jeune Gregory est d'une intelligence extraordinaire. Il ne lui a fallu que deux secondes pour identifier l'installation de Bach, pratiquement mot pour mot dans les mêmes termes que le NPIC.

À cette différence que les photo-interprètes du National Photographic Intelligence Center avaient mis quatre mois et rédigé trois rapports avant de tomber juste.

— Vous estimez que sa place est dans l'équipe d'études ?

— C'est comme si vous me demandiez si on veut avoir des chirurgiens dans la salle d'opération, amiral. Ah, au fait, il veut que nous infiltrions Bach.

Ryan leva les yeux au ciel et l'amiral Greer faillit lâcher sa tasse de café.

— Ce gosse voit trop de films d'espionnage !

— Ça fait plaisir de savoir qu'il y a quelqu'un pour croire en nous, reconnut Jack avec un petit rire. Enfin bref, Gregory veut savoir s'ils ont réussi une percée dans l'input — pardon, je crois que le nouveau mot est *throughput* — de puissance des lasers. Il soupçonne que la plus grande partie de la nouvelle énergie du barrage hydroélectrique ira à Bach.

La figure de Greer s'assombrit.

— Redoutable pensée. Croyez-vous qu'il ait raison ?

— Ils ont beaucoup de gens de valeur dans les lasers, amiral. N'oubliez pas que Nikolaï Bosov a eu le prix Nobel et depuis il travaille dans la recherche sur l'armement laser, tout comme Yevgeny Velikhov, un militant pacifiste actif, et le directeur de l'Institut du Laser est le fils de Dimitri Oustinov. Le site Bach est presque certainement un laser à déploiement clairsemé. Mais nous avons besoin de savoir quelle espèce de laser... gazeux, électrons libres, chimique. Gregory pense qu'il sera de l'espèce électrons libres mais ce n'est qu'une conjecture. Il m'a donné des chiffres établissant l'avantage du choix de ce sommet pour le déploiement laser, où il se trouve soumis à une pression d'une demi-atmosphère, et nous savons quelle quantité d'énergie est nécessaire pour faire certaines des choses qu'ils veulent faire. Il a dit qu'il allait essayer de calculer à rebours pour estimer la puissance totale du système. Les chiffres seront plutôt modérés. Avec ce que dit Gregory et la construction des installations résidentielles sur Mozart, nous devons bien supposer que ce site doit passer dans un proche avenir au stade d'évaluation et d'essai officiel, et peut-être opérationnel dans deux ou trois ans. Dans ce cas, les Russkis pourraient bientôt posséder un laser capable de rayer des cadres un de nos satellites. Probablement une destruction douce, dit le commandant ; il enfumera les récepteurs des caméras et les cellules photovoltaïques. Mais au stade suivant...

— Ouais. C'est une course, pas de doute.

— Quelles chances avons-nous que Ritter et les gens des Opérations découvrent quelque chose dans un de ces bâtiments du site Bach ?

— Je suppose que nous pouvons discuter de cette possibilité, dit Greer sans se compromettre, et il changea de conversation. Vous m'avez l'air plutôt éreinté.

Ryan comprit. Il n'avait pas à savoir ce que méditaient les Opérations. Il pouvait maintenant parler comme une personne normale.

— Tous ces voyages ont été assez fatigants. Si cela ne vous dérange pas trop, amiral, j'aimerais autant prendre le reste de ma journée.

— Bien sûr. Je vous verrai demain. Mais avant... Jack ? J'ai reçu un coup de fil à votre sujet de la Securities and Exchange Commission.

Jack baissa la tête.

— Ah oui. Je les avais complètement oubliés, ceux-là. Ils m'ont téléphoné juste avant que je parte pour Moscou.

— Qu'est-ce qui se passe ?

— Une des compagnies dont je suis actionnaire. La direction fait l'objet d'une enquête pour rachat illicite d'actions et la SEC veut savoir comment j'ai pu décider d'acheter à ce moment-là.

— Et alors ? demanda Greer.

La CIA avait connu assez de scandales et l'amiral n'en voulait aucun dans son bureau.

— En fait j'ai eu un tuyau, qui disait que ça pourrait être une société intéressante et quand je me suis renseigné, j'ai vu que la compagnie se rachetait. C'est ça qui m'a encouragé à acheter. C'est légal, chef. J'ai tous les documents à la maison. Je fais tout ça par ordinateur — enfin non, pas depuis que je travaille ici — et je conserve des copies de tout. Je n'ai transgressé aucun règlement, et je peux le prouver[1].

— Tâchez de régler ça sans tarder, conseilla Greer.

— D'accord, amiral.

Cinq minutes plus tard, Jack était dans sa voiture. Le trajet de retour vers Peregrine Cliff fut plus facile que d'habitude et il ne prit que cinquante minutes, au lieu d'une heure et quart. Cathy était au travail, normalement, et les enfants en classe, Sally à St. Mary's et Jack au jardin d'enfants. Ryan se servit un verre de lait à la cuisine. Après l'avoir bu, il monta, ôta ses chaussures d'un coup de pied et s'écroula sur le lit sans même prendre la peine d'enlever son pantalon.

Le colonel du groupe de Transmissions Gennady Iosifovitch Bondarenko était assis en face de Micha, le dos droit et l'allure fière comme il convenait à un officier supérieur aussi jeune. Il ne se montrait pas du tout intimidé par le colonel Filitov, qui était assez vieux pour être son père et qui était devenu comme une légende au ministère de la Défense. Ainsi, c'était donc ce vieux guerrier, ce vétéran qui avait combattu dans presque toutes les batailles de chars dans les deux premières années de la grande guerre patriotique ! Il voyait dans ses yeux une dureté que l'âge et la fatigue ne pouvaient effacer, il remarquait l'infirmité du bras droit et se rappelait comment cet

1. Voir *Jeux de guerre*, du même auteur chez le même éditeur. (*N.d.T.*)

homme avait été blessé. On disait que le vieux Micha faisait encore la tournée des usines de chars avec des hommes de son ancien régiment, pour voir lui-même si le contrôle de la qualité était à la hauteur de ses exigences, pour s'assurer que ses yeux bleus perçants pouvaient encore toucher l'objectif, du siège du canonnier. Bondarenko était quelque peu impressionné, tout de même, par ce soldat exceptionnel. Mais plus que tout, il était fier de porter le même uniforme.

— En quoi puis-je servir le colonel ? demanda-t-il à Micha.

— D'après votre dossier, vous êtes expert en gadgets électroniques, Gennady Iosifovitch, répondit Filitov en indiquant le document sur son bureau.

— C'est là mon travail, camarade colonel, répondit Bondarenko qui était plus qu'expert.

Il avait contribué au développement des lasers télémétriques pour l'utilisation en campagne et jusqu'à ces tout derniers temps il participait à un projet pour l'emploi des lasers à la place de la radio dans les communications en première ligne.

— Le sujet que nous allons aborder est classé ultra-secret, reprit Filitov et le jeune colonel hocha gravement la tête. Depuis plusieurs années, le ministère subventionne un projet laser très spécial appelé Étoile brillante. Le nom lui-même est secret, bien entendu. Sa principale mission est de prendre des photos de haute qualité des satellites occidentaux mais, une fois complètement au point, il sera probablement capable de les aveugler, au moment où cette action deviendra politiquement nécessaire. Le projet est dirigé par des universitaires et par un ancien pilote de chasse du PVO Voyska ; ce genre d'installation dépend de l'autorité des forces de défense aérienne, malheureusement. J'aurais préféré qu'un vrai soldat le dirige mais...

Micha s'interrompit et fit un geste vague vers le plafond. Bondarenko sourit. *La politique*, se dirent-ils silencieusement, tous les deux. *Pas étonnant que nous n'arrivions jamais à rien.*

— Le ministre veut que vous alliez là-bas pour évaluer le potentiel de l'armement de ce site, en particulier du point de vue de la fiabilité. Si nous voulons le hausser au niveau opérationnel, il serait bon de savoir si le fichu système marchera quand nous le voudrons.

Le jeune officier hocha la tête, tout en réfléchissant à toute vitesse. C'était une mission de choix, et bien davantage. Il ferait son rapport au ministre par l'intermédiaire de son collaborateur le plus digne de confiance. S'il réussissait, il aurait l'approbation personnelle du ministre dans sa poche. Cela lui garantirait des étoiles de général, un plus grand appartement pour sa famille, une bonne éducation pour ses enfants, beaucoup d'autres choses pour lesquelles il travaillait depuis des années.

— Je présume, camarade colonel, que là-bas on est au courant de ma venue ?

Micha rit ironiquement.

— Est-ce ainsi que fonctionne aujourd'hui l'Armée rouge ? Nous leur disons quand ils vont être inspectés ? Non, Gennady Iosifovitch, si nous voulons évaluer la fiabilité, nous devons le faire par surprise. J'ai ici pour vous une lettre du maréchal Yazov en personne. Elle vous suffira pour passer la sécurité, qui est du ressort de nos collègues du KGB, dit froidement Micha. Elle vous donnera un libre accès à toute l'installation. Si vous avez la moindre difficulté, téléphonez-moi immédiatement. On peut toujours me joindre à ce numéro.

— Dans quelle mesure l'évaluation doit-elle être détaillée, camarade colonel ?

— Assez pour qu'un vieil officier de chars fatigué comme moi puisse comprendre ce que signifie leur sorcellerie, répliqua Micha sans ironie. Croyez-vous pouvoir tout comprendre ?

— Sinon je vous en informerai, camarade colonel.

Excellente réponse, pensa Micha. Ce Bondarenko irait loin.

— Parfait, Gennady Iosifovitch. Je préfère de beaucoup qu'un officier me dise qu'il ne sait pas, plutôt que de chercher à m'impressionner.

Bondarenko capta ce message cinq sur cinq. On racontait que le tapis de ce bureau était rougi du sang des officiers qui avaient voulu en faire accroire à cet homme.

— Quand pouvez-vous partir ?

— Est-ce que c'est une très grande installation ?

— Oui. Elle abrite quatre cents universitaires et soldats du génie, et peut-être six cents autres personnes. Vous aurez environ une semaine pour votre évaluation. La rapidité est moins importante que le travail approfondi.

— Il faudra alors que j'emporte un autre uniforme. Je peux être prêt à partir dans deux heures.

— Excellent. Vous pouvez aller.

Micha ouvrit un nouveau dossier.

Comme d'habitude, Micha travailla quelques minutes de plus que le ministre. Il rangea et mit sous clef ses documents personnels et laissa ce qui restait à un messager dont le chariot transporta le tout au fichier central, à quelques mètres le long du couloir de son bureau. Le même messager lui remit une note lui apprenant que le colonel Bondarenko avait pris le vol 1730 de l'Aeroflot pour Douchanbe et que le transport au sol, de l'aéroport civil à Étoile brillante, s'était bien passé. Filitov se promit de féliciter Bondarenko pour son habileté. Étant membre de l'Inspectorat général du ministère, il aurait pu réquisitionner un avion spécial et atterrir directement sur le terrain militaire de la ville, mais le service de sécurité d'Étoile brillante devait avoir là des agents pour signaler l'arrivée d'un tel vol. Tandis que de cette façon, un colonel venant de Moscou pouvait facilement être pris pour ce que les colonels de Moscou étaient généralement, de simples garçons de courses. Cela irritait Filitov. Un homme qui avait travaillé assez dur pour arriver au grade de commandant d'un régiment — ce qu'il y avait de mieux, en réalité, dans n'importe quelle armée — ne devait pas être un esclave d'état-major tout juste bon à apporter à boire à son général. Mais il était sûr que la même chose existait dans tous les quartiers généraux. Bondarenko aurait au moins l'occasion de se faire les dents sur les marchands de plume, là-bas dans le Tadjikistan.

Filitov se leva et prit sa capote. Quelques instants plus tard, la serviette à sa main droite, il quitta son bureau. Son secrétaire, un sous-officier, téléphona aussitôt pour que sa voiture vienne l'attendre. Elle était là quand Micha sortit de l'immeuble.

Quarante minutes plus tard, il était en tenue d'intérieur confortable. La télévision était en marche, diffusant quelque chose d'assez stupide, probablement importé d'Occident. Micha était seul à sa table de cuisine, avec une bouteille d'un demi-litre de vodka à côté de son repas du soir. De la saucisse, du pain noir, de gros cornichons, pas très différent de ce qu'il mangeait en campagne avec ses hommes, il y avait deux générations. Son estomac digérait mieux cette alimentation grossière que les mets délicats, ce qui avait complètement dérouté le personnel de l'hôpital lors de sa dernière pneumonie. Après chaque bouchée, il prenait une petite gorgée de vodka, les yeux levés vers les fenêtres dont les stores étaient baissés d'une façon particulière. Les lumières de Moscou étincelaient, ainsi que les innombrables rectangles jaunes des fenêtres d'appartements.

Il se rappelait les odeurs. La senteur verdoyante de la bonne terre russe, le délicieux parfum vert de l'herbe des prés, et aussi la puanteur du carburant des moteurs diesel et l'âcre relent acide du propulseur des canons des chars qui imprégnait les treillis en dépit de tous les lavages. Pour un soldat des blindés, c'était l'odeur du combat, tout comme celle plus affreuse des véhicules en feu, des équipages brûlés vifs. Sans regarder, il souleva sa saucisse, en coupa un morceau et le porta à sa bouche avec un couteau. Il regardait par la fenêtre mais, comme si c'était un écran de télévision, il voyait un vaste horizon lointain au coucher du soleil et des colonnes de fumée s'élevant le long du périmètre vert et bleu, marron et orangé. Ensuite, une bouchée de pain noir. Et, comme toujours ces soirs-là, les fantômes revinrent le visiter.

Tant de morts.

Romanov, tué à Vyasma. Ivanenko, perdu devant Moscou. Le lieutenant Abachine, à Kharkhov... Mirka, le jeune et beau poète, le svelte officier sensible qui avait le cœur d'un lion, tué à la tête de la cinquième contre-attaque, mais dégageant la voie pour que Micha puisse extraire ce qui restait de son régiment de l'autre côté du Donetz avant que le marteau retombe.

Et son Élena, la dernière victime de toutes... Tous tués, non par un ennemi extérieur mais par la brutalité indifférente, imbécile de leur propre patrie...

La bouteille de vodka était maintenant aux trois quarts vide et, comme cela lui était arrivé bien souvent, Micha sanglotait, seul à sa table.

Il but une dernière gorgée au goulot. Non, pas la patrie. Pas la *Rodina*, jamais la *Rodina*. Par des salopards inhumains qui...

Il se leva et chancela vers la chambre, en laissant allumé dans le salon. La pendulette sur sa table de chevet marquait dix heures moins le quart et son esprit fut réconforté un peu à la pensée qu'il aurait neuf heures de sommeil pour se remettre du mauvais traitement qu'il avait infligé à ce qui avait été jadis un corps mince et dur, un corps qui avait enduré, et même avec joie, l'effroyable tension d'opérations de guerre prolongées. Mais ce qu'endurait aujourd'hui Micha faisait paraître le temps de guerre comme de grandes vacances et, inconsciemment il se réjouissait à l'idée que tout serait bientôt fini et qu'il connaîtrait enfin le repos.

Une demi-heure plus tard environ, une voiture passa dans la rue. À la place du passager, une femme qui ramenait son fils d'un match de hockey. Elle leva les yeux et remarqua qu'il y avait de la lumière à une certaine fenêtre et que les stores étaient baissés d'une façon particulière.

L'atmosphère était raréfiée. Bondarenko se leva à cinq heures, comme toujours, enfila son survêtement et prit l'ascenseur pour descendre de son logement d'accueil au dixième étage. Il mit un moment à s'étonner : les ascenseurs fonctionnaient. *Donc, les techniciens vont et viennent dans l'installation vingt-quatre heures sur vingt-quatre. Bien,* pensa le colonel.

Il sortit, une serviette autour du cou, et regarda l'heure. Puis il fronça les sourcils. Il avait un parcours matinal régulier, à Moscou, un chemin mesuré parmi les blocs d'immeubles. Ici, il ne pouvait être sûr de la distance qu'il allait parcourir. Mais quoi, il fallait s'y attendre. Il partit vers l'est. La vue était vraiment à vous couper le souffle. Le soleil n'allait pas tarder à se lever, plus tôt qu'à Moscou à cause de la latitude plus basse, et les sommets déchiquetés se profilaient en rouge, comme des dents de dragon, se dit-il en souriant. Son plus jeune fils aimait dessiner des dragons.

La fin de son vol avait été spectaculaire. La pleine lune avait illuminé le désert de Karakum sous l'avion et puis tout à coup cette étendue sableuse désolée s'était terminée comme au pied d'un mur construit par les dieux. En trois degrés de longitude, la terre changeait, passant de collines de trois cents mètres à des pics de cinq mille. De son point d'observation, il apercevait le halo de Douchanbe, à soixante-dix kilomètres environ au nord-ouest. Deux rivières, la Kafirnigan et la Sourkhandarya, arrosaient la ville d'un demi-million d'habitants et, en homme venu du bout du monde, le colonel se demanda pourquoi elle avait poussé là, quelle histoire ancienne l'avait fait se développer entre les deux cours d'eau alimentés par des torrents de montagne. L'endroit lui paraissait assez inhospitalier, mais peut-être les longues caravanes de chameaux de Bactriane y avaient fait étape, ou peut-être était-ce un croisement de chemins ou... Ses réflexions s'arrêtèrent là. Bondarenko savait qu'il ne faisait que repousser sa gymnastique matinale. Il fixa sur son nez et sa bouche son masque chirurgical pour se protéger de l'air glacé. Il commença par faire quelques tractions pour échauffer ses muscles, étira ses jambes contre le mur de l'immeuble et partit enfin au pas redoublé, en souplesse.

Immédiatement, il constata qu'il respirait plus fort que d'habitude, sous le masque de gaze. L'altitude, naturellement. Cela allait réduire son parcours. L'immeuble était déjà derrière lui et il regarda sur sa droite, en passant devant les ateliers de mécanique et d'optique qu'il avait repérés sur son plan du site.

— Halte ! cria une voix autoritaire.

Bondarenko pesta à part lui. Il n'aimait pas que son exercice soit interrompu. Surtout par un individu portant les épaulettes vertes du KGB. Des espions, des assassins jouant aux soldats.

— Eh bien, qu'est-ce que c'est, sergent ?

— Vos papiers, je vous prie, camarade. Je ne vous reconnais pas.

Heureusement, la femme de Bondarenko avait cousu plusieurs poches sur le survêtement Nike qu'elle avait réussi à trouver au marché noir de Moscou, un cadeau pour son dernier anniversaire. Il continua de sautiller sur place en remettant ses papiers.

— Quand est-ce que le camarade colonel est arrivé ? demanda le sergent. Et qu'est-ce que vous fabriquez dehors de si bon matin ?

— Où est votre officier ? rétorqua Bondarenko.

— Au poste principal de garde, à quatre cents mètres, là-bas.

— Alors venez avec moi, sergent, nous allons lui parler. Un colonel de l'armée soviétique n'a pas à s'expliquer avec des sergents. Venez, vous avez besoin d'exercice aussi !

Et il partit au trot. Le sergent n'avait qu'une vingtaine d'années mais il portait une lourde capote, un fusil et un ceinturon à cartouches. Au bout de deux cents mètres, Gennady l'entendit souffler.

— C'est là, camarade colonel, haleta le jeune homme une minute plus tard.

— Vous ne devriez pas fumer autant, lui fit observer Bondarenko.

— Qu'est-ce qui se passe ici ? demanda un lieutenant du KGB, assis à son bureau.

— Votre sergent m'a interpellé. Je suis le colonel G.I. Bondarenko et je fais mon exercice matinal.

— En vêtements occidentaux ?

— Qu'est-ce que ça peut bien vous faire, la tenue que je porte pour courir ?

Idiot, tu te figures que les espions font du jogging ?

— Je suis l'officier de garde de la sécurité, colonel. Je ne vous reconnais pas et mes supérieurs ne m'ont pas avisé de votre présence.

Gennady fouilla dans une autre poche et tendit son laissez-passer de visiteur ainsi que ses papiers d'identité personnels.

— Je suis un représentant spécial du ministère de la Défense. Le but de ma visite ne vous regarde pas. Je suis ici sous l'autorité personnelle du maréchal de l'Union soviétique D.T. Yazov. Si vous avez d'autres questions, vous n'avez qu'à l'appeler directement à ce numéro !

Le lieutenant du KGB lut scrupuleusement tous les documents, pour s'assurer qu'ils correspondaient à ce qu'on lui disait.

— Excusez-moi, camarade colonel, mais nous avons l'ordre de prendre très au sérieux le dispositif de sécurité. Et il n'est pas habituel de voir un homme en vêtements occidentaux courir à l'aube.

— Il n'est sûrement pas habituel non plus de voir courir vos hommes, j'imagine, rétorqua sèchement Bondarenko.

— Il n'y a guère de place sur ce sommet pour suivre un programme régulier d'entraînement physique, camarade colonel.

Bondarenko sourit et tira un carnet de sa poche.

— Vraiment ? Vous prétendez prendre votre service de sécurité au sérieux mais vous ne répondez pas aux normes de l'entraînement physique de vos hommes. Je vous remercie de ce renseignement, camarade lieutenant. Je parlerai de cette affaire à votre officier supérieur. Puis-je repartir ?

— J'ai l'ordre de fournir une escorte à tous les visiteurs officiels.

— Excellent. J'aime avoir de la compagnie quand je cours. Aurez-vous l'amabilité de vous joindre à moi, camarade lieutenant ?

L'officier du KGB était pris au piège. Cinq minutes plus tard, il soufflait comme un poisson hors de l'eau.

— Quel est le plus grand danger contre votre sécurité ? lui demanda le colonel, méchamment car il ne ralentit pas son allure.

— La frontière afghane n'est qu'à cent onze kilomètres... de ce côté, répondit le lieutenant d'une voix haletante. Ils organisent de temps en temps des raids de leurs bandits en territoire soviétique... comme vous l'avez peut-être entendu dire.

— Est-ce qu'ils prennent contact avec les habitants ?

— Pas à notre connaissance, mais c'est un souci. La population locale est en majorité musulmane.

Le lieutenant fut pris d'une quinte de toux. Gennady s'arrêta.

— Avec un air aussi glacial, le masque est bien utile, dit-il. Ça réchauffe un peu l'air que l'on inspire. Redressez-vous et respirez profondément, lieutenant. Si vous prenez tellement au sérieux vos problèmes de sécurité, vos hommes et vous vous devez d'être en bonne forme physique. Je vous assure que les Afghans le sont. Il y a deux ans, j'ai fait partie d'un groupe de *Spetznaz* qui les a traqués dans une demi-douzaine de montagnes abominables. Nous n'avons jamais pu les rattraper.

Mais ils nous ont bien rattrapés ; cela, il ne le dit pas mais jamais il n'oublierait cette embuscade...

— Des hélicoptères ?

— Ils ne peuvent pas toujours voler par mauvais temps, mon jeune camarade, et d'ailleurs nous cherchions à prouver que, nous aussi, nous savions nous battre dans la montagne.

— Eh bien... nous avons des patrouilles qui sortent tous les jours, naturellement.

C'était sa façon de le dire qui inquiétait Bondarenko et il se promit de vérifier cette affirmation.

— Quelle distance avons-nous parcourue ?

— Deux kilomètres.

— L'altitude rend la course plus difficile, c'est vrai. Venez, nous allons retourner au pas.

Le lever du soleil fut un grand spectacle. L'astre flamboyant apparut lentement au-dessus d'une montagne anonyme à l'est, sa lumière glissa le long des pentes et chassa les ombres des profondes vallées glaciales. L'installation n'était pas un objectif facile, même pour ces barbares inhumains de *moudjahiddin.* Les miradors étaient bien situés, avec des champs de tir dégagés s'étendant sur plusieurs kilomètres. On ne se servait pas des projecteurs mobiles par égard pour la population civile du site et, d'ailleurs, les instruments à vision nocturne étaient plus efficaces et le colonel était sûr que le détachement du KGB en possédait. Et puis, se dit-il, ce n'était pas pour vérifier la sécurité qu'il avait été envoyé, bien que ce soit un prétexte de choix pour harceler les hommes du KGB.

— Puis-je demander comment vous avez obtenu votre tenue de gymnastique ? demanda finalement le lieutenant quand il respira normalement.

— Êtes-vous marié, camarade lieutenant ?

— Oui, je le suis, camarade colonel.

— Je n'ai pas l'habitude de demander à ma femme où elle achète les cadeaux qu'elle me fait pour mon anniversaire.

Sur quoi Bondarenko fit quelques flexions, pour montrer que, tout de même, il valait mieux que l'homme du KGB.

— Colonel, si nos devoirs ne sont pas tout à fait les mêmes, nous servons tous deux l'Union soviétique. Je suis un jeune officier inexpérimenté, comme vous venez de le démontrer clairement. Une chose qui me trouble, c'est cette rivalité inutile entre l'armée et le KGB.

— Bien dit, mon jeune camarade. Peut-être vous rappellerez-vous ce sentiment quand vous arborerez des étoiles de général.

Bondarenko quitta le lieutenant au poste de garde et retourna d'un pas vif à l'immeuble ; le petit vent matinal menaçait de glacer la sueur de son cou. Il entra et prit l'ascenseur. Il ne fut pas surpris de constater qu'il n'y avait pas d'eau chaude, si tôt le matin. Il supporta une douche froide, qui chassa les derniers vestiges du sommeil, se rasa, s'habilla et descendit prendre son petit déjeuner à la cantine.

Filitov n'avait pas besoin d'être au ministère avant neuf heures et, sur le chemin, il y avait des bains de vapeur. L'expérience lui avait appris qu'il n'y a rien de tel que la vapeur pour dissiper la gueule de bois et vous éclaircir les idées. Son sergent le conduisit aux bains Sandunovski, dans Kunznetskiy Most, à six rues du Kremlin. C'était d'ailleurs son étape habituelle du mercredi. Il n'était pas seul, même à cette heure matinale. Une poignée d'hommes probablement aussi importants que lui montaient par le large escalier de marbre, car des milliers de Moscovites souffraient du même mal que le colonel et avaient recours au même remède. Il y avait même des femmes et il se demanda si leur hammam était différent de celui où il allait. C'était bizarre. Il venait là depuis qu'il était entré au ministère en 1943 et pourtant jamais il n'avait risqué un coup d'œil dans le secteur des dames. *Et maintenant, je suis bien trop vieux.*

Les yeux brûlants, les paupières lourdes, il se déshabilla et, une fois entièrement nu, prit une épaisse serviette de bain sur la pile et une poignée de petites branches de bouleau. Avant d'ouvrir la porte donnant dans le sauna il respira profondément l'air frais du vestiaire. Le sol de marbre avait été presque entièrement remplacé par du carrelage orangé. Il se rappelait le temps où les dalles originelles étaient encore intactes.

Deux hommes d'une cinquantaine d'années étaient en pleine discussion, politique probablement. Il entendait leurs voix gutturales malgré le sifflement de la vapeur sortant de la chaudière au centre de la salle. Micha compta cinq autres hommes, la tête basse, qui subissaient leur gueule de bois dans une solitude maussade. Il alla s'asseoir sur un gradin au premier rang.

— Bonjour, camarade colonel, dit quelqu'un à cinq mètres de lui.

— Bonne journée, camarade académicien, répondit Micha à cet autre habitué.

Il serrait fortement dans ses mains son fagot de brindilles, en attendant que la sueur commence à couler. Elle ne tarda pas, la température de la salle avoisinait les 60°. Il respirait avec précaution, comme le faisaient les baigneurs expérimentés. L'aspirine qu'il avait prise avec son thé commençait à faire son effet, mais il avait encore la tête lourde et les yeux bouffis. Il se fouetta le dos avec les branches, comme pour exorciser les poisons de son corps.

— Et comment va le héros de Stalingrad, ce matin ? demanda l'universitaire.

— Aussi bien que le génie du ministère de l'Éducation.

Cela provoqua un rire pénible de... Micha ne se rappelait jamais son nom, Ilya Vladimirovitch Quelquechose. L'imbécile ! Comment pouvait-on rire quand on avait la gueule de bois ? L'homme buvait à cause de sa femme, disait-il. *Tu bois pour te libérer d'elle, hein ? Alors que moi je donnerais mon âme pour revoir une seule fois, un instant, le visage d'Élena. Et de mes fils. Mes deux beaux garçons.*

— Il était question des négociations sur les armements,

dans la *Pravda* d'hier, reprit son voisin. Y a-t-il un espoir de ce côté-là ?

— Aucune idée, répliqua Micha.

Un garçon de bains entra, un jeune homme, pas plus de vingt-cinq ans, et petit de taille. Il compta les baigneurs.

— Quelqu'un veut-il boire ? demanda-t-il.

Il était absolument interdit de boire dans les bains de vapeur mais tout vrai Russe affirmait que la vodka n'en était que meilleure.

— Non ! lui répondit-on en chœur.

Micha le remarqua avec un peu d'étonnement. C'était le milieu de la semaine, bien sûr. Le samedi matin, il en allait tout autrement.

— Très bien, dit le jeune homme en retournant vers la porte. Il y a des serviettes propres dehors et le chauffage de la piscine a été réparé. La natation est aussi un excellent exercice, camarades.

Micha se redressa. *Ainsi, c'était le nouveau.*

— Pourquoi faut-il qu'ils soient toujours si horriblement gais ? maugréa un homme dans le coin.

— Il est gai parce qu'il n'est pas un vieil ivrogne imbécile, répliqua un autre, ce qui provoqua quelques rires.

— Il y a cinq ans, la vodka ne me faisait pas ça. Mais je vous le dis, le contrôle de la qualité n'est plus ce qu'il était, reprit le premier.

— Votre foie non plus, camarade !

— C'est terrible de vieillir.

Micha se retourna pour voir qui avait dit cela. C'était un homme d'à peine cinquante ans, dont le ventre énorme avait une couleur de poisson mort et qui fumait une cigarette, ce qui était contraire aussi au règlement.

— C'est encore plus terrible de ne pas vieillir, mais les jeunes comme vous ont oublié ça ! répliqua-t-il machinalement et puis il se demanda pourquoi.

Des têtes se relevèrent et virent les cicatrices des brûlures sur son torse. Même ceux qui ignoraient qui était Mikhaïl Semyonovitch Filitov savaient que c'était là un homme avec qui on ne plaisantait pas. Il resta assis en silence pendant encore dix minutes, avant de partir.

Le garçon de bains était derrière la porte quand il sortit. Le colonel lui tendit ses brindilles et sa serviette et partit vers les douches froides. Dix minutes plus tard, il était un autre homme, les effets de la vodka dissipés, la tension oubliée. Il s'habilla rapidement et descendit vers sa voiture qui l'attendait. Son sergent remarqua le changement de sa démarche et se demanda quelles vertus curatives il pouvait y avoir à se laisser rôtir ainsi.

Le garçon de bains continua son travail. Lorsqu'il reposa sa question, quelques minutes plus tard, deux des hommes avaient changé d'idée. Il sortit de l'immeuble par la porte de service et courut vers une petite boutique dont le patron gagnait plus d'argent en vendant de l'alcool sous le manteau qu'en exerçant son métier de teinturier. Le garçon revint avec un demi-litre de vodka — sans nom de marque, la Stolytchnaya de qualité n'était réservée qu'à l'exportation et à l'élite — à un peu plus du double du prix officiel. Les toutes nouvelles restrictions sur l'alcool avaient créé une nouvelle branche — extrêmement lucrative — dans le marché noir de la capitale. Le garçon s'était débarrassé de la petite cassette-vidéo que son contact lui avait passée avec ses branches de bouleau. Il en était soulagé. Cet homme était son seul contact, il ne connaissait pas son nom et il avait prononcé la phrase-code avec la crainte bien naturelle que ce secteur du réseau moscovite de la CIA ait été depuis longtemps compromis par le Directorat du département des opérations du contre-espionnage, le très redouté Deuxième Directorat principal. Sa vie était déjà en sursis, il le savait. Mais il lui fallait faire quelque chose, depuis cette année qu'il avait passée en Afghanistan. Il se demanda brièvement qui était ce vieillard couturé de cicatrices, mais se rappela vite que l'identité de l'homme ne le regardaient pas.

La teinturerie travaillait surtout avec des étrangers, fournissant ses services aux journalistes, aux hommes d'affaires et à quelques diplomates, ainsi qu'à de rares Russes qui tenaient à bien entretenir des vêtements achetés à l'étranger. Parmi eux, une femme vint chercher un manteau anglais, paya ses trois roubles et s'en alla. Elle se rendit à pied jusqu'à la station de métro voisine, prit l'escalier roulant et descendit sur le quai de la ligne Jdanovsko-Krasnopresnenskaya, celle qui était marquée en violet sur le plan. La rame était bondée et personne ne la vit repasser la cassette. Elle-même, d'ailleurs, ne vit pas la figure de l'homme. Il descendit à la station suivante, Pushkinskaya, et alla prendre la correspondance à Gorkovskaya. Encore un changement de mains, dix minutes plus tard, cette fois pour celles d'un Américain en route pour son ambassade, un peu en retard car il avait assisté à une réception diplomatique prolongée la veille au soir.

Il s'appelait Ed Foley et il était attaché de presse de l'ambassade située Ulitsa Tchaikovskogo. Foley et sa femme Mary Pat, un autre agent de la CIA, étaient à Moscou depuis près de quatre ans et tous deux avaient hâte de quitter une fois pour toutes cette ville grise et sinistre. Ils avaient deux enfants privés depuis assez longtemps de hot dogs et de base-ball.

Leur temps de service n'avait pas été un échec. Les Russes savaient que la CIA avait un bon nombre de petites équipes mari-et-femme mais l'idée que des espions viendraient avec leurs enfants restait assez difficile à accepter. Il y avait aussi la question de la couverture. Ed Foley avait été journaliste au *New York Times* avant d'entrer au Département d'État parce que, disait-il, le revenu n'était pas tellement différent et qu'un reporter judiciaire ne voyageait jamais plus loin qu'Attica. Sa femme restait beaucoup à la maison, avec les enfants, tout en enseignant parfois à mi-temps quand on avait besoin d'elle à l'école américaine du 78, Leninsky Prospekt, et elle les emmenait souvent jouer dans la neige. Leur fils aîné faisait partie d'une équipe de hockey et les agents du KGB qui les suivaient partout avaient noté dans leurs dossiers qu'Edward Foley fils était un assez bon ailier pour un gamin de sept ans. Le seul reproche qu'avait à faire le gouvernement soviétique à la famille, c'était la curiosité exagérée du père pour le crime dans la capitale — qui, de toute façon, était bien moins terrible que tout ce que l'on disait de la ville de New York. Mais cela prouvait qu'il était relativement inoffensif. Il semblait bien trop ostensiblement curieux pour être un agent secret. Eux-mêmes, après tout, agents du KGB, faisaient tout leur possible pour ne pas se faire remarquer.

De la station de métro, Foley fit le reste de son trajet à pied. Il salua poliment le milicien qui montait la garde à la porte du sombre bâtiment, puis le sergent des Marines à l'intérieur, avant de monter à son bureau. Un bureau, c'était beaucoup dire. Le Département d'État jugeait l'ambassade « à l'étroit et difficile à entretenir ». Lors de la dernière rénovation de l'immeuble, ce bureau avait été installé dans un ancien débarras et placard à balais, pour en faire un cagibi d'environ trois mètres sur trois. Le placard à balais, en fait, était sa chambre noire personnelle et c'était pourquoi la CIA avait un de ses agents dans cette pièce particulière depuis plus de vingt ans.

Foley était cependant le premier chef de station à y être installé.

Âgé de trente-trois ans seulement, grand et très maigre, Foley était un Irlandais de Queens dont l'intelligence était associée à un rythme cardiaque incroyablement lent et à une impassibilité qui l'avait aidé à payer ses études à Holy Cross. Recruté par la CIA dans sa quatrième année d'université, il avait passé quatre ans au *Times* pour mettre sur pied sa « légende » personnelle. À la rédaction, on se souvenait de lui comme d'un bon reporter plutôt paresseux qui remettait de la copie correcte mais qui n'arriverait jamais à rien. Son départ pour le service du gouvernement n'avait pas chagriné son rédacteur en chef : cela ferait de la place pour un jeune homme dynamique de l'école de journalisme de Columbia, qui aurait de l'entregent et un flair particulier pour l'actualité. Le correspondant du *Times* à Moscou l'avait d'ailleurs décrit à ses confrères et contacts comme une vraie nouille, faisant ainsi à Foley le plus grand compliment qu'on puisse jamais faire dans ce métier d'espion. *Lui ? Il n'est pas assez intelligent pour être un espion.* À cause de cela et pour diverses raisons, Foley fut chargé de diriger le plus ancien collaborateur sur place de l'Agence, le plus productif, le colonel Mikhaïl Semyonovitch Filitov dont le nom de code était Cardinal. Ce nom en soi était naturellement assez secret pour que quatre personnes seulement sachent à la CIA qu'il représentait autre chose qu'un prince de l'Église à chapeau rouge.

L'information brute Cardinal était classée top secret Delta et dans tout le gouvernement américain il n'y avait que six habilités Delta. Le code des informations transmises était changé tous les mois. Celui de ce mois-ci était Satin, pour lequel vingt autres personnes étaient habilitées. Et même codées, les données étaient invariablement paraphrasées et subtilement modifiées avant de sortir de la confrérie Delta.

Foley tira de sa poche la cassette-vidéo et s'enferma dans sa chambre noire. Il aurait pu effectuer le développement ivre ou à moitié endormi. Cela lui était d'ailleurs arrivé. Son ancien rédacteur en chef de New York aurait été bien étonné de sa méticulosité à Moscou.

Foley procéda suivant des méthodes inchangées depuis trente ans. Il examina les six clichés exposés avec une de ces loupes que l'on utilise pour les diapositives de 35 mm. Il grava chaque image dans sa mémoire en quelques secondes, puis il commença à taper une traduction sur sa machine portative. C'était une machine manuelle dont le ruban de tissu était trop élimé pour être utile à quiconque, particulièrement au KGB. Foley tapait mal, comme la plupart des journalistes. Ses pages étaient pleines de mots raturés par des x et des fautes de frappe. Il se servait d'un papier chimiquement traité impossible à gommer. Il lui fallut près de deux heures pour venir à bout de la transcription. Cela fait, il vérifia une dernière fois la pellicule pour s'assurer qu'il n'avait rien omis ni commis de trop grosses fautes grammaticales. Satisfait, mais avec un trac qu'il n'était jamais arrivé à surmonter, il roula la pellicule en boule et la déposa dans un cendrier de métal où une allumette de cuisine réduisit en cendres l'unique preuve directe de l'existence de Cardinal. Après quoi, il fuma un cigare pour couvrir l'odeur caractéristique du Celluloïd calciné. Les feuillets de transcription allèrent dans sa poche et il monta à la salle de transmission de l'ambassade. De là, il expédia une dépêche anodine à la B.P. 4108, Département d'État, Washington : « Votre référence 29 décembre. Rapport des frais en route via valise. Foley. Terminé. » En sa qualité d'attaché de presse, Foley devait régler beaucoup d'additions de bar pour d'anciens confrères qui avaient pour lui un mépris qu'il ne prenait même pas la peine de leur rendre, et cela l'amusait beaucoup de voir ses confrères de la presse se donner tant de mal pour lui fournir sa propre couverture.

Il alla ensuite voir le courrier à l'ambassade. Bien que peu connu, c'était un aspect du poste moscovite qui n'avait pas changé depuis les années 30. Il y avait toujours un courrier pour transporter la valise diplomatique mais à présent il avait aussi d'autres fonctions. Le courrier était ainsi une des quatre personnes de l'ambassade qui savaient pour quel service gouvernemental Foley travaillait réellement. Ancien sous-officier, il avait été décoré de la DSC et de quatre Purple Hearts pour avoir évacué des blessés des champs de bataille du Vietnam. Quand il souriait, il le faisait à la russe, des lèvres mais jamais des yeux.

— Vous avez envie de prendre l'avion ce soir pour rentrer à la maison ?

Les yeux de l'homme pétillèrent.

— Avec le Super Bowl ce dimanche ? Vous rigolez ? Je passe par votre bureau vers quatre heures ?

— D'accord.

Foley referma la porte et retourna à son bureau. Le courrier se retint une place sur le vol de la British Airways de 17 h 40 pour Heathrow.

La différence de fuseau horaire entre Washington et Moscou garantissait que les messages de Foley arrivaient dans la capitale fédérale le matin de bonne heure. À 6 heures, un employé de la CIA entrait dans la salle du courrier du Département d'État, retirait les messages d'une dizaine de boîtes et retournait à Langley. Ancien agent des Opérations, il avait été rayé du service actif à l'étranger suite à une blessure : à Budapest, un voyou lui avait fracturé le crâne en pleine rue. Son agresseur avait d'ailleurs été emprisonné pendant cinq ans par une police locale très irritée. Si seulement ils avaient su, pensait l'agent, ils lui auraient donné une médaille. Il porta les messages dans le bureau approprié et regagna le sien.

Le message était sur la table de Bob Ritter quand il arriva à son travail à 7 h 25. Ritter était le directeur adjoint de l'Agence pour les Opérations. Son domaine, officiellement appelé « Directorat des Opérations », englobait tous les agents de la CIA sur le terrain et tous les étrangers qu'ils recrutaient et employaient comme agents. Le message de Moscou — comme toujours il y en avait plus d'un mais c'était celui-là qui comptait avant tout — fut immédiatement rangé dans le placard des dossiers personnels et il se prépara pour la conférence de huit heures, qui se tenait tous les matins avec les agents du service de nuit.

À Moscou, Foley se redressa quand on frappa à sa porte.

— C'est ouvert ! cria-t-il.

Le courrier entra.

— L'avion part dans une heure. Je dois me dépêcher.

Foley ouvrit un tiroir et prit ce qui ressemblait à un bel étui à cigarettes en argent. Il le remit au courrier et celui-ci le mania avec précaution avant de le glisser dans sa poche de poitrine. Les feuillets dactylographiés étaient à l'intérieur, bien pliés, ainsi qu'une minuscule charge pyrotechnique. Si l'étui était incorrectement ouvert ou soumis à un contact trop brutal — s'il tombait par exemple sur du carrelage —, la charge explosait et détruisait le papier spécial. Elle risquait aussi de mettre le feu aux vêtements du courrier, ce qui expliquait ses précautions.

— Je devais être de retour mardi matin. Il y a quelque chose que je peux vous rapporter, monsieur Foley ?

— Il paraît qu'il y a un nouveau livre de la série *Far Side*.

Cela fit rire le courrier.

— O.K., je vais voir ça. Vous me rembourserez à mon retour.

— Bon voyage, Augie.

Un des chauffeurs de l'ambassade conduisit Augie Gianinni à l'aéroport de Cheremetyevo, à trente kilomètres de Moscou, où son passeport diplomatique lui permit de passer les portiques de sécurité et d'embarquer directement dans l'appareil des British Airways à destination de l'aéroport de Heathrow. Il était en classe touriste, sur la droite de l'avion. La valise diplomatique avait la place près du hublot, Gianinni était au milieu et, comme les vols au départ de Moscou étaient rarement complets, la place à sa gauche était libre. Le Boeing commença à s'ébranler à l'heure précise. Le commandant de bord annonça le temps de vol et la destination et l'appareil s'élança sur la piste. Dès que les roues quittèrent le sol soviétique, les cent cinquante passagers applaudirent, comme cela arrivait souvent. Cela ne manquait jamais d'amuser Gianinni. Il tira de sa poche un livre et se mit à lire. Il ne pouvait boire, en vol, encore moins dormir, et il décida d'attendre l'avion qui suivrait celui-ci pour dîner. L'hôtesse lui apporta tout de même un café.

Trois heures plus tard, le 747 se posait à Heathrow. Encore une fois, il put passer la douane sans histoires. En homme qui avait passé plus de temps dans les airs que la plupart des pilotes de ligne, il avait accès au salon d'attente des premières classes, que l'on trouve encore dans presque tous les aéroports du monde. Il y attendit une heure un 747 à destination de Dulles International à Washington.

Au-dessus de l'Atlantique, le courrier profita du dîner de la Pan Am et regarda un film qu'il n'avait pas encore vu, ce qui était assez rare. Quand il eut fini son livre, l'appareil descendait sur Dulles. Le courrier se passa les mains sur la figure et essaya de se rappeler l'heure à laquelle il devait rejoindre Washington. Un quart d'heure plus tard, il monta dans une Ford anonyme du gouvernement qui partit aussitôt vers le sud-est. Il était à l'avant : il aimait avoir de la place pour ses jambes.

— Comment était le vol ? demanda le chauffeur.

— Comme toujours, très ennuyeux.

D'un autre côté, c'était quand même préférable aux missions médivacs du Vietnam. Le gouvernement le payait vingt mille dollars par an pour lire des livres dans des avions, ce qui, s'ajoutant à sa pension d'ancien combattant, lui assurait une vie assez confortable. Il ne perdait jamais son temps à se demander ce qu'il transportait dans la valise diplomatique ni ce que contenait le petit étui de métal dans sa poche. À quoi bon ? pensait-il. Le monde ne changeait pas tellement.

— Vous avez l'étui ? demanda l'homme assis à l'arrière.

— Oui.

Gianinni le retira de sa poche intérieure et se retourna pour le tendre derrière lui, à deux mains. L'agent de la CIA le prit, à deux mains aussi, et le rangea dans un coffret doublé de mousse plastique. L'agent était un instructeur du Bureau des Services techniques de l'Agence, du département Science et Technologie. C'était un bureau aux larges compétences administratives. Cet agent-là était un expert en pièges, mines et explosifs en général. Arrivé à Langley, il prit l'ascenseur pour monter au bureau de Ritter, ouvrit l'étui à cigarettes sur la table de travail et repartit vers son propre bureau sans en regarder le contenu.

Sur son photocopieur personnel, Ritter fit plusieurs copies de feuilles de papier chimique qu'il brûla ensuite. C'était moins une mesure de sécurité qu'une simple précaution. Il ne voulait pas d'une liasse de papier extrêmement inflammable dans son bureau personnel. Il commença à lire le texte avant même que toutes les copies soient faites. Comme toujours, il se mit à secouer la tête dès la fin du premier paragraphe. Puis il retourna à son bureau et pressa la touche de la ligne directe du Directeur.

— Vous êtes occupé ? L'oiseau s'est posé.

— Venez vite, répondit immédiatement le juge Arthur Moore.

Rien n'était plus important que des nouvelles de Cardinal.

Ritter prit au passage l'amiral Greer et tous deux allèrent rejoindre dans son vaste bureau le Directeur de la Central Intelligence Agency.

— Vous allez adorer ce type-là, lui dit Ritter en lui remettant les feuillets. Il a baratiné Yazov pour lui faire envoyer un colonel à Bach, en principe pour une évaluation de la fiabilité de tout le système. Ce colonel Bondarenko est censé faire un rapport expliquant comment tout fonctionne, en termes simples à la portée du profane, pour que le ministre comprenne et puisse faire son rapport au Politburo. Naturellement, il a chargé Micha de faire le grouillot, donc le rapport atterrit en premier sur son bureau.

— Ce gosse que Ryan a rencontré, Gregory je crois, voulait que nous infiltrions un agent à Douchanbe, dit Greer en riant. Ryan lui a déclaré que c'était impossible !

— Bravo, répliqua Ritter. Tout le monde sait que le Directorat des Opérations n'est bon qu'à commettre des bavures.

La CIA éprouvait une fierté perverse du fait que seuls ses échecs faisaient la une des journaux. Le Directorat des Opérations, en particulier, adorait le jugement public que la presse lui décernait constamment. Les gaffes et bavures du KGB intéressaient beaucoup moins et cette image publique, si souvent alimentée, était prise pour argent comptant même dans les services secrets soviétiques. Il venait rarement à l'idée de quelqu'un que ces fuites pouvaient avoir été désirées.

— J'aimerais bien, marmonna le juge Moore, qu'on explique à Micha qu'il y a de vieux espions et des espions audacieux, mais très peu d'espions vieux *et* audacieux.

— Il est très prudent, chef, fit observer Ritter.

— Oui, oui, je sais.

Le Directeur baissa les yeux sur le texte.

Depuis la mort de Dimitri Fedorovitch, rien n'est plus pareil au ministère de la Défense, lut le DCI. *Je me demande parfois si le maréchal Yazov prend assez au sérieux ces nouveaux progrès technologiques, mais à qui puis-je révéler mes inquiétudes ? Est-ce que le KGB me croirait ? Je dois mettre de l'ordre dans mes pensées. Oui, je dois organiser mes pensées avant de porter des accusations. Mais puis-je trangresser les règles de la sécurité...*

Mais quel autre choix aurais-je ? Je ne peux pas étayer mes craintes, alors qui me prendra au sérieux ? C'est dur d'avoir à violer une importante règle de sécurité, mais la sécurité de l'État passe avant toutes les règles. Elle le doit.

Comme les poèmes épiques d'Homère commençaient par une invocation à la Muse, les messages de Cardinal commençaient invariablement ainsi. L'idée s'était développée vers la fin des années 60. Les messages de Cardinal débutaient comme des photos de son journal intime. Les Russes sont des rédacteurs invétérés de journaux intimes. À chaque fois, son « départ » était un cri du cœur slave, l'expression de ses inquiétudes personnelles sur les décisions politiques prises par le ministère de la Défense. Il exprimait parfois son souci de la sécurité d'un projet particulier, ou des possibilités d'un nouveau char ou d'un nouvel avion. Dans tous les cas, les mérites techniques d'une mécanique ou d'une décision étaient longuement détaillés, mais toujours comme un problème administratif supposé à l'intérieur du ministère. Si jamais l'appartement de Filitov était fouillé, son journal serait facilement découvert, certainement pas caché comme l'aurait fait en principe un espion, et tandis qu'il transgresserait aussi, nettement, les règles de sécurité et serait même sévèrement sermonné, Micha aurait au moins une chance de se défendre. Ou, du moins, c'était ça, l'idée.

Quand j'aurai le rapport de Bondarenko, dans une semaine ou deux, peut-être pourrai-je persuader le ministre que ce projet est d'une importance vitale pour la Patrie.

— Eh bien, on dirait qu'ils ont opéré une percée dans l'output du laser, dit Ritter.

— Dans le *throughput*, on dit comme ça, maintenant, rectifia Greer. C'est du moins ce que Jack m'a confié. Ces nouvelles ne sont pas très bonnes, mes amis.

— Toujours votre œil de lynx pour le détail, James, répliqua Ritter. Bon, et s'ils arrivent les premiers ?

— Ce ne sera pas la fin du monde. Rappelez-vous qu'il faudra dix ans pour déployer le système, même après validation du concept, et ils en sont encore loin, déclara le DCI. Tout n'est pas perdu. Ça pourrait même marcher en notre faveur, non, James ?

— Si Micha peut nous obtenir une description utilisable de leur avancée, oui. Dans la plupart des domaines, ils sont plus en avance que nous. Ryan va avoir besoin de ça, pour son rapport.

— Mais il n'est pas habilité pour ceci ! protesta Ritter.

— Il lui est déjà arrivé de jeter un coup d'œil à de l'information Delta, lui rappela Greer.

— Une fois. Une fois seulement et il y avait une bonne raison. C'est vrai, il a fait un sacré travail, pour un amateur, James, mais il n'y a rien là qu'il puisse utiliser, sauf que nous avons des raisons de soupçonner que les Russes ont réussi une percée dans le... *throughput ?* de l'énergie et que ce gosse, Gregory, le pense déjà. Dites à Ryan que nous avons confirmé le soupçon par d'autres moyens, chef, et puis vous pourrez dire vous-même au Président qu'il se passe quelque chose mais que nous devons attendre quelques semaines. Ça ne devrait pas aller plus loin que ça, pendant un moment.

— Cela me paraît raisonnable, approuva le juge et Greer ne discuta pas.

Le juge Moore relut le rapport après le départ des deux autres. À la fin, Foley avait ajouté que Ryan s'était littéralement heurté à Cardinal, juste après que Mary Pat lui avait appris sa nouvelle mission, et en plein devant le maréchal Yazov ! *Quel couple, ces Foley !* Et comme c'était remarquable que Ryan ait, d'une certaine façon, pris contact avec le colonel Filitov ! Moore secoua la tête. Ce monde était dément.

4

Étoiles brillantes et navires rapides

JACK ne prit pas la peine de demander quelles données maintenant en leurs mains avaient confirmé les soupçons du commandant Gregory. Il s'efforçait de tenir à distance — et y réussissait le plus souvent — les opérations sur le terrain. Ce qui importait, c'était que l'information était notée Classe 1 pour la fiabilité ; le nouveau système de notation de la CIA employait les chiffres 1 à 5 au lieu des lettres A à E, certainement le résultat de six mois de dur travail d'un assistant-adjoint diplômé de la Harvard Business School.

— Et l'information technique particulière ?

— Je vous préviendrai quand elle arrivera.

— J'ai deux semaines pour rendre ma copie, patron, fit observer Ryan.

Les dates limites n'étaient jamais drôles. Surtout quand le document en préparation était destiné aux yeux du Président.

— Il me semble bien avoir lu ça quelque part, répliqua ironiquement l'amiral. Les types de l'ACDA me téléphonent tous les jours aussi, à propos de ce foutu papier. Je crois que nous allons être obligés de vous envoyer les mettre au courant, en personne.

Ryan réprima une grimace. Tout l'objet de son estimation « Special National Intelligence » était d'aider à planter le décor pour la prochaine séance de négociations sur les armements. L'Arms Control and Disarmament Agency (ACDA) en avait besoin aussi, naturellement, pour savoir quoi exiger et ce que l'on pouvait concéder sans risque. C'était un bien gros poids supplémentaire sur ses épaules mais, comme Greer se plaisait à le lui répéter, Ryan faisait son meilleur travail sous tension. Il se demanda s'il ne devrait pas rater quelque chose, une fois, rien que pour démentir cette idée.

— Quand devrai-je y aller ?

— Je ne sais pas encore.

— Est-ce que j'aurai un jour ou deux de préavis ?

— Nous verrons.

Par extraordinaire, le commandant Gregory était chez lui. C'était assez inhabituel ; et plus encore qu'il prenne toute une journée de congé. Mais ce n'était pas de sa propre volonté. Son général avait jugé que le travail perpétuel sans la moindre distraction commençait à peser sérieusement sur le jeune homme. L'idée ne lui était pas venue que Gregory pourrait aussi travailler chez lui.

— Tu ne t'arrêtes donc jamais ? demanda Candi.

— Ma foi, qu'est-ce que nous sommes censés faire, hors du travail ? répondit-il en souriant et en levant les yeux de son clavier.

Le lotissement s'appelait Mountain View. Ce n'était pas d'une bouleversante originalité. Dans cette région, le seul moyen de ne pas voir les montagnes, c'était de fermer les yeux. Gregory possédait son propre ordinateur, un très puissant Hewlett-Packard fourni par le Projet, et il y écrivait à l'occasion certains de ses « codes ». Il devait faire attention à la nature secrète de son travail, naturellement, mais bien souvent il plaisantait en disant qu'il n'était pas habilité lui-même pour ce qu'il faisait.

Le Pr Candace Long était plus grande que son fiancé, d'au moins cinq centimètres, très mince, avec de courts cheveux bruns. Ses dents étaient un peu de travers parce qu'elle n'avait jamais voulu porter d'appareil et ses verres de lunettes étaient encore plus épais que ceux d'Alan.

Elle était maigre parce que, comme beaucoup d'universitaires, elle était si absorbée par son travail qu'elle oubliait souvent de manger. Ils avaient fait connaissance dans un séminaire pour les candidats au doctorat de l'université de Columbia. Elle était experte en physique optique, en particulier dans les miroirs de physique adaptive, un domaine qu'elle avait choisi comme complément à sa grande passion, l'astronomie. Vivant dans les montagnes du Nouveau-Mexique, elle avait la possibilité de faire ses propres observations avec un télescope Meade de 5.000 dollars. De temps en temps, elle utilisait les instruments du Projet pour sonder les cieux parce que, faisait-elle observer, c'était le seul moyen efficace de les calibrer. Elle ne s'intéressait pas tellement à l'obsession d'Alan pour les missiles balistiques de défense mais elle était certaine que les instruments que l'on forgeait en ce moment avaient toutes sortes de « véritables » applications dans son propre domaine.

Pour l'instant, ni l'un ni l'autre n'était très habillé. Les deux jeunes gens se traitaient gaiement de cloches et, comme c'est souvent le cas, ils avaient chacun éveillé chez l'autre des sentiments que leurs camarades garçons et filles plus séduisants n'auraient pas crus possibles.

— Qu'est-ce que tu fais ? demanda-t-elle.

— Ces missiles que nous avions. Je crois que le problème est dans le code de contrôle des miroirs.

— Ah ? (C'étaient ses miroirs !) Tu es sûr que ça vient de là ?

— Ouais. J'ai les indications de Flying Cloud dans mon bureau. Ça focalise à la perfection, mais pas là où il faut.

— Combien de temps pour trouver ?

— Une quinzaine de jours.

Il regarda l'écran en fronçant les sourcils et l'éteignit.

— Et puis merde. Si le général apprend que je fais ça, il risque de ne jamais me laisser rentrer à la boîte.

— Je me tue à te le répéter.

Elle lui mit les mains autour du cou. Il renversa la tête en arrière, entre ses seins. Ils étaient plutôt charmants, pensa-t-il. Pour Alan Gregory, cela avait été une remarquable découverte, le charme des filles. Il en avait fréquenté quelques-unes, au lycée, mais durant la plus grande partie de sa vie, à West Point, puis à Stony Brook, il avait mené une existence monacale consacrée à l'étude, aux maquettes et aux laboratoires. Quand il avait rencontré Candi, elle l'avait d'abord intéressé avec ses idées sur les miroirs de configuration, mais un jour, devant un café, à l'Union des Étudiants, il avait remarqué d'une manière assez détachée qu'elle était... eh bien, séduisante, tout en étant rudement calée en physique optique. Les choses dont ils parlaient au lit n'auraient sans doute été comprises que d'un pour cent de la population, mais là n'était pas la question. Ils les trouvaient aussi intéressantes que les autres choses qu'ils faisaient au lit, ou presque. Dans ce domaine aussi, il y avait beaucoup à expérimenter et, en bons esprits scientifiques, ils avaient acheté des manuels — c'était ainsi qu'ils les considéraient — pour explorer toutes les possibilités. Comme tout nouveau domaine d'études, ils trouvaient celui-là aussi tout à fait passionnant.

Gregory leva les bras pour prendre la tête du Pr Long et l'attira plus près de lui.

— Je n'ai plus envie de travailler.

— N'est-ce pas que c'est bien d'avoir une journée à soi ?

— Je pourrai peut-être en prévoir la semaine prochaine...

Boris Filipovitch Morozov descendit du car une heure après le coucher du soleil, avec quatorze autres jeunes ingénieurs et techniciens récemment affectés à Étoile brillante ; mais il ne connaissait pas encore le nom du projet. Ils avaient été accueillis à l'aéroport de Douchanbe par des hommes du KGB qui avaient scrupuleusement vérifié leurs papiers d'identité et leurs photos et, pendant le trajet en car, un capitaine du KGB leur avait fait un cours de sécurité assez sérieux pour retenir l'attention de tout le monde. Ils n'avaient le droit de parler de leur travail à personne en dehors de leur poste ; ils n'avaient pas le droit d'écrire dans leurs lettres ce qu'ils faisaient et ils ne devaient dire à personne où ils étaient. Leur adresse était une boîte postale à Novosibirsk, à plus de seize cents kilomètres. Le capitaine n'eut pas besoin de dire que leur courrier serait également lu par des agents de sécurité de la base. Morozov se promit de ne pas cacheter ses enveloppes. Sa famille s'inquiéterait peut-être en voyant qu'elles avaient été ouvertes et recollées. D'ailleurs, il n'avait rien à cacher. Son habilitation à ce poste n'avait pris que quatre mois. Les agents du KGB à Moscou, qui s'étaient renseignés sur ses antécédents, les avaient trouvés excellents et les six interrogatoires qu'il avait dû subir s'étaient même terminés sur une note amicale.

Le capitaine du KGB acheva enfin son sermon d'une façon plus drôle, en décrivant les activités mondaines et sportives de la base. Il donna aussi l'heure et le lieu des réunions bi-hebdomadaires du Parti, que Morozov avait la ferme intention de suivre aussi régulièrement que le lui permettrait son travail. Le logement, poursuivit le capitaine, posait toujours un problème. Morozov et les autres nouveaux seraient installés dans la caserne-dortoir, le baraquement construit par les ouvriers du bâtiment qui avaient creusé à l'explosif, dans la roche vive, les fondations de l'installation. Ils ne seraient pas les uns sur les autres, promit-il, et il y avait dans la caserne une salle de jeu, une bibliothèque et même un télescope sur le toit pour les observations astronomiques — un petit club d'astronomie s'était même déjà créé. Il y avait encore un service de bus, toutes les heures, pour se rendre à l'installation résidentielle principale où ils trouveraient un cinéma, un café et une brasserie. Il y avait enfin exactement trente et une femmes célibataires à la base mais, avertit le capitaine, l'une d'elles était sa fiancée « et si jamais l'un de vous la touche, il sera *fusillé !* » Cela provoqua des rires. Ce n'était pas souvent qu'un officier du KGB se laissait aller à plaisanter.

Il faisait nuit quand le car franchit le portail de l'installation. Tout le monde, à bord, était fatigué. Morozov ne fut pas déçu outre mesure par le logement. Les lits étaient en fait des couchettes superposées deux à deux. On lui en donna une supérieure, dans un coin. Des pancartes, aux murs, réclamaient le silence dans le dortoir, car on travaillait là en trois équipes vingt-quatre heures sur vingt-quatre. Le jeune ingénieur fut très content de se déshabiller et de s'endormir. Il était affecté à la section d'Applications directionnelles, pour un mois d'orientation au sein du projet, après quoi on lui attribuerait un poste permanent. Il se demandait ce que voulait dire « applications directionnelles » quand le sommeil eut raison de lui.

Ce que les camionnettes avaient de bon, c'était que beaucoup de gens en possédaient et qu'on ne pouvait pas voir qui était à l'intérieur, se disait Jack en voyant arriver le véhicule blanc. Le conducteur était de la CIA, naturellement, tout comme l'agent de la sécurité assis à sa droite. Il sauta à terre et examina un moment les lieux avant d'ouvrir la portière arrière et de mettre au jour ainsi une figure familière.

— Salut, Marko ! s'exclama Ryan.

— Ainsi, c'est ça, maison d'un espion ! rétorqua avec bonne humeur le capitaine (en retraite) de la Marine soviétique, Marko Alexandrovitch Ramius ; il avait fait des progrès en anglais mais, comme beaucoup d'émigrés russes, il oubliait parfois les articles. Non, maison de timonier !

Jack sourit en secouant la tête.

— Nous ne pouvons pas parler de ça, Marko.

— Votre famille ne sait pas ?

— Personne ne sait. Mais détendez-vous. Ma famille n'est pas là.

— Compris.

Marko Ramius suivit Jack dans la maison. Son passeport, sa carte de sécurité sociale et son permis de conduire de Virginie étaient au nom de Mark Ramsey. Encore une petite originalité de la CIA, mais parfaitement logique : les gens devaient se rappeler leur nom. Ryan vit qu'il avait minci, depuis qu'il suivait un régime. Et bronzé. Quand ils avaient fait connaissance, dans le caisson d'évasion avant d'*Octobre rouge*, Marko — Mark ! — avait le teint blême d'un officier sous-marinier. À présent, il avait l'air d'une pub pour le Club Med.

— Vous paraissez fatigué, observa « Mark Ramsey ».

— On me fait voler dans tous les sens. Que pensez-vous des Bahamas ?

— Vous voyez hâle ? Sable blanc, soleil chaud tous les jours. Comme Cuba quand j'étais là-bas, mais gens plus sympathiques.

— AUTEC, hein ?

— Oui, mais je ne peux parler cela.

Les deux hommes échangèrent un regard entendu. L'AUTEC — Atlantic Underwater Test and Evaluation Center — était la zone d'essai des sous-marins de l'US Navy, où les hommes et les bâtiments effectuaient des manœuvres appelées des mini-guerres. Ce qui se passait là était secret, naturellement. La Marine était très jalouse de ses opérations sous-marines. Marko était donc au travail pour améliorer la tactique de la Navy, en jouant probablement le rôle d'un commandant soviétique dans ces jeux de guerre, en faisant des conférences, des cours. Dans la Marine soviétique, Ramius avait été surnommé « le maître d'école ». Les choses importantes ne changent jamais.

— Ça vous a plu ?

— Ne dites à personne ceci, mais ils m'ont laissé être capitaine sous-marin américain pendant une semaine, vrai commandant, ils me laissaient tout faire. Et je tue porte-avions ! Oui ! Je tue *Forrestal*. Ils seraient très fiers de moi à Flotte-du-Drapeau-Rouge-du-Nord, non ?

Jack éclata de rire.

— Et qu'est-ce que la Navy a pensé de ça ?

— Commandant sous-marin et moi beaucoup arrosé ça, très ivres. Capitaine *Forrestal* en colère mais... bon sport, non ?

Il nous rejoint la semaine prochaine et nous discutons exercice. Il apprend quelque chose, alors bon pour nous tous... Où est votre famille ?

— Cathy est allée voir son père. Joe et moi ne nous entendons pas très bien.

— Parce que vous êtes espion ? demanda Marko-Mark.

— Pour des raisons personnelles. Vous voulez boire quelque chose ?

— Bière est bonne.

Pendant que Jack allait à la cuisine, Ramius regarda de tous côtés. Le plafond de cathédrale s'élevait à cinq mètres au-dessus de l'épaisse moquette. Tout dans cette maison témoignait de l'argent dépensé pour la réaliser exactement comme on l'avait désirée. Lorsque Jack revint, Marko fronçait les sourcils.

— Ryan, je ne suis pas imbécile, dit-il sévèrement. CIA ne paie pas aussi bien pour tout ceci.

— Est-ce que vous savez ce que c'est que la Bourse ? riposta Jack en riant.

— Oui, une partie de mon argent est investi là.

Tous les officiers d'*Octobre rouge* avaient assez d'argent de côté pour n'avoir plus jamais besoin de travailler.

— Eh bien j'ai gagné beaucoup d'argent en Bourse et puis j'ai abandonné pour faire autre chose.

C'était une idée nouvelle pour le commandant Ramius.

— Vous n'êtes pas... comment on dit ? Cupide ? Vous n'avez plus cupidité ?

— De combien d'argent un homme a-t-il vraiment besoin ? dit philosophiquement Jack, et Marko hocha la tête. J'ai des questions à vous poser.

— Ah, les affaires ! Ceci, vous n'avez pas oublié ?

— Lors de votre interrogatoire, vous avez dit que vous aviez commandé une manœuvre au cours de laquelle vous avez tiré un missile, et puis qu'un missile avait été lancé contre vous.

— Oui, il y a des années... en 1981. Avril, oui, c'était le 20 avril. Je commande sous-marin lance-missiles classe Delta et nous tirons deux missiles de mer Blanche, un sur mer d'Okhotsk, l'autre sur Sary Chagan. Nous essayons roquettes sous-marines, naturellement, mais aussi le missile défense radar et système contre-batterie, ils simulent tir de missile sur mon sous-marin.

— Vous disiez qu'il a échoué.

— Oui. Missile de sous-marin vole parfaitement. Radar à Sary Chagan marche mais trop lent à intercepter, c'était problème informatique, ils ont dit. Aux dernières nouvelles, on disait qu'il fallait nouvel ordinateur. Troisième partie essai marche presque bien.

— La partie du contre-tir. C'est là que nous avons été au courant, nota Ryan. Comment a-t-on procédé à l'essai, exactement ?

— On n'a pas lancé missile terre, bien sûr, dit Marko, et il leva un index. Ils font ceci, et vous comprenez nature de l'essai, oui ? Soviétiques moins stupides que vous croyez. Naturellement, vous savez qu'entière frontière soviétique est couverte par grillage radar. Ceux-là voient lancement missile et calculent où se trouve sous-marin, très facile. Ensuite, on appelle QG de Force Missiles Stratégiques. Force Missiles Stratégiques a régiment vieux missiles en alerte pour cela. Ils sont prêts à lancer trois minutes après avoir détecté mon missile au radar... Vous n'avez pas ceci en Amérique ?

— Non, pas à ma connaissance. Mais nos nouveaux missiles ont une portée beaucoup plus longue.

— C'est vrai. Mais quand même bonne chose pour Soviétiques, vous voyez ?

— Dans quelle mesure peut-on se fier à ce système ? demanda Ryan.

Ramius écarta les bras.

— Pas à tous les coups. Problème est dans quelle mesure personnel est sur ses gardes. En temps de — comment vous dites ? de crise, oui ? —, en temps de crise, tout le monde est sur qui-vive et système peut marcher une partie du temps. Mais à chaque fois système marche, beaucoup de bombes n'explosent pas, en Union soviétique. Une seule, même, pourrait sauver cent mille citoyens. C'est important pour dirigeants soviétiques. Cent mille esclaves de plus à avoir après la guerre, précisa-t-il pour bien souligner son dégoût du gouvernement de son ancienne patrie. Vous avez quelque chose comme ça en Amérique ?

— Non, je n'en ai jamais entendu parler, répondit sans mentir Ryan.

Ramius secoua la tête.

— On nous dit que si, vous avez. Quand nous lançons nos missiles, alors nous plongeons vite et nous filons à vitesse de flanc, en ligne droite dans n'importe quelle direction.

— En ce moment, j'essaie de savoir si le gouvernement soviétique s'intéresse beaucoup à copier nos recherches sur l'IDS.

— S'intéresse ? Ha ! Vingt millions de Russes sont morts dans la grande guerre patriotique. Vous croyez qu'ils veulent revoir cela ? Je vous dis, les Soviétiques sont plus intelligents à ce sujet que les Américains, nous avons eu une dure leçon et nous apprenons mieux. Un jour, je vous parlerai de ma ville natale après la guerre, la destruction de tout. Oui, nous avons eu très bonne leçon de protection de la *Rodina.*

C'est l'autre chose à ne pas oublier au sujet des Russes, se rappela Jack. Ils n'avaient pas forcément la mémoire plus longue, mais il y avait des choses dans leur histoire que personne ne pouvait oublier. S'attendre à ce que les Soviétiques oublient leurs pertes de la Seconde Guerre mondiale, c'était comme si l'on demandait aux Juifs d'oublier l'holocauste, et ce serait tout aussi déraisonnable.

Ainsi, il y a un peu plus de trois ans, les Russes ont effectué un exercice ABM majeur contre des missiles balistiques lancés d'un sous-marin. L'enregistrement et la poursuite par le radar ont marché mais le tout a échoué suite à un problème d'ordinateur. C'était important, mais...

— La raison pour laquelle l'ordinateur n'a pas assez bien fonctionné... ?

— C'est tout ce que je sais. Tout ce que je peux dire, c'est que c'était honnête essai, franc.

— Que voulez-vous dire ? demanda Jack.

— Nos premiers... Oui, nos ordres d'origine étaient de tirer depuis site connu, position connue. Mais les ordres ont changé juste au moment où sous-marin appareille. Yeux-seuls pour commandant, nouveaux ordres signés par aide de camp ministre de la Défense. Colonel Armée rouge, je crois. Oublié son nom. Ordres du ministre, mais colonel les signe, oui ? Il voulait qu'essai soit... comment vous dites ?

— Spontané ?

— Oui ! Pas spontané. Surprise. Vrai essai devait être surprise. Alors mes ordres m'envoient sur autre position et disent lancer à heure différente. Nous avons à bord général de Voyska PVO, et quand il voit nouveaux ordres, il est dingue. Très, très en colère, mais quel essai sans surprise ? Sous-marins lance-missiles américains ne téléphonent pas pour dire Russes jour et heure où ils tirent. On est prêt ou bien on n'est pas prêt, déclara Ramius.

— Nous n'avons pas été avisés de votre venue, dit assez sèchement le général Pokrychkine.

Le colonel Bondarenko s'efforça de rester impassible. En dépit des ordres écrits du ministre de la Défense et quoiqu'il fasse partie d'une tout autre unité militaire et serve sous un autre uniforme, il avait affaire à un officier général qui avait lui-même des amis influents au Comité central. Mais le général devait aussi être prudent, de son côté. Bondarenko portait son uniforme le plus neuf et le mieux coupé, avec plusieurs rangées de décorations, dont deux médailles obtenues en Afghanistan et la plaque spéciale portée par les officiers d'état-major du ministère de la Défense.

— Je regrette, camarade général, du tracas que je vous cause, mais j'ai mes ordres.

— Bien sûr, dit Pokrychkine avec un plus large sourire, en désignant un plateau d'argent. Du thé ?

— Merci.

Le général fit le service lui-même, au lieu d'appeler son ordonnance.

— Vous avez le Drapeau rouge, je vois. Afghanistan ?

— Oui, camarade général. J'y ai passé quelque temps.

— Et comment l'avez-vous gagné ?

— J'étais affecté à une unité *Spetznaz* comme observateur spécial. Nous traquions un petit groupe de bandits. Malheureusement, ils étaient plus malins que ce que croyait le commandant de l'unité et il nous a laissés les suivre dans une embuscade. La moitié des nôtres ont été tués ou blessés, y compris le commandant de l'unité, répondit Bondarenko. J'ai pris le commandement et appelé des renforts. Les bandits ont battu en retraite avant que le gros de nos forces arrivent mais en abandonnant quand même huit cadavres.

— Comment est-ce qu'un expert en communications...

— Je me suis porté volontaire. Nous avions des difficultés avec les transmissions tactiques et j'ai décidé de prendre moi-même la situation en main. Je ne suis pas un véritable combattant, camarade général, mais il y a des choses que l'on doit voir de ses yeux. C'est un de mes autres soucis, ici, à ce poste. Nous sommes dangereusement près de la frontière afghane et votre sécurité me semble... pas vraiment laxiste mais peut-être exagérément confortable.

Pokrychkine le reconnut d'un signe de tête.

— La sécurité est confiée au KGB, comme vous l'avez sûrement remarqué. Ils me font leurs rapports mais ne sont pas strictement sous mes ordres. Pour être averti à l'avance des menaces possibles, j'ai un arrangement avec le Front aérien. Son école de reconnaissance aérienne se sert des vallées, autour d'ici, comme zone d'entraînement. Un de mes condisciples de Frunze a organisé la couverture de tout ce secteur. Si quelqu'un s'approche de cette installation, venant de l'Afghanistan, c'est une longue marche et nous serons avertis bien avant qu'il arrive.

Bondarenko approuva. Pokrychkine n'avait rien oublié, comme trop d'officiers généraux étaient enclins à le faire.

— Alors, Gennady Iosifovitch, que cherchez-vous au juste ? demanda le général.

L'atmosphère était un peu plus détendue, maintenant que tous deux avaient bien montré leur professionnalisme.

— Le ministre voudrait une évaluation de l'efficacité et de la fiabilité de vos systèmes.

— Votre connaissance des lasers ? demanda Pokrychkine en haussant les sourcils.

— Je connais un peu leurs applications. J'ai fait partie de l'équipe de l'académicien Goremykine, qui a développé les nouveaux systèmes de communications par laser.

— Vraiment ? Nous en avons quelques-uns ici.

— Je ne savais pas.

— Si. Nous nous en servons dans nos miradors et pour nos transmissions entre nos laboratoires et les ateliers. C'est plus facile que d'installer des lignes téléphoniques et plus sûr. Votre invention s'est révélée vraiment très utile, Gennady Iosifovitch. Bien. Vous connaissez notre mission, ici, naturellement ?

— Oui, camarade général. Mais êtes-vous près du but ?

— Nous avons un important essai de systèmes prévu dans trois jours.

— Ah ? fit Bondarenko, très étonné.

— Nous n'avons reçu qu'hier l'autorisation d'y procéder. Le ministère n'a peut-être pas été pleinement informé. Pourrez-vous rester pour y assister ?

— Je ne voudrais pas manquer ça !

— Excellent, dit le général en se levant. Venez, allons voir mes magiciens.

Le ciel était clair et bleu, de ce bleu profond de la haute atmosphère. Bondarenko fut surpris de voir le général conduire lui-même une UAZ-469, l'équivalent soviétique de la jeep.

— Ne vous étonnez pas, colonel. Je conduis moi-même parce que nous n'avons pas de place ici pour un personnel superflu et... eh bien, j'étais pilote de chasse. Pourquoi irais-je confier ma vie à un jeune garçon imberbe qui sait à peine changer de vitesse ? Que pensez-vous de nos routes ?

Épouvantables. Mais Bondarenko ne dit rien alors que le général descendait la côte à vive allure. La chaussée avait tout juste cinq mètres de large, avec un précipice sur la droite, du côté du passager.

— Vous devriez essayer quand il y a du verglas, dit le général en riant. Nous avons de la chance, cette année. À l'automne dernier, nous n'avons eu que de la pluie pendant quinze jours. C'est très rare, ici, généralement la mousson déverse toute son eau sur l'Inde. Mais l'hiver a été agréablement sec et clair.

Il changea de vitesse au bas de la côte. Un camion arrivait en sens inverse et Bondarenko se retint de fermer les yeux quand les roues de la jeep crissèrent du côté droit sur les cailloux du bas-côté, tout au bord du précipice. Pokrychkine s'amusait avec lui, mais il fallait s'y attendre. Le camion les croisa, à tout juste un mètre d'écart, et le général retourna au milieu de la chaussée goudronnée. Il changea encore de vitesse quand ils arrivèrent au pied d'une nouvelle côte.

— Nous n'avons même pas de place pour un bureau convenable ici, du moins pas pour moi, confia-t-il. Les universitaires ont la priorité.

Bondarenko n'avait vu qu'un seul des miradors, ce matin-là, en courant autour de l'installation résidentielle, mais alors que la jeep escaladait les derniers mètres, toute l'étendue d'Étoile brillante devint visible.

Il y avait trois postes de sécurité. À chacun, Pokrychkine s'arrêta pour montrer son laissez-passer.

— Les miradors ? demanda Bondarenko.

— Tous occupés en permanence par des guetteurs. C'est dur pour eux. J'ai dû y installer des radiateurs électriques, dit le général avec un rire. Nous avons plus de courant électrique qu'il ne nous en faut. Au début, nous avions aussi des chiens de garde, courant entre les clôtures, mais nous avons dû y renoncer. Il y a deux semaines, plusieurs sont morts de froid. Je pensais bien que ça ne marcherait pas. Nous en avons encore quelques-uns, mais ils ne sortent qu'avec les gardiens. J'aimerais autant m'en débarrasser.

— Mais...

— Des bouches supplémentaires à nourrir, expliqua le général. Dès qu'il neige, nous devons faire venir des vivres par hélicoptère. Pour que des chiens de garde soient heureux, ils doivent manger de la viande. Imaginez-vous ce que cela fait au moral du camp, de voir des chiens manger de la viande alors que nos savants n'en ont pas assez. Les chiens ne valent pas qu'on se donne tant de mal. Le commandant du KGB est d'accord. Il cherche à obtenir l'autorisation de nous passer entièrement des chiens. Nous avons des instruments à infrarouge sur tous les miradors. Nous pouvons voir un intrus longtemps avant qu'un chien le sente ou l'entende.

— Quelle est l'importance de votre détachement de gardes ?

— Une compagnie de fusiliers renforcée. Cent seize hommes et officiers, sous le commandement d'un lieutenant-colonel. Il y a au moins vingt gardes de service en permanence. La moitié ici, la moitié sur l'autre sommet, deux hommes dans chaque mirador, à tous moments, et naturellement ceux en faction aux postes de contrôle de sécurité. Le secteur est sûr, colonel. Une compagnie de fusiliers au complet, avec des armes lourdes, au sommet de cette montagne... Bien sûr, nous avons eu une équipe *Spetznaz* qui a effectué un exercice d'assaut en octobre dernier. Les « arbitres » les ont déclarés tous morts avant qu'ils arrivent à quatre cents mètres de notre périmètre. L'un d'eux a d'ailleurs failli y passer : un lieutenant aux joues roses, qui a vraiment manqué tomber du haut de la montagne. Alors ? Satisfait ?

— Oui, camarade général. Excusez, s'il vous plaît, mon caractère exagérément prudent.

— Vous n'avez pas obtenu ces jolies décorations en étant lâche. J'ai toujours l'esprit ouvert aux idées nouvelles. Si vous avez quelque chose à dire, ma porte n'est jamais fermée à clef.

Bondarenko se dit que ce général Pokrychkine allait lui plaire. Il était assez loin de Moscou pour ne pas se comporter comme un imbécile pompeux et, contrairement à la plupart des généraux, il ne voyait manifestement pas d'auréole autour de sa tête quand il se rasait devant la glace. Peut-être y avait-il de l'espoir pour cette installation, après tout. Filitov serait content.

— C'est comme si on était une souris avec un épervier dans le ciel, dit Abdoul.

— Alors fais comme la souris, lui répliqua posément l'Archer, reste dans l'ombre.

Il leva les yeux vers l'An-26. L'appareil volait à cinq mille mètres au-dessus d'eux et le bruit de ses turbo-réacteurs leur parvenait à peine. Trop haut pour un missile, ce qui était dommage. D'autres *moudjahiddin* porteurs de missiles avaient abattu des Antonov, mais pas l'Archer. On pouvait tuer jusqu'à quarante Russes, ainsi. Et les Soviétiques apprenaient à utiliser les avions de transport convertis pour la surveillance du sol. Ce qui rendait la vie plus dure aux guérilleros.

Les deux hommes suivaient un sentier étroit au flanc d'une nouvelle montagne et le soleil n'était pas encore parvenu jusqu'à eux, quoique la plus grande partie de la vallée fût bien éclairée sous le ciel d'hiver sans nuages. On apercevait les ruines bombardées d'un village au bord d'une petite rivière. Deux cents personnes avaient peut-être vécu là, naguère, jusqu'à ce qu'arrivent les bombardiers de haute altitude. Il distinguait les cratères, disposés en lignes irrégulières sur deux ou trois kilomètres. Les bombes avaient traversé la vallée et les villageois qui n'étaient pas morts s'étaient enfuis — au Pakistan —, ne laissant que du vide derrière eux. Pas de vivres à partager avec les combattants de la liberté, pas d'hospitalité, pas même une mosquée où prier. L'Archer se demandait encore parfois pourquoi la guerre était si cruelle. Que les hommes se battent entre eux, c'était une chose, il y avait de l'honneur là-dedans, par moments même assez d'honneur pour le partager avec un valeureux ennemi. Mais les Russes ne se battaient pas de cette façon. *Et ils nous traitent de sauvages...*

Tant de choses avaient disparu. Ce qu'il avait été jadis, les espoirs qu'il avait caressés pour son avenir, toute sa vie passée lui échappait de plus en plus chaque jour. Tout. Il lui semblait qu'il n'y pensait plus que dans son sommeil maintenant, et à son réveil les rêves d'une existence heureuse et paisible s'évaporaient comme la brume matinale. Mais même ces rêves s'estompaient. Il voyait encore le visage de sa femme, de sa fille et de son fils, mais ce n'était plus que des photographies, plates, sans vie, comme de méchants rappels d'un temps à jamais enfui. Mais au moins ils donnaient un but à sa vie. Quand il éprouvait de la pitié pour ses victimes, quand il se demandait si Allah approuvait réellement ce qu'il faisait — des choses qui au début l'avaient écœuré —, il fermait un moment les yeux et se souvenait.

— Il s'en va, annonça Abdoul.

L'Archer se retourna. Le soleil étincelait sur le gouvernail vertical de l'avion alors qu'il passait au-delà des lointaines arêtes. Même s'il avait été sur une de ces corniches rocheuses, là-haut, l'An-26 aurait été trop haut. Les Russes n'étaient pas fous. Ils ne volaient pas plus bas qu'ils ne le devaient. S'il voulait vraiment descendre un de ceux-là, il lui faudrait s'approcher d'un terrain d'atterrissage... ou peut-être imaginer une nouvelle tactique. C'était là un sujet de réflexion. Il commença à étudier le problème, tout en suivant l'interminable sentier rocailleux.

— Est-ce que ça marchera ? demanda Morozov.

— C'est tout l'objet de cet essai, voir si ça marche, répondit patiemment l'ingénieur chevronné.

Il se rappelait le temps où il était lui-même jeune et impatient. Ce Morozov promettait, ses diplômes universitaires le révélaient assez clairement. Fils d'un ouvrier de Kiev, son intelligence et son travail assidu lui avaient valu une admission au collège le plus prestigieux d'Union soviétique, où il avait raflé tous les prix, assez même pour être exempté de service militaire, ce qui était assez inhabituel pour un garçon sans relations politiques.

— Ceci est un nouveau revêtement optique...

Morozov regardait le miroir, à quelques centimètres de lui à peine. Les deux hommes étaient en combinaison, avec un masque et des gants pour ne pas endommager la surface réfléchissante du miroir numéro quatre.

— Comme vous l'avez deviné, c'est un des éléments de l'essai, dit l'ingénieur, et il se retourna. Prêt !

— Écartez-vous ! cria un technicien.

Ils descendirent par l'échelle fixée contre le pilier et en travers du vide vers l'anneau de béton entourant le trou.

— Plutôt profond, observa Morozov.

— Oui, nous devons déterminer l'efficacité de nos mesures anti-vibrations.

C'était un des soucis du vieil ingénieur. Il entendit le moteur d'une jeep et, en se retournant, il vit le commandant de la base conduire un inconnu dans le bâtiment du laser. *Encore un visiteur de Moscou*, pensa-t-il. *Je me demande comment nous arrivons à travailler avec tous ces bons à rien du Parti qui viennent regarder par-dessus notre épaule.*

— Connaissez-vous le général Pokrychkine ? demanda-t-il.

— Non. Quel genre d'homme est-il ?

— J'ai vu pire. Comme la plupart des gens, il croit que les lasers sont ce qu'il y a de plus important. Leçon numéro un, Boris Filipovitch : l'important, ce sont les miroirs — les miroirs et les ordinateurs. Les lasers ne servent à rien si nous ne pouvons pas focaliser leur énergie sur un point particulier de l'espace.

Cette leçon-là apprit à Morozov quelle partie du projet dépendait de l'autorité de cet ingénieur, mais la véritable leçon il la connaissait déjà : le système tout entier devait marcher à la perfection. Une seule pièce défectueuse transformerait l'armement le plus coûteux de l'Union soviétique en un tas de curieux jouets.

5

Œil du serpent, visage du dragon

Le Boeing 767 converti avait deux noms. Appelé à l'origine Airborne Optical Adjunct — ou auxiliaire optique aéroporté — il portait à présent le nom de Cobra Belle, ce qui était plus agréable à l'oreille. L'appareil n'était guère qu'une plate-forme pour un télescope infra-rouge, un télescope aussi grand qu'il était possible d'en installer un dans le fuselage d'un avion de ligne. Les ingénieurs avaient un peu triché, naturellement. Ils avaient ajouté à la carlingue une sorte de bosse assez laide, juste derrière le poste de pilotage, qui s'étendait sur la moitié de la longueur de l'avion : le 767 avait l'air d'un serpent venant d'avaler quelque chose d'assez gros pour l'étouffer.

Mais ce qu'il avait d'encore plus remarquable, c'était l'inscription sur son gouvernail : US ARMY. Elle exaspérait l'Air Force et résultait d'une étrange prescience — ou obstination, d'ailleurs — de la part de l'armée de terre. Même dans les années 70, elle n'avait jamais abandonné sa recherche sur les missiles balistiques de défense, son « atelier de bricolage » (comme on l'appelait) avait même inventé les senseurs infrarouges de l'AOA.

Mais cet appareil faisait maintenant partie d'un programme dont le nom général était Cobra. Il travaillait en coordination avec le radar Cobra Dane à Chemya et volait souvent en équipe avec un autre avion appelé Cobra Ball — un 707 converti : Cobra était le nom de code de toute une famille de systèmes destinés à traquer les missiles soviétiques. L'armée était très satisfaite que l'Air Force ait besoin de son aide, tout en se méfiant de la moindre tentative que cette dernière aurait pu faire pour lui voler son programme.

L'équipage vérifia sa check-list sans se presser, ils avaient tout leur temps. Ces hommes étaient de chez Boeing. Jusqu'à présent, l'armée avait bien résisté à tous les efforts qu'avait faits l'Air Force pour placer ses propres hommes aux commandes. Le copilote, qui était un ancien de l'armée de l'air, fit courir son index sur le papier, le long de la liste des choses à faire, en les annonçant d'une voix ni surexcitée ni blasée tandis que le pilote et le mécanicien-navigateur poussaient des boutons, vérifiaient des jauges et, en somme, préparaient leur avion pour un vol sans histoires.

Ce qui semblait le pire dans cette mission, c'était le temps qu'il faisait au sol. Chemya, une des Aléoutiennes occidentales, était une île minuscule — guère plus de six kilomètres de long sur trois de large —, dont le point culminant ne se trouvait qu'à soixante-douze mètres au-dessus de la mer gris ardoise. Ce qui passait pour un temps moyen, aux Aléoutiennes, aurait fait fermer les aéroports les plus réputés et ce qu'on y appelait du mauvais temps faisait rêver de l'Amtrak l'équipage du Boeing. On était généralement persuadé, à la base, que les Russes lançaient leurs ICBM d'essai sur la mer d'Okhotsk dans l'unique intention de rendre la vie plus misérable aux Américains qui les surveillaient. Ce jour-là, le temps n'était pas trop pourri. La visibilité s'étendait presque jusqu'au bout de la piste, où les balises bleues étaient entourées de petits halos de brouillard. Comme la plupart des aviateurs, le pilote préférait la vraie lumière du jour mais en hiver, sous cette latitude, cela n'existait presque pas. Il s'estima heureux des conditions qu'il avait : le plafond était en principe de quatre cent cinquante mètres et il ne pleuvait pas encore. Le vent de travers posait également un problème, mais le vent ne soufflait jamais comme on le voulait, dans ce pays, ou, plus probablement, les gens qui avaient tracé la piste n'avaient jamais su que le vent était un facteur à considérer, ou ne s'en étaient pas souciés.

— Tour de Chemya, ici Charlie Bravo, prêt à rouler.

— Charlie Bravo, vous êtes autorisé à décoller. Vents de quinze à deux cent cinquante.

La tour n'avait pas besoin de préciser que le 767 était le premier avion sur la ligne. En ce moment, Cobra Belle était le seul appareil de la base. Théoriquement en Californie pour des essais d'équipement, il avait été envoyé là de toute urgence à peine vingt heures plus tôt.

— Bien reçu. Charlie Bravo au décollage.

Dix minutes plus tard, le Boeing s'élança sur la piste pour, pensait-on, une nouvelle mission de routine.

Au bout de vingt minutes, l'AOA atteignit son altitude de croisière de quarante-cinq mille pieds. Ce vol était bien cette même glissade sans secousses familière aux passagers des longs-courriers, mais au lieu de boire leur premier verre et de choisir leur menu, les hommes à bord de cet appareil-là avaient déjà détaché leur ceinture et s'étaient mis au travail.

Il y avait des instruments à mettre en marche, des ordinateurs à recycler, des données à programmer, des liens radio à établir. L'appareil était équipé de tous les systèmes de communication connus à ce jour et il y aurait même eu un médium à bord si ce programme du Département de la Défense — c'en était bien un — avait progressé aussi bien qu'on l'avait espéré. L'homme qui le commandait était un artilleur diplômé d'astronomie de l'université du Texas. Son dernier commandement : une batterie de missiles Patriot en Allemagne. Alors que la plupart des hommes regardaient passer les avions et rêvaient de les piloter, son principal intérêt à lui avait toujours été de les abattre. Il éprouvait les mêmes sentiments à l'égard des missiles balistiques et avait contribué au développement des modifications permettant aux Patriot d'abattre non seulement des avions soviétiques mais encore d'autres missiles. Cela lui avait permis aussi de se familiariser profondément avec les instruments employés pour traquer les missiles en vol.

Le manuel de mission entre les mains du colonel était un fac-similé d'imprimante émanant du quartier général des SR militaires de Washington, la Defense Intelligence Agency (DIA), et disant que dans quatre heures et seize minutes les Soviétiques effectueraient un lancement d'essai du SS-25 ICBM. Le manuel ne disait pas comment la DIA avait obtenu ce renseignement mais le colonel se doutait bien que ce n'était pas en lisant une petite annonce dans les *Izvestia.* La mission de Cobra Belle était d'observer le tir, d'intercepter toutes les transmissions télémétriques des instruments d'essai du missile et, le plus important, de prendre des photos des ogives en vol. Les renseignements seraient analysés par la suite pour déterminer les possibilités du missile et en particulier la précision de l'ogive à l'arrivée, une question d'un grand intérêt pour Washington.

En sa qualité de commandant de la mission, le colonel n'avait pas grand-chose à faire. Son tableau de commandes était un panneau de voyants multicolores indiquant l'état des divers systèmes du bord. Comme l'AOA était un article assez récent sur l'inventaire, tout marchait raisonnablement bien. Pour le moment, la seule chose « à plat » était une liaison de soutien de données et un technicien travaillait à la rétablir pendant que le colonel buvait son café. Il devait faire un effort pour paraître intéressé, il n'avait rien de particulier à faire mais pas question d'avoir l'air de s'ennuyer, il ne fallait pas donner le mauvais exemple à ses hommes. Il tira la glissière de la poche sur la manche de sa combinaison de vol et prit un caramel. C'était moins nocif que les cigarettes qu'il fumait quand il était lieutenant mais pas tellement bon pour ses dents, l'avait averti le dentiste de la base. Il suça le bonbon pendant cinq minutes avant de juger qu'il devait tout de même faire *quelque chose.* Débouclant sa ceinture, il alla à l'avant dans le poste de pilotage.

— Bonjour, les gars.

Il était maintenant 0004-Lima ou 0 h 4 heure locale.

— Bonjour, mon colonel, répondit le pilote pour son équipage. Tout va bien à l'arrière ?

— Jusqu'à présent, oui. Quel est le temps dans la zone de patrouille ?

— Plafond bas de douze à quinze cents pieds, répondit le navigateur en montrant une photo satellite. Vents de trente à trente-cinq nœuds. Nos systèmes de navigation vérifient les prévisions de Chemya, ajouta-t-il.

Normalement, le 767 se pilote à deux. Pas celui-là. Depuis le vol 007 des Korean Airlines abattu par les Soviétiques, tous les vols au-dessus du Pacifique occidental étaient particulièrement attentifs à leur navigation. C'était doublement vrai de Cobra Belle ; les Soviétiques avaient horreur de toutes les plate-formes de renseignement. Les appareils n'allaient jamais au-delà de cinquante milles du territoire soviétique et ne s'aventuraient jamais dans la zone d'identification de Défense aérienne, mais à deux reprises, les Soviétiques avaient envoyé des chasseurs faire comprendre à l'AOA qu'ils ne dormaient pas.

— Eh bien, nous ne sommes pas censés trop nous approcher, dit le colonel.

Il se pencha entre le pilote et le copilote pour regarder dehors. Les deux turbos fonctionnaient bien. Il aurait préféré un quadrimoteur, pour un vol prolongé au-dessus de l'eau, mais on ne lui avait pas demandé son avis. L'intérêt du colonel fit hausser un sourcil au navigateur et il reçut une petite tape sur l'épaule en guise d'excuses. Il était temps de partir.

— Combien de temps jusqu'à la zone d'observation ?

— Trois heures dix-sept minutes, mon colonel. Trois heures trente-neuf minutes jusqu'au point orbital.

— Eh bien, j'ai le temps de faire un somme, je suppose, dit le colonel en sortant.

Il referma la porte et passa le long du télescope pour regagner la cabine principale, en se demandant pourquoi les équipes de navigants étaient maintenant si jeunes. Ils doivent s'imaginer que j'ai *besoin* d'un somme, alors que je m'ennuie simplement à mourir.

Dans le poste de pilotage, le pilote et le copilote échangèrent un coup d'œil. *Le vieux con ne nous fait pas confiance pour piloter son bon dieu de zinc, hein ?* Ils se carrèrent dans leur siège, en guettant dans le ciel les feux clignotants d'autres appareils tandis que le pilotage automatique s'occupait du vol.

Morozov, comme tous les autres savants de la salle de contrôle, portait une blouse blanche ornée d'un laissez-passer de la sécurité. Il était encore en période d'orientation et son affectation à l'équipe de contrôle des miroirs était probablement temporaire mais il commençait à comprendre l'importance de cette partie du programme. À Moscou, il avait surtout appris comment fonctionnaient les lasers et il avait fait d'assez impressionnants travaux de laboratoire avec des maquettes et des prototypes, mais il n'avait jamais vraiment bien compris que lorsque l'énergie sortait des instruments, la tâche ne faisait que commencer. D'ailleurs, Étoile brillante avait déjà beaucoup avancé sur la question des possibilités des lasers.

— Recyclage, dit le vieil ingénieur dans son casque à écouteurs.

Ils expérimentaient le calibrage du système en braquant leurs miroirs sur une étoile lointaine. Peu importait quelle étoile. Ils en choisissaient une au hasard pour chaque essai.

— Ça fait un sacré télescope, pas vrai ? dit l'ingénieur en regardant son écran de télévision.

— Vous vous inquiétiez de la stabilité du système. Pourquoi ?

— Nous exigeons un très haut degré de précision, comme vous devez vous en douter. Nous n'avons jamais réellement testé le système complet. Nous pouvons traquer assez facilement les étoiles, mais... Enfin, ce programme est encore bien jeune. Comme vous, mon ami.

— Pourquoi ne vous servez-vous pas des radars pour choisir un satellite et faire l'expérience là-dessus ?

— Bonne question ! dit l'homme âgé en riant. Je l'ai posée moi-même. C'est une affaire d'accords sur le contrôle des armements ou je ne sais quelle sottise. Pour le moment, nous dit-on, il leur suffit de programmer les coordonnées de nos objectifs par voie terrestre. Nous n'avons pas à les acquérir nous-mêmes. Grotesque !

Morozov s'adossa pour regarder autour de lui. De l'autre côté de la salle, l'équipe de contrôle laser s'affairait avec, derrière elle, un troupeau de soldats en uniforme qui chuchotaient entre eux. Puis il regarda l'heure : soixante-trois minutes avant le début de l'essai. Un par un, les techniciens s'absentaient pour aller aux toilettes. Il n'en éprouvait pas le besoin, pas plus que le chef de section qui se déclara finalement satisfait de ses systèmes et mit tout le monde en état d'alerte.

À 35 880 kilomètres au-dessus de l'océan Indien, un satellite de l'American Defense Support Program restait en orbite géosynchrone sur un point fixe de la mer. Son énorme télescope Schmidt à focal-Cassegrain était braqué en permanence sur l'Union soviétique et sa mission était de fournir le premier avertissement d'un lancement de missiles par les Russes sur les États-Unis. Ses renseignements étaient relayés par Alice Springs, en Australie, à diverses installations des USA. Les conditions de visibilité étaient excellentes, pour le moment. Presque tout l'hémisphère visible de la terre était dans l'obscurité et la plus petite source de chaleur sur le sol hivernal froid ressortait avec une définition très précise.

Les techniciens qui observaient le satellite, à Sunnyvale en Californie, s'amusaient habituellement à compter les installations industrielles. Il y avait les Aciéries Lénine à Kazan et puis la grande raffinerie près de Moscou, et...

— À vos rangs ! annonça un sergent. Nous avons une fleur d'énergie à Plesetsk. On dirait qu'un oiseau s'envole de l'installation d'essai des ICBM.

Le commandant de service ce soir-là téléphona immédiatement au « Crystal Palace », le QG du North American Aerospace Defense Command — NORAD — sous les monts Cheyenne dans le Colorado, pour s'assurer qu'on recevait bien, là-bas, les données du satellite. On les recevait, naturellement.

« C'est le lancement de missile dont ils nous ont parlé », se dit-il.

Sous leurs yeux, l'image étincelante de l'échappement du missile commença à virer vers l'est alors que l'ICBM s'élevait vers la trajectoire de vol balistique qui donnait son nom à l'arme. Le commandant avait en mémoire toutes les caractéristiques de tous les missiles soviétiques. Si c'était un SS-25, le premier étage allait se séparer... à peu près... tout de suite.

Tout l'écran s'illumina devant eux tandis qu'une boule de feu de six cents mètres de diamètre apparaissait. La caméra sur orbite fit l'équivalent d'un battement de paupières, modifiant sa sensibilité après l'éblouissement de ses senseurs par la soudaine explosion de chaleur énergétique. Trois secondes plus tard, elle put se braquer sur un nuage de fragments échauffés, retombant en arc sur la terre.

— On dirait qu'il a explosé, celui-là, observa inutilement le sergent. Retourne à la table à dessin, Ivan...

— Ils n'ont pas encore résolu le problème du deuxième étage, ajouta le commandant.

Il se demanda un instant quel était ce problème mais cela lui était un peu égal. Les Soviétiques s'étaient précipités dans la production du 25 et avaient déjà commencé à en déployer sur des plates-formes de chemin de fer, pour la mobilité, mais ils avaient encore des ennuis avec leur oiseau à carburant solide. Le commandant en était ravi. Le plus infime défaut des missiles rendait leur utilisation extrêmement hasardeuse. Et c'était certainement la meilleure garantie de paix.

— Crystal Palace, nous appelons cet essai un échec à cinquante-sept secondes du lancement. Est-ce que Cobra Belle est en l'air pour surveiller ça ?

— Affirmatif, répondit l'officier au bout du fil. Nous allons les renvoyer à la base.

— D'accord. Bonne nuit, Jeff.

À bord de Cobra Belle, dix minutes plus tard, le commandant de la mission accusa réception du message et coupa la liaison radio. Il regarda sa montre et soupira. Cela ne lui disait rien de retourner tout de suite à Chemya. Le capitaine chargé du matériel de la mission suggéra qu'on pouvait toujours profiter du temps qu'on avait pour calibrer les instruments. Le colonel réfléchit et approuva. L'appareil et son équipage étaient encore suffisamment nouveaux pour que tout le monde ait besoin de pratique. Le système des caméras fut placé sur mode MTI. Un ordinateur qui enregistrait toutes les sources d'énergie que découvrait le télescope commença à chercher uniquement les objectifs mobiles. Les techniciens aux écrans regardèrent l'indicateur de cible mobile éliminer rapidement les étoiles et trouver quelques satellites de basse altitude et des fragments de bric-à-brac spatial en orbite. Le système de caméras était assez sensible pour détecter la chaleur d'un corps humain à une portée de mille six cents kilomètres et, bientôt, ils eurent leur choix d'objectifs. La caméra se verrouilla sur eux, à tour de rôle, et prit des images photographiques en code digital sur une bande d'ordinateur. Bien que ce ne fût qu'un exercice d'entraînement, ces renseignements seraient automatiquement transmis au NORAD, où ils permettraient la remise à jour des objets sur orbite.

— Cette percée que vous avez réusssie dans le dégagement d'énergie est à vous couper le souffle, murmura le colonel Bondarenko.

— Oui, reconnut le général Pokrychkine. C'est extraordinaire, comme cela arrive, n'est-ce pas ? Un de mes magiciens remarque quelque chose, il en parle à un autre, qui le raconte à un troisième, lequel dit quelque chose qui revient au premier et ainsi de suite. Nous avons les meilleurs cerveaux de la nation, ici, et malgré cela tout le processus de la découverte paraît à peu près aussi scientifique que de se cogner le gros orteil contre un meuble ! C'est ce qu'il y a de bizarre. Mais c'est aussi ce qui rend la recherche si passionnante, Gennady Iosifovitch, c'est la chose la plus passionnante que je fais depuis que j'ai gagné mes ailes ! Ce site va changer le monde. Après trente ans de travail, nous avons peut-être découvert la base d'un système permettant de protéger la *Rodina* des missiles ennemis !

Bondarenko pensa que c'était une exagération mais l'essai allait démontrer exactement dans quelle mesure c'était exagéré. Pokrychkine, cependant, était parfait pour cette fonction.

L'ancien pilote de chasse était un génie quand il s'agissait de diriger les efforts des savants et des ingénieurs, dont beaucoup avaient la tête grosse comme un char d'assaut bien qu'infiniment plus fragile. Quand il devait pousser des coups de gueule, il poussait des coups de gueule. Quand il devait cajoler, il cajolait. Il était tour à tour père, oncle et frère de tout son monde. Il fallait pour cela un homme avec un cœur russe gros comme ça. Le colonel devinait que les pilotes de chasse avaient reçu un bon entraînement pour ce genre de mission et Pokrychkine avait dû être un remarquable commandant d'unité. L'équilibre entre la pression et l'encouragement était difficile à trouver mais cet homme y réussissait comme il respirait. Bondarenko observait attentivement comment il s'y prenait. Il y avait là des leçons à prendre, utiles pour sa propre carrière.

La salle de contrôle était séparée du bâtiment du laser et elle était trop petite pour les hommes et le matériel qu'elle contenait. Il y avait là plus de cent ingénieurs — soixante doctorats de physique — et même ceux que l'on appelait simplement des techniciens auraient pu enseigner les sciences dans n'importe quelle université d'Union soviétique. Ils étaient assis ou voûtés à leurs consoles. La plupart fumaient et le système de climatisation nécessaire au refroidissement des ordinateurs avait du mal à éclaircir l'atmosphère. Partout, il y avait des compteurs, des pendules à lecture directe. La plupart donnaient des heures, celle de Greenwich sur laquelle les satellites étaient traqués, l'heure locale et, naturellement, l'heure officielle de Moscou. D'autres voyants indiquaient les coordonnées précises du satellite objectif, Cosmos-1810, qui portait l'immatriculation internationale « satellite 1986-102 A ». Il avait été lancé du cosmodrome de Tyouratam le 26 décembre 1986 et il était encore là-haut parce qu'il n'avait pas réussi à se désorbiter avec son film. La télémétrie montrait que ses systèmes électriques fonctionnaient toujours mais son orbite se décomposait lentement, avec un périgée actuel de cent quatre-vingts kilomètres. Il approchait en ce moment de ce point juste au-dessus d'Étoile brillante.

— Parez à activer ! ordonna l'ingénieur en chef dans les écouteurs des casques. Système final au point.

— Caméras en ligne, annonça un technicien, et sa voix se répercuta dans tous les haut-parleurs. Apport cryogène nominal.

— Contrôle du miroir traqueur sur automatique, rapporta l'ingénieur assis à côté de Morozov.

Le jeune homme était juché sur le bord de son siège pivotant, les yeux rivés sur un écran de télévision encore blanc.

— Séquence informatique sur automatique, dit une troisième voix.

Bondarenko buvait son thé et s'efforçait en vain de se calmer. Il avait toujours voulu assister au lancement d'une fusée spatiale mais n'y était jamais arrivé. Là, c'était un peu la même chose. La surexcitation était tangible. Tout autour de lui, des appareils et des hommes s'unissaient en une même entité pour créer un événement. Enfin :

— Tous systèmes laser actifs et en ligne.

L'ingénieur en chef conclut la litanie :

— Nous sommes prêts à tirer.

Tous les yeux se tournèrent vers la droite du bâtiment, où l'équipe des caméras directionnelles pointait ses instruments sur un secteur de l'horizon, au nord-ouest. Un point blanc apparut qui s'éleva dans le dôme noir du ciel nocturne...

— Objectif acquis !

À côté de Morozov, l'ingénieur leva les mains de son panneau pour éviter de toucher par inadvertance un bouton. Le voyant « automatique » clignotait sans arrêt.

À deux cents mètres de là, les six miroirs disposés autour du bâtiment du laser pivotèrent ensemble et se mirent en position presque verticale en dépistant un objectif situé au-dessus de l'horizon montagneux déchiqueté. Sur le sommet voisin, les quatre miroirs du déploiement d'image firent de même. Audehors, des klaxons d'alarme retentirent et des phares pivotants avertirent tout le monde se trouvant à l'extérieur de s'éloigner du bâtiment du laser.

Sur l'écran de télévision à côté de la console de l'ingénieur en chef apparut une photographie de Cosmos-1810. Comme précaution finale contre tout risque d'erreur, trois autres techniciens et lui devaient effectuer une identification positive de leur cible.

— Celui-là, c'est Cosmos-1810, dit le capitaine au colonel à bord de Cobra Belle. Un oiseau de reconnaissance cassé. Il a dû avoir une panne de moteur de rentrée, il n'est pas redescendu quand ils le lui ont dit. Il est sur orbite dégénérescente et ne devrait plus durer que quatre mois. Il envoie encore des renseignements télémétriques de routine. Rien d'important, autant que nous puissions le savoir, il dit simplement aux Russkis qu'il est toujours là-haut.

— Les panneaux solaires doivent encore marcher, observa le colonel, car la chaleur venait d'une énergie interne.

— Ouais. Je me demande pourquoi ils ne l'ont pas simplement éteint... Enfin bref. La température à bord doit être de, oh, quinze degrés Celsius, quelque chose comme ça. Un bon arrière-plan froid pour faciliter la lecture. Au soleil, nous n'aurions sans doute pas pu saisir la différence entre le réchauffement à bord et le réchauffement solaire...

Les miroirs du dispositif émetteur laser traquaient lentement mais le mouvement était discernable sur les six écrans de télévision qui les observaient. Un laser à basse puissance se reflétait sur un miroir, se tendait pour trouver l'objectif... Non seulement il pointait tout le système mais il produisait une image de haute résolution sur la console de commandes. L'identité de la cible était maintenant confirmée. L'ingénieur en chef tourna la clef qui « capacitait » tout le système. Étoile brillante était maintenant tout à fait hors de contrôle humain, entièrement commandée par l'informatique du site.

— Voilà le verrouillage de l'objectif, murmura Morozov à son voisin.

L'ingénieur acquiesça. Son indicateur de portée baissait rapidement tandis que le satellite venait vers eux, en tournant sur le chemin de sa destruction à trente mille kilomètres à l'heure. L'image qu'ils recevaient était une espèce de tache vaguement oblongue, blanche avec de la chaleur interne sur le fond d'un ciel sans chaleur. Elle était au centre précis du réseau de pointage, comme un ovale blanc dans le viseur d'un fusil.

Ils n'entendirent rien, naturellement. Le bâtiment du laser était totalement imperméable à la température et au son. Ils ne virent rien non plus au niveau du sol. Mais, en regardant sur les écrans dans le bâtiment de contrôle, cent hommes serrèrent les poings au même instant.

— Ah merde ! s'exclama le capitaine.

Tout à coup, l'image de Cosmos-1810 était devenue aussi éblouissante que le soleil. L'ordinateur ajusta instantanément sa sensibilité mais fut incapable, pendant quelques secondes, de suivre l'allure de l'indicateur de température de l'objectif.

— Qu'est-ce qui a pu frapper... Mon colonel, ça ne peut pas être de la chaleur interne !

Le capitaine appuya sur une commande de son clavier et obtint une indication digitale de la température apparente du satellite. La radiation infra-rouge est une fonction de quatrième puissance, la chaleur émanant d'un objet est *le carré du carré* de sa température.

— Mon colonel, la température de l'objectif est passée de 15°C à... on dirait... on dirait 1 800°C en moins de deux secondes. Elle augmente encore... Attendez, elle baisse... Non, elle remonte. Le changement est irrégulier, comme si... Maintenant ça baisse. Mais qu'est-ce que c'est que ça ?

À sa gauche, le colonel se mit à appuyer sur des boutons de sa console de communications pour ouvrir une ligne codée directe par satellite aux monts Cheyenne. Quand il parla, ce fut sur ce ton terre à terre que les soldats de métier réservent aux pires cauchemars. Le colonel savait exactement ce qu'il venait de voir.

— Crystal Palace, ici Cobra Belle. Tenez-vous prêts à recevoir un message super-flash.

— Prêts.

— Nous avons un événement de haute énergie. Je répète, nous observons un événement de haute énergie. Cobra Belle déclare un Dropshot. Accusez réception.

Le colonel tourna vers le capitaine une figure blême.

Au quartier général du NORAD, l'officier de quart dut fouiller rapidement sa mémoire pour savoir ce qu'était un Dropshot. Deux secondes plus tard, il marmonna un « Dieu de Dieu » puis :

— Cobra Belle, bien reçu. Accusons réception Dropshot. Restez à l'écoute pendant que nous nous remuons ici. Dieu de Dieu, répéta-t-il et il s'adressa à son adjoint : Transmettez une alerte Dropshot au NMCC et dites-leur de se tenir à l'écoute pour des données précises. Trouvez le colonel Welch et faites-le venir ici.

Ensuite, l'officier de service décrocha un téléphone et tapa le code de son ultime supérieur, le Commandant en chef du North American Aerospace Defense Command, CINC-NORAD.

— Oui, fit une voix bourrue au bout du fil.

— Mon général, ici le colonel Henriksen. Cobra Belle vient de déclarer une alerte Dropshot. Ils disent qu'ils ont observé un événement de haute énergie.

— Vous avez informé le NMCC ?

— Oui, mon général, et nous faisons venir Doug Welch aussi.

— Est-ce que vous avez reçu leurs précisions ?

— Tout sera prêt quand vous arriverez.

— Très bien, colonel. J'arrive. Envoyez un oiseau à Chemya pour ramener ce type de l'armée.

Le colonel à bord de Cobra Belle parlait à présent à son officier des communications et lui ordonnait de transmettre tout ce qu'ils avaient via digital à NORAD et Sunnyvale. Ce fut accompli en moins de cinq minutes. Ensuite, le chef de la mission dit à l'équipage de retourner à Chemya. Ils avaient encore assez de carburant pour deux heures de patrouille, mais il pensait qu'il ne se passerait rien d'autre cette nuit. Ce qui venait d'arriver suffisait. Le colonel venait d'avoir le privilège d'assister à quelque chose dont peu d'hommes ont l'occasion d'être témoins dans l'histoire humaine. Il venait de voir le monde changer et, contrairement à la plupart des hommes, il en comprenait la signification. C'était un honneur, pensait-il, dont il se serait bien passé.

— Ils sont arrivés les premiers, capitaine.

Dieu tout-puissant.

Jack Ryan allait prendre la bretelle de sortie de l'I-495 quand son téléphone de voiture sonna.

— Oui ?

— Nous avons besoin de vous ici.

— Entendu.

L'interlocuteur raccrocha. Jack monta par la rampe et resta sur le trèfle pour redescendre sur l'autoroute dans la direction opposée, pour retourner à Langley. Ça ne ratait jamais. Il avait pris l'après-midi de congé pour régler ses affaires avec les gens de la commission des opérations de Bourse, la SEC. Les dirigeants de la société avaient été disculpés de tout trafic illicite, et cela le disculpait automatiquement lui-même, ou cela le devrait si les enquêteurs de la SEC classaient un jour leur dossier. Il avait espéré en finir et rentrer chez lui. En maugréant, il accélérait vers la Virginie, en se demandant quelle était la crise du jour.

Le commandant Gregory et trois membres de son équipe de software étaient debout devant un grand tableau noir, pour tracer le diagramme de la progression de leur programme de contrôle-miroir quand un sergent entra dans la salle.

— Mon commandant, on vous demande au téléphone.

— Je suis occupé, dites-leur d'attendre.

— C'est le général Parks, mon commandant.

— La voix de son maître, marmonna Gregory.

Il jeta sa craie à son voisin et suivit le sergent. Une minute plus tard, il était au téléphone.

— Il y a un hélicoptère en l'air qui va vous chercher, dit le général sans autre préambule.

— Mon général, nous sommes en train d'essayer de...

— Un Lear vous attendra à Kirkland. Pas le temps de vous faire venir par avion commercial. Pas la peine de faire de valise. Grouillez-vous, commandant.

— Oui, mon général.

— Qu'est-ce qui n'a pas marché ? demanda Morozov et l'ingénieur le regarda, les sourcils froncés, l'air furieux.

— Déploiement thermique. Merde ! Je croyais que nous avions surmonté celui-là !

Au fond de la salle, le système laser à basse puissance formait une nouvelle image de l'objectif. Monochrome, elle avait l'air d'une photo en noir et blanc, en gros plan, à cette différence que ce qui aurait dû être noir était bordeaux. Les techniciens de la télévision composèrent une image double sur écran partagé pour la comparaison avant et après.

— Pas de trous, grogna amèrement Pokrychkine.

— Et alors ? s'étonna Bondarenko. Bon dieu, vous avez fondu ce truc-là ! On dirait qu'il a été plongé dans une louche d'acier en fusion.

C'était bien vrai. Les surfaces planes étaient maintenant gaufrées, ondulées par l'intense chaleur qui irradiait encore. Les cellules solaires disposées sur le corps du satellite — destinées à absorber l'énergie lumineuse — paraissaient entièrement calcinées. Un examen plus attentif révélait que tout le corps du satellite était déformé par la chaleur qui l'avait frappé.

Pokrychkine hocha la tête mais son expression ne changea pas.

— Nous étions censés percer un trou, carrément au travers. Si nous arrivons à faire ça, ça donnera l'impression qu'un bout de ferraille de tout ce bric-à-brac sur orbite est entré en collision avec le satellite. Voilà le genre de concentration d'énergie que nous recherchons.

— Mais vous pouvez détruire tous les satellites américains que vous voulez !

— Étoile brillante n'a pas été créée pour détruire des satellites, colonel. Nous pouvons déjà faire ça assez facilement.

Et Bondarenko saisit le message. Étoile brillante avait été créée, en fait, pour ce but particulier, mais la percée qui avait justifié le financement de l'installation dépassait d'au moins quatre fois toute attente, et Pokrychkine voulait faire deux bonds d'un coup : démontrer les capacités anti-satellites du système et *aussi* son adaptabilité à la défense contre les missiles balistiques. C'était un homme ambitieux, mais pas dans le sens habituel.

Bondarenko mit cette pensée de côté et réfléchit à ce qu'il venait de voir. Qu'est-ce qui n'avait pas marché ? Ce devait être un déploiement thermique, se dit-il. En traversant l'air, les rayons laser avaient communiqué une fraction de leur énergie à l'atmosphère. Cela avait agité l'air, déplacé la trajectoire optique, fait vaciller le rayon sur l'objectif et avait élargi son diamètre.

Mais, malgré cela, il a quand même été assez puissant pour fondre du métal à une distance de cent quatre-vingts kilomètres ! se dit le colonel. Ce n'était pas un échec. C'était un pas de géant vers une technologie entièrement nouvelle.

— Est-ce que des dégâts ont été causés au système ? demanda le général au directeur du projet.

— Aucun, autrement nous n'aurions pas eu l'image suivante. On dirait que nos mesures de compensation atmosphérique sont suffisantes pour le rayon de l'image mais pas pour la transmission de haute énergie. Un demi-succès, camarade général.

— Oui, reconnut Pokrychkine, et il se frotta les yeux pendant un moment avant de reprendre d'une voix plus ferme : Camarades, nous avons fait ce soir la démonstration d'un grand progrès, mais nous avons encore beaucoup de travail à accomplir.

— Et ça, c'est mon affaire, dit le voisin de Morozov. Nous résoudrons cette saloperie !

— Avez-vous besoin d'un autre homme dans votre équipe ?

— C'est en partie des miroirs, en partie des ordinateurs. Qu'est-ce que vous savez de ceux-là ?

— Ce sera à vous de décider. Quand commençons-nous ?

— Demain. Il faudra douze heures aux gens de la télémétrie pour organiser leurs données. Je vais prendre le prochain car et rentrer chez moi boire un verre. Ma famille est absente pour une semaine encore. Vous voulez venir me tenir compagnie ?

— Qu'est-ce que tu crois que c'était ? demanda Abdoul.

Ils venaient d'arriver au sommet de l'arête où le météore était apparu. Du moins, au début, cela avait ressemblé au passage flamboyant d'un météore à travers le ciel. Mais la fine ligne dorée était restée en suspens et s'était même élevée — très rapidement mais visible quand même.

Une fine ligne d'or, pensait l'Archer. L'air lui-même avait brillé. Qu'est-ce qui avait cette influence sur l'air ? Il oublia un moment où et qui il était et revint en pensée à l'université. La *chaleur* faisait scintiller l'air. Seulement la chaleur. Quand un météore tombait, la friction de son passage... mais ce trait ne pouvait être un météore. Même si l'élévation avait été une illusion — et il n'en était pas sûr, la vue peut jouer des tours —, le trait doré avait duré près de cinq secondes. Plus longtemps, peut-être, se dit l'Archer. L'esprit ne savait pas non plus mesurer le temps. Hum. Il s'assit brusquement, et prit son carnet de notes. L'homme de la CIA le lui avait donné en lui disant de tenir un journal des événements. L'idée de s'en servir ne lui était pas venue avant mais finalement elle était utile. Il écrivit l'heure, la date, le lieu et la direction approximative. Dans quelques jours il serait de retour au Pakistan et l'homme de la CIA trouverait peut-être cela intéressant.

6

Lumières

IL faisait nuit quand Gregory arriva. Son chauffeur quitta le George Washington Parkway et se dirigea vers l'entrée du Mall du Pentagone. Le gardien souleva la barrière, suivit la Ford anonyme du gouvernement — le Pentagone achetait des Ford, cette année — sur la rampe, autour de quelques voitures en stationnement et jusqu'au perron où le passager fut déposé derrière un car faisant la navette avec l'extérieur. Gregory connaissait assez bien les habitudes : montrer son laissez-passer au gardien, passer par le détecteur de métal et descendre la rampe, après avoir suivi un couloir plein de drapeaux des États et longé la cafétéria, vers une galerie marchande éclairée et décorée dans le style d'une forteresse du XIIe siècle. Gregory avait souvent joué à Donjons and Dragons, au lycée, et sa première visite à l'affligeant polygone l'avait persuadé que c'était là que l'auteur du jeu avait puisé son inspiration.

Le Strategic Defense Initiative Office se trouvait sous cette galerie marchande du Pentagone (son entrée, en fait, juste en-dessous de la pâtisserie), dans un espace d'environ trois cents mètres de long qui avait été prévu pour être une station de bus et de taxis, avant que l'invention des voitures piégées ne vienne persuader les défenseurs de la nation que les automobiles n'étaient pas les mécaniques idéales à avoir sous leurs pieds. En conséquence, cette partie de l'édifice était le bureau le plus neuf et le plus sûr. Là, Gregory montra son autre laissez-passer à quatre hommes du bureau de la sécurité, puis il l'appliqua sur un panneau mural qui interrogea son code magnétique et décida que le commandant pouvait entrer. Cela le fit pénétrer dans une antichambre et l'amena devant une porte de verre à deux battants. Il sourit au passage à la réceptionniste, puis à la secrétaire du général Parks. Celle-ci répondit d'un signe de tête mais elle était en fait irritée de devoir rester aussi tard et n'était pas d'humeur à sourire.

Le général Bill Parks non plus. La vaste pièce qu'il occupait contenait son bureau, une table basse pour le café et les conversations intimes et une grande table de conférence. Les murs étaient couverts de photos encadrées de diverses activités spatiales, ainsi que de nombreuses maquettes de véhicules spatiaux réels ou imaginaires... et d'armes. Parks était d'ordinaire assez accueillant. Ancien pilote d'essai, il avait réussi une carrière aussi accomplie qu'on l'aurait attendue d'un homme jovial et bon vivant. Mais Parks était un personnage presque monacal, au sourire timide, engageant et néanmoins discrètement appuyé. Il n'avait pas jugé bon d'orner de ses nombreuses décorations sa chemise à manches courtes ; seulement d'une réduction de ses ailes de commandant-pilote. Il n'avait pas besoin d'impressionner par ce qu'il avait fait. Il n'avait qu'à être ce qu'il était, un des hommes les plus remarquables du gouvernement, dans les dix premiers certainement, sinon le premier. Gregory vit que, ce soir, le général avait de la compagnie.

— Nous nous retrouvons, commandant, lui dit Ryan.

Il avait à la main un dossier à spirales d'au moins deux cents pages, qu'il avait parcouru à moitié. Gregory se mit au garde-à-vous, pour Parks, en se « présentant au rapport selon les ordres, mon général ».

— Vous avez fait un bon vol ?

— Super, général. Euh, est-ce que la machine à soda est toujours au même endroit ? Je suis plutôt desséché.

Parks sourit, une demi-seconde.

— Allez-y, nous ne sommes pas si pressés que ça... On ne peut pas s'empêcher d'aimer ce gosse, ajouta le général quand le commandant fut sorti.

— Je me demande si sa maman sait ce qu'il fait après l'école, plaisanta Ryan, mais il reprit aussitôt son sérieux. Il n'a encore rien vu de ça, si je comprends bien ?

— Non, nous n'avons pas eu le temps et le colonel de Cobra Belle ne sera ici que dans cinq heures.

Ryan comprit. C'était pour ça que les seules personnes de la CIA présentes étaient lui-même et Art Graham de l'unité des satellites. Tous les autres auraient droit à une bonne nuit de sommeil pendant qu'ils préparaient la conférence du lendemain matin. Parks aurait lui-même pu rentrer se coucher en laissant le travail à ses savants, mais ce n'était pas son genre. Plus Ryan le voyait, plus le général lui plaisait. C'était un visionnaire et Jack était d'accord avec sa vision, celle d'un homme en uniforme qui avait horreur des armes nucléaires. Ce n'était pas vraiment très insolite, les hommes en uniforme aiment généralement l'ordre et les armes nucléaires induisent un monde terriblement désordonné. Beaucoup de soldats, de marins et d'aviateurs avaient ravalé leurs opinions et fait carrière autour d'armes qui, espéraient-ils, ne seraient jamais utilisées. Parks avait passé les dix dernières années de sa carrière à chercher le moyen de les éliminer. Jack aimait les gens qui tentent de nager à contre-courant. Le courage moral est une denrée plus rare que le courage physique, c'était aussi vrai dans la profession militaire que dans n'importe quelle autre.

Gregory reparut avec une boîte de Coca-Cola, il n'aimait pas le café. Il était temps de commencer à travailler.

— Qu'est-ce qui se passe, mon général ?

— Nous avons une bande vidéo de Cobra Belle. Ils étaient là-haut pour observer un essai soviétique d'ICBM. Leur oiseau — un SS-25 — a explosé mais le chef de la mission a décidé de rester en l'air un moment pour s'amuser avec ses jouets. Voici ce qu'il a vu.

Le général prit la télécommande du VCP et pressa le bouton.

— Ça, c'est Cosmos-1810, dit Art Graham en tendant une photo. Un oiseau de reconnaissance qui leur a échappé.

— Une image infrarouge sur la télé, c'est ça ? demanda Gregory. Oh bon Dieu !

Ce qui n'était qu'un petit point lumineux se déployait comme une étoile explosant dans un film de science-fiction. Mais ce n'était pas de la science-fiction. L'image changea alors que le système informatique de prise de vues se débattait pour suivre l'épanouissement d'énergie. Au bas de l'écran, un encadré digital apparut, donnant la température apparente du satellite flamboyant. En quelques secondes, l'image s'estompa et, encore une fois, l'ordinateur dut se régler pour ne pas perdre Cosmos.

Il y eut une seconde ou deux de parasites sur l'écran et puis une nouvelle image se forma.

— Celle-ci date de quatre-vingt-dix minutes. Le satellite a survolé Hawaii quelques orbites plus tard, expliqua Graham. Nous avons des caméras, là-bas, pour garder l'œil sur les satellites russes. Regardez la photo que je vous ai donnée.

— Avant et après, hein ? dit Gregory, ses yeux allant rapidement d'une image à l'autre. Les panneaux solaires ont disparu... Mince ! Son corps est en quoi, à cet espion-là ?

— En aluminium, principalement. Les Russes font dans le robuste, plus que nous. Les cadres intérieurs sont peut-être en acier, mais plus probablement en titane ou en magnésium.

— Ça nous donne l'estimation du transfert d'énergie, jugea Gregory. Ils ont tué l'oiseau. Ils l'ont assez chauffé pour frire les panneaux solaires d'un coup, et probablement assez pour détruire les circuits électriques à l'intérieur. À quelle altitude était-il ?

— Cent quatre-vingts kilomètres.

— Sary Chagan ou ce nouveau site que m'a montré M. Ryan ?

— Douchanbe, dit Jack. Le nouveau.

— Mais les nouveaux câbles électriques ne sont pas encore tous posés.

— Ouais, fit Graham. Ils peuvent doubler au moins la puissance dont nous venons de voir la démonstration. Ou du moins ils croient le pouvoir.

Sa voix était celle d'un homme qui vient d'apprendre que quelqu'un de sa famille est atteint d'un mal incurable.

— Est-ce que je peux revoir cette première séquence ? demanda Gregory.

C'était presque un ordre et Ryan remarqua que le général Parks obéit immédiatement.

Cela continua pendant un quart d'heure, avec Gregory debout à un mètre à peine de l'appareil de contrôle, qui buvait son Coca les yeux rivés sur l'écran. Les trois dernières fois, le film fut avancé image par image, et à chacune le jeune commandant prit des notes. Enfin, il en eut assez.

— Je peux vous donner un chiffre de puissance d'ici une demi-heure mais, pour le moment, je crois qu'ils ont des problèmes.

— Le déploiement, dit Parks.

— Et le pointage, mon général. Du moins c'est mon impression. J'ai besoin d'un peu de temps pour travailler et d'une bonne calculatrice. J'ai laissé la mienne au labo, avoua Gregory, un peu penaud.

Il avait une poche vide à sa ceinture, à côté de son bipper. Graham lui en lança une, une Hewlett-Packard programmable ultraperfectionnée.

— Et l'énergie ? demanda Ryan.

— Il me faut un peu de temps pour vous donner un bon chiffre, lui dit Gregory comme s'il s'adressait à un enfant attardé. Pour l'instant, au moins huit fois plus que tout ce que nous pouvons avoir. J'ai besoin d'un coin tranquille pour travailler. Est-ce que je peux me servir de la salle à manger ?

Le général acquiesça et le jeune homme sortit.

— Huit fois, murmura Graham. Bon dieu, ils devraient pouvoir calciner les DSPS. C'est certain qu'ils sont capables de démolir tous les satellites de communications qu'ils veulent. Enfin, il y a des moyens de les protéger...

Ryan se sentit écarté. Ses études s'étaient limitées à l'histoire et à l'économie et il n'avait pas encore bien assimilé le jargon des sciences physiques.

— Trois ans, souffla le général Parks en se servant du café. Au moins trois ans d'avance sur nous.

— Seulement en *throughput* d'énergie, fit observer Graham.

Jack les regardait à tour de rôle, en se doutant de la signification de ce qui les inquiétait tous deux mais sans en connaître la substance. Au bout de vingt minutes, Gregory revint.

— Je place leur dégagement maximal d'énergie à quelque chose entre vingt-cinq et trente millions de watts, annonça-t-il. Si nous supposons six lasers dans l'ensemble de transmissions ça... eh bien, ça suffit, n'cst-ce pas ? Il s'agit simplement d'en rassembler assez et de les diriger sur un seul objectif.

« Ça, c'est la mauvaise nouvelle. La bonne, c'est qu'ils ont nettement des problèmes d'épanouissement. Ils n'ont braqué la puissance de pointe sur l'objectif que pendant les tout premiers millièmes de seconde. Là-dessus, ça leur a pété au nez, ça s'est épanoui. Leur puissance moyenne de lancement était de sept à neuf mégawatts. Et on dirait qu'ils ont un problème de pointage, en plus de l'épanouissement. Les supports ne sont pas bien amortis ou alors ils ne peuvent pas contrôler totalement le frémissement rotationnel de la terre. Ou les deux, peut-être. Quelle que soit la raison, ils ont du mal à viser avec plus de précision que trois secondes d'arc. Cela veut dire qu'ils ne vont avoir qu'une précision de plus ou moins deux cent quarante mètres pour un satellite géostationnaire... bien sûr, ces objectifs sont assez stationnaires et le facteur mouvement peut compter dans l'un ou l'autre sens.

— Comment ça ? demanda Ryan.

— Eh bien, d'une part, si vous frappez un objectif mobile — et les oiseaux en orbite terrestre basse traversent le ciel plutôt vite, quelque chose comme huit mille mètres-seconde — il y a quatorze cents mètres par degré d'arc. Alors nous traquons une cible voyageant à environ cinq degrés-seconde. D'accord jusqu'ici ? Le déploiement thermique veut dire que le laser repasse beaucoup de son énergie à l'atmosphère. Si vous passez rapidement à travers le ciel, vous avez constamment à percer un nouveau trou dans les airs. Mais il faut du temps à l'épanouissement pour devenir vraiment grave, et ça, ça vous aide. D'autre part, si vous avez des problèmes de vibrations, à chaque fois que vous changez votre point de visée, vous ajoutez une nouvelle variable à votre géométrie de pointage, et ça aggrave beaucoup les choses. Quand on tire sur un objectif relativement stationnaire, par exemple un satellite de communications, on simplifie son problème de pointage, mais on continue de lancer le même déploiement thermique jusqu'à ce qu'on perde presque toute son énergie dans l'atmosphère. Vous voyez ce que je veux dire ?

Ryan grommela un vague assentiment mais cela dépassait encore son entendement. Il comprenait à peine le langage de ce garçon et l'information qu'essayait de lui communiquer Gregory faisait partie d'un domaine qu'il était incapable de concevoir. Graham intervint :

— Est-ce que vous voudriez me faire croire que nous n'avons pas à nous inquiéter de ça ?

— Non, monsieur ! Si on a la puissance de l'énergie, on peut toujours trouver à l'envoyer. Enfin quoi, nous avons déjà fait ça ! C'est le plus facile.

— Comme je vous le disais, confia l'ingénieur à Morozov, le problème n'est pas d'envoyer l'énergie des lasers, ça c'est le plus facile. Le difficile, c'est d'envoyer l'énergie sur l'objectif.

— Votre ordinateur ne peut pas compenser le... quoi ?

— Ce doit être une combinaison de facteurs. Nous allons revoir ces données aujourd'hui. Le principal ? Probablement la programmation de compensation atmosphérique. Nous pensions pouvoir régler le processus de pointage de manière à éliminer le déploiement..., eh bien nous ne pouvions pas. L'essai d'hier a coûté trois ans de travaux théoriques. Mon propre projet. Et il n'a pas marché.

L'ingénieur regarda dans le lointain, les sourcils froncés. L'opération de son fils malade n'avait pas tout à fait réussi mais, d'après les médecins, il y avait encore de l'espoir.

— Donc, l'augmentation de rendement du laser vient de ceci ? demanda Bondarenko.

— Oui. Deux de nos jeunes gens — il n'a que trente-deux ans et elle vingt-huit — ont trouvé le moyen d'agrandir le diamètre de la cavité amplificatrice de radiations. Mais nous avons encore à imaginer un meilleur contrôle des aimants « secoueurs », expliqua Pokrychkine.

Le colonel hocha la tête. Tout l'objet du laser à électrons libres, auquel travaillaient les deux camps, était qu'on pouvait le « régler » comme une radio, en choisissant la longueur d'onde de lumière que l'on voulait transmettre. C'était du moins la théorie. Dans la pratique, le rendement d'énergie le plus fort était toujours à peu près dans la même gamme de fréquences, et ce n'était pas la bonne. S'ils avaient pu envoyer la veille une fréquence un peu différente — qui aurait pénétré plus efficacement l'atmosphère — le déploiement thermique aurait pu être réduit de cinquante pour cent. Mais, pour cela, il valait mieux contrôler les aimants supraconducteurs. On les appelait des « shakers » parce qu'ils provoquaient un champ magnétique oscillant dans les électrons de la cavité amplificatrice chargés. Malheureusement, la découverte effectuée qui agrandissait cette cavité avait aussi un effet inattendu sur le contrôle du flux magnétique. Il n'y avait encore aucune explication théorique à ce phénomène et dans la pensée des principaux esprits scientifiques il y avait un problème mineur, pas encore découvert, dans la conception mécanique des aimants. Les ingénieurs, naturellement, ripostaient qu'il y avait un défaut dans le raisonnement des théoriciens parce qu'ils savaient très bien, *eux*, que leurs aimants marchaient à la perfection. Les discussions qui avaient déjà fait vibrer les murs de la salle de conférences étaient échauffées mais cordiales. Un groupe de personnalités extrêmement intelligentes luttaient toutes ensemble pour trouver la Vérité... la vérité scientifique qui ne dépendait pas de l'opinion humaine.

Bondarenko avait le vertige, en songeant aux détails tout en écrivant ses notes. Il avait cru s'y connaître en lasers — après tout, il avait contribué à en créer toute une nouvelle application — mais en voyant le travail qui avait été accompli, il se considérait soudain comme un petit enfant qui s'aventurait dans un laboratoire d'université et s'émerveillait de toutes les jolies lumières. La principale découverte, nota-t-il, résidait dans la conception de la cavité amplificatrice. Cela permettait un énorme accroissement de la puissance projetée et s'était fait à une table de cantine quand un ingénieur et un physicien étaient tombés ensemble, par hasard, sur une nouvelle bribe de Vérité. Le colonel sourit à part lui. Le mot qu'ils employaient n'était autre que *pravda.* Cela voulait dire littéralement « vérité » et les deux jeunes savants l'avaient prononcé sans malice. C'était même un mot devenu courant à Étoile brillante et Bondarenko se demandait si c'était vraiment par plaisanterie « privée » que les scientifiques se demandaient couramment, d'un fait : « Mais est-ce que c'est *pravilno ?* », « Est-ce que c'est véridique ? »

Ma foi, se dit-il, une chose est assez véridique. Ces deux personnes qui s'étaient donné rendez-vous pour parler de leur vie amoureuse — Bondarenko avait déjà entendu raconter l'histoire — à une table de cantine s'étaient alliées pour faire un colossal bond en avant dans le domaine du laser. Le reste viendrait à son heure. Tout venait toujours à point à qui savait attendre.

— Il semblerait donc que votre problème principal soit le contrôle informatique, autant de votre flux magnétique que du déploiement des miroirs.

— C'est exact, colonel, reconnut Pokrychkine. Et nous avons besoin de crédits supplémentaires et de nouveaux soutiens pour corriger ces difficultés. Vous devez dire à Moscou que le travail le plus important a déjà été fait et s'est révélé opérationnel.

— Vous m'avez gagné à votre cause, mon général.

— Non, camarade colonel. Vous avez simplement l'intelligence de percevoir la *vérité !*

Les deux hommes rirent de bon cœur en se serrant la main. Bondarenko avait hâte de reprendre l'avion pour

Moscou. Le temps était depuis longtemps révolu où un officier soviétique avait à craindre d'être porteur de mauvaises nouvelles mais apporter une bonne nouvelle ne pouvait qu'être bon pour sa carrière, même aujourd'hui.

— En tout cas, ils ne peuvent pas utiliser l'optique adaptive, déclara le général Parks. Ce que je veux savoir, c'est d'où viennent leurs revêtements optiques.

— C'est la seconde fois que j'entends parler de ce truc-là, dit Ryan en se levant pour faire le tour de la table et rétablir un peu sa circulation. Qu'est-ce qu'il a de si extraordinaire, ce miroir ? C'est une glace, non ?

— Pas une glace, le verre ne résiste pas à l'énergie, dit Gregory. En ce moment, nous utilisons du cuivre ou du molybdène. Un miroir en verre a sa surface réfléchissante dans le dos. Ce genre de miroir-là, sa surface réfléchissante est sur le devant. Par-derrière, il y a un système refroidissant.

— Ah ?

Mon vieux Jack, tu aurais dû suivre plus de cours de sciences.

— La lumière ne se reflète pas sur le métal nu, expliqua Graham et Jack eut l'impression d'être le seul cancre de la pièce. (Et c'était lui, naturellement, qui était chargé de rédiger l'estimation spéciale des renseignements.) Elle se reflète sur un revêtement optique. Pour les applications nécessitant une grande précision — un télescope astronomique, par exemple —, ce qui recouvre la surface du miroir ressemble à une pellicule d'essence sur une mare.

— Alors, pour le métal ? demanda Jack.

— On se sert du métal, répondit le commandant, pour que la surface réfléchissante reste aussi fraîche que possible. Nous essayons d'abandonner ça, d'ailleurs. Avec le projet ADAMANT, Développement accéléré de matériaux avancés et nouvelles technologies. Nous espérons que le prochain miroir sera en diamant.

— Quoi !

— Du diamant artificiel fait avec du carbone 12 pur, c'est une forme isotopique du carbone normal et c'est idéal pour nous. Le problème, c'est l'absorption d'énergie. Si la surface retient une grande partie de la lumière, l'énergie calorique risque de faire carrément sauter le revêtement, et alors le miroir explose. J'ai vu une fois disparaître comme ça un miroir de cinquante centimètres. Un bruit comme si Dieu claquait des doigts. Avec le diamant au C-12, nous avons un matériau qui est presque un supraconducteur de chaleur. Ça permet une densité de puissance plus grande et une réduction de la taille du miroir. La General Electric vient tout juste d'apprendre comment fabriquer un diamant de qualité fine avec du carbone 12. Candi travaille déjà pour voir comment nous pourrions en faire un miroir.

Ryan feuilleta ses trente pages de notes et se frotta les yeux.

— Avec la permission du général, commandant, vous allez venir à Langley avec moi. Je veux que vous mettiez au courant nos gens de la science et de la technologie et je veux vous montrer tout ce que nous avons sur le projet soviétique. D'accord, général ? demanda Jack à Parks qui acquiesça.

Ryan et Gregory partirent ensemble. Apparemment, il fallait aussi un laissez-passer pour sortir de là. La garde avait changé mais les nouveaux examinèrent tout aussi scrupuleusement les visiteurs qui partaient. En arrivant dans le parking, le commandant trouva que la XJS de Jack était « super ».

— Comment est-ce qu'un marine arrive à travailler pour l'Agence ? demanda-t-il en admirant les sièges en cuir. *Et où est-ce qu'il trouve le fric pour se payer ça ?*

— On m'a invité. Avant, j'enseignais l'histoire à Annapolis.

— Où avez-vous fait vos études ?

— Licence au Boston College et le doctorat juste en face, sur l'autre rive, à Georgetown.

— Vous ne m'aviez pas dit que vous aviez un doctorat.

Cela fit rire Jack.

— Un domaine différent, mon vieux. J'ai beaucoup de mal à comprendre ce que vous manigancez mais on m'a collé sur le dos la corvée d'expliquer ce que tout cela veut dire à... eh bien aux types chargés des négociations sur les armements. Je travaille avec eux depuis six mois, sur le plan renseignements.

Cela provoqua un grognement.

— Cette bande-là veut me mettre sur la touche. Ils veulent marchander et tout bazarder.

— Ils ont leur travail à faire, sans doute. J'ai besoin de votre aide pour les persuader que ce que vous faites est important.

— Les Russes pensent que c'est important.

— Oui, bien sûr, c'est ce que nous venons de voir, non ?

Bondarenko débarqua et fut agréablement surpris d'être attendu à l'aéroport par une voiture officielle. C'était une Voyska PVO. Le général Pokrychkine avait téléphoné. La journée de travail était terminée et le colonel pria le chauffeur de le conduire chez lui. Il comptait rédiger son rapport le lendemain et le présenter au colonel Filitov ; et plus tard, peut-être au ministre lui-même. Il se demanda, en se servant un verre de vodka, si Pokrychkine ne l'aurait pas manipulé — il ignorait l'expression occidentale « embobiner » — de façon à créer une fausse impression. Non, se dit-il. Le général avait très bien réussi à présenter favorablement son programme. Ils n'avaient pas faussé leur essai et ils avaient franchement exposé leurs problèmes. Tout ce qu'ils demandaient, c'était ce dont ils avaient réellement besoin. Non, Pokrychkine était un homme avec une mission, prêt à y consacrer sa carrière, au moins en partie, et c'était tout ce que l'on pouvait raisonnablement demander d'un homme. S'il bâtissait son propre empire, c'était un empire qui était digne d'être bâti.

Le ramassage se fit d'une manière à la fois unique et routinière. Le centre commercial était tout à fait banal, un passage couvert avec quatre-vingt-treize boutiques et cinq cinémas. Il y avait six magasins de chaussures, trois bijouteries et, conformément à la situation « western » de la ville, un magasin de sport avec une clientèle de chasseurs, exposant dans sa vitrine tout un râtelier de fusils de chasse Winchester 70, ce que l'on voit rarement dans l'Est. Disséminés le long de la promenade, il y avait trois magasins de prêt-à-porter de luxe pour hommes et sept pour dames. Un de ces derniers était à côté de l'armurerie.

Cela faisait parfaitement l'affaire de la propriétaire d'Eve's Leaves, puisque le magasin voisin avait un système d'alarme perfectionné ce qui, s'ajoutant au propre personnel de sécurité du centre, lui permettait d'avoir un stock important de vêtements de prix sans trop se ruiner en assurances. La boutique avait eu du mal à démarrer — la mode de Paris, de Rome et de New York n'était que modérément appréciée à l'ouest du Mississippi, sauf peut-être sur la côte californienne — mais beaucoup d'universitaires venaient des deux côtes et restaient fidèles à leurs habitudes. Ann Klein était de ceux-là.

Ann entra dans la boutique. C'était une cliente très facile à habiller. Elle avait la taille mannequin et n'essayait les robes que pour voir leur effet sur elle. Jamais elle n'avait besoin de faire faire des retouches, ce qui arrangeait tout le monde et permettait à la commerçante de lui consentir en général un rabais de cinq pour cent. Et non seulement la cliente était facile à habiller mais elle dépensait beaucoup d'argent dans ce magasin, jamais moins de deux cents dollars par visite. C'était une habituée, elle passait à peu près toutes les six semaines. La patronne ne savait pas ce qu'elle faisait mais lui trouvait une allure de professeur : elle était si précise, si attentive à tout. Assez bizarrement, elle payait toujours en espèces, autre raison du rabais puisque les banques émettant les cartes de crédit touchaient un pourcentage du chiffre de vente en échange de la garantie de paiement. Ce qui remboursait largement les cinq pour cent. Il était regrettable que toutes les clientes ne soient pas comme ça, pensait la propriétaire de la boutique. Ann avait des yeux noirs langoureux, des cheveux bruns mi-longs, ondulés, et un corps menu et souple. Elle avait une autre caractéristique un peu insolite : elle ne se parfumait jamais. C'était cela qui faisait penser à la commerçante qu'elle devait être professeur. Et aussi les heures auxquelles elle passait, jamais quand il y avait foule, comme si elle ne dépendait de personne.

Ann choisit un ensemble jupe et blouse et se dirigea vers les cabines d'essayage dans le fond. Elle choisissait toujours la même et cela la commerçante ne l'avait jamais remarqué. Une fois à l'intérieur, elle ôta sa jupe et déboutonna son chemisier mais avant d'enfiler l'ensemble elle glissa sa main sous la tablette de bois où on pouvait s'asseoir et retira une cassette de microfilm qui y avait été scotchée la veille au soir. Elle la rangea dans son sac. Puis elle essaya les vêtements et sortit parader devant les glaces.

Comment les Américaines peuvent-elles porter ces horreurs ? se demanda Tania Bisyarina en souriant à son image. Capitaine au Directorat S du Premier Principal Directorat du KGB (appelé aussi l'« Étranger »), elle faisait ses rapports au Directorat T, qui supervise l'espionnage scientifique et travaille en collaboration avec le comité d'État de Science et de Technologie. Comme Edward Foley, elle « dirigeait » un seul agent. Le nom de code de cet agent était Livia.

L'ensemble coûtait 273 dollars et le capitaine Bisyarina paya en espèces. Elle se dit qu'elle ne devrait pas oublier de le mettre la prochaine fois qu'elle viendrait au magasin, même si c'était horrible.

— À bientôt, Ann, lui dit aimablement la patronne.

C'était le seul nom sous lequel elle était connue à Santa Fe. Elle se retourna et agita la main, en pensant que cette femme n'était pas désagréable, malgré sa stupidité. Comme tout bon agent de renseignements, le capitaine avait un aspect et des manières tout à fait ordinaires. Dans le contexte de cette région, cela voulait dire s'habiller modérément à la mode, conduire une voiture convenable mais pas voyante et vivre d'une manière indiquant l'aisance mais pas la richesse. En ce sens, l'Amérique était un objectif facile. Si on avait le mode de vie correct, personne ne se demandait d'où on venait. Le passage de la frontière avait été d'une facilité presque comique. Tant de temps consacré à préparer et rassembler des documents, étudier sa « légende » et la savoir par cœur, et le garde-frontière s'était contenté de faire un peu renifler la voiture par un chien, pour la drogue — elle était venu du Mexique par El Paso — et lui avait fait signe de passer, en souriant. *Et pour ça* — se dit-elle en souriant à son tour, huit mois plus tard — *j'ai vraiment eu le cœur battant !*

Elle mit quarante minutes à rentrer chez elle, en s'assurant comme toujours que personne ne la suivait, et dès son arrivée, elle développa le film et tira ses copies — pas tout à fait de la même manière que Foley mais cela restait très semblable. Dans ce cas précis, elle avait des photos d'authentiques documents du gouvernement. Elle plaça le film développé dans un petit projecteur et le pointa sur le mur blanc de sa chambre. Bisyarina avait une formation technique, une des raisons de sa mission actuelle, et elle savait aussi bien évaluer ce qu'elle venait de recevoir. Elle était certaine que ses supérieurs seraient contents.

Le lendemain matin, elle fit sa livraison dans une « boîte aux lettres » et les photographies franchirent la frontière mexicaine à bord d'un camion-remorque appartenant à une société de transports au long cours dont le siège était à Austin. Il livrait du matériel de forage. À la fin de la journée, les photos seraient à l'ambassade soviétique à Mexico d'où elles partiraient pour Cuba où elles seraient placées à bord d'un vol Aeroflot direct pour Moscou.

7

Catalyseurs

ALORS, colonel, quelle est votre impression ? demanda Filitov.

— Eh bien, camarade, Étoile brillante est peut-être le programme le plus important de l'Union soviétique, répondit Bondarenko avec conviction, en remettant quarante feuillets écrits à la main. Voici un premier état de mon rapport. Je l'ai rédigé dans l'avion. Je vais le mettre au propre et le taper aujourd'hui, mais j'ai pensé que vous...

— Vous avez bien pensé. Il paraît qu'ils ont procédé à un essai ?

— Il y a trente-six heures. J'ai assisté à l'essai et j'ai été autorisé à examiner une grande partie du matériel, avant et après. J'ai été profondément impressionné par l'installation et par les personnes qui la font marcher. Si je puis me permettre, le général Pokrychkine est un officier remarquable, idéal pour ce poste. Il n'est vraiment pas un carriériste, plutôt un officier progressiste de grande valeur. Diriger les universitaires au sommet de cette montagne n'est pas facile...

Micha grogna un assentiment.

— Je connais les universitaires. Est-ce que vous voulez dire qu'il les a organisés comme une unité militaire ?

— Non, camarade colonel, mais il a appris comment les maintenir relativement heureux et productifs en même temps. Il existe un sentiment de... On a un sentiment de mission, à Étoile brillante, que l'on trouve rarement même dans le corps des officiers. Je ne parle pas à la légère, Mikhaïl Semyonovitch.

J'ai été très impressionné par tous les aspects de cette opération. Peut-être est-ce la même chose aux bases spatiales. Je l'ai entendu dire, mais comme je n'en ai jamais visité, je ne peux pas faire de comparaison.

— Et les systèmes eux-mêmes ?

— Étoile brillante n'est pas encore une arme. Il reste des difficultés techniques à aplanir. Pokrychkine les a identifiées et me les a longuement expliquées. Pour le moment, ce n'est encore qu'un programme expérimental mais les plus importantes percées ont été opérées. Dans quelques années, ce sera une arme au potentiel énorme.

— Et son prix de revient ? demanda Micha, ce qui provoqua un geste d'ignorance.

— Impossible à estimer. Ce sera cher, mais ce qui revient le plus cher dans le programme, la phase de recherche et de développement, est presque totalement terminé. Les frais de production et de fabrication devraient être moins élevés qu'on ne pourrait s'y attendre pour l'arme en soi. Je ne peux pas évaluer le prix de tout le matériel annexe, les radars, les satellites de surveillance. D'ailleurs, cela ne faisait pas partie de ma mission.

Il faut dire que, comme tous les soldats du monde, il pensait en termes de mission, pas de prix de revient.

— Et la fiabilité du système ?

— Ce sera un problème, mais contournable. Les lasers individuels sont complexes et difficiles à maintenir. D'autre part, en construisant plus que ce qui est réellement nécessaire au site, nous pourrons aisément les faire passer par un programme de maintenance normal, et avoir toujours en ligne le nombre adéquat. C'est d'ailleurs la méthode proposée par l'ingénieur en chef du projet.

— Ils ont donc résolu le problème de la puissance au départ ?

— Ce brouillon de rapport décrit cela en termes généraux. Mon texte définitif sera plus explicite.

Micha se permit un sourire.

— De manière que je puisse comprendre, même moi ?

— Camarade colonel, répondit sérieusement Bondarenko, je sais que vous avez une meilleure compréhension des choses techniques que vous ne voulez bien le dire. Les aspects importants de la découverte concernant l'énergie sont en réalité très simples... en théorie au moins. Les détails spécifiques d'ingénierie sont complexes mais peuvent facilement être déduits de la modification de la cavité amplificatrice. Comme pour la première bombe atomique, une fois la théorie décrite, l'ingénierie se résoud d'elle-même.

— Parfait. Vous pouvez terminer votre rapport pour demain ?

— Oui, camarade colonel.

Micha se leva, Bondarenko aussi.

— Je vais lire votre rapport préliminaire cet après-midi. Apportez-moi demain votre rapport complet et je l'étudierai pendant un jour ou deux. Et la semaine prochaine nous irons mettre le ministre au courant.

Les voies d'Allah étaient vraiment mystérieuses, pensait l'Archer. Malgré son vif désir d'abattre un avion de transport soviétique, il devait rentrer chez lui, dans la ville de Ghazni au bord de la rivière. Il avait quitté le Pakistan depuis huit jours à peine. Une tempête locale avait retenu au sol l'aviation russe, ces derniers jours, ce qui lui avait permis de bien marcher. Il arrivait avec son nouveau réassortiment de missiles et il trouva son chef en train de préparer une attaque contre l'aéroport de la ville. L'hiver était dur pour tout le monde et les infidèles laissaient les avant-postes de sécurité à des soldats afghans du gouvernement traître de Kaboul. Mais ce qu'ils ne savaient pas, c'était que le commandant du bataillon en service là travaillait pour les *moudjahiddin* locaux. Le périmètre serait ouvert le moment venu, permettant à trois cents guérilleros d'attaquer directement à l'intérieur du camp soviétique.

Ce serait un assaut majeur. Les combattants de la liberté étaient organisés en trois compagnies de cent hommes. Toutes trois étaient engagées dans l'attaque. Le chef comprenait l'utilité d'une réserve tactique mais il avait un trop grand front à couvrir, avec trop peu d'hommes. Ce serait un risque mais ses hommes et lui prenaient des risques depuis 1980. Un de plus, quelle importance ? Comme toujours, le chef serait là où il y a le plus grand danger et l'Archer serait près de lui. Ils se dirigeaient vers l'aéroport et ses avions détestés, face au vent. Les Soviétiques tenteraient de faire prendre l'air à leurs appareils au premier signe de danger, à la fois pour les mettre à l'abri et pour fournir un soutien défensif. L'Archer examina à la jumelle quatre hélicoptères Mi-24, tous avaient des munitions accrochées sous leurs courtes ailes. Les *moudjahiddin* n'avaient qu'un seul mortier pour les endommager au sol et, à cause de cela, l'Archer serait légèrement en retrait de la vague d'assaut pour fournir un soutien. Il n'avait pas le temps de mettre en position son piège habituel mais la nuit, cela n'aurait guère d'importance.

Cent mètres plus loin, le chef de tribu arrivait au rendez-vous avec le commandant de l'armée afghane. Ils s'embrassèrent et bénirent le nom d'Allah. Le fils prodigue était revenu dans le bercail islamique. Le commandant annonça que deux de ses commandants de compagnie étaient prêts à agir comme prévu, mais que celui de la Troisième Compagnie restait fidèle aux Soviétiques. Un sergent digne de confiance tuerait cet officier dans quelques minutes, permettant que ce secteur soit utilisé pour le repli. Tout autour d'eux, des hommes attendaient dans le vent glacial. Quand le sergent aurait accompli sa mission, il lancerait une fusée.

Le capitaine soviétique et le lieutenant afghan étaient amis, ce qui dans leurs moments de réflexion les surprenait tous les deux. C'était possible parce que les Soviétiques avaient fait un effort réel pour respecter les coutumes des autochtones et parce que l'officier afghan croyait sincèrement que le marxisme-léninisme était l'avenir. N'importe quoi devait être mieux que les rivalités tribales et les vendettas qui déchiraient ce malheureux pays depuis des temps immémoriaux. Remarqué de bonne heure comme candidat prometteur à une conversion idéologique, il avait été envoyé en Union soviétique où on lui avait montré tous les avantages de la vie là-bas — comparée à celle de l'Afghanistan —, en particulier les services de santé publics. Le père du lieutenant était mort quinze ans plus tôt d'une fracture du bras infectée, et comme il n'avait jamais pu gagner la faveur du chef de tribu, le fils n'avait pas eu une jeunesse vraiment idyllique.

Ensemble, les deux hommes examinaient une carte et préparaient les activités de patrouille pour la semaine suivante. Ils devaient patrouiller sans cesse, pour tenir les *moudjahiddin* en respect. Ce jour-là, c'était au tour de la Compagnie Deux.

Un sergent entra dans le bunker de commandement avec un message. Sa figure n'exprima pas l'étonnement qu'il ressentit en voyant là deux officiers au lieu d'un seul. Il remit l'enveloppe au lieutenant afghan, de la main gauche parce que le manche de son couteau était au creux de sa main droite ; il le tenait verticalement dans la large manche de sa tunique à la russe. Il s'efforça de rester impassible quand le capitaine soviétique l'examina ; il observa simplement l'officier qu'il devait tuer. Finalement, le Russe se détourna pour regarder par une des meurtrières du blockhaus. Au même instant, l'officier afghan jeta le message sur la carte et formula sa réponse.

Le Russe se retourna brusquement. Quelque chose l'avait alerté et il comprit qu'il y avait du danger avant même d'avoir le temps de se demander pourquoi. Il vit le bras du sergent se lever rapidement, d'un curieux mouvement par en dessous en direction de la gorge de son ami. Le capitaine soviétique bondit sur son fusil alors que le lieutenant se rejetait en arrière pour éviter le premier coup. Il y réussit car la lame du couteau s'était prise dans la manche trop longue de la tunique. En jurant, le sergent la libéra et frappa sa victime à l'abdomen. Le lieutenant hurla mais réussit à saisir le poignet du sous-officier avant que le couteau atteigne des organes vitaux. Les deux hommes avaient la figure si rapprochée l'une de l'autre qu'ils pouvaient sentir leurs haleines respectives. Un visage était trop choqué pour avoir peur, l'autre trop furieux. Finalement, le lieutenant eut la vie sauve uniquement grâce à une manche d'uniforme mal coupée, juste avant que le Soviétique fasse sauter le cran de sûreté de son fusil et tire dix balles dans le flanc de l'assassin. Le sergent tomba sans une plainte. Le lieutenant porta à ses yeux une main ensanglantée. Le capitaine lança un cri d'alerte.

Le crépitement caractéristique d'une Kalachnikov se fit entendre à quatre cents mètres, où les *moudjahiddin* attendaient. La même pensée passa par tous les esprits : le plan était fichu. Malheureusement, on n'avait pas prévu d'alternative. Sur leur gauche, les positions de la Compagnie Trois furent soudain illuminées par les éclairs des coups de feu. Les soldats ne tiraient sur rien — il n'y avait pas de guérilleros, là — mais le bruit ne pouvait manquer d'avertir les positions russes, à trois cents mètres sur l'avant. Le chef de tribu donna quand même à ses hommes l'ordre d'avancer, soutenus par près de deux cents soldats de l'armée afghane pour qui le changement de camp était un soulagement. Les combattants supplémentaires changeaient moins la situation qu'on aurait pu l'espérer. Ces nouveaux *moudjahiddin* n'avaient pas d'armes lourdes autres que quelques mitrailleuses et l'unique mortier du chef était long à installer.

L'Archer jura en voyant les lumières s'éteindre sur l'aéroport, à trois kilomètres. Elles furent remplacées par les vers luisants des torches : les équipages couraient vers leurs appareils. Un instant plus tard, des fusées éclairantes à parachute transformèrent la nuit en jour. Le vent violent du sud-est les chassait vite mais d'autres ne cessaient d'apparaître. Il ne pouvait rien faire que se servir de son lance-missiles. Il distinguait les hélicoptères... et le seul An-26 de transport. De la main gauche, l'Archer haussa ses jumelles jusqu'à ses yeux et vit le bimoteur aux ailes hautes posé là comme un oiseau endormi dans un nid sans protection. Des hommes couraient aussi vers lui. Il reporta ses jumelles sur le secteur des hélicoptères.

Un Mi-24 s'éleva et se débattit dans le vent pour prendre de l'altitude alors que des obus de mortier commençaient à pleuvoir à l'intérieur du périmètre de l'aéroport. Un obus phosphorescent tomba à quelques mètres d'un autre Hind et sa nappe de feu blanche atteignit le réservoir. L'équipage sauta à terre, dont un homme avec la combinaison en flammes. Ils s'étaient à peine éloignés que l'hélicoptère explosa, détruisant par la même occasion un autre Hind. Le dernier décolla quelques instants plus tard, se balança dans le vent et disparut dans la nuit noire tous feux éteints. Ils reviendraient tous les deux — l'Archer en était certain — mais les résistants en avaient eu deux au sol, ce qui était mieux que ce qu'il avait craint.

Tout le reste allait mal. Des obus de mortier s'abattaient devant les troupes d'assaut. Il voyait des éclairs de coups de feu et d'explosifs. Et dans tout ce bruit il y avait les cris de guerre des combattants et les hurlements des blessés. À cette distance, il était difficile de distinguer le Russe de l'Afghan, mais cela n'était pas l'affaire de l'Archer.

Il n'avait pas besoin de dire à Abdoul de guetter les hélicoptères dans le ciel. Il essaya de se servir de son lance-missiles pour détecter la chaleur invisible de leurs moteurs mais ne trouva rien, alors il ramena son regard vers le seul appareil qu'il pouvait voir. Des obus de mortier tombaient maintenant près de l'An-26 mais l'équipage avait déjà mis ses moteurs en marche. Quelques instants plus tard, il surprit un mouvement latéral. Il prit le vent et estima que l'avion allait tenter de tourner face à lui et de s'envoler sur la gauche au-dessus de la partie la moins exposée du périmètre. Ce ne serait pas facile de décoller dans cet air raréfié et, en tournant, le pilote priverait ses ailes de leur portée au profit de la vitesse indispensable. L'Archer tapa sur l'épaule d'Abdoul et partit en courant sur sa gauche. Il parcourut cent mètres avant de s'arrêter pour observer encore une fois l'avion de transport soviétique. Il roulait, à présent, à travers les gerbes de terre noire, en cahotant sur le sol inégal et gelé.

L'Archer se redressa pour permettre au missile de mieux regarder son objectif, et il entendit aussitôt le léger bruit de la tête chercheuse qui avait trouvé la chaleur des moteurs dans la froide nuit sans lune.

— V-Un ! hurla le copilote dans le bruit de la bataille et des moteurs, les yeux rivés sur ses instruments tandis que le pilote luttait pour maintenir l'appareil en droite ligne. V-R... *Tourne !*

Le pilote tira sur le volant. Le nez se souleva et l'An-26 après un dernier bond quitta la piste de terre battue. Instantanément, le pilote rentra le train d'atterrissage pour obtenir le maximum de vitesse. Il vira légèrement sur sa droite, évitant ainsi la plus forte concentration de feu. Une fois dégagé, il comptait mettre le cap sur Kaboul et la sécurité. Derrière lui, le navigateur n'examinait pas ses cartes mais lançait toutes les cinq secondes des fusées-parachutes. Ce n'était pas destiné à aider les troupes à terre, bien que cela eût cet effet, mais à tromper les missiles sol-air. Le manuel disait d'en lâcher une toutes les cinq secondes.

L'Archer minuta soigneusement les fusées. Il entendait le changement de son de sa tête chercheuse quand elles quittaient la soute de l'avion-cargo et se mettaient à feu. Il avait besoin de se verrouiller sur le moteur gauche de l'appareil et de calculer son tir avec précision s'il voulait atteindre son objectif. Il avait déjà mesuré dans sa tête le point d'approche le plus propice — environ neuf cents mètres — et juste avant d'y arriver l'avion lança une nouvelle fusée. Une seconde plus tard, la tête chercheuse reprit son sifflement d'acquisition normal et l'Archer pressa la détente.

Comme toujours, ce fut presque une jouissance sexuelle quand le tube lance-missiles tressauta dans ses mains. Le bruit des combats s'étouffa autour de lui alors qu'il concentrait toute son attention sur le vol rapide du point jaune flamboyant.

Le navigateur venait de lâcher une fusée quand le Stinger frappa le moteur de gauche. Sa première pensée fut comme outrée... le manuel s'était trompé ! Le mécanicien navigant n'eut pas ce genre de pensée. Il tapa automatiquement le bouton « arrêt d'urgence » du turbopropulseur numéro un. Cela arrêta l'arrivée de carburant, coupa l'électricité, mit l'hélice en drapeau et actionna l'extincteur. Le pilote appuya sur le palonnier pour compenser la perte de propulsion bâbord et piqua du nez. C'était dangereux mais il devait jouer la vitesse contre l'altitude car pour le moment il avait avant tout besoin de vitesse. Le mécanicien annonça que le réservoir de gauche était percé mais Kaboul n'était qu'à cent kilomètres. La suite fut plus grave :

— Voyant d'alerte au feu sur le un !

— Arrêtez-le !

— Déjà fait. Tout est arrêté.

Le pilote résista à la tentation de se retourner. Il n'était qu'à une centaine de mètres du sol et rien ne devait troubler sa concentration. Il aperçut du coin de l'œil un éclair de flamme jaune-orangé mais s'en détourna. Ses yeux allèrent de l'horizon à son compteur et à son altimètre et retour.

— Nous perdons de l'altitude, annonça le copilote.

— Dix degrés de plus, les volets, ordonna le pilote.

Il pensait avoir maintenant assez de vitesse pour risquer cela. Le copilote allongea le bras pour déployer les volets de dix degrés de plus et condamna ainsi l'appareil et ses passagers.

L'explosion du missile avait endommagé les câbles hydrauliques des volets de l'aile gauche. La pression supplémentaire nécessaire pour changer leur inclinaison rompit les deux câbles et les volets se rétractèrent brusquement. La perte de surface portante sur la gauche faillit faire faire un tonneau à l'appareil mais le pilote le redressa à temps. L'avion commença à descendre et le pilote hurla en réclamant plus de puissance, tout en sachant que le turbopropulseur de droite était déjà au maximum. Il n'y avait plus rien à faire que tenter d'atterrir au mieux. Il alluma ses feux d'atterrissage pour chercher un terrain plat. Il ne vit qu'un champ de rochers et utilisa son dernier vestige de contrôle pour diriger son oiseau entre les deux plus gros. Une seconde avant de toucher le sol il gronda un juron. Ce n'était pas un cri de désespoir mais de rage.

Pendant un moment, l'Archer crut que l'avion allait s'échapper. Il n'avait pu se tromper sur l'impact du missile mais rien ne se passa pendant quelques secondes. Enfin, il y eut la langue de feu indiquant que l'objectif était mortellement touché. Trente secondes plus tard, ce fut l'explosion au sol, à une dizaine de kilomètres, pas loin de la route de repli prévue. L'Archer se dit qu'il pourrait voir le résultat de son tir avant l'aube. Mais tout à coup il se retourna en entendant le claquement d'un hélicoptère. Abdoul avait déjà jeté le tube de lancement et fixé le système d'acquisition et de guidage sur un nouveau tube, avec une rapidité qui aurait fait honneur à un soldat bien entraîné. Il tendit le tube et l'Archer fouilla des yeux le ciel, à la recherche d'un nouvel objectif.

Il ne pouvait savoir que l'attaque sur Ghazni se détériorait. Le commandant soviétique avait instantanément réagi au bruit de fusillade — la Compagnie Trois de l'armée afghane tirait encore sur rien du tout et l'officier soviétique, là-bas avec elle, n'arrivait pas à mettre de l'ordre — et n'avait pris que deux minutes assez chaotiques pour placer ses hommes en position. Les Afghans affrontaient à présent un bataillon en alerte de soldats de l'armée régulière, appuyés par des armes lourdes et retranchés dans des blockhaus protecteurs. Un tir de mitrailleuses mortel arrêta net la vague d'assaut à deux cents mètres des positions soviétiques. Le chef de tribu et le commandant déserteur essayèrent de galvaniser leurs hommes en donnant l'exemple. Un cri de guerre farouche se répercuta le long de la ligne mais le chef se trouva directement sur le chemin d'une volée de balles traçantes qui le clouèrent sur place pendant près d'une seconde avant de le rejeter de côté comme un jouet d'enfant. La perte de leur chef démoralisa les assaillants. Le bruit courut le long de la ligne presque avant que l'appel radio fût reçu par les commandants de l'unité. Aussitôt, les *moudjahiddin* se désengagèrent et battirent en retraite en tiraillant au hasard. Le commandant soviétique vit la déroute mais ne poursuivit pas. Il avait des hélicoptères pour cela.

L'Archer comprit que les choses tournaient mal quand les mortiers russes se mirent à déployer des fusées ailleurs. Déjà, un hélicoptère tirait des roquettes et des rafales de mitraillette sur les guérilleros, mais l'Archer ne pouvait se verrouiller dessus. Il entendit ensuite les cris de ses camarades. Ce n'étaient plus les hurlements désordonnés de l'avance mais les cris d'avertissement d'hommes en pleine débandade. Il se mit en position et se concentra sur son arme. Cette fois, on allait réellemment avoir besoin de ses services. Il donna l'ordre à Abdoul de fixer son système de guidage de secours sur un autre tube lance-missiles. L'adolescent fit cela en moins d'une minute.

— Là ! cria Abdoul. Sur ta droite !

— Je le vois.

Une suite de traits incandescents apparut dans le ciel. Les roquettes d'un Hind. L'Archer leva son lance-missiles et perçut le sifflement d'acquisition. Il ignorait la portée — on ne pouvait estimer les distances, la nuit — mais devait prendre le risque. Il attendit que le son soit parfaitement régulier et tira son deuxième Stinger de la nuit.

Celui-là, le pilote du Hind le vit arriver. Il planait à cent mètres au-dessus des fusées à parachute et il poussa à fond son contrôle collectif pour plonger parmi elles. La ruse marcha. Le missile perdit son verrouillage et fila tout droit, manquant l'hélicoptère de trente mètres à peine. Le pilote pivota immédiatement et donna l'ordre à son canonnier de lâcher une salve de dix roquettes à rebours de la ligne de vol du missile.

L'Archer se jeta à terre derrière le rocher sur lequel il s'était juché pour tirer. Les roquettes tombèrent toutes dans un rayon de cent mètres. Ainsi, maintenant, c'était l'homme contre l'homme... et ce pilote était astucieux. Il tendit la main vers le second lance-missiles. Il priait régulièrement, pour que la même situation se représente.

Mais l'hélicoptère était parti, maintenant. Où pouvait-il être ?

Le pilote se mit sous le vent, comme il l'avait appris, pour masquer le bruit de son rotor. Il réclama des fusées éclairantes de son côté du périmètre et obtint une réaction immédiate. Les Soviétiques tenaient à abattre tous les tireurs de missiles qu'ils pourraient trouver. Pendant que l'autre hélicoptère en vol martelait les *moudjahiddin* en retraite, celui-ci allait traquer leur soutien sol-air. Malgré le danger, cette mission faisait la joie du pilote. Les « missiliers » étaient ses ennemis personnels. Il se maintint hors de portée du Stinger et attendit que les fusées éclairent le sol.

L'Archer se servit encore une fois de sa tête chercheuse

pour repérer l'hélicoptère. Ce n'était pas un moyen de recherche très pratique, mais le Mi-24 devait se trouver le long d'un arc que sa connaissance de la tactique soviétique lui permettait de prédire aisément. Deux fois, il perçut le sifflement et le perdit quand l'appareil dansa à droite et à gauche, en changeant d'altitude pour rendre impossible la tâche de l'Archer. C'était vraiment un ennemi habile, pensa-t-il. Sa mort serait d'autant plus satisfaisante. Des fusées parsemaient le ciel au-dessus de lui mais il savait que leur lumière vacillante n'offrirait pas de bonnes conditions de tir, tant qu'il ne bougerait pas.

— J'aperçois du mouvement, annonça le canonnier. À dix heures.

— Mauvaise position, répliqua le pilote.

Il ramena sur la droite son contrôle cyclique et glissa horizontalement, en fouillant le sol des yeux. Les Soviétiques avaient capturé plusieurs Stinger américains et les avaient longuement étudiés pour déterminer leur rapidité, leur portée et leur sensibilité. Il pensait être à trois cents mètres au moins au-dessus de la portée du missile et comptait, si on lui tirait dessus, se servir du tracé même du missile pour fixer son objectif et se dépêcher d'abattre le lanceur avant qu'il ait l'occasion de tirer encore une fois.

— Lance une roquette à fumée, dit l'Archer.

Abdoul n'en avait qu'une. C'était un tout petit appareil à ailettes en plastique, guère plus qu'un jouet. Il avait été conçu pour l'entraînement des pilotes de l'armée de l'air américaine, pour simuler la sensation — et la terreur — d'être la cible de missiles. Pour six dollars, tout ce que pouvait faire la roquette, c'était voler plus ou moins droit pendant quelques secondes en laissant une traînée de fumée. Elles avaient été données aux *moudjahiddin* pour faire simplement un peu peur aux Soviétiques, quand ils auraient épuisé leurs SAM, mais l'Archer leur avait trouvé une utilisation réelle. Abdoul courut l'installer à cent mètres sur le très simple lanceur en fil d'acier et revint vers son maître en traînant derrière lui le fil de mise à feu.

— Alors, Russe, où es-tu ? demanda l'Archer à la nuit.

À bord de l'hélicoptère le canonnier grogna :

— Quelque chose devant nous, quelque chose a bougé, j'en suis sûr.

— On va voir...

Le pilote manipula ses propres commandes et tira

deux roquettes. Elles touchèrent le sol à deux kilomètres, loin sur la droite de l'Archer.

— Ça y est ! cria l'Archer.

Il avait vu d'où le Russe avait tiré et il avait sa tête chercheuse sur ce point. Le récepteur infrarouge se mit à pépier.

Le pilote sursauta en voyant la flamme mouvante mais avant qu'il puisse manœuvrer, il fut évident que le missile allait le manquer. Il avait été lancé près de l'endroit où il avait tiré précédemment.

— Je te tiens, maintenant ! hurla-t-il et le canonnier commença à arroser la position à la mitrailleuse.

L'Archer vit les balles traçantes et les entendit frapper les pierres sur sa droite. Celui-là était fort. Son tir était presque parfait mais, en se servant de ses armes, il offrait à l'Archer une cible parfaite. Et le troisième Stinger fut lancé.

— Ils sont deux ! cria le canonnier dans l'interphone.

Le pilote virait déjà en piqué mais il n'avait pas de fusées éclairantes autour de lui, cette fois. Le Stinger explosa contre une pale de rotor et l'hélicoptère tomba comme une pierre. Le pilote parvint à freiner sa chute mais heurta quand même durement le sol. Par miracle, il n'y eut pas de feu. Quelques instants plus tard, des hommes armés apparurent derrière la vitre. L'un d'eux était un capitaine soviétique.

— Pas trop de mal, camarade ?

— Mon dos, souffla le pilote.

L'Archer était déjà en mouvement. Il avait suffisamment mis à l'épreuve la faveur d'Allah, pour cette nuit. L'équipe lance-missiles de deux hommes laissa ses tubes vides derrière elle et courut rattraper les guérilleros en retraite. Si les soldats soviétiques avaient poursuivi, ils les auraient sans doute rattrapés. Mais leur commandant les maintenait sur leurs positions et le seul hélicoptère restant se contentait de tourner au-dessus du camp. Une demi-heure plus tard, l'Archer apprit que son chef était mort. Le matin amènerait de l'aviation soviétique pour les surprendre à découvert, alors il fallait gagner rapidement les pentes couvertes de rochers. Mais il y avait une dernière chose à faire. L'Archer emmena Abdoul et trois hommes pour chercher l'avion de transport qu'il avait descendu. Le prix des missiles Stinger, c'était l'examen minutieux de tous les appareils abattus, pour récupérer les articles susceptibles d'intéresser la CIA.

Le colonel Filitov finit d'écrire dans son journal intime. Comme l'avait observé Bondarenko, il avait de bien meilleures connaissances techniques que ne le laissaient supposer ses références universitaires. Après avoir passé plus de quarante ans aux échelons les plus élevés du ministère de la Défense, Micha était un autodidacte dans des domaines techniques allant des combinaisons protectrices contre les gaz aux instruments de codage de communications en passant par... les lasers. Ce qui signifiait que s'il ne comprenait pas toujours la théorie aussi clairement qu'il le souhaitait, il savait décrire le matériel aussi bien que les ingénieurs qui l'avaient assemblé. Il avait mis quatre heures à tout transcrire dans son journal. Ces renseignements devaient partir tout de suite. Les implications étaient effrayantes.

Le problème, avec les systèmes de défense stratégique, c'était simplement qu'aucune arme n'a jamais été offensive ou défensive en soi. La nature de toute arme, comme la beauté de toute femme, est dans les yeux de celui qui la regarde — ou dans la direction vers laquelle elle est pointée — et tout au long de l'Histoire, la victoire à la guerre a été déterminée par le bon équilibre entre les éléments offensifs et défensifs.

La stratégie nucléaire soviétique, se disait Micha, était infiniment plus sensée que celle de l'Occident. Les stratèges russes ne jugeaient pas la guerre nucléaire inconcevable. Ils avaient appris à être pragmatiques. Le problème, quoique complexe, avait une solution, même si elle n'était pas idéale. Contrairement à beaucoup de penseurs occidentaux, ils reconnaissaient qu'ils vivaient dans un monde imparfait. Depuis la crise des missiles de Cuba — l'événement responsable de la mort du recruteur de Filitov, le colonel Oleg Penkovski — la stratégie soviétique tenait en une simple expression, « limitation des dégâts ». Le problème n'était pas de détruire les armes de l'ennemi avec de l'armement nucléaire. Il était beaucoup plus question, avec les armes nucléaires, de ne *pas* trop détruire, pour qu'il reste au moins de quoi négocier dans la phase de « terminaison de la guerre ». Le problème préoccupant pour les Soviétiques, c'était d'empêcher les armes nucléaires ennemies de détruire l'URSS. Avec vingt millions de morts dans *chacune* des deux guerres mondiales, les Russes avaient connu assez de destructions et n'en voulaient plus.

Personne ne trouvait la tâche facile mais sa nécessité était tout aussi politique que technique. Le marxisme-léninisme voit l'Histoire comme un progrès ; pas une simple collection d'événements passés mais une expression scientifique de l'évolution sociale de l'humanité qui aboutira, qui doit aboutir, à ce que l'humanité reconnaisse collectivement que le marxisme-léninisme est la forme idéale de toute société humaine. Un marxiste engagé, par conséquent, croit aussi fermement à l'ultime domination de sa foi qu'un chrétien, un juif ou un musulman croient à la vie après la mort. Et comme tout au long de l'Histoire les religions se sont efforcées de répandre la bonne parole par le fer et par le feu, il était du devoir du marxiste de faire, aussi rapidement que possible, de sa vision une réalité.

La difficulté, naturellement, c'était que tout le monde n'avait pas sur terre le point de vue marxiste-léniniste de l'Histoire. La doctrine communiste expliquait négligemment cela par les forces réactionnaires de l'impérialisme, du capitalisme, de la bourgeoisie et de tout le reste de leur panthéon d'ennemis dont la résistance était prévisible mais dont les *tactiques* ne l'étaient pas. Comme un flambeur qui a truqué sa table de jeu, les communistes « savaient » qu'ils allaient gagner mais, comme tout joueur, ils reconnaissaient dans leurs plus sombres moments que la chance — ou plus savamment le hasard — pourrait modifier leur équation. En étant en fait dénuées d'une approche proprement scientifique du monde, les démocraties occidentales étaient dès lors également dénuées de toute morale commune avec eux — et cela rendait ces pays très imprévisibles.

C'était la raison première pour laquelle l'Est craignait l'Ouest. Depuis que Lénine avait pris les commandes de l'Union soviétique — en la rebaptisant — le gouvernement communiste investissait des milliards dans l'espionnage de l'Occident. Son principal objectif était de prédire ce que l'Occident ferait, ou pourrait faire.

Mais en dépit d'innombrables succès tactiques, le problème fondamental demeurait : constamment, le gouvernement soviétique se méprenait gravement sur les actions et les intentions occidentales. Or, à l'ère nucléaire, l'imprévisibilité pouvait par exemple signifier qu'un dirigeant américain — ou dans une moindre mesure anglais ou français — à l'esprit dérangé risquait même un jour de décréter la fin de l'Union soviétique et de renvoyer ainsi à des générations plus tard l'arrivée sur terre du Socialisme Universel. (Pour les Russes, le premier de ces deux dangers était le moins grave, car aucun d'entre eux ne voulait surtout voir le monde mené au socialisme par une main chinoise.) L'arsenal nucléaire occidental représentait la plus grande menace contre le marxisme-léninisme. Surpasser cet arsenal devenait dès lors la mission primordiale des militaires soviétiques. Mais contrairement à l'Occident, les Soviétiques ne considéraient pas la prévention de l'emploi de ces armes comme une prévention de la guerre. Puisqu'ils jugeaient l'Occident politiquement imprévisible, ils ne pouvaient se contenter de le dissuader. Ils devaient être capables d'éliminer, ou tout au moins de sérieusement endommager l'arsenal nucléaire occidental si jamais une crise menaçait d'aller au-delà de simples rodomontades.

L'arsenal nucléaire soviétique était conçu pour cette mission précise. Supprimer des villes avec leurs millions d'habitants ne serait jamais qu'un simple exercice. Supprimer les missiles que possédaient les pays où se trouvaient ces villes était beaucoup mieux. Pour détruire des missiles américains, il avait fallu développer plusieurs générations de fusées de haute précision — et d'un coût abominablement élevé — comme les SS-18, dont la seule mission était de réduire les escadres de missiles Minutemen américains à des tas de poussière incandescente, ainsi que des bases de sous-marins et de bombardiers. Toutes ces bases, sauf les dernières, se trouvaient plutôt loin des agglomérations. En conséquence, une attaque visant à désarmer l'Occident pourrait se faire sans causer nécessairement un holocauste général. En même temps, les Américains n'avaient pas d'ogives réellement précises pour représenter la même menace envers les missiles soviétiques. Les Russes, donc, avaient un avantage pour ce qui était d'une attaque potentielle de « contre-force », c'est-à-dire une attaque visant les armes plutôt que les populations.

Le défaut occidental était surtout naval. Plus de la moitié des ogives nucléaires américaines étaient déployées à bord de sous-marins atomiques. L'US Navy croyait que ses SM lance-missiles n'avaient jamais été traqués par leurs homologues soviétiques. C'était faux. Ils l'avaient été, exactement trois fois en 27 ans, et jamais plus de quatre heures chaque fois. Malgré toute une génération de travaux de la marine soviétique, personne ne pouvait prédire que cette mission serait un jour accomplie. Les Américains reconnaissaient qu'ils ne pouvaient pas eux-mêmes traquer leurs propres « boumeurs », comme ils appelaient leurs sous-marins lance-missiles. En revanche, ils pouvaient très bien traquer ceux des Soviétiques, et c'est pour cette raison que les Russes ne disposaient jamais en mer qu'une fraction de leurs ogives ; et que jusqu'à ces derniers temps, aucune des deux grandes puissances n'était capable de concentrer ses armes de « contre-force » à bord de sous-marins.

Mais la partie était en train de changer encore une fois. Les Américains avaient accompli un nouveau miracle technique. Les armes de leurs sous-marins lance-missiles seraient bientôt des Trident D-5, qui avaient, eux, une capacité d'anéantissement d'objectif difficile. Cela menaçait la stratégie soviétique car cette nouveauté constituait une réplique de son propre potentiel. Seulement, un élément crucial du système restait les Global Positioning Satellites, sans lesquels les sous-marins américains seraient incapables de calculer leur propre position avec assez de précision pour que leurs armes soient efficaces contre des « objectifs difficiles ». La logique tarabiscotée de l'équilibre nucléaire se retournait de nouveau sur elle-même, comme elle le faisait au moins une fois par génération.

On avait reconnu de bonne heure que les missiles étaient une arme offensive à mission défensive, que la capacité de détruire l'adversaire était, disons, la formule classique, tant pour prévenir la guerre que pour atteindre ses propres buts en temps de paix. Le fait que les deux camps, qui disposaient d'une telle puissance, avaient transformé la formule historiquement avérée d'intimidation unilatérale en dissuasion bilatérale lui donnait maintenant comme un goût désagréable.

Dissuasion nucléaire : prévention de la guerre par la menace d'un holocauste mutuel. Chaque camp disait à l'autre, en somme : *Si vous tuez nos civils sans défense, nous tuerons les vôtres.* La défense ne revenait plus à la protection de sa propre société mais à une menace de violence aveugle envers l'autre camp. Micha fit une grimace. Jamais aucune tribu de sauvages n'avait formulé une telle idée, même les barbares les moins civilisés avaient toujours été trop avancés pour une chose pareille et c'était pourtant ce que les peuples les plus civilisés du monde avaient choisi, ou trouvé par hasard. On pouvait avancer que la dissuasion fonctionnait, mais elle signifiait que l'Union soviétique — et l'Occident — vivait sous la menace de nombreux détonateurs. Personne ne trouvait la situation satisfaisante mais les Soviétiques avaient tiré ce qu'ils jugeaient le meilleur parti d'une mauvaise affaire en concevant un arsenal stratégique qui désarmerait dans une énorme mesure l'autre camp, si une crise internationale l'exigeait. En réussissant à être capables d'éliminer une grande partie de l'arsenal américain, ils avaient l'avantage de pouvoir dicter la façon dont une guerre nucléaire serait livrée. En termes classiques, ce serait le premier pas vers la victoire et, du point de vue soviétique, la négation occidentale de toute possibilité de « victoire » dans une guerre nucléaire, c'était bien le premier pas vers une défaite de l'Occident. Quant aux théoriciens, des deux côtés, ils avaient toujours reconnu le caractère insatisfaisant de toute la question nucléaire et travaillaient discrètement à la traiter d'une autre façon.

Dès les années 1950, l'Amérique et l'Union soviétique avaient entamé des recherches dans le secteur des missiles balistiques de défense, l'URSS à Sary Chagan, dans le sud-ouest de la Sibérie. Un système soviétique opérationnel avait presque été déployé vers la fin des années 60 mais l'apparition des MIRV avait soudain totalement invalidé quinze ans de travail — et d'une façon perverse, en fait, pour les deux protagonistes. La lutte pour la prépondérance entre les systèmes offensifs et défensifs donnait toujours l'avantage aux premiers.

Mais plus maintenant. Les armes au laser (et à d'autres systèmes de projection de haute énergie), alliées aux pouvoirs des ordinateurs, représentaient un bond en avant dans un nouveau domaine stratégique. Une défense opérationnelle, annonçait au colonel Filitov le rapport de Bondarenko, était maintenant une réelle possibilité. Mais qu'est-ce que cela voulait dire ?

Cela signifiait que l'équation nucléaire était destinée à en revenir à l'équilibre classique de l'offensive *et* de la défensive, que les deux éléments pouvaient à présent faire partie d'une seule stratégie. Les soldats de métier trouvaient ce système plus satisfaisant dans l'abstrait — quel homme voudrait se considérer comme le plus grand assassin de l'Histoire du monde ? — mais toutes sortes de possibilités tactiques sortaient aussi leurs vilaines têtes. Avantages et désavantages. Mesures et contre-mesures. Un système de défense stratégique *américain* annulerait toute la position nucléaire soviétique. Si les Américains pouvaient empêcher les SS-18 de détruire leurs missiles basés au sol, alors la « première attaque » désarmante, sur laquelle comptaient les Soviétiques pour limiter les dégâts à la *Rodina*, devenait impossible. Et cela signifiait que tous les milliards consacrés à la production des missiles balistiques étaient maintenant tout aussi sûrement gaspillés que si l'on avait jeté cet argent à la mer.

Mais ce n'était pas tout. Tout comme le *scutum* du légionnaire romain était considéré par son adversaire barbare comme une arme lui permettant de frapper impunément, aujourd'hui l'IDS pouvait être vue comme un bouclier derrière lequel un ennemi avait d'abord la possibilité de lancer sa propre première attaque désarmante et ensuite de se servir de ses défenses pour réduire ou même éliminer tout effet d'une attaque de représailles.

C'était là, naturellement, un point de vue simpliste. Aucun système ne pouvait jamais être sûr et même si le système fonctionnait, pensait Micha, les dirigeants politiques trouveraient bien le moyen de l'utiliser à son plus grand *dés*avantage ; pour ça, on pouvait immanquablement compter sur les politiques. Un système de défense stratégique exploitable aurait pour effet d'ajouter un nouveau facteur d'incertitude à l'équation. Il était peu vraisemblable qu'un pays pût éliminer toutes les ogives nucléaires arrivant sur lui et la mort de «seulement» vingt millions de citoyens était trop effroyable à envisager, y compris pour les dirigeants soviétiques. Pourtant, un système IDS même rudimentaire pourrait anéantir assez d'ogives pour invalider toute idée de contre-force.

Si les Soviétiques étaient les premiers à posséder un tel système, le maigre arsenal de contre-forces américain pourrait être plus facilement réduit à l'impuissance que son équivalent soviétique et la situation stratégique à laquelle les Russes travaillaient depuis trente ans resterait en place. Le gouvernement soviétique aurait le meilleur des deux mondes, une force infiniment plus grande de missiles de précision pour éliminer les ogives américaines et un bouclier pour repousser et éliminer la majorité des représailles contre leurs réserves de missiles... et les systèmes américains basés en mer pourraient être neutralisés par l'élimination de leurs satellites GPS de navigation, sans lesquels ils pourraient encore anéantir des villes tandis que leur capacité d'attaque contre les silos de missiles serait irrémédiablement perdue.

Le scénario qu'envisageait le colonel Mikhaïl Semyonovitch Filitov provenait de l'étude classique du manuel soviétique. Une crise éclatait (le Moyen-Orient était favori, puisque personne n'était capable de prédire ce qui allait se passer là-bas), et pendant que Moscou agissait pour stabiliser la situation, l'Occident intervenait — maladroitement et stupidement, bien entendu — et se mettait à parler ouvertement dans la presse de confrontation nucléaire. Les organismes de renseignements avertissaient Moscou de la réelle possibilité d'une attaque nucléaire. Des régiments de SS-18 de la Force de Fusées Stratégiques étaient secrètement placés en état d'alerte totale, ainsi que les nouvelles armes basées au sol. Pendant que les sacs-à-vent de ministres des Affaires étrangères — aucune armée n'a d'affection pour les diplomates — discutaient pour arranger les choses, l'Occident tempêtait et menaçait, attaquait peut-être quelques navires soviétiques pour montrer sa résolution, et mobilisait certainement les armées de l'OTAN pour menacer d'envahir l'Europe de l'Est. La panique internationale se déclenchait alors pour de bon. Quand la rhétorique occidentale atteignait son point culminant, les ordres de lancement étaient donnés à la force de missiles et 300 SS-18 partaient, avec trois ogives nucléaires pour chaque silo de Minutemen américains. Des armes plus légères allaient même attaquer les bases de sous-marins et de bombardiers pour limiter le plus possible les pertes parallèles ; les Soviétiques ne voulaient pas exacerber la situation plus que de raison. Simultanément, les lasers détruisaient le plus grand nombre possible de satellites de reconnaissance et de navigation mais laissaient intacts les satellites de communications, un coup de dés calculé pour montrer leurs « bonnes » intentions. Les Américains ne pouvaient pas riposter à l'attaque avant que les ogives soviétiques les frappent. (Micha s'en inquiétait mais des renseignements du KGB et du GRU disaient bien qu'il y avait de graves défauts dans le système américain de commande-et-contrôle, accentués même par une sorte de blocage psychologique.) Les Américains gardaient probablement leurs armes sous-marines en réserve et lançaient les Minutemen survivants vers les silos de missiles soviétiques, mais on estimait que pas plus de deux cents à trois cents ogives survivraient à la première attaque, dont beaucoup étaient d'ailleurs braquées sur des silos vides — et quant aux autres, le système de défense anéantirait la plupart d'entre elles.

À la fin de la première heure, les Américains comprenaient que l'utilité de leurs missiles sous-marins s'était sérieusement dégradée. Des messages constants, préparés avec soin, étaient envoyés par le téléphone rouge Moscou-Washington :

NOUS NE POUVONS PAS LAISSER DURER CELA. Et probablement, les Américains prenaient le temps de la réflexion. C'était cela, le plus important, obliger les gens à prendre le temps de la réflexion. Un homme pouvait attaquer des villes, mû par une soudaine impulsion, dans un accès de rage, mais pas après mûre réflexion.

Filitov ne craignait pas que l'un ou l'autre camp envisage ses systèmes de défense comme une raison permettant une première offensive. En cas de crise, cependant, leur existence risquait de mitiger la peur, empêchant le lancement... si l'autre côté n'avait pas de défenses. Par conséquent, les deux camps devaient en avoir. Cela rendrait beaucoup moins probable une première attaque et *cela* ferait de la planète un monde plus sûr. Les systèmes défensifs ne pouvaient plus être arrêtés. Autant chercher à arrêter la marée. Le vieux soldat était satisfait du fait que les fusées intercontinentales, si destructrices pour l'éthique des guerriers, puissent finalement être neutralisées — que la mort, en somme, reprenne sa place parmi les hommes armés, sur le champ de bataille...

Allons, pensa-t-il, *tu es fatigué et il est trop tard pour d'aussi profondes réflexions.* Il se dit qu'il terminerait ce rapport lorsqu'il serait informé du texte final de Bondarenko et qu'il ferait parvenir alors le film à son contact.

8

Transfert de document

Le jour n'allait pas tarder à poindre quand l'Archer trouva l'épave de l'avion. Il avait dix hommes avec lui, plus Abdoul. Ils devaient faire vite. Dès que le soleil apparaîtrait au-dessus des montagnes, les Russes arriveraient. Il examina l'épave du haut d'un tertre. Les deux ailes avaient été sectionnées par l'impact initial et la carlingue avait été projetée en avant, sur une petite pente d'où elle était retombée en se désintégrant ; seule la queue était reconnaissable. Il ne pouvait pas savoir qu'il avait fallu un pilote de grande valeur pour en accomplir autant ; amener l'appareil au sol en arrivant à le contrôler encore un peu tenait du miracle. Il fit signe à ses hommes et descendit rapidement vers le gros du fuselage. Il leur demanda de chercher des armes, et toute espèce de documents. Abdoul et lui allèrent voir ce qui restait de la queue.

Comme toujours, le spectacle du crash était contrasté. Il y avait des corps déchiquetés et d'autres presque intacts, la mort ayant été causée par des traumatismes internes. Ces cadavres-là paraissaient singulièrement en paix, raides mais pas encore gelés par la basse température. L'Archer en compta six, qui devaient s'être trouvés à l'arrière de l'appareil. Tous étaient des Russes, tous en uniforme. L'un d'eux portait les insignes de capitaine du KGB et il était encore attaché à son siège. Il y avait une mousse rose autour de sa bouche. Il avait dû vivre un petit moment encore après l'écrasement et tousser du sang, pensa l'Archer. Il donna un coup de pied au cadavre pour le retourner et vit qu'à une menotte à son poignet était accrochée une serviette de cuir. C'était prometteur. Il s'accroupit pour voir si la menotte pourrait être facilement ôtée mais il n'eut pas cette chance. Alors, avec un haussement d'épaules, il prit son couteau. Il lui fallait trancher le poignet. Il retourna la main et appliqua la lame...

Le bras tressauta tandis qu'un grand cri aigu faisait relever l'Archer d'un bond. Celui-là était-il donc encore vivant ? Il se pencha sur la figure de l'homme, qui cracha un flot de sang. Les yeux bleus étaient ouverts, maintenant, agrandis, envahis par le choc et la douleur. Les lèvres remuèrent mais aucun son intelligible ne sortit de la gorge.

— Va voir s'il y en a d'autres encore en vie, ordonna l'Archer à son assistant, puis il se pencha de nouveau sur l'officier du KGB et lui parla en pachto : Salut, Russe.

Il brandit son couteau à quelques centimètres de ses yeux.

Le capitaine toussa encore. Il était maintenant complètement réveillé et souffrait considérablement. L'Archer le fouilla, pour chercher des armes. Sous ses mains, le corps se tordait de douleur. Des côtes cassées, au moins, mais les membres paraissaient intacts. Il prononça quelques mots en gémissant. L'Archer connaissait un peu le russe mais il eut du mal à comprendre. Cela n'aurait pas dû être difficile, le message du blessé était évident, mais l'Archer mit quand même près d'une minute à reconnaître les mots :

— Ne me tuez pas...

Cela compris, il poursuivit ses recherches. Il trouva le portefeuille du capitaine et en feuilleta le contenu. Il y avait des photos. L'homme avait une femme. Elle était petite, avec une figure ronde et des cheveux bruns. Pas belle sauf le sourire. C'était le sourire qu'une femme réservait à l'homme qu'elle aimait, qui illuminait toute sa figure d'une manière que l'Archer lui-même avait connue naguère. Mais ce furent les deux photos suivantes qui retinrent son attention. L'homme avait un fils. Sur la première photo, il devait avoir deux ans, un beau petit garçon avec des cheveux ébouriffés et un sourire malicieux. On ne pouvait pas détester un enfant, même le fils russe d'un officier du KGB. La photo suivante était si différente qu'il était difficile d'établir un rapport entre les deux. Les cheveux avaient disparu, la peau était tirée, diaphane comme les pages d'un vieux Coran. L'enfant mourait. À trois ans, peut-être quatre ? Un enfant mourant dont la figure s'éclairait d'un sourire de courage, de douleur et de tendresse. *Pourquoi Allah tourne-t-il sa colère contre les petits ?*

— Ton fils ? demanda-t-il au Russe.

— Mort. Cancer, expliqua l'homme mais il vit que cette espèce de bandit ne comprenait pas. Maladie. Longue maladie.

Pendant un instant fugace la douleur disparut de sa figure qui n'exprima plus que le chagrin. Cela lui sauva la vie. Il fut stupéfait de voir le bandit rengainer son couteau mais il souffrait de toute manière trop pour réagir d'une façon visible.

Non, je n'infligerai pas une nouvelle mort à cette femme, se dit l'Archer, et il fut stupéfait, lui aussi, de cette décision. Comme si la voix même d'Allah lui rappelait que la miséricorde est, après la foi, la première des vertus humaines. Cela ne suffisait pas, en soi — ses camarades résistants ne seraient pas persuadés par un verset du Coran —, mais l'Archer trouva ensuite un trousseau de clefs dans la poche de pantalon du capitaine. Il y avait là celle des menottes et celle de la serviette. Il ouvrit. La sacoche était pleine de dossiers, chacun entouré d'un bolduc multicolore et portant la mention SECRET. C'était un mot russe qu'il connaissait bien.

— Mon ami, dit-il en pachto, nous allons rendre visite à un de mes amis. Si tu vis assez longtemps...

— Quelle est la gravité de ceci ? demanda le Président.

— C'est potentiellement très grave, répondit le juge Moore. Je vais faire venir des gens ici, pour vous l'expliquer.

— Est-ce que vous n'avez pas Ryan, pour faire l'évaluation ?

— Il sera l'un d'entre eux. L'autre est le commandant Gregory dont vous avez entendu parler.

Le Président ouvrit son agenda de bureau.

— Je peux vous accorder quarante-cinq minutes. Soyez ici à onze heures.

— Nous y serons, monsieur le Président.

Moore raccrocha et sonna sa secrétaire :

— Envoyez-moi le professeur Ryan.

Jack arriva une minute plus tard. Il n'eut même pas le temps de s'asseoir.

— Nous allons voir l'homme à onze heures. Est-ce que votre documentation est prête ?

— Je ne suis pas le type qu'il faut pour parler de physique mais je pense que Gregory s'occupera de ça. Il est en ce moment avec l'amiral et M. Ritter. Le général Parks va venir aussi ? demanda Jack.

— Oui.

— O.K. Quelles images voulez-vous que je rassemble ?

Le juge Moore réfléchit un moment à cela.

— Nous ne voulons pas trop l'éblouir. Deux ou trois clichés d'ensemble et un bon diagramme. Vous croyez que c'est vraiment important, vous aussi ?

— Ce n'est pas une menace immédiate, en aucune façon, mais c'est un développement dont nous aurions pu nous passer. Difficile de se faire une idée de son effet sur les conversations pour le contrôle des armements. Je ne crois pas qu'il y ait un rapport dir...

— Il n'y en a pas, nous en sommes certains, interrompit le DCI puis il fit une petite grimace. Enfin, nous pensons en être certains.

— Monsieur le Juge, il semble qu'il y ait des informations là-dessus que je ne connais pas actuellement.

Moore sourit.

— Et comment savez-vous ça, petit ?

— J'ai passé presque toute la journée de vendredi dernier à étudier de vieux dossiers sur le programme soviétique de missiles de défense. En 81, ils ont procédé à un essai important sur leur site de Sary Chagan. Nous savions beaucoup de choses là-dessus, par exemple que les paramètres de la mission avaient été changés par le ministère de la Défense. Ces ordres étaient scellés à Moscou et remis en mains propres au commandant du sous-marin lance-missiles qui tirait les oiseaux, Marko Ramius. Il m'a raconté l'autre version de l'histoire. Avec ça et quelques documents que j'ai vus, j'ai dans l'idée que nous avons un homme dans la place, assez haut placé.

— Quels autres documents ? voulut savoir le Directeur.

Jack hésita un moment, puis il décida de ne rien cacher dc ce qu'il avait deviné.

— Quand *Octobre rouge* est passé à l'Ouest, vous m'avez montré un rapport qui devait fatalement venir de l'intérieur, et même du ministère de la Défense ; le nom de code du dossier était SAULE, si j'ai bonne mémoire. Je n'ai vu qu'un autre dossier sous ce code, sur un tout autre sujet mais également en rapport avec la défense. C'est ce qui me donne à penser qu'il y a une source avec un cycle de code qui change rapidement. On ne fait ça qu'avec les sources extrêmement délicates et il s'agit d'un domaine pour lequel je ne suis pas habilité, alors... Eh bien, je ne puis qu'en conclure que ce doit être quelque chose de très secret, de très gardé. Il n'y a pas quinze jours, vous m'avez dit que l'évaluation du site de Douchanbe par Gregory était confirmée par d'autres sources. (Jack sourit.) Vous me payez pour trouver des rapports, chef. Ça ne me gêne pas qu'on me cache des choses que je n'ai pas besoin de savoir, mais je commence à penser qu'il se passe des événements qui font partie de ce que je cherche à faire. Si vous voulez que je mette le Président au courant, monsieur le Juge, je dois y aller avec les informations nécessaires.

— Asseyez-vous, Ryan.

Moore ne prit pas la peine de demander à Jack s'il avait parlé de cela à quelqu'un. Était-il temps d'ajouter un nouveau membre à la confrérie Delta ? Au bout d'un moment, un sourire timide éclaira son expression.

— Vous l'avez rencontré, dit-il et il parla de cet homme encore pendant une ou deux minutes.

Jack se renversa contre son dossier et ferma les yeux. Après quelques instants de réflexion, il revit enfin ce visage.

— Ah, très bien. Et il nous fournit tous ces renseignements... Mais allons-nous pouvoir les utiliser ?

— Il nous a déjà transmis des données techniques. Presque toutes ont été utilisées.

— Est-ce que nous disons cela au Président ?

— Non. C'est son souhait, pas le nôtre. Le Président nous a dit il y a quelque temps qu'il ne voulait pas connaître les détails de nos opérations secrètes, rien que leurs résultats. Il est comme tous les hommes politiques, il parle trop. Mais au moins il a l'intelligence de le savoir. Nous avons perdu des agents par la faute de présidents trop bavards, et je ne parle même pas de certains membres du Congrès.

— Quand espérez-vous l'arrivée de ce rapport ?

— Bientôt. Cette semaine peut-être, peut-être dans trois...

— Et si ça marche, nous pourrons prendre ce qu'ils savent et l'ajouter à ce que nous savons... (Ryan regarda par la fenêtre les arbres dénudés.) Depuis que je suis ici, monsieur le Juge, je me pose la question au moins deux fois par jour : qu'est-ce qui est le plus remarquable dans cette maison, ce que nous savons ou ce que nous ne savons pas ?

Moore acquiesça de la tête.

— C'est la règle du jeu, professeur Ryan. Rassemblez vos

notes. Mais pas d'allusion à notre ami. Je m'occuperai de ça s'il le faut.

Jack retourna à son bureau en secouant la tête. Il s'était bien douté, plusieurs fois, qu'il était habilité pour des domaines sur lesquels le Président n'avait pas d'information. Maintenant, il en avait la preuve. Il se demanda si c'était une bonne chose et s'avoua qu'il n'en savait rien. Ce qui le préoccupait, c'était l'importance de cet agent et de ses renseignements. Il y avait des précédents. Le brillant agent Richard Sorge au Japon, dont les avertissements à Staline n'avaient pas été crus. Oleg Penkovsky, donnant à l'Occident des informations sur la politique militaire soviétique qui avaient peut-être empêché une guerre nucléaire lors de l'affaire des missiles de Cuba. Et un autre, à présent. Il ne s'attarda pas sur le fait que lui seul à la CIA connaissait ses traits tout en ignorant son nom de code. L'idée ne lui vint pas que le juge Moore ne connaissait pas la figure de Cardinal, qu'il évitait depuis des années de regarder sa photo, pour des raisons qu'il n'aurait jamais pu expliquer, pas même à ses directeurs adjoints.

Le téléphone sonna et une main se glissa hors des couvertures pour décrocher.

— Mmmm'lô ?

— Salut, Candi ! s'exclama Al Gregory à Langley.

À deux mille kilomètres, le professeur Candace Long se retourna dans son lit et regarda la pendule.

— Tu es à l'aéroport ?

— Encore à Washington, ma chérie. Si j'ai de la chance, je rentrerai aujourd'hui en fin de journée.

Il avait la voix fatiguée. Elle demanda :

— Qu'est-ce qui se passe, au fait ?

— Oh, quelqu'un a fait une expérience et faut que j'aille expliquer à des gens ce que ça veut dire.

— O.K. Préviens-moi quand tu arriveras, Al. J'irai te chercher.

Candi Long n'était pas encore assez réveillée pour s'apercevoir que son fiancé avait violé une règle de sécurité pour répondre à sa question.

— D'accord. Je t'aime.

— T'aime aussi, trésor.

Elle raccrocha, jeta un dernier coup d'œil à la pendule et se dit qu'elle avait le temps de dormir encore une heure. Elle prit mentalement note d'aller au travail avec un collègue. Al avait laissé sa voiture au laboratoire avant de partir pour l'Est et elle prendrait celle-ci pour aller le chercher à l'aéroport.

Ryan avait encore le commandant Gregory comme passager. Moore prit le général Parks dans la limousine de l'Agence.

— Je vous l'ai déjà demandé, mais quelles chances avons-nous de découvrir ce que les Russkis font à Douchanbe ?

Jack hésita, puis il se dit que Gregory apprendrait tout dans le Bureau ovale.

— Nous avons des gens très précieux qui cherchent à découvrir ce qu'ils ont fait pour accroître leur rendement d'énergie.

— Je voudrais bien savoir comment vous faites ça !

— Non, vous ne le voulez pas, répliqua Jack et il se détourna un instant de la circulation. Si vous avez des trucs comme ça, et si vous laissez échapper un mot, vous risquez de faire tuer du monde. C'est déjà arrivé. Les Russes ne sont pas très tendres avec les espions. On raconte encore qu'ils en ont incinéré un. Je veux dire qu'ils l'ont fourré tout vivant dans un crématorium.

— Allez ! Personne ne va...

— Commandant, un de ces jours, vous devriez sortir de votre labo et découvrir la méchanceté du monde réel. Il y a cinq ans, on a tenté de tuer ma femme et ma fille[1]. Pour faire ça, on a dû parcourir cinq mille kilomètres en avion, mais on est venu quand même.

— Ah, j'y suis ! Vous êtes ce type...

— De l'histoire ancienne, commandant, dit Jack qui en avait assez de raconter cette aventure.

— Comment est-ce que c'est, monsieur ? Je veux dire, quoi, vous avez réellement été au combat, le vrai truc...

— Ce n'est pas drôle, assura Ryan et il faillit rire de lui-même en présentant la chose ainsi. On passe à l'action, c'est tout. On fait ça bien ou on perd. Si on a de la chance, on ne panique pas avant que ce soit terminé.

— Vous avez dit au labo que vous aviez été Marine...

— Ça m'a aidé, oui, un peu. Quelqu'un, au moins, s'était donné la peine de m'instruire, autrefois.

1. Voir *Jeux de guerre.*

Au temps où vous étiez encore au lycée, pensa Jack mais il ne le dit pas. Assez de ce sujet.

— Vous avez déjà rencontré le Président ?

— Non, monsieur.

— Je m'appelle Jack, d'accord ? C'est un type assez chouette, il fait attention à ce qu'on lui dit, il pose les bonnes questions. Ne vous laissez pas abuser par son air endormi. Il fait ça pour tromper les hommes politiques.

— Et ils sont faciles à tromper ? s'étonna Gregory, ce qui fit bien rire Jack.

— Certains. Le type du contrôle des armements sera là aussi, l'oncle Ernie. Ernest Allen, un vieux diplomate de carrière. Dartmouth et Yale. Il est intelligent.

— Il pense que nous devrions négocier et bazarder mon travail. Pourquoi est-ce que le Président le garde ?

— Ernie sait comment traiter les Russes et c'est un vrai pro. Il ne laisse pas ses opinions personnelles intervenir dans son travail. Franchement, je ne sais pas trop ce qu'il pense des choses. Il est comme un toubib. Un chirurgien n'a pas à vous aimer personnellement. Il est là simplement pour arranger ce qui ne va pas. Pour ce qui est de M. Allen, eh bien, il sait comment éviter tous les pièges que peuvent tendre des négociations. Vous n'avez jamais rien appris de tout ça, hein ? Tout le monde croit que c'est spectaculaire mais ça ne l'est pas du tout. Je n'ai jamais rien vu de plus assommant. Les deux côtés disent exactement la même chose pendant des heures, ils se répètent eux-mêmes toutes les quinze ou vingt minutes, toute la journée, tous les jours. Et puis après une huitaine, l'un ou l'autre côté change un petit quelque chose et continue de répéter ça pendant des heures. L'autre consulte sa capitale et propose aussi son petit changement et le répète à satiété. Et ça se poursuit comme ça pendant des semaines, des mois, parfois des années. Mais l'oncle Ernie sait bien jouer à ça. Il trouve le jeu passionnant. Pour ma part, au bout d'une semaine j'aurais envie de déclencher une guerre rien que pour mettre fin à ces parlotes, grommela Jack puis il rit. N'allez surtout pas me citer ! C'est à peu près aussi excitant que de regarder sécher de la peinture, ennuyeux à périr mais c'est important et cela nécessite une intelligence particulière. Ernie est un sacré vieux lascar sec et encroûté, mais il s'y connaît.

— Le général Parks dit qu'il veut nous descendre.

— Eh bien, vous n'aurez qu'à le lui demander vous-même, commandant. J'avoue que j'aimerais bien entendre ça aussi.

Jack quitta Pennsylvania Avenue, en suivant la limousine de la CIA. Cinq minutes plus tard, Gregory et lui étaient assis dans le salon de réception de l'aile ouest, sous une copie du fameux tableau de Washington traversant la Delaware, tandis que le juge parlait au conseiller du Président pour la sécurité nationale, Jeffrey Pelt. Le Président achevait un entretien avec le ministre du Commerce. Enfin, un agent du Secret Service vint les chercher et les précéda dans les corridors.

Comme la plupart des plateaux de télévision, le Bureau ovale était moins vaste que ne l'imaginait le grand public. On indiqua à Ryan et Gregory un petit canapé contre le mur nord. Aucun des deux ne s'assit tout de suite. Le Président restait debout à côté de son bureau. Ryan remarqua que Gregory avait un peu pâli et se rappela sa première visite. Même ceux qui faisaient partie du personnel de la Maison Blanche avouaient parfois qu'ils étaient impressionnés par cette pièce et le pouvoir qui s'y concentrait.

— Ravi de vous revoir, Jack, dit le Président en s'avançant pour lui serrer la main. Et vous devez être le célèbre commandant Gregory ?

— Oui, monsieur le Président, répondit celui-ci d'une voix tellement étranglée qu'il dut se reprendre. Je veux dire, oui, monsieur le Président.

— Détendez-vous, asseyez-vous. Vous voulez du café ?

Il indiqua un plateau, sur le coin de son bureau, et Gregory faillit encore s'étrangler quand le Président lui-même lui apporta une tasse. Ryan fit de son mieux pour réprimer un sourire. L'homme qui avait rendu la présidence de nouveau « impériale » — quoi que cela veuille dire — avait le génie de mettre les gens à l'aise. Ou de sembler le faire, corrigea Jack. Le coup du café les mettait souvent encore plus mal à l'aise, et peut-être n'était-ce pas un hasard.

— J'ai entendu dire des choses passionnantes sur vous et vos travaux, commandant. Le général dit que vous êtes son étoile la plus brillante.

En entendant cela, Parks s'agita un peu. Le Président alla s'asseoir à côté de Jeff Pelt.

— Très bien. Commençons.

Ryan ouvrit son dossier et posa une photo sur la table basse. Un diagramme vint ensuite.

— Monsieur le Président, ceci est une photo satellite de ce que nous appelons les sites Bach et Mozart. Ils se trouvent sur une montagne au sud-est de la ville de Douchanbe, dans le Tadjikistan, à une centaine de kilomètres de la frontière afghane. À environ deux mille trois cents mètres d'altitude. Nous les avons sous surveillance depuis deux ans. Ça (une autre photo s'abattit), c'est Sary Chagan. Les Russes y font des travaux sur les missiles balistiques de défense, depuis trente ans. Nous pensons que ce site-là est un polygone d'essai pour les lasers. Nous croyons que les Russes ont opéré une percée majeure dans la puissance du laser, là, il y a deux ans. Ils ont ensuite transféré leur activité à Bach, pour plus de commodité. La semaine dernière, ils ont procédé à ce qui paraît être un essai à pleine puissance. Ce déploiement, là, à Bach, est un émetteur laser.

— Et ils ont détruit un satellite avec ça? demanda Jeff Pelt.

— Oui, monsieur, répondit le commandant Gregory. Ils l'ont «zappé» comme nous disons au labo. Ils ont pompé assez d'énergie dessus pour... eh bien pour fondre une partie du métal et détruire complètement les panneaux solaires.

— Nous ne sommes pas encore en mesure de faire ça ? lui demanda le Président.

— Non, monsieur le Président. Nous ne pouvons pas projeter autant de puissance.

— Comment ont-ils pu nous devancer ? Nous consacrons énormément d'argent aux lasers, n'est-ce pas, général ?

Parks n'était pas tellement à son aise après les récents développements mais il répondit d'une voix posée :

— Les Russes en ont consacré aussi, monsieur le Président. Ils ont fait pas mal de progrès grâce à leurs efforts en fusion. Ils investissent depuis des années dans la physique de haute énergie, dans le cadre de leurs recherches de réacteurs à puissance de fusion. Il y a une quinzaine d'années, ils ont associé cet effort à leur programme de missiles de défense. Quand on consacre tellement de temps à la recherche fondamentale, on peut s'attendre à des résultats et ils en ont obtenu beaucoup. Ils ont inventé le RFQ — *radio-frequency quadrapole* — que nous utilisons pour nos expériences de rayons à particules neutres. Ils ont inventé le Tokamal, le dispositif de contrainte magnétique que nous avons copié à Princeton et ils ont découvert aussi le Gyrotron. Il s'agit là des trois plus importantes percées en physique de haute énergie que nous connaissons. Nous en avons employé certaines dans notre propre recherche d'IDS, et il est certain qu'ils ont trouvé les mêmes applications.

— Bien, mais que savons-nous de cet essai qu'ils ont fait ?

Ce fut de nouveau au tour de Gregory.

— Nous savons qu'il est parti de Douchanbe, monsieur le Président, parce que les seuls autres sites de laser à haute énergie, ceux de Sary Chagan et de Semipaliatinsk, étaient au-dessous de l'horizon visible. Ce qui veut dire que de là ils ne pouvaient pas voir le satellite. Nous savons que ce n'était pas un laser infra-rouge, parce que le rayon aurait été vu par les senseurs de Cobra Belle. Si je devais deviner, je dirais que le système emploie un laser à électrons libres...

— C'est ce qu'il fait, nota le juge Moore. Nous venons d'en avoir confirmation...

— C'est celui auquel nous travaillons pour Tea Clipper. Il semble offrir le meilleur potentiel pour les applications de l'armement.

— Puis-je demander pourquoi, commandant ? dit le Président.

— Question d'efficacité de puissance, monsieur le Président. L'effet laser se produit en un flot d'électrons libres, c'est-à-dire qui ne sont pas liés à des atomes comme ils le sont généralement, dans un vide. On utilise un accélérateur linéaire pour produire un flot d'électrons et les tirer dans la cavité, qui a dans son axe un rayon laser de basse énergie. L'idée, c'est qu'on peut employer des électro-aimants pour faire osciller les électrons en travers de leur chemin. On obtient alors un rayon lumineux coïncidant avec la fréquence d'oscillation des aimants secoueurs, ce qui veut dire, monsieur le Président, qu'on peut régler ça comme une radio. En modifiant l'énergie du rayon, on peut sélectionner la fréquence lumineuse exacte que l'on engendre. On peut alors recycler les électrons pour les faire revenir dans l'accélérateur linéaire et les tirer de nouveau dans la cavité amplificatrice. Comme les électrons en sont déjà à un stade de haute énergie, on gagne là tout de suite une grande puissance effective. Le plus beau, c'est qu'on peut théoriquement récupérer quarante pour cent de l'énergie que l'on a refoulée. Si on y arrive d'une manière fiable, on peut anéantir tout ce qu'on voit, mais quand nous parlons de niveau de haute énergie, monsieur, nous parlons en termes relatifs. Comparée au courant électrique que notre pays utilise pour la cuisine, la quantité nécessaire à un système de défense laser est négligeable. Le truc, c'est de le faire réellement marcher. Nous n'en sommes pas encore là.

— Pourquoi donc ?

Le Président était intéressé, maintenant, et se penchait légèrement en avant dans son fauteuil.

— Nous cherchons encore comment faire fonctionner le laser, monsieur le Président. Le problème fondamental est dans la cavité amplificatrice, c'est de là que vient l'énergie des électrons pour être transformée en rayon de lumière. Nous n'avons pas encore pu en créer un très large. Si la cavité est trop étroite, on obtient une telle densité de haute puissance qu'on grille le revêtement optique à la fois dans la cavité et sur les miroirs servant à braquer le rayon.

— Mais les Russes ont résolu ce problème. Comment pensez-vous qu'ils y sont arrivés ?

— Je sais ce qu'ils essaient de faire. Quand on attire l'énergie dans le rayon laser, les électrons deviennent moins énergétiques, d'accord ? Ce qui veut dire que l'on doit diminuer le champ magnétique qui les contient, et n'oubliez pas qu'en même temps il ne faut pas interrompre l'action oscillante du champ, bien entendu. Nous n'avons pas encore résolu ça. Eux si, probablement, et ça doit venir de leurs recherches sur la fusion. Toutes les idées, pour obtenir de l'énergie d'une fusion contrôlée, supposent l'utilisation d'un champ magnétique contenant une masse de plasma de haute énergie, la même chose en principe que nous essayons de faire avec les électrons libres. La majeure partie de la recherche fondamentale dans ce domaine vient de Russie, monsieur le Président. Ils sont en avance sur nous parce qu'ils ont consacré plus de temps et d'argent à ce qu'il y avait de plus important.

— O.K., je vous remercie, commandant, dit le Président, et il se tourna vers le juge Moore. Qu'en pense la CIA, Arthur ?

— Eh bien, nous n'allons pas contredire le commandant Gregory. Il vient de passer une journée à mettre au courant nos gens de la Science et de la Technologie. Nous avons confirmé que les Soviétiques ont bien des lasers à électrons libres sur ce site. Ils ont déjà opéré une percée dans le rendement de puissance et nous cherchons à savoir quelle était au juste cette percée.

— Vous pouvez savoir ça ? demanda le général Parks.

— Je dis que nous essayons, mon général. Et si nous

avons beaucoup de chance, nous aurons même une réponse à la fin du mois.

— Bien. Nous savons qu'ils peuvent construire un laser très puissant, dit le Président. Question suivante : Est-ce une arme ?

— Probablement pas, monsieur le Président, répondit Parks. Du moins pas encore. Ils ont encore un problème avec l'épanouissement thermique, parce qu'ils n'ont pas encore trouvé comment copier notre optique adaptive. Ils ont tiré beaucoup de technologie de l'Occident, mais ça ils ne l'ont pas encore. Tant qu'ils ne l'ont pas, ils ne peuvent pas utiliser le laser basé au sol comme nous l'avons fait, c'est-à-dire en relayant le rayon par un miroir sur orbite vers un objectif lointain. Mais ce qu'ils ont maintenant peut probablement causer de graves dégâts à un satellite en orbite terrestre basse. Il y a des moyens de protéger les satellites contre cela, bien sûr, mais c'est toujours la vieille lutte entre le blindage plus épais et les projectiles plus lourds. Finalement, c'est généralement le projectile, l'ogive, qui gagne.

— C'est pourquoi nous devons négocier pour éliminer les armes, déclara Ernie Allen en donnant de la voix pour la première fois. (Le général Parks le regarda sans dissimuler son irritation.) Monsieur le Président, nous avons maintenant un avant-goût, rien qu'un avant-goût, du danger de déstabilisation que représentent de telles armes. Si nous considérons simplement ce site de Douchanbe comme une arme anti-satellite, imaginez les implications pour la vérification du respect d'un traité d'armement et pour les renseignements en général. Si nous n'essayons pas de mettre un terme à ces choses-là dès maintenant, tout ce qui nous attend, c'est le chaos.

— On n'arrête pas le progrès, marmonna Parks.

— Le progrès ? Allons donc ! Nous avons en ce moment sur la table un projet de traité réduisant l'armement de moitié. Ça, c'est du progrès, général. Lors de l'essai que vous venez d'effectuer au-dessus de l'Atlantique Sud, vous avez raté la moitié de vos tirs. Je peux donc réduire le nombre de missiles exactement aussi bien que vous.

Ryan crut que le général allait bondir de son fauteuil, mais il prit plutôt son air le plus intellectuel :

— M. Allen, c'était l'essai le plus remarquable de tout un système expérimental et la moitié de ses tirs ont fait mouche. En fait, *tous* les objectifs touchés ont été éliminés en moins d'une seconde. Et le commandant Gregory aura de toute façon résolu tous les problèmes de pointage avant l'été, n'est-ce pas, mon garçon ?

— Oui, mon général ! Il nous suffit de retravailler un peu le code.

— D'accord. Si les gens du juge Moore peuvent nous dire ce que les Russes ont fait pour augmenter leur puissance laser, nous avons presque tout le reste de l'architecture du système déjà testé et validé. D'ici deux ou trois ans, rien ne nous manquera plus et alors nous pourrons commencer à penser sérieusement au déploiement.

— Et si les Soviétiques se mettent à abattre vos miroirs de l'espace ? demanda ironiquement Allen. Vous pourriez avoir au sol le meilleur système laser jamais construit et ça ne vous servirait guère qu'à défendre le Nouveau-Mexique.

— Il faudrait d'abord qu'ils les trouvent et ça c'est un problème beaucoup plus ardu que vous le croyez. Nous pouvons les placer assez haut, vous savez, entre cinq cents et quinze cents kilomètres. Nous pouvons utiliser la technologie *stealth* pour les rendre indétectables au radar, ce qui n'est pas possible avec la plupart des satellites, mais on peut le faire avec nos miroirs. Ils sont relativement petits et légers. Ce qui veut dire que nous pouvons en déployer beaucoup. Savez-vous combien l'espace est vaste, et combien de *milliers* de bouts de ferraille sont sur orbite là-haut ? Jamais ils ne pourraient les descendre tous, conclut Parks avec assurance.

— Jack, vous avez vu les Russes de près. Qu'en pensez-vous ? demanda le Président à Ryan.

— Monsieur le Président, la principale force que nous devons affronter, en fait, c'est l'obsession soviétique de la défense de leur pays — et je dis bien la défense de ce pays contre toute attaque. Ils ont investi trente ans de travail et énormément d'argent dans ce domaine parce qu'ils pensent que cela en vaut la peine. Au temps du gouvernement Johnson, Kossyguine a dit : « La défense est morale, l'offense est immorale. » C'est un Russe qui parle, monsieur le Président, pas simplement un communiste. Franchement, je trouve difficile de ne pas être d'accord avec un tel argument. Si nous entrons dans une nouvelle phase de compétition, qu'elle soit au moins plus défensive qu'offensive. C'est plutôt dur de tuer un million de civils avec un laser.

— Mais cela va modifier tout l'équilibre du pouvoir, protesta Ernest Allen.

— L'équilibre actuel est peut-être assez stable, rétorqua Ryan, mais il est quand même fondamentalement fou.

— Mais ça marche. Ça préserve la paix.

— M. Allen, la paix que nous avons est une crise perpétuelle. Vous dites que nous pouvons réduire de moitié les inventaires. Et alors ? Vous pouvez réduire l'inventaire soviétique des deux tiers et leur laisser encore assez d'ogives nucléaires pour transformer l'Amérique en un crématorium. La même chose est vraie de notre armement. Comme je le disais à mon retour de Moscou, l'accord de réduction actuellement sur la table est juste un leurre, une crème de beauté. Il ne garantit aucune sécurité additionnelle. C'est un symbole, important peut-être, mais uniquement un symbole sans grande substance.

— Oh, je ne sais pas. Si ma charge d'objectifs était réduite de moitié, je ne serais pas tellement fâché, observa le général Parks, ce qui lui valut un regard torve d'Allen.

— Si nous arrivons à découvrir ce que les Russes font de différent, où en serons-nous ? demanda le Président.

— Vous voulez dire si la CIA nous fournit des données utilisables ? Commandant ? dit Parks en tournant la tête.

— Eh bien, nous aurons un système d'armement dont nous pourrons faire la démonstration dans trois ans, et que nous pourrons déployer dans les cinq à dix ans suivants, répondit Gregory.

— Vous en êtes sûr ? insista le Président.

— Aussi sûr que je peux l'être, monsieur le Président. Comme pour le programme Apollo, il n'est pas tant question d'inventer une nouvelle science que d'apprendre à mettre en pratique la technologie que nous avons déjà. Il ne reste plus qu'à bricoler les vis et les écrous.

— Vous êtes un jeune homme très confiant, commandant, déclara Allen sur un ton professoral.

— Oui, monsieur. Je pense pouvoir le faire. Votre objectif n'est pas tellement différent du nôtre, M. Allen. Vous voulez vous débarrasser des têtes nucléaires et nous aussi. Nous pourrons peut-être vous aider, monsieur.

Et vlan! pensa Ryan en ravalant précipitamment son sourire. On frappa discrètement à la porte et le Président consulta sa montre.

— Je vais devoir abréger, messieurs. J'ai des programmes

anti-drogue à étudier pour le déjeuner avec le ministre de la Justice. Merci de m'avoir consacré votre temps.

Il jeta un dernier coup d'œil à la photo de Douchanbe et se leva. Tout le monde l'imita. Les visiteurs partirent par la porte de côté, celle qui était dissimulée dans la boiserie blanche.

— Joli boulot, petit, murmura Ryan à Gregory.

Candi Long vit arriver la voiture devant chez elle, conduite par une amie de Columbia, le professeur Beatrice Taussig, physicienne optique aussi. Leur amitié remontait à leur entrée à l'université. Taussig était plus « branchée » que Candi. Elle possédait une Nissan 300Z sport, et avait suffisamment de contraventions pour le prouver. Mais la voiture était bien assortie à sa toilette, à la coupe de ses cheveux décolorés et à sa vive personnalité qui électrisait les hommes.

— Bonjour, Bea.

Candi monta dans la voiture et boucla sa ceinture avant de claquer la portière. Quand Bea conduisait, on bouclait toujours sa ceinture, même si elle n'en prenait pas la peine.

— Mauvaise nuit, Candi ?

Ce matin, elle portait un tailleur de laine un peu sévère, pas tout à fait masculin mais presque, avec un foulard de soie autour du cou. Quand on passait ses journées en blouse blanche, personne ne se souciait de ce qu'on avait dessous, à part Al, naturellement, et encore s'intéressait-il plus à ce qu'il y avait sous ce qu'il y avait dessous, se dit-elle en souriant.

— Je dors mieux quand il est là, avoua-t-elle.

— Où est-il allé ?

— À Washington.

Candi bâilla. Le soleil levant projetait de longues ombres en travers de la chaussée.

— Comment ça se fait ?

Bea rétrograda et accéléra sur la rampe d'accès à la voie express surélevée. Candi se sentit pressée de côté contre la ceinture. Elle se demanda pourquoi son amie conduisait de cette façon. Ce n'était quand même pas le grand prix de Monaco !

— Il a dit que quelqu'un a procédé à un essai et qu'il devait l'expliquer à quelqu'un.

— Hum.

Beatrice jeta un coup d'œil à son rétroviseur et resta en

troisième tout en choisissant une place. C'était l'heure de pointe. Elle calcula avec précision sa manœuvre et se glissa dans un espace à peine plus long que sa Z, ce qui provoqua un coup d'avertisseur irrité du conducteur qui la suivait. Elle ne fit qu'en sourire. Ce qui en elle n'était pas en train de conduire prit note de ce que l'essai qu'Al avait dû expliquer à quelqu'un n'était certainement pas américain. Et il n'y avait pas tellement de gens, dans le monde, qui procédaient à des essais que ce petit raseur devait expliquer. Bea ne comprenait pas ce que Candi trouvait à Al Gregory. L'amour, se dit-elle, est non seulement aveugle mais sourd. Et bête, surtout bête. Cette pauvre Candi Long, si simplette, elle aurait quand même pu trouver beaucoup mieux. Si seulement, pensait Bea, elles avaient pu faire chambre commune à l'université... si seulement il y avait un moyen de lui faire savoir...

— Quand est-ce qu'il rentre ?

— Ce soir, peut-être. Il doit téléphoner. Je prendrai sa voiture. Il l'a laissée au labo.

— Glisse une serviette sur le siège avant de t'asseoir dessus.

Elle pouffa. Gregory avait une Chevrolet Citation. La voiture parfaite pour un nabot, pensait Bea Taussig. Elle était pleine d'emballages de cellophane de Twinkies et il la lavait une fois par an, qu'elle en ait besoin ou non. Bea se demanda comment il était au lit mais chassa vite cette pensée. Pas dans la matinée, pas quand on venait de se réveiller. L'idée de son amie... avec *ça*, lui donnait la chair de poule. Candi était si naïve, si innocente... si *bête !* à propos d'un tas de choses. Enfin, elle s'améliorerait peut-être. Il y avait toujours de l'espoir.

— Comment ça marche, ton travail avec le miroir en diamant ?

— ADAMANT ? D'ici un an, nous le saurons. Je regrette bien que tu ne travailles plus avec mon équipe.

— J'en vois davantage dans la partie administrative, répondit Bea avec une remarquable franchise. D'ailleurs, je sais que je ne suis pas aussi intelligente que toi.

— Mais plus jolie, murmura Candi avec nostalgie.

Bea jeta un coup d'œil à son amie. Oui, il y avait encore de l'espoir.

Micha reçut le rapport terminé à quatre heures. Il avait été retardé, expliqua Bondarenko, parce que toutes les secrétaires habilitées à l'ultra-secret étaient occupées à autre chose. Le rapport couvrait quarante et un feuillets, en comptant les diagrammes. Le jeune colonel avait été fidèle à sa parole, nota Filitov. Il avait traduit tout le jargon technique en langage clair. Micha avait passé la semaine précédente à lire tout ce qu'il avait pu trouver dans les archives sur les lasers. Sans comprendre réellement tous les principes de leurs applications, il avait enregistré dans sa mémoire bien entraînée les détails principaux. Il se faisait l'effet d'un perroquet. Il savait répéter les mots, sans en comprendre le sens. Mais ça suffisait.

Il lut lentement, en apprenant par cœur. Malgré son accent paysan et sa voix bourrue, il avait une intelligence encore plus vive que ne le pensait Bondarenko. Et, les choses étant ce qu'elles étaient, il n'en avait même pas besoin. La partie la plus importante de la découverte paraissait assez simple, il ne s'agissait pas d'agrandir la cavité mais de l'adapter à la forme du champ magnétique. Avec la forme correcte, la taille pouvait être augmentée presque à volonté... et le nouveau facteur limitant devenait un élément de l'assemblage du contrôle de la pulsation magnétique superconductrice. Micha soupira. L'Occident avait encore recommencé ! L'Union soviétique ne possédait pas les matériaux nécessaires. Alors, comme d'habitude, le KGB se les était procurés en Occident, cette fois en les faisant expédier par la Tchécoslovaquie via la Suède. N'apprendraient-ils donc jamais tout cela ?

Le rapport concluait que le seul problème en suspens résidait dans les systèmes optique et informatique. *Il va falloir que je cherche ce que nos services de renseignements font à ce sujet*, se dit Filitov. Finalement, il passa vingt minutes à étudier le diagramme du nouveau laser. Quand il arriva à fermer les yeux et à en voir les moindres détails, il remit le rapport dans son dossier. Il regarda l'heure et sonna son secrétaire. Le sous-officier apparut presque aussitôt.

— Oui, camarade colonel ?

— Portez ceci au fichier central, section 5, sécurité maximum. Ah, au fait, où est le sac à brûler d'aujourd'hui ?

— Je l'ai, camarade.

— Donnez-le-moi.

Le sergent retourna dans l'antichambre et reparut avec le sac de toile qui descendait tous les jours à la salle de destruction des documents. Micha le prit et commença à y fourrer des papiers.

— Vous pouvez aller. Je déposerai ça en partant.

— Merci, camarade colonel.

— Vous travaillez assez, Youri Ilitch. Bonne nuit.

Quand la porte se fut refermée sur son secrétaire, Micha rassembla des feuillets supplémentaires, des documents qui ne venaient pas du ministère. À peu près toutes les semaines, il s'occupait personnellement du sac à brûler. Le sous-officier chargé du travail de bureau de Filitov pensait que c'était à cause de la gentillesse de son colonel et peut-être aussi parce qu'il y avait des papiers particulièrement délicats à détruire. Quelle que soit la raison, c'était une habitude précédant de loin son arrivée au service du colonel et la sécurité la considérait comme une affaire de routine. Trois minutes plus tard, en descendant reprendre sa voiture, Micha passa par la salle de destruction. Un jeune sergent l'accueillit comme il aurait accueilli son grand-père et lui tint ouvert le couvercle de l'incinérateur. Il regarda le héros de Stalingrad poser sa serviette et se servir de son bras estropié pour ouvrir le sac tout en le haussant de son bras valide, pour le secouer et faire tomber près d'un kilo de documents secrets dans la chaudière à gaz du sous-sol du ministère.

Il ne pouvait pas savoir qu'il aidait un homme à détruire les preuves de sa trahison. Le colonel signa le registre, accrocha le sac à brûler à son clou, sourit au sergent et partit vers la voiture qui l'attendait.

Ce soir, les fantômes allaient revenir, il le savait, et demain ce serait encore le bain de vapeur et un nouveau paquet de renseignements prendrait le chemin de l'Occident. Sur le trajet de son immeuble, le chauffeur s'arrêta dans une épicerie spéciale, uniquement ouverte à l'élite. Là, les files d'attente étaient courtes. Micha acheta de la saucisse, du pain noir et un demi-litre de vodka Stolytchnaya. Pour faire un beau geste, il en offrit même une à son chauffeur. Pour un jeune soldat, de la vodka valait encore mieux que de l'argent.

Un quart d'heure plus tard, chez lui, Micha prit son journal intime dans son tiroir et commença par reproduire le diagramme du rapport Bondarenko. Toutes les quelques minutes, il prenait une seconde ou deux pour regarder le cadre avec la photo de sa femme. Dans l'ensemble, le rapport officiel suivait assez fidèlement le manuscrit ; il n'eut que dix nouvelles pages à écrire, en introduisant soigneusement, au fur et à mesure, les formules critiques. Les rapports de Cardinal étaient toujours un modèle de brièveté et de clarté, le résultat d'une vie entière passée à rédiger des instructions opérationnelles. Quand il eut fini, il enfila des gants et alla dans sa cuisine. Magnétiquement fixé au panneau d'acier, sous son réfrigérateur de marque ouest-allemande, il y avait un petit appareil photographique. Il s'en servit avec aisance, malgré l'inconvénient des gants. Une minute lui suffit pour photographier les nouvelles pages de journal, après quoi il rembobina la pellicule et retira la cassette, qu'il empocha. Puis il remit l'appareil dans sa cachette avant de retirer les gants. Cela fait, il alla baisser les stores d'une certaine façon. Micha était toujours attentif à tout. Si l'on examinait de près sa porte d'entrée, on verrait des éraflures autour de la serrure, indiquant qu'elle avait été crochetée par un expert. En réalité, n'importe qui pouvait faire ces marques. Quand il aurait confirmation que son rapport était bien arrivé à Washington — des traces de pneus sur un certain bord de trottoir — il déchirerait les pages de son journal, les emporterait dans sa poche au ministère, les mettrait dans le sac à brûler et les jetterait lui-même dans l'incinérateur. Micha avait présidé à l'installation du système de destruction des documents, vingt ans plus tôt.

Une fois sa tâche accomplie, le colonel Mikhaïl Semyonovitch Filitov contempla encore une fois la photo d'Élena et lui demanda s'il avait bien agi. Mais Élena ne fit que sourire, comme toujours. *Tant d'années,* se dit-il, *et ma conscience en est encore troublée.* Il secoua la tête. La phase finale du rite suivit. Il mangea sa saucisse et son pain tandis que les spectres de ses camarades de la Grande Guerre Patriotique venaient en visite, mais il ne put se résoudre à demander à ceux qui étaient morts pour la patrie si sa trahison était justifiée. Il pensait qu'ils le comprendraient encore mieux que son Élena mais il avait peur de voir ça. Le demi-litre de vodka ne lui apporta pas de réponse non plus. Mais au moins il lui engourdit et lui insensibilisa le cerveau. Il tituba jusqu'à son lit vers dix heures, laissant la lumière allumée derrière lui.

Juste après onze heures, une voiture suivit le large boulevard passant devant l'immeuble et une paire d'yeux bleus se leva vers les fenêtres du colonel. C'était Ed Foley, cette fois. Il remarqua les stores. Sur le chemin de son appartement, un autre message discret fut transmis. Un employé du nettoiement de Moscou mit en place une série de signaux. Ils étaient assez anodins, par exemple une trace de craie sur un lampadaire, et chacun annoncerait à un membre de l'équipe de contact du bureau de Moscou de la CIA d'avoir à se trouver à son poste prévu. Un autre membre du bureau vérifierait les signaux à l'aube et, s'il y avait la moindre anicroche, Ed Foley annulerait tout.

Le travail d'Ed était riche, côté tension, mais il y trouvait aussi des aspects amusants. Ainsi, les Russes eux-mêmes lui avaient facilité sa mission en attribuant à Cardinal un appartement dans une artère très fréquentée. Ensuite, en sabotant si grossièrement la construction de la nouvelle ambassade, ils l'empêchaient de vivre avec sa famille dans l'immeuble résidentiel, les obligeant sa femme et lui à passer tous les soirs par ce boulevard. Et ils étaient ravis d'avoir son fils dans leur équipe de hockey. C'était une des choses qui lui manqueraient quand il quitterait cette ville, se dit Foley en descendant de voiture. Il aimait mieux le hockey, maintenant, que le base-ball. Mais il y avait toujours le football. Il ne voulait pas que son fils joue au football américain. Trop d'enfants se blessaient, et puis il ne serait jamais assez grand ni assez fort. Mais cela, c'était pour l'avenir et il avait encore à s'inquiéter du présent.

Il devait faire très attention à ce qu'il disait à haute voix dans son appartement. Toutes les pièces de tous les logements occupés par des Américains étaient en principe plus truffées de micros qu'une dinde de Noël, mais avec le temps Ed et Mary Pat avaient tourné cela aussi en plaisanterie. En entrant, il accrocha son manteau puis il embrassa sa femme en lui chatouillant l'oreille. Elle pouffa, en comprenant, tous deux étaient pourtant vraiment fatigués maintenant par la tension inhérente à leurs activités. Plus que quelques mois...

— Alors, comment était la réception ? demanda-t-elle tout haut pour les oreilles indiscrètes des murs.

Et la réponse enregistrée fut :

— Toujours la même connerie.

9

Occasions

BEATRICE Taussig ne fit pas de rapport, mais réfléchit tout de même au lapsus de Candi qu'elle trouvait important. Habilitée à presque tout ce qui se passait au Laboratoire national de Los Alamos, elle n'avait pas été mise au courant d'un essai imprévu, et si une partie du travail de l'IDS se faisait en Europe et au Japon, rien de tout cela n'exigeait la présence d'Al Gregory comme interprète. Donc, c'était russe et s'ils avaient fait venir le petit raseur à Washington de toute urgence — et, se rappela-t-elle, il avait laissé sa voiture au labo, donc on avait dû lui envoyer un hélicoptère — ce devait être pour quelque chose d'énorme. Elle n'aimait pas Gregory mais elle n'avait aucune raison de douter de la qualité de son cerveau. Elle se demanda ce que pouvait bien être cet essai mais elle n'était pas habilitée pour ce que manigançaient les Russes et sa curiosité était disciplinée. Elle devait d'ailleurs l'être. Car ce qu'elle faisait était dangereux.

Mais cela faisait partie du jeu, n'est-ce pas ? se dit-elle en souriant toute seule.

— Il en manque donc trois.

Derrière les Afghans, les Russes triaient ce qui restait de l'épave de l'An-26. L'homme qui parlait était un commandant du KGB. Il n'avait encore jamais vu de catastrophe aérienne et seul l'air glacial sur sa figure l'empêchait de rendre son petit déjeuner.

— Votre homme ?

Le capitaine d'infanterie de l'Armée rouge — jusqu'à ces tout derniers temps conseiller de bataillon de l'armée afghane fantoche — se retourna pour s'assurer que ses hommes formaient bien un cordon autour du périmètre. Il avait l'estomac aussi stable que possible. Voir son ami étripé devant ses yeux avait été le plus grand choc de sa vie et il se demandait si son camarade afghan allait survivre à l'opération d'urgence.

— Toujours manquant, je crois.

La carlingue de l'appareil était cassée en plusieurs morceaux. Les passagers de l'avant avaient été inondés de carburant quand l'avion avait touché le sol et ils étaient carbonisés, impossibles à reconnaître. Malgré tout, les soldats avaient rassemblé les morceaux de presque tous les corps. Tous sauf trois, et les experts légistes auraient à déterminer qui était certainement mort et qui était à porter disparu. Normalement, ils n'avaient pas tant d'égards pour les victimes d'une catastrophe aérienne — techniquement, l'An-26 faisait plutôt partie de l'Aeroflot que de l'Armée de l'Air soviétique —, mais un effort supplémentaire était fait dans ces cas-là. Le capitaine disparu était membre du Neuvième Directorat des « Gardes » du KGB, un officier administratif qui faisait une tournée de la région pour se renseigner sur le personnel et les activités de sécurité dans certains secteurs sensibles. Ses documents de voyage comprenaient des papiers extrêmement secrets et, plus important encore, il connaissait à fond une grande partie des membres et des activités du KGB. Les papiers avaient pu être détruits, on avait trouvé les restes de plusieurs serviettes, en cendres, mais tant que la mort du capitaine ne pourrait être confirmée, il y aurait quelques personnes très malheureuses à Moscou Centre.

— Il laisse une famille. Enfin, une veuve. Son fils est mort il y a un mois, paraît-il. Un cancer, murmura le commandant du KGB.

— J'espère que vous allez bien vous occuper de sa femme, répliqua le capitaine.

— Oui, nous avons un service pour ça. Est-ce qu'ils auraient pu l'emmener ?

— Eh bien, nous savons qu'ils sont passés ici. Ils pillent toujours les lieux des crashes, pour chercher des armes. Des documents ? Peuh. Nous luttons contre des sauvages ignorants, camarade commandant. Je doute que des documents les intéressent. Ils ont pu reconnaître l'uniforme d'un officier du

KGB, et ils l'auront emporté avec eux juste pour mutiler le cadavre. Vous n'imaginez pas ce qu'ils font à leurs prisonniers.

— Des barbares, marmonna l'homme du KGB. Abattre un avion désarmé...

Il regarda autour de lui. Des soldats afghans « loyaux » — c'était l'adjectif optimiste qu'on leur attribuait, grommela-t-il à part lui — mettaient des cadavres et des morceaux de cadavres, dans des sacs de caoutchouc qui seraient héliportés à Ghazni et expédiés par avion de là à Moscou pour identification.

— Et s'ils ont emporté mon agent ? demanda-t-il.

— Alors là, nous ne le retrouverons jamais. Enfin si, bien sûr, il y a une petite chance, mais bien mince. À chaque vautour qu'on verra, on enverra un hélico mais... Non. Il y a des chances que vous ayez déjà le corps, camarade commandant. Il faudra simplement un peu de temps pour le confirmer.

— Pauvre bougre... un homme de bureau. Ce n'était même pas son territoire mais celui qui avait été affecté ici est à l'hôpital avec des problèmes de vésicule. Alors ce garçon avait accepté cette mission en plus de la sienne.

— Quel est son territoire habituel ?

— La Tadjikie. Je suppose qu'il voulait ce travail supplémentaire pour oublier un peu ses soucis.

— Comment ça va, Russe ? demanda l'Archer à son prisonnier.

Ils n'avaient pas grand-chose à offrir, en matière de soins médicaux. L'équipe médicale la plus rapprochée, composée de médecins et d'infirmières français, se trouvait dans une grotte près de Hasan Khéi. Leurs propres blessés ambulatoires étaient en chemin pour s'y rendre. Les plus grièvement atteints... que pouvait-on leur faire ? Ils avaient une bonne réserve de calmants, de la morphine en ampoules d'origine suisse, et ils faisaient des piqûres aux mourants pour les soulager de la douleur. La morphine secourait certains et les aidait à mourir mais ceux qui avaient un espoir de guérison étaient transportés sur des civières vers la frontière pakistanaise, au sud-est. Ceux qui survivraient à la marche de cent kilomètres seraient soignés dans un hôpital de fortune, près de l'aéroport fermé de Miram Shah. L'Archer conduisait ce groupe. Il avait réussi à persuader ses camarades que le Russe était plus utile vivant que mort, que les *Americastani* leur donneraient beaucoup pour un membre de la police politique russe et ses documents. Seul le chef de tribu aurait pu s'opposer à cet argument, et il était mort. Ils l'avaient enterré aussi précipitamment que leur religion le permettait mais il était maintenant au paradis. Il ne restait plus que l'Archer comme principal guerrier, le plus digne de confiance de leur bande.

Qui aurait pu deviner, à son regard et à ses mots durs que, pour la première fois depuis trois ans, il y avait de la pitié dans son cœur ? Lui-même s'en étonnait. Pourquoi ces pensées lui étaient-elles venues ? Était-ce la volonté d'Allah ? Sûrement, croyait-il. *Qui d'autre pourrait m'empêcher de tuer un Russe ?*

— Mal, répondit enfin le Russe.

Mais la pitié de l'Archer n'allait pas si loin. La morphine que possédait le *moudjahid* n'était que pour les siens. Après s'être assuré que personne ne le voyait, il rendit au Russe les photos de sa famille. Pendant le plus bref des instants, ses yeux s'adoucirent. L'officier du KGB le regarda avec une surprise transcendant sa souffrance. De sa bonne main, il prit les photos et les serra contre son cœur. Il y avait de la reconnaissance dans son regard, de la reconnaissance et de la perplexité. Il pensait à son fils mort et il songeait à son propre sort. Le pire qui pourrait lui arriver, se dit-il dans sa douleur, ce serait de rejoindre son enfant, où qu'il soit. Les Afghans ne pourraient pas lui faire plus de mal qu'il n'en avait déjà, dans le corps comme dans l'âme. Le capitaine en était déjà arrivé à ce point où la douleur devient comme une drogue, si familière que la souffrance est tolérable, presque confortable. Il avait entendu dire que c'était possible mais ne l'avait pas cru, jusqu'à présent.

Son cerveau ne fonctionnait pas très bien. Dans son état brumeux il se demandait pourquoi il n'avait pas été tué. Il avait entendu raconter assez d'histoires à Moscou sur le traitement qu'infligeaient les Afghans à leurs prisonniers... *et est-ce pour cela que tu t'es porté volontaire pour cette mission, en plus de la tienne... ?* Il s'interrogeait maintenant sur son destin, il se demandait comment il l'avait provoqué.

Tu ne peux pas mourir, Valery Mikhaïlovitch, tu dois vivre. Tu as une femme et elle a déjà assez souffert, se dit-il. *Déjà elle a trop...* La pensée resta en suspens. Le capitaine glissa la photo dans sa poche de poitrine et s'abandonna à l'inconscience alors que son corps luttait pour guérir. Il ne se réveilla pas quand il fut attaché sur une planche et placé sur une espèce de traîneau. L'Archer partit à la tête de son groupe.

Micha se réveilla avec des bruits de bataille résonnant dans sa tête. Il faisait encore nuit et sa première action concertée fut d'aller à la salle de bains où il s'aspergea la figure d'eau froide et avala trois comprimés d'aspirine. Des nausées suivirent mais il ne put vomir que de la bile et il se redressa pour aller voir dans la glace ce que la trahison avait fait d'un héros de l'Union soviétique. Il ne pouvait pas s'arrêter, naturellement, il ne le voulait pas, mais... *mais regarde ce que cela te fait, Micha !* Les yeux bleus jadis si clairs étaient injectés de sang et sans vie, le teint rubicond était devenu gris comme celui d'un cadavre. Sa peau flasque pendait et la barbe naissante grise estompait des traits qui avaient été beaux. Il étendit son bras droit ; comme toujours, les cicatrices étaient brillantes, raides comme du plastique. Il soupira puis il se lava la bouche et se traîna à la cuisine pour se faire du café.

Au moins il en avait, acheté dans ce même magasin réservé aux membres de la *nomenklatura*, et aussi une machine occidentale pour le faire. Il envisagea de manger quelque chose mais préféra se contenter de café noir. Il pourrait toujours manger du pain à son bureau. Le café fut prêt en trois minutes. Il en but une tasse d'un trait, sans prendre garde à la chaleur brûlante, puis il décrocha son téléphone pour commander sa voiture d'état-major. Il voulait qu'on vienne le chercher de bonne heure et bien qu'il n'ait pas annoncé hier qu'il voulait passer ce matin par l'établissement de bains, le sergent qui répondit au téléphone comprit très bien de quoi il retournait.

Vingt minutes plus tard, Micha sortit de son immeuble. Il larmoyait déjà et il ferma à demi les yeux dans le vent froid du nord-est qui cherchait à le repousser à l'intérieur. Le sergent tendit le bras pour soutenir son colonel mais Filitov fit un effort pour résister à l'invisible main de la nature et monta dans la voiture comme il le faisait toujours, comme s'il montait dans son vieux T-34 pour aller au combat.

— Les bains, camarade colonel ? demanda le chauffeur après s'être remis au volant.

— Est-ce que tu as vendu la vodka que je t'ai donnée ?

— Eh bien oui, camarade colonel, répondit le jeune homme.

— Bravo, c'est plus sain que de la boire. Les bains, vite, ordonna le colonel avec une feinte gravité, comme ça je ne mourrai peut-être pas tout de suite.

— Si les Allemands n'ont pas pu vous tuer, mon colonel,

je doute que quelques gouttes de bonne vodka russe y arrivent, dit gaiement le chauffeur.

Micha se permit un rire et accepta avec bonne humeur le mal de tête qu'il déclenchait. Le conducteur ressemblait même à son caporal Romanov.

— Est-ce que ça ne te plairait pas d'être officier, un jour ?

— Merci, camarade colonel, mais je veux retourner à l'université et poursuivre mes études. Mon père est ingénieur chimiste et j'ai l'intention de suivre sa voie.

— Il a de la chance, alors, sergent. Allons-y.

Dix minutes plus tard, la voiture s'arrêta devant l'établissement. Le sergent déposa son colonel, puis il alla se garer dans un des espaces réservés d'où il pouvait surveiller la porte. Il alluma une cigarette et ouvrit un livre. C'était un bon service, bien plus agréable que de marcher dans la boue avec une compagnie de fusiliers motorisés. Il regarda l'heure. Le vieux Micha ne sortirait pas avant une heure. Pauvre vieux, pensa-t-il, si seul. Quelle fin de vie misérable pour un héros.

À l'intérieur, la routine était si bien établie que Micha aurait pu la suivre les yeux fermés. Après s'être déshabillé, il prit ses serviettes, ses pantoufles et ses branches de bouleau et passa dans la salle de vapeur. Il était en avance. La plupart des habitués n'étaient pas encore arrivés. Il en fut heureux. Il augmenta le débit de l'eau sur les briques à feu et s'assit en espérant que son mal de tête ne tarderait pas à se calmer. Trois autres hommes étaient dispersés dans la salle. Il en reconnut deux, mais ce n'étaient pas des relations et aucun ne paraissait d'humeur bavarde. Cela faisait très bien l'affaire de Micha. Le moindre mouvement de mâchoire était douloureux et l'aspirine était lente à agir, ce matin.

Un quart d'heure plus tard, son corps blanc ruisselait de sueur. En levant les yeux, il aperçut le garçon de bains, il entendit sa proposition habituelle de boisson — personne n'en voulait pour le moment — et la phrase à propos de la piscine. Les mots étaient simples, usuels, mais formulés d'une certaine façon qui signifiait : *Tout va bien. Je suis prêt pour le transfert.* En guise de réponse, Micha s'essuya ostensiblement le front, d'un geste exagéré de vieillard. *Prêt.* Le garçon de bains sortit. Lentement, Micha compta jusqu'à trois cents. Il en était à deux cent cinquante-sept quand un de ses coalcooliques se leva et quitta la salle. Micha en prit bonne note mais ne s'inquiéta pas. Il avait trop de pratique. Quand il eut compté trois cents, il se leva avec un mouvement saccadé des genoux et sortit sans un mot.

Il faisait beaucoup plus frais dans le vestiaire et il vit que l'autre homme n'était pas encore parti, il parlait à l'employé d'une chose ou d'une autre. Micha attendit patiemment que le garçon de bains le remarque, ce qui ne tarda pas. Quand le jeune homme s'avança, le colonel fit quelques pas à sa rencontre mais il buta sur un carreau disjoint et faillit tomber. Son bras valide s'allongea. Le garçon se précipita pour le retenir. Le fagot de brindilles tomba par terre.

Le jeune homme les ramassa vivement et aida Micha à se remettre d'aplomb. Puis il lui donna une serviette propre pour sa douche.

— Vous ne vous êtes pas fait mal, camarade ? demanda l'autre homme, du bout de la pièce.

— Non, pas du tout, merci. Mes vieux genoux, vous savez, et ces vieux carrelages. Ils devraient bien réparer ça, un jour.

— C'est sûr. Venez, camarade, nous prendrons notre douche ensemble.

L'homme avait une quarantaine d'années et un visage anonyme aux yeux rougis. Un buveur, nota tout de suite Micha.

— Vous avez fait la guerre, alors ?

— Dans les chars. Le dernier canon allemand m'a eu... mais je l'ai eu, moi, dans la poche de Koursk.

— Mon père y était. Il servait dans la Septième armée des Gardes, sous le commandement de Koniev.

— J'étais de l'autre côté, Deuxième Chars, sous les ordres de Konstantin Rokossovsky. Ma dernière campagne.

— Je comprends pourquoi, camarade... ?

— Filitov, Mikhaïl Semyonovitch, colonel de blindés.

— Je m'appelle Klementi Vladimirovitch Vatutine, mais je ne suis le héros de personne. Enchanté de faire votre connaissance, colonel.

— C'est un plaisir, pour un vieil homme, d'être respecté.

Le père de Vatutine avait combattu dans la campagne de Koursk mais comme officier politique. Il avait pris sa retraite de colonel du NKVD et son fils avait marché sur ses traces, dans le service appelé plus tard KGB.

Vingt minutes plus tard, le colonel était parti pour son bureau et le garçon de bains s'était de nouveau glissé par la porte de service pour aller à la teinturerie. Le patron du magasin dut être appelé de la salle de la chaudière, où il graissait une pompe. Pour des raisons de simple sécurité, l'homme qui prenait la cassette des mains du garçon de bains ne devait connaître ni son nom ni son lieu de travail. Le teinturier empocha la cassette et remit trois demi-litres d'alcool, puis il retourna achever de graisser sa pompe, le cœur un peu battant comme toujours, ces jours-là. Cela l'amusait un peu que sa mission secrète d'« agent » de la CIA — un ressortissant soviétique travaillant pour un service de renseignements américain — profite si bien à ses finances. La vente d'alcool au marché noir lui rapportait des roubles « certifiés » utilisables pour acheter des denrées et des marchandises occidentales dans les magasins à devises fortes. Tout en lavant la graisse de ses mains, il se dit que cela compensait bien la tension de son activité. Il faisait partie depuis six mois de cette chaîne de contacts et ne se doutait pas que son travail dans ce domaine allait bientôt prendre fin. Il serait encore utilisé pour transmettre de l'information mais pas pour Cardinal. Bientôt après, le garçon de bains chercherait un autre emploi et cette liste d'agents sans nom serait supprimée... et irrécupérable même pour les infatigables officiers du contre-espionnage du Deuxième Directorat principal du KGB.

Un quart d'heure plus tard, une habituée arriva avec un de ses manteaux anglais. C'était un Aquascutum, la doublure amovible enlevée. Comme toujours, elle fit mille recommandations sur les soins à apporter au nettoyage et, comme toujours, il protesta que sa teinturerie était la meilleure de toute l'Union soviétique. Il remplit le ticket, avec deux copies carbone. L'original fut épinglé au manteau, la première copie alla dans une petit boîte et la seconde... mais d'abord, il fouilla les poches.

— Vous avez laissé de la monnaie, camarade. Je vous remercie, mais nous n'avons pas besoin de pourboires, plaisanta-t-il.

Il tendit les pièces, et remit en même temps le reçu, ainsi qu'autre chose. C'était si facile ! Personne, jamais, ne fouillait les poches, c'était comme en Occident

— Vous êtes vraiment un homme honorable, lui dit la dame avec un curieux formalisme assez courant en URSS. Bonne journée, camarade.

— À vous aussi.

La dame — elle s'appelait Svetlana — alla comme d'habitude prendre le métro. Son emploi du temps lui permettait de ne pas se presser, en cas de problème d'un côté ou de l'autre de l'échange. Les rues de Moscou étaient invariablement encombrées d'une foule maussade, affairée, et beaucoup de passants regardaient avec envie son manteau. Elle avait une importante garde-robe britannique car elle voyageait souvent à l'Ouest, pour son travail au GOSPLAN, le ministère du Plan économique soviétique. C'était en Angleterre qu'elle avait été recrutée par l'Intelligence Service. Elle était utilisée dans la chaîne Cardinal parce que la CIA n'avait pas tellement d'agents capables, en Russie. On ne lui confiait que des missions de « maillon du milieu », jamais à une extrémité ni à l'autre. Les renseignements qu'elle transmettait elle-même à l'Occident étaient assez anodins, surtout d'ordre économique, et ses services occasionnels de courrier étaient en réalité beaucoup plus précieux que l'information dont elle était si fière. Ses chefs ne le lui disaient pas, naturellement ; tout espion se croit détenteur des renseignements les plus importants à transmettre. Cela rend le jeu encore plus intéressant et en dépit de leurs motivations idéologiques (ou autres), les espions considèrent effectivement leur profession comme le plus magnifique de tous les jeux, puisqu'ils doivent invariablement se montrer plus habiles que tous les services sophistiqués de leur propre pays. Svetlana aimait beaucoup vivre sur la corde raide entre la vie et la mort, sans trop savoir pourquoi. Elle pensait aussi que son père très haut placé — un membre du Comité central — la protégerait toujours contre n'importe quoi. C'était son influence, après tout, qui lui permettait de voyager en Europe occidentale deux ou trois fois par an, n'est-ce pas ? Un homme pompeux, son père, mais elle était son enfant unique, la mère de son unique petit-enfant et le centre de son univers.

Elle arriva sur le quai de la station de Kuznetsky Most au moment où une rame en repartait. Le minutage était toujours ce qu'il y avait de plus délicat. Aux heures de pointe, les rames se suivaient toutes les trente secondes. Elle vérifia l'heure à sa montre et constata qu'elle avait encore une fois parfaitement chronométré son arrivée. Son contact serait dans la rame suivante. Elle suivit le quai jusqu'à l'endroit exact de la première porte de la deuxième voiture, pour faire en sorte de monter la première. Sa toilette l'aidait. On la prenait souvent pour une étrangère et les Moscovites traitaient les étrangers avec une déférence ordinairement réservée à la royauté, ou aux grands malades. Elle n'eut pas à attendre longtemps. Bientôt, elle entendit le grondement de la rame. Des têtes se tournèrent, comme toujours, pour regarder arriver les lumières de la motrice et les freins emplirent la gare de leur sifflement aigu. La porte s'ouvrit : un flot de passagers en émergea. Puis Svetlana monta et fit quelques pas vers l'arrière de la voiture. Elle saisit la barre au-dessus de sa tête — toutes les places étaient occupées et aucun homme ne lui offrit la sienne — et se tourna vers l'avant alors que la rame repartait avec une secousse. Sa main dégantée était dans sa poche de manteau.

Elle n'avait jamais vu la figure de son contact de cette rame mais elle savait qu'il l'avait vue, elle. Et il appréciait son corps svelte. Elle savait cela par son signal. Dans la cohue de la voiture bondée, une main cachée par un numéro des *Izvestia* glissa sur sa fesse gauche et la pinça doucement. Cela, c'était nouveau et elle résista à la tentation de se retourner. Peut-être était-il un bon amant ? Elle aurait bien besoin d'en trouver un autre. Son ex-mari était un tel... Mais non. C'était mieux ainsi, plus poétique, plus russe, qu'un homme dont elle n'avait jamais vu la figure la trouve désirable et belle. Elle serra la cassette entre le pouce et l'index, en attendant les deux minutes suivantes avant l'arrêt à la station Pouchkinskaya. Elle fermait les yeux et ses lèvres esquissaient un millimètre de sourire alors qu'elle imaginait l'identité et les attributs du contact dont la main la caressait. Son chef de mission aurait été horrifié, mais son attitude ne révélait rien.

La rame s'arrêta. Des gens se levèrent, ceux qui étaient debout se retournèrent et jouèrent des coudes pour descendre. Svetlana ôta sa main de sa poche. La cassette était glissante, mouillée d'eau ou de quelque substance grasse de chez le teinturier, elle ne savait pas. La main abandonna sa hanche, enfin, après une dernière petite pression, et remonta pour recevoir le minuscule cylindre de métal alors qu'elle tournait la tête vers la droite.

Derrière elle, une vieille femme s'emmêla les pieds et heurta le contact. Il fit un geste brusque et sa main fit tomber la cassette de celle de Svetlana. Sur le moment, elle ne s'en aperçut pas, mais à l'instant où le métro s'arrêta, l'homme se jeta à quatre pattes pour la récupérer. Elle baissa les yeux, étonnée puis horrifiée en voyant le dos de sa tête. Il avait un début de calvitie et des cheveux gris : c'était un vieux ! En une seconde, il eut ramassé la cassette et il se redressa promptement. Vieux mais leste, pensa-t-elle en surprenant le contour de la mâchoire. Un profil fort, oui, il devait être un bon amant et patient aussi, peut-être : les meilleurs de tous. Il sauta sur le quai et elle chassa ces pensées. Elle ne remarqua pas qu'un homme assis du côté gauche se levait précipitamment et bousculait les personnes qui montaient pour sortir avant que la porte se referme.

Il s'appelait Boris et il était agent du KGB, de service de nuit au quartier général. À cette heure, il rentrait chez lui se coucher. D'ordinaire, il lisait le journal sportif — le *Sovietsky Sport* — mais ce jour-là il avait oublié de l'acheter au kiosque à la sortie du siège du KGB, et ce fut ainsi qu'il vit par hasard sur le plancher sale du métro ce qui ne pouvait être qu'une cassette de film, et trop petite pour venir d'un appareil ordinaire. Il n'avait pas vu la tentative de passe et ne savait pas qui avait laissé tomber l'objet. Il supposa que c'était l'homme d'une cinquantaine d'années et admira l'habileté avec laquelle il ramassait. Une fois sur le quai, il comprit qu'il avait dû y avoir une transmission mais il avait été trop surpris pour réagir correctement, trop étonné et trop fatigué par sa nuit de service.

C'était un ancien chef de mission qui avait opéré en Espagne avant d'être rapatrié à la suite d'une crise cardiaque et affecté au bureau de nuit de sa section. Il avait le grade de commandant mais estimait qu'il devrait être au moins colonel, pour tout ce qu'il avait fait. Cette pensée, toutefois, ne le préoccupait pas pour le moment. Il cherchait des yeux, sur le quai, l'homme grisonnant en manteau marron. *Là !* Il partit à sa poursuite, avec un petit pincement au cœur qu'il négligea. Il avait cessé de fumer depuis quelques années et le médecin du KGB lui avait dit qu'il allait bien. Arrivé à cinq mètres de l'homme, il ne se rapprocha plus. Il fallait être patient. Il le suivit dans le couloir de correspondance jusqu'à la station Gor'kovskaya et sur le quai. Là, l'affaire devenait délicate. Le quai était plein d'une foule se rendant au travail et il perdit de vue son gibier. Le commandant du KGB n'était pas grand et il avait toujours des difficultés, dans une foule. Oserait-il tenter de se rapprocher ? Il faudrait jouer des coudes... se faire remarquer. Ce serait dangereux.

Il avait eu de l'entraînement, pour cela, bien sûr, mais il y avait vingt ans et il fouilla désespérément dans sa mémoire pour retrouver la marche à suivre. Il connaissait le travail sur le terrain, comment identifier et semer une filature, mais il était un homme du Premier Directorat et les astuces des limiers du Deuxième Directorat ne faisaient pas partie de son répertoire. *Qu'est-ce que je dois faire maintenant ?* Il s'en voulait. C'était une telle chance ! Une telle occasion ! Les hommes du Premier Directorat détestaient naturellement leurs homologues du Deuxième et en attraper un à... Mais s'il y avait un agent « Deux », là ? Est-ce qu'il ne serait pas témoin d'un exercice d'entraînement ? Est-ce qu'il ne serait pas en ce moment l'objet de vitupérations de la part d'un « Deux » dont la mission dépendait de ce courrier ? Risquerait-il la disgrâce ? *Qu'est-ce que je fais maintenant ?* Il regarda de tous côtés, espérant identifier des hommes du contre-espionnage qui travailleraient avec ce courrier. Il n'avait aucun espoir de reconnaître des visages mais il pourrait capter un signal d'alerte. Il croyait se les rappeler. Rien. *Qu'est-ce que je dois faire maintenant ?* Il transpirait dans la fraîcheur de la station de métro et la douleur dans sa poitrine augmentait, pour ajouter un autre sujet d'inquiétude à son dilemme. Il y avait un système de lignes téléphoniques secrètes, dans le métro de Moscou, tous les officiers du KGB savaient s'en servir, mais il n'avait pas le temps de chercher et d'actionner un poste.

Il devait suivre l'homme. Il devait prendre le risque. Si c'était la mauvaise direction, eh bien il était un agent expérimenté, il avait fait ses preuves sur le terrain et il avait bien cherché un signal d'alerte, d'arrêt de mission. Les « Deux » pourraient l'injurier mais il savait pouvoir compter sur ses chefs du Premier Directorat pour le protéger. La décision prise, la douleur dans sa poitrine s'atténua. Mais il y avait encore le problème du gibier invisible. Il se faufila dans la foule, supporta les grognements de protestation, mais finalement son chemin fut bloqué par un groupe d'ouvriers qui discutaient avec animation. Il allongea le cou pour essayer de voir... *Oui ! L'homme était là, tourné vers la droite !* Le grondement de la rame fut un soulagement.

L'homme du KGB resta où il était, osant à peine regarder sa cible. Il entendit les portes des voitures s'ouvrir dans un soupir, entendit le changement de bruit soudain quand les passagers descendirent, puis celui de la bousculade de ceux qui voulaient monter.

La voiture était pleine à craquer ! Son homme était à l'intérieur mais il ne pouvait monter par là, la porte était bloquée. Il se précipita vers la suivante et joua des coudes, arrivant à monter juste avant qu'elle se ferme. Avec un frisson, il se dit qu'il n'avait pas été très discret, mais il n'y pouvait rien. Quand la rame s'ébranla, il se fraya un passage vers l'avant. Des gens assis et debout remarquèrent ce mouvement insolite. Il vit une main tirer sur la visière d'une casquette. Trois ou quatre journaux furent secoués. N'importe lequel de ces signaux pouvait être un avertissement au courrier.

L'un d'eux l'était. Ed Foley détournait la tête après avoir remonté ses lunettes de sa main droite gantée qui tenait l'autre gant. Le courrier se tourna de nouveau vers l'avant et repassa dans sa tête ses procédés d'évasion. Foley en fit autant pour les siens. Le courrier se débarrasserait du film mais avant de le jeter dans la première corbeille à papier venue, il l'exposerait en le tirant hors de son cylindre de métal. C'était déjà arrivé deux fois, à la connaissance de Foley, et dans les deux cas le contact s'était échappé sans encombre. *Ils sont bien entraînés*, se dit-il. *Ils savent s'y prendre.* Cardinal serait averti, une autre série de photos prises et... Mais cela n'était jamais arrivé dans le service de Foley et il dut faire appel à toute sa discipline pour rester impassible. Le courrier ne bougea pas du tout. Il descendit quand même à la station suivante. Il n'avait rien fait d'inhabituel, rien qui parût anormal. Il dirait qu'il avait trouvé ça — *est-ce que c'est une pellicule, camarade ?* — par terre dans le métro et pensait que ce n'était qu'une saleté à jeter. Dans sa poche, l'homme essayait de tirer le film hors de la cassette. Celui qui prenait les photos, il ignorait qui, laissait toujours dépasser quelques millimètres pour qu'on puisse tirer tout le reste... tout au moins on le lui avait dit. Mais la cassette était glissante et il n'arrivait pas à saisir le petit bout exposé. La rame s'arrêta et le courrier descendit. Il ignorait qui le suivait. Il ne savait rien, sinon qu'il avait reçu le signal d'arrêt de mission et que ce signal lui ordonnait de détruire le film de la manière prescrite. Mais il n'avait encore jamais eu à le faire. Essayant de ne pas se retourner, il sortit de la station aussi vite que les autres usagers. Quant à Foley, il ne regarda même pas par la vitre de sa voiture. C'était presque inhumain mais il y parvint, craignant par-dessus tout de mettre en danger son contact.

Le courrier était maintenant seul sur la marche d'un escalator en mouvement. Encore quelques secondes et il serait dans la rue. Il trouverait une ruelle où exposer la pellicule, un égout pour l'y jeter en même temps que la cigarette qu'il venait d'allumer. Un bref mouvement d'une main et, même s'il était interpellé, il n'y aurait pas de preuve et son histoire, soigneusement apprise et répétée tous les jours, était assez bonne pour faire douter le KGB. Sa carrière d'espion était maintenant terminée. Il le savait et il s'étonna de la vague de soulagement qui déferla sur lui comme une douche tiède et bienfaisante.

L'air froid le ramena à la réalité mais le soleil se levait, le ciel était merveilleusement clair. Il tourna à droite et s'éloigna. Il y avait une ruelle à cinquante mètres, et une grille d'égout qui lui serait utile. Sa cigarette serait finie juste au moment où il y arriverait, ce qui était encore un détail qu'il avait répété. Il ne lui restait plus qu'à réussir à tirer cette pellicule de la cassette pour l'exposer au soleil... Zut. Il ôta son autre gant et se frotta les mains, puis il se servit de ses ongles pour saisir le bout de film. Oui ! Il le tira, le froissa, remit la cassette dans sa poche et...

— Camarade !

La voix était forte pour un homme de cet âge, pensa le courrier. Les yeux noirs étincelaient de vivacité et la main sur sa poche était musclée. Il vit que l'homme avait l'autre dans sa propre poche.

— Je désire voir ce que tu as dans la main !

— Qu'est-ce que ça veut dire ? Qui êtes-vous ? s'exclama le courrier avec indignation.

La main droite fit un mouvement dans la poche.

— Je suis l'homme qui te tuera, ici dans la rue, si tu ne me montres pas ce que tu as dans la main. Je suis le commandant Boris Tchourbanov.

Tchourbanov était sûr que bientôt ce serait faux. À voir l'expression dans les yeux de cet homme, il savait qu'il tenait ses galons de colonel.

Foley arriva à son bureau dix minutes plus tard. Il envoya un de ses hommes — une femme, en l'occurrence — dans la rue pour guetter le signal annonçant que la défausse avait été faite avec succès, en espérant qu'il avait simplement gaffé, qu'il avait eu une réaction exagérée aux mouvements d'un employé trop pressé de descendre pour aller à son travail. Mais... Mais il y avait quelque chose, dans cette figure, qui affichait *professionnel.* Foley ne savait pas quoi mais c'était bien cela sans aucun doute. Il posa ses mains à plat sur le bureau et les contempla pendant plusieurs minutes.

Qu'est-ce que j'ai fait de travers ? se demanda-t-il. Il avait été entraîné aussi à analyser ses actions, détail par détail, à chercher des erreurs, des défauts, des... Avait-il été suivi ? Il l'était fréquemment, bien sûr, comme tous les Américains de l'ambassade. Il avait un filateur personnel qu'il avait baptisé « George ». Mais George n'était pas là très souvent. Les Russes ne savaient pas qui il était, Foley en était sûr. Cette pensée se bloqua dans sa gorge. Être sûr de quelque chose, dans le métier du renseignement, c'était le chemin le plus sûr vers la catastrophe. C'était pourquoi il ne s'était jamais écarté du manuel, il n'avait jamais dévié de l'entraînement qu'il avait suivi à Camp Peary, au bord de la rivière York en Virginie, et qu'il avait mis en pratique dans le monde entier.

Eh bien... La chose à faire maintenant était déjà écrite. Il se dirigea vers la salle des communications et envoya un télex au Département d'État. Celui-ci, cependant, était destiné à un numéro de boîte postale où ce qui arrivait n'était jamais de la routine. Une minute après sa réception, un agent de service de nuit à Langley prenait une voiture pour aller le chercher. Le texte était anodin. Sa signification réelle ne l'était pas : PÉPINS SUR CHAÎNE CARDINAL. COMPLÉMENT INFORMATION À SUIVRE.

On ne l'emmena pas à la Place Dzerjinski. Le siège du KGB qui avait si longtemps servi de prison — d'oubliettes pour tout ce qui se passait là — n'était plus qu'un simple immeuble de bureaux depuis que, conformément à la loi de Parkinson, le service avait pris une telle expansion qu'il occupait tout l'espace disponible. Maintenant, les interrogatoires se faisaient à la prison de Lefortovo, à deux pas du cinéma Spoutnik. Là, il y avait toutc la place nécessaire.

Le courrier était seul dans une pièce, avec une table et trois chaises. L'idée ne lui était pas venue de résister et même à présent, il ne se rendait pas compte que s'il s'était enfui, s'il s'était battu contre celui qui l'avait arrêté, peut-être pourrait-il être encore libre. Ce n'était pas parce qu'il avait pensé que le commandant Tchourbanov avait un pistolet — il n'en avait pas — mais simplement que les Russes, étant privés de liberté, perdent souvent les réflexes nécessaires à la résistance active. Il avait vu sa vie se terminer. Il l'avait accepté. Le courrier était un homme craintif mais il ne craignait que ce qui devait être. On ne peut pas lutter contre le destin, se disait-il.

— Eh bien, Tchourbanov, qu'avons-nous là ?

La question était posée par un capitaine du Deuxième Directorat principal, âgé d'une trentaine d'années.

— Faites développer ça, répondit Tchourbanov en remettant la cassette. Je crois que cet homme est un contact.

Il décrivit ce qu'il avait vu, ce qu'il avait fait, mais sans dire qu'il avait rembobiné le film dans la cassette.

— C'est un pur hasard si je l'ai vu, conclut-il.

— Je ne pensais pas que les gens du « Un » en étaient capables, camarade commandant. Bravo.

— J'avais peur de m'être fourvoyé dans une de vos opérations et...

— Si c'était le cas, vous le sauriez déjà. Vous devez rédiger un rapport complet. Si vous voulez bien accompagner le sergent, là, il vous conduira auprès d'un sténographe. Et je vais convoquer une équipe d'interrogatoire. Cela demandera quelques heures. Vous voudrez peut-être avertir votre femme.

— Le film, insista Tchourbanov.

— Oui. Je vais le porter moi-même au laboratoire. Si vous voulez bien suivre le sergent, je vous rejoindrai dans dix minutes.

Le laboratoire était dans l'aile opposée de la prison. Le Deuxième Directorat y avait une petite installation car beaucoup de son travail se faisait à la Lefortovo. Le capitaine attrapa le technicien entre deux travaux et le développement put commencer immédiatement. En attendant, il téléphona à son colonel. Il n'y avait encore aucun moyen d'évaluer ce que l'homme du « Un » avait découvert, mais ce devait être presque certainement une affaire d'espionnage et elles étaient toujours traitées comme des questions de la plus haute importance.

— Ça y est !

Le technicien revenait. Il avait développé la pellicule et il apportait une seule épreuve, un agrandissement encore humide. Il rendit aussi la cassette, dans une enveloppe, en expliquant :

— Le film a été exposé et rembobiné. J'ai réussi à sauver une partie d'un cliché. C'est intéressant, mais je n'ai aucune idée de ce que c'est.

— Et le reste ?

— Rien à faire. Une fois que la pellicule a été exposée au soleil, tout est détruit.

Le capitaine examina l'agrandissement sans écouter le technicien qui continuait de parler. C'était apparemment un diagramme, avec une légende écrite à la main en caractères d'imprimerie. Les mots, dans la partie supérieure, étaient : COMPLEXE ÉTOILE BRILLANTE N° 1 et ailleurs : DÉPLOIEMENT LASERS. Le capitaine jura et sortit de la salle en courant.

Le commandant Tchourbanov buvait du thé avec ses interrogateurs lorsque le capitaine arriva et tomba — comment dire ? — sur une scène de camaraderie. Elle allait le devenir plus encore.

— Camarade commandant, il se peut que vous ayez découvert quelque chose de la plus haute importance, annonça-t-il.

— Je sers l'Union soviétique, répondit posément Tchourbanov.

C'était la bonne réponse, celle que recommandait le Parti, et il se dit qu'il pourrait peut-être sauter le grade de lieutenant-colonel, être promu d'emblée colonel...

— Faites voir ça, dit le chef des interrogateurs, un colonel à part entière, celui-là, et il examina attentivement la photo. C'est tout ?

— Le reste a été détruit.

Le colonel grogna. Cela posait un problème mais pas tellement grave. Le diagramme suffirait à identifier le site, quel qu'il soit. L'écriture paraissait être celle d'une personne jeune, probablement une femme à en juger par la netteté. Le colonel redressa la tête et regarda par la fenêtre pendant quelques secondes.

— Il faut que ceci aille au sommet, et vite. Ce qui est décrit là... eh bien, je n'en ai jamais entendu parler mais ce doit être quelque chose d'absolument secret. Vous pouvez commencer l'interrogatoire, camarades. Je vais donner quelques coups de téléphone. Vous, capitaine, portez la cassette au laboratoire pour qu'on relève les empreintes et ensuite...

— Camarade, je l'ai touchée avec mes mains nues, avoua Tchourbanov d'une voix contrite.

— Vous n'avez rien à vous faire pardonner, camarade commandant, votre vigilance a été plus qu'exemplaire, assura généreusement le colonel. Mais qu'on relève quand même les empreintes.

— Et l'espion ? demanda le capitaine. On ne l'interroge pas ?

— Pour cela, il nous faut un expert. Et j'en connais justement un, répondit le colonel en se levant. Je vais lui téléphoner aussi.

Plusieurs paires d'yeux l'observaient, prenaient sa mesure, jugeaient sa figure, estimaient sa détermination, son intelligence. Il était toujours seul dans la petite salle d'interrogatoire. On avait ôté les lacets de ses chaussures, naturellement, et pris sa ceinture, ses cigarettes, tout ce qu'il aurait pu utiliser comme arme contre lui-même, ou qui aurait servi à le soulager de sa tension. Le courrier n'avait aucun moyen de mesurer le temps et la privation de nicotine le rendait encore plus nerveux qu'il aurait pu l'être. Il regarda autour de lui et vit un miroir, qui était une glace sans tain mais il ne le savait pas. La pièce était totalement insonorisée, ce qui l'empêchait même de mesurer le temps aux bruits de pas dans le couloir. Son estomac gronda deux ou trois fois puis il ne fit plus un bruit. Enfin, la porte s'ouvrit.

L'homme qui entra avait environ quarante ans, il était en civil et plutôt bien habillé. Il avait quelques feuilles de papier à la main et il contourna la table sans regarder le courrier avant de s'asseoir en face de lui. Quand il le dévisagea enfin, ce fut avec le regard indifférent de quelqu'un qui examine dans un zoo un animal d'une contrée lointaine. Le courrier essaya de soutenir froidement ce regard mais échoua. L'interrogateur comprit tout de suite que celui-là serait facile. Au bout de quinze ans, il se trompait rarement.

— Vous avez le choix, dit-il au bout d'une minute, sans menacer, d'une voix normale. Les choses peuvent être faciles pour vous ou très dures. Vous avez commis un acte de trahison contre la Patrie. Je n'ai pas besoin de vous dire ce qui arrive aux traîtres. Si vous souhaitez vivre, vous allez me dire, maintenant, aujourd'hui, tout ce que vous savez. Si vous refusez, nous le saurons quand même et vous mourrez. Si vous nous le dites aujourd'hui, vous aurez la permission de vivre.

— Vous me tuerez quand même, dit le courrier.

— Ce n'est pas vrai. Si vous collaborez aujourd'hui, vous serez condamné au pire à une assez longue peine dans un camp de travail à régime strict. Il est même possible que nous nous servions de vous pour débusquer d'autres espions. Dans ce cas, vous serez envoyé dans un camp à régime modéré, pour un temps moins long. Mais pour cela vous devez collaborer, aujourd'hui même. Je vais vous expliquer. Si vous retournez immédiatement à votre vie normale, les gens pour qui vous travaillez ne sauront sans doute pas que nous vous avons arrêté. Par conséquent, ils continueront de vous utiliser et cela nous permettra de nous servir de vous pour les attraper en flagrant délit d'espionnage contre l'Union soviétique. Vous témoignerez contre eux au procès, l'État vous en sera reconnaissant et aura de la miséricorde. Faire étalage de sa miséricorde en public, c'est aussi servir l'État. Mais pour cela, pour sauver votre vie et pour réparer vos crimes, vous devez collaborer, aujourd'hui.

L'homme prit un temps et sa voix se radoucit plus encore.

— Je n'éprouve aucun plaisir, camarade, à faire souffrir mais si la situation l'exige je n'hésiterai pas à en donner l'ordre. Vous ne pourrez pas résister à ce que nous vous ferons. Personne ne le peut. Quel que soit votre courage, votre corps a des limites. Le mien aussi. Comme celui de n'importe qui. Ce n'est qu'une question de temps. Le temps est important pour nous dans les prochaines heures seulement, voyez-vous. Ensuite, nous pourrons prendre tout le temps que nous voudrons. Un homme avec un marteau peut casser la pierre la plus dure. Épargnez-vous la douleur, camarade. Sauvez votre vie.

La voix se tut et les yeux, qui étaient curieusement tristes et déterminés à la fois, plongèrent au fond de ceux du courrier.

L'interrogateur vit qu'il avait gagné. Les yeux ne le trompaient jamais. Les inflexibles, les durs ne regardaient pas de tous côtés. Ils vous dévisageaient fixement, ou plus souvent contemplaient un point sur le mur derrière vous et y puisaient leur force. Pas celui-là. Ses yeux se tournaient de tous côtés, cherchant un appui et n'en trouvant pas. Dans le fond, l'interrogateur s'était bien douté que celui-là serait facile. Un dernier geste, peut-être...

— Une cigarette ? proposa-t-il et, prenant son paquet, il en fit sauter une sur la table.

Le courrier la prit et le papier blanc de la cigarette fut son drapeau de reddition.

10

Estimation des dégâts

— Que savons-nous ? demanda le juge Moore.

Il était un peu plus de 6 heures du matin à Langley, le jour n'était pas encore levé et ce que l'on voyait des fenêtres était aussi sombre que l'humeur du Directeur et de ses deux principaux subordonnés.

— Quelqu'un suivait notre contact numéro quatre, répondit Ritter, le directeur des Opérations, en feuilletant ses papiers. Il s'est aperçu de la filature juste avant la passe et a donné le signal d'alerte. Le suiveur n'a probablement pas vu sa figure et a pris le contact en chasse. Foley dit qu'il paraissait maladroit, ce qui est plutôt bizarre, mais il s'est fié à son instinct et Ed a en général de bonnes intuitions. Il a posté un agent dans la rue pour guetter le signal de défausse de notre contact mais il n'y a rien eu. Nous devons donc supposer qu'il a été grillé et aussi que le film est entre leurs mains, jusqu'à preuve du contraire. Foley a rompu la chaîne. Cardinal sera averti de ne plus jamais utiliser ce ramasseur. Je vais dire à Ed de se servir du signal de routine pour indiquer l'information perdue, pas du signal d'urgence.

— Pourquoi ? demanda l'amiral Greer, et ce fut Moore qui répondit.

— Les renseignements que nous avions en route étaient assez importants, James. Si nous lui donnons le signal de brouillage il risque... Eh bien, nous lui avons dit que dans ce cas-là il devait détruire tout ce qui pourrait être incriminant. Et s'il ne peut pas recréer l'information ? Nous en avons besoin.

— D'ailleurs, dit Ritter, les Russes auront beaucoup à faire pour arriver jusqu'à lui. Je veux que Foley fasse restaurer et transmettre les renseignements et puis ensuite... ensuite je veux qu'on tire un trait sur Cardinal, une bonne fois pour toutes. Il a payé son écot. Une fois que nous aurons les renseignements, nous lui donnerons le signal de danger et si nous avons de la chance, ça l'effraiera assez pour que nous arrivions à le faire sortir.

— Comment voulez-vous vous y prendre ? demanda Moore.

— La route mouillée, par le nord.

— Votre opinion, James ?

— Ça me paraît logique. Un peu de temps à organiser. Dix à quinze jours, estima Greer.

— Commençons aujourd'hui, alors. Appelez le Pentagone et faites la demande. Et tâchez qu'ils vous en donnent un bon.

L'amiral acquiesça et sourit.

— Je sais lequel demander.

— Dès que nous saurons lequel, j'y enverrai notre homme. Nous nous servirons de M. Clark, déclara Ritter.

On l'approuva. Clark était plus ou moins légendaire à la direction des opérations. Si quelqu'un pouvait réussir, c'était bien lui.

— Bien. Envoyez le message à Foley, dit le juge. Il va falloir que je mette le Président au courant.

Cela ne l'enchantait pas du tout.

— Personne n'est éternel. Cardinal a fait déjà trois fois son temps. Ne manquez pas de lui dire ça aussi, conseilla Ritter.

— Oui. C'est bon, messieurs. Au travail.

L'amiral Greer regagna immédiatement son bureau. Il était maintenant près de 7 heures et il téléphona au Pentagone, OP-2, le bureau du chef adjoint des Opérations navales (guerre sous-marine). Après s'être identifié, il posa sa première question :

— Que fabrique le *Dallas*, en ce moment ?

Le capitaine Mancuso était déjà au travail, lui aussi. Son dernier déploiement de l'USS *Dallas* commençait dans cinq heures. Il appareillerait avec la marée. À l'arrière, les mécaniciens mettaient en ligne le réacteur nucléaire. Pendant que son officier des opérations dirigeait la manœuvre, le capitaine repassa une fois de plus ses ordres de mission. Il mettait une dernière fois le cap sur « là-haut dans le Nord ». Pour les marines US et britannique, « là-haut dans le Nord » signifiait la mer de Barents, la porte de service de la marine soviétique. Une fois arrivé, il se livrerait à ce que la Marine américaine appelait officiellement de la recherche océanographique, ce qui dans le cas de l'USS *Dallas* voulait dire qu'il passerait le plus de temps possible à traquer des sous-marins soviétiques lance-missiles. Ce n'était pas facile mais Mancuso était un expert à ce jeu et il lui était même arrivé une fois de voir un « boumeur » russe de plus près qu'aucun autre commandant sous-marinier américain. Il ne pouvait en parler à personne, naturellement, pas même à un camarade commandant. Sa seconde Distinguished Service Medal, décernée pour cette mission-là, était classée secrète et il ne pouvait la porter. Elle figurait dans la partie confidentielle de son dossier personnel mais la citation manquait. Toutefois, cette affaire-là était loin derrière lui et Mancuso était un homme qui regardait toujours vers l'avant. S'il devait effectuer un déploiement final, autant que ce soit là-haut dans le Nord. Son téléphone sonna.

— Commandant, répondit-il.

— Mike Williamson, Bart, dit le commandant du Groupe Sous-marin Deux. J'ai besoin de vous ici. Tout de suite.

— J'arrive, commandant.

Étonné, Mancuso raccrocha. Une minute plus tard, il grimpait à l'échelle, il sautait à terre et suivait le quai de la Tamise vers la voiture de l'amiral qui l'attendait. Quatre minutes après, il entrait dans le bureau du Groupe Deux.

— Changement d'ordres, annonça le contre-amiral Williamson dès que la porte fut refermée.

— Qu'est-ce qui se passe ?

— Vous filez à toute pompe à Faslane. Certaines personnes vous rejoindront là-bas. C'est tout ce que je sais, mais les ordres ont pour origine l'OP-02 et ils sont passés par SUBLANT en environ trente secondes.

Williamson n'avait pas besoin d'en dire plus. Il se passait quelque chose de tout à fait brûlant. Les coups les plus brûlants étaient très souvent pour *Dallas*. En réalité, ces affaires-là étaient pour Mancuso puisque *Dallas*, au fond, c'était lui.

— Mon service sonar est encore un peu mince, avoua-t-il.

J'ai quelques bons jeunes mais mon nouveau chef est à l'hôpital. Si ça doit être spécialement délicat...

— Que vous faut-il ? demanda l'amiral Williamson, et il obtint sa réponse. C'est bon, je vais y travailler. Vous avez cinq jours jusqu'en Écosse et je peux activer les choses ici. Poussez-le à fond, Bart.

— Compris, amiral.

Mancuso saurait ce qui se passait quand il arriverait à Faslane.

— Comment ça va, Russe ? demanda l'Archer.

Il allait mieux. Les deux jours précédents, il avait été sûr qu'il allait mourir. Maintenant, il n'en était plus aussi certain. Faux espoir ou non, c'était quand même une nouveauté. Tchourkine se demandait à présent s'il avait réellement un avenir, et s'il ne devrait pas en avoir peur. La peur. Il l'avait oubliée. Il avait affronté la mort deux fois en peu de temps. D'abord en tombant du ciel dans un avion en feu, en s'écrasant au sol et en voyant l'instant où la vie allait le quitter ; et puis en reprenant connaissance, en se réveillant de la mort pour voir un bandit afghan penché sur lui et armé d'un couteau : il avait vu alors la mort une deuxième fois mais elle s'était éloignée. Pourquoi ? Ce bandit, cet homme aux yeux bizarres, à la fois durs et doux, impitoyables et compatissants, voulait qu'il vive. Pourquoi ? Tchourkine avait eu le temps et l'énergie de poser la question, déjà, mais on ne lui avait pas répondu.

Il était transporté dans un véhicule, couché sur de l'acier. Un camion ? Non, il y avait une surface plane au-dessus de lui, en acier aussi. Où suis-je ? Il devait faire nuit. Aucune lumière ne filtrait par les sabords... Ah ! Il était dans un transport de troupes blindé ! Où les bandits avaient-ils pu se le procurer ? Où allaient-ils...

Ils l'emmenaient au Pakistan ! Ils allaient le livrer à... aux Américains ? Et l'espoir se changea de nouveau en désespoir. Il toussa et cracha un sang frais.

De son côté, l'Archer s'estimait heureux. Son groupe en avait rencontré un autre, qui conduisait deux transports soviétiques d'infanterie BTR-60 au Pakistan, et qui s'était fait un plaisir de transporter les blessés de sa bande. L'Archer était célèbre et cela ne faisait pas de mal d'avoir un tireur de SAM pour les protéger, si des hélicoptères russes survenaient. Mais il n'y avait guère de danger de ce côté-là. Les nuits étaient longues, le temps épouvantable, ils faisaient quinze kilomètres à l'heure de moyenne en terrain plat et pas plus de cinq dans les endroits escarpés. Ils seraient à la frontière dans une heure et ce secteur-là était tenu par les *moudjahiddin.* Les guérilleros commençaient à se détendre. Bientôt, ils auraient une semaine de paix relative car les Américains payaient toujours généreusement le matériel soviétique. Ce véhicule avait des instruments de vision nocturne dont le conducteur se servait pour mieux voir son chemin sur les dangereuses routes de montagne. En échange, ils pouvaient espérer recevoir des roquettes, des obus de mortier, quelques mitrailleuses et des médicaments.

Tout allait bien pour les *moudjahiddin.* Il était question que les Russes battent en retraite. Leurs soldats ne recherchaient plus les corps à corps avec les Afghans. Les Russes se servaient surtout de leur infanterie pour opérer des contacts, et puis ils faisaient venir leur artillerie et leur soutien aérien. À part quelques très sales bandes de paras et les forces *Spetznaz* détestées, les Afghans estimaient avoir pris l'ascendant moral sur le champ de bataille, parce que leur cause était sainte, naturellement. Certains de leurs chefs parlaient même de victoire et cet état d'esprit avait gagné les simples combattants. Eux aussi caressaient maintenant l'espoir d'autre chose que d'une guerre sainte perpétuelle.

Les deux transports d'infanterie atteignirent la frontière vers minuit. Ensuite, ce fut plus facile. La route descendant vers le Pakistan était gardée par leurs propres forces. Les conducteurs des blindés pouvaient accélérer et même apprécier ce qu'ils faisaient. Ils arrivèrent au bout de trois heures à Miram Shah. L'Archer descendit le premier, et emmena le prisonnier russe ainsi que ses blessés.

Il trouva Emilio Ortiz qui l'attendait avec une boîte de jus de pomme. Ses yeux sortirent presque de leurs orbites quand il comprit que l'homme que portait l'Archer était un Russe.

— Mon ami, que m'apportes-tu là ?

— Il est grièvement blessé mais voici ce qu'il est, répondit l'Archer en remettant les épaulettes du prisonnier, puis la serviette de cuir. Et ceci est ce qu'il portait.

— Ah merde alors ! s'écria Ortiz.

Il vit le sang séché autour de la bouche de l'homme et comprit que son état ne promettait rien de bon mais... quelle prise ! Il fallut attendre encore une minute, et accompagner le blessé jusqu'à l'hôpital de campagne, avant que la question suivante vienne à l'esprit du chef de mission : *Qu'est-ce que nous allons en faire, bon Dieu ?*

Là aussi, le personnel médical était composé en majorité de Français, avec quelques Italiens et des Suédois. Ortiz les connaissait presque tous et en soupçonnait beaucoup d'envoyer des rapports à la DGSE. Mais ce qui importait, c'était qu'ils avaient là quelques bons médecins et infirmières. Les Afghans le savaient également et les protégeaient comme ils auraient protégé Allah en personne. Le chirurgien chargé du tri plaça le Russe en troisième position dans l'horaire des opérations. Une infirmière lui administra des soins et l'Archer laissa Abdoul surveiller la suite des événements. Il n'avait pas transporté le Russe aussi loin pour le laisser tuer. Ortiz et lui s'éloignèrent, pour leur entretien.

— J'ai appris ce qui s'est passé à Ghazni, dit l'agent de la CIA.

— La volonté de Dieu. Ce Russe, là, il a perdu un fils. Je ne pouvais pas... J'avais peut-être assez tué pour une journée, dit l'Archer, et il poussa un long soupir. Est-ce qu'il sera utile ?

— Ses papiers le sont, répondit Ortiz qui feuilletait déjà les documents. Tu ne sais pas ce que tu as fait, mon ami. Bon, si nous parlions un peu des deux dernières semaines ?

Le rapport dura jusqu'à l'aube. L'Archer prit son journal personnel et relut tout ce qu'il avait fait, en ne s'interrompant que lorsque Ortiz changeait la cassette de son magnétophone.

— Cette lumière que tu as vue dans le ciel ?

— Oui... Elle était très bizarre, dit l'Archer en se frottant les yeux.

— L'homme que tu as amené allait là-bas. Voilà le diagramme de la base.

— Où est-ce au juste ? Et qu'est-ce que c'est ?

— Je ne sais pas, mais ce n'est qu'à environ cent kilomètres de la frontière afghane. Je peux te le montrer sur la carte. Combien de temps vas-tu rester de ce côté ?

— Une semaine, peut-être.

— Je dois faire un rapport là-dessus à mes supérieurs. Ils voudront peut-être te voir. Tu seras grandement récompensé, mon ami. Fais une liste de tout ce qu'il te faut. Une longue liste.

— Et le Russe ?

— Nous lui parlerons aussi. S'il ne meurt pas.

Le courrier marchait le long de Lazovski Pereulok, en attendant son contact. Ses espoirs étaient mitigés. Il avait réellement cru son interrogateur et, à la fin de l'après-midi, il avait pris la craie qu'il utilisait d'habitude pour tracer la marque convenue à l'endroit convenu. Il savait bien qu'il le faisait cinq heures plus tard qu'il ne l'aurait dû mais espérait que son contrôleur attribuerait le retard à son processus d'évasion. Il ne fit pas la fausse marque, celle qui avertirait l'agent de la CIA qu'il avait été retourné. Non, ce serait un jeu trop dangereux, maintenant. Alors il marchait le long du trottoir gris, en attendant son chef pour la rencontre clandestine.

Il ne savait pas que ce chef était dans son bureau à l'ambassade américaine et qu'il ne reviendrait plus dans ce quartier de Moscou avant plusieurs semaines. Il n'y avait pas de plans de contact avec le courrier. La chaîne Cardinal était supprimée. En ce qui concernait la CIA, c'était comme si elle n'avait jamais existé.

— Je crois que nous perdons notre temps, dit l'interrogateur.

Il était assis à la fenêtre d'un appartement avec un autre agent supérieur du Deuxième Directorat. À la fenêtre suivante, il y avait un autre homme du « Deux » avec une caméra. L'interrogateur et son supérieur avaient appris ce matin ce qu'était Étoile brillante et le général commandant le Deuxième Directorat principal avait donné à cette affaire la plus haute priorité possible. Une fuite aux proportions colossales avait été découverte par ce vieux cheval de bataille fourbu du « Un ».

— Vous pensez qu'il vous a menti ?

— Non. Celui-là était facile à briser... et puis non, d'ailleurs, il n'était pas *trop* facile. Il a craqué, affirma l'interrogateur. Je crois que nous ne l'avons pas remis assez tôt dans la rue. Je crois qu'ils savent et qu'ils ont rompu la chaîne.

— Mais qu'est-ce qui a pu clocher... Je veux dire de leur point de vue, ça pouvait être de la routine.

— *Da*. Mais nous savons que l'information est extrêmement sensible. Alors sa source doit l'être aussi. Ils ont donc pris des mesures extraordinaires pour la protéger. Nous ne pouvons plus faire les choses facilement.

— On le ramène, alors ?

— Oui.

Une voiture s'arrêta à la hauteur de l'homme. Ils le regardèrent y monter avant d'aller reprendre leur propre véhicule.

Une demi-heure plus tard, ils étaient tous de retour à la prison de Lefortovo. L'interrogateur avait une figure affligée.

— Dis-moi pourquoi je pense que tu m'as menti ? dit-il au courrier.

— Mais je n'ai pas menti ! J'ai fait tout ce que je devais faire ! J'étais en retard, trop en retard peut-être, mais je vous avais prévenu.

— Et le signal que tu as laissé, c'était bien celui qui leur disait que nous t'avions ?

— Non ! s'écria le courrier pris de panique. Je vous ai expliqué ça aussi !

— Le problème, vois-tu, c'est que nous ne voyons pas la différence entre une marque de craie et une autre. Si tu es malin, tu as pu nous tromper. Écoute, camarade, tu peux nous tromper, c'est sûr. N'importe qui le peut... pour un temps. Mais pas un très long temps...

Il fit une pause, pour laisser planer cette pensée pendant une minute. C'était si facile d'interroger les faibles ! On leur donne de l'espoir, on le leur retire, on le leur rend et puis on le leur retire encore. On fait monter et descendre leur moral jusqu'à ce qu'ils ne sachent plus où ils en sont et, comme ils ne sont plus capables de mesurer leurs propres sentiments, ces sentiments sont bons à prendre et à utiliser à loisir.

— Nous allons recommencer. La femme que tu rencontres dans le métro, qui est-elle ?

— Je ne connais pas son nom. Elle a plus de trente ans mais elle fait plus jeune que son âge. Des cheveux blonds, mince, jolie. Elle est toujours bien habillée, comme une étrangère, mais ce n'est pas une étrangère.

— Habillée comme une étrangère. Comment ça ?

— Son manteau est généralement occidental. Ça se voit à la coupe et au tissu. Elle est jolie, je l'ai dit, et elle...

— Eh bien ? Continue.

— Le signal, c'est que je dois lui mettre une main aux fesses. Ça lui plaît, je crois. Elle recule toujours contre ma main.

L'interrogateur n'avait pas encore entendu ce détail mais il le crut immédiatement. Les détails de ce genre n'étaient jamais inventés et celui-là correspondait au profil. Le contact féminin était une aventurière, pas une vraie professionnelle, si elle réagissait de cette façon. Et cela faisait probablement d'elle — presque certainement — une Russe.

— Combien de fois l'as-tu rencontrée comme ça ?

— Cinq fois seulement. Jamais le même jour de la semaine et pas selon un emploi du temps régulier, mais toujours dans la deuxième voiture d'une même rame de métro.

— Et l'homme à qui tu repasses l'objet ?

— Je n'ai jamais vu sa figure, pas entièrement. Il est toujours debout avec la main levée pour tenir la barre et il remue sa tête pour que son bras soit toujours entre sa figure et moi. J'en ai vu une partie, mais pas tout le visage. C'est un étranger, je crois, mais je ne sais pas de quelle nationalité.

— Cinq fois, et tu n'as jamais vu sa figure ? tonna l'interrogateur.

Son poing s'abattit sur la table.

— Tu me prends pour un imbécile ?

Le courrier eut un mouvement craintif de recul et parla précipitamment :

— Il a des lunettes, elles sont occidentales, j'en suis sûr. En général, il porte un chapeau. Et puis il a un journal plié, les *Izvestia*, toujours les *Izvestia*. Alors avec son journal et son bras, on ne voit jamais qu'un quart de sa figure. Son signal de voie libre, c'est de tourner un peu le journal, comme pour suivre un article sur une autre page et puis il se détourne pour cacher sa figure.

— Comment est-ce que la passe se fait, encore une fois ?

— Quand le métro va s'arrêter, il s'avance comme s'il se préparait à descendre à la prochaine station. J'ai l'objet dans ma main et il le prend, par-derrière, alors que je descends.

— Donc, tu connais la figure de la femme mais elle ne connaît pas la tienne. L'homme connaît ta figure mais tu ne connais pas la sienne...

La même méthode que celui-ci utilise pour sa réception. C'est du très joli travail classique, mais pourquoi ont-ils recours à la même technique deux fois de suite sur la même ligne ? Le KGB l'employait aussi, naturellement, mais elle était plus difficile que d'autres méthodes et doublement dans le métro bondé, dans la frénésie de l'heure de pointe. L'interrogateur commençait à penser que le moyen de transmission d'information le plus courant, la boîte aux lettres, ne faisait pas partie de ce circuit-là. Et cela aussi était très curieux. Il aurait dû y avoir au moins une boîte aux lettres, sinon le KGB pouvait remonter la filière... peut-être...

On essayait encore d'identifier la source de la fuite, bien

entendu, mais la prudence s'imposait. Il y avait toujours la possibilité que l'espion fasse lui-même (ou elle-même) partie du service de sécurité. C'était d'ailleurs le poste idéal pour un agent de renseignements, puisque la fonction donnait accès à tout et, en plus de cela, permettait de connaître à l'avance toute opération de contre-espionnage. Cela s'était déjà vu, l'enquête sur une affaire ayant elle-même donné l'alerte à l'espion, ce qui n'avait été découvert que bien des années après la fin de l'enquête. L'autre aspect vraiment singulier, c'était que la seule photographie qu'ils aient n'était pas celle d'un vrai diagramme mais d'un schéma dessiné à la main...

L'écriture... était-ce la raison pour laquelle il n'y avait pas de boîte aux lettres ? L'espion serait identifiable de cette façon ? Quelle manière stupide de...

Mais il n'y avait là rien de stupide, non, et il n'y avait rien d'accidentel non plus. Si les techniques de ce circuit étaient bizarres, elles étaient aussi parfaitement professionnelles. Il y avait autre chose, quelque chose que l'interrogateur n'avait pas encore.

— Je crois que demain, toi et moi, nous allons prendre le métro.

Le colonel Filitov se réveilla sans mal de tête, ce qui était assez agréable. Sa routine matinale « normale » n'était pas très différente de l'autre, mais simplement sans la douleur ni le passage aux bains. Une fois habillé, il vérifia la présence de son journal intime au fond du tiroir de son bureau, en espérant qu'il pourrait le détruire comme d'habitude. Il avait déjà un cahier tout neuf qu'il entamerait lorsque celui-ci serait détruit. Il y avait eu la veille des allusions à un nouveau développement dans cette affaire des lasers, ainsi qu'une note sur les systèmes de missiles qu'il devait voir la semaine suivante.

Il monta dans la voiture, se carra sur le siège, plus éveillé que d'ordinaire, et regarda par la portière pendant le trajet jusqu'à son bureau. Il y avait un certain nombre de camions dans la rue, malgré l'heure matinale, dont un qui cachait sa vue d'un certain bout de trottoir. C'était son signal de « donnée perdue ». Il fut un peu irrité de ne rien voir de ce fait, mais n'en fut pas autrement troublé car ses rapports se perdaient rarement. Le signal de « transfert réussi » se trouvait ailleurs et il était toujours facile à voir. Le colonel Filitov renversa la tête en arrière contre son dossier, en regardant par la vitre alors que la voiture approchait de l'endroit... là. Il tourna la tête, chercha la marque... mais il n'y en avait pas. Curieux. Est-ce que l'autre marque avait été tracée ? Il se dit qu'il lui faudrait regarder dans la soirée, à son retour. Depuis des années qu'il travaillait pour la CIA, plusieurs de ses rapports s'étaient perdus pour une raison ou pour une autre ; mais le signal de danger n'avait jamais été placé, pas plus qu'il n'avait reçu le coup de téléphone demandant Sergueï et lui disant de quitter immédiatement son appartement. Il n'y avait donc aucun danger, probablement, rien qu'un petit contretemps irritant. Le colonel se détendit et envisagea sa journée au ministère.

Cette fois, le métro était bien surveillé. Au moins cent hommes du Deuxième Directorat étaient dans le quartier, la plupart habillés comme des Moscovites ordinaires, quelques-uns en ouvriers. Ces derniers opéraient sur les lignes téléphoniques « noires » installées dans tout le système en même temps que les panneaux de service de l'électricité. L'interrogateur et son prisonnier faisaient la navette par les lignes « violette » et « verte », à la recherche d'une femme élégante en manteau occidental. Des millions d'usagers prenaient le métro tous les jours, mais les agents du contre-espionnage étaient confiants. Le temps travaillait pour eux et ils avaient le profil de l'objectif : une aventurière. Elle n'était sans doute pas assez disciplinée pour séparer son emploi du temps quotidien de ses activités clandestines. Cela s'était déjà vu. Pour les agents de la sécurité — comme pour leurs homologues du monde entier —, l'idée que ceux des leurs qui trahissaient leur patrie étaient déficients d'une manière fondamentale était passée à l'état d'article de foi. Malgré toute leur ruse, ces traîtres devaient tôt ou tard provoquer leur propre destruction.

Et ils ne se trompaient pas, du moins pas dans ce cas. Svetlana arriva sur le quai, chargée d'un paquet enveloppé dans du papier d'emballage. Le courrier reconnut ses cheveux, avant tout. La coiffure était banale mais il y avait quelque chose dans son port de tête, quelque chose de particulier ; il la montra du doigt... mais sa main fut aussitôt rabaissée par son compagnon. Elle se retourna et le colonel du KGB vit sa figure. Il constata qu'elle était détendue, beaucoup plus que les autres usagers qui avaient cette expression d'apathie maussade propre aux Moscovites. Il eut l'impression d'une personne qui aimait la vie. Cela allait changer.

Il parla dans une petite radio et quand la jeune femme monta dans le train suivant, elle eut de la compagnie. L'homme du « Deux » qui la suivit avait un écouteur de radio, un peu comme un appareil auditif. Derrière eux, sur le quai, les agents du circuit téléphonique alertèrent leurs collègues à toutes les stations de la ligne. Quand elle descendit, une équipe de filature était prête. Elle fut suivie dans le long escalator, jusqu'à la rue. Une voiture était déjà là et d'autres agents reprirent la surveillance. Au moins deux hommes restaient constamment en contact visuel avec le sujet et l'agent de filature rapprochée changeait très souvent, alors que d'autres venaient relayer ceux du groupe. Ils la suivirent ainsi jusqu'à l'immeuble du GOSPLAN de Marxa Prospekt, en face de l'hôtel Moskva. Pas un instant elle ne se douta de cette filature et pas une fois elle ne se retourna pour voir si elle n'était pas suivie. Dans la demi-heure, vingt photos furent développées et montrées au prisonnier, qui l'identifia catégoriquement.

Après cela, le processus fut plus prudent. Un gardien de l'immeuble donna le nom de la fille à un agent du KGB qui l'avertit de ne parler de cette demande à personne. Grâce au nom, une identité complète fut établie avant midi et l'interrogateur, qui dirigeait maintenant tous les aspects de l'affaire, fut atterré d'apprendre que Svetlana Vaneyeva était la fille d'un membre important du Comité central. Ce serait une complication. Rapidement, le colonel rassembla une autre collection de photos et les fit examiner par son prisonnier mais, encore une fois, l'homme désigna la même femme, sur un choix de six. Une personne faisant partie de la proche famille d'un membre du Comité central n'était pas quelqu'un à... mais ils avaient une identification et l'affaire était d'importance. Vatutine alla consulter le chef de son Directorat.

Ce qui se passa ensuite fut délicat. Tout en étant jugé tout-puissant par l'Occident, le KGB dépend de l'appareil du Parti. Même le KGB avait besoin d'une permission pour s'en prendre à un membre de la famille d'un personnage officiel aussi influent. Le chef du Deuxième Directorat monta voir le président du KGB. Il redescendit une demi-heure plus tard.

— Vous pouvez l'arrêter.

— Le secrétaire du Comité central...

— N'a pas été informé, déclara le général.

— Mais...

— Voici vos ordres.

Vatutine prit le feuillet manuscrit portant la signature personnelle du président.

— Camarade Vaneyeva ?

Elle leva les yeux et vit un homme en civil — le GOSPLAN était un organisme civil, naturellement — qui la dévisageait bizarrement.

— Que puis-je pour vous ?

— Je suis le capitaine Klementi Vladimirovitch Vatutine, de la milice de Moscou. Je voudrais que vous veniez avec moi.

L'interrogateur guetta attentivement une réaction mais ne vit rien.

— Pour quoi faire, par exemple !

— Il est possible que vous puissiez nous aider à identifier quelqu'un. Je ne peux pas vous en dire plus long ici, dit-il comme s'il le regrettait.

— Ce sera long ?

— Quelques heures, probablement. Nous vous ferons reconduire chez vous ensuite.

— Très bien. Je n'ai rien d'urgent sur mon bureau en ce moment.

Elle se leva. Son regard vers Vatutine trahissait un certain sentiment de supériorité. La milice de Moscou n'était pas une organisation très respectée et le simple grade de capitaine, pour un homme de son âge, en disait assez sur sa carrière. Quelques minutes plus tard, elle avait mis son manteau et pris son paquet sous son bras et ils sortirent de l'immeuble. Au moins, le capitaine était *kulturny*, pensa-t-elle quand il lui tint la porte. Elle en déduisit que ce capitaine Vatutine savait qui elle était ou, plus précisément, qui était son père.

Une voiture les attendait. Le chemin qu'elle prit étonna Svetlana mais ce fut seulement quand ils dépassèrent la place Khokhlovskaya qu'elle fut certaine.

— Nous n'allons pas au ministère de la Justice ? demanda-t-elle.

— Non, nous allons à la Lefortovo, répondit négligemment Vatutine.

— Mais...

— Je ne voulais pas vous alarmer au bureau, comprenez-vous. Je suis en réalité le colonel Vatutine du Deuxième Directorat principal.

Il obtint une réaction, cette fois, mais en un instant Svetlana retrouva son assurance.

— Et en quoi puis-je donc vous aider ?

Elle était bonne, se dit-il. Celle-là ce serait vraiment un défi à relever. Le colonel était loyal au Parti mais pas nécessairement à ses officiels. Il avait horreur de la corruption, presque autant que de la trahison.

— Ce n'est qu'une petite affaire, et vous serez certainement de retour chez vous pour dîner.

— Ma fille...

— Un de mes hommes ira la chercher. Si les choses menacent de durer, votre père ne sera pas trop fâché de la voir, n'est-ce pas ?

Elle sourit à cela.

— Non. Mon père adore la gâter.

— D'ailleurs, ce ne sera probablement pas aussi long, assura Vatutine en regardant par la portière.

La voiture franchit les grilles de la prison. Il aida Svetlana à descendre et un sergent leur ouvrit la porte. *Leur donner de l'espoir, le leur supprimer...* Il la prit aimablement par le bras.

— Mon bureau est par ici. Vous voyagez souvent en Occident, si je comprends bien ?

— Cela fait partie de mon travail.

Elle était sur ses gardes, maintenant, mais pas plus que n'importe qui ne le serait dans cette prison.

— Oui, je sais. Votre bureau s'occupe de textiles.

Vatutine ouvrit une porte et la fit entrer.

— C'est elle ! s'exclama quelqu'un.

Svetlana Vaneyeva s'arrêta net, comme figée dans le temps. Vatutine lui reprit le bras et la conduisit vers une chaise.

— Asseyez-vous, je vous prie.

— Qu'est-ce que cela signifie ? demanda-t-elle, enfin alarmée.

— Cet homme-là a été surpris avec des documents d'État secrets en sa possession. Il nous a dit que vous les lui aviez remis, répondit Vatutine en s'asseyant à son bureau.

Vaneyeva se retourna et regarda le courrier.

— Je n'ai jamais vu cette figure-là de ma vie ! Jamais.

— Si. Nous le savons.

— Mais... Mais ça n'a aucun sens !

— Vous avez été très bien entraînée. Notre ami que voici

nous dit que son signal pour la remise de l'information est sa main sur votre fesse.

Elle sursauta et fit face à son accusateur.

— Ce... cette *chose* dit cela ! Cet individu... cet individu méprisable ? Ridicule !

— Vous niez donc ? susurra Vatutine.

Il se faisait d'avance une joie de la briser.

— Naturellement ! Je suis une citoyenne soviétique loyale. Je suis membre du Parti. Mon père...

— Oui, nous savons qui est votre père.

— Il l'apprendra, *colonel* Vatutine, et si vous me menacez...

— Nous ne vous menaçons pas, camarade Vaneyeva, nous demandons des renseignements. Pourquoi étiez-vous dans le métro hier ? Je sais que vous avez une voiture personnelle.

— Je prends souvent le métro. C'est plus simple que de conduire et je devais passer prendre quelque chose, dit-elle en ramassant le paquet qu'elle avait posé par terre. Tenez. J'ai déposé ce manteau pour le faire nettoyer. Ce n'est pas commode de garer la voiture, d'entrer dans le magasin, de repartir. Alors j'ai pris le métro. Tout comme aujourd'hui où je suis allée le rechercher. Vous n'avez qu'à le demander au teinturier.

— Et vous n'avez pas repassé ceci à notre ami ? demanda Vatutine en montrant la cassette.

— Je ne sais même pas ce que c'est.

— Bien sûr, murmura le colonel Vatutine en secouant la tête. Eh bien voilà.

Il pressa un bouton de son interphone. Quelques instants plus tard, la porte de côté s'ouvrit et trois personnes entrèrent dans le bureau. Vatutine leur indiqua Svetlana.

— Préparez-la.

Svetlana eut une réaction de stupeur, plus que de panique. Elle voulut bondir de sa chaise mais deux hommes la saisirent par les épaules et la maintinrent en place. Le troisième lui retroussa une manche et lui enfonça une aiguille dans le bras avant qu'elle ait la présence d'esprit de hurler.

— Vous ne pouvez pas... Vous ne pouvez pas...

Vatutine soupira.

— Mais si, nous pouvons. Combien de temps ?

— Elle va rester endormie au moins deux heures, répondit le médecin.

Ses deux infirmiers et lui la soulevèrent. Vatutine contourna son bureau et ramassa le paquet.

— Elle sera prête pour vous dès que j'aurai procédé à l'examen médical. Je ne prévois aucun problème. Son dossier médical est assez simple.

— Parfait. Je descendrai dès que j'aurai déjeuné, dit le colonel et il indiqua l'autre prisonnier. Vous pouvez l'emmener. Je pense que nous en avons terminé avec lui.

— Mais, camarade, je...

— Je te prie de ne plus employer ce mot, interrompit Vatutine.

La voix était basse mais la réprimande n'en était pas moins dure.

Le colonel Bondarenko dirigeait maintenant le Bureau des armes au laser, au ministère. C'était une décision du ministre de la Défense Yazov, naturellement, recommandée par le colonel Filitov.

— Eh bien, colonel, quelles nouvelles nous apportez-vous ? demanda Yazov.

— Nos collègues du KGB nous ont livré les plans partiels du miroir américain à optique adaptive.

Il montra deux copies des diagrammes.

— Et nous ne pouvons pas faire cela nous-mêmes ? demanda Filitov.

— La conception est tout à fait ingénieuse, en réalité, et d'après le rapport ce serait un modèle encore plus avancé que ce que nous avons en ce moment à l'étude. La bonne nouvelle, c'est qu'il exige moins d'activateurs...

— Qu'est-ce que c'est que ça ? demanda Yazov.

— Les activateurs sont les mécanismes qui modifient les contours du miroir. En réduisant leur nombre, on réduit aussi les exigences du système informatique qui gouverne l'assemblage du miroir. Celui qui existe — celui-ci — nécessite les services d'un super-ordinateur extrêmement puissant, que nous n'avons pas encore pu reproduire en Union soviétique. Le nouveau miroir est conçu pour n'exiger que le quart de la puissance informatique. Cela permet à la fois un plus petit ordinateur pour faire fonctionner le miroir et un programme de contrôle simplifié. Comme l'indiquait mon premier rapport, camarade ministre, une des principales difficultés d'Étoile brillante est le système d'ordinateurs. Même si nous étions capables de fabriquer un miroir comme celui-ci, nous n'avons pas encore le matériel ni les connaissances informatiques nécessaires pour le faire fonctionner à son maximum d'efficacité. Je crois que nous y arriverions si nous avions ce nouveau miroir.

— Mais nous n'avons pas encore les plans du nouveau miroir ?

— Non. Le KGB y travaille.

— Nous ne pouvons même pas encore reproduire ces « activateurs », grommela Filitov. Depuis plusieurs mois, nous possédons les spécifications et les diagrammes, mais aucun directeur d'usine n'a encore pu...

— Le temps et les crédits, camarade colonel, rappela Bondarenko qui, déjà, commençait à s'exprimer avec assurance dans cette atmosphère raréfiée.

— Les crédits, marmonna Yazov. Toujours les crédits. Nous pouvons construire un char invulnérable... avec assez de crédits. Nous sommes capables de rattraper la technologie occidentale des sous-marins... avec assez de crédits. Tous les projets favoris de tous les universitaires de l'Union nous fourniront l'arme ultime... à condition que nous fournissions assez de crédits. Malheureusement, il n'y en a pas assez pour tout le monde.

De ce côté-là au moins nous avons rattrapé l'Occident !

— Camarade ministre, reprit Bondarenko, je suis soldat de métier depuis vingt ans. J'ai servi dans des états-majors de bataillon et de division. J'ai combattu aussi. J'ai toujours servi l'Armée rouge et uniquement l'Armée rouge. Étoile brillante appartient à une tout autre branche militaire. Malgré cela, je vous dis qu'il est nécessaire que nous réduisions les crédits pour les chars, les bateaux et les avions afin de pourvoir à l'achèvement d'Étoile brillante. Nous possédons assez d'armes conventionnelles pour arrêter n'importe quelle attaque de l'OTAN mais nous n'avons rien pour empêcher les missiles occidentaux de dévaster notre pays, cria-t-il puis il se reprit aussitôt. Pardonnez-moi, s'il vous plaît, d'exprimer avec tant de force mon opinion.

— Nous vous payons pour penser, lui dit Filitov. Camarade ministre, je suis d'accord avec ce jeune homme.

— Voulez-vous me dire, Mikhaïl Semyonovitch, pourquoi je subodore une révolution de palais de la part de mes colonels ? rétorqua Yazov avec un de ses rares sourires. Entre ces quatre murs, Bondarenko, je m'attends à ce que vous me disiez ce que vous pensez. Et si vous pouvez persuader le vieil officier de cavalerie que je suis de l'intérêt de votre projet de science-fiction, alors je dois y réfléchir sérieusement. Vous dites que nous devons accorder la plus grande priorité à ce programme ?

— Nous devons l'envisager, camarade ministre. Une certaine recherche fondamentale reste à effectuer et j'estime que les crédits doivent être radicalement augmentés...

Bondarenko se retint de trop insister. C'était une décision politique, dans laquelle un simple colonel n'avait pas son mot à dire. L'idée vint au Cardinal qu'il avait sous-estimé ce jeune et brillant colonel.

— Le rythme cardiaque remonte, annonça le médecin trois heures plus tard. Temps zéro, patiente consciente.

Un magnétophone enregistra ses paroles.

Svetlana Vaneyeva ne savait pas très bien à quel moment son sommeil s'était terminé et où elle avait retrouvé sa lucidité. Le passage était toujours flou, pour la plupart des gens, en particulier en l'absence de réveille-matin ou d'un premier rayon de soleil. Elle n'avait reçu aucun signal. Son premier sentiment fut la perplexité. *Où suis-je ?* se demanda-t-elle au bout d'un quart d'heure. L'effet des barbituriques s'atténuait mais rien ne venait remplacer le confortable bien-être du sommeil. Elle avait l'impression de... de flotter.

Elle voulut bouger mais en fut incapable. Elle était totalement détendue, au repos, chaque centimètre carré de son corps si bien soutenu qu'aucun muscle n'avait à travailler. Jamais elle n'avait éprouvé une telle détente. *Où suis-je ?*

Elle ne voyait rien, et cela non plus n'était pas normal. Il ne faisait pas noir mais... gris... comme un brouillard nocturne reflétant les lumières de Moscou, sans détails ni contours mais néanmoins avec une texture.

Elle n'entendait rien, aucun grondement de circulation, aucun bruit d'eau courante ou de portes claquées...

Elle tourna la tête mais la vue resta la même, une grisaille neutre comme l'intérieur d'un nuage, d'un paquet de coton ou...

Elle respira profondément. L'air n'avait aucune odeur, aucun goût, il n'était ni humide ni sec, elle ne pouvait même pas discerner une température. Elle parla mais... incroyablement, elle n'entendit rien. *Où suis-je ?*

Svetlana s'appliqua à examiner le monde. Cela lui prit au

moins une demi-heure d'observation attentive, en gardant le contrôle de ses émotions, en se répétant de rester calme, détendue. Ce devait être un rêve. Rien de grave ne pouvait lui arriver, à elle. La peur réelle n'avait pas encore commencé mais, déjà, elle la sentait venir. Faisant appel à toute sa détermination, elle s'efforça de la tenir en échec. *Explore l'environnement.* Ses yeux se tournèrent à droite et à gauche. Il y avait juste assez de clarté pour la priver de ses ténèbres. Ses bras étaient là mais lui semblaient éloignés de ses côtés et elle ne pouvait pas les ramener contre elle, malgré des efforts qui lui parurent durer des heures. C'était la même chose pour ses jambes. Elle essaya de fermer le poing droit... mais elle ne pouvait même pas réunir ses doigts.

Sa respiration devenait plus rapide. C'était son unique sensation. Elle sentait l'air entrer et sortir, sentait le mouvement de sa poitrine mais rien d'autre. Si elle fermait les yeux, cela lui donnait le choix entre un néant noir et un néant gris, rien de plus. *Où suis-je ?*

Du mouvement, se dit-elle, davantage de mouvement. Elle roula sur elle-même, cherchant une résistance, n'importe quelle sensation tactile à l'extérieur de son corps. Elle ne découvrit rien du tout, rien que cette lente et fluide résistance, et de quelque côté qu'elle se tournât, la sensation était toujours la même, cette impression de flottement. Elle ne savait pas, dans ce singulier état d'apesanteur, si elle était debout ou couchée, d'un côté ou d'un autre. Tout était pareil. Elle hurla aussi fort qu'elle le put, rien que pour entendre quelque chose de réel et de rapproché, rien que pour s'assurer qu'elle avait au moins elle-même pour compagnie. Mais elle n'entendit que le lointain écho étouffé d'une voix étrangère.

La panique l'envahit réellement.

— Temps, douze minutes, quinze secondes, dit le médecin au magnétophone.

La cabine de contrôle était à cinq mètres au-dessus de la citerne.

— Rythme cardiaque accéléré, cent quarante maintenant, respiration quarante-deux, début de réaction d'anxiété aiguë, marmonna-t-il — et il jeta un coup d'œil à Vatutine. Plus tôt que d'habitude. Plus le sujet est intelligent...

— Plus le besoin est grand de réceptions sensorielles, oui, grommela le colonel.

Il avait lu le manuel, tout ce qui concernait cette méthode, mais il restait sceptique. C'était tout à fait nouveau et exigeait l'assistance d'un expert, ce dont il n'avait jamais eu besoin au cours de sa carrière.

— Le rythme cardiaque semble avoir atteint son maximum à cent soixante-dix-sept, mais aucun signe d'irrégularité majeure.

— Comment étouffez-vous sa propre voix ?

— C'est nouveau. Nous nous servons d'un appareil électronique qui reproduit sa voix et la renvoie sur une fréquence déphasée. Cela neutralise le son, presque totalement, et c'est comme si elle criait dans le vide. Il a fallu deux ans pour le mettre au point.

Le médecin sourit. Comme Vatutine, il aimait son travail et il avait là une chance de justifier des années d'effort, de bouleverser la psychiatrie avec quelque chose d'entièrement neuf et de plus efficace, qui portait son nom.

Svetlana était au bord de l'hyperventilation et le médecin modifia le mélange de gaz qui lui parvenait. Il devait surveiller de très près ses signes de vie. Cette technique d'interrogatoire ne laissait aucune trace sur le corps, pas de cicatrices, pas de preuves de torture et, dans le fond, ce n'était pas du tout une forme de torture. Du moins pas physique. Le seul inconvénient de la privation sensorielle, cependant, c'était que la terreur provoquée risquait d'aboutir à de la tachycardie... et de tuer le sujet.

— Ah, ça va mieux, dit-il en surveillant l'électrocardiogramme. Le rythme cardiaque s'est stabilisé à cent trente-huit. Accéléré mais normal. Le sujet est agité, tout en restant stable.

La panique n'était d'aucun secours. L'esprit de Svetlana était toujours en plein chaos mais son corps répugnait à se faire du mal. Elle fit un effort pour reprendre le contrôle d'elle-même et sentit qu'elle se calmait singulièrement.

Est-ce que je suis vivante ou morte ? Elle fouilla dans ses souvenirs, tout ce qu'elle avait vécu, et ne trouva rien... mais...

Il y avait un bruit.

Qu'est-ce que c'est ?

Toum-poum, toum-poum... qu'est-ce que c'était... ?

Un cœur ! Oui !

Elle avait encore les yeux ouverts, elle cherchait dans le néant la source du bruit. Il y avait quelque chose, par là, si seulement elle pouvait le trouver. Son cerveau chercha comment. *Il faut que je l'atteigne. Il faut que je le saisisse.*

Mais elle était prisonnière de quelque chose qu'elle ne pouvait même pas décrire. Elle recommença à bouger. Et, de nouveau, elle ne trouva rien à toucher, rien à quoi s'accrocher.

Elle commençait seulement à comprendre sa totale solitude. Ses sens réclamaient à grands cris des données, des informations, quelque chose ! Les centres sensoriels de son cerveau quêtaient un soutien et ne trouvaient que du vide.

Et si j'étais morte ? se demanda-t-elle. *Est-ce cela qui vous arrive quand on est mort... le néant... ?* Puis ce fut une autre pensée plus inquiétante :

Est-ce l'enfer ?

Mais il y avait quelque chose. Ce bruit. Elle concentra sa pensée sur ce bruit mais s'aperçut que plus elle tendait l'oreille moins elle l'entendait. C'était comme si elle cherchait à attraper un nuage de fumée, il était là seulement quand elle n'essayait pas de... mais elle devait le saisir !

Elle essaya donc. Elle ferma les yeux, les paupières crispées, et braqua toute sa volonté sur le son répété d'un cœur humain. Elle ne réussit qu'à le chasser de ses sens. Il s'estompa jusqu'à ne plus exister que dans son imagination, qui finit par s'en lasser.

Elle gémit, ou le crut. Elle n'entendait presque rien. Comment pouvait-elle parler et ne pas s'entendre ?

Suis-je morte ? La question était urgente, réclamait une réponse mais cette réponse risquait d'être trop horrible. Il devait y avoir quelque chose... mais oserait-elle ? Oui !

Svetlana Vaneyeva se mordit la langue, aussi fort qu'elle le put. Elle fut récompensée par le goût salé du sang.

Je suis vivante ! se dit-elle. Pendant un temps qui lui parut très long, elle savoura cette découverte. Mais même les temps très longs ont une fin :

Mais où suis-je ? Suis-je enterrée... vivante ? ENTERRÉE VIVANTE !

— Le rythme cardiaque recommence à accélérer. On dirait le départ de la période secondaire d'anxiété, observa le médecin au magnétophone.

C'était vraiment dommage, pensait-il. Il avait aidé à préparer le corps. Une femme très séduisante, le ventre à peine marqué par les vergetures dues à la maternité. On lui avait huilé la peau et on l'avait revêtue d'une combinaison de plongée spéciale, en caoutchouc Nomex de la meilleure qualité, si lisse et souple qu'on la sentait à peine quand elle était sèche et pas du tout quand elle était pleine d'eau. Même l'eau de la citerne était spécialement préparée, avec une forte teneur en sel pour que le corps flotte naturellement. Les mouvements qu'elle avait faits autour de la citerne l'avaient retournée mais elle ne pouvait pas le savoir. Le seul problème, c'était qu'elle risquait d'emmêler ses tuyaux d'arrivée d'air mais deux plongeurs, dans la piscine, y veillaient, en prenant grand soin de ne pas la toucher ni de laisser le tuyau la frôler. À vrai dire, les plongeurs avaient le travail le plus difficile de cette unité.

Le médecin regarda d'un air satisfait le colonel Vatutine. Des années de travail avaient été consacrées à cette partie la plus secrète de l'aile des interrogatoires de la prison de Lefortovo. La citerne de dix mètres de diamètre et cinq de profondeur, l'eau salée particulière, les combinaisons spéciales, les années d'expérience pour étayer les travaux théoriques... tout cela avait servi à créer une technique d'interrogatoire qui valait infiniment mieux que les vieilles méthodes que le KGB employait depuis la révolution. À part un sujet qui était mort d'une crise cardiaque provoquée par l'anxiété... Les signes de vie changèrent encore.

— Nous y voilà. On dirait que nous entrons dans la deuxième phase. Temps, une heure six minutes... C'est généralement la plus longue, dit-il à Vatutine. Ce sera intéressant de voir combien de temps elle dure chez ce sujet.

Vatutine avait l'impression que le médecin était un enfant jouant à un jeu cruel et compliqué. En dépit de son vif désir de savoir ce que savait sa prise, il était un peu horrifié par ce qu'il observait. Il se demanda si cette répugnance venait de la crainte d'en passer lui-même par là, un jour...

Svetlana était inerte. Les frémissements des longues heures de terreur avaient épuisé ses membres. Sa respiration était maintenant oppressée, saccadée. Même son corps l'avait abandonnée et son esprit cherchait à échapper à sa lucidité et à explorer de son côté, indépendamment. Il lui semblait que sa conscience se séparait de son enveloppe de chair inutile, que son esprit, son âme, quoi que ce soit, était maintenant seul, seul et libre. Mais la liberté n'était pas moins abominable que ce qui s'était passé auparavant.

Elle pouvait maintenant bouger, et même voir l'espace autour d'elle mais il était vide. Elle se déplaçait comme si elle nageait ou volait dans un espace tridimensionnel dont elle ne pouvait discerner les limites. Elle sentait bouger sans effort ses bras et ses jambes mais quand elle tentait de les voir elle s'apercevait qu'ils étaient hors de son champ de vision. Elle les sentait bouger mais... ils n'étaient pas là. La partie de son esprit demeurée rationnelle lui disait que ce n'était qu'une illusion, qu'elle nageait vers sa propre destruction... mais même cela était préférable à être seule, n'est-ce pas ?

Cet effort dura une éternité. Le plus agréable était l'absence de fatigue de ses membres invisibles. Elle chassa ses appréhensions et apprécia la liberté, le fait d'être capable de voir l'espace autour d'elle. Ses mouvements devinrent plus rapides. Elle s'imagina que, devant elle, l'espace était plus clair que derrière. S'il y avait une lumière, elle la trouverait, et de la lumière changerait tout. Elle se rappela vaguement la joie de nager quand elle était petite, ce qui ne lui était pas arrivé depuis... quinze ans, oui ? Elle était championne de natation sous l'eau, à l'école, elle pouvait retenir sa respiration plus longtemps que toutes les autres. Les souvenirs lui rendirent sa jeunesse, elle était de nouveau jeune et souple et plus jolie et mieux habillée que toutes les autres. Un sourire angélique apparut sur sa figure, négligeant les avertissements des derniers vestiges de son intellect.

Elle nagea pendant des jours, lui sembla-t-il, des semaines, toujours vers l'espace plus éclairé devant elle. Il lui fallut encore quelques jours pour s'apercevoir que la clarté ne devenait jamais plus vive mais elle voulut ignorer cette dernière mise en garde de sa conscience. Elle nagea plus résolument et, pour la première fois, ressentit de la fatigue. Elle n'en tint pas compte non plus. Il lui fallait profiter de sa liberté. Elle devait découvrir où elle était ou, mieux encore, trouver un moyen de sortir de cet endroit. Cet horrible endroit.

Son esprit repartit, voyagea loin de son corps et quand il eut atteint une hauteur suffisante, il regarda tout en bas la lointaine nageuse. Même de cette altitude considérable, il ne pouvait voir les bords de cet immense monde amorphe, il voyait seulement la minuscule silhouette qui nageait seule dans le vide, qui remuait ses membres spectraux sur un rythme vain... et qui n'allait nulle part.

Le hurlement venant du haut-parleur faillit faire sauter Vatutine de sa chaise. Les Allemands avaient peut-être entendu cela, jadis, le cri de leurs victimes dans les camps de la mort quand les portes étaient claquées et que tombaient les cristaux de gaz. Mais c'était pire. Il avait assisté à des exécutions. Il avait assisté à des tortures. Il avait entendu des cris de douleur, de rage et de désespoir mais jamais le hurlement d'une âme condamnée à une chose plus épouvantable que l'enfer.

— Là... Ce devrait être le commencement de la troisième phase.

— Hein ?

— Voyez-vous, expliqua le médecin, l'animal humain est un animal *social*. Notre être et nos sens sont conçus pour récolter de l'information qui nous permet de réagir à la fois à notre environnement et à nos congénères. Supprimez la compagnie humaine, supprimez l'input sensoriel et l'esprit est absolument seul en lui-même. Les données ne manquent pas pour démontrer ce qui se passe. Ces imbéciles d'Occidentaux qui font le tour du monde à la voile en solitaires, par exemple. Un nombre étonnant d'entre eux deviennent fous, beaucoup disparaissent, probablement en se suicidant. Même ceux qui survivent, ceux qui se servent quotidiennement de leur radio, ont souvent besoin de médecins pour les surveiller, pour les mettre en garde contre les dangers psychologiques d'une telle solitude. Et eux, ils peuvent *voir* la mer autour d'eux, ils voient leur bateau, ils sentent le mouvement des vagues. Supprimez tout ça... Ils dureraient trois jours, peut-être. Parce que, voyez-vous, nous supprimons tout.

— Quelle est leur durée maximale, ici ?

— Dix-huit heures. C'était un volontaire, un jeune agent de terrain du Premier Directorat. Le seul problème, c'est que le sujet ne peut pas savoir ce qui lui arrive. Cela modifie l'effet. Ils craquent, naturellement, mais pas aussi totalement.

Vatutine respira. C'était au fond la première nouvelle qu'il apprenait.

— Et celle-ci, encore combien de temps ?

Le médecin se contenta de regarder sa montre avec un sourire. Vatutine avait envie de le haïr mais il reconnaissait que ce médecin, ce guérisseur, faisait simplement ce qu'il faisait lui-même depuis des années, plus rapidement et sans dégâts visibles risquant d'embarrasser l'État lors des procès publics que devait endurer le KGB. Et puis il y avait le bénéfice additionnel auquel le médecin lui-même ne s'était pas attendu, en inaugurant ce programme...

— Alors ? Quelle est cette troisième phase ?

Svetlana les voyait nager autour de son corps. Elle essaya de l'avertir mais pour cela il faudrait rentrer à l'intérieur et elle n'osait pas. Ce n'était pas tellement des choses qu'elle voyait, mais il y avait des formes, des ombres voraces rôdant autour de son corps. L'une d'elles se rapprocha mais se détourna. Et puis elle revint. Svetlana fit demi-tour. Elle essaya de lutter mais quelque chose la ramena dans son corps qui allait bientôt s'éteindre. Elle arriva juste à temps. Alors qu'elle disait à ses membres de nager plus vite, la chose arriva derrière elle, les mâchoires s'ouvrirent et enveloppèrent son corps tout entier puis se refermèrent lentement autour d'elle. La dernière chose qu'elle vit fut la clarté vers laquelle elle nageait... la lumière qui, elle le savait finalement, n'avait jamais été là. Elle savait que sa protestation était vaine mais le cri explosa de ses lèvres.

— *Non !*

Elle ne l'entendit pas, naturellement.

Elle revenait, à présent, condamnée à retourner dans son vrai corps inutilisable, à la masse grise devant ses yeux et à des membres qui ne remuaient qu'au hasard. Elle comprenait vaguement que son imagination avait essayé de la protéger et ses efforts devinrent soudain destructeurs. Elle pleura sans bruit. Sa peur était pire que de la simple panique. La panique au moins était une évasion, une négation de ce qu'elle affrontait, un repli en elle-même. Mais il n'y avait plus d'elle-même à trouver. Elle avait regardé mourir cela, elle avait été là c'était arrivé.

Svetlana était sans présent et certainement sans avenir. Il ne lui restait qu'un passé et son imagination n'en choisissait que les plus effroyables moments...

— Oui, nous sommes dans la phase finale, maintenant, annonça le médecin et il décrocha son téléphone pour faire apporter du thé. C'était plus facile que je ne m'y attendais. Je n'aurais pas cru qu'elle correspondrait si bien au profil.

— Mais elle ne nous a encore rien dit !

— Ça va venir.

Elle contemplait tous les manquements de sa vie. Cela l'aidait à comprendre ce qui se passait. C'était donc l'enfer dont l'État niait l'existence et elle était punie. Ce devait être ça. Et elle collaborait. Elle le devait. Elle devait tout revoir et comprendre ce qu'elle avait fait. Elle devait participer au procès dans son propre esprit. Ses pleurs ne cessaient pas. Pendant des jours, ses larmes ruisselèrent alors qu'elle se regardait faire des choses qu'elle n'aurait jamais dû faire. Tout ce qui la choquait elle-même dans sa vie revenait là, devant ses yeux, dans les moindres détails. Surtout ce qui s'était passé ces deux dernières années... Elle savait confusément que c'était cela qui l'avait amenée où elle était aujourd'hui. Elle se souvint de toutes les fois où elle avait trahi la Patrie. Les premiers flirts timides à Londres, les rendez-vous clandestins avec des hommes si sérieux, les mises en garde contre toute frivolité et puis ces multiples occasions où elle avait profité de son importance pour passer outre aux contrôles douaniers, où elle avait joué son jeu et s'en était amusée alors qu'elle commettait le plus monstrueux des crimes. Ses gémissements prirent un timbre reconnaissable. Inlassablement, elle répétait sans savoir :

— Je regrette...

— C'est maintenant la partie délicate...

Le médecin mit son casque à écouteurs et fit quelques réglages sur son panneau de contrôle.

— Svetlana..., chuchota-t-il au micro.

Elle n'entendit pas tout de suite. Ses sens mirent un moment à lui transmettre que quelque chose demandait à être remarqué. *Svetlana...* Une voix l'appelait. Ou était-ce son imagination ?

Elle tourna la tête de tous côtés, cherchant ce que cela pouvait être.

Svetlana... Le même chuchotement. Elle retint sa respiration aussi longtemps que possible, ordonna à son corps de ne pas bouger, de faire silence, mais il la trahit encore une fois. Son cœur accéléra ses battements, envoyant le sang bourdonner dans ses oreilles, étouffant le léger son, si c'en était un. Un gémissement désespéré lui échappa et elle se demanda encore si elle avait imaginé cette voix, si son état ne faisait qu'empirer... ou s'il y avait encore un espoir...

Svetlana... Un peu plus qu'un murmure, assez pour déceler

une émotion. La voix était terriblement triste, désappointée. *Svetlana, qu'as-tu fait ?*

— Je n'ai pas... je n'ai rien fait ! bredouilla-t-elle mais elle ne put toujours pas entendre sa propre voix.

C'était comme si elle criait de la tombe. Seul le silence lui répondit. Au bout d'un temps interminable, une heure lui sembla-t-il, elle hurla :

— S'il vous plaît, je vous en *supplie*, revenez vers moi !

Svetlana, répéta finalement la voix, *qu'as-tu fait ?*

— Je regrette..., sanglota-t-elle.

— Qu'as-tu fait, Svetlana ? Qu'est-ce que c'était que ce film... ?

— Oui ! cria-t-elle et, en quelques instants, elle dit tout.

— Temps, onze heures quarante et une minutes. Exercice terminé.

Le médecin arrêta le magnétophone. Il alluma et éteignit trois fois de suite les lumières de la salle. Un des plongeurs fit signe qu'il avait compris et enfonça l'aiguille d'une seringue dans le bras de Svetlana Vaneyeva. Dès qu'elle fut complètement inerte, elle fut hissée hors de la citerne. Le médecin quitta la cabine de contrôle et descendit l'examiner.

Elle était allongée sur un chariot, la combinaison de plongée déjà enlevée. Il s'assit à côté d'elle et lui prit la main. Le technicien lui fit une piqûre d'un stimulant léger. Une jolie fille, pensa le médecin en l'écoutant respirer plus rapidement. Il fit signe au technicien de s'en aller et resta seul avec elle.

— Ça va, Svetlana ? demanda-t-il de sa voix la plus douce.

Les yeux bleus s'ouvrirent, virent les lumières du plafond, les murs. Puis elle tourna la tête vers lui.

Il savait qu'il abusait mais il avait travaillé très tard dans la nuit sur ce cas, et c'était probablement l'application la plus importante de son programme, jusqu'à présent. La jeune femme nue sauta du chariot dans ses bras et le serra à l'étouffer. Ce n'était pas parce qu'il était particulièrement beau, il le savait, mais simplement parce qu'il était un être humain et qu'elle voulait enfin en toucher un. Elle avait encore la peau grasse, enduite d'huile, et ses larmes coulèrent sur la blouse blanche du médecin. Jamais plus elle ne commettrait de crime contre l'État, après cela. Dommage, pensa-t-il, qu'elle doive aller dans un camp de travail. Un gaspillage navrant. Il se dit qu'il pourrait peut-être arranger cela. Dix minutes plus tard, elle reçut une nouvelle piqûre sédative et il la laissa dormir.

— Je lui ai administré un produit appelé Versed. C'est un nouveau médicament occidental, provocateur d'amnésie.

— Tiens, pourquoi donc ? demanda Vatutine.

— Le Versed agit comme la scopolamine, mais c'est beaucoup plus efficace. Elle ne se rappellera nettement aucun détail, et très peu de ce qui lui est arrivé. Tout lui fera l'effet d'un mauvais rêve. Le Versed est également un hypnotique. Par exemple, je peux retourner auprès d'elle, maintenant, et lui suggérer qu'elle n'aura aucun souvenir mais que plus jamais elle ne trahira l'État. Les deux suggestions ne seront jamais violées, selon quatre-vingts pour cent de probabilités.

— Vous plaisantez !

— Camarade, un des effets de cette technique, c'est que cette femme s'est condamnée elle-même beaucoup plus sévèrement que n'aurait jamais pu le faire l'État. Elle éprouve en ce moment plus de remords de ce qu'elle a fait qu'elle n'en aurait devant un peloton d'exécution. Vous avez certainement lu *1984* ? Ce n'était sans doute qu'un rêve quand Orwell l'a écrit mais avec la technologie moderne, nous pouvons faire ça. Le truc, c'est de ne jamais briser la personne de l'extérieur, mais de le faire de l'intérieur.

— Vous voulez dire que maintenant nous pouvons l'utiliser...

11

Marches à suivre

Il ne s'en tirera pas.

Ortiz avait fait venir le médecin de l'ambassade, — un médecin-major dont la véritable fonction était de surveiller les soins que l'on administrait aux Afghans blessés. Les poumons de Tchourkine étaient trop gravement atteints pour lutter contre la pneumonie contractée pendant le transport.

— Il ne passera probablement pas la journée. Je regrette, il y a trop de dégâts. Un jour plus tôt, nous aurions peut-être pu le sauver... J'aimerais lui trouver un aumônier, mais c'est sans doute une perte de temps.

— Peut-il parler ?

— Pas beaucoup. Vous pouvez essayer. Ça n'aggravera pas son état. Il va encore garder sa connaissance pendant quelques heures, et puis il s'éteindra doucement.

— Merci de vos efforts, docteur, dit Ortiz.

Il faillit pousser un soupir de soulagement mais la honte le retint. Qu'auraient-ils fait avec un vivant ? Le rendre ? Le garder ? L'échanger ? Il se demanda aussi pourquoi l'Archer l'avait amené. Puis il poussa un nouveau soupir et entra dans la chambre.

Il en sortit deux heures plus tard et retourna à l'ambassade, où l'on servait de la bière à la cantine. Il fit son rapport à Langley et pendant les cinq heures suivantes, assis à une table du fond qu'il ne quittait que pour aller se resservir, il s'enivra consciencieusement.

Ed Foley ne pouvait se permettre ce luxe. Un de ses courriers avait disparu depuis trois jours. Une autre avait quitté son bureau du GOSPLAN et y était revenue deux jours plus tard. Et puis, ce matin même, son homme de la teinturerie s'était fait porter malade. Foley avait envoyé un avertissement au jeune garçon de bains mais il ne savait pas s'il lui était parvenu. Ce n'était pas seulement un pépin dans la chaîne Cardinal, c'était une catastrophe. Tout l'intérêt de Svetlana Vaneyeva, c'était son immunité supposée face aux mesures de rétorsion les plus dures du KGB et il avait compté sur plusieurs jours de résistance de sa part pour avoir le temps de déplacer tous ses gens. Les ordres pour l'évasion de Cardinal étaient arrivés mais n'avaient pas encore été transmis. Il ne servait à rien d'effrayer cet homme avant que tout soit prêt. Ensuite, il suffirait au colonel Filitov de trouver un prétexte pour aller rendre visite au QG du secteur militaire de Leningrad — il y allait à peu près tous les six mois — et on le ferait sortir.

Si ça marche, se dit Foley. On l'avait déjà fait deux fois, à sa connaissance, et tout s'était bien passé mais... il n'y avait jamais de certitude, n'est-ce pas ? *Disons presque pas.* Il était temps de partir. Sa femme et lui avaient besoin de repos, et d'échapper à tout cela. Leur prochain poste était en principe à la « Ferme », sur la rivière York. Mais ces pensées ne l'aidaient pas à résoudre son problème actuel.

Il se demanda s'il ne devrait pas quand même alerter Cardinal, l'avertir d'être plus prudent, mais alors il risquerait de détruire l'information que Langley réclamait à grands cris et l'information était capitale. C'était le règlement, Filitov le connaissait et le comprenait aussi bien que Foley. Mais tout de même, les espions étaient autre chose que de simples objets fournissant de l'information.

Les agents de terrain comme Foley et sa femme étaient censés les considérer comme des atouts précieux mais sacrifiables, se distinguer de leurs agents, les traiter amicalement quand c'était possible et sans pitié quand c'était nécessaire. Les traiter comme des enfants, à vrai dire, avec un mélange d'indulgence et de stricte discipline. Seulement ce n'étaient pas des enfants, Cardinal était plus vieux que son père, il était déjà en place quand Foley était encore à la maternelle ! Comment ne pas manifester de loyauté à Filitov ? C'était impossible. Il devait le protéger.

Mais comment ?

Les opérations de contre-espionnage ne représentaient souvent rien de plus que du travail de police et, par conséquent, le colonel Vatutine était un enquêteur disons aussi habile que les meilleurs hommes de la milice de Moscou. Svetlana lui avait donné le teinturier et après deux jours de surveillance, pour la forme, il décida d'interroger l'individu. Pour lui, on n'utilisa pas la citerne. Le colonel ne faisait pas encore entièrement confiance à cette technique et, d'ailleurs, il n'y avait pas à prendre de gants avec celui-là. Vatutine était agacé que Vaneyeva ait maintenant une chance de rester libre. Libre, après avoir travaillé pour les ennemis de l'État ! Quelqu'un voulait l'utiliser comme monnaie d'échange contre il ne savait quoi, au Comité central, mais ce n'était pas son affaire. Et maintenant, le teinturier venait de lui donner le signalement d'un autre membre de la chaîne infinie.

Le plus irritant, c'était que Vatutine croyait connaître le garçon. Le teinturier lui avait vite dit qu'il soupçonnait celui-là de travailler aux bains de vapeur et le signalement correspondait au garçon qu'il avait lui-même vu, à qui il avait lui-même parlé ! Vatutine enrageait d'avoir rencontré un traître, ce matin de la semaine passée, et de ne l'avoir pas reconnu pour ce qu'il était...

Et le colonel, quel était son nom ? se demanda-t-il tout à coup. Celui qui avait failli tomber ? Filitov... Micha Filitov ? Le collaborateur personnel de Yazov, le ministre de la Défense ?

Je devais vraiment avoir une sacrée gueule de bois pour ne pas avoir fait le rapprochement ! Filitov, l'officier de chars qui avait tué encore des Allemands alors qu'il flambait dans son blindé en feu. Mikhaïl Filitov, trois fois Héros de l'Union soviétique... Ce ne pouvait être que lui. Est-ce qu'il pourrait être...

Impossible ! se dit-il.

Mais rien n'était impossible, Vatutine le savait bien. Il s'éclaircit les idées et considéra froidement les possibilités. Heureusement, tous les programmes importants de l'Union soviétique étaient fichés au numéro 2 de la place Dzerjinski. Rien de plus simple que de consulter le dossier Filitov.

Un quart d'heure plus tard, Vatutine constata que ce dossier était épais. Il s'aperçut que, dans le fond, il savait très peu de chose de l'homme. Comme pour la plupart des héros de la guerre, des exploits accomplis en quelques minutes prenaient de l'expansion jusqu'à couvrir une vie entière. Mais aucune vie n'est jamais aussi simple. Vatutine se mit à tout lire.

Il y avait peu de chose sur ses états de service, bien qu'ils fussent donnés par le menu, avec les citations de toutes ses décorations. En qualité d'assistant personnel de trois ministres de la Défense successifs, Micha avait fait l'objet d'une enquête de sécurité approfondie, dont il était d'ailleurs au courant, en partie. Ces documents étaient en ordre aussi, naturellement. Vatutine passa à la suite.

Il fut surpris de découvrir que Filitov avait été mêlé à la tristement célèbre affaire Penkovski. Oleg Penkovski avait été un important agent du GRU, le SR militaire soviétique. Recruté par les Britanniques, puis « dirigé » conjointement par l'Intelligence Service et la CIA, il avait trahi son pays aussi copieusement que cela était possible. Son avant-dernière trahison avait été la révélation à l'Occident de l'état de préparation — ou plutôt du manque de préparation — des Forces de missiles stratégiques lors de la crise de Cuba. Cette information avait permis au président américain Kennedy de contraindre Khrouchtchev à retirer les missiles qu'il avait si inconsidérément installés dans cette maudite île. Mais la perverse loyauté de Penkovski aux étrangers l'avait forcé à prendre trop de risques en transmettant ses renseignements et un espion ne pouvait se permettre qu'un nombre compté d'actions limites. Il était déjà soupçonné. On peut généralement savoir quand l'autre camp devient un peu trop malin mais... C'était Filitov qui avait porté la première accusation réelle...

Filitov était l'homme qui avait dénoncé Penkovski ? Vatutine était stupéfait. L'enquête était assez avancée à ce moment-là. Une surveillance continue avait révélé que Penkovski avait des activités insolites, il y avait même eu une possibilité apparente de boîte aux lettres mais... Vatutine secoua la tête. *Les coïncidences qu'on rencontre dans ce métier !* Le vieux Micha était allé trouver le chef de la sécurité et avait rapporté une curieuse conversation avec sa relation du GRU, une conversation qui pouvait être innocente, dit-il, mais elle avait fait curieusement frémir ses antennes et il se jugeait contraint de la rapporter. Sur des ordres du KGB, il avait suivi l'affaire et sa conversation suivante n'avait pas été aussi innocente. À ce moment-là, les soupçons contre Penkovski s'étaient concrétisées. Cette preuve de plus n'était pas vraiment nécessaire, mais elle avait fait quand même du bien à tout le monde...

C'était une curieuse coïncidence, pensait Vatutine, mais qui ne pouvait guère faire soupçonner l'homme. Le dossier personnel indiquait qu'il était veuf. Il y avait une photo de sa femme et Vatutine prit son temps pour l'admirer. Il y avait aussi une photo de mariage et il sourit en voyant que le vieux militaire avait été jeune, un sacré beau garçon par-dessus le marché. À la page suivante, il apprit qu'il avait eu deux fils, morts tous les deux. Cela retint son attention. L'un né juste avant la guerre, l'autre peu après le début des hostilités. Mais ils n'étaient pas morts à la guerre... De quoi, alors ? Il feuilleta rapidement le dossier.

L'aîné était mort en Hongrie. Jugé politiquement digne de confiance il avait été extrait de l'académie militaire ainsi qu'un certain nombre d'autres élèves, et envoyé supprimer la contre-révolution de 1956. Faisant partie de l'équipage d'un char d'assaut — il suivait les traces de son père —, il avait fini dans la destruction de son blindé. Les soldats prenaient des risques, après tout. Son père en avait pris plus que sa part. Le second fils — dans les chars aussi, nota Vatutine — avait été tué par l'explosion de la culasse du canon de son T-55. Le mauvais contrôle de qualité à l'usine, fléau de l'industrie soviétique, avait tué tout l'équipage... Et quand Filitov avait-il perdu sa femme ? Au mois de juillet suivant. Morte de chagrin, probablement, quelle qu'ait été l'explication médicale. Le dossier révélait que les deux fils avaient été des modèles de la jeunesse masculine soviétique. Tous les espoirs et les rêves avaient dû mourir avec eux, pensa Vatutine, et puis perdre sa femme par-dessus le marché...

C'est bien triste, Micha. Tu as dû épuiser toutes les chances de ta famille contre les Allemands, et les trois autres ont dû payer le prix... Bien triste qu'un homme qui en avait tant fait, en vienne ainsi à...

À avoir une raison de trahir la Rodina ? Vatutine se redressa et regarda par la fenêtre de son bureau. De là, il apercevait la place, les voitures contournant la statue de Feliks Dzerjinski, « Feliks de Fer », le fondateur de la Tchéka. Polonais de naissance, juif, Dzerjinski avec sa petite barbe en pointe et son intellect impitoyable et sans scrupules, avait repoussé les premières tentatives de pénétration et de subversion de l'Union soviétique par l'Occident. Il tournait le dos à l'immeuble et les esprits facétieux disaient qu'il était condamné à l'isolement perpétuel, là-dehors, comme Svetlana Vaneyeva l'avait été quelque temps...

Ah, Feliks, que me conseillerais-tu aujourd'hui ? Vatutine connaissait assez bien la réponse. Feliks aurait fait arrêter Micha Filitov et l'aurait interrogé sans pitié. À cette époque, la moindre possibilité de soupçon suffisait et qui pouvait savoir combien d'hommes et de femmes innocents avaient été brisés ou tués sans raison ? Les choses avaient changé. À présent, même le KGB devait obéir à des règles. On ne pouvait plus enlever tout bonnement des gens dans la rue et leur soutirer ce qu'on voulait par la torture. Tant mieux, estimait Vatutine. Le KGB était un organisme professionnel. Il fallait se donner plus de mal, aujourd'hui, pour faire son travail et cela donnait des agents mieux entraînés, des... Son téléphone sonna.

— Colonel Vatutine.

— Montez. Nous devons mettre le président au courant dans dix minutes.

Ce fut tout.

Le siège du KGB était un immeuble ancien, construit au début du siècle pour être celui de la compagnie d'assurances Rossiya. L'extérieur était en granit couleur rouille et l'intérieur à l'image de l'époque de sa construction, avec de hauts plafonds et des portes géantes. Les interminables couloirs, où des tapis étouffaient les pas, étaient mal éclairés, puisque personne ne devait trop s'intéresser aux visages que l'on croisait là. On voyait beaucoup d'uniformes. Ces officiers faisaient partie du Troisième Directorat, celui qui surveillait les armées. Ce qui caractérisait surtout le bâtiment, c'était le silence. Les personnes qui allaient et venaient avaient la mine sévère et la bouche fermée, de crainte de laisser échapper un des millions de secrets qui se tenaient là.

Le bureau du président donnait aussi sur la place mais la vue était bien meilleure que de celui du colonel. Un secrétaire se leva et fit passer les visiteurs devant les deux agents de la sécurité montant la garde en permanence dans les coins de l'antichambre. Vatutine respira profondément et franchit la porte.

Nikolaï Gerasimov était déjà dans sa quatrième année à la présidence du Comité de Sécurité de l'État. Ce n'était pas un espion professionnel mais un homme du Parti qui avait passé quinze ans dans l'administration du CPSU avant d'être nommé à un poste de niveau moyen au sein du Cinquième Directorat du KGB, dont la mission était l'élimination de toute dissidence interne. Il s'en était acquitté avec une délicatesse qui lui avait valu une promotion régulière et, finalement, sa nomination dix ans plus tôt à la fonction de premier président adjoint. Il y avait appris le métier du renseignement étranger du côté administratif et s'était assez distingué pour gagner le respect des agents de terrain qui avaient confiance en son instinct. Mais avant tout, et par-dessous tout, il était un homme du Parti, ce qui expliquait son actuelle présidence. À cinquante-trois ans, il était bien jeune pour cette fonction, et faisait beaucoup moins que son âge. Sa figure juvénile n'avait jamais été marquée par la contemplation de l'échec et son regard assuré semblait regarder vers l'avenir de futures promotions. Pour un homme qui siégeait déjà en même temps au Politburo et au Conseil de la Défense, une future promotion ne pouvait signifier à ses yeux que la plus haute de toutes les fonctions, celle de Secrétaire général du Parti communiste d'Union soviétique. Puisque c'était lui qui maniait « l'épée et le bouclier » du Parti (c'était d'ailleurs la devise du KGB), il savait tout ce qu'il y avait à savoir sur les autres candidats en course. Son ambition, bien que jamais ouvertement exprimée, était chuchotée dans tout l'immeuble et bon nombre de brillants jeunes collaborateurs du KGB travaillaient quotidiennement à accrocher leur propre carrière à cet astre ascendant. Un charmeur, constata Vatutine, en le voyant se lever derrière son bureau et indiquer à ses visiteurs les fauteuils en face du meuble de chêne massif. Vatutine savait très bien contrôler ses pensées et ses émotions mais il était aussi trop honnête pour être impressionné par les charmeurs.

Gerasimov montra un dossier.

— J'ai lu le rapport sur votre enquête en cours, colonel Vatutine. Excellent travail. Pouvez-vous me dire où vous en êtes ?

— Certainement, camarade président. Nous recherchons actuellement un certain Eduard Vassilyevitch Altounine. Il est garçon de bains aux Établissements Sandunovski. L'interrogatoire du teinturier nous a révélé qu'il est le maillon suivant dans la chaîne des courriers. Malheureusement, il a disparu il y a trente-six heures mais nous devrions l'avoir à la fin de la semaine.

— Il m'est arrivé de fréquenter ces bains moi-même, murmura Gerasimov avec une ironie à laquelle Vatutine ajouta la sienne.

— Je les fréquente encore, camarade président. J'ai moi-même vu ce jeune homme. J'ai reconnu la photographie dans le dossier que nous préparons. Il a été caporal d'une compagnie d'intendance, en Afghanistan. Ses états de service indiquent qu'il s'opposait à l'emploi de certaines armes, là-bas, celles que nous utilisons pour dissuader les civils d'aider les bandits. (Vatutine faisait là allusion aux jouets piégés destinés à être ramassés par les enfants.) L'officier politique de son unité a rédigé un rapport, mais le premier avertissement verbal l'a fait taire et il a terminé son service sans autre incident. Le rapport a suffi, cependant, à lui interdire tout emploi en usine et il a traîné un peu, à la dérive, de petites besognes en petites besognes. Ses collègues le disent ordinaire mais plutôt taciturne. Exactement ce que doit être un espion, naturellement. Jamais une seule fois il n'a parlé de ses « ennuis » en Afghanistan, pas même quand il buvait. Son appartement est sous surveillance, ainsi que toute sa famille et tous ses amis. Si nous ne le retrouvons pas très vite, nous saurons que c'est un espion. Mais nous l'aurons et je l'interrogerai moi-même.

Gerasimov hocha la tête d'un air pensif.

— Je vois que vous avez employé la nouvelle technique d'interrogatoire sur cette femme, Vaneyeva. Qu'en pensez-vous ?

— Je la trouve intéressante. Elle a certainement bien marché dans ce cas mais je dois dire que cela me cause tout de même une certaine appréhension de remettre cette femme dans la rue.

— C'est moi qui ai pris la décision, au cas où personne ne vous l'aurait dit, déclara négligemment Gerasimov. Étant donné la délicatesse de cette affaire, et la recommandation du médecin, je pense que le risque vaut la peine d'être pris, pour le moment. Nous ne voulons pas trop attirer l'attention sur cette histoire, vous comprenez ? Les charges contre elle sont encore en suspens.

Ah oui ? Et vous pouvez les utiliser contre son père, n'est-ce pas ? La disgrâce de la fille est aussi celle du père, et quel homme voudrait voir son enfant unique au goulag ? Rien ne vaut un petit chantage, n'est-ce pas, camarade président ?

— Il est indiscutable que l'affaire est délicate et qu'elle pourrait le devenir plus encore, reconnut Vatutine.

— Vraiment ?

— La seule fois où j'ai vu cet Altounine, il se tenait à côté du colonel Mikhaïl Semyonovitch Filitov.

— Micha Filitov, l'assistant de Yazov ?

— Lui-même, camarade président. J'ai examiné son dossier ce matin.

— Et alors ?

La question était posée par le supérieur immédiat du colonel.

— Rien sur quoi je puisse mettre le doigt. Je ne savais pas qu'il avait été mêlé à l'affaire Penkovski...

Vatutine s'interrompit et, pour une fois, sa figure perdit son impassibilité.

— Quelque chose vous trouble, colonel, observa Gerasimov. Qu'est-ce que c'est ?

— L'intervention de Filitov dans l'affaire Penkovski est survenue peu après la mort de son second fils et celle de sa femme... Une curieuse coïncidence.

— Est-ce que Filitov n'était pas un témoin à charge ? demanda le chef du Deuxième Directorat, qui avait d'ailleurs travaillé en marge de l'affaire.

— C'est exact, mais c'était après que nous avions placé l'espion sous haute surveillance, nota Vatutine, et il réfléchit quelques instants. Une curieuse coïncidence, comme je disais. Nous recherchons en ce moment un courrier soupçonné de transmettre des renseignements de défense nationale. Or je l'ai vu au côté d'un très haut fonctionnaire du ministère de la Défense, qui a été mêlé à une affaire semblable il y a près de trente ans. D'un autre côté, Filitov est celui qui a le premier dénoncé Penkovski, et c'est un grand héros de la guerre... qui a perdu sa famille dans de douloureuses circonstances...

Pour la première fois, Vatutine arrivait à enchaîner toutes ses pensées. Le président lui demanda :

— Y a-t-il déjà eu une ombre de soupçon à l'encontre de Filitov ?

— Non. Sa carrière ne saurait être plus impressionnante. Il est le seul collaborateur qui soit resté tout au long de sa carrière auprès du regretté ministre Oustinov et il n'a pas quitté ce poste depuis. Il a la fonction d'inspecteur général du personnel du ministre.

— Je sais. J'ai là une demande portant la signature de Yazov, réclamant notre dossier sur les expériences américaines d'IDS. Quand j'ai téléphoné pour me renseigner, le ministre m'a dit que les colonels Filitov et Bondarenko rassemblaient des données pour un rapport complet destiné au Politburo. Le nom de code, sur ce fragment de photographie que vous avez reconstitué, était Étoile brillante, n'est-ce pas ?

— En effet.

— Nous avons maintenant trois coïncidences, Vatutine. Vos recommandations ?

Elles étaient assez simples.

— Nous devrions placer Filitov sous surveillance. Et probablement aussi ce Bondarenko.

— Très prudemment, mais très méticuleusement, déclara Gerasimov en refermant le dossier. C'est un excellent rapport et il me semble que votre instinct d'enquêteur est plus vif que jamais, colonel. Vous me tiendrez au courant de cette affaire. J'espère désormais vous voir trois fois par semaine, jusqu'à sa conclusion. Général, dit-il au chef du « Deux », ce garçon obtiendra tout le soutien dont il aura besoin. Vous pouvez réquisitionner tout ce que vous voulez dans n'importe quel secteur du Comité. Si vous vous heurtez à des objections, dites qu'on s'adresse à moi. Nous pouvons être certains qu'il y a eu une fuite au plus haut niveau du ministère de la Défense. Ensuite, cette affaire est classée secrète, uniquement réservée à mes yeux et aux vôtres. Personne, je le répète, *personne* n'en aura connaissance. Qui peut savoir où les Américains ont réussi à infiltrer leurs agents ? Vatutine, découvrez-moi le fin mot de cette histoire et vous aurez vos étoiles de général avant l'été. Mais attention ! vous devriez cesser de boire jusqu'à ce que vous ayez terminé cette enquête. Nous avons besoin que vous ayez les idées claires.

— Oui, camarade président.

Quand Vatutine et son supérieur sortirent du bureau, le couloir était désert.

— Et Vaneyeva, alors ? demanda le colonel.

— C'est son père, bien sûr. Le Secrétaire général Narmonov annoncera son élection au Politburo la semaine prochaine, répondit le général sur un ton neutre, réfléchi.

Et ça ne fera pas de mal d'avoir un autre ami du KGB à la cour, pensa Vatutine. *Est-ce que Gerasimov préparerait un coup ?*

— N'oubliez pas ce qu'il a dit au sujet de l'alcool, reprit le général. J'ai appris que vous y alliez vraiment fort, ces derniers temps. C'est un point sur lequel le président et le Secrétaire général sont d'accord, au cas où personne ne vous l'aurait jamais dit !

— Oui, camarade général.

Naturellement, c'est probablement leur seul point d'accord. Comme tout bon Russe, Vatutine estimait que la vodka faisait autant partie de la vie que l'air qu'on respirait. L'idée lui vint que c'était une gueule de bois qui l'avait fait aller aux bains de vapeur le matin où il avait observé la singulière et cruciale coïncidence, mais il se garda d'en faire observer l'ironie. De retour à son bureau, quelques minutes plus tard, il prit un bloc-notes et commença à préparer la surveillance de deux colonels de l'Armée soviétique.

Gregory rentra par des vols commerciaux ordinaires, en changeant d'avion à Kansas City après une escale de deux heures. Il dormit pendant presque toute le seconde partie du voyage et sortit tout droit de l'aérogare, les mains dans les poches puisqu'il n'avait pas à faire la queue pour les bagages. Sa fiancée l'attendait.

— Comment c'était, Washington ? demanda-t-elle après le baiser de bienvenue de rigueur.

— Ça ne change pas. Ils m'ont trimballé partout. Ils doivent se figurer que les scientifiques ne dorment jamais.

Ils sortirent en se tenant par la main. À l'extérieur, elle insista :

— Mais qu'est-ce qui s'est passé ?

— Les Russes ont procédé à un gros essai...

Il s'interrompit pour regarder de tous côtés. Techniquement, c'était une transgression des règles de sécurité... mais Candi faisait partie de l'équipe, après tout.

— Ils ont zappé un satellite avec des lasers basés au sol à Douchanbe. Ce qu'il en reste a l'air d'une maquette en plastique qu'on aurait mise au four.

— C'est moche, ça, observa le professeur Long.

— Je te crois que c'est moche ! Mais ils ont des problèmes optiques. C'est sûr qu'ils n'ont personne comme toi, là-bas, pour leur construire des miroirs. Mais ils doivent quand même avoir des types de valeur, côté lasers.

— De quelle valeur ?

— Assez bons pour faire quelque chose que nous n'avons pas encore compris, grommela Al quand ils arrivèrent à la Chevrolet. Conduis, toi. Je suis encore groggy.

— Est-ce que nous arriverons à comprendre ?

— Tôt ou tard, répondit-il.

Il ne pouvait pas aller plus loin, fiancée ou non. Candi

monta dans la voiture et se pencha pour ouvrir la portière droite. Dès qu'Al eut attaché sa ceinture, il ouvrit la boîte à gants et y prit un Twinkie. Il en avait toujours une réserve. Celui-là était un peu rassis mais ça ne le gênait pas. Candi se demandait parfois s'il ne l'aimait pas simplement parce que son diminutif lui rappelait son goût pour les sucreries.

— Comment marche le nouveau miroir ? demanda-t-il, la bouche pleine.

— Marv a une nouvelle idée, nous faisons des essais. Il pense que nous devrions amincir le revêtement au lieu de l'épaissir. Nous allons tenter ça la semaine prochaine.

— Marv est assez original, pour un vieux bonhomme.

Le Pr Marv Greene avait quarante-deux ans. Candi pouffa.

— Sa secrétaire aussi le trouve assez original.

— Il devrait bien savoir que ça ne vaut rien de fricoter avec quelqu'un au travail, dit sérieusement Gregory, et puis il se reprit et ils éclatèrent de rire tous les deux.

— C'est évident ! Tu es très, très fatigué ?

— J'ai dormi dans l'avion.

— Tant mieux.

Juste avant de prendre Candi dans ses bras, il roula en boule l'emballage du Twinkie et le jeta à ses pieds, où le papier vint tenir compagnie à une trentaine d'autres. Gregory volait beaucoup mais Candi avait un remède souverain contre le décalage horaire.

— Eh bien, Jack ? demanda l'amiral Greer.

— Je suis inquiet, avoua Ryan. C'est par un extraordinaire coup de chance que nous avons été témoins de l'essai. Le minutage était astucieux. Tous nos oiseaux de reconnaissance étaient bien au-dessous de l'horizon optique. Nous ne devions rien remarquer... ce qui n'est guère surprenant puisque c'est une violation technique du traité d'ABM. Enfin, probablement... Tout dépend de la façon de lire le traité. On tombe alors dans l'argument de l'interprétation « stricte » ou « libre ». Si nous nous permettions un coup pareil, le sénat deviendrait dingue.

— Il n'aimerait pas l'essai auquel vous avez assisté.

Très peu de personnes savaient à quel point Tea Clipper était avancé. Le programme était « noir ». Plus secret qu'ultra-secret. Les programmes « noirs » n'existaient tout simplement pas.

— Peut-être. Mais nous faisions l'essai du système de pointage, pas de l'arme elle-même.

— Et les Soviétiques essayaient un système pour voir s'il était... (Greer rit et secoua la tête.) On dirait qu'on parle de métaphysique, hein ? Combien de lasers peuvent danser sur une tête d'épingle ?

— Je suis sûr qu'Ernie Allen pourrait nous donner une opinion là-dessus, dit Jack en souriant. Il n'était pas d'accord avec Allen mais l'homme lui plaisait quand même. J'espère que notre ami de Moscou pourra livrer.

12

Succès et faillite

Un des problèmes de la surveillance de n'importe quel individu, c'est que l'on doit déterminer comment il ou elle passe normalement sa journée, avant de pouvoir déployer toutes les ressources nécessaires à l'opération. Plus la personne ou l'activité est solitaire, plus il est difficile de garder discrètement un œil sur elle. Déjà, par exemple, les agents du KGB qui filaient le colonel Bondarenko le haïssaient cordialement. Son jogging matinal quotidien était, pensaient-ils tous, une activité idéale pour un espion. Il courait absolument seul, dans des rues presque totalement désertes, assez désertes pour qu'il connaisse de vue toutes les personnes déjà dehors à cette heure, assez désertes pour qu'il remarque immédiatement tout ce qui sortait de l'ordinaire. Pendant qu'il trottait autour des immeubles résidentiels du quartier, les trois agents chargés de garder un œil sur lui le perdirent de vue pas moins de cinq fois. Les rares arbres derrière lesquels ils auraient pu se cacher n'avaient plus de feuilles et les immeubles se dressaient comme des pierres tombales au milieu d'un terrain plat et nu. À n'importe quel moment, ces cinq fois, Bondarenko aurait pu s'arrêter pour récupérer ou déposer quelque chose dans une boîte aux lettres. Non seulement c'était exaspérant mais ce colonel de l'Armée soviétique avait des états de service aussi immaculés qu'un champ de neige fraîchement tombée. Exactement le genre de couverture qu'un espion chercherait à se fabriquer, bien entendu.

Ils le revirent quand il tourna le coin de sa rue, courant

vigoureusement, laissant derrière lui les petits nuages de vapeur de son haleine. L'homme chargé de cet aspect de l'affaire jugea qu'au moins six agents du « Deux » seraient nécessaires, rien que pour la filature du sujet durant son exercice quotidien. Et ils devraient être sur place une heure à l'avance et supporter l'aigre froid sec du petit jour de Moscou. Eu égard à la pénibilité du travail, le personnel du Deuxième Directorat principal ne se considérait en somme jamais comme suffisamment apprécié.

À plusieurs kilomètres de là, une autre équipe de trois hommes était plutôt satisfaite. Pour eux, on avait réquisitionné un appartement au septième étage de l'immeuble faisant face à celui du suspect ; le diplomate qui habitait là était en voyage à l'étranger. Deux téléobjectifs étaient braqués sur les fenêtres de Micha — et ce n'était pas un homme qui prenait la peine de bien abaisser ses stores ni même de les disposer correctement. Ils le regardaient se livrer à la routine matinale d'un homme qui a trop bu la veille, routine assez familière aux agents du « Deux » qui l'observaient, bien au chaud dans l'appartement d'en face.

Micha était également suffisamment important, au ministère de la Défense, pour avoir droit à une voiture avec chauffeur. Ce fut très facile de réaffecter le sergent et de le remplacer par un brillant jeune homme tout frais émoulu de l'école de contre-espionnage du KGB. Un dispositif d'écoute sur son téléphone capta son appel demandant qu'on vienne le prendre de bonne heure.

Ed Foley sortit de chez lui plus tôt que d'habitude. Sa femme le conduisait, ce matin, avec les enfants à l'arrière de la voiture. Les Soviétiques avaient noté avec amusement, dans leur dossier sur Foley, que Mrs Foley gardait la voiture presque tous les jours et allait promener ses gosses ou rendre visite à des femmes d'autres diplomates occidentaux. Un mari soviétique, c'est sûr, aurait gardé le véhicule pour son usage personnel. Au moins, aujourd'hui, elle ne lui faisait pas prendre le métro, remarquèrent les agents. C'était chic de sa part. Le milicien, à l'entrée de l'enceinte diplomatique — un homme du KGB, en réalité, et tout le monde le savait —, nota l'heure de départ et le nombre de personnes transportées. Cela sortait un peu de l'ordinaire et le garde au portail regarda de tous côtés pour voir si l'homme du KGB qui filait habituellement Foley était bien là aujourd'hui : il ne le vit pas. Les Américains « importants » étaient beaucoup plus régulièrement surveillés.

Pour ne pas avoir l'air particulièrement « étranger », Ed Foley portait une toque de fourrure à la russe et un pardessus assez vieux et usé. Son écharpe de laine jurait un peu avec le manteau mais lui protégeait le cou et cachait sa cravate rayée. Les agents de la sécurité russe qui le connaissaient de vue remarquèrent que, pour la plupart des non-Russes, le climat local restait le grand égalisateur. Une fois qu'on avait subi un hiver à Moscou, on commençait à s'habiller et à se comporter en Russe — jusqu'à même regarder ses pieds quand on marchait.

D'abord les enfants furent déposés à l'école. Mary Pat Foley conduisait normalement, en levant les yeux toutes les trois ou quatre secondes vers le rétroviseur. Moscou, comparée aux villes américaines, n'était pas trop désagréable pour conduire. Les automobilistes russes étaient capables des choses les plus extraordinaires mais les rues n'étaient pas tellement encombrées et comme elle avait appris à conduire à New York, elle était capable d'affronter à peu près n'importe quoi. Comme toutes les personnes qui, dans le monde entier, ont l'habitude de faire le même parcours chaque jour pour se rendre à leur travail, elle avait un chemin personnel composé de divers raccourcis qui lui évitaient le jeu d'embouteillages qu'elle pouvait trouver et lui faisait gagner quelques minutes, tout cela pour le prix d'un litre ou deux de *benzin*.

Immédiatement après avoir tourné dans une nouvelle rue, elle se rapprocha adroitement du trottoir et son mari sortit. La voiture repartait déjà quand il claqua la portière et s'éloigna, pas trop rapidement, vers l'entrée de service d'un immeuble. Pour une fois, Ed Foley avait le cœur battant. Il n'avait encore fait cela qu'une fois et c'était le genre de chose qu'il n'aimait pas du tout. Dès qu'il se trouva à l'intérieur, il négligea l'ascenseur et, regardant sa montre, il monta les sept étages.

Il ne savait pas comment sa femme s'y prenait. Cela blessait son orgueil masculin d'être obligé de s'avouer qu'elle conduisait avec beaucoup plus de précision que lui et savait mener sa voiture à l'endroit qu'elle désirait et à l'heure dite, vraiment à cinq secondes près. Il avait deux minutes pour monter au septième. Foley y arriva avec quelques secondes d'avance. Il ouvrit la porte de secours et risqua un œil anxieux dans le corridor. Des endroits merveilleux, les corridors, surtout quand ils étaient bien éclairés, tout droits et nus comme ceux des immeubles modernes. Il passa d'un pas vif devant la rangée d'ascenseurs, en se dirigeant vers l'autre extrémité. Il mesurait maintenant le temps à ses battements de cœur. À vingt mètres devant lui, une porte s'ouvrit et un homme en uniforme sortit. Il se retourna pour fermer à clef son appartement, puis il ramassa sa serviette et se dirigea vers Foley. Un passant, s'il y en avait eu un, se serait peut-être étonné : aucun des deux hommes ne s'écarta pour éviter l'autre.

Tout fut terminé en un clin d'œil. La main de Foley frôla celle de Cardinal et prit le film tout en laissant à la place un minuscule rouleau de papier. Il crut remarquer une lueur d'irritation dans les yeux de l'agent mais ce fut tout, pas même un « Excusez-moi, camarade », et l'officier continua de marcher vers les ascenseurs. Foley, de son côté, suivit le couloir jusqu'à l'escalier de service. Il prit son temps pour descendre.

Le colonel Filitov sortit de l'immeuble à l'heure dite. Le sergent tenant ouverte la portière de sa voiture remarqua le mouvement de sa bouche, comme s'il avait une miette ou quelque chose qu'il cherchait à déloger entre deux dents.

— Bonjour, camarade colonel.

— Où est Jdanov ? demanda Filitov en s'installant.

— Malade. Une appendicite, à ce qu'il paraît.

Cela provoqua un vague grognement.

— Eh bien, démarrez, démarrez. Je veux passer aux bains de vapeur, ce matin.

Une minute plus tard, Foley sortit par la porte de service et passa devant deux autres immeubles, jusqu'au premier carrefour. Il arrivait juste au bord du trottoir quand sa femme apparut, ralentit et le prit à bord pratiquement sans s'arrêter. Tous deux poussèrent un soupir de soulagement en prenant le chemin de l'ambassade.

— Qu'est-ce que tu fais, aujourd'hui ? demanda-t-elle, en surveillant toujours son rétroviseur.

— Comme d'habitude, répondit-il avec résignation.

Micha était déjà dans la salle de vapeur. Il remarqua l'absence du garçon de bains et la présence de quelques têtes nouvelles. Cela expliquait le changement de chauffeur. Sa figure ne trahit rien du tout et il échangea quelques mots aimables avec les habitués. Il regrettait vivement de s'être trouvé à court de pellicule pour son appareil. Et puis il y avait l'avertissement de Foley. S'il était encore sous surveillance... eh bien, tous les trois ou quatre ans, c'est vrai, un chef de la sécurité quelconque était piqué par une étrange bestiole et se mettait soudain à enquêter sur tout le monde au ministère. La CIA l'avait remarqué et elle avait rompu la chaîne des courriers. C'était amusant, pensait-il, de voir la tête de ce jeune homme dans le corridor. Il restait si peu de gens à savoir ce qu'était le combat. C'était si facile de les effrayer. Le combat apprenait aux hommes ce qu'il fallait craindre et ce qu'il fallait ignorer, se dit Filitov.

À l'extérieur de la salle de vapeur, un agent du « Deux » fouillait les vêtements du colonel. Dans la voiture, sa serviette était examinée. Dans un cas comme dans l'autre, le travail était fait rapidement et à fond.

Vatutine en personne surveillait la perquisition de l'appartement. C'étaient des experts qui travaillaient, ils portaient des gants chirurgicaux et passaient la majeure partie de leur temps à chercher les « mouchards » : un petit bout de papier, une miette, même un simple cheveu placé d'une certaine façon et dans un endroit particulier, dont le déplacement pouvait signifier à l'habitant du lieu que quelqu'un était passé par là. De nombreuses photos furent prises et envoyées à développer de toute urgence, ensuite, les agents procédèrent sérieusement à la perquisition. Le journal intime fut découvert presque tout de suite. Vatutine se courba pour regarder le simple cahier ouvert dans le tiroir du bureau : il voulait être sûr que son emplacement n'était pas secrètement marqué. Au bout d'une minute ou deux, il prit enfin le cahier et commença à lire.

Le colonel Vatutine n'était pas de bonne humeur. Il avait mal dormi. Comme la plupart des gros buveurs, il avait besoin de quelques verres pour s'endormir et la surexcitation de l'affaire, s'ajoutant au manque du sédatif habituel, lui avait fait passer une nuit agitée. Il n'avait pas cessé de se tourner et de se retourner et cela se voyait à sa figure, qui semblait uniquement avertir son équipe de ne surtout pas ouvrir la bouche.

— Photo, grommela-t-il sèchement.

Un homme se précipita pour photographier les pages du journal que tournait Vatutine.

— On a essayé de crocheter la serrure, annonça un commandant. Il y a des marques, des éraflures tout autour. Je crois que si nous la démontons, nous verrons aussi des marques sur les culbuteurs. Quelqu'un s'est probablement introduit ici.

— J'ai ce qu'on cherchait, répliqua Vatutine avec irritation.

Des têtes se tournèrent, un peu partout dans l'appartement. L'homme qui examinait le réfrigérateur fit sauter le panneau de devant, regarda sous l'appareil et remit le panneau en place après l'interruption.

— Ce type tient un foutu journal intime ! Alors, plus personne ne lit les manuels de sécurité ?

Il comprenait tout, maintenant. Le colonel Filitov se servait de journaux personnels pour ses brouillons de rapports officiels. Quelqu'un avait dû l'apprendre et s'était introduit dans l'appartement pour faire des copies de...

Mais est-ce vraisemblable ? se demanda Vatutine. *À peu près aussi vraisemblable qu'un homme qui écrit ses souvenirs de documents officiels alors qu'il pourrait tout aussi facilement les copier à son bureau du ministère de la Défense.*

La perquisition dura deux heures et les hommes partirent par petits groupes de deux ou trois, après avoir tout remis en place, exactement comme ils l'avaient trouvé.

De retour à son bureau, Vatutine lut d'un bout à l'autre la photocopie du journal intime. À l'appartement, il n'avait fait que le parcourir. Le fragment de film trouvé correspondait exactement à une page, au commencement du journal de Filitov. Sa lecture de l'ensemble des copies lui prit une heure. L'information en soi était assez impressionnante. Filitov décrivait le projet Étoile brillante dans les moindres détails. En fait, la description du vieux colonel était une explication bien meilleure que le bref exposé qu'on lui avait donné, pour l'aider dans son enquête. Il y avait aussi des détails sur les observations du colonel Bondarenko quant à la sécurité du site et quelques remarques sur l'affectation des priorités par le ministère. Il était évident que les deux colonels étaient tout à fait enthousiasmés par Étoile brillante et Vatutine était déjà d'accord avec eux. Mais le ministre Yazov, lut-il, n'était pas encore convaincu. Et il se plaignait de problèmes de crédits... mais c'était une vieille histoire, ça !

Il était évident que Filitov avait contrevenu aux règles de sécurité en gardant chez lui des détails concernant des documents secrets. C'était en soi assez grave pour faire perdre sa place à un fonctionnaire de niveau moyen. Mais Filitov était aussi haut placé que le ministre lui-même et Vatutine savait très bien que tous les hauts dignitaires considéraient les règles de sécurité comme des choses assommantes et à négliger dans l'intérêt même de l'État, dont ils se considéraient comme les arbitres suprêmes. Il se demanda s'il en allait de même ailleurs. Une chose était certaine, pour lui : avant que quelqu'un du KGB, lui ou un autre, puisse accuser Filitov de quoi que ce fût, il aurait besoin de quelque chose de plus sérieux que ça. *Même si Micha est un agent étranger... Pourquoi diable est-ce que je cherche des moyens de le nier ?* se demanda Vatutine non sans étonnement. Il retourna par la pensée dans l'appartement et se rappela les photos aux murs. Il devait y en avoir au moins cent ! Micha debout dans la tourelle de son T-34, les jumelles aux yeux ; Micha avec ses hommes, dans la neige devant Stalingrad ; Micha et l'équipage de son char montrant les trous dans le blindage d'un tank allemand... et Micha dans un lit d'hôpital, avec Staline en personne épinglant sur son oreiller sa troisième médaille de Héros de l'Union soviétique, sa ravissante femme et ses deux enfants à son chevet. Tous les souvenirs d'un patriote et d'un héros.

Dans le temps, ça n'aurait eu aucune importance, se rappela le colonel du KGB. *Dans le temps, nous soupçonnions tout le monde.*

N'importe qui a pu faire les marques sur la serrure. Il avait tout de suite supposé que c'était le garçon de bains disparu. Ancien technicien de l'intendance, il devait savoir comment... *Et si c'est une coïncidence ?*

Mais si Micha était un espion, pourquoi ne pas photographier le document officiel lui-même ? En sa qualité de collaborateur du ministre de la Défense, il pouvait se faire communiquer les documents qu'il voulait et ce n'était pas bien compliqué d'introduire discrètement un appareil photographique dans le ministère.

Si nous avions eu la pellicule avec un fragment de photo d'un tel document, Micha serait déjà à la Lefortovo...

Et si c'est un malin ? S'il voulait nous faire croire que quelqu'un d'autre vole des renseignements de son journal intime ? Je peux porter tout de suite ce que j'ai au ministère, mais nous ne pouvons l'accuser que de transgression des règlements de sécurité interne, et s'il réplique qu'il travaillait chez lui, s'il reconnaît avoir contrevenu aux règlements et si le ministre le soutient... Est-ce que le ministre soutiendrait Filitov ?

Oui, Vatutine en était sûr. Micha était, d'abord, un collaborateur digne de toute confiance et un militaire distingué. Ensuite, l'armée resserrait toujours ses rangs pour défendre un des siens contre le KGB. *Ces salauds nous haïssent encore plus qu'ils détestent l'Occident.* L'armée soviétique n'avait jamais oublié la fin des années 30, quand Staline s'était servi du service de sécurité nationale pour tuer presque tous les officiers supérieurs, on avait ainsi failli laisser Moscou tomber aux mains des Allemands. Non, si nous nous adressons à eux avec cela seulement, ils rejetteront toutes nos preuves et engageront leur propre enquête avec le GRU.

Combien d'irrégularités au juste allons-nous découvrir dans cette affaire ? se demanda le colonel Vatutine.

Foley se posait à peu près la même question dans son cagibi, à quelques kilomètres. Il avait fait développer la pellicule et relisait l'épreuve. Avec irritation, il remarqua que Cardinal s'était trouvé à court de pellicule et n'avait pas pu reproduire le document entier. Ce qu'il avait sous les yeux, cependant, révélait que le KGB avait un agent infiltré dans le projet américain appelé Tea Clipper. Manifestement, Filitov jugeait que cela était d'un intérêt plus immédiat pour les Américains que les manigances de ses propres compatriotes et, en lisant les renseignements, Foley était plutôt d'accord avec lui. Il se promit de remettre à Cardinal d'autres films vierges, d'obtenir le document complet et de lui faire savoir ensuite qu'il était temps qu'il prenne sa retraite. L'évasion n'était pas prévue avant une dizaine de jours. On avait bien le temps, se dit-il en dépit d'une désagréable sensation de picotement sur la nuque qui lui disait le contraire.

Et maintenant, comment faire parvenir la nouvelle pellicule à Cardinal ? La chaîne des courriers habituels étant détruite, il faudrait plusieurs semaines pour en créer une autre et il ne voulait pas risquer un nouveau contact direct.

Il faudrait pourtant en arriver là. Bien sûr, tout s'était toujours admirablement passé depuis qu'il dirigeait cet agent mais tôt ou tard un accident arriverait. Le hasard, pensa-t-il. Un jour ou l'autre, les dés retomberaient mal. Quand il avait été affecté à ce poste et avait appris toute l'histoire opérationnelle de Cardinal, il s'était étonné que cet homme ait duré si longtemps, qu'il ait refusé trois offres d'évasion. Jusqu'à quand pourrait-il faire confiance à sa chance ? Le vieux bougre devait se croire invincible. *Jupiter rend fous ceux qu'il veut perdre*, se dit Foley.

Il mit cette pensée de côté et poursuivit le travail de la journée. Le soir venu, le courrier était en route vers l'Ouest avec un nouveau rapport de Cardinal.

— C'est en route, annonça Ritter au Directeur de la CIA.

— Dieu soit loué, répondit en souriant le juge Moore. Concentrons-nous maintenant sur les moyens de le tirer de là.

— Clark est mis au courant. Il part demain pour l'Angleterre et il rejoint le sous-marin le lendemain de son arrivée.

— En voilà un autre qui tire un peu trop sur la ficelle de la chance, marmonna le juge.

— C'est le meilleur que nous ayons, répliqua Ritter.

— Ce n'est pas suffisant pour agir, déclara Vatutine au président après lui avoir fait part des résultats de sa surveillance et de sa perquisition. J'affecte de plus nombreux agents à l'opération. Nous avons également placé des appareils d'écoute dans l'appartement de Filitov...

— Et l'autre colonel ?

— Bondarenko ? Nous n'avons pas pu pénétrer chez lui. Sa femme ne travaille pas et reste à la maison toute la journée. Nous avons appris aujourd'hui que cet homme fait tous les matins plusieurs kilomètres en courant et un supplément d'agents ont été affectés aussi à ce poste. La seule information que nous ayons pour le moment est un dossier vierge — et même exemplaire — et une bonne dose d'ambition. Il est maintenant le représentant officiel du ministère à Étoile brillante et, comme vous le voyez d'après les pages du journal intime, un partisan enthousiaste du projet.

— Votre sentiment personnel, à l'égard de cet homme ?

Les questions du président étaient posées d'une voix cassante mais pas menaçante. C'était un homme occupé qui ne gaspillait pas son temps.

— Jusqu'à présent, rien qui permette de soupçonner quoi que ce soit. Il a été décoré pour son service en Afghanistan, il a pris le commandement d'un groupe *Spetznaz* qui était tombé dans une embuscade et a repoussé une violente attaque des ennemis. Quand il s'est retrouvé sur la base d'Étoile brillante, il a vivement reproché son laxisme au détachement de gardes du

KGB mais son rapport officiel au ministère expliquait pourquoi et il est difficile de trouver à redire à ses raisons.

— Quelque chose a-t-il été fait dans ce sens ? demanda Gerasimov.

— L'officier qui a été envoyé éclaircir l'affaire a été tué quand son avion s'est écrasé en Afghanistan. Un autre officier sera envoyé prochainement, me dit-on.

— Le garçon de bains ?

— Nous le recherchons toujours. Pas encore de résultat. Tout est surveillé, aéroports, gares, tout. S'il y a du nouveau, vous serez immédiatement avisé.

— Parfait. Vous pouvez aller, colonel.

Gerasimov reprit l'examen des documents sur son bureau.

Le président du Comité de Sécurité de l'État se permit un sourire, après le départ de Vatutine. Tout se passait à merveille et il en était stupéfait. Le coup de génie était l'affaire Vaneyeva. Ce n'était pas tous les jours qu'on découvrait un réseau d'espions à Moscou et quand on l'annonçait les félicitations étaient toujours gâchées par la question : *Pourquoi avez-vous mis si longtemps ?* Cela n'arriverait pas cette fois. Oh non, pas avec le père de Vaneyeva sur le point d'être nommé au Politburo. Et le Secrétaire général Narmonov penserait qu'il était loyal envers l'homme qui avait permis la promotion. Narmonov, avec tous ses rêves de réductions d'armement, de relâchement de l'emprise du Parti sur la vie de la nation, de « libéralisation » de l'héritage du Parti... Gerasimov allait changer tout ça.

Ce ne serait pas facile, bien sûr. Il n'avait que trois alliés sûrs au Politburo, mais l'un d'eux était Alexandrov, l'idéologue que le Secrétaire avait été incapable de mettre à la retraite quand il avait changé d'allégeance. Et maintenant, il en avait un autre, tout à fait inconnu du camarade Secrétaire général. En revanche, Narmonov avait toute l'armée derrière lui.

C'était un héritage de Mathias Rust, l'adolescent allemand qui avait posé son Cessna sur la place Rouge. Narmonov était un malin. Rust avait entamé son survol de l'Union soviétique le jour de la fête des Gardes-Frontière, une coïncidence qu'il ne pouvait expliquer, et Narmonov avait refusé au KGB d'interroger correctement le hooligan ! Gerasimov en était encore outré. Le jeune homme avait choisi pour son vol le seul jour de l'année où l'on pouvait être certain que l'immense force du KGB de garde aux frontières serait glorieusement ivre. Ce qui lui avait permis de traverser le golfe de Finlande sans être détecté. Sur quoi le commandement de la défense aérienne, la Voyska PVO, ne l'avait pas détecté non plus et le gosse avait atterri en plein devant Saint-Basile !

Après cela, le Secrétaire général Narmonov n'avait pas perdu de temps : il avait révoqué le chef de la Voyska PVO et le ministre de la Défense Sokolov à la suite d'une séance orageuse du Politburo où Gerasimov n'avait pu soulever aucune objection de crainte de compromettre sa carrière. Le nouveau ministre de la Défense, D.T. Yazov, était l'homme du Secrétaire, un rien-du-tout exhumé du bas de la liste des officiers supérieurs, un homme qui, incapable d'accéder par lui-même à cette fonction, comptait juste sur le Secrétaire général pour y rester. Cela avait couvert le flanc le plus vulnérable de Narmonov. Il s'ensuivait une complication : Yazov ayant encore à apprendre son métier, il comptait manifestement sur des anciens comme Filitov pour le lui enseigner.

Et Vatutine s'imagine que ce n'est qu'une affaire de contre-espionnage, marmonna Gerasimov à part lui.

Les mesures de sécurité indispensables aux informations Cardinal interdisaient à Foley d'envoyer les renseignements par la voie normale. Même les codes utilisables une fois seulement, théoriquement indéchiffrables, lui étaient refusés. Par conséquent, le premier feuillet du dernier rapport devait avertir la confrérie Delta que l'information transmise n'était pas tout à fait ce qu'on attendait.

Quand il le comprit, Bob Ritter bondit de sa chaise. Il fit ses photocopies et détruisit les originaux avant de se rendre au bureau de Moore. Greer et Ryan y étaient déjà.

— Il a manqué de pellicule, annonça le chef adjoint des Opérations dès qu'il eut refermé la porte.

— Quoi ? s'exclama Moore.

— Il est arrivé quelque chose de nouveau. Il paraît que nos confrères du KGB ont infiltré un agent à Tea Clipper, qui vient de leur donner presque tous les plans de ce nouveau miroir gadget et Cardinal a jugé que c'était le plus important. Il ne lui restait pas assez de pellicule pour tout l'ensemble, alors il a accordé la priorité à ce que manigance le KGB. Nous n'avons que la moitié de ce qu'a l'air d'être leur système laser.

— La moitié suffira peut-être, dit Ryan.

Ritter fronça les sourcils. Il n'était pas content du tout que Ryan soit habilité pour Delta.

— Il évoque les effets du changement de conception mais il n'y a rien sur le changement lui-même.

— Pouvons-nous identifier la source de la fuite, de notre côté ? demanda l'amiral Greer.

— Peut-être. C'est quelqu'un qui comprend réellement les miroirs. Parks doit voir ceci au plus tôt. Ryan, vous avez été là-bas. Qu'en pensez-vous ?

— L'essai auquel j'ai assisté validait la performance du miroir et du travail d'informatique. Si les Russes peuvent le reproduire... eh bien, nous savons qu'ils se sont déjà rendus maîtres de la partie laser, n'est-ce pas... C'est assez effrayant, messieurs. Si les Russes arrivent là les premiers, tous les critères de contrôle des armements sont fichus et nous aurons à affronter une situation stratégique vraiment détériorée. Il est évident que le problème mettra des années à se manifester mais...

— Tout de même, si notre homme peut obtenir une autre pellicule, dit Ritter, nous pourrons nous mettre nous-mêmes au travail là-dessus. La bonne nouvelle, c'est que ce Bondarenko que Micha a choisi pour diriger le bureau des lasers au ministère va lui faire régulièrement des rapports sur les événements. La mauvaise nouvelle...

— Inutile de nous occuper de ça maintenant, trancha le juge Moore et son regard apprit à Ritter que Ryan n'avait pas besoin d'en savoir plus long pour le moment, ce que le directeur des Opérations approuva. Jack, vous disiez que vous aviez autre chose ?

— Il doit y avoir une nouvelle nomination au Politburo lundi, celle d'Ilya Arkadyevitch Vaneyev. Soixante-trois ans, veuf. Une fille, Svetlana, qui travaille au GOSPLAN. Elle est divorcée, avec un enfant. Vaneyev est un type assez droit, honnête dans leur contexte, pas beaucoup de linge sale à notre connaissance. Il gravit les échelons, d'un poste au Comité central. C'est lui qui a repris à l'Agriculture les fonctions qui étaient celles de Narmonov et il ne s'y est pas mal débrouillé. Il passe pour être l'homme de Narmonov. Cela lui donne quatre voix assurées au Politburo, une de plus que n'en a la faction Alexandrov et...

Ryan s'interrompit en remarquant l'expression peinée des trois autres.

— Quelque chose ne va pas ?

— Sa fille. Elle est au service de Sir Basil, lui apprit le juge Moore.

— Résiliez le contrat, conseilla Ryan. Ce serait bien d'avoir ce genre de source mais un scandale pareil mettrait Narmonov en danger. Mettez-la à la retraite. Réactivez-la dans quelques années, peut-être, mais pour le moment écartez-la totalement.

— Ce ne sera peut-être pas si facile, dit Ritter mais il n'insista pas. Comment marche l'évaluation ?

— J'ai fini hier.

— C'est juste pour le Président et quelques autres, et c'est un secret qui doit être bien gardé.

— Je comprends. Je peux le faire imprimer cet après-midi. Si c'est tout... ?

C'était tout. Ryan quitta la pièce. Moore attendit que la porte soit refermée avant de parler.

— Je ne l'ai encore dit à personne mais le Président recommence à s'inquiéter de la position politique de Narmonov. Ernie Allen a peur que les derniers changements soviétiques indiquent un affaiblissement du soutien à Narmonov ; et il a persuadé le patron que le moment était mal choisi pour trop insister sur certains points. Donc, si nous faisons sortir Cardinal, cela risque d'avoir des conséquences politiques que nous ne souhaitons pas.

— Si Micha est pris, les conséquences politiques seront les mêmes, fit observer Ritter. Sans parler de l'effet quelque peu néfaste que cela aurait sur notre homme. Ils le soupçonnent, Arthur. Il se peut qu'ils aient déjà la fille de Vaneyev...

— Elle a repris son travail au GOSPLAN, dit Moore.

— Ouais, et le teinturier a disparu. Ils ont arrêté la fille et ils l'ont brisée, insista Ritter. Nous devons le faire sortir, une fois pour toutes. Nous ne pouvons pas le laisser flotter au gré du vent, Arthur. Nous avons une dette envers cet homme !

— Je ne peux pas permettre la « sortie » sans autorisation présidentielle.

Ritter faillit exploser.

— Alors obtenez-la ! Merde pour la politique ! Dans ce cas, merde pour la politique ! Il y a un aspect pratique à l'affaire, Arthur. Si nous laissons tomber un homme pareil, si nous ne levons pas le petit doigt pour le sauver, ça se saura... Bon Dieu, les Russes en feront un mini-feuilleton télévisé ! Ça nous coûtera plus cher, à long terme, que ces conneries politiques temporaires.

— Un instant, un instant, intervint Greer. S'ils ont fait craquer cette fille du type du Politburo, comment se fait-il qu'elle ait repris son travail ?

— La politique, peut-être ? hasarda Moore. Vous croyez le KGB incapable de faire du tort à la famille de ce type ?

— Exactement ! cria Ritter. Gerasimov est dans la faction adverse et il laisse passer l'occasion de priver l'homme de Narmonov d'un siège au Politburo ? Ça sent la politique, d'accord, mais pas de cette espèce-là. Plus probablement, notre ami Alexandrov a le nouvel homme dans sa poche et Narmonov n'en sait rien.

— Vous croyez donc qu'ils l'ont brisée et puis qu'ils l'ont laissée partir et se servent d'elle pour faire pression sur le vieux ? demanda Moore. Ça paraît logique. Mais il n'y a pas de preuves.

— Alexandrov est trop vieux pour viser lui-même le poste et, d'ailleurs, jamais les idéologues ne semblent accéder à la plus haute fonction, c'est bien plus amusant pour eux de tirer les ficelles en coulisse. Mais Gerasimov est son chouchou et nous savons qu'il a assez d'ambition pour se faire couronner empereur, « l'empereur Nicolas III ».

— Bob, vous venez de nous donner une autre raison de ne pas faire de vagues en ce moment, dit Greer et il prit un temps pour boire son café. Je n'aime pas non plus laisser Filitov en place. Mais est-ce qu'il ne pourrait pas simplement se tenir tranquille, garder le profil bas pour le moment ? Les choses étant ce qu'elles sont, il a quand même des chances de se disculper de tout ce qu'on pourrait lui reprocher.

— Non, James, dit Ritter en secouant vigoureusement la tête. Nous ne pouvons pas le mettre en réserve parce que nous avons besoin du reste de son rapport. S'il court le risque de le transmettre malgré l'attention qu'il attire, nous ne pouvons pas l'abandonner à son sort. Ce n'est pas juste. Rappelez-vous ce que cet homme a fait pour nous, depuis des années.

Ritter discuta encore pendant plusieurs minutes, en manifestant cette farouche loyauté à ses hommes qu'il avait apprise comme jeune chef de mission. Si les agents devaient souvent être traités comme des enfants, soutenus, encouragés et fréquemment disciplinés, ils devenaient comme vos propres fils et filles et devaient être mis à l'abri de tout danger.

Le juge Moore mit fin à la discussion.

— Nous comprenons, Bob, mais je dois aller voir le Président. Il ne s'agit plus d'une simple opération sur le terrain.

Ritter resta ferme sur sa position.

— Nous mettons tous nos atouts en place.

— D'accord. Mais nous ne passerons pas à l'action tant que nous n'aurons pas une approbation.

Il faisait un temps épouvantable à Faslane mais c'était normal en cette saison. Un vent de trente nœuds, chargé de neige et de givre, balayait les côtes écossaises quand le *Dallas* fit surface. Mancuso monta à son poste dans le kiosque et contempla les collines rocheuses à l'horizon. Il venait de terminer une traversée record, ayant filé dans l'Atlantique à une moyenne de trente et un nœuds et poussé son bâtiment aussi vite qu'il avait pu pour une longue distance, et par-dessus le marché il émergeait bien plus près de la côte qu'il n'aurait aimé. Mais, après tout, il était payé pour obéir aux ordres, pas pour les aimer.

La mer était grosse, avec des creux de cinq mètres, et son sous-marin roulait avec eux, en se rapprochant à une vitesse de douze nœuds. Les vagues déferlaient sur la proue sphérique et s'écrasaient contre la face camuse du kiosque. Malgré sa tenue de gros temps, le commandant fut trempé et grelotta en quelques minutes. Un remorqueur de la Royal Navy apparut et se mit à poste sur l'avant bâbord du *Dallas* pour le conduire vers le loch tandis que Mancuso s'accommodait tant bien que mal du roulis. Un de ses secrets professionnels les mieux gardés était une certaine tendance fâcheuse au mal de mer. Dans le kiosque, cela allait encore, mais ceux qui étaient à l'intérieur de la longue coque cylindrique regrettaient maintenant le lourd déjeuner servi quelques heures avant.

Moins d'une heure plus tard, ils se retrouvèrent dans des eaux abritées et suivirent les méandres pour entrer dans la base de sous-marins nucléaires britanniques et américains. Une fois arrivés, le vent les aida à accoster à la jetée. Du monde les attendait déjà, à l'abri dans quelques voitures, alors que les amarres étaient jetées et saisies par la bordée du pont du sous-marin. Dès qu'il fut amarré, Mancuso descendit dans sa cabine.

Son premier visiteur fut un commandant. Il s'attendait à

un officier sous-marinier mais celui-là n'avait pas le moindre insigne d'arme. C'était donc un homme des renseignements.

— Comment a été la traversée, commandant ? demanda-t-il.

— Tranquille.

Au fait, au fait !

— Vous appareillez dans trois heures. Voici vos ordres de mission.

L'homme lui tendait une grande enveloppe, avec trois cachets de cire et une note lui disant quand il devrait l'ouvrir. On voyait souvent cela au cinéma mais c'était la première fois que la chose arrivait à Mancuso. On était censé pouvoir discuter de sa mission avec les gens qui vous la confiaient. Mais pas cette fois. Il signa le reçu et enferma l'enveloppe dans son coffre, sous l'œil vigilant du spectre qui s'en alla aussitôt après.

« Merde », grommela à part lui le commandant. À présent, ses invités pouvaient venir à bord.

Ils étaient deux, tous deux en civil. Le premier descendit par le sabord de chargement des torpilles avec l'aplomb d'un vrai marin. Mancuso comprit vite pourquoi.

— Salut, commandant !

— Jonesy ! Qu'est-ce que vous foutez ici ?

— L'amiral Williamson m'a donné le choix. Être rappelé au service actif temporaire ou venir à bord comme technicien. J'aime mieux être technicien. Ça paie mieux... Celui-là, c'est M. Clark. Il ne parle pas beaucoup.

C'était bien vrai. Mancuso lui donna la couchette libre dans la cabine du mécanicien. Une fois que son matériel fut descendu par le sabord, M. Clark s'y rendit, ferma la porte derrière lui et ce fut tout.

— Où est-ce que je planque mes affaires ? demanda Jones.

— Il y a une couchette dans la soute.

— Chouette. Les chefs mangent mieux, de toute façon.

— Comment vont les études ?

— Plus qu'un semestre avant ma maîtrise. Je reçois déjà de petites offres de quelques entrepreneurs. Et puis je suis fiancé, annonça Jones en ouvrant son portefeuille pour montrer une photo au capitaine. Elle s'appelle Kim et elle travaille dans une bibliothèque.

— Félicitations, M. Jones.

— Merci, commandant. L'amiral dit que vous avez vraiment besoin de moi. Kim comprend. Son papa est dans l'armée. Alors, qu'est-ce qui se passe ? Une espèce d'op spé, et vous ne pouvez pas faire ça sans moi, hein ?

« Opération spéciale » était un euphémisme désignant toutes sortes de choses, dangereuses pour la plupart.

— Je ne sais pas. On ne m'a encore rien dit.

— Ma foi, encore une balade « là-haut dans le Nord » n'est pas pour me déplaire, avoua Jones. Entre nous, ça me manquait un peu.

Mancuso ne pensait pas qu'ils allaient là-bas mais il ne dit rien. Jones partit s'installer et le commandant rejoignit la cabine du mécanicien.

— Monsieur Clark ?

— Commandant.

Il avait accroché sa veste, révélant qu'il portait une chemise à manches courtes. Mancuso lui donnait un peu plus de quarante ans. À première vue, il n'avait rien de bien extraordinaire. Un mètre quatre-vingt-deux ou trois, mince, et Mancuso remarqua alors qu'il n'avait pas la taille épaissie d'un homme de son âge et que ses épaules étaient plus larges qu'elles n'en donnaient l'impression. Ce fut un second coup d'œil à son bras qui lui donna la clef de l'énigme. A demi caché sous les poils noirs, il y avait un tatouage, un phoque rouge, semblait-il, avec un grand sourire impudent.

— J'ai connu un type avec un tatouage comme celui-là. Un officier... il est maintenant avec Team-Six.

— Ça, c'est le passé, commandant. Je suis censé ne pas en parler.

— De quoi s'agit-il aujourd'hui ?

— Commandant, vos ordres de mission vous...

— Faites-moi plaisir.

L'ordre était donné avec un sourire.

— Il s'agit d'un ramassage.

Dieu de Dieu. Mais Mancuso hocha la tête, impassible.

— Est-ce que vous aurez besoin d'un soutien supplémentaire ?

— Non, commandant. Tir solo. Rien que moi et mon matériel.

— O.K. Nous verrons tout ça en détail une fois en mer. Vous prendrez vos repas au carré. Juste en bas de l'échelle, là-dehors, et à quelques pas sur tribord, vers l'arrière. Autre chose. Est-ce que le facteur temps est un problème ?

— Ça ne devrait pas, à moins que ça vous ennuie d'attendre. Une partie de tout ça est encore en suspens... c'est tout ce que je peux dire pour le moment, commandant. Excusez-moi, mais moi aussi j'ai mes ordres.

— Je comprends. Prenez la couchette supérieure. Dormez, si vous en avez besoin.

— Merci, commandant.

Clark regarda partir le capitaine mais il ne sourit pas avant que la porte soit fermée. Il n'était encore jamais monté à bord d'un sous-marin de classe Los Angeles. La plupart des missions secrètes se faisaient avec les Esturgeons, plus petits et plus maniables. Il dormait toujours au même endroit, sur la couchette supérieure dans la cabine du mécanicien, la seule libre à bord. Il y eut le problème habituel pour le rangement de ses affaires, mais «Clark» l'avait fait assez souvent pour connaître le truc. Quand il eut fini, il grimpa et s'allongea. Le vol l'avait fatigué et il avait besoin de quelques heures de détente. La couchette était comme toujours collée contre la coque arrondie du bâtiment. On avait l'impression d'être couché dans un cercueil au couvercle entrouvert.

— Il faut admirer l'habileté des Américains, dit Morozov.

Les dernières semaines avaient été très affairées, à Douchanbe. Immédiatement après l'essai — ou plus précisément immédiatement après le départ de leur visiteur de Moscou — deux des six lasers avaient été dégivrés et démontés pour entretien et on avait découvert que leurs optiques avaient été gravement brûlées. Il s'agissait donc toujours d'un problème de revêtement optique. Plus probablement de contrôle de qualité, avait observé le chef de section en repassant le problème à une autre équipe d'ingénieurs. Ce qu'ils avaient maintenant était bien plus passionnant. C'était le plan de miroir américain dont ils entendaient parler depuis des années.

— L'idée est venue d'un astronome. Il cherchait un moyen de faire des photos stellaires qui ne souffriraient pas du «scintillement». Personne n'a pris la peine de lui dire que c'était impossible, alors il y a travaillé et il a réussi. Je connaissais l'idée générale mais pas les détails. Vous avez raison, jeune homme. C'est très habile. Trop habile pour nous, marmonna le chef en passant au feuillet des spécifications informatiques. Nous n'avons rien qui puisse reproduire cet exploit. Rien que la construction des actuateurs... je ne sais même pas si nous pouvons faire ça.

— Les Américains construisent le télescope...

— Oui, à Hawaï. Je sais. Mais celui d'Hawaï est très en retard sur celui-ci, techniquement parlant. Les Américains ont réussi une percée qui n'a pas encore trouvé son chemin dans les milieux scientifiques en général. Notez la date du diagramme. Il est possible qu'ils aient déjà celui-ci en opération... Ils sont en avance sur nous.

— Vous devez partir.

— Oui. Merci de m'avoir protégé si longtemps.

Eduard Vassilievitch Altounine était sincèrement reconnaissant. Il avait eu un plancher pour dormir et plusieurs repas chauds pour se sustenter pendant qu'il tirait ses plans.

On le tentait. En Occident, il aurait pu facilement se procurer des vêtements différents, une perruque pour cacher ses cheveux, et même une trousse de maquillage de théâtre avec des instructions sur les moyens de modifier son apparence. En Occident, il aurait pu se cacher à l'arrière d'une voiture et se faire conduire en quatre heures à trois cents kilomètres. À Moscou, il n'avait rien de ces facilités. Le KGB devait avoir déjà fouillé son appartement et déterminé quels vêtements il portait. Ils connaissaient ses traits et la couleur de ses cheveux. La seule chose qu'ils ignoraient, évidemment, c'était son petit groupe d'amis, qui lui était venu de son service militaire en Afghanistan. Il ne parlait jamais d'eux à personne.

Ils lui avaient offert un manteau d'une coupe différente mais qui ne lui allait pas, et il ne voulait pas mettre plus longtemps ces amis en danger. Il avait déjà préparé son histoire : il était resté caché avec une bande de malfaiteurs, à quelques centaines de mètres de chez lui. Un des aspects de Moscou que l'Occident connaissait mal, c'était sa délinquance, qui ne faisait qu'empirer. Bien que Moscou n'eût pas encore rattrapé les villes américaines de même importance, il y avait des quartiers où il était prudent de ne pas se promener seul la nuit. Mais les étrangers s'y hasardaient rarement, et d'ailleurs les agresseurs des rues s'en prenaient peu aux étrangers — ce qui leur aurait garanti une riposte vigoureuse de la milice.

Altounine s'engagea dans Trofimovo, une artère misérable près de la Moskova. Il s'étonnait de sa propre stupidité. Il s'était toujours dit que s'il avait besoin de fuir la ville, il le ferait à bord d'une péniche. Son père avait été marinier toute sa vie et Edward connaissait des cachettes que personne ne pourrait découvrir. Mais la rivière était gelée, le trafic fluvial arrêté et il n'y avait même pas pensé ! Il rageait contre lui-même.

Il ne servait à rien de s'inquiéter de cela, à présent, se dit-il. Il y avait un autre moyen. Il savait que l'usine d'automobiles Moskvitch n'était qu'à un kilomètre et les trains roulaient toute l'année. Il n'aurait qu'à en prendre un qui descendait dans le Sud, en se cachant dans un wagon de marchandises plein de pièces détachées de voitures. Avec un peu de chance, il arriverait jusqu'en Géorgie où personne n'examinerait trop attentivement ses nouveaux papiers d'identité. Il était possible de disparaître, en Union soviétique. C'était un pays de deux cent quatre-vingts millions d'habitants, après tout. Et les gens perdaient ou abîmaient constamment leurs papiers. Il se demanda dans quelle mesure ces pensées étaient réalistes ou n'étaient plus simplement qu'un moyen de se remonter le moral.

Mais il ne pouvait plus s'arrêter. Tout avait commencé en Afghanistan et il se demandait si cela s'arrêterait jamais.

Au début, Altounine était parvenu à refouler la chose. Caporal d'intendance, il avait travaillé avec sa compagnie à ce que les Soviétiques appelaient par euphémisme des « appareils anti-terroristes ». Ils étaient disséminés par avion ou, le plus souvent, par des soldats soviétiques complétant le nettoyage d'un village. Certains de ces objets étaient de typiques poupées russes *matryochka*, de petites bonnes femmes avec un fichu sur la tête et une base ronde culbutante ; ou encore un petit camion, ou un stylo. Les adultes apprenaient vite à se méfier mais la malédiction des enfants était leur curiosité et leur incapacité d'apprendre par les erreurs des autres. On avait très vite compris que les enfants ramassaient n'importe quoi et le nombre de poupées piégées fut réduit. Mais une chose demeurait constante : quand elles étaient ramassées, cent grammes d'explosif sautaient. La mission d'Altounine était de préparer les bombes et de montrer aux soldats comment les employer correctement.

Au début, il n'y avait guère réfléchi. C'était son travail, les ordres venaient d'en haut. Les Russes ne sont ni enclins par nature ni conditionnés par l'éducation à discuter des ordres venus d'en haut. Et puis c'était une « planque » facile, et sûre. Il n'avait pas à porter un fusil d'assaut ni à aller s'aventurer dans des régions pleines d'ennemis. Le seul danger, pour lui, c'étaient les bazars de Kaboul et il faisait toujours très attention de ne jamais s'y promener avec un groupe de moins de cinq camarades. Seulement voilà, au cours d'une de ces balades, il avait vu un enfant, garçon ou fille, il ne savait pas, dont la main droite n'était plus qu'un moignon en forme de pince et sa mère à côté les avait regardés, lui et les autres soldats, d'une façon qu'il ne pourrait jamais oublier. Il avait entendu raconter des histoires, que les bandits afghans prenaient grand plaisir à écorcher vifs les pilotes soviétiques qu'ils capturaient, que bien souvent leurs femmes se chargeaient de toute l'affaire. Il avait vu là une preuve de la barbarie de ces peuplades primitives... mais un enfant n'était pas un primitif, le marxisme le disait. Prenez n'importe quel enfant, donnez-lui une bonne instruction et de bons maîtres et vous aurez un communiste pour la vie. Non, pas cet enfant-là. Il se rappelait ce jour glacial de novembre, il y avait deux ans. La blessure était complètement cicatrisée, l'enfant souriait même, trop jeune pour comprendre qu'il était estropié à vie. Mais sa mère savait, elle savait pourquoi et comment son enfant avait été puni pour avoir... pour être né. Et après cela, la « bonne planque » facile n'avait plus été tout à fait la même. Chaque fois qu'il vissait la charge d'explosif sur le mécanisme, il voyait une petite main potelée d'enfant. Il commença ensuite à les voir dans son sommeil. L'alcool et même une expérience avec du haschich n'y avaient rien fait, sinon attirer sur lui l'attention malveillante du *zampolit* de sa compagnie. Ce qu'il avait à faire était dur, lui expliqua l'officier politique, mais nécessaire pour empêcher de plus grands massacres, alors se plaindre n'y changerait rien, à moins que le caporal Altounine veuille être muté dans une compagnie de fusiliers, où il aurait l'occasion de voir par lui-même pourquoi de telles mesures étaient nécessaires.

Il savait maintenant qu'il aurait dû accepter cette offre et il maudissait cette lâcheté qui avait freiné son premier mouvement. Le service en première ligne lui aurait rendu sa propre estime, aurait pu... aurait pu faire beaucoup de choses, pensait Altounine à présent. Mais il n'avait pas fait le bon choix et cela n'avait rien changé pour lui. Finalement, tout ce qu'il avait gagné était une lettre du *zampolit* qui allait le suivre jusqu'à la fin de sa vie.

Et maintenant, il tentait d'expier cette erreur. Il se dit qu'il avait peut-être déjà expié, que s'il avait beaucoup de chance il pourrait disparaître et peut-être oublier les jouets qu'il avait piégés pour qu'ils accomplissent leur mission de mort. C'était la seule pensée positive qui trouvait place dans son cerveau par cette froide nuit noire.

Il marchait vers le nord, en évitant les trottoirs de terre battue, en restant dans l'ombre, en contournant les lampadaires. Des ouvriers rentrant chez eux, de l'usine Moskvitch, mettaient dans les rues une agréable animation, mais quand il arriva à la voie ferrée près de l'usine, tout le changement d'équipes était terminé. La neige se mit à tomber à gros flocons, réduisant la visibilité à une centaine de mètres, en formant de petits globes blancs autour des lumières au-dessus des wagons de marchandises immobiles. Un convoi semblait se former, en direction du sud sans doute, se dit-il. Des locomotives haut le pied roulaient ici et là, en poussant des wagons d'un aiguillage à un autre. Altounine attendit quelques minutes accroupi contre une voiture, pour bien voir ce qui se passait. Le vent forcit et il chercha un meilleur poste d'observation. Il y avait des fourgons, à une cinquantaine de mètres, d'où il pourrait mieux voir. L'un d'eux avait une porte entrouverte et il lui faudrait examiner le mécanisme de verrouillage, s'il voulait se glisser à l'intérieur. Il s'en approcha, la tête baissée contre le vent. Le seul bruit qu'il entendait, à part le crissement de la neige sous ses bottes, c'était les coups de sifflet des locomotives signalant leurs manœuvres. Un bruit amical, pensa-t-il, un bruit qui allait changer sa vie, qui annonçait peut-être un semblant de liberté.

Il fut surpris de voir du monde dans le fourgon. Trois hommes. Deux portaient des cartons de pièces détachées d'automobiles. Le troisième avait les mains vides... jusqu'à ce qu'il en plonge une dans sa poche et la ressorte armée d'un couteau.

Altounine voulut dire quelque chose. Cela lui était complètement égal que ces hommes volent des pièces détachées et les revendent au marché noir. L'affaire ne le regardait pas, mais avant qu'il ait eu le temps de parler le troisième lui sauta dessus. Altounine fut assommé quand sa tête heurta le rail. Il ne perdit pas connaissance mais fut incapable de bouger pendant une seconde, trop étonné pour avoir peur. Le troisième se retourna et dit quelque chose. Altounine n'entendit pas la réponse mais il nota qu'elle était prompte et dure. Il cherchait encore à comprendre ce qui lui arrivait quand son agresseur se retourna vers lui et lui trancha la gorge. Il ne ressentit aucune douleur. Il voulait expliquer que... que ce n'était pas son affaire... il s'en fichait... il voulait simplement... un autre se pencha sur lui, deux cartons dans les bras et visiblement effrayé, et Altounine trouva cela très bizarre, puisque c'était lui-même qui mourait.

Deux heures plus tard, une locomotive haut le pied ne put s'arrêter à temps quand son mécanicien aperçut un drôle de paquet couvert de neige sur les rails. Lorsqu'il vit sur quoi il avait roulé, il appela le chef de dépôt.

13

Conciliabules

TRAVAIL superbe, commenta Vatutine. Ah les salauds ! *Ils ont violé la règle.* C'était une règle tacite — mais néanmoins très réelle : la CIA ne tue pas de Soviétiques en URSS et le KGB ne tue pas d'Américains, ni même de transfuges soviétiques, aux USA. Jusqu'à présent et à la connaissance de Vatutine cette loi n'avait jamais été violée, ni d'un côté ni de l'autre, du moins pas ostensiblement. C'était une règle de bon sens : la mission des services de renseignements était de se procurer des renseignements. Si les agents du KGB ou de la CIA passaient leur temps à tuer des membres de leurs services respectifs — avec les représailles et contre-représailles qui suivraient —, la mission primordiale ne serait jamais accomplie. Par conséquent tout le travail du renseignement se devait d'être civilisé, et prévisible. Dans les pays du tiers monde, d'autres règles s'appliquaient, bien entendu, mais en Amérique et en Union soviétique cette loi était rigoureusement observée.

Jusqu'à présent... à moins qu'on veuille me faire croire que ce pauvre bougre a été assassiné par des voleurs de pièces détachées ! Vatutine se demanda si la CIA n'aurait pas fait faire le travail par une bande de délinquants ; il soupçonnait déjà les Américains d'utiliser des criminels soviétiques pour les affaires trop délicates risquant de souiller leurs blanches mains. *Ce ne serait pas une violation* technique *de la loi, n'est-ce pas ?* Il se demanda si les hommes du Premier Directorat avaient parfois recours à cette astuce...

Tout ce qu'il savait, pour le moment, c'était que le maillon suivant de la chaîne de courriers gisait mort à ses pieds et que son seul espoir d'établir un lien entre cet homme et l'espion américain au ministère de la Défense était mort avec lui. Il se reprit. Il savait aussi qu'il devrait faire un rapport sur tout cela dans six heures environ au président du KGB. Il avait besoin de boire un verre, mais il secoua la tête. Il considéra ce qui restait du suspect. La neige tombait si dru qu'on ne voyait plus le sang.

— Vous savez, s'ils avaient été un peu plus adroits en déposant son corps sur les rails, nous aurions pu conclure à un accident, dit un autre agent du KGB.

Malgré les horribles mutilations causées par les roues de la locomotive, il était évident qu'Altounine avait eu la gorge tranchée par un expert avec un couteau à lame effilée. La mort, déclarait le médecin légiste, avait dû survenir en moins d'une minute. Il n'y avait aucune trace de lutte. Les mains de la victime — du traître ! — n'étaient pas meurtries ni coupées. Il ne s'était pas débattu contre son agresseur. Conclusion : cet assassin était probablement connu de la victime. Est-ce que cela aurait pu être un Américain ?

— Premièrement, dit Vatutine, je veux savoir si des Américains étaient absents de chez eux entre dix-huit et vingt-trois heures. Docteur !

— Colonel ?

— L'heure de la mort, encore une fois ?

— À en juger par la température des plus grands morceaux, je dirais entre vingt et une heures et minuit. Et certainement plus tôt que plus tard, je crois, mais le froid et la neige compliquent les choses.

Sans parler de l'état des restes, pensa-t-il.

Vatutine retourna auprès de son principal assistant.

— S'il y en a qui étaient absents de chez eux, je veux savoir qui, où, quand, comment et pourquoi.

— On augmente la surveillance de tous les étrangers ?

— Pour ça, il faut que j'en parle au président, mais j'y songe. Je veux que vous alliez voir l'enquêteur en chef de la milice. Ceci doit être classé ultra-secret. Nous n'avons pas besoin d'une bande de policiers idiots qui viendraient tout embrouiller.

— Compris, camarade colonel. Ils ne s'intéressent d'ailleurs qu'à la récupération de pièces détachées volées, grommela aigrement l'homme en pensant que cette histoire de *perestroïka* transformait tout le monde en capitaliste.

Vatutine alla rejoindre le conducteur de la locomotive.

— Plutôt frisquet, hein ?

Le message fut reçu cinq sur cinq.

— Vous aimeriez peut-être quelque chose pour vous réchauffer un peu ?

— Ce serait très aimable à vous, camarade mécanicien.

— Un plaisir, camarade colonel.

Le conducteur fit apparaître un petit flacon. Dès qu'il avait vu que cet homme était un colonel du KGB, il s'était cru perdu. Mais l'agent avait l'air d'un assez brave type. Ses collègues étaient affairés, leurs questions avaient été raisonnables et il était presque à l'aise... jusqu'à ce qu'il se rende compte qu'il risquait d'être puni pour avoir une bouteille sur le lieu de son service. Il regarda le colonel boire une bonne rasade au goulot et reprit son flacon.

— *Spassibo*, dit Vatutine et il s'éloigna dans la neige.

Vatutine attendait déjà dans l'antichambre quand le président du KGB arriva. Il avait entendu dire que Gerasimov était un travailleur sérieux, toujours à son bureau à sept heures et demie. On n'avait pas menti. Il fit son apparition à sept heures trente-cinq et fit signe à l'homme du « Deux » de le suivre dans son bureau.

— Eh bien ?

— Altounine a été tué hier soir au dépôt des marchandises devant l'usine d'automobiles Moskvitch. On lui a tranché la gorge, son corps a été abandonné sur les rails et une locomotive haut le pied lui est passée dessus.

— Vous êtes sûr que c'est lui ? demanda Gerasimov en fronçant les sourcils.

— Oui, il a été catégoriquement identifié. J'ai reconnu sa figure moi-même. Il a été trouvé à côté d'un fourgon dont la porte avait été visiblement fracturée et où des pièces détachées avaient été volées.

— Ah ! Il aurait donc surpris une bande de pillards du marché noir qui l'auraient facilement assassiné ?

— C'est ce qu'on a voulu faire croire, camarade président. Je ne suis pas convaincu par la coïncidence mais il n'y a aucune preuve pour la contredire. Nos investigations continuent. Nous cherchons en ce moment à savoir si des camarades d'Altounine, du temps de son service militaire, habitent dans ce secteur mais je n'ai guère d'espoir de ce côté-là.

Gerasimov sonna pour faire apporter du thé. Son secrétaire apparut aussitôt et Vatutine comprit que c'était un rite matinal. Le président prenait la chose plus calmement que le colonel ne l'aurait pensé. Homme du Parti ou non, il se comportait en professionnel.

— Ainsi, pour le moment, nous avons trois courriers avoués, plus un catégoriquement identifié mais malheureusement mort. Le mort a été vu en contact avec le principal collaborateur du ministre de la Défense et un des vivants a identifié son contact comme un étranger mais sans pouvoir donner son signalement précis. En un mot, nous avons le milieu de la chaîne, mais aucune de ses extrémités.

— C'est exact, camarade président. La surveillance des deux colonels du ministère se poursuit. Je propose que nous augmentions celle du personnel de l'ambassade américaine.

— Approuvé. Ça va être l'heure de mon rapport du matin. Continuez d'enquêter sur cette affaire. Vous avez meilleure mine, maintenant que vous avez un peu cessé de boire, Vatutine.

— Je me sens mieux, camarade président.

— Parfait, dit Gerasimov en se levant et son visiteur en fit autant. Pensez-vous réellement que nos collègues de la CIA ont tué leur propre agent ?

— La mort d'Altounine est extrêmement commode pour eux. Je sais que ce serait une transgression de... de notre accord en ce sens, mais...

— Mais nous avons probablement affaire à un espion haut placé et ils tiennent naturellement à le protéger. Oui, je le comprends. Continuez d'enquêter, Vatutine, répéta Gerasimov.

Foley aussi était déjà à son bureau. Il avait devant lui trois pellicules pour Cardinal. Le problème, c'était de les lui remettre. L'espionnage n'était qu'une masse de contradictions enchevêtrées. Certains aspects en étaient diablement difficiles. Parfois se présentait ainsi un réel danger qui lui faisait regretter d'avoir quitté le *New York Times*. Mais d'autres fois, c'était si simple qu'il aurait pu confier la mission à un de ses enfants. L'idée lui en était venue plusieurs fois, jamais bien sérieusement, mais dans les moments où son cerveau était un peu brouillé par quelques verres bien tassés, il songeait qu'Eddie pourrait prendre un bout de craie et tracer certains signes à certains endroits. De temps en temps, le personnel de l'ambassade se promenait dans Moscou et faisait des choses sortant à peine de l'ordinaire. En été, ils portaient une fleur à la boutonnière et l'enlevaient sans raison apparente... et les agents du KGB qui les surveillaient cherchaient anxieusement de tous côtés à qui le « signal » pouvait s'adresser. À longueur d'année, il y en avait qui erraient et prenaient des photos de scènes courantes, dans la rue. En fait, ils n'avaient même pas besoin d'ordres. Ils n'avaient qu'à se conduire comme les Américains excentriques qu'ils étaient pour rendre fou le KGB. Pour un agent du contre-espionnage, n'importe quoi pouvait être un signal secret : le pare-soleil rabattu d'une voiture en stationnement, un paquet laissé sur le siège avant, la manière dont les roues étaient tournées. Le résultat de toutes ces mesures, certaines concertées, d'autres de pur hasard, était de faire courir les hommes du KGB en tous sens à la recherche de choses qui n'existaient pas. À ce petit jeu, les Américains étaient plus habiles que les Russes, trop enrégimentés pour agir au hasard, et cela rendait la vie assez impossible aux contre-espions du Deuxième Directorat principal.

Mais ceux-là étaient des milliers alors qu'il n'y avait que sept cents Américains (en comptant les familles) en poste à l'ambassade.

Et Foley avait encore les pellicules à remettre. Il se demandait pourquoi Cardinal avait toujours refusé le principe des boîtes aux lettres. C'était l'expédient idéal pour cela. Une boîte aux lettres était, caractéristiquement, un objet ressemblant à une pierre tout à fait ordinaire, ou à n'importe quoi de courant et d'anodin, juste creusé pour contenir la chose à transmettre. Les briques étaient particulièrement pratiques, à Moscou, car c'était une ville construite surtout en briques, dont beaucoup étaient disjointes à cause de la main-d'œuvre déplorable, et la diversité de ces cachettes était infinie.

En revanche, la diversité des moyens pour remettre un objet de la main à la main était limitée et dépendait de circonstances particulières. Mais l'Agence n'avait pas confié cette mission à Foley parce qu'elle était facile. Il ne pouvait pas risquer encore une fois un contact lui-même. Sa femme, peut-être...

— Où est la fuite, alors ? demanda Parks à son chef de la sécurité.

— Il pourrait s'agir de n'importe qui, sur une centaine de personnes.

— Voilà une bonne nouvelle, rétorqua ironiquement Pete Wexton, un inspecteur du bureau du contre-espionnage du FBI. Seulement une centaine !

— Ça pourrait être un des scientifiques, ou la secrétaire de quelqu'un, ou un membre du département du budget, et je ne parle que du programme en soi. Il y a encore une vingtaine de personnes ici à Washington qui sont assez engagées dans Tea Clipper pour avoir vu ça mais elles sont toutes assez haut placées, expliqua le chef de la sécurité, qui était un officier de marine, un capitaine généralement en civil. Plus probablement, la personne que nous cherchons est dans l'Ouest.

— Et là-bas, il y a surtout des scientifiques, la plupart au-dessous de quarante ans.

Wexton ferma les yeux. *Qui vivent dans des ordinateurs et pensent que le monde n'est qu'un grand jeu vidéo.* Le problème avec les scientifiques, surtout les jeunes, c'était simplement qu'ils vivaient dans un tout autre univers que celui que connaissaient et comprenaient les agents de la sécurité. Pour eux, le progrès dépendait de la libre circulation de l'information et des idées. Ils se passionnaient pour les nouveautés, ils en parlaient entre eux et cherchaient inconsciemment la synergie propice à faire naître des idées comme des mauvaises herbes dans le jardin désordonné du laboratoire. Pour un agent de la sécurité, le monde idéal était celui où personne ne parlait à personne. Le problème, naturellement, c'était qu'un tel monde ne produisait pratiquement jamais rien qui vaille d'être protégé. L'équilibre était presque impossible à atteindre et les responsables de la sécurité se trouvaient toujours coincés exactement au milieu, détestés par tout le monde.

— Et la sécurité interne, sur les documents du projet ? demanda Wexton.

— Vous pensez aux pièges canaris ?

— Qu'est-ce que c'est que ça ? s'exclama le général Parks.

— Tous ces papiers sont tapés sur des traitements de texte. On se sert de la machine pour faire de subtiles modifications sur chaque copie de documents importants. Ainsi, on peut toutes les retrouver et identifier laquelle a été communiquée à l'autre camp, expliqua le capitaine. Nous n'y avons pas souvent recours. On perd trop de temps.

— La CIA a une routine informatique qui fait ça automatiquement. Ils l'appellent la Barbouscribe ou quelque chose comme ça. Ils la gardent secrète mais vous devriez pouvoir en avoir connaissance, si vous le demandez.

— Ils seraient gentils de nous en parler, marmonna Parks. Est-ce que ça nous servirait, pour cette affaire ?

— Pas pour le moment mais il faut jouer tous les atouts que l'on a, dit le capitaine à son chef. J'ai entendu parler du programme. Ça peut s'utiliser sur les documents scientifiques. Leur emploi du langage est trop précis. Il suffit d'ajouter une virgule... et ça peut transformer tout ce qu'ils essaient de dire.

— En supposant déjà que n'importe qui puisse le comprendre, grommela Wexton. Et pour ça, nous pouvons être sûrs que les Russes en sont capables.

Il pensait déjà aux ressources que nécessiterait cette affaire, peut-être des centaines d'agents. Ils se feraient remarquer. Le milieu en question risquait d'être trop réduit pour assimiler un aussi grand nombre de nouvelles têtes sans en être averti.

L'autre évidence était de réduire l'accès à l'information sur les expériences de miroirs, mais alors on courait le risque d'alerter les espions. Wexton se demanda pourquoi il n'en était pas resté aux choses simples, comme les kidnappings ou les rackets de la Mafia. Mais c'était Parks en personne qui l'avait chargé de Tea Clipper. Une mission importante. Et il était le meilleur pour cela. Il en était sûr ; Jacobs, le Directeur, le lui avait dit lui-même.

Bondarenko fut le premier à le remarquer. Depuis quelques jours, il avait une curieuse sensation, en faisant son jogging matinal. C'était le genre d'intuition qu'il avait toujours eue, mais ses trois mois en Afghanistan avaient réveillé en lui un sixième sens et l'avaient fait s'épanouir pleinement. Il y avait des yeux sur lui. Il se demandait pourquoi.

Ils étaient habiles, c'était certain. Il soupçonnait aussi qu'ils étaient au moins cinq. Par conséquent des Russes... très probablement. Pas certainement. Le colonel Bondarenko avait déjà couvert un kilomètre et il décida de tenter une petite expérience. Il modifia son chemin habituel et tourna à droite là où, habituellement, il tournait à gauche. Cela le ferait passer devant un nouvel immeuble dont les vitres du rez-de-chaussée était toujours très propres. Il sourit à part lui mais il plaqua inconsciemment sa main droite sur sa hanche, pour chercher son automatique d'ordonnance. Son sourire s'effaça quand il s'aperçut de ce que sa main avait fait et il éprouva une vive déception de ne pas avoir ce qu'il fallait pour se défendre, à part ses mains nues. Il savait très bien se battre à mains nues, mais un pistolet avait tout de même une plus longue portée. Ce n'était pas de la peur mais on s'en approchait. Cependant, Bondarenko était un soldat, accoutumé à connaître les limites et les règles de son monde.

Il tourna la tête pour regarder le reflet dans les vitrines. Il y avait un homme à cent mètres derrière lui qui levait une main vers sa figure, comme s'il parlait dans une petite radio. Intéressant. Bondarenko fit demi-tour et courut sur quelques mètres en sens inverse, mais la main de l'homme était retombée et il marchait tranquillement, sans paraître s'intéresser à la gymnastique de l'officier. Le colonel se retourna et reprit son allure normale. Son sourire s'était crispé. Il avait confirmé le soupçon. Mais quel soupçon avait-il confirmé ? Il se promit de le savoir une heure après être arrivé à son bureau.

Trente minutes plus tard, chez lui, après avoir pris sa douche et s'être habillé, il lut le journal — pour lui, c'était *Krasnaya Zvesda,* « Étoile rouge », le quotidien de l'armée soviétique — tout en buvant son thé. La radio marchait, sa femme préparait les enfants pour l'école. Bondarenko n'entendait ni l'une ni l'autre. Ses yeux parcouraient le journal tandis que son esprit travaillait. *Qui sont-ils ? Pourquoi me surveillent-ils ? Suis-je soupçonné ? Et dans ce cas, soupçonné de quoi ?*

— Bonjour, Gennady Iosifovitch, dit Micha en entrant dans le bureau.

— Bonjour, camarade colonel, répondit Bondarenko.

Filitov sourit.

— Appelez-moi donc Micha. Au train où vous allez, vous allez bientôt être le supérieur de cette vieille carcasse. Qu'y a-t-il ?

— Je suis surveillé. Des hommes m'ont suivi ce matin, quand j'ai fait ma petite course matinale.

— Ah ? Vous en êtes sûr ?

— Vous savez ce que c'est, quand on se sent observé. Je suis certain que vous le savez, Micha.

Le jeune colonel se trompait. Filitov n'avait rien remarqué d'anormal, rien qui éveillât ses soupçons, jusqu'à ce moment. Et puis il se souvint brusquement que le garçon de bains n'avait pas reparu. Et si le signal annonçait quelque chose de plus qu'une routinière vérification de sécurité ? L'expression de Filitov s'altéra un instant, puis il la maîtrisa.

— Vous avez donc remarqué quelque chose, vous aussi ? demanda Bondarenko.

— Ah ! (Un geste de la main, un regard ironique.) Qu'ils surveillent ! Ils découvriront que ce vieil homme est plus ennuyeux que la vie sexuelle d'Alexandrov.

L'allusion à l'idéologue du Politburo devenait de rigueur, au ministère de la Défense. Un signe, se demanda Micha, que le Secrétaire général Narmonov entendait se débarrasser de lui ?

Ils mangeaient à la manière afghane, chacun se servant avec ses doigts dans un grand plat commun. Ortiz avait fait préparer un véritable festin pour le déjeuner. L'Archer était à la place d'honneur avec Ortiz à sa droite pour servir d'interprète. Quatre très importants agents de la CIA étaient là aussi. Il pensa qu'ils exagéraient mais le site qui avait lancé la lumière dans le ciel était peut-être d'un intérêt capital. Ortiz entama la conversation avec les phrases protocolaires habituelles.

— Vous me faites trop d'honneur, répondit l'Archer.

— Pas du tout, assura le principal visiteur de la CIA par l'intermédiaire d'Ortiz. Votre habileté et votre courage sont bien connus de nous et même de nos soldats. Nous sommes honteux de ne pas vous accorder plus que le maigre secours autorisé par notre gouvernement.

— C'est notre pays que nous devons reconquérir, dit l'Archer avec dignité. Avec l'aide d'Allah, il sera de nouveau à nous. Il est bon que les croyants s'unissent contre les infidèles mais la mission est celle de mon peuple, pas la vôtre.

Il ne sait pas, pensa Ortiz. *Il ne sait pas que nous nous servons de lui.*

— Alors, poursuivit l'Archer. Pourquoi avez-vous voyagé autour du monde pour venir voir cet humble combattant ?

— Nous souhaitons vous parler de la lumière que vous avez vue dans le ciel.

La figure de l'Archer changea. Ces mots le surprenaient. Il

s'attendait à ce qu'on lui demandât comment marchaient ses missiles.

— C'était une lumière. Bizarre, oui. Comme un météore mais qui semblait monter au lieu de tomber.

Il décrivit dans les moindres détails ce qu'il avait vu, en donnant l'heure, l'endroit où il se trouvait, la direction de la lumière et sa façon de percer la nuit.

— Avez-vous vu ce qu'elle a frappé ? Avez-vous vu autre chose dans le ciel ?

— Frappé ? Je ne comprends pas. C'était une lueur.

Un autre visiteur prit la parole.

— On me dit que vous êtes professeur de mathématiques. Savez-vous ce que c'est qu'un laser ?

Encore une fois, l'Archer changea d'expression.

— Oui, j'ai lu quelque chose à ce sujet quand j'étais à l'université. Je... Je ne sais pas grand-chose des lasers. Ils projettent un rayon lumineux et sont employés pour des mesures et des observations. Je n'en ai jamais vu, j'ai simplement lu des articles.

— Ce que vous avez vu, c'était l'essai d'une arme au laser.

— Quel en était l'objet ?

— Nous ne savons pas. L'essai dont vous avez été témoin a utilisé le système laser pour détruire un satellite en orbite. Cela signifie...

— Je connais les satellites. Ainsi, le laser peut être utilisé dans ce but-là ?

— Nous travaillons dans notre pays à quelque chose de semblable mais on dirait que les Russes nous ont devancés.

L'Archer en fut étonné. l'Amérique n'était-elle pas le Numéro Un, en technologie ? Le Stinger n'en était-il pas la preuve ? Pourquoi ces hommes avaient-ils fait vingt mille kilomètres en avion... uniquement parce qu'il avait vu une lumière dans le ciel ?

— Vous craignez ce laser ?

— Nous nous y intéressons beaucoup, répondit le plus âgé des visiteurs. Certains des documents que vous avez trouvés nous donnent des renseignements sur le site, qui nous manquaient, et pour cela nous vous sommes doublement reconnaissants.

— Moi aussi, je suis intéressé, maintenant. Vous avez les documents ?

— Emilio ?

Le principal visiteur fit signe à Ortiz, qui déplia une carte et un diagramme.

— Ce site était en construction depuis 1983. Nous étions surpris que les Russes construisent une installation aussi importante si près des frontières de l'Afghanistan.

— En 1983, ils croyaient encore qu'ils allaient gagner, dit gravement l'Archer.

L'idée qu'ils aient pu croire cela était pour lui une insulte. Il nota la position sur la carte, le sommet presque complètement entouré par une boucle de la rivière Vakhsh. Il vit immédiatement pourquoi cet endroit avait été choisi. Le barrage hydroélectrique de Nourek n'était qu'à quelques kilomètres. L'Archer en savait plus qu'il ne voulait bien le dire. Il savait ce qu'étaient les lasers, et connaissait un peu leur fonctionnement. Il savait que leur lumière était dangereuse, qu'elle pouvait aveugler...

Cela avait détruit un satellite ? À des centaines de kilomètres dans l'espace, plus haut que ne pouvaient voler les avions... qu'est-ce que cela pouvait faire à des populations au sol ?... peut-être l'avaient-ils construit si près de son pays pour une autre raison...

— Vous avez donc simplement vu la lumière ? Vous n'avez rien entendu raconter sur un tel site, pas d'histoires de curieuses lumières dans le ciel ?

L'Archer secoua la tête.

— Non, rien que cette seule fois.

Il vit les autres échanger des regards de déception.

— Allons, cela n'a pas d'importance. Je suis autorisé à vous transmettre les remerciements de mon gouvernement. Trois camions d'armes vont arriver pour votre groupe. Si vous avez besoin d'autre chose, nous nous efforcerons de vous le procurer

L'Archer hocha sombrement la tête. Il s'était attendu à une grande récompense, pour la livraison de l'officier soviétique, et puis il avait été déçu par sa mort. Mais ces hommes ne venaient pas pour cela. Il n'était question que des documents et de la lumière. Ce site était-il donc si important que la mort du Russe passait à l'arrière-plan ? Les Américains en avaient-ils tellement peur ?

Et s'ils en avaient peur, que devait-il éprouver, lui ?

— Non, Arthur, ça ne me plaît pas, déclara le Président mais le juge Moore revint à la charge.

— Monsieur le Président, nous avons conscience des difficultés politiques de Narmonov. La disparition de notre agent n'aura pas plus d'effet que son arrestation par le KGB, peut-être même moins. Après tout, les hommes du KGB ne peuvent guère faire grand bruit s'ils l'ont laissé filer, fit observer le Directeur de la CIA.

— Le risque est quand même trop grand, intervint Jeffrey Pelt. Avec Narmonov, nous avons une occasion historique. Il veut réellement procéder à des changements fondamentaux dans leur système... Vos propres hommes sont ceux qui ont fait cette évaluation.

Nous avons déjà eu une occasion comme celle-ci et nous l'avons manquée, sous le gouvernement Kennedy, pensa Moore. *Mais Khrouchtchev est tombé et nous avons eu ensuite vingt ans de besogneux du Parti. Il se peut que nous ayons maintenant une autre chance. Vous avez peur que nous laissions encore passer une bonne occasion. Ma foi, c'est un point de vue qui se défend,* reconnut-il.

— Jeff, sa position ne sera pas plus compromise par l'« extraction » de notre homme que par sa capture...

— S'ils le soupçonnent, pourquoi ne l'ont-ils pas encore arrêté ? demanda Pelt. Vous ne croyez pas que votre réaction est exagérée ?

— Cet homme travaille pour nous depuis plus de trente ans. Trente ans ! Savez-vous quels risques il a courus pour nous, l'information qu'il nous a transmise ? Pouvez-vous imaginer son dépit, lorsqu'il nous est arrivé de négliger ses conseils ? Savez-vous ce que cela peut être, de vivre condamné à mort pendant trente ans ? Si nous abandonnons cet homme, où va ce pays ? dit Moore avec une paisible détermination.

Le Président était un homme qui se laissait aisément convaincre par des arguments basés sur un principe.

— Et si nous faisons tomber Narmonov par la même occasion ? objecta Pelt. Si la clique d'Alexandrov reprend le dessus, nous en reviendrons au mauvais vieux temps, à la tension, à la course aux armements. Comment expliquerons-nous au peuple américain que nous sacrifions cette occasion pour la vie d'un seul homme ?

— Pour commencer, le peuple n'a besoin de rien savoir, à moins que quelqu'un ne parle, répliqua froidement le Directeur. Les Russes ne feront pas de publicité à l'affaire, vous le savez bien. Ensuite, comment expliquerions-nous que nous jetons cet homme comme un vieux Kleenex ?

— Ils ne sauront pas ça non plus, à moins qu'il n'y ait une fuite, répondit Pelt tout aussi froidement.

Le Président s'agita. Son premier mouvement avait été de mettre en attente l'opération d'« extraction ». Comment pouvait-il expliquer tout cela ? Que ce soit du fait de leur mission ou par simple omission, ils étaient en train de discuter du meilleur moyen d'empêcher qu'un ennui arrive au principal ennemi de l'Amérique. *Mais on ne peut même pas dire ça en public,* pensa le Président. *Si nous disons tout haut que les Russes sont nos ennemis, la presse va piquer une crise. Les Soviétiques ont des milliers d'engins nucléaires braqués vers nous, mais nous ne pouvons pas risquer de blesser leur sensibilité...*

Il se rappela ses deux rencontres face à face avec cet homme, Andreï Ilitch Narmonov, Secrétaire général du Parti communiste d'Union soviétique. Plus jeune que lui, se dit le Président. Leurs premières conversations avaient été prudentes, chacun tâtant le terrain, cherchant chez l'autre à la fois des faiblesses et un terrain d'entente, pour l'avantage ou le compromis. Un homme avec une mission, un homme qui souhaitait sans doute sincèrement changer les choses...

Mais était-ce une bonne chose ? S'il décentralisait leur économie, introduisait de nouvelles forces de marché, leur accordait un peu de liberté, pas trop, naturellement, mais assez pour donner de l'élan... Beaucoup de gens le mettaient en garde contre cette possibilité : imaginez un pays sans volonté politique des Soviets, soutenu par une économie capable de livrer des biens de qualité, tant dans le secteur civil que militaire. Est-ce que cela ne ferait pas de nouveau croire le peuple russe en son système, est-ce que cela ne raviverait pas ce sens missionnaire qu'il avait dans les années 30 ? *Nous risquons d'avoir à affronter un ennemi plus dangereux que jamais.*

D'un autre côté, on lui disait qu'un peu de liberté n'existe pas, il n'y avait qu'à le demander à Duvalier d'Haïti, à Marcos des Philippines ou au fantôme du shah Reza Pahlavi. L'élan pourrait faire surgir l'Union soviétique de l'obscurantisme et la projeter dans le XXe siècle de la pensée politique. Cela demanderait une génération, peut-être deux, mais qu'arriverait-il si le pays se mettait à évoluer pour devenir plus ou moins un État libéral ? C'était encore une leçon de l'Histoire. Les démocraties libérales ne se font pas la guerre entre elles.

Un sacré choix, se dit le Président. *Je peux passer à la postérité comme l'imbécile réactionnaire qui a rétabli la guerre froide dans toute sa sombre majesté... ou le rêveur naïf qui s'imaginait que le loup pouvait se transformer en agneau et qui a découvert qu'au contraire des crocs plus longs lui ont poussé. Mon Dieu,* pensa-t-il en contemplant ses interlocuteurs, *je n'envisage même pas le succès, rien que les conséquences de l'échec.*

C'est un domaine où l'Histoire de l'Amérique et celle de la Russie sont parallèles. Nos gouvernements d'après-guerre n'ont jamais été à la hauteur des espoirs de leurs peuples respectifs. Je suis le président des États-Unis, je suis censé savoir ce qu'est la Cause Juste. C'est pour cela que le peuple m'a élu. C'est pour cela qu'il me parle. Dieu, si seulement il savait quels fumistes nous sommes ! Nous ne parlons pas des moyens de réussir. Nous cherchons qui sera responsable de la fuite révélant la raison de l'échec de notre politique. Ici même, dans le Bureau ovale, nous cherchons qui blâmer si quelque chose que nous n'avons pas encore décidé ne marche pas !

— Qui est au courant de ceci ?

Le juge Moore écarta les mains.

— L'amiral Greer, Bob Ritter et moi, à la CIA. Quelques agents de terrain connaissent l'opération proposée — nous avons dû transmettre un signal d'alerte — mais ils ignorent les répercussions politiques et ne les connaîtront jamais. Ils n'ont pas besoin de savoir. Seuls nous trois, à l'Agence, connaissons tout. Et vous, monsieur le Président, et M. Pelt, ce qui fait cinq.

— Et déjà nous parlons de fuites ! Nom de Dieu ! jura le Président avec une passion surprenante. Comment diable nous sommes-nous mis dans ce pétrin-là ?

Tout le monde fut dégrisé. Rien ne valait un juron présidentiel pour calmer les esprits. Il regarda Moore et Pelt, son chef des services de renseignements et son conseiller pour la sécurité nationale. Le premier plaidait pour la vie d'un homme qui avait fidèlement servi l'Amérique, au péril de sa vie ; l'autre considérait froidement la *realpolitik* et voyait une occasion historique plus importante que n'importe quelle vie humaine.

— Arthur, vous dites que cet agent — dont je ne veux même pas connaître le nom — nous a transmis pendant trente ans des renseignements d'une importance capitale, jusques et y compris ce projet de laser que les Russes ont déjà à l'essai.

Vous dites qu'il est probablement en danger et qu'il est temps de courir le risque de le faire sortir de là, que nous avons une obligation morale.

— Oui, monsieur le Président.

— Et vous, Jeff, vous dites que le moment est mal choisi, que la révélation d'une fuite à un aussi haut niveau du gouvernement mettrait Narmonov politiquement en danger, le renverserait peut-être de sa position de dirigeant et le ferait remplacer par un gouvernement moins favorable pour nous.

— Oui, monsieur le Président.

— Et si cet homme meurt parce que nous ne l'aurons pas aidé ?

— Nous perdrions de précieuses informations, dit Moore. Et cela n'aurait peut-être aucun effet tangible sur Narmonov. Et nous trahirions la confiance d'un homme qui nous a bien servis, fidèlement, pendant trente ans.

— Pouvez-vous vivre avec ça, Jeff ?

— Oui, monsieur le Président, je peux vivre avec ça. Ça ne me plaît pas mais je peux vivre avec. Nous avons déjà obtenu de Narmonov un accord sur les armes nucléaires intermédiaires et nous avons une chance d'en obtenir un aussi sur les forces stratégiques.

Je me fais l'effet d'un juge. J'ai là deux avocats qui croient fermement à leur position. Je me demande si leurs principes seraient aussi fermes s'ils étaient à ma place, s'ils avaient à prendre la décision.

Mais ils ne s'étaient pas présentés, eux, à la présidence.

Cet agent servait déjà les États-Unis alors que je n'étais encore qu'un procureur débutant poursuivant des prostituées au tribunal des flagrants délits.

Narmonov est peut-être la meilleure chance que nous ayons d'une paix mondiale, depuis Dieu sait quand.

Le Président se leva et se dirigea vers la fenêtre derrière son bureau. Les vitres étaient très épaisses, pour le protéger d'éventuelles balles. Elles ne pouvaient le protéger des devoirs de sa fonction. Il contempla la pelouse sud, mais n'y trouva aucune solution. Il fit demi-tour.

— Je ne sais pas. Vous pouvez mettre vos atouts en place, Arthur, mais je veux votre parole qu'il ne se passera rien sans mon autorisation. Pas de bavures, pas d'initiatives, aucune action sans mon ordre. J'ai besoin de temps pour cette affaire. Nous en avons, du temps, non ?

— Oui, monsieur le Président. Il faudra encore quelques jours, avant que tout soit en place.

— Je vous préviendrai quand j'aurai pris ma décision.

Le Président serra la main des deux hommes et les regarda partir. Il avait encore cinq minutes avant son prochain rendez-vous et il en profita pour aller aux toilettes attenantes à son bureau. Il se demanda s'il y avait un symbolisme dans l'acte de se laver les mains ou s'il cherchait simplement un prétexte pour se regarder dans la glace. *Et tu es censé être l'homme de toutes les foutues solutions,* lui dit son reflet. *Tu ne sais même pas pourquoi tu es venu aux toilettes!* Cela le fit sourire. C'était drôle. Drôle d'une façon que très peu d'hommes comprendraient jamais.

— Alors qu'est-ce que je dis à Foley, bon Dieu ? demanda rageusement Ritter vingt minutes plus tard.

— Du calme, Bob, conseilla Moore. Il y réfléchit. Nous n'avons pas besoin d'une décision immédiate et un « peut-être » vaut rudement mieux qu'un « non ».

— Pardon, Arthur. Mais simplement... Ah, merde! J'ai déjà essayé de le faire sortir. Nous ne pouvons pas laisser tomber cet homme !

— Je suis sûr qu'il ne prendra pas de décision définitive tant que je n'aurai pas l'occasion de lui parler encore. En attendant, dites à Foley de poursuivre la mission. Et je veux revoir la vulnérabilité politique de Narmonov. J'ai l'impression qu'Alexandrov pourrait être en route vers la sortie. Il est trop vieux pour remplacer le Secrétaire actuel. Le Politburo ne supportera pas de mettre un vieux à la place d'un homme relativement jeune, surtout après le défilé mortuaire qu'ils ont eu il y a quelques années. Alors il reste qui ?

— Gerasimov, répondit immédiatement Ritter. Deux autres pourraient être dans la course mais c'est lui l'ambitieux. Impitoyable, sans scrupule mais très, très astucieux. Il plaît à la bureaucratie du Parti parce qu'il a fait un bon travail contre les dissidents. Et s'il veut agir, il faudra qu'il le fasse bientôt. Si l'accord sur l'armement passe, Narmonov aura gagné un grand prestige et l'influence politique que cela entraîne. Si Alexandrov n'y prend garde, il va complètement louper le bateau, il s'éliminera de lui-même et Narmonov sera bien assis dans son fauteuil pour des années.

— Cela mettra au moins cinq ans à se faire, intervint

l'amiral Greer qui donnait son avis pour la première fois dans cette discussion. Et il n'aura peut-être pas cinq ans. Nous avons bien ces indications, qu'Alexandrov est sur le chemin de la sortie. Si c'est plus qu'une rumeur, ça risque de lui forcer la main.

Le juge Moore leva les yeux au ciel.

— Ce serait bougrement plus facile de traiter avec ces salopards s'ils avaient une façon prévisible de diriger leurs affaires !

Nous l'avons, nous, naturellement, et ils ne savent pourtant pas ce que nous allons faire.

— Du nerf, Arthur, dit Greer. Si le monde avait un sens, nous aurions tous à nous trouver un travail honnête.

14

Changements

Le passage par le Kattegat est une affaire délicate pour un sous-marin, plus encore quand il est nécessaire de ne pas se faire repérer. L'eau y est peu profonde, trop peu pour rester en plongée. Les chenaux sont difficiles en plein jour et pires la nuit, plus redoutables encore sans pilote. Comme le passage du *Dallas* devait rester secret, il ne pouvait être question de pilote.

Mancuso était sur la passerelle. Au-dessous de lui, son navigateur transpirait à la table des cartes tandis qu'un quartier-maître manœuvrait le périscope et donnait la position des divers amers. Ils ne pouvaient même pas se servir du radar pour aider leur navigation, mais le périscope avait un amplificateur de basse clarté, qui ne transformait pas tout à fait la nuit en jour mais faisait au moins ressembler une nuit sans étoiles à un crépuscule. Il faisait un temps providentiel, avec des nuages bas et une pluie givrante réduisant juste assez la visibilité pour que la longue forme obscure du sous-marin de classe 688 soit difficile à apercevoir de la côte. La marine danoise était au courant de son transit et avait quelques petits bâtiments en mer pour écarter de possibles indiscrets — et il n'y en avait pas — mais à part cela, le *Dallas* était livré à lui-même.

— Navire sur bâbord avant, annonça une vigie.

— Je l'ai, répondit aussitôt Mancuso.

Il regardait par un viseur à amplification de lumière, en forme de pistolet, et aperçut un porte-conteneurs de taille moyenne. Un bâtiment du bloc oriental, selon toute probabilité. En une minute, le cap et la vitesse du navire furent calculés avec un CPA de sept cents mètres. Le capitaine jura et donna des ordres.

Le *Dallas* avait ses feux de position allumés, les Danois avaient insisté. Le feu ambré pivotant au-dessus de celui de la tête de mât indiquait qu'il s'agissait d'un sous-marin. À l'arrière, un matelot abattit le pavillon américain et hissa à la place un pavillon danois.

— Tout le monde prend l'air scandinave, ordonna plaisamment Mancuso.

— Ja-ja, kept'n, répondit un jeune officier dans l'obscurité, en riant, car ce serait difficile pour lui : il était noir. Changement lent de position de notre ami. Il ne change pas son cap, ça je peux le dire, commandant. Regardez...

— Ouais, je les vois.

Deux des bâtiments danois fonçaient pour s'interposer entre le porte-conteneurs et le *Dallas*. Mancuso pensa que ce serait un bon secours. La nuit, tous les chats sont gris et un sous-marin en surface a l'air de... d'un sous-marin en surface, une forme noire avec un kiosque vertical.

— Je crois que c'est un polonais, observa le lieutenant. Oui, j'ai la cheminée maintenant, Maersk Line.

Les deux bâtiments se rapprochaient à environ un demi-mille-minute. Mancuso continua d'observer, en gardant son viseur sur le pont du navire. Il ne constata aucune activité particulière. Après tout, il était trois heures du matin. L'équipage de la passerelle avait un travail difficile et son intérêt pour le sous-marin devait être le même que son propre intérêt à lui, sous-marinier, pour les « marchands » : *Ne m'éperonne pas, je t'en prie, bougre d'idiot*. Tout se passa avec une surprenante rapidité et ils ne virent plus que ses feux arrière. Mancuso se dit que c'était sans doute une bonne idée d'avoir ses feux allumés. S'ils avaient navigué tous feux éteints et s'ils avaient été aperçus, ils auraient sans doute éveillé de la curiosité.

Une heure plus tard, ils se trouvaient dans la Baltique proprement dite, sur un cap de zéro-six-cinq, profitant des eaux les plus profondes qu'ils pouvaient trouver pour naviguer vers l'est. Mancuso emmena le navigateur dans sa chambre et, ensemble, ils calculèrent la meilleure approche et le point le plus sûr de la côte soviétique. Quand ils l'eurent choisi, M. Clark les rejoignit et tous trois discutèrent de la partie la plus délicate de leur mission.

Dans un monde idéal, pensait à regret Vatutine, ils iraient se plaindre au ministre de la Défense et il collaborerait pleinement avec les enquêteurs du KGB. Mais le monde n'était pas idéal. En plus des rivalités habituelles entre institutions, Yazov était dans la poche du Secrétaire général et le colonel n'ignorait pas les divergences d'opinions entre Gerasimov et Narmonov. Non, le ministre de la Défense reprendrait toute l'enquête à son compte par l'intermédiaire de son propre service de sécurité, ou alors il se servirait de son pouvoir politique pour classer immédiatement l'affaire, de crainte que le KGB ne provoque sa disgrâce pour avoir un traître dans son entourage immédiat, ce qui mettrait Narmonov en danger.

Si Narmonov tombait, le ministre de la Défense redeviendrait, au mieux, chef du personnel de l'Armée rouge ; plus vraisemblablement, il serait mis à la retraite, dans une discrète humiliation, dès que son patron ne serait plus aux affaires. Même si le Secrétaire général réussissait à survivre à la crise, Yazov serait le bouc émissaire, tout comme Sokolov l'avait été récemment. Quel choix avait Yazov ?

Le ministre de la Défense était lui aussi un homme avec une mission. Sous couvert de l'initiative de « restructuration » du Secrétaire général, il espérait profiter de sa connaissance du corps des officiers pour refondre l'armée soviétique, dans l'espoir, peut-être, de « professionnaliser » toute la corporation militaire. Narmonov disait qu'il voulait sauver l'économie soviétique, mais une haute autorité comme Alexandrov, le grand-prêtre du marxisme-léninisme, prétendait qu'il détruisait la pureté du Parti. Yazov voulait reconstruire l'armée à partir de zéro. Et cela aurait aussi pour effet, pensait Vatutine, de rendre le personnel militaire loyal à Narmonov.

Cela l'inquiétait. Historiquement, le Parti avait utilisé le KGB pour contrôler les militaires. Ils possédaient les canons, après tout, et si jamais ils prenaient conscience de leur force et sentaient un relâchement du contrôle du Parti... c'était une idée trop pénible à envisager. Une armée exclusivement loyale au Secrétaire général plutôt qu'au Parti était encore plus redoutable aux yeux de Vatutine, car cela modifierait les rapports du KGB avec l'ensemble de la société soviétique. Il n'y aurait alors plus d'emprise sur le Secrétaire général. Avec les militaires pour le soutenir, il pourrait imposer sa volonté au KGB et l'employer pour restructurer tout le Parti. Il aurait le pouvoir d'un nouveau Staline.

Comment diable en suis-je venu à ces réflexions ? se demanda Vatutine. *Je suis un officier du contre-espionnage, pas un théoricien du Parti.* Jamais de sa vie le colonel ne s'était intéressé ainsi aux « grandes questions » de son pays. Il se fiait à ses supérieurs pour prendre les principales décisions et pour lui permettre de veiller aux détails mineurs. Plus maintenant. Étant dans la confidence du président Gerasimov, il était à présent inextricablement lié à lui. Cela s'était passé si facilement ! Du jour au lendemain, pour ainsi dire. *Il faut être remarqué pour gagner les étoiles de général,* se dit-il avec un sourire sardonique. *Tu as toujours voulu être remarqué. Eh bien, Klementi Vladimirovitch, tu t'es bien fait remarquer. Et vois un peu où tu en es maintenant !*

En plein milieu d'une épreuve de force entre le président du KGB et le Secrétaire général en personne.

Dans le fond, c'était comique, pensa-t-il. Il savait que cela le serait moins si Gerasimov faisait un mauvais calcul mais la plus grande ironie, c'était que si le président du KGB tombait, les influences libérales déjà mises en place par Narmonov le protégeraient, lui, Vatutine, puisqu'il ne faisait après tout que son travail, en obéissant aux ordres donnés par ses supérieurs dûment mandatés. Il ne pensait pas qu'il serait emprisonné, encore moins fusillé comme cela avait pu arriver autrefois. Ce serait simplement la fin de son avancement. Il serait déchu de son grade, il se retrouverait à la tête d'un bureau local du KGB à Omsk, ou dans le poste régional le plus détestable qu'on pourrait lui trouver, sans jamais revenir bien entendu à Moscou Centre.

Ce ne serait pas tellement grave, estimait-il. D'autre part, si Gerasimov réussissait... chef du « Deux », peut-être ? Ce qui ne serait pas mal du tout.

Et tu croyais vraiment que tu pourrais avancer dans ta carrière sans devenir « politique » ? Mais ce n'était plus une option. S'il essayait de se dégager, il serait disgracié. Il était pris au piège, il n'en doutait plus un instant. Le seul moyen de s'en tirer était de faire son travail au mieux avec l'habileté qui était la sienne.

La rêverie prit fin quand il se replongea dans ses rapports. Le colonel Bondarenko était totalement hors de cause, pensait-il. Ses états de service avaient été examinés et réexaminés et absolument rien n'indiquait qu'il avait jamais été autre chose qu'un patriote et un officier au-dessus de la moyenne. *C'est*

Filitov, se dit Vatutine. Aussi fou que cela paraisse, ce héros décoré était un traître.

Mais comment diable le prouver ? Comment pouvons-nous enquêter comme il faut sans la collaboration du ministre de la Défense ? C'était un autre sujet d'inquiétude. S'il échouait dans ses investigations, Gerasimov le soutiendrait moins amicalement dans sa carrière ; mais l'enquête était entravée par les contraintes politiques imposées par le président. Vatutine se rappelait le temps où il avait failli être rayé de sa promotion au grade de commandant et comprit quelle malchance il avait eue quand le conseil de promotion avait changé d'avis.

Assez curieusement, l'idée ne lui vint pas que son problème était d'avoir un président du KGB avec des ambitions politiques. Il convoqua ses principaux agents qui arrivèrent au bout de quelques minutes.

— Quoi de neuf sur Filitov ?

— Nos meilleurs hommes le filent, répondit un agent d'échelon moyen. Six d'entre eux, vingt-quatre heures sur vingt-quatre. Nous changeons les horaires pour qu'il ne voie pas les mêmes têtes trop souvent. Nous avons une surveillance télévisée continue autour de son immeuble, et une demi-douzaine de personnes qui visionnent les bandes tous les soirs. Nous avons augmenté la surveillance des Américains et des Britanniques soupçonnés d'être des espions, et du personnel diplomatique en général. Nous employons nos hommes au maximum et nous risquons la contre-détection mais c'est inévitable. Tout ce que je peux rapporter de nouveau, c'est que Filitov parle de temps en temps dans son sommeil, en général à quelqu'un qui s'appelle Romanov, quelque chose comme ça. Les mots sont trop confus, déformés, mais j'ai un spécialiste de phoniatrie qui y travaille et nous obtiendrons peut-être quelque chose. Filitov ne peut pas faire un pet sans que nous le sachions. La seule chose que nous ne pouvons pas faire, c'est maintenir un contact visuel continu sans obliger nos gens à trop se rapprocher. Tous les jours, quand il tourne dans une rue ou entre dans un magasin, il est perdu de vue pendant cinq à quinze secondes, assez longtemps pour une passe frôlée ou une boîte aux lettres. Je n'y peux rien, à moins que vous ne vouliez que nous courions le risque de lui mettre la puce à l'oreille.

Vatutine soupira. Même la meilleure des surveillances avait des limites.

— Ah oui, il y a un truc bizarre, reprit le commandant. Je ne l'ai appris qu'hier. À peu près une fois par semaine, Filitov porte lui-même le sac à brûler à l'incinérateur. C'est une telle routine que le responsable de la salle de destruction ne nous en a parlé qu'hier soir. C'est un jeune et il est venu nous dire ça spontanément, après son travail et en civil. Un garçon intelligent. Il paraît que c'est Filitov qui a veillé à l'installation du système, il y a des années. J'ai vérifié les plans moi-même, rien à redire. Une installation absolument normale, tout comme celle que nous avons ici. Et c'est tout. En somme, la seule chose insolite à propos de cet homme, c'est plutôt qu'il devrait normalement être déjà à la retraite.

— Et l'enquête sur Altounine ? demanda Vatutine.

Un autre agent ouvrit son carnet.

— Nous ne savons pas du tout où il se trouvait avant d'être tué. Il se cachait peut-être quelque part, tout seul, ou alors il était protégé par des amis que nous avons été incapables d'identifier. Nous n'avons établi aucune corrélation entre sa mort et les déplacements des étrangers. Il n'avait rien sur lui qui puisse l'incriminer, sauf des faux papiers qui faisaient vraiment penser à un travail d'amateur mais certainement encore assez bons pour circuler dans les républiques éloignées. S'il a été assassiné par la CIA, c'est un travail remarquable. Aucun indice. Rien.

— Votre opinion ?

— L'affaire Altounine est une impasse, répondit le commandant. Il nous reste un tas de choses à vérifier mais rien qui promette la moindre percée... Camarade...

— Oui ?

— Je crois que c'est une coïncidence. Je crois qu'Altounine a été victime d'un simple crime crapuleux, qu'il a tenté de monter dans un fourgon mal choisi, au mauvais moment. Je n'ai aucune preuve de cela mais c'est mon impression.

Vatutine envisagea cela. Il fallait une forte dose de courage moral à un officier du Deuxième Directorat principal pour dire qu'il n'était *pas* sur une affaire de contre-espionnage.

— Une certitude ?

— Ma foi, rien n'est jamais sûr, camarade colonel, mais si la CIA avait fait le coup, est-ce qu'ils ne se seraient pas débarrassés du cadavre ? S'ils voulaient se servir de sa mort pour protéger un espion haut placé, pourquoi ne pas laisser des indices pour l'impliquer dans une affaire entièrement différente ? Rien n'a été laissé pour nous aiguiller sur une fausse piste, et pourtant c'était facile, dans ce coin-là.

— Oui, c'est ce que nous aurions fait. Bonne observation. Suivez quand même toutes vos pistes.

— Certainement, camarade colonel. Quatre à six jours, je pense.

— Rien d'autre ? demanda Vatutine, et tout le monde secoua négativement la tête. Très bien. Retournez à vos postes, camarades.

Elle ferait ça au match de hockey, se dit Mary Pat Foley. Cardinal y serait, alerté par le faux numéro de téléphone. Elle ferait la passe elle-même. Il y avait trois pellicules dans son sac et une simple poignée de main suffirait. Le fils de Mary Pat jouait dans l'équipe des cadets, comme le petit-neveu de Filitov et elle assistait à toutes les rencontres. Si elle n'y allait pas, cela paraîtrait bizarre et les Russes s'attendaient à ce que l'on respecte la routine. Elle était suivie, elle le savait. Il était évident que les Russes avaient augmenté la surveillance mais elle n'avait pas droit à la plus habile des filatures, ou tout au moins ils employaient toujours le même agent pour elle et elle était assez physionomiste pour reconnaître une tête qu'elle voyait plusieurs fois par jour.

Mary Patricia Kaminski Foley était typiquement américaine en ce sens qu'elle avait des origines multiples, même si certains détails n'apparaissaient pas sur ses papiers d'identité. Son grand-père avait été un écuyer de la maison des Romanov, il avait appris l'équitation au tsarevitch Alexis, ce qui n'était pas un mince exploit puisque l'enfant souffrait d'hémophilie congénitale et que la plus grande prudence s'imposait. Cela avait été le couronnement d'une carrière par ailleurs sans distinction particulière. Il lui avait fallu l'appui de quelques amis à la cour pour accéder au grade de colonel. Ce piston avait simplement abouti à la destruction totale de son régiment dans la forêt de Tannenberg, à sa capture par les Allemands... et à sa survie jusqu'après 1920. En apprenant que sa femme était morte dans la tourmente révolutionnaire qui avait suivi la Première Guerre mondiale, il n'était jamais retourné en Russie — il appelait toujours son pays la *Russie* — et avait fini par émigrer aux États-Unis. Il s'était installé dans un faubourg de New York et s'était remarié après avoir monté un petit commerce. Il avait vécu jusqu'au bel âge de quatre-vingt-dix-sept ans, survivant même à sa seconde femme de vingt ans plus jeune que lui, et Mary Pat n'avait jamais oublié les histoires qu'il lui racontait. Elle fut naturellement détrompée quand elle entra à l'université et fit des études d'histoire. Elle apprit que les Romanov avaient été d'une lamentable incompétence, et leur cour irrémédiablement corrompue. Mais jamais elle n'oublia les larmes de son grand-père quand il évoquait la mort du jeune Alexis, un garçon courageux et résolu, et même celle de la famille entière, tous massacrés par les Bolcheviks. Cette unique histoire, répétée cent fois, avait donné à Mary Pat une idée de l'Union soviétique qu'aucune culture universitaire et aucun réalisme politique ne pouvaient abolir. Ses sentiments à l'égard du régime gouvernant la patrie de son grand-père étaient uniquement inspirés par le meurtre de Nicolas II, de sa femme et de leurs cinq enfants. L'intellect, se disait-elle dans ses moments de réflexion, n'avait aucun rapport avec les sentiments.

Travailler à Moscou, travailler contre ce même gouvernement, était la grande aventure de sa vie. Elle aimait cela plus encore que son mari n'aimait sa mission. Elle avait fait sa connaissance à l'université de Columbia. Ed s'était engagé dans la CIA parce qu'*elle* avait décidé très tôt dans sa vie d'entrer à la CIA. Son mari était un très bon agent, Mary Pat le savait, avec un instinct remarquable et des talents administratifs, mais il lui manquait la passion qu'elle appliquait à son travail. Il lui manquait, aussi, l'atavisme. Elle avait appris le russe sur les genoux de son grand-père — le russe plus riche, plus élégant que ce que les Soviétiques avaient abâtardi en un patois courant — mais surtout elle comprenait les Russes, d'une manière qui ne s'apprend dans aucun livre. Elle comprenait la tristesse « radicale » de leur caractère, leur expansivité quasi débordante dans le privé, la totale révélation de l'âme et du cœur réservée aux amis les plus intimes, et démentie par le comportement des Moscovites en public. Grâce à ce talent, Mary Pat avait recruté cinq agents bien placés, un de moins que le record absolu de la CIA. Au Directorat des Opérations de l'Agence, on la surnommait parfois Supergirl, ce qui ne lui plaisait pas beaucoup.

Elle se sourit dans la glace. *Tu as bien réussi, ma vieille.* Son grand-père pouvait être fier.

Et, le plus beau, c'est que personne n'avait le moindre soupçon de ce qu'elle était en réalité. Elle changeait souvent de toilette. Les Occidentales à Moscou étaient censées prendre plus grand soin de leur apparence que les hommes occidentaux. Elle était toujours un peu trop habillée, d'une manière un petit peu trop voyante. L'image qu'elle donnait d'elle était soigneusement conçue et admirablement exécutée. Cultivée mais superficielle, jolie mais étourdie, bonne mère mais sans plus, bref une personne à ne pas trop prendre au sérieux. En courant à droite et à gauche, enseignant à l'occasion à l'école que fréquentaient ses enfants, assistant aux réceptions mondaines et se promenant comme une touriste perpétuelle, elle concordait à merveille avec l'idée préconçue qu'avaient les Soviétiques de l'Américaine un peu tête de linotte. Un sourire de plus dans la glace. *Si seulement ces salopards savaient !*

Eddie attendait déjà impatiemment, sa crosse de hockey tapotant le tapis du living-room. Ed regardait la télévision. Il embrassa sa femme et dit à Eddie de leur botter le cul. Foley père avait été un supporter des Rangers avant même de savoir lire.

C'était un peu attristant, pensa Mary Pat dans l'ascenseur. Eddie s'était fait de véritables amis, dans ce pays, mais c'était une erreur de trop se lier avec les gens, à Moscou. On risquait d'oublier qu'ils étaient au fond des ennemis. Elle craignait qu'Eddie reçoive le même endoctrinement qu'elle, mais en sens inverse. C'était facile d'y remédier, toutefois. Chez elle, au garde-meuble, elle avait une photo du Tsarevitch dédicacée à son maître d'équitation préféré. Elle n'avait qu'à expliquer comment il était mort.

Le trajet jusqu'au stade était un chemin bien connu. Eddie s'énervait de plus en plus, à mesure que l'heure du match approchait. Il était considéré comme le marqueur numéro trois de sa série, à six points seulement du premier centre de l'équipe contre laquelle ils jouaient ce soir, et Eddie tenait à montrer à « Ivan Quelquilsoit » que les Américains étaient capables de battre les Russes à leur propre jeu.

Mary Pat s'étonna du nombre anormal de voitures dans le parking, mais c'était un petit parking et le hockey sur glace est ce qui se rapproche le plus, en URSS, d'une religion autorisée. Cette partie devait décider de la sélection pour le championnat et beaucoup de monde était venu y assister. Cela arrangeait bien Mary Pat. À peine eut-elle serré son frein à main qu'Eddie sauta de la voiture, empoigna son sac de sport et attendit impatiemment que sa mère verrouille les portières. Il s'arrangea pour marcher assez lentement et ne pas la distancer, puis il courut soudain à toutes jambes vers le vestiaire. Elle monta à la patinoire.

Sa place était réservée, naturellement. Si les Russes ne tenaient pas à se trouver trop près des étrangers en public, pour un match de hockey c'était différent. Quelques parents la saluèrent, elle répondit d'un geste de la main, avec un sourire un peu trop éclatant. Elle regarda l'heure.

— Cela fait deux ans que je n'ai pas assisté à un match de cadets, dit Yazov en descendant de la voiture d'état-major.

— Moi non plus je ne vais pas souvent au hockey, mais ma belle-sœur me dit que celui-ci est important et le petit Micha a exigé ma présence, répondit Filitov en riant. Ils pensent que je porte chance. Vous aussi peut-être, camarade maréchal.

— Il est bon de faire de temps en temps quelque chose d'un peu différent, reconnut Yazov avec une feinte gravité. Ce sacré bureau sera encore là demain. Je jouais à ce jeu-là quand j'étais jeune, vous savez.

— Non, je ne le savais pas. Vous étiez bon ?

— J'étais un défenseur et les autres enfants se plaignaient de mes arrêts trop durs.

Le ministre de la Défense rit encore et fit signe à ses gardes du corps de les précéder.

— Nous n'avions pas de patinoire là où nous vivions quand j'étais petit, et je dois avouer que j'étais un enfant lourdaud et maladroit. Les chars ont été parfaits pour moi. On vous demande juste de détruire des choses, avec ces engins-là !

— Cette équipe est bonne ?

— J'aime mieux les cadets et les juniors que les adultes, confia Filitov. Ils sont plus... plus exubérants. Et peut-être plus simplement, j'aime bien voir des enfants s'amuser.

— Bien sûr.

Il n'y avait pas beaucoup de places assises autour de la patinoire et, d'ailleurs, quel véritable « fan » de hockey voudrait s'asseoir ? Le colonel Filitov et le maréchal Yazov trouvèrent un bon coin, près de quelques parents. Leur capote militaire et leurs épaulettes étincelantes leur garantissaient à la fois un bon point d'observation et assez de place pour respirer. Les quatre agents de la sécurité allaient et venaient, en essayant de ne pas regarder trop ostensiblement la partie. Ils n'étaient pas très inquiets puisque cette décision d'assister au match avait été prise dans l'impulsion du moment par le ministre lui-même.

Dès le début, la partie se révéla passionnante. Le centre de la première ligne de l'équipe adverse se déplaçait comme un furet, maniait le puck avec des passes adroites et un patinage habile. L'équipe qui recevait — celle d'Eddie et du petit-neveu de Micha — fut repoussée dans sa propre zone pendant presque toute la première période mais le petit Micha était un défenseur agressif et le jeune Américain intercepta une passe, fit traverser toute la longueur de la patinoire au palet mais le perdit malheureusement à la suite d'un éblouissant sauvetage qui provoqua des cris d'admiration des supporters des deux camps. Tout en étant un des peuples les plus querelleurs du monde, les Russes ont toujours été réputés pour leur sportivité. La première période se termina sur un score nul, zéro à zéro.

— Dommage, dit Micha alors qu'une grande partie des spectateurs se précipitaient aux toilettes.

— C'était un magnifique dégagement mais, tout de même, ce sauvetage était admirable, dit Yazov. Il va falloir que je demande le nom de ce gamin, pour l'armée centrale. Merci de m'avoir invité à ce match, Micha. J'avais oublié combien une partie entre écoliers pouvait être passionnante.

— De quoi croyez-vous qu'ils parlent ? demanda l'officier du KGB.

Deux autres agents et lui se trouvaient en haut des gradins, cachés par les projecteurs illuminant la patinoire.

— Ce sont peut-être simplement des passionnés de hockey, répondit l'homme à la caméra. Merde, on dirait que c'est une sacrée partie que nous ratons. Regardez les gardes du corps, ces foutus cons regardent la glace. Si je voulais tuer Yazov...

— Pas trop mauvaise idée, à ce qu'on dit, hasarda le troisième homme. Le président...

— Ça ne vous regarde pas, trancha l'officier, ce qui mit fin à la conversation.

— *Vas-y, Eddiiiiiie !* glapit Mary Pat au début de la deuxième période.

Son fils lui jeta un coup d'œil gêné. Il trouvait que sa mère était toujours trop surexcitée, dans ces occasions.

— Qui a crié ? demanda Micha, à quelques mètres de là.

— Là-bas, la maigre... Nous avons fait sa connaissance, rappelez-vous, dit Yazov.

— Eh bien, c'est une passionnée ! jugea Filitov tout en suivant l'action qui se déplaçait vers l'autre but.

S'il vous plaît, camarade ministre, que ce soit vous... Son souhait fut exaucé.

— Allons lui dire bonjour.

La foule s'écarta devant eux et Yazov se glissa sur la gauche de la jeune femme.

— Mrs Foley, je crois ?

Elle tourna légèrement la tête, lui adressa un sourire rapide et se remit à regarder le jeu.

— Bonsoir, général...

— À vrai dire, j'ai rang de maréchal. Votre fils est le numéro douze ?

— Oui, et vous avez vu comment le goal lui a volé le palet ?

— C'était un beau sauvetage.

— Qu'il fasse ça à quelqu'un d'autre ! s'exclama-t-elle alors que l'autre équipe revenait dans l'extrémité d'Eddie.

— Est-ce que tous les supporters américains sont comme vous ? demanda Micha.

Elle se retourna de nouveau et sa voix révéla un léger embarras.

— C'est affreux, n'est-ce pas ? Les parents ne devraient pas se conduire...

— Comme des parents ? dit Yazov en riant.

— Je deviens une véritable maman-cadets, avoua Mary Pat et puis elle dut expliquer ce que cela voulait dire.

— Il suffit que vous ayez appris à votre fils à être un bon ailier de hockey.

— Oui, il sera peut-être dans l'équipe olympique d'ici quelques années, dit-elle avec un sourire malicieux.

Yazov éclata de rire. Elle en fut étonnée car Yazov passait vraiment pour être un très sévère salopard.

— Qui est cette femme ?

— Une Américaine. Son mari est attaché de presse. Son fils joue dans l'équipe. Nous avons un dossier sur eux deux. Rien de spécial.

— Assez jolie. Je ne savais pas que Yazov était un homme à femmes.

— Vous croyez qu'il veut la recruter ? suggéra le photographe en prenant cliché sur cliché.

— Ça ne me déplairait pas.

La partie s'enlisa tout à coup dans une lutte de défense au centre de la glace. Les enfants manquaient de la finesse nécessaire aux passages rapides typiques du hockey soviétique et les deux équipes étaient entraînées à jouer un jeu exagérément physique. Malgré leur équipement protecteur, ce n'étaient que des enfants dont le corps en pleine croissance n'avait pas besoin d'être trop malmené. C'était une leçon que les Russes pourraient enseigner aux Américains, pensait Mary Pat. Les Russes avaient toujours été extrêmement protecteurs pour ce qui était de leur jeunesse. La vie des adultes était assez difficile pour qu'ils aient toujours cherché à préserver leurs enfants de cette existence-là.

Finalement, les choses se dénouèrent dans la troisième période. Un tir fut arrêté et le puck rebondit du goal vers le centre qui s'en empara et fit demi-tour pour se précipiter vers le but opposé, avec Eddie à six ou sept mètres sur sa droite. Le centre fit une passe juste avant d'être sifflé pour faute et Eddie fit demi-tour dans le coin, incapable de tenter un shoot au but et de s'en approcher lui-même, bloqué qu'il était par la charge d'un défenseur.

— Au centre ! glapit sa mère.

Il ne l'entendit pas mais il n'avait pas besoin du conseil. Le centre était maintenant en place et Eddie lui expédia le puck. Le jeune centre l'arrêta avec son patin, recula et réussit un tir fulgurant qui passa entre les jambes du goal adverse. La lumière clignota derrière la cage et des crosses montèrent au ciel.

— Belle passe de centre, commenta Yazov avec une sincère admiration, puis il prit un ton taquin. Vous devez comprendre que votre fils possède maintenant des secrets d'État et que nous ne pouvons pas lui permettre de quitter le pays.

Une expression alarmée passa un instant dans les yeux de Mary Pat, ce qui persuada Yazov qu'elle n'était effectivement qu'une tête de linotte comme toutes les Occidentales, mais probablement une sacrée affaire au lit. *Je ne le saurai jamais, dommage.*

— Vous plaisantez ? demanda-t-elle tout bas.

Les deux officiers éclatèrent de rire et Micha assura :

— Le camarade ministre plaisante, mais oui, bien sûr !

— Je le pensais bien, dit-elle sans grande conviction, puis elle se retourna vers la glace. O.K., marquons-en encore un !

Des têtes se tournèrent, amusées. La présence de cette Américaine dans un match était une garantie de gaieté. Les Russes trouvaient l'exubérance yankee extrêmement distrayante.

— Ouais, eh bien si c'est une espionne, je bouffe cette caméra !

— Réfléchis bien à ce que tu viens de dire, camarade, chuchota l'officier.

La drôlerie disparut aussitôt de sa voix. *Réfléchis à ce que ce garçon vient de dire,* se conseilla-t-il. *Son mari, Edward Foley, est considéré par la presse américaine comme un imbécile, pas même fichu de faire un bon reportage, certainement pas assez bon pour être à la rédaction du New York Times.* L'ennui, c'était que si ce genre de couverture était celle dont rêve tout bon espion, elle concernait aussi, naturellement, tous les imbéciles de fonctionnaires en poste dans tous les pays du monde. Il était bien placé pour le savoir, son cousin était un crétin et il travaillait aux Affaires étrangères.

— Tu es sûr d'avoir assez de pellicule ?

Eddie eut sa chance quarante secondes avant la fin. Un défenseur balaya un tir de la pointe et le palet ricocha jusqu'au milieu de la glace. Le centre le renvoya sur la droite alors que le courant de la partie s'inversait. L'autre équipe avait été sur le point de changer son goal et le garçon était hors jeu quand Eddie réceptionna la passe et fonça sur sa gauche. Un collé, et il shoota dans le dos du goal. Le puck cogna le poteau mais retomba en plein sur la ligne de but et la franchit.

— *Buuuut!* hurla Mary Pat en sautant sur place comme une enfant.

Puis elle se jeta au cou de Yazov, à la consternation des gardes du corps. L'amusement du ministre de la Défense fut gâté par la pensée qu'il aurait à signaler dès le lendemain un contact avec une étrangère. Mais il avait Micha comme témoin pour affirmer que la conversation n'avait rien eu de répréhensible. Mary Pat empoigna ensuite Filitov.

— Je vous ai bien dit que vous portiez chance !

— Par exemple ! Est-ce que tous les Américains sont aussi passionnés de hockey que vous ? demanda-t-il en se dégageant.

Sa main avait frôlé la sienne, pour une fraction de seconde à demi imaginaire, et il avait les trois cassettes de film dans son gant. Il les sentait, là, et il était stupéfait que cela ait été fait avec un tel art. Serait-elle une illusionniste professionnelle ?

— Pourquoi êtes-vous toujours si sévères, vous les Russes ? Vous ne savez pas vous amuser ?

— Nous devrions peut-être avoir plus d'Américains parmi nous, reconnut Yazov, en pensant : *J'aimerais vraiment que ma femme ait autant de vivacité que celle-là !* Vous avez un fils superbe et s'il joue contre nous aux J.O., je le lui pardonnerai.

Il fut récompensé par un sourire radieux.

— Comme c'est gentil de dire ça !

Et j'espère qu'il bottera vos sales culs communistes jusque dans la Moskova.

S'il y avait une chose qu'elle ne pouvait supporter, c'était la condescendance.

— Eddie a marqué encore deux points ce soir, et cet Ivan Jenesaisquoi n'en a pas marqué un seul !

— Est-ce que vous aimez tant que ça la compétition, même dans les jeux d'enfants ?

À ce moment-là, Mary Pat eut un lapsus, peu de chose mais si rapide que son cerveau ne put freiner la riposte automatique :

— Montrez-moi un bon perdant et je vous montrerai un perdant.

Mais elle répara aussitôt la petite gaffe :

— C'est Vince Lombardi, le célèbre entraîneur américain, qui a dit ça. Excusez-moi, vous devez me trouver *nekulturny.* Vous avez raison. Ce n'est qu'un jeu d'enfants.

— Tu as vu quelque chose ?

— Rien qu'une idiote tout excitée, répliqua le photographe.

— Dans combien de temps la pellicule sera-t-elle développée ?

— Deux heures.

— Grouille-toi, dit l'officier.

— Et vous, vous avez vu quelque chose ? demanda l'autre agent à son chef.

— Non, je ne crois pas. Voilà deux heures que nous l'observons et elle se conduit simplement comme une mère américaine trop passionnée par le sport, mais qui a attiré par hasard l'attention du ministre de la Défense et du principal suspect dans une affaire de trahison. Je crois que ça suffit, camarades, pas vous ?

C'est vraiment un jeu fantastique....

Deux heures plus tard, plus de mille photos en noir et blanc étaient sur le bureau de l'officier. L'appareil photo était un petit appareil japonais qui indiquait une référence horaire en bas de chaque cliché et le photographe du KGB était aussi bon que n'importe quel professionnel de la presse. Il avait pris des photos presque sans arrêt, en s'arrêtant juste le temps de remplacer la pellicule. L'officier avait d'abord voulu utiliser une petite caméra de télévision portative mais le photographe l'en avait dissuadé. La définition n'était pas assez bonne, la vitesse non plus. Un appareil à plans fixes était ce qui convenait le mieux pour surprendre quelque chose de fugace, même si on ne pouvait pas lire sur les lèvres aussi bien qu'avec une bande vidéo.

L'examen d'une photo exigeait quelques secondes et l'officier se servait d'une loupe. Quand Mrs Foley était dans le champ, il lui fallait quelques secondes de plus. Il examina assez longuement les vêtements et les bijoux, ainsi que la figure. Elle avait un sourire particulièrement idiot, comme dans une publicité télévisée occidentale et il se rappelait ses cris dans la foule. Pourquoi les Américains étaient-ils tellement bruyants ?

Élégante, tout de même, reconnut-il. *Comme la plupart des Américaines dans une foule moscovite, elle se faisait remarquer tel un faisan dans un poulailler.* Cette pensée l'irrita. Les Américaines dépensaient davantage pour leur toilette. Et après ? Quelle importance avaient les vêtements ? *À la jumelle, elle avait l'air d'avoir une cervelle d'oiseau... mais pas sur ces photos. Pourquoi ?*

Ce devait être les yeux. Sur les photos ses yeux — ils étaient bleus, se rappelait-il — avaient toujours l'air fixés sur quelque chose. Il remarqua qu'elle avait des pommettes saillantes, de type slave. Il savait que Foley était un nom irlandais et supposait qu'elle aussi était d'origine irlandaise. L'Amérique était un pays d'immigrants et les origines ethniques des uns et des autres s'étaient croisées à travers les mariages : tout ceci semblait bien étranger pour les Russes. Si on lui ajoutait quelques kilos, si on changeait sa façon de se coiffer et ses vêtements, on pourrait la prendre pour n'importe quelle femme de Moscou... ou de Leningrad. Plutôt de Leningrad, d'ailleurs, pensa-t-il. Oui, elle avait vraiment le type de Leningrad. Sa figure révélait la légère arrogance des habitants de cette ville. *Je me demande quelle est sa véritable origine.*

Il continua d'examiner les photos, en se souvenant que jamais les Foley n'avaient été scrutés de cette façon. Leur dossier était relativement mince. Ils étaient considérés par le « Deux » comme des gens sans importance. Quelque chose lui disait que c'était une erreur mais cette petite voix intérieure n'était pas encore assez forte. En arrivant aux dernières photos, il jeta un coup d'œil à sa montre. Trois heures du matin ! En grommelant tout seul, il prit encore un verre de thé.

Là, ce devait être le deuxième but marqué. Elle sautait comme une gazelle. De jolies jambes. Comme ses collègues l'avaient remarqué du haut des gradins, elle devait être très plaisante au lit. Plus que quelques clichés jusqu'à la fin de la partie et... oui, elle était là, embrassant Yazov — sacré vieux bougre ! — et puis le colonel Filitov...

Il s'arrêta net. La photo avait capté quelque chose qu'il n'avait pas vu à la jumelle. Tandis qu'elle serrait Filitov dans ses bras, elle avait les yeux tournés vers un des quatre gardes du corps, le seul qui ne suivait pas la partie. Sa main, sa main gauche, n'était en fait pas du tout sur Filitov mais abaissée près de la main droite du colonel et cachée. Il revint quelques photos en arrière. Juste avant les embrassades, elle avait encore la main dans sa poche. Quand elle se jetait au cou du ministre de la Défense, cette main formait un poing. Après Filitov, elle était de nouveau ouverte mais ses yeux restaient rivés sur l'agent de la sécurité et elle avait un sourire très russe, vraiment, ne dépassant pas les lèvres. Et puis sur la photo suivante elle était redevenue elle-même, exubérante et frivole. Il fut alors certain de son fait.

« Ah merde... », se dit-il tout bas.

Depuis combien de temps les Foley étaient-ils à Moscou ? Il fouilla sa mémoire fatiguée mais ne put s'en souvenir. *Plus de deux ans, au moins... et nous ne savions pas... nous ne soupçon-*

nions même pas... Et si c'était seulement elle ? C'était une idée. Si c'était elle, et pas son mari, l'espion ? Il rejeta cette pensée et il était dans le vrai, mais pas pour les bonnes raisons. Il décrocha son téléphone et appela Vatutine chez lui.

— Oui ? répondit le colonel dès le début de la première sonnerie.

— J'ai quelque chose d'intéressant, lui dit simplement l'agent.

— Envoyez une voiture.

Vatutine arriva vingt-cinq minutes plus tard, pas rasé et de mauvaise humeur. Le commandant étala simplement devant lui la série de photos critiques.

— Nous ne l'avons jamais soupçonnée, dit-il quand le colonel les eut examinées à la loupe.

— Un excellent déguisement, grommela aigrement Vatutine.

Il dormait depuis une heure à peine quand le téléphone avait sonné. Il apprenait encore à dormir sans quelques solides rasades avant de se coucher, ou plutôt il essayait d'apprendre. Il se redressa.

— Vous vous rendez compte ? Sous les yeux du ministre de la Défense et de nos agents de la sécurité ! Le culot de cette femme ! Qui la file habituellement ?

Le commandant se contenta de remettre le dossier. Vatutine le feuilleta et trouva le bon feuillet.

— Ce vieux con ! Il serait incapable de suivre un enfant à l'école sans se faire arrêter comme exhibitionniste ! Regardez-moi ça ! Simple lieutenant depuis vingt-trois ans !

— Il y a sept cents Américains attachés à l'ambassade, camarade colonel, fit observer le commandant. Nous n'avons pas tellement de très bons agents...

— Qui tous surveillent ceux qu'il ne faut pas ! ragea Vatutine. Fini, ça ! Et son mari aussi ! ajouta-t-il.

— J'y pensais, camarade colonel. Il semble vraisemblable qu'ils travaillent tous les deux pour la CIA.

— Elle lui a repassé quelque chose.

— Probablement. Un message, peut-être autre chose.

Vatutine s'assit et se frotta les yeux.

— Excellent travail, camarade commandant.

Le jour se levait déjà à la frontière pakistano-afghane. L'Archer se préparait à retourner à la guerre. Ses hommes avaient embarqué leurs nouvelles armes pendant que leur chef passait en revue ses plans pour les prochaines semaines. Entre autres choses reçues d'Ortiz, il avait une série complète de cartes stratégiques. Elles étaient faites d'après des photos satellite et mises à jour pour indiquer les actuelles places fortes soviétiques et les zones d'activité intensive de patrouilles. Il possédait aussi, maintenant, une radio à haute fréquence qu'il pouvait régler sur toutes les émissions météo, y compris les russes. Leur voyage ne commencerait qu'à la nuit.

Il regarda autour de lui. Certains de ses hommes avaient envoyé leurs familles en lieu sûr. Le camp de réfugiés était surpeuplé et bruyant mais bien plus heureux que les villages abandonnés et les villes bombardées par les Russes. Il y avait là des enfants, constatait l'Archer, et les enfants étaient heureux partout où ils avaient leurs parents, des amis et assez à manger. Les garçons jouaient déjà au soldat, avec des armes en plastique — et pour les plus grands ce n'étaient même plus des jouets. Il se rendait compte de cela avec un regret qui s'atténuait à chaque voyage. Les pertes, chez les *moudjahiddin*, exigeaient des remplaçants et les plus jeunes étaient les plus courageux. Si la liberté nécessitait leur mort, eh bien ils mourraient pour une cause sacrée : Allah, de toute façon récompensait ceux qui donnaient leur vie pour lui. Le monde était indiscutablement un bien triste lieu, et pourtant il y avait là au moins un homme qui trouvait du temps pour l'amusement et le repos. L'Archer regardait un de ses combattants qui aidait son premier-né à marcher. Le bébé ne pouvait faire cela tout seul et à chaque pas chancelant il levait les yeux vers la figure barbue souriante d'un père qu'il n'avait vu que deux fois depuis sa naissance. Le nouveau chef de la bande se souvenait d'avoir fait de même pour son fils... à qui l'on apprenait maintenant à marcher sur un chemin très différent...

L'Archer retourna à son propre travail. Il ne pouvait plus rester simple lanceur de missiles mais il avait bien entraîné Abdoul. À présent, il commanderait ses hommes. C'était un droit bien gagné, c'était sûr ; mieux encore, ses hommes trouvaient vraiment qu'il avait de la chance et ce serait bon pour le moral. Jamais de sa vie il n'avait lu d'ouvrages de théorie militaire mais il en connaissait assez bien les leçons.

Il n'y eut pas le moindre avertissement, rien du tout. La tête de l'Archer pivota brusquement quand il entendit le bruit d'explosion d'un obus de canon, puis il vit les silhouettes effilées des Fencer, à cent mètres d'altitude à peine. Il n'avait pas encore saisi son fusil d'assaut que déjà les bombes tombaient de leurs éjecteurs. Les formes noires vacillèrent légèrement avant que leurs ailerons les stabilisent, et leur pointe s'inclina au ralenti. Le bruit de moteur des bombardiers d'attaque soviétiques Su-24 vint ensuite et il se tourna pour les suivre des yeux, en épaulant son fusil, mais ils étaient trop rapides. Il n'y avait plus rien à faire qu'à se jeter à terre ; il lui semblait que tout se passait très, très lentement. Il planait presque, la terre n'en finissait pas de s'élever à sa rencontre. Il tournait le dos aux bombes mais il savait qu'elles étaient là, qu'elles descendaient. En levant les yeux, il vit des gens courir, un de ses fusiliers qui essayait de protéger son fils de son corps. L'Archer se retourna et fut horrifié de voir qu'une bombe semblait venir droit sur lui, un cercle noir dans le ciel clair du petit matin. Il n'eut même pas le temps de prononcer le nom d'Allah : elle passa au-dessus de sa tête et la terre trembla.

Assommé, assourdi par l'explosion, il se releva en titubant. C'était bizarre de voir, de sentir même un bruit mais de ne pas l'entendre. Son instinct seul fit sauter le cran de sûreté du fusil alors qu'il cherchait des yeux l'avion suivant. Là ! Il pointa le canon de son arme vers le ciel, tira aussi volontairement qu'il put mais rien n'y fit : le Fencer lâcha ses bombes cent mètres plus loin et disparut bientôt, suivi de son panache de fumée noire. Il n'y en eut pas d'autre.

Les bruits revinrent lentement, lointains comme dans un rêve. Mais ce n'était pas un rêve. À l'endroit où se trouvaient son fusilier et le bébé, il n'y avait plus qu'un trou. Plus la moindre trace du combattant de la liberté et de son fils. Même la certitude qu'ils étaient maintenant en présence de leur Dieu ne pouvait calmer la rage meurtrière qui secouait l'Archer. Il se rappela sa compassion envers le Russe, son regret quand l'homme était mort. Fini. Jamais plus il n'aurait de miséricorde pour un infidèle. Ses mains crispées sur son fusil étaient blanches comme de la craie.

Un chasseur pakistanais F-16 apparut dans le ciel mais trop tard, les Russes étaient déjà au-delà de la frontière. À peine une minute plus tard, le F-16 survola deux fois le camp et regagna sa base.

— Ça va ?

C'était Ortiz. Il avait une coupure à la joue et une voix lointaine.

L'Archer répondit d'un geste avec son fusil, tout en observant une toute nouvelle veuve hurler et pleurer sa famille. Les deux hommes cherchèrent des blessés à secourir. Heureusement, la partie médicale du camp n'avait pas souffert. L'Archer et l'agent de la CIA y transportèrent six ou sept personnes et y trouvèrent un médecin français jurant avec la véhémence d'un homme accoutumé à ce genre de choses, les mains déjà ensanglantées par son travail.

Ils découvrirent Abdoul un peu plus tard. Le jeune homme avait un Stinger levé et armé. Il pleura en avouant qu'il s'était endormi. L'Archer lui tapota l'épaule et lui dit qu'il n'y était pour rien. Il y avait en principe un accord entre les Soviétiques et les Pakistanais, interdisant les raids de l'autre côté de la frontière. Voilà ce que valaient les accords. Une équipe de télévision apparut. Française. Ortiz entraîna l'Archer dans un coin où ils ne seraient pas vus.

— Six, dit l'Archer, sans mentionner les pertes parmi les non-combattants.

— C'est un signe de faiblesse, cette attaque, mon ami, assura Ortiz.

— Attaquer un lieu plein de femmes et d'enfants est une abomination devant Dieu !

— Avez-vous perdu du matériel ?

Pour les Russes, naturellement, c'était un camp de guérilleros mais Ortiz ne se fatigua pas à expliquer leur point de vue. Il était là depuis trop longtemps pour rester objectif.

— Quelques fusils seulement. Tout le reste a déjà quitté le camp.

Ortiz n'avait plus rien à dire. Il n'avait plus de paroles réconfortantes à son répertoire. Son cauchemar, c'était que cette opération de soutien aux Afghans allait avoir le même résultat, par exemple, que les tentatives d'aide aux Hmongs du Laos par le passé. Ils s'étaient battus vaillamment contre leurs ennemis vietnamiens et avaient finalement été presque entièrement exterminés en dépit de l'assistance occidentale. L'agent de la CIA se dit que la situation était différente et, objectivement, il pensait que c'était vrai. Mais ce qui lui restait d'âme était déchiré en voyant ces hommes quitter le camp, armés jusqu'aux dents, et puis en comptant ceux qui revenaient. L'Amérique aidait-elle vraiment les Afghans à reconquérir leur propre pays... ou bien les encourageait-elle simplement à tuer le plus grand nombre possible de Russes avant d'être exterminés eux-mêmes ?

Quelle est la bonne politique ? se demanda-t-il. Et il s'avoua qu'il n'en savait rien.

Il ne savait pas non plus que l'Archer venait de prendre une décision politique personnelle. Le vieux-jeune visage se tourna vers l'ouest, puis vers le nord, et il se dit que la volonté d'Allah n'était pas plus limitée par des frontières que ne l'était celle des ennemis d'Allah.

15

Point culminant

— Il ne nous reste plus qu'à tendre le piège, dit Vatutine à son président.

Sa voix était posée, sa figure impassible alors qu'il désignait du geste les preuves étalées sur le bureau de Gerasimov.

— Excellent travail, colonel. Que comptez-vous faire à présent ?

Le président du KGB se permettait un sourire. Vatutine y vit plus que la simple satisfaction de résoudre une affaire difficile et épineuse.

— Étant donné le statut très spécial de l'homme, je crois que nous devrions tenter de le compromettre au moment du transfert de documents. Il semble que la CIA sache que nous avons rompu la chaîne des courriers entre Filitov et elle. Ils ont pris la décision insolite de se servir d'un de leurs propres agents pour effectuer ce transfert-ci et il est évident que c'était en désespoir de cause, en dépit de toute l'habileté de la manœuvre. J'aimerais coincer d'un seul coup les Foley. Ils sont vraiment forts pour nous avoir trompés si longtemps. Être pris en flagrant délit, cela démolira leur orgueil et portera un coup psychologique majeur à la CIA dans son ensemble.

— Approuvé. C'est votre affaire, colonel, vous la menez à votre guise. Prenez tout le temps que vous voulez.

Les deux hommes savaient que cela signifiait moins d'une semaine.

— Merci, camarade président.

Vatutine retourna immédiatement à son bureau et convoqua ses chefs de section.

Les microphones étaient ultrasensibles. Comme la plupart des gens qui dorment, Filitov se tournait et se retournait, sauf quand il rêvait, et les magnétophones enregistraient et conservaient le froissement des couvertures et les murmures inintelligibles. Finalement, un nouveau bruit se fit entendre et l'homme aux écouteurs fit signe à ses camarades. C'était un bruit de voile gonflée par le vent, signifiant que le sujet rejetait les draps de son lit.

Ensuite vint une toux. Le vieux avait des problèmes pulmonaires, disait son dossier médical. Il était particulièrement vulnérable aux rhumes et aux troubles respiratoires. De toute évidence, il couvait quelque chose. Puis il se moucha et les hommes du KGB échangèrent des sourires. On aurait cru un sifflet de locomotive.

— Je l'ai, dit l'homme à la caméra. Il va à la salle de bains.

Les bruits suivants étaient prévisibles. Deux caméras de télévision, dont les puissants objectifs étaient braqués sur les deux fenêtres de l'appartement, tournaient déjà. Des réglages particuliers leur permettaient de voir à l'intérieur des pièces malgré la réverbération de la lumière matinale.

— Vous savez, faire ça à quelqu'un, c'est vraiment quelque chose, dit un technicien. Si on nous montrait une vidéo de nous-mêmes tout de suite après notre réveil, on mourrait de gêne.

— Celui-là mourra d'autre chose, répliqua froidement l'officier.

C'était l'éternel problème, avec ces investigations. On finissait par s'identifier trop étroitement avec le sujet et on devait constamment se répéter que les traîtres étaient immondes. *À quel moment as-tu mal tourné ?* se demanda le commandant. *Un homme avec tes états de service !* Il se demandait déjà comment l'affaire serait réglée. Un procès public ? Oserait-on juger en public un aussi célèbre héros de la guerre ? Mais cela, se dit-il, c'était une question politique.

La porte s'ouvrit et se ferma, indiquant que Filitov avait ramassé le numéro d'*Étoile rouge* qu'un messager du ministère lui déposait tous les matins. Ils entendirent le gargouillement de la machine à café et se regardèrent : *Ce salaud de traître se tape du bon café tous les matins !*

Il était visible, maintenant, assis à sa petite table de cuisine, et lisait le journal. C'était un « annoteur » virent-ils, il griffonnait sur un bloc ou écrivait des notes dans la marge du journal. Son café prêt, il se leva et alla prendre du lait dans le réfrigérateur. Il le renifla avant d'en verser dans son café, pour s'assurer qu'il n'était pas aigre. Il avait assez de beurre pour en étaler une bonne couche sur son pain noir, son petit déjeuner habituel, ils le savaient.

— Il mange encore comme un soldat, observa le cadreur.

— Et c'en était un bon, dans le temps, grommela un autre agent. Vieux fou, comment est-ce que tu as pu faire ça ?

Le petit déjeuner fini, ils regardèrent Filitov retourner à la salle de bains pour faire sa toilette et se raser. Il reparut pour s'habiller. Sur l'écran vidéo, ils le virent prendre une brosse et cirer ses bottes. Ils savaient qu'il portait toujours des bottes, ce qui était habituel pour les officiers du ministère. Mais les trois étoiles d'or sur sa tunique l'étaient aussi. Il s'examina dans la glace au-dessus de sa commode. Le journal fut plié et rangé dans la serviette de cuir et Filitov sortit de chez lui. Le dernier bruit qu'ils entendirent fut celui du tour de clef. Le commandant décrocha le téléphone.

— Le sujet s'en va. Rien d'insolite ce matin. L'équipe de filature est en place.

— Parfait, répondit Vatutine et il raccrocha.

Un des cadreurs régla son appareil pour filmer la sortie de l'immeuble de Filitov. Le colonel répondit au salut du chauffeur et monta dans la voiture, qui disparut au coin de la rue. Un début de matinée vraiment banal, tout le monde était d'accord. On n'avait plus qu'à prendre patience.

À l'ouest, le sommet de la montagne était voilé de nuages et il tombait une pluie fine. L'Archer n'était pas encore parti. Il y avait des prières à dire, des gens à consoler. Ortiz était allé se faire soigner la joue par un des médecins français, pendant que son ami fouillait dans ses papiers.

L'Archer avait des remords mais se disait qu'il examinait simplement ce que lui-même avait remis à l'agent de la CIA. Ortiz était un preneur de notes invétéré, l'Afghan le savait déjà, et un grand amateur de cartes. Celle qu'il cherchait était à la place prévue et plusieurs diagrammes y étaient joints. Il les recopia à la main, rapidement et avec précision, avant de les remettre en place.

— Qu'est-ce que vous êtes bourgeois ! s'exclama en riant Bea Taussig.

— Ce serait dommage de gâcher l'image, répliqua Al, masquant d'un sourire son animosité contre leur invitée.

Il ne comprenait pas pourquoi Candi aimait cette... il ne savait quoi. Il ne comprenait pas pourquoi elle déclenchait des sortes d'alarmes dans sa tête. Ce n'était pas parce qu'elle ne l'aimait pas, de cela Al Gregory se moquait. Sa famille et sa fiancée l'aimaient, tous ses camarades de travail le respectaient, c'était suffisant. S'il ne concordait pas avec l'idée que certains se faisaient d'un officier, qu'ils aillent se faire voir. Mais il y avait *quelque chose*, avec Bea, qui...

— D'accord, on parle boutique, déclara avec amusement l'invitée. J'ai des gens de Washington qui me demandent quand...

— Il faudrait tout de même faire comprendre à ces bureaucrates qu'on ne peut pas simplement faire marcher ou arrêter une chose comme ça, grommela Candi.

— Six semaines, au plus, répondit aimablement Al. Peut-être moins.

— Mais quand ? demanda Candi.

— Bientôt. Nous n'avons pas encore eu l'occasion de l'essayer sur le simulateur mais ça m'a l'air d'aller. C'était une idée de Bob. Il avait presque fini d'y travailler et ça simplifiait les calculs encore mieux que ce que je faisais. Nous n'avons pas besoin d'utiliser autant d'IA que je croyais.

— Ah ?

L'utilisation de l'IA — intelligence artificielle — était en principe capitale pour le fonctionnement optimal du miroir et la discrimination de l'objectif.

— Oui, nous surmécanisions le problème en essayant d'avoir recours à la raison au lieu de l'instinct. Nous n'avons pas à dire à l'ordinateur comment tout résoudre. Nous pouvons réduire de vingt pour cent cette programmation en insérant des options présélectionnées dans le programme. C'est plus rapide et plus facile que de laisser tous les jugements à l'ordinateur.

— Et les anomalies ? demanda Taussig.

— Ça, c'est tout le problème. En réalité, la routine IA ralentit plus les choses que nous le pensions. Nous cherchons à tout rendre si flexible qu'elle a du mal maintenant à faire quoi que ce soit. La performance laser attendue est assez bonne pour choisir l'option de tir plus vite que le programme IA lui-même, alors pourquoi ne pas y aller carrément et faire feu ? Si ça ne correspond pas au profil, tant pis, nous y allons quand même.

— Vos spéculations laser ont changé, observa Bea.

— Nous ne pouvons pas parler de ça.

Encore un sourire du petit con. Taussig s'arrangea pour rendre le sourire. *Je sais quelque chose que tu ne sais pas, gna-gna-gna*, hein ? Rien qu'à le voir, elle avait la chair de poule mais le pire c'était l'expression de Candi quand elle le regardait, comme si elle avait devant elle Paul Newman ou quelqu'un comme ça. Bea ne savait si elle devait en rire ou en pleurer...

— Même les moins-que-rien de l'administration, comme nous, doivent être capables d'avoir des projets, dit-elle.

— Désolé, Bea. Tu connais les règlements de sécurité.

— Oui, et on finit par se demander comment nous arrivons à travailler, dit Candi en secouant la tête. Si ça continue, Al et moi ne pourrons même plus nous parler entre les...

Elle sourit à son amant d'un air lascif. Al éclata de rire.

— J'ai mal à la tête.

— Tu comprends ce type-là, Bea ? demanda Candi.

— Je ne l'ai jamais compris.

— Quand vas-tu laisser le professeur Rabb te sortir un peu ? Tu sais qu'il rêve de toi depuis six mois.

— Qu'il rêve de moi s'il veut, mais pas de rentre-dedans. Dieu, quelle horrible pensée !

Le coup d'œil de Bea à Candi dissimula à merveille ses sentiments. Elle se rendait compte que les renseignements qu'elle avait obtenus sur la programmation ne valaient plus rien. Et elle maudit le petit con pour en avoir changé !

— Ça, c'est quelque chose. Reste à savoir quoi, marmonna Jones, et il prit son micro. Contrôle ? Sonar. Nous avons une position de contact zéro-neuf-huit. Contact désigné Sierra-Quatre.

— Vous êtes sûr que c'est un contact ? demanda le jeune officier marinier.

— Vous voyez ça ?

Jones fit courir son index sur l'écran. L'effet « de cascade » était encombré de bruits d'ambiance.

— N'oubliez pas que vous cherchez de l'information de non-hasard. Cette ligne-là n'est pas un hasard.

Il tapa un ordre pour modifier la présentation. L'ordinateur passa par une suite de fréquences discrètes. En une minute, l'image devint nette. Du moins M. Jones le pensait, nota le jeune technicien du sonar. Le point lumineux sur l'écran avait une forme irrégulière, tantôt élargie, tantôt effilée vers le bas, couvrant à peu près cinq degrés. Jones considéra l'écran pendant plusieurs secondes encore avant de reprendre son micro.

— Contrôle, Sonar, classifiez objectif Sierra-Quatre comme frégate de classe Krivak, position zéro-neuf-six. On dirait qu'elle fait des tours à une quinzaine de nœuds, dit-il, et il regarda le jeune homme, en se rappelant sa première croisière, ce gamin de dix-neuf ans n'avait même pas encore ses dauphins. Vous voyez ça ? C'est la signature à haute fréquence de ses turbo-propulseurs, ça ne trompe pas et ça s'entend de loin, en général, parce que le Krivak n'a pas une très bonne insonorisation.

Mancuso entra dans le compartiment. Le *Dallas* était un 688 « premier vol » et n'avait pas d'accès direct à la chambre de contrôle sonar, comme les modèles plus récents. Il fallait aller à l'avant et passer par une ouverture qui menait en bas. À la révision générale, ce serait probablement modifié. Le capitaine leva sa tasse de café vers l'écran.

— Où est le Krivak ?

— Là, position toujours constante. Nous avons de la bonne eau autour de nous. Il doit être assez loin.

Le capitaine sourit. Jones essayait toujours de deviner les distances. Le plus curieux c'était que pendant les deux ans que Mancuso l'avait eu à son bord comme membre d'équipage, Jones s'était rarement trompé. À l'arrière, dans la chambre de contrôle, l'équipe de commande de tir calculait la position de l'objectif en concordance avec le cap connu du *Dallas*, pour déterminer la portée et le cap de la frégate soviétique.

Il n'y avait pas beaucoup d'activité en surface. Les trois autres contacts sonar étaient des navires marchands à une seule hélice. Il ne faisait pas trop mauvais temps pour le moment mais la mer Baltique — jamais plus qu'un grand lac, de l'avis de Mancuso — n'était pas un endroit rêvé en hiver. Des rapports des SR disaient que la plupart des bâtiments de « l'opposition » étaient au port pour réparations. C'était une bonne nouvelle. Il n'y avait pas beaucoup de glace, ce qui en était une meilleure encore. Une saison vraiment froide risquait de tout solidifier, ce qui gênerait quelque peu leur mission, pensait le capitaine.

À l'heure qu'il était, seul Clark, leur visiteur, savait ce qu'était la mission.

— Commandant, nous avons une position sur Sierra-Quatre, annonça un lieutenant de la chambre de contrôle.

Jones plia un bout de papier et le donna à Mancuso.

— J'attends.

— Distance trente-six mille, cap approximatif deux-neuf-zéro.

Mancuso déplia le papier et éclata de rire.

— Ah, Jones ! Vous êtes toujours un sacré sorcier !

Il le rendit, puis il alla à l'arrière pour modifier le cap du sous-marin et éviter le Krivak.

À côté de Jones, l'homme du sonar s'empara du papier et le lut à haute voix.

— Comment le saviez-vous ? Vous n'êtes pas censé pouvoir faire des trucs comme ça !

— La pratique, mon garçon, la pratique, répliqua Jones avec la voix de W.C. Fields.

Il remarqua le changement de cap du sous-marin. Cela ne ressemblait pas au Mancuso qu'il avait connu. Dans le temps, le capitaine se serait rapproché pour prendre des photos au périscope, il aurait calculé quelques possibilités de torpilles et aurait traité en somme le bâtiment soviétique comme un véritable objectif dans une vraie guerre. Cette fois, ils laissaient la voie libre à la frégate russe, ils s'esquivaient discrètement. Jones ne pensait pas que Mancuso avait changé à ce point et il commença à se poser des questions sur le caractère de cette nouvelle mission.

Il n'avait pas beaucoup vu M. Clark. Celui-ci passait presque tout son temps à l'arrière dans la chambre des machines où se trouvait la « salle de sport » du sous-marin, un pauvre appareil de gymnastique coincé entre deux machines-outils. L'équipage murmurait déjà qu'il ne parlait pas beaucoup. Il ne faisait que sourire et saluer de la tête, et il vaquait à ses occupations. Un des chefs avait remarqué son tatouage et chuchotait déjà des histoires sur la signification de cette marque rouge et sur les vrais tatoués. Le *Dallas* n'en avait jamais eu un à bord mais il y en avait eu sur d'autres bâtiments et les histoires racontées dans un silence religieux, à part quelques « Pas de conneries ! » occasionnels, circulaient dans le milieu sous-marinier mais nulle part ailleurs. Les sous-mariniers savaient faire beaucoup de choses et, surtout, garder les secrets.

Jones se leva et alla à l'arrière. Il pensait avoir donné assez de leçons pour la journée et sa qualité de représentant technique civil l'autorisait à aller et venir comme il voulait à bord. Il nota que le *Dallas* prenait tout son temps, filant neuf nœuds tranquilles vers l'est. Un coup d'œil à la carte lui apprit où ils étaient et la façon qu'avait le navigateur de tapoter avec son crayon lui dit jusqu'où ils iraient. Il se mit à réfléchir sérieusement, en descendant chercher un Coca. Il était revenu pour un coup fumant, après tout.

— Oui, monsieur le Président ? répondit Moore au téléphone.

L'heure de la décision ?

— Cette affaire dont nous avons parlé ici l'autre jour...

— Oui, monsieur le Président.

Moore regarda son appareil. À part le combiné qu'il tenait, le système téléphonique « sûr » était un cube d'un mètre, adroitement caché dans son bureau. Il enregistrait les mots, les transformait en chiffres, les brouillait à les rendre méconnaissables et les transmettait à une boîte semblable qui remettait tout d'aplomb. Cela avait pour effet annexe une grande netteté de la conversation, puisque tout bruit de fond ou parasite était éliminé.

— Vous pouvez y aller. Nous ne pouvons pas... Eh bien, j'ai décidé cette nuit que nous ne pouvons pas l'abandonner purement et simplement.

Ce devait être son premier coup de téléphone de la matinée et pas mal d'émotion y transparaissait. Moore se demanda si la vie de l'agent sans visage l'avait empêché de dormir. Probablement. Le Président était comme ça. C'était aussi un homme, Moore le savait, à se tenir à une décision une fois qu'il l'avait prise. Pelt allait essayer toute la journée de le faire changer d'avis mais le Président donnait son ordre à huit heures du matin et il devrait s'y tenir.

— Merci, monsieur le Président. Je vais passer à l'action.

Deux minutes plus tard, Moore avait Bob Ritter dans son bureau.

— Feu vert pour l'extraction de Cardinal !

— Ça me rend heureux d'avoir voté pour ce type ! dit Ritter en battant des mains. D'ici dix jours, nous l'aurons dans une bonne maison sûre. Dieu, son rapport va durer des années ! C'est dommage de perdre ses services, ajouta-t-il plus gravement, mais nous lui devons bien ça. D'ailleurs, Mary Pat nous en a recruté deux vraiment actifs. Elle a fait passer la pellicule hier soir. Pas de détails mais j'ai compris que c'était plutôt épineux.

— Elle a toujours été un peu trop...

— Plus qu'un peu, Arthur, mais tous les agents de terrain ont un tempérament de cow-boy. (Les deux natifs du Texas échangèrent un regard entendu.) Même ceux qui sont nés à New York.

— Quelle équipe ! Avec ces origines, on se demande comment seront leurs gosses, observa Moore en riant. C'est bon, Bob. Vous êtes exaucé. Alors, au boulot.

— Oui, chef.

Ritter partit envoyer son message puis il mit l'amiral Greer au courant.

Le télex fut relayé par satellite et arriva à Moscou un quart d'heure plus tard à peine : ORDRES DE VOYAGE APPROUVÉS. GARDEZ TOUS REÇUS POUR REMBOURSEMENT.

Ed Foley emporta le télex dans son bureau. *Le rond-de-cuir pétochard s'est ravisé*, pensait-il. *Dieu soit loué !*

Juste un transfert de plus ! Nous lui repasserons le message en même temps. Micha prendra l'avion pour Leningrad et n'aura plus qu'à suivre le plan. Une bonne chose, dans le cas de Cardinal, c'était qu'il répétait son plan d'évasion au moins une fois par an. Son ancienne unité de chars étaient maintenant affectée au district militaire de Leningrad et les Russes comprenaient ce genre de sentimentalité. Micha avait veillé aussi, au fil des ans, à ce que son régiment soit le premier à recevoir du matériel nouveau et à s'entraîner aux nouvelles tactiques. Après sa mort, ce régiment serait appelé la Garde Filitov, ou du moins telle était l'intention de l'armée soviétique. Dommage, pensa Foley, qu'ils doivent changer ça. Mais en revanche, la CIA trouverait peut-être une autre sorte d'hommage à lui rendre...

En attendant, il y avait encore un dernier transfert et il ne serait pas facile. Chaque chose en son temps, se dit-il. D'abord, nous devons l'alerter.

Une demi-heure plus tard, un employé anonyme de

l'ambassade quitta l'immeuble. Il devrait se trouver à un certain moment en un certain endroit. Le « signal » fut capté par quelqu'un d'autre, qui n'était vraisemblablement pas filé par le « Deux ». Cette personne-là fit autre chose. Elle n'en connaissait pas la raison, seulement où et comment la marque devait être tracée. Elle trouvait cela très déprimant. Et on disait que le métier d'espion était excitant !

— Voilà notre ami !

Vatutine était dans la voiture, il voulait constater par lui-même que tout se passait correctement. Filitov monta dans sa voiture et son chauffeur démarra. Celle de Vatutine suivit sur cinq cents mètres, puis elle tourna dans une rue transversale alors qu'une autre la remplaçait et accéléra dans une rue parallèle pour rester à la même hauteur.

Vatutine suivait les événements à la radio. La transmission était brève, concise ; les six voitures se relayaient habilement et il y en avait généralement une devant celle du suspect et une autre derrière. Celle de Filitov s'arrêta devant une épicerie fournissant les officiels du ministère de la Défense. Vatutine avait un homme dans le magasin — on savait que Filitov y passait deux ou trois fois par semaine — pour vérifier ce qu'il achetait et à qui il parlait.

Le colonel voyait que tout allait à la perfection, ce qui n'était pas étonnant puisqu'il avait expliqué à tout le monde que le président s'intéressait personnellement à cette affaire. Son chauffeur accéléra, doubla le suspect et déposa son patron en face de l'immeuble de Filitov. Vatutine entra et monta jusqu'à l'appartement qu'ils avaient réquisitionné.

— Vous arrivez à point, lui dit le commandant.

L'homme du « Deux » regarda discrètement par la fenêtre et vit arriver et s'arrêter la voiture de Filitov. Celle qui suivait continua de rouler normalement.

— L'homme vient d'entrer dans l'immeuble, annonça le spécialiste des communications.

À l'intérieur, une femme avec un filet plein de pommes prendrait l'ascenseur avec Filitov. À son étage, un garçon et une fille assez jeunes pour être pris pour des adolescents passèrent devant l'ascenseur quand il en sortit et suivirent le couloir en se murmurant des mots d'amour. Les micros de surveillance captèrent la fin de cette séquence quand Filitov ouvrit sa porte.

— Je l'ai, annonça le cadreur.

— Ne restons pas près des fenêtres, dit inutilement Vatutine.

Les deux hommes aux jumelles se tenaient bien en arrière et comme rien n'était éclairé dans l'appartement — on avait même retiré les ampoules — personne ne pouvait deviner que ces pièces étaient occupées.

Ce qui leur plaisait le plus, chez cet homme, c'était son aversion pour les stores bien baissés. Ils le suivirent dans la chambre où ils le regardèrent se mettre en tenue d'intérieur et pantoufles. Il alla ensuite dans sa cuisine et se prépara un repas simple. Ils le regardèrent décapsuler un demi-litre de vodka. Il était maintenant assis et regardait par la fenêtre.

— Un vieil homme solitaire, murmura un des agents. Vous croyez que c'est ça qui l'y a poussé ?

— D'une façon ou d'une autre, nous finirons par le savoir.

Pourquoi l'État peut-il nous trahir ? demanda Micha deux heures plus tard au caporal Romanov.

Parce que nous sommes des soldats, je suppose. Micha remarqua que le caporal éludait la question. Savait-il ce que son capitaine voulait demander ?

Mais si nous trahissons l'État... ?

Alors nous mourons, camarade capitaine. C'est bien simple. Nous nous attirons la haine et le mépris des paysans et des ouvriers, et nous mourons. Romanov regardait, du fond des années, son officier dans les yeux. Le caporal avait maintenant sa propre question. Il n'osait pas la poser mais ses yeux semblaient la crier : *Qu'avez-vous fait, mon capitaine ?*

De l'autre côté de la rue, l'homme chargé du matériel d'écoute entendit des sanglots et se demanda ce qui les provoquait.

— Qu'est-ce que tu fais, ma chérie ? demanda Ed Foley et les microphones l'entendirent.

— Je commence à faire des listes, en vue de notre départ. Il y a tant de choses à se rappeler, il vaut mieux que je m'y mette dès maintenant.

Foley se pencha par-dessus l'épaule de sa femme. Elle avait un bloc-notes et un crayon mais elle écrivait sur une ardoise en plastique avec un feutre. C'était le genre de pense-bête qu'on voyait accroché dans beaucoup de cuisines et qui s'effaçait avec un chiffon humide.

JE LE FERAI, avait-elle écrit. J'AI UN TRUC PARFAIT. Mary Pat sourit et montra une photo de l'équipe de hockey d'Eddie. Tous les joueurs l'avaient signée et Eddie avait écrit au sommet, en caractères cyrilliques maladroits et avec l'aide de sa mère : « Pour celui qui nous porte chance. Merci. Eddie Foley. »

Ed fronça les sourcils. C'était caractéristique de sa femme, l'approche audacieuse, et il savait qu'elle se servait de sa couverture avec un art consommé. Mais... Il secoua la tête. Mais quoi ? Le seul homme de la chaîne Cardinal qui pourrait l'identifier, lui, n'avait jamais vu sa figure. Ed manquait peut-être du panache de Mary Pat, mais il était plus circonspect. Il s'estimait meilleur que sa femme pour la contre-surveillance. Il admirait sa passion pour son travail et son talent de comédienne mais... Ah, zut, elle était vraiment trop téméraire, parfois ! *D'accord, alors qu'est-ce que tu attends pour le lui dire ?* se demanda-t-il.

Il savait ce qui arriverait. Elle deviendrait la logique même. On n'avait pas le temps d'établir un nouveau circuit de contacts. Ils savaient tous deux qu'elle avait une couverture solide, que jamais elle n'était encore arrivée à éveiller un soupçon de soupçon...

Oui mais... Nom de Dieu, cette affaire n'est qu'une succession de mais...

O.K. MAIS PRENDS GARDE À TON JOLI CUL !!!! écrivit-il à son tour sur l'ardoise de plastique. Elle l'essuya en levant vers son mari des yeux pétillants. Puis elle écrivit son propre message personnel :

FAISONS BANDER LES MICROS !

Ed faillit s'étrangler en ravalant son rire. *À chaque fois, avant un coup...* Il ne trouvait rien à reprocher à cela, certainement pas, mais, tout de même, c'était assez curieux.

Dix minutes plus tard, dans le sous-sol de l'immeuble, deux techniciens soviétiques écoutèrent avec un très vif intérêt les sons émanant de la chambre des Foley.

Mary Pat se réveilla comme d'habitude à 6 h 15. Il faisait encore nuit et elle se demanda dans quelle mesure le caractère de son grand-père avait été forgé par le froid et l'obscurité des hivers russes... et dans quelle mesure sa propre nature l'avait été aussi. Comme la plupart des Américains affectés à Moscou, elle avait absolument horreur du principe même des appareils d'écoute dans ses murs. Il lui arrivait d'en tirer un plaisir pervers, comme la veille au soir, mais il y avait aussi l'idée que les Soviétiques en avaient placé jusque dans les toilettes. Ils en étaient bien capables, se dit-elle en se regardant dans la glace. Le premier geste à l'ordre du jour était la prise de température. Ils voulaient tous deux un troisième enfant et ils y travaillaient depuis quelques mois... ce qui était plus amusant que de regarder la télévision soviétique. Professionnellement, bien entendu, la grossesse faisait une couverture idéale. Elle nota sa température sur une carte qu'elle rangeait dans l'armoire à pharmacie. *Probablement pas encore*, se dit-elle. *Dans quelques jours, peut-être.* Elle jeta quand même dans la poubelle de la salle de bains les restes d'un test de grossesse.

Ensuite, les enfants à laver. Elle mit en train le petit déjeuner et alla secouer tout le monde. La vie en appartement avec une seule salle de bains imposait un horaire très strict. Il y avait toujours les grognements d'Ed et les gémissements et protestations des enfants.

Dieu, comme ce sera bon de rentrer! se dit-elle. Elle adorait le défi que représentait ce travail dans la gueule du dragon mais cette vie, dans ce pays, n'était pas très amusante pour les gosses. Eddie aimait son hockey mais il n'avait pas une enfance normale dans cette ville glaciale et grise. Heureusement, cela allait bientôt changer. Tout le monde embarquerait à bord d'un vol de la Pan Am et s'envolerait, en laissant Moscou derrière soi, sinon pour toujours, au moins pour cinq ans. La vie en Virginie, au bord de la mer. La voile dans la baie de Chesapeake. *Des hivers doux! Ici, on est obligé d'emmitoufler les enfants comme au pôle Nord! Et je ne cesse de lutter contre les rhumes!*

Elle mit le petit déjeuner sur la table au moment où Ed libérait la salle de bains pour qu'elle puisse y aller faire sa toilette et s'habiller. Selon l'habitude, il déjeunait et s'habillait pendant que sa femme préparait les enfants.

Dans la salle de bains, elle entendit la télévision et rit dans la glace. Eddie adorait l'émission de gymnastique matinale ; la fille qui y participait avait une allure de docker. Il s'en amusait mais regrettait les matinées des *Transformers*, « Plus qu'il n'y paraît ! » et il se rappelait encore la chanson de l'indicatif. Ses amis russes lui manqueraient un peu, sans doute, pensait-elle, mais cet enfant était un Américain et rien ne pourrait jamais changer cela. À sept heures et demie, tout le monde fut habillé et prêt à partir. Mary Pat avait un petit paquet sous le bras.

— C'est le jour de la femme de ménage, n'est-ce pas ? lui demanda Ed.

— Je serai de retour à temps pour lui ouvrir.

— D'accord.

Ed ouvrit la porte et précéda le défilé jusqu'à l'ascenseur. Comme d'habitude, la famille était la première à se mettre en route. Eddie partit en courant pour appeler l'ascenseur, qui arriva juste en même temps que les autres. Eddie y sauta, ravi comme toujours de l'élasticité des câbles soviétiques. Sa mère avait toujours l'impression que la cabine branlante allait s'écrouler au fond de la cave mais le petit garçon battait des mains quand elle tombait avec une secousse de quelques centimètres. Trois minutes plus tard, ils montèrent tous en voiture. Ce matin, Ed prit le volant. En démarrant, les enfants agitèrent la main au milicien, en réalité un agent du KGB, qui rendit le salut avec un sourire. Dès que la voiture eut tourné dans la rue, il rentra dans sa guérite pour téléphoner.

Ed gardait un œil sur le rétroviseur et sa femme avait déjà incliné celui de l'aile pour regarder derrière elle aussi. À l'arrière, les deux enfants se disputaient mais leurs parents s'en désintéressaient.

— On dirait qu'il va faire beau, dit Ed. *Rien ne nous suit !*

— Mmm-mmm. *D'accord.*

Ils devaient faire attention à ce qu'ils disaient devant les enfants, naturellement. Eddie était capable de répéter tout ce qu'il entendait, aussi bien que la ritournelle des *Transformers.* Et il y avait un risque de micro dans la voiture aussi.

Ed passa d'abord par l'école et sa femme conduisit les petits à l'intérieur. Eddie et Katie avaient l'air de deux oursons en peluche, dans leur équipement d'hiver. Quand Mary Pat revint, elle avait l'air mécontent.

— Nikki Wagner s'est fait porter malade. Ils veulent que je reprenne sa classe cet après-midi, annonça-t-elle en remontant en voiture.

Il grogna. En réalité, c'était parfait. Il passa la vitesse de sa Volkswagen et repartit le long de Leninsky Prospekt. *La chasse était ouverte.*

Cette fois, ce fut avec un grand sérieux qu'ils surveillèrent les rétroviseurs.

Vatutine espérait qu'ils n'avaient encore jamais pensé à cela. Les rues de Moscou étaient toujours pleines de gros camions de détritus, allant d'un chantier de construction à un autre. Leur haute cabine offrait une excellente visibilité et les allées et venues de ces véhicules tous semblables paraissaient infiniment moins sinistres que celles de voitures banalisées. Il avait neuf de ces camions qui travaillaient pour lui, ce jour-là, et les agents au volant communiquaient entre eux au moyen de radios militaires chiffrées.

Le colonel Vatutine était dans l'appartement voisin de celui de Filitov. La famille qui habitait là était allée s'installer deux jours plus tôt à l'hôtel Moskva. Il avait regardé les vidéocassettes de son suspect, qui buvait à s'engourdir, et avait profité de l'occasion pour faire venir trois nouveaux agents du « Deux ». Ils avaient encastré des micros à pointes dans le mur mitoyen et ils écoutaient avec attention le colonel qui effectuait en titubant sa routine matinale. Son instinct soufflait à Vatutine que c'était le jour J.

C'est l'alcool, pensa-t-il en buvant son thé. Cela provoqua une grimace amusée. Sans doute fallait-il être un buveur pour comprendre un buveur. Il était sûr que Filitov avait bu pour se résoudre à quelque chose et il se souvenait que le jour où il avait vu le colonel avec le garçon de bains traître, il était venu aux bains de vapeur pour cause de gueule de bois... *tout comme moi.* Tout concordait, jugea-t-il. Filitov était un héros qui avait mal tourné, mais quand même un héros. Ce n'avait pas dû être facile pour lui de trahir et il avait probablement besoin de boire pour endormir une conscience troublée. Vatutine était heureux que les gens eussent ce genre de sentiments, que la trahison fût en somme quand même un acte pénible.

— Ils viennent par ici, rapporta à la radio un agent des communications.

— Ici même, dit Vatutine à ses subordonnés. Cela va se passer à moins de cent mètres de l'endroit où nous sommes.

Mary Pat repassa ce qu'elle avait à faire. En remettant la photo empaquetée, elle récupérerait le film qu'elle glisserait dans son gant. Et puis il y avait le signal. Elle devait passer sa main gantée sur son front, comme pour essuyer de la transpiration, et se gratter un sourcil. C'était le signal danger-évasion. Elle espérait qu'il ferait attention. Elle n'avait jamais donné le signal elle-même mais Ed avait offert une fois l'évasion, mais n'avait obtenu qu'un refus. Elle comprenait cela mieux que son mari — son travail pour la CIA était basé après tout sur la passion bien plus que sur la raison — mais assez c'était assez. Cet homme transmettait déjà des renseignements à l'Occident alors qu'elle jouait encore à la poupée.

Ils arrivaient en vue de l'immeuble. Ed se rapprocha du trottoir, la voiture cahota sur la chaussée défoncée et Mary Pat resserra les doigts sur son paquet. Quand elle mit la main à la poignée de la portière, son mari lui tapota le genou. *Bonne chance, bébé.*

— Foleyeva vient de descendre de voiture et se dirige vers la porte de service, graillonna la radio.

Vatutine sourit de la russification du nom étranger. Il envisagea de dégainer son automatique d'ordonnance mais se ravisa. Mieux valait avoir les mains libres, un coup de pistolet pouvait partir accidentellement. Et ce n'était pas le moment d'avoir un accident.

— Vous avez une idée ? demanda-t-il à ses hommes.

— Ce serait moi, répondit l'un d'eux, je tenterais la passe frôlée.

Vatutine approuva. Il s'inquiétait de n'avoir pu installer une caméra de surveillance dans le couloir mais des facteurs techniques s'y étaient opposés. C'était le problème, avec les affaires vraiment délicates. Les plus malins étaient les plus méfiants. Impossible de prendre le risque de les alerter et il était sûr que les Américains l'étaient déjà. Suffisamment alertés, pensait-il, pour avoir tué un de leurs propres agents au dépôt de marchandises.

Heureusement, la plupart des appartements de Moscou avaient des judas, maintenant. Vatutine éprouva une certaine reconnaissance pour l'augmentation du nombre des cambriolages, parce que ses techniciens avaient pu remplacer l'objectif de ce judas par un autre qui leur permettait de voir tout le palier et le couloir. Il s'y posta lui-même.

Nous aurions dû mettre des microphones dans les cages d'escalier, se dit-il. *Prends note de ça pour la prochaine fois. Les espions ennemis ne prennent pas toujours l'ascenseur.*

Mary Pat n'était pas tout à fait aussi sportive que son mari. Elle s'arrêta sur le palier et regarda l'escalier au-dessus et au-dessous d'elle, en guettant le moindre bruit pendant que ses battements de cœur ralentissaient un peu. Elle regarda sa montre. C'était l'heure.

Elle ouvrit la porte de secours et marcha audacieusement au milieu du couloir.

O.K. Micha. J'espère que vous n'avez pas oublié de remonter votre montre hier soir.

La dernière fois, colonel. Pour l'amour du ciel tâchez d'accepter le signal d'évasion, ce coup-ci, et on vous fera peut-être venir au rapport à la Ferme, comme ça mon fils pourra faire la connaissance d'un véritable héros russe...

J'aimerais que mon grand-père puisse me voir en ce moment...

Elle n'était encore jamais venue là, jamais elle n'avait fait de transfert dans cet immeuble mais elle le connaissait par cœur, après avoir passé vingt minutes à en étudier le plan. La porte de Cardinal était... celle-ci !

L'heure ! Son cœur fit un petit bond quand elle vit la porte s'ouvrir, à dix mètres.

Quel pro ! Mais ce qui suivit fut aussi réfrigérant qu'un poignard de glace.

Les yeux de Vatutine s'agrandirent d'horreur quand il entendit le bruit. Le verrou avait été installé à la manière russe typique, décalé d'à peu près un demi-centimètre. Quand il le fit glisser pour s'apprêter à bondir hors de l'appartement, il y eut un très net grincement.

Mary Pat Foley n'eut pas un instant d'hésitation. Son entraînement prit le commandement de son corps, comme un programme d'ordinateur. Il y avait un judas à la porte, qui passait de l'obscurité à la lumière... Il y avait quelqu'un, là...

... quelqu'un qui venait de bouger,

... qui venait de tirer le verrou.

Elle fit un demi-pas sur sa droite et passa sa main gantée sur son front. Elle ne feignait pas d'éponger de la transpiration.

Micha vit le signal et s'arrêta net, avec une curieuse expression qui commençait à se changer en amusement quand il entendit une porte s'ouvrir à la volée. Il vit immédiatement que l'homme qui surgissait n'était pas son voisin.

— Halte ! Je vous arrête ! cria Vatutine.

Il vit alors que l'Américaine et le Russe se tenaient à un mètre d'écart et que tous deux avaient les mains à leurs côtés.

Heureusement, les agents du « Deux » derrière lui ne pouvaient voir sa figure.

— Je vous demande pardon ? dit-elle en excellent russe.

— *Quoi ?* tonna Filitov avec une rage uniquement possible à un militaire de carrière souffrant d'une gueule de bois.

Vatutine montra du doigt Mrs Foley.

— Vous ! Contre le mur !

— Je suis citoyenne américaine et vous n'avez pas le droit...

— Vous êtes une espionne américaine ! glapit le capitaine et il s'avança pour la repousser contre le mur.

— Comment ?

La voix exprimait la panique, l'angoisse, il n'y avait pas le moindre professionnalisme, là, pensa le capitaine et il s'en voulut aussitôt d'avoir cette idée.

— Qu'est-ce que vous racontez ? Qu'est-ce que ça veut dire ? Qui êtes-vous ? bredouilla-t-elle, puis elle se mit à hurler : *Police ! Au secours ! Qu'on appelle la police ! On m'attaque ! Au secours !*

Vatutine n'écoutait pas. Il avait déjà saisi la main de Filitov et alors qu'un de ses agents poussait le colonel contre le mur, il s'empara d'une pellicule. Pendant un souffle de temps qui lui avait paru se dilater en une éternité, il avait été frappé par l'horrible crainte de la bavure, il s'était dit qu'il s'était trompé, qu'elle n'était pas de la CIA. Une fois la pellicule dans sa main, il ravala un soupir de soulagement en regardant Filitov dans les yeux.

— Je vous arrête pour trahison, camarade colonel, déclara-t-il d'une voix sifflante de mépris. Qu'on l'emmène !

Il se tourna pour examiner Mary Pat Foley. Elle ouvrait de grands yeux pleins de peur et d'indignation. Quatre personnes avaient passé la tête à leur porte, pour voir ce qui se passait dans le couloir.

— Je suis le colonel Vatutine, du comité pour la Sécurité de l'État. Nous venons de procéder à une arrestation. Fermez vos portes et ne vous occupez pas de cette affaire.

Il remarqua que son ordre fut exécuté en moins de cinq secondes. La Russie était toujours la Russie.

— Bonjour, Mrs Foley, dit-il ensuite et il la vit faire des efforts pour se ressaisir.

— Qui êtes-vous ? Qu'est-ce que cela signifie ?

— L'Union soviétique ne voit pas d'un œil favorable ses

invités voler des secrets d'État. On vous a sûrement dit cela à Washington. Oh pardon. À Langley.

Elle répliqua d'une voix frémissante :

— Mon mari est un membre accrédité de la mission diplomatique américaine dans votre pays. J'exige d'être mise en communication avec mon ambassade, immédiatement. Je ne comprends rien à ce que vous bredouillez mais je sais parfaitement que si vous faites perdre son bébé à la femme enceinte d'un diplomate, vous aurez un incident diplomatique assez grave pour faire le journal télévisé ! Je n'ai pas parlé à ce monsieur. Je ne l'ai pas touché et il ne m'a pas touchée, vous le savez très bien. Ce qu'on m'avait dit à Washington en me mettant en garde, c'est que les pauvres clowns que vous êtes adorent mettre des Américains dans l'embarras avec leur stupide espionnite !

Vatutine écouta cette diatribe en restant impassible, bien que le mot « enceinte » l'ait fait tiquer. Il savait, par les rapports de la femme de ménage qui allait chez eux deux fois par semaine, que Foleyeva se testait. Et si jamais... Oui, il y aurait un incident bien plus grave qu'il ne le désirait. Encore une fois, le dragon politique redressait la tête. Ce cas devait être soumis au président Gerasimov.

— Mon mari m'attend.

— Nous allons lui dire que vous êtes retenue. On vous demandera de répondre à quelques questions. Vous ne serez pas maltraitée.

Mary Pat le savait déjà. Son horreur de ce qui venait d'arriver était compensée par sa fierté. Elle savait qu'elle avait admirablement joué son rôle. Faisant partie de la grande famille diplomatique, elle était fondamentalement à l'abri. Ils pourraient la détenir une journée, même deux, mais tout mauvais traitement aurait pour résultat immédiat l'expulsion d'une demi-douzaine de Russes de Washington. Et d'ailleurs, elle n'était pas vraiment enceinte.

Tout cela était à côté de la question. Elle ne versa pas de larmes, elle ne manifesta aucune autre émotion que ce qu'on attendait d'elle et qu'on lui avait bien appris à manifester. Le plus grave, pour elle, c'était que leur agent le plus important était grillé et, avec lui, une source d'information capitale. Elle avait envie de pleurer, elle avait besoin de pleurer mais pour rien au monde elle ne donnerait cette satisfaction à ces fumiers. Les larmes viendraient pendant le vol de retour.

16

Évaluation des dégâts

— ÇA en dit long sur ce type, que son tout premier geste ait été d'aller à l'ambassade et d'envoyer le télex, dit finalement Ritter. L'ambassadeur a fait remettre sa note de protestation à leur ministère des Affaires étrangères avant même qu'ils aient annoncé publiquement l'arrestation « pour conduite incompatible avec le statut diplomatique ».

— Piètre consolation, marmonna sombrement Greer.

— Nous devrions la récupérer dans un jour ou même moins, poursuivit Ritter. Ils sont déjà *non grata* et ils partent par le prochain vol de la Pan Am.

Ryan s'agita un peu dans son fauteuil. *Et Cardinal ?* se demandait-il. *Dieu, ils me parlent de cette super-agent et huit jours plus tard... Ils n'ont certainement pas de Cour suprême, là-bas, pour empêcher d'exécuter les gens.*

— Quelles sont les chances de l'échanger ? demanda-t-il.

— Vous voulez rire !

Ritter se leva et se dirigea vers la fenêtre. À trois heures du matin, le parking de la CIA était presque vide ; il n'y avait qu'une petite poignée de voitures éparses parmi les tas de neige raclée.

— Nous n'avons personne d'assez important à échanger ne serait-ce que pour une réduction de peine. Absolument pas question qu'ils le laissent filer, même pour un chef de station et nous n'en avons pas.

— Donc il est mort et les renseignements sont perdus ?

— C'est ce qu'il paraît, répondit Moore.

— De l'aide des alliés ? hasarda Ryan. Sir Basil pourrait avoir quelque chose en train qui nous aiderait ?

— Nous ne pouvons rien faire pour sauver cet homme, Ryan, mettez-vous ça dans la tête ! cria Ritter en se retournant pour passer sa colère sur la première cible à sa disposition. Il est mort ! Bien sûr, il respire encore, mais il est quand même mort. D'ici un mois, ou deux, ou trois, ce sera annoncé, nous le confirmerons par d'autres informations et nous nous préparerons à déboucher une bouteille pour boire quelques verres à sa mémoire.

— Et le *Dallas ?* demanda Greer.

Ryan se redressa.

— Hein ?

— Vous n'avez pas besoin d'être au courant, lui dit Ritter. Rendez le bâtiment à la marine.

— O.K., dit l'amiral. Cela aura vraisemblablement de sérieuses conséquences.

Cela lui valut un regard noir du juge Moore ; maintenant, il lui fallait prévenir le Président.

— Qu'en dites-vous, Ryan ?

— Par rapport aux conversations sur le contrôle des armements ? Ma foi... Tout dépend de leur façon de s'y prendre. Ils ont tout un choix d'options et celui qui prétend pouvoir prédire laquelle ils préféreront est un menteur.

— Rien ne vaut l'opinion d'un expert, observa Ritter.

— Sir Basil pense que Gerasimov vise la plus haute fonction. Il est concevable qu'il se serve de cette affaire à cette fin, répliqua froidement Ryan. Mais je crois que Narmonov a trop de poids politique, maintenant qu'il a ce quatrième homme au Politburo. Il peut, par conséquent, choisir d'aller de l'avant, vers l'accord, et montrer sa force au Parti en allant en direction de la paix. Ou s'il se sent une plus grande vulnérabilité politique que je ne vois dans le tableau, il peut consolider son emprise sur le Parti en nous désignant comme les incorrigibles ennemis du socialisme. S'il y a un moyen de faire un calcul de probabilités sur ce choix, qui ne soit pas une spéculation en l'air, je ne l'ai pas encore trouvé.

— Travaillez là-dessus, ordonna Moore. Le Président voudra quelque chose d'assez solide pour s'y appuyer, avant qu'Ernie Allen se mette à parler de remettre l'IDS sur la table de négociation.

— D'accord, dit Jack en se levant. Monsieur le Juge,

est-ce que nous nous attendons à ce que les Soviétiques rendent publique l'arrestation de Cardinal ?

— Ça, c'est une question, répondit Ritter.

Ryan se dirigea vers la porte et s'arrêta brusquement.

— Attendez une minute.

— Qu'est-ce qu'il y a ? demanda Ritter.

— Vous dites que l'ambassadeur a remis sa protestation avant que le ministère des Affaires étrangères annonce quoi que ce soit, c'est bien ça ?

— Oui. Foley s'est démené comme un beau diable pour les coiffer au poteau.

— Ils auraient dû avoir leur communiqué de presse imprimé avant de procéder à l'interpellation.

— Et alors ? demanda l'amiral Greer.

Jack revint vers les trois autres.

— Alors le ministre des Affaires étrangères est l'homme de Narmonov, n'est-ce pas ? Tout comme Yazov au ministère de la Défense. Et ils ne savaient pas, déclara Ryan. Ils ont été aussi surpris que nous.

— Vous rêvez ! s'exclama Ritter. Ils ne font pas les choses comme ça.

— Simple supposition de votre part. Quelle preuve avez-vous pour étayer cette affirmation ?

Greer sourit.

— À notre connaissance aucune, pour le moment.

— Enfin, bon Dieu, James, je sais qu'il...

— Développez votre pensée, Ryan, interrompit le juge Moore.

— Si ces deux ministres ne savaient pas ce qui se passait, cela place cette affaire sous un autre jour, n'est-ce pas ? dit Jack en s'asseyant sur l'accoudoir d'un fauteuil. D'accord, je comprends qu'ils aient écarté Yazov — Cardinal était son principal collaborateur — mais pourquoi écarter le ministre des Affaires étrangères ? Dans ce genre d'histoire, on veut agir vite, être les premiers à l'annoncer à la presse, on ne désire sûrement pas que le camp adverse mette son grain de sel là-dedans avant !

— Bob ? demanda le Directeur de la CIA.

Le Directeur adjoint des Opérations n'avait jamais beaucoup aimé Ryan, il pensait qu'il était monté trop haut trop vite, mais malgré tout, c'était un honnête homme. Bob Ritter revint s'asseoir et but quelques gorgées de café avant de reconnaître :

— Le gamin a peut-être une idée. Nous devrons confirmer quelques détails mais s'ils se vérifient... alors c'est autant une opération politique qu'une simple affaire du « Deux ».

— James ?

Le Directeur adjoint des renseignements opina.

— Un peu effrayant.

— Nous ne parlons peut-être pas simplement de la perte d'une bonne source, reprit Ryan en réfléchissant tout en parlant. Il se peut que le KGB se serve de ça à des fins politiques. Ce que je ne vois pas, c'est sa base de puissance. La faction Alexandrov a trois membres solides. Narmonov en a maintenant quatre, en comptant le nouveau, Vaneyev...

— Merde ! s'exclama Ritter. Nous avons supposé, lorsque sa fille a été arrêtée et relâchée, qu'ils ne l'avaient pas brisée ou — écoutez, ils disent même qu'elle n'a pas l'air suspecte — ou alors son père est trop important pour qu'ils...

— Un chantage. (C'était maintenant au tour de Moore.) Vous aviez raison, Bob. Et Narmonov ne sait rien. Nous devons tirer notre chapeau à Gerasimov, ce salaud-là s'y entend pour manœuvrer... Si tout cela est vrai, Narmonov a une majorité contre lui et il n'en sait rien !

Il se tut un instant, les sourcils froncés.

— Nous nous livrons à des spéculations comme une bande d'amateurs.

— En tout cas, ça fait un sacré scénario ! reconnut Ryan et il faillit sourire avant d'en venir à la conclusion logique : Il est possible que nous ayons causé la chute du premier gouvernement soviétique, en trente ans, à avoir voulu sincèrement libéraliser le pays.

Et qu'est-ce que la presse va faire de ça ? se demanda-t-il. *Parce que ça va filtrer, c'est sûr. Un truc comme ça est trop énorme pour rester longtemps secret...*

— Nous savons ce que vous avez fait, et nous savons depuis combien de temps vous le faites. Voilà la preuve !

Il jeta les photos sur la table.

— Jolies photos, dit Mary Pat. Où est le représentant de mon ambassade ?

— Nous n'avons pas à laisser quelqu'un vous parler. Nous pouvons vous garder ici aussi longtemps que nous le désirons. Des années, s'il le faut, précisa-t-il d'un air menaçant.

— Écoutez, vous ! Je suis américaine, d'accord ? Mon

mari est diplomate. Il bénéficie de l'immunité diplomatique et moi aussi. Ce n'est pas parce que vous me prenez pour une ménagère américaine idiote que vous pouvez me bousculer et me faire peur jusqu'à ce que je signe ces aveux grotesques faisant de moi je ne sais quelle imbécile d'espionne. Je ne suis pas une espionne, je ne signerai rien et mon gouvernement me protégera. Alors vous pouvez prendre ces aveux, étaler de la moutarde dessus et les manger. L'alimentation est si déplorable ici que quelques fibres ne vous feraient pas de mal, d'ailleurs. Et vous me dites que ce gentil vieux monsieur à qui j'apportais la photo a été arrêté aussi, hein ? Eh bien, si vous voulez mon avis, vous êtes tous complètement fous !

— Nous savons que vous l'avez rencontré plusieurs fois.

— Deux fois. Je l'ai vu l'année dernière à un match... Non, pardon, je l'ai rencontré aussi à une réception diplomatique il y a quelques semaines. Ce qui fait trois fois, mais il n'y a que le hockey qui compte. C'est pour ça que je lui apportais la photo. Les garçons de l'équipe pensent qu'il leur porte chance, vous n'avez qu'à le leur demander, ils ont tous signé la photo, vous avez bien vu. Les deux fois où il était là, nous avons gagné des rencontres importantes et mon fils a marqué deux buts. Et vous le prenez pour un espion uniquement parce qu'il est allé voir un match de hockey de cadets ? Seigneur, vous devez voir des espions américains sous tous les lits !

À vrai dire, elle s'amusait beaucoup. On la traitait avec précaution. Rien ne valait une menace de grossesse, se dit Mary Pat en violant une autre règle sacro-sainte du métier d'espion. *Ne rien dire.* Elle continua de parler à tort et à travers, comme n'importe quel particulier outragé — mais avec le bouclier de l'immunité diplomatique, naturellement — de l'incroyable stupidité des Russes. Elle guettait attentivement une réaction chez son questionneur. S'il y avait une chose que les Russes détestaient, c'était d'être traités de haut, et plus encore par les Américains face auxquels ils faisaient un petit complexe d'infériorité.

— Je pensais que les agents de la sécurité à l'ambassade étaient assommants, bougonna-t-elle au bout d'un moment. Ne faites pas ci, ne faites pas ça, attention quand vous prenez des photos et gnagnagna. Je n'ai pas pris de photos. Je lui ai *donné* une photo ! Et les gosses sont tous de jeunes Russes, à part Eddie.

Elle tourna la tête, pour regarder dans la glace, en se

demandant si les Russes avaient imaginé ce petit coup-là tout seuls ou s'ils avaient trouvé l'idée dans les feuilletons policiers américains.

— Celui qui a entraîné celle-là connaissait son affaire, nota Vatutine en regardant par la glace sans tain, dans la pièce voisine. Elle sait que nous sommes ici mais ne le montre pas. Quand la relâchons-nous ?

— En fin d'après-midi, répondit le chef du Deuxième Directorat principal. La retenir ne vaut pas le mal que nous nous donnerions. Son mari est déjà en train de faire leurs bagages. Vous auriez dû attendre quelques secondes, ajouta le général.

— Je sais.

Il était inutile d'expliquer le verrou défaillant. Le KGB n'acceptait pas d'excuses, même pas de ses colonels. D'ailleurs, c'était à côté de la question, Vatutine et son chef le savaient tous deux. Ils avaient attrapé Filitov, pas tout à fait en flagrant délit mais ils l'avaient attrapé. C'était l'objectif de l'affaire, du moins en ce qui les concernait. Ils connaissaient aussi l'autre partie, les autres ramifications, mais faisaient comme si cela n'existait pas. C'était ce qu'ils avaient de plus intelligent à faire.

— Où est mon collaborateur ? demanda Yazov.

— À la prison de Lefortovo, naturellement, répondit Gerasimov.

— Je veux le voir. Immédiatement !

Le ministre de la Défense n'avait même pas pris le temps d'ôter sa casquette et il se dressait là dans sa longue capote militaire, les joues encore rouges de l'air froid de février, ou peut-être de colère, pensa Gerasimov. Ou peut-être même de peur...

— Vous n'avez rien à exiger ici, Dimitri Timofeyevitch. Moi aussi, je suis membre du Politburo. Moi aussi, je siège au conseil de la Défense. Et il se peut que vous soyez impliqué dans cette investigation.

Les doigts de Gerasimov tapotaient distraitement un dossier sur son bureau. Ses derniers mots changèrent les couleurs de Yazov. Il devint pâle, mais manifestement pas de frayeur. Gerasimov fut surpris que le soldat ne perde pas sa maîtrise de soi, mais le maréchal fit un suprême effort et parla comme s'il s'adressait à une nouvelle recrue :

— Montrez-moi vos preuves, ici et tout de suite, si vous avez des couilles au cul !

— Très bien.

Le président du KGB ouvrit son dossier et en retira plusieurs photos qu'il remit à Yazov.

— Vous m'avez placé sous surveillance, *moi ?*

— Non, nous observions Filitov. Vous n'étiez là que par hasard.

Yazov rejeta les épreuves d'un geste méprisant.

— Et alors ? Micha était invité à un match de hockey. Je l'ai accompagné. C'était une belle partie. Il y a un jeune garçon américain dans l'équipe. J'ai fait la connaissance de sa mère à je ne sais quelle réception... Ah oui, c'était dans la salle Saint-George, la dernière fois que les négociateurs américains sont venus ici. Elle était à ce match de hockey et nous l'avons saluée. C'est une jeune femme amusante, dans le genre cervelle d'oiseau. Le lendemain, j'ai rédigé mon rapport de contact. Micha aussi.

— Si elle a une cervelle d'oiseau, pourquoi l'avez-vous saluée ?

— Parce que c'est une Américaine, et que son mari est diplomate, et j'ai été assez bête pour lui permettre de me toucher, comme vous le voyez. Le rapport de contact est classé. Je vous enverrai une copie du mien et de celui du colonel Filitov.

Yazov s'exprimait maintenant avec plus d'assurance. Gerasimov avait fait une erreur de calcul.

— Mais cette femme, c'est aussi un agent de la CIA américaine !

— Dans ce cas, je suis certain que le socialisme aura le dernier mot, Nikolaï Borissovitch. Je ne savais pas que vous employiez de tels imbéciles, du moins je ne l'apprends qu'aujourd'hui.

Le ministre de la Défense se calma un peu. Bien que nouveau venu sur la scène moscovite — jusqu'à ces derniers temps, ils commandait le district militaire d'Extrême-Orient où Narmonov l'avait remarqué — il savait quel était le véritable enjeu de tout cela. Il ne croyait pas, il ne pouvait pas croire que Filitov était un traître. Il ne le croyait pas à cause des états de service de cet officier et ne pouvait le croire parce que le scandale détruirait une des carrières les plus soigneusement préméditées de l'Union soviétique. La sienne propre.

— Si vous avez de véritables preuves contre mon collaborateur, je veux que ce soit ma propre sécurité qui se charge de l'enquête, Nikolaï Borissovitch. Vous jouez à un jeu politique avec mon ministère. Je ne supporterai pas que le KGB vienne se mêler de ma façon de diriger mon armée. Quelqu'un du GRU sera ici cet après-midi et vous collaborerez avec lui, sinon je porte cette affaire moi-même devant le Politburo.

Gerasimov n'eut aucune réaction, tant que le ministre de la Défense était encore dans le bureau, mais il comprenait qu'il avait commis une erreur. Il avait joué trop gros jeu... Non, se dit-il, tu as joué un jour trop tôt. Tu t'attendais à ce que Yazov s'effondre, à ce qu'il cède à la pression, à ce qu'il accepte une proposition qui n'était pas encore faite.

Et tout ça parce que ce con de Vatutine n'avait pas obtenu de preuve concluante. Comme s'il n'avait pas pu attendre une seconde de plus !

Il ne restait plus qu'à soutirer à Filitov des aveux complets.

La fonction officielle de Colin McClintock, c'était le bureau commercial de l'ambassade de Sa Majesté britannique, juste en face du Kremlin, sur l'autre rive de la Moskova, une situation dans Moscou antérieure même à la révolution, ce qui exaspérait le gouvernement soviétique depuis l'époque de Staline. Mais il était lui aussi un des joueurs du Grand Jeu. C'était lui en réalité le chef de mission qui « dirigeait » Svetlana Vaneyeva et qui l'avait prêtée à la CIA pour une raison qui n'avait pas été expliquée — les ordres étaient venus directement de Century House, à Londres, le siège du SIS plus connu sous le nom d'Intelligence Service. Pour le moment, il faisait visiter le GOSPLAN à un groupe d'hommes d'affaires britanniques et les présentait aux fonctionnaires avec qui ils auraient à négocier les contrats de vente qu'ils espéraient faire signer aux barbares locaux, pensait McClintock. « Ilien » de Whalsay, au large des côtes écossaises, il considérait tous les gens au sud d'Aberdeen comme des barbares mais travaillait quand même pour les services secrets britanniques. Quand il parlait anglais, il forçait un peu sur son accent et employait des mots que l'on n'entendait que dans le nord de l'Écosse. Quant à son russe, il était à peine compréhensible, mais c'était un homme qui pouvait prendre à volonté n'importe quel accent. Et ses oreilles n'avaient pas d'accent du tout. Les gens s'imaginent invariablement qu'une personne qui a du mal à parler une langue doit avoir aussi du mal à l'entendre. C'était une impression que McClintock cultivait assidûment.

C'était ainsi qu'il avait fait la connaissance de Svetlana, il l'avait signalée à Londres comme un objectif possible de recrutement et un agent du SIS s'en était chargé à la salle à manger du premier de la Brasserie Langan, dans Stratton Street. Depuis lors, McClintock ne l'avait vue que pour affaires et uniquement quand il se trouvait là aussi d'autres sujets britanniques et des Russes. D'autres agents du SIS à Moscou s'occupaient de ses boîtes aux lettres, bien qu'il fût en réalité responsable de ses opérations. Les renseignements qu'elle transmettait étaient décevants mais commercialement utiles, à l'occasion. Avec les agents de renseignements, on prenait ce qu'on pouvait et puis elle transmettait également quelques échos amusants, ou intéressants, qu'elle tenait de son père.

Mais quelque chose avait mal tourné, avec Svetlana Vaneyeva. Elle avait disparu de son bureau, puis elle était revenue, probablement après un interrogatoire à la Lefortovo, disait la CIA. McClintock trouvait que cela n'avait aucun sens. Une fois qu'ils vous tenaient à la Lefortovo, ils vous gardaient plus d'un jour ou deux. Il s'était passé quelque chose de très bizarre et il avait attendu une semaine, tout en cherchant un moyen de savoir exactement ce dont il s'agissait. Ses boîtes aux lettres étaient intactes, bien entendu. Aucun membre du SIS ne se risquerait à en approcher, sauf pour aller voir si elles avaient été touchées, et encore, à une bonne distance.

Maintenant, toutefois, en faisant entrer sa délégation commerciale dans la salle où se trouvait la section textile de l'agence du plan, il avait une chance. Svetlana leva les yeux et vit défiler les étrangers. McClintock lui fit le signal convenu d'interrogation. Il ne savait pas quelle réponse il obtiendrait, ni ce que signifierait réellement cette réponse. Il devait supposer qu'elle avait été brisée, totalement retournée, mais elle devait réagir, d'une façon ou d'une autre. Il fit donc le signal, une main passée sur ses cheveux d'un geste aussi naturel que la respiration, comme l'étaient tous ces signaux. Sa réponse devait être théoriquement d'ouvrir un tiroir de son bureau pour y prendre un crayon ou un stylo. Le premier signal était une « voie libre », le second un avertissement. Elle ne fit ni l'un ni l'autre et remit simplement dans le tiroir le dossier qu'elle lisait. Le jeune agent de renseignements fut si étonné qu'il faillit s'arrêter et la dévisager mais il se rappela qui et où il était et suivit rapidement son groupe, en examinant un peu toutes les têtes et en faisant de petits gestes nerveux qui pouvaient signifier n'importe quoi pour un observateur.

Ce qui restait gravé dans sa mémoire, c'était son expression. Sa figure qui avait toujours été assez animée était maintenant impassible. La vivacité avait été remplacée par cette absence d'émotion commune à tous les passants de Moscou. La personne qui avait été la fille privilégiée d'un membre très important du Parti avait changé. Ce n'était pas une comédie, il en était sûr ; elle n'avait pas assez de talent pour ça.

Ils l'ont eue, se dit McClintock. *Ils l'ont eue et ils l'ont relâchée.* Il ne comprenait pas du tout pourquoi ils l'avaient laissée partir, mais ce n'était pas son affaire. Une heure plus tard, il ramena ses commerçants à leur hôtel et retourna à son bureau. Le rapport qu'il envoya d'urgence à Londres ne couvrait que trois feuillets. Il n'avait pas la moindre idée de l'orage qu'il allait déchaîner. Pas plus qu'il ne se doutait qu'un autre agent du SIS avait également envoyé un rapport le même jour et par le même courrier.

— Bonjour, Arthur, dit la voix au téléphone.

— Bonjour... pardon, bon après-midi, Basil. Quel temps fait-il à Londres ?

— Froid, mouillé, exécrable. Je pensais venir de votre côté de la mare pour trouver un peu de soleil.

— Ne manquez pas de venir faire un tour à la boutique.

— C'était bien mon intention. Le matin à la première heure ?

— J'ai toujours un créneau pour vous sur mon agenda.

— Eh bien à demain, alors.

— Épatant. À demain.

Le juge Moore raccrocha.

Une sacrée journée, pensa le Directeur de la CIA. *D'abord nous perdons Cardinal, et maintenant Sir Basil Charleston veut venir ici avec des informations dont il ne peut pas parler sur le système téléphonique le plus sûr jamais inventé.* Il n'était pas encore midi et le juge était dans son bureau depuis déjà neuf heures. *Que diable se passait-il ?*

— Vous appelez ça des preuves ? grommela le général Yevgueni Ignatiev, chef du bureau du contre-espionnage du GRU, le service de renseignements particulier de l'armée soviétique. À mes vieux yeux fatigués, on dirait que vos gens ont sauté sur de la glace trop mince pour chercher un poisson.

Vatutine était ahuri — et furieux — que le président du KGB ait envoyé cet homme dans *son* bureau, pour enquêter sur *son* affaire.

— Si vous pouvez trouver une explication plausible pour le film, l'appareil photographique et le journal intime, peut-être aurez-vous la bonté de m'en faire part, camarade.

— Vous dites que vous avez pris ça dans sa main à lui, pas dans celle de la femme.

C'était une déclaration, pas une question, et Vatutine répondit avec une dignité que les deux hommes trouvèrent légèrement singulière.

— Une erreur de ma part pour laquelle je n'ai pas d'excuse.

— Et l'appareil photo ?

— Il a été trouvé fixé magnétiquement à l'intérieur du panneau de maintenance de son réfrigérateur.

— Vous ne l'avez pas trouvé la première fois que vous avez fouillé l'appartement, à ce que je vois. Et il n'y avait pas d'empreintes digitales dessus. Et votre rapport visuel de Filitov ne le montre pas en train de s'en servir. Alors s'il me dit que vous avez planté sur lui l'appareil et le film, comment vais-je convaincre le ministre que c'est le colonel qui ment ?

Vatutine s'étonna du ton de la question.

— Vous croyez donc que c'est un espion, finalement ?

— Ce que je crois n'a pas d'importance. Je trouve l'existence du journal intime troublante mais vous ne pouvez imaginer les manquements à la sécurité dont j'ai à m'occuper, surtout aux plus hauts niveaux. Plus les gens deviennent importants, moins ils respectent les règlements. Vous savez qui est Filitov. C'est plus qu'un simple héros, camarade. Il est célèbre dans toute l'Union soviétique. Le vieux Micha, le héros de Stalingrad ! Il s'est battu à Minsk, à Viasma, devant Moscou quand nous avons arrêté les fascistes, le désastre de Kharkov, et puis le repli en combattant vers Stalingrad et ensuite la contre-attaque...

— J'ai lu son dossier, dit Vatutine sans émoi.

— C'est un symbole, pour l'armée tout entière. On ne

peut pas exécuter un symbole sur des preuves aussi équivoques que celles-ci, Vatutine. Vous n'avez que ces clichés, sans la moindre preuve objective que c'est lui qui les a tirés.

— Nous ne l'avons pas encore interrogé.

— Et vous croyez que ce sera facile ? s'exclama Ignatiev en levant les yeux au ciel, avec un rire qui tenait de l'aboiement. Est-ce que vous vous doutez de l'endurance de cet homme-là ? Il a tué des Allemands alors qu'il était transformé en torche vivante ! Ce type a regardé la mort en face mille fois et lui a craché dessus !

— Je peux soutirer de lui ce que je veux, assura tranquillement Vatutine.

— Par la torture, hein ? Est-ce que vous êtes complètement fou ? N'oubliez pas que la division de fusiliers des Gardes tamans a sa base à quelques kilomètres d'ici. Vous vous figurez que l'Armée rouge va rester les bras croisés pendant que vous torturez un de ses héros ? Staline est mort, camarade colonel, et Beria aussi !

— Nous pouvons soutirer l'information sans aucune atteinte physique, répliqua Vatutine.

C'était un des secrets les mieux gardés du KGB.

— Sornettes !

— Dans ce cas, général, que recommandez-vous ? demanda le colonel qui connaissait d'avance la réponse.

— Laissez-moi reprendre l'affaire. Nous veillerons à ce qu'il ne trahisse plus jamais la *Rodina*, vous pouvez en être certain ! promit Ignatiev.

— En évitant de mettre l'armée dans l'embarras, naturellement.

— En évitant de mettre tout le monde dans l'embarras, vous y compris, camarade colonel, pour avoir saboté cette foutue enquête.

Allons, c'est à peu près ce que j'attendais. Un bon coup de gueule et quelques menaces, associés à un peu de compassion et de camaraderie. Vatutine voyait qu'il avait une porte de sortie mais que la sécurité qu'elle promettait garantissait aussi la fin de son avancement. Le message manuscrit du président le précisait bien. Il était coincé entre deux ennemis et s'il pouvait encore obtenir l'approbation de l'un, l'objectif le plus important impliquait aussi le plus grand risque. Il pouvait se retirer du véritable projet de toute cette investigation et rester colonel jusqu'à la fin de ses jours, ou faire ce qu'il avait espéré en commençant — sans aucun mobile politique, se rappelait-il amèrement — et risquer la disgrâce. La décision fut paradoxalement facile à prendre. Vatutine était un homme du « Deux »...

— C'est mon enquête. C'est à moi que le président l'a confiée et je la mènerai à ma façon. Je vous remercie de vos conseils, camarade général.

Ignatiev considéra l'homme et la déclaration. Ce n'était pas souvent qu'il rencontrait de l'intégrité et il fut vaguement, bizarrement attristé de ne pouvoir féliciter l'homme qui possédait cette rare qualité. Mais la loyauté à l'armée soviétique primait tout.

— À votre aise. Je m'attends à être tenu informé de vos activités, dit Ignatiev et, tournant les talons, il sortit du bureau.

Vatutine resta assis à sa place pendant quelques minutes, il pensait à sa propre position. Puis il demanda sa voiture. Vingt minutes plus tard, il était à la Lefortovo.

— Impossible ! lui dit le médecin avant même qu'il pose la question.

— Quoi ?

— Vous voulez mettre cet homme dans la citerne de suppression sensorielle, n'est-ce pas ?

— Naturellement !

— Ça le tuera, probablement. Je ne crois pas que ce soit ce que vous voulez et je puis vous affirmer que je ne vais pas compromettre mon projet pour une chose pareille.

— C'est mon enquête et je la mènerai comme je...

— Camarade colonel, l'homme en question a plus de soixante-dix ans. J'ai là son dossier médical. Il présente tous les symptômes d'une petite maladie cardio-vasculaire, ce qui est normal à son âge, bien sûr, et il a des antécédents de problèmes respiratoires. Le déclenchement de la première période d'anxiété ferait exploser son cœur comme un ballon. Je puis presque le garantir.

— Comment ça... faire exploser son cœur ?

— Excusez-moi, c'est difficile d'expliquer des termes médicaux à des profanes. Ses artères coronaires sont revêtues d'une quantité modérée de plaquettes. Ça arrive à tout le monde, cela vient de notre alimentation. Ses artères sont plus bloquées que les vôtres ou les miennes, à cause de son âge et, à cause de son âge aussi, elles sont moins souples que celles d'une personne jeune. Si son rythme cardiaque devient trop élevé, les dépôts de plaquettes sont délogés et provoquent un blocage. C'est cela la crise cardiaque, colonel, le blocage d'une artère coronaire. Une partie du muscle cardiaque meurt, le cœur s'arrête totalement ou devient arythmique ; dans l'un ou l'autre cas il cesse de pomper du sang et le patient meurt. Vous comprenez ? Le recours à la citerne provoquera presque certainement une crise cardiaque chez le sujet, crise qui sera presque certainement mortelle. À défaut de crise cardiaque, il y a le risque un peu moins probable d'embolie massive. Et les deux peuvent arriver en même temps. Non, camarade colonel, nous ne pouvons pas utiliser la citerne pour cet homme. Je ne pense pas que vous souhaitiez le tuer avant d'avoir obtenu votre information.

— Et les autres possibilités « physiques » ?

— Si vous êtes certain de sa culpabilité, vous pouvez le fusiller tout de suite et en finir une fois pour toutes. Mais n'importe quels sévices physiques risquent très vraisemblablement de le tuer.

Et tout ça, à cause d'un foutu verrou, se dit le colonel Vatutine.

La fusée était laide, elle aurait pu avoir été dessinée par des enfants ou fabriquée dans un club de pyrotechnie, mais ni les uns ni les autres n'auraient eu probablement la bêtise de la placer sur le dessus d'un avion au lieu de l'accrocher à sa place normale, au-dessous. Elle était pourtant sur le dos de l'appareil, comme le révélaient dans la nuit les balises de la piste.

L'appareil était le célèbre Blackbird SR-71, un avion de reconnaissance Lockheed-Mach 3. Celui-ci avait été amené de la base aérienne de Kadena, sur la côte occidentale du Pacifique, deux jours plus tôt. Il roula sur la piste de la base aérienne de Nellis, au Nevada, suivi des flammes jumelles de ses réacteurs. Le carburant qui fuyait des réservoirs du SR-71 — le Blackbird fuyait beaucoup — s'enflammait à la chaleur, ce qui amusait le personnel de la tour de contrôle. Le pilote tira sur son manche à balai au moment voulu et le nez du Blackbird se redressa. Il tint la commande rabattue plus longtemps que d'habitude, pour pointer l'oiseau à 45° dans une ascension rapide à pleine puissance et il ne resta bientôt plus, au sol, qu'un bruyant souvenir. On ne vit plus que les points lumineux des réacteurs et eux-mêmes ne tardèrent pas à disparaître au-delà des nuages qui passaient, là-haut, à trois mille mètres d'altitude.

Le Blackbird continuait de grimper. Les aiguilleurs de l'air de Las Vegas remarquèrent le blip sur leurs écrans, ils virent qu'il bougeait à peine latéralement mais que son altitude changeait aussi rapidement que les roues des machines à sous de l'aérogare. Ils échangèrent un regard — encore un bidule fumant de l'Air Force — et se remirent au travail.

Le Blackbird atteignait maintenant les vingt mille mètres et se redressait, cap au sud-est, en direction du polygone d'essai des missiles de White Sands. Le pilote vérifia sa réserve de carburant — il y en avait plus qu'assez — et se détendit après l'ascension vertigineuse. Les ingénieurs ne s'étaient pas trompés. Le missile que portait l'avion sur son dos ne changeait rien à rien. Au moment où tout avait été prêt, l'utilité du support dorsal avait été soudain dépassée par les événements. Destiné à maintenir un appareil monomoteur de photoreconnaissance, le support avait été supprimé sur presque tous les SR-71 mais pas sur celui-là, pour des raisons qui n'étaient pas très claires dans le manuel d'entretien de l'avion. Le petit appareil de reconnaissance — le bourdon, comme on disait — était conçu pour aller dans des coins où le Blackbird ne pouvait aller lui-même, mais il était devenu superflu quand on s'était aperçu que le SR-71 pouvait voler absolument n'importe où en toute sécurité, comme le pilote le prouvait régulièrement lors des vols de Kadena. La seule limite de l'avion, c'était le carburant, et ce jour-là il n'y avait pas de problèmes de ce genre.

— Juliette Whiskey, ici Contrôle. Est-ce que vous me recevez ? À vous, dit le sergent dans son micro de casque.

— Contrôle, ici Juliette Whiskey. Tous systèmes en marche. Nous sommes conformes au profil.

— Parfait. Commencez séquence de lancement à mon top. Cinq, quatre, trois, deux, un, *top* !

À cent soixante kilomètres, le pilote activa ses rétrofusées et tira de nouveau sur son manche à balai. La réaction du Blackbird fut superbe, comme toujours, il se dressa sur sa queue et fonça dans le ciel avec une poussée de près de cinquante mille kilos. Les yeux du pilote étaient rivés sur ses instruments et l'altimètre tournoyait comme une pendule démente. Sa vitesse était maintenant de plus de deux mille kilomètres-heure, et augmentait tandis que le SR-71 manifestait tout son mépris pour l'attraction terrestre.

— Séparation dans vingt secondes, annonça au pilote l'opérateur des systèmes assis à l'arrière.

Le Blackbird atteignait maintenant les 30 500 mètres d'altitude. Il visait les 36 500. Les commandes commençaient déjà à être pâteuses. Il n'y avait pas assez d'air, là-haut, pour bien contrôler l'appareil et le pilote était encore plus prudent que d'habitude. Il regarda sa vitesse atteindre les trois mille kilomètres-heure avec quelques secondes d'avance, puis :

— Parez à séparation... Rupture ! Rupture ! cria l'homme à l'arrière.

Le pilote abaissa le nez et entama un souple virage sur la gauche qui lui ferait survoler le Nouveau-Mexique avant le retour à Nellis. C'était beaucoup plus facile que de voler le long de la frontière soviétique... et parfois de la franchir. Le pilote se demanda s'il pourrait descendre jusqu'à Vegas après son atterrissage, histoire d'aller au cinéma.

La cible continua de monter pendant quelques secondes de plus, mais, curieusement, ne mit pas à feu son moteur de fusée. C'était maintenant un objet balistique, volant conformément aux lois de la physique. Ses ailerons géants fournissaient assez de tirant aérodynamique pour la maintenir pointée dans la bonne direction alors que la gravité commençait à la réclamer. Le missile bascula à 40 000 mètres et pointa à regret son nez vers le sol.

À ce moment, le moteur démarra. Ce moteur à carburant solide ne tourna que pendant quatre secondes mais cela suffit pour insuffler à son nez conique une vitesse qui aurait terrifié le pilote du Blackbird.

— O.K., dit l'officier de l'armée de terre.

Le radar de pré-alerte passa d'« attente » à « actif ». Il détecta immédiatement le projectile. La fusée-objectif se propulsait en plongeant dans l'atmosphère à peu près à la même vitesse qu'une ogive d'ICBM. L'officier n'avait aucun ordre à donner. Le système était entièrement automatique. À deux cents mètres, une couverture en fibre de verre explosa et dégagea un trou bétonné foré dans le plateau de gypse et un FLAGE en jaillit. Ce missile léger expérimental (Flexible Lightweight Agile Guided Experiment) ressemblait plus à une lance qu'à une fusée et il était presque aussi simple. Des milliondes radar traquèrent le projectile et les données furent programmées dans son microprocesseur. Le plus remarquable, c'était que tous ses éléments avaient été récupérés parmi des pièces d'armement high-tech existant déjà.

Au-dehors, des hommes observaient derrière un talus protecteur. Ils virent s'élever le rayon de lumière jaune et entendirent le grondement du moteur de fusée à carburant solide, et puis il n'y eut plus rien pendant quelques secondes.

Le FLAGE se verrouilla sur sa cible, en manœuvrant de quelques fractions de degrés grâce à de minuscules fusées de contrôle d'altitude. La capsule du nez sauta et ce qui se déploya alors aurait pu passer aux yeux d'un profane pour l'ouverture d'un parapluie pliant, d'un diamètre d'environ dix mètres...

Cela avait tout l'air d'une fusée de feu d'artifice, sans le bruit. Quelques personnes poussèrent des vivats. Quoique la cible et l'« ogive » du FLAGE fussent totalement inertes, l'énergie de la collision avait converti le métal et la céramique en vapeur incandescente.

— Quatre sur quatre, dit Gregory.

Il se retint de bâiller. Il avait déjà vu des feux d'artifice. Le général Parks le taquina :

— Vous n'allez pas avoir toutes les fusées, commandant. Nous avons encore besoin des systèmes de mi-parcours et aussi de ceux de la défense terminale.

— Oui, mon général, mais vous n'avez plus besoin de moi ici. Ça marche.

Pour les trois premiers essais précédents, la fusée-objectif avait été tirée d'un chasseur Phantom et les gens de Washington avaient prétendu que la série d'expériences avait sous-estimé la difficulté d'interception du missile assaillant. L'utilisation du SR-71 comme plate-forme de lancement était une idée du général Parks. En lançant le bourdon d'une très haute altitude, et avec une plus grande vitesse initiale, on obtenait une cible qui arrivait infiniment plus rapidement. En réalité, cet essai avait rendu les choses un peu plus difficiles, mais le FLAGE n'en avait pas été gêné du tout. Parks s'était un peu inquiété de l'informatique de guidage du missile mais, comme le disait Gregory, ça fonctionnait.

— Ah, dit Parks, je commence à croire que tout ce programme va marcher !

— Bien sûr. Pourquoi pas ?

Si ces connards de l'Agence arrivent à nous procurer les plans du laser russe.

Cardinal était assis tout seul dans une cellule nue, large d'un mètre cinquante, longue d'un mètre de plus. Il y avait une ampoule au plafond, un lit de camp en bois avec un seau dessous mais pas de fenêtre à part le judas dans la porte de fer rouillée. Les murs étaient en béton. Pas le moindre bruit. Il ne pouvait entendre les pas du gardien dans le corridor, ni même le grondement de la circulation dans la rue devant la prison. On lui avait ôté sa tunique d'uniforme, son ceinturon, ses bottes bien cirées et remplacé ces dernières par des pantoufles bon marché. La cellule était en sous-sol. C'était tout ce qu'il savait, il l'avait deviné à l'humidité de l'air. Il faisait froid.

Mais pas aussi froid que dans son cœur. L'énormité de son crime le frappait comme jamais encore auparavant. Le colonel Mikhaïl Semyonovitch Filitov, trois fois Héros de l'Union soviétique, était seul avec sa trahison. Il pensa à l'immense pays magnifique où il vivait, dont les lointains horizons et les paysages infinis étaient peuplés de ses compatriotes, des Russes comme lui. Il les avait servis toute sa vie, avec honneur et fierté, il leur avait donné son sang comme le proclamaient ses cicatrices. Il se rappelait les hommes avec qui il avait servi, dont tant étaient morts sous son commandement. Ils étaient tombés en défiant les chars allemands, en maudissant leurs canons alors qu'ils brûlaient vifs dans les T-34, ne se repliant que contraints et forcés, préférant attaquer alors qu'ils se savaient condamnés. Il se revoyait à la tête de ses hommes, dans une centaine d'engagements. Il revivait la folle exaltation accompagnant le rugissement des moteurs diesel, les nuages de fumée âcre, la détermination jusque dans la mort, qu'il avait si souvent trompée.

Et il avait trahi tout cela.

Que diraient mes hommes de moi, maintenant ? Il regarda fixement le mur de béton, en face de son lit de camp.

Que dirait Romanov ?

Je crois que nous avons tous les deux besoin de boire un coup, mon capitaine, intervint la voix chantante. Seul Romanov pouvait être en même temps grave et amusé. *Ces pensées-là passent mieux avec de la vodka ou du samogan.*

Sais-tu pourquoi ? demanda Micha.

Vous ne m'avez jamais dit pourquoi, mon capitaine. Alors Micha s'expliqua. Cela ne prit qu'un bref souffle de temps.

Vos deux fils, et puis votre femme. Dites-moi, camarade capitaine, pour quoi est-ce que nous mourions ?

Micha n'en savait rien. Même en pleine bataille, il ne l'avait pas su. Il avait été un soldat, et quand le pays d'un soldat est envahi, le soldat se bat pour repousser l'ennemi. Et c'est d'autant plus facile quand l'ennemi est aussi brutal que l'étaient les Allemands...

Nous nous battions pour l'Union soviétique, caporal.

Ah oui ? Il me semble me souvenir de m'être battu pour la Mère Russie mais je me souviens surtout de m'être battu pour vous, camarade capitaine.

Mais...

Un soldat se bat pour ses camarades, mon capitaine. Je me battais pour ma famille. Vous et notre bataillon, c'était ma seule famille. Vous aussi, vous deviez vous battre pour votre famille, la grande et la petite. Je vous ai toujours envié ça, mon capitaine, et j'étais fier que vous me fassiez faire partie des deux, comme vous le faisiez.

Mais je t'ai tué. Je n'aurais pas dû...

Nous devons tous vivre avec notre destin, camarade capitaine. Le mien était de mourir jeune à Viasma, sans femme, sans enfants, mais même alors je ne suis pas mort sans famille.

Je t'ai vengé, Romanov. J'ai eu le Mark-IV qui t'a tué.

Je sais. Vous avez vengé tous les morts de votre famille. Pourquoi pensez-vous que nous vous aimions ? Pourquoi croyez-vous que nous mourions pour vous ?

Tu comprends ? demanda Micha avec étonnement.

Les ouvriers et les paysans ne comprennent peut-être pas, mais vos hommes comprendront. Nous savons maintenant ce qu'est le destin, alors que vous, vous ne le voyez pas.

Mais que vais-je faire ?

Les capitaines ne posent pas ce genre de questions aux caporaux, dit Romanov en riant. *Vous avez eu toutes les réponses à vos questions.*

Filitov redressa brusquement la tête en entendant claquer les verrous.

Vatutine s'attendait à trouver un homme brisé. L'isolement de la cellule, le prisonnier dépouillé de son identité, seul avec ses craintes et ses crimes, cela avait toujours eu l'effet désiré. Mais en regardant ce vieil homme fatigué, à demi infirme, il vit les yeux et la bouche changer d'expression.

Merci, Romanov.

— Bonjour, Sir Basil, dit Ryan en tendant la main pour prendre les bagages.

— Salut, Jack ! Je ne savais pas qu'on se servait de vous comme grouillot.

— Tout dépend pour qui je me grouille, comme on dit. La voiture est par ici.

— Constance vous fait toutes ses amitiés. Comment va la famille ? demanda Sir Basil Charleston.

— Très bien, merci. Et comment va Londres ?

— Vous n'avez pas déjà oublié nos hivers, voyons !

— Non, dit Jack avec amusement en ouvrant la portière. Je n'ai pas oublié la bière, non plus.

Un instant plus tard, les deux portières étaient fermées et verrouillées.

— Quelle est la gravité de l'affaire ? demanda Jack.

— La gravité ? C'est ce que je viens chercher à savoir ici ! Il se passe quelque chose de très bizarre. Vous avez eu une op qui a foiré, n'est-ce pas ?

— Je peux répondre oui à cette question mais le reste devra venir du juge. Navré mais je n'ai été habilité que pour une partie.

— Récemment, je parie.

— Ouaip.

Ryan changea de vitesse et quitta l'autoroute de l'aéroport.

— Alors voyons un peu si vous êtes encore capable de faire quelques petits rapprochements, Sir John.

Jack sourit en déboîtant pour doubler un camion.

— Je faisais une estimation de SR sur les négociations d'armements quand je suis tombé là-dessus. Maintenant, je suis censé étudier la vulnérabilité politique de Narmonov. Ou je me trompe fort, ou c'est pour ça que vous êtes venu.

— Et à moins que je me trompe fort, votre op a déclenché quelque chose de très grave.

— Vaneyev ?

— Exact.

— Bon Dieu... J'espère que vous avez des idées parce que nous n'en avons aucune.

Jack monta jusqu'à cent vingt et un quart d'heure plus tard ils arrivèrent à Langley. Il se gara dans le parking souterrain et ils prirent l'ascenseur des VIP jusqu'au sixième.

— Salut, Arthur. Ce n'est pas souvent que j'ai un noble chevalier pour me servir de chauffeur, même à Londres.

Le chef du SIS prit un fauteuil pendant que Ryan allait chercher les chefs de département de Moore.

— Salut, Bas', dit Greer en entrant.

Ritter se contenta d'un salut de la main. C'était son opération qui avait déclenché la crise. Ryan prit le siège le moins confortable.

— J'aimerais savoir exactement ce qui a mal tourné, dit Charleston avec simplicité, sans même attendre que le café soit arrivé.

— Un agent a été arrêté. Un agent très bien placé.

— C'est pour ça que les Foley reviennent aujourd'hui ? Je ne savais pas qui ils étaient, mais quand deux personnes sont éjectées de ce délicieux pays, nous déduisons généralement...

— Nous ne savons pas encore ce qui a mal tourné, dit Ritter. Ils doivent être en train d'atterrir à Francfort, et dans dix heures, nous les aurons ici au support. Ils dirigeaient un agent qui...

— Qui était un proche collaborateur de Yazov. Le colonel M.S. Filitov. Nous avons déduit cela aussi. Depuis combien de temps l'aviez-vous à votre service ?

— C'est un des vôtres qui nous l'a recruté, répondit Moore. Un colonel aussi.

— Vous ne voulez pas dire... Oleg Penkovski... ? Nom de Dieu ! Si longtemps que ça ?

Pour une fois, Charleston était stupéfait. Cela ne lui arrivait pas souvent.

— Si longtemps que ça, assura Ritter. Mais la chance s'est lassée.

— Et cette Vaneyeva que nous vous avons prêtée comme courrier faisait partie de cette...

— Exact. Elle ne s'est jamais approchée de l'une ou l'autre extrémité de la chaîne, incidemment. Nous savons qu'elle a probablement été arrêtée, mais elle est retournée à son travail. Nous ne l'avons pas encore examinée mais...

— Nous l'avons fait, Bob. Notre garçon signale qu'elle est... changée. Il dit que c'est difficile à décrire mais impossible de ne pas le remarquer. Comme les vieilles histoires de lavage de cerveau, Orwell et tout ça. Il a noté qu'elle était libre, autant qu'on peut l'être dans ce coin-là, et attribue ça à son père. Et puis nous avons entendu parler de quelque chose de gros au ministère de la Défense, le principal collaborateur de Yazov aurait été arrêté... Nous avons une source à l'intérieur du Kremlin que nous protégeons d'assez près. Nous avons appris que Gerasimov, le président du KGB, a passé plusieurs heures avec Alexandrov, la semaine dernière, et dans des circonstances assez insolites. Cette même source nous a avertis qu'Alexandrov avait une envie considérable de faire dérailler cette histoire de *perestroïka*... Alors c'est clair, n'est-ce pas ? Gerasimov a suborné un membre du Politburo qui passait pour loyal à Narmonov, a compromis, à tout le moins, le soutien du ministre de la Défense et, en plus, a passé pas mal de temps avec l'homme qui voudrait débarquer Narmonov. Je crains que votre opération n'ait déclenché une chose risquant d'avoir les plus désagréables conséquences.

— Ce n'est pas tout, dit le Directeur de la CIA. Notre agent nous transmettait des renseignements sur la recherche d'IDS soviétique. Il se peut que les Russkis aient opéré une percée.

— Admirable ! s'exclama Charleston. Un retour au mauvais vieux temps mais cette fois la nouvelle version de ce « fossé des missiles » est potentiellement très réelle, si je comprends bien ? Je suis bien vieux pour changer de politique. Dommage. Vous savez, naturellement, qu'il y a une fuite dans votre programme ?

— Ah ? fit impassiblement Moore.

— Gerasimov l'a dit à Alexandrov. Pas de détails, malheureusement, sauf que le KGB pense que c'est extrêmement important.

— Nous avons reçu des avertissements. Nous enquêtons, dit Moore.

— Enfin, les affaires techniques peuvent se résoudre d'elles-mêmes. C'est généralement ce qui arrive. La question politique, en revanche, a créé pas mal d'ennuis avec le Premier ministre. Il y a déjà assez d'emmerdements quand nous renversons un gouvernement que nous souhaitons renverser, mais faire ça accidentellement...

— Nous n'aimons pas plus que vous les conséquences, Basil, dit Greer, mais nous ne pouvons pas faire grand-chose dans ce cas-là.

— Vous pouvez accepter leurs conditions de traité, suggéra Charleston. Alors notre ami Narmonov aurait sa position suffisamment renforcée pour pouvoir dire à Alexandrov d'aller se faire voir. Cette attitude, en tout cas, est la position officieuse du gouvernement de Sa Majesté.

Et c'est le véritable but de votre visite, Sir Basil, pensa Ryan. Il était temps de dire quelque chose.

— Cela suppose des restrictions déraisonnables sur notre recherche d'IDS et la réduction de notre inventaire d'ogives nucléaires, en sachant que les Russes vont de l'avant au grand galop avec leur propre programme. Je ne crois pas que ce soit une très bonne idée.

— Et c'en est une, un gouvernement soviétique avec Gerasimov à sa tête ?

— Et si nous finissons par l'avoir quand même ? demanda Ryan. Mon estimation est déjà rédigée. Mes recommandations s'opposent à des concessions supplémentaires.

— On peut toujours modifier un document écrit, fit observer le Britannique.

— J'ai une règle, Sir Basil. Si quelque chose part avec mon nom dessus, le document dit ce que je pense, pas ce que quelqu'un me dit de penser, répliqua Jack.

— N'oubliez pas, messieurs, que je suis un ami ! Ce qui va vraisemblablement arriver au gouvernement soviétique serait un grand revers pour l'Occident, pire qu'une restriction temporaire sur votre programme de défense.

— Le Président ne marchera pas, déclara Greer.

— Nous y serons peut-être obligés, répliqua Moore.

— Il doit y avoir un autre moyen, dit Ryan.

— Pas à moins de renverser Gerasimov, intervint Ritter. Nous ne pouvons offrir aucune aide directe à Narmonov. Même en supposant qu'il écouterait un avertissement venant de nous, ce qui n'adviendra certainement jamais, nous prendrions un risque encore bien plus grand en nous mêlant de leurs affaires intérieures. Si le reste du Politburo avait vent d'une affaire pareille... Ça pourrait même déclencher une petite guerre.

— Oui, mais si nous pouvons ? demanda Ryan.

— Si nous pouvons *quoi?* grogna Ritter.

17

Conspiration

« ANN » revint plus tôt que prévu chez Eve's Leaves, nota la patronne. Avec son éternel sourire, elle choisit une robe et l'emporta dans la cabine d'essayage. Juste une minute plus tard, elle revint se voir dans la psyché et accepta les compliments d'usage avec plus d'indifférence qu'à l'ordinaire. Une nouvelle fois, elle paya en espèces et repartit, avec encore un sourire engageant.

Dans le parking, les choses changèrent un peu. Le capitaine Bisyarina rompit avec les traditions du métier en ouvrant la capsule pour en lire tout de suite le contenu. Qui lui arracha un juron bref mais imagé. Le message ne couvrait qu'un seul petit feuillet. Bisyarina alluma une cigarette et brûla le papier à la flamme de son briquet dans le cendrier du tableau de bord.

Tout ce travail en vain ! Et c'était déjà à Moscou, déjà en cours d'analyse ! Elle était horriblement vexée. C'était d'autant plus exaspérant que son agent avait été d'une franchise absolue, avait transmis ce qu'elle croyait être une information ultra-secrète et, apprenant que tout cela avait été soudain invalidé, s'était dépêché de le signaler. Bisyarina n'aurait même pas la satisfaction de faire passer à un autre une partie de la réprimande qui lui serait immanquablement adressée pour avoir fait perdre son temps à Moscou Centre.

On m'avait avertie, dans le fond. C'est peut-être la première fois, mais ce ne sera pas la dernière. Elle rentra chez elle et se dépêcha de transmettre son message.

Les Ryan n'étaient pas renommés à Washington pour leur assiduité dans le circuit des mondanités mais il y avait quelques réceptions qu'ils ne pouvaient éviter... Celle-ci était un cocktail de bienfaisance au bénéfice de l'hôpital pour Enfants de Washington et le patron de la chirurgie était un de leurs amis. La grande attraction de la soirée était le spectacle. Un célèbre musicien de jazz devait la vie de sa petite-fille à cet hôpital et il payait en somme cette sorte de dette d'un concert au Kennedy Center. La soirée était destinée à offrir à l'élite de la capitale fédérale l'occasion de le rencontrer « en chair et en os et personnellement », et d'entendre dans l'intimité le phrasé de son incroyable sax. En réalité, comme dans la plupart de ces réceptions-là, c'était surtout une occasion pour l'élite de voir et d'être vue, juste pour se confirmer sa propre importance. Et comme aussi presque partout dans le monde entier, l'élite éprouvait le besoin de payer ce privilège. Jack comprenait le phénomène mais le trouvait idiot. À onze heures du soir, la « crème » de Washington avait déjà prouvé qu'elle pouvait parler de rien aussi stupidement que n'importe qui, et s'enivrer de même. Cathy s'en était tenue cependant à un seul verre de vin blanc. Jack avait gagné à pile ou face, ce soir : il pouvait boire et elle conduirait. Et il en profitait, en dépit des regards sévères de sa femme. Il était dans un agréable état de philosophie béate qui lui faisait craindre d'avoir un peu chargé son rôle... et surtout, il ne fallait vraiment pas que cela ait l'air d'un rôle. Il espérait simplement que tout irait comme prévu.

Le plus amusant, c'était la façon dont Ryan était traité. Sa position à l'Agence avait toujours été vague. Les premiers mots étaient généralement : « Comment ça va à Langley ? », question posée sur un ton faussement conspirateur, à laquelle Jack répondait que la CIA n'était qu'un service administratif comme un autre, un grand immeuble contenant beaucoup de paperasserie. Cela surprenait ceux qui l'interrogeaient, la CIA était censée grouiller de barbouzes par milliers. Le nombre réel des agents était secret, naturellement, mais en fait beaucoup plus petit.

— Nous travaillons aux heures de bureau habituelles, expliqua Jack à une femme élégante aux yeux légèrement dilatés. J'ai même une journée de congé demain.

— Vraiment ?

— Oui. J'ai tué un agent chinois mardi et on a toujours

une journée de congé payé pour ce genre d'action, dit-il très sérieusement, puis il rit.

— Vous plaisantez !

— Oui, je plaisante. Oubliez que j'ai dit ça.

Qui est cette vieille peau ? se demanda-t-il.

— Alors, il paraît que vous faites l'objet d'une enquête ? demanda une autre personne.

Ryan se retourna, étonné.

— Qui êtes-vous donc ?

— Scott Browning, du *Chicago Tribune.*

Jack n'offrit pas sa main à serrer. Le jeu venait de commencer. Le journaliste ne savait pas qu'il avait affaire à un joueur, mais Ryan le savait, lui.

— Pourriez-vous me répéter ça, s'il vous plaît ? demanda-t-il poliment.

— Mes sources me disent que vous faites l'objet d'une enquête pour délit d'initié.

— Première nouvelle, répliqua Jack.

— Je sais que vous avez eu un entretien avec des enquêteurs de la SEC.

— Si vous savez cela, vous savez aussi que je leur ai donné les renseignements qu'ils voulaient et qu'ils sont partis contents.

— Vous en êtes bien sûr ?

— Naturellement ! Je n'ai rien fait de mal et j'ai des documents qui le prouvent, insista Jack.

Avec un peu trop de véhémence, pensa le journaliste. Il était enchanté quand les gens buvaient trop. *In vino veritas.*

— Ce n'est pas ce que me disent mes sources, insinua Browning.

— Je n'y peux rien ! s'exclama Ryan, avec de l'émotion dans la voix maintenant, et des têtes se tournèrent.

— S'il n'y avait pas de gens comme vous, nous aurions peut-être un service de renseignements qui marcherait, intervint un nouveau venu.

— Et qui diable êtes-vous, vous ? gronda Jack en se retournant.

Acte I, scène 2.

— Le congressiste Trent, présenta le journaliste.

Trent siégeait à la commission d'enquêtes parlementaires.

— J'estime que des excuses s'imposent, déclara Trent qui paraissait ivre.

— Pour quoi ? demanda Ryan.

— À commencer pour toutes les bavures de l'autre côté du Potomac !

— Comparées à toutes celles de ce côté-ci ? rétorqua Jack.

Des gens s'approchaient, pour profiter du spectacle, imprévu au programme.

— Je sais ce que vous avez essayé de manigancer, mais vous vous êtes cassé la gueule. Vous ne nous avez pas mis au courant, comme la loi l'exige. Vous avez fait votre coup en douce et moi je vous le dis, vous allez nous payer ça, ça va vous coûter cher !

— Si nous avons à payer votre note de bar, c'est sûr que ça nous coûtera cher, lança Ryan et il tourna le dos à l'importun.

— On fait l'important, ricana Trent derrière lui. Vous aussi, vous allez tomber !

Il y avait maintenant une vingtaine de personnes autour qui regardaient et qui écoutaient. Elles virent Jack prendre un verre de vin sur un plateau qui passait. Elles virent aussi un regard meurtrier — et il y en eut quelques-uns à se souvenir que Jack Ryan avait effectivement tué. C'était une réalité et une réputation qui l'entouraient d'un certain mystère. Il but une petite gorgée de chablis avant de faire demi-tour.

— Et pour quelle raison tomberais-je, M. Trent ?

— Ha, je vous étonnerais !

— Rien de ce que vous faites ne peut m'étonner, mon vieux.

— C'est possible, mais vous nous avez étonnés, professeur Ryan. Nous ne pensions pas que vous étiez un gangster et nous ne pensions pas que vous seriez assez con pour être mêlé à ce désastre. Nous nous trompions.

— Vous vous trompez sur beaucoup de choses, gronda Jack.

— Vous voulez que je vous dise, Ryan ? Je n'arrive pas à comprendre quelle espèce d'homme vous êtes.

— Ça ne m'étonne pas.

— Eh bien ? Quelle espèce d'homme êtes-vous, Ryan ? répéta Trent.

— Vous savez, c'est quelque chose de tout à fait nouveau pour moi, ça, dit très négligemment Jack.

— Quoi, ça ?

L'attitude de Ryan changea brusquement. Sa voix tonna dans la salle.

— Que ma virilité soit mise en doute par une *pédale*, ça ne m'est encore jamais arrivé !

Désolé, mon vieux...

Un grand silence tomba. Trent ne faisait pas mystère de ses penchants, il les déclarait même en public, depuis des années. Cela ne l'empêcha pas de pâlir. Le verre qu'il tenait trembla dans sa main et une partie de son contenu tomba sur le sol de marbre mais le parlementaire se ressaisit vite et sut maîtriser sa voix en répliquant :

— Je vous briserai, pour ça.

— Visez bien, trésor.

Ryan tourna les talons et s'éloigna, en sentant les regards peser lourdement sur son dos. Il sortit de la salle et s'arrêta de marcher pour contempler la circulation dans Massachusetts Avenue. Il savait qu'il avait trop bu mais l'air froid lui éclaircit les idées.

— Jack ?

La voix de sa femme.

— Oui, bébé ?

— Qu'est-ce que ça signifiait, tout ça ?

— Peux pas le dire.

— Je crois qu'il est temps que tu rentres à la maison.

— Je crois que tu as raison. Je vais chercher les manteaux.

Ryan rentra et alla présenter son ticket au vestiaire. Il entendit le silence se faire quand il reparut, sentit de nouveau les regards sur son dos. Il enfila son pardessus et jeta sur son bras la fourrure de sa femme, avant de se retourner vers tous les yeux. Un seul regard avait de l'intérêt pour lui. Il était présent.

Micha n'était pas un homme facile à surprendre mais le KGB y réussit. Il s'était armé de courage pour la torture, pour les mauvais traitements les plus effroyables et il était... Déçu ? se demanda-t-il. Ce n'était certainement pas le mot juste.

Il se trouvait toujours dans la même cellule et, autant qu'il pût le déterminer, il était seul dans cette partie de la prison. Il se dit que ce devait être faux, mais il n'y avait aucune preuve de présence autour de lui, pas le moindre bruit, pas même de petits coups sur les murs de béton. Peut-être étaient-ils trop épais. Son unique « compagnie » était le grincement occasionnel du volet métallique du judas, à la porte. Il supposa que la solitude était destinée à le briser. Cela le fit sourire. *Ils me croient seul. Ils ne savent rien de mes camarades.*

Il n'y avait qu'une explication possible : ce Vatutine avait peur qu'en réalité il soit innocent... mais cela n'était pas possible, pensait Micha. Ce salaud de *tchékiste* lui avait pris le film dans la main.

Filitov essayait encore de comprendre ce mystère, les yeux fixés sur le mur gris. Rien n'avait de sens dans cette histoire.

Mais s'ils s'attendaient à l'effrayer, il leur faudrait vivre avec leur déception. Il avait trop souvent trompé la mort. Une partie de lui-même la désirait. Peut-être irait-il rejoindre ses camarades. Il leur parlait, n'est-ce pas ? Est-ce qu'ils ne pourraient pas être... eh bien, pas exactement en vie mais pas tout à fait disparus non plus ? Il avait atteint un point dans la vie où la question était intellectuelle. Tôt ou tard, il le saurait, bien sûr. La réponse à cette question l'avait frôlé bien souvent mais jamais il n'avait pu la saisir assez fermement... ni elle s'imposer...

La clef grinça dans la serrure et la porte s'ouvrit.

— Vous devriez graisser ces gonds. La mécanique dure plus longtemps si elle est bien entretenue, dit-il en se levant.

Le gardien ne répondit pas, il lui fit simplement signe de sortir. Deux autres gardiens attendaient avec le porte-clefs, deux gamins imberbes d'une vingtaine d'années, pensa Micha, la tête haute et l'air arrogant particulier au KGB. Quarante ans plus tôt, il aurait peut-être arrangé ça, se dit-il. Ils étaient sans armes, après tout, et il était un soldat de métier, un combattant pour qui infliger la mort était aussi naturel que de respirer. Ceux-là n'étaient pas de bons soldats. Un seul regard le confirma. C'était très bien d'être fier mais un soldat devait aussi être sur ses gardes...

Est-ce donc ça ? se demanda-t-il soudain. *Vatutine me traite avec précaution bien qu'il sache...*

Mais pourquoi ?

— Qu'est-ce que ça veut dire ? demanda Mancuso.

— Difficile à expliquer, pour moi, répondit Clark. Probable qu'un connard de gratte-papier n'arrive pas à se décider, à D.C. Ça arrive tout le temps.

Les deux messages étaient arrivés à douze heures l'un de l'autre. Le premier annulait la mission et donnait l'ordre au sous-marin de revenir dans l'océan mais le second disait au *Dallas* de rester dans la Baltique occidentale et d'y attendre de nouveaux ordres.

— Je n'aime pas être mis en attente !

— Personne n'aime ça, commandant.

— En quoi est-ce que ça vous touche ?

Clark eut un haussement d'épaules éloquent.

— En grande partie, c'est mental. Comme lorsqu'on se prépare à disputer un championnat de base-ball. Vous en faites pas, commandant. J'enseigne ce genre de truc, quand je ne le fais pas.

— Combien de coups avez-vous faits ?

— Peux pas dire, mais presque tous ont assez bien marché.

— Presque ? Pas tous ? Et quand ils ne marchent pas...

— C'est plutôt excitant pour tout le monde, reconnut Clark en souriant. Surtout pour moi. J'aurais quelques bonnes histoires à raconter mais je ne peux pas. Vous aussi, probablement.

— Une ou deux. Ça supprime un peu de l'amusement de la vie, hein ?

Les deux hommes échangèrent un regard entendu.

Ryan faisait ses courses tout seul. Ce serait bientôt l'anniversaire de sa femme — durant son prochain voyage à Moscou — et il devait tout prévoir. Les bijouteries étaient toujours un bon point de départ. Cathy portait encore le lourd collier d'or qu'il lui avait offert il y avait quelques années et il cherchait des boucles d'oreilles assorties. L'ennui, c'était qu'il ne se rappelait pas exactement le motif. Sa gueule de bois ne l'aidait pas, pas plus que sa nervosité. Et s'ils ne mordaient pas à l'hameçon ?

— Bonjour, professeur Ryan, dit une voix familière et Jack se retourna en prenant un air étonné.

— Je ne savais pas que vous vous aventuriez aussi loin.

Acte II, scène 1. Il s'efforça de ne pas laisser transparaître son soulagement. Pour cela, la gueule de bois fut secourable.

— Le rayon d'action passe exactement par Garfinckel's, si vous examinez bien le plan, fit observer Sergueï Platonov. Vous cherchez quelque chose pour votre femme ?

— Je suis certain que mon dossier vous a donné tous les indices nécessaires.

— Oui, son anniversaire, dit le Russe, et il baissa les yeux sur la vitrine. Dommage que je ne puisse offrir d'aussi jolies choses à la mienne...

— Si vous faisiez les avances voulues, l'Agence arrangerait probablement quelque chose, Sergueï Nikol'y'tch.

— Mais la *Rodina* ne comprendrait pas. Un problème qui vous devient familier, je crois ?

— Vous êtes remarquablement bien informé, marmonna Jack.

— C'est ma fonction. Et j'ai faim, aussi. Peut-être pourriez-vous utiliser une partie de votre fortune pour me payer un sandwich ?

Ryan regarda à droite et à gauche, avec un intérêt professionnel.

— Pas aujourd'hui ! dit Platonov en riant. Quelques-uns de mes collègues... de mes camarades sont occupés aujourd'hui, plus que d'habitude, et j'ai peur que votre FBI manque d'hommes pour son travail de surveillance.

— Un problème qu'ignore le KGB, nota Jack alors qu'ils s'éloignaient du magasin.

— N'allez pas croire... Pourquoi les Américains s'imaginent-ils que nos services de renseignements sont tellement différents des leurs ?

— Si vous entendez par là que c'est la même pagaille, c'est une consolation. Un hot dog, ça vous va ?

— S'il est cacher, répondit Platonov et il expliqua : Je ne suis pas juif, vous le savez, mais simplement je préfère le goût.

— Il y a trop longtemps que vous êtes ici, riposta Jack en riant.

— Mais la région de Washington est si plaisante !

Jack entra dans une boutique de fast-food spécialisée dans les bagels et le corned-beef, mais où l'on trouvait aussi d'autres choses. Le service était rapide. Ils prirent une table en plastique blanc isolée au milieu du passage. Habile, pensa Jack. Les gens pouvaient défiler d'un côté ou de l'autre et ne surprendre que des bribes de conversation sans suite. Mais il savait que Platonov était un vrai pro.

— Il paraît que vous affrontez quelques regrettables difficultés ?

À chaque mot, Platonov souriait. L'intention était d'avoir l'air d'échanger de plaisantes amabilités, mais cela donnait aussi l'impression à Jack que son collègue russe s'amusait réellement.

— Vous n'allez pas croire ce petit con d'hier soir ! Vous savez, il y a une chose que j'admire sincèrement en Russie, c'est votre façon de traiter...

— Le comportement asocial ? Oui. Cinq ans dans un camp à régime strict. Notre nouvelle transparence ne va pas jusqu'à fermer les yeux sur les perversions sexuelles. Votre ami Trent s'est fait une relation, lors de son dernier voyage en Union soviétique. Le jeune... *homme* en question est maintenant dans un de ces camps.

Platonov ne précisa pas que ce jeune homme avait refusé de collaborer avec le KGB, d'où la condamnation. Pourquoi brouiller les cartes ?

— Je vous le laisse volontiers. Nous en avons bien assez par ici, grommela Jack.

Il se sentait affreusement mal. Il avait les yeux brûlants, un martèlement dans la tête à cause de tout le vin qu'il avait bu et du manque de sommeil.

— C'est ce que j'ai remarqué. Et nous pourrions aussi avoir le SEC ?

— Vous savez, je n'ai rien fait de mal. Rien du tout ! Un ami m'a donné un tuyau et je l'ai suivi. Je n'ai rien cherché, ça s'est passé comme ça, par hasard. Bon, d'accord, j'ai gagné quelques dollars, et après ? Je rédige des rapports de renseignements pour le Président ! Je fais ça bien... Et c'est à *moi* qu'ils s'en prennent ! Après tout le...

Ryan s'interrompit tout net et regarda Platonov dans les yeux.

— Et qu'est-ce que ça peut vous foutre ?

— Depuis que nous avons fait connaissance à Georgetown il y a quelques années, je vous avoue franchement que je vous admire. Cette affaire avec les terroristes[1]. Je ne suis pas d'accord avec vos idées politiques, pas plus que vous n'êtes d'accord avec les miennes. Mais, entre nous et d'homme à homme, vous avez éliminé de la vermine des rues. Vous me croirez ou vous ne me croirez pas, mais je me suis opposé au soutien accordé par l'État à de tels animaux. Les véritables marxistes qui veulent libérer leur peuple, oui, ceux-là nous devons les aider autant que nous le pouvons, mais ces bandits

1. Voir *Jeux de guerre.*

sont des assassins, des ordures qui nous considèrent comme une source d'armement, rien de plus. Mon pays n'a rien à y gagner. Toute politique mise à part, vous êtes un homme d'honneur et de courage. Il est naturel que je respecte cela. C'est dommage que nos pays ne le respectent pas. L'Amérique hisse ses grands hommes sur des socles pour que les autres hommes, plus petits, les prennent pour cibles.

Le regard méfiant de Ryan fut remplacé par une fugace étincelle calculatrice.

— Vous avez parfaitement pigé ça.

— Donc, mon ami... que vont-ils vous faire ?

Jack poussa un long soupir en regardant dans le vague vers le plafond du passage.

— Il faut que je prenne un avocat, cette semaine. Je suppose qu'il le saura lui. J'avais espéré éviter ça. Je croyais pouvoir m'en tirer en discutant mais... mais il y a un nouveau petit fumier à la SEC, une pédale que Trent... Trent a usé de son influence pour lui obtenir cet emploi. Qu'est-ce que vous voulez parier qu'à eux deux... Ah, tenez, je suis d'accord avec vous. Si on doit avoir des ennemis, que ce soient au moins des ennemis qu'on puisse respecter.

— Et la CIA ne peut pas vous aider ?

— Je n'y ai pas beaucoup d'amis. Vous le savez, d'ailleurs. J'ai grimpé trop vite, le gosse le plus riche du quartier, le chouchou de Greer, mes relations avec les Brits. On se fait aussi des ennemis, comme ça. Je me demande parfois si l'un d'eux n'aurait pas... peux pas le prouver, bien sûr, mais vous n'imaginez pas le réseau informatique qu'ils ont à Langley, toutes les transactions boursières sont classées dans des systèmes d'ordinateurs et... vous savez quoi ? Les dossiers informatisés peuvent être trafiqués par quelqu'un qui s'y connaît... Mais allez prouver ça, mon vieux !

Jack prit deux comprimés d'aspirine d'un petit tube et les avala.

— Ritter ne m'aime pas du tout, ne m'a jamais aimé. Il y a quelques années, je lui ai fait perdre la face et ce n'est pas un type à pardonner un truc comme ça. Peut-être un de ses hommes... Il en a de bons... L'amiral veut m'aider mais il est vieux. Le juge est sur le chemin de la sortie, en principe il aurait dû partir il y a un an, mais il se cramponne, je ne sais comment. Même s'il le voulait, il ne pourrait pas m'aider.

— Le Président aime votre travail, vous le savez.

— Le Président est un homme de loi, un procureur. Si jamais il lui arrivait la moindre rumeur d'une petite entorse à une loi... c'est ahurissant comme on se retrouve vite tout seul. Ils sont aussi toute une bande au Département d'État à vouloir ma peau. Je ne vois pas tout à fait les choses de la même façon qu'eux. C'est une foutue ville, pour un honnête homme.

C'est donc vrai, pensa Platonov. Ils avaient reçu en premier lieu le rapport de Peter Henderson, nom de code Cassius, qui transmettait des renseignements au KGB depuis plus de dix ans, d'abord comme assistant particulier du sénateur Donaldson, de la Commission sénatoriale du renseignement à présent à la retraite, puis aujourd'hui comme analyste de l'information au General Accounting Office (homologue de la Cour des Comptes). Le KGB savait que Ryan était le nouvel astre brillant montant à l'horizon de la direction de la CIA. Son évaluation à Moscou Centre l'avait d'abord désigné comme un riche dilettante. Cela avait changé depuis quelques années. Il avait fait quelque chose qui lui avait valu la faveur présidentielle et il rédigeait maintenant la moitié de tous les documents d'information destinés à la Maison-Blanche. On savait par Henderson qu'il avait réuni un important dossier sur la situation de l'armement stratégique, qui avait plutôt hérissé le Département d'État. Platonov s'était fait depuis longtemps sa propre opinion. Bon évaluateur de personnalité, il avait considéré Ryan, dès leur première rencontre dans la Galleria de Georgetown, comme un adversaire intelligent et courageux, mais aussi comme un homme trop habitué aux privilèges et trop prompt à s'émouvoir d'une attaque personnelle. Un homme sophistiqué, en somme, mais singulièrement naïf. Ce qu'il venait de voir au cours de ce déjeuner le lui confirmait. Fondamentalement, Ryan était trop américain. Il voyait les choses en blanc et noir, les bons et les mauvais. Mais ce qui importait aujourd'hui, c'était que Ryan s'était cru invincible et s'apercevait tout à coup que ce n'était pas vrai. C'était à cause de cela que Ryan était en ce moment en colère.

— Tout ce travail gaspillé, marmonna Jack au bout de quelques secondes. Ils vont mettre au panier mes recommandations.

— Que voulez-vous dire ?

— Je veux dire que ce fumier d'Ernie Allen a persuadé le Président de mettre l'IDS sur la table de négociation !

Il fallut à Platonov tout son professionnalisme pour ne pas réagir ostensiblement à cette déclaration. Et Ryan poursuivit :

— Tout ça pour rien. Ils ont discrédité mon analyse à cause de cette connerie de spéculation en Bourse. L'Agence ne me soutient pas comme elle le devrait, elle me jette aux chiens. Merde. Et je ne peux rien y faire du tout !

Jack finit son hot dog.

— On peut toujours agir, insinua Platonov.

— Une vengeance ? J'y ai pensé. Je pourrais m'adresser à la presse, mais le *Post* va faire un papier sur cette histoire de la SEC. Quelqu'un sur la colline du Capitole orchestre l'équipe de lynchage. Trent, je suppose. Je vous parie que c'est lui qui a lancé ce reporter sur moi, hier soir, le salaud. Si je tente de clamer la vérité, qui m'écoutera ? Bon Dieu, je mets mon cul dans la ligne de mire, rien qu'en étant assis là avec vous, Sergueï.

— Pourquoi donc ?

— Essayez donc de deviner ! répliqua Ryan en se permettant un sourire qui disparut brusquement. Je n'irai pas en prison. J'aime mieux mourir que de subir cette disgrâce. Enfin quoi, nom de Dieu, j'ai risqué ma vie, j'ai tout risqué. Pour certaines choses que vous connaissez, et une autre aussi, que vous ne connaissez pas. J'ai risqué ma vie pour ce pays et on veut me jeter en prison !

— Nous pourrions peut-être vous aider ?

L'offre était enfin proposée !

— Transfuge ? Vous voulez rire ! Vous n'espérez tout de même pas que j'irais vivre dans votre paradis des travailleurs !

— Non, mais en échange de services intéressants peut-être pourriez-vous changer de situation. Il y aura des témoins contre vous. Il peut leur arriver des accidents...

— Ne me faites pas avaler ces conneries ! Nous ne faisons pas de boulots de ce genre dans votre pays et vous n'en faites pas dans le nôtre.

— Tout a un prix. Vous devriez comprendre cela mieux que moi, dit Platonov en souriant. Par exemple, le désastre auquel M. Trent faisait allusion hier soir. Qu'est-ce que ça peut bien être ?

— Et comment est-ce que je peux savoir pour qui vous travaillez en réalité ? demanda Jack.

— Quoi ?

Platonov était surpris, Ryan le vit en dépit de ses sinus douloureux.

— Vous voulez un service, Sergueï ? Je suis sur le point de mettre ma vie en jeu. Ce n'est pas parce que je l'ai déjà fait que c'est facile, n'allez pas le croire. Nous avons quelqu'un à Moscou Centre. Quelqu'un d'important. Dites-moi maintenant ce que ce nom me rapporterait.

— Votre liberté, répondit immédiatement Platonov. S'il est aussi important que vous le dites, nous ferions vraiment beaucoup.

Pendant plus d'une minute, Ryan ne prononça pas un mot. Les deux hommes se dévisageaient comme des joueurs de cartes, comme s'ils misaient chacun tout ce qu'ils possédaient... et comme si Ryan savait qu'il avait la donne perdante. La puissance du regard du Russe rivalisait avec celle des yeux de l'Américain et il fut très satisfait de constater qu'il était le plus fort.

— Je prends l'avion pour Moscou à la fin de la semaine, à moins que le scandale n'éclate avant et dans ce cas je suis foutu. Ce que je viens de vous dire, mon vieux, ça ne passe pas par la filière. La seule chose dont je sois sûr, c'est que le type n'est pas Gerasimov. Ça doit aller directement au président, directement à lui, pas d'intermédiaires, sinon vous risquez de perdre le nom.

— Qu'est-ce qui me dit que vous le connaissez ? rétorqua le Russe en profitant un peu de son avantage mais prudemment.

Ce fut au tour de Jack de sourire. Son atout était payant.

— Je ne connais pas le *nom*, mais je sais tout le reste. Avec les quatre choses que je sais qui nous sont venues de CONDUCTEUR — c'est son code —, vos hommes auront vite fait les rapprochements. Si votre lettre passe par la filière, il est probable que je ne prends même pas l'avion. Voilà son importance dans la hiérarchie, à cet homme-là. Si c'en est un ! Mais, oui, fort probablement. Qu'est-ce qui me dit que vous tiendrez parole ?

— Dans notre métier, on doit tenir ses promesses, assura Platonov.

— Alors dites à votre président que je veux le rencontrer, s'il peut arranger ça. D'homme à homme. Pas de conneries.

— Le président du KGB ? Le président ne...

— Alors je m'arrangerai avec un avocat et je tenterai ma

chance. Je n'irai pas non plus en prison pour trahison, si je peux l'éviter. Voilà le marché, camarade Platonov, conclut Jack. Bon retour chez vous.

Il se leva et s'en alla. Platonov ne le suivit pas. Il regarda de tous côtés et aperçut son agent de la sécurité, qui lui fit signe qu'ils n'avaient pas été observés.

Il avait une décision à prendre. Ryan était-il sincère ? Cassius le disait.

Platonov manipulait l'agent Cassius depuis trois ans. Les renseignements de Peter Henderson s'étaient toujours confirmés. On s'était servi de lui pour filer et arrêter un colonel des Forces de missiles stratégiques qui travaillait pour la CIA, on avait obtenu d'inestimables renseignements stratégiques et politiques et même l'analyse américaine secrète de cette affaire d'*Octobre rouge* l'année passée, non, il y avait deux ans maintenant, juste avant que le sénateur Donaldson prenne sa retraite. Et maintenant Cassius travaillait au GAO, le meilleur poste possible : accès direct à tous les secrets de la Défense et tous les contacts politiques au Capitole. Il leur avait dit, il y avait quelque temps déjà, que Ryan faisait l'objet d'une enquête. Sur le moment, personne n'y avait fait attention, ce n'était qu'un écho à ne pas prendre au sérieux. Les Américains étaient toujours en train d'enquêter sur celui-ci ou celui-là. C'était leur sport national. Et une seconde fois il avait entendu cette histoire, et puis il y avait eu la scène avec Trent. Serait-ce vraiment possible que... ?

Une fuite au sommet du KGB, se dit Platonov. Il y avait un protocole, naturellement, pour communiquer les renseignements de première importance directement au président. Le KGB admettait cette possibilité. Une fois ce message envoyé, il faudrait qu'il soit suivi. Rien que le soupçon que la CIA aurait un agent au sommet de la hiérarchie du KGB...

Mais ce n'était là qu'une considération.

Une fois que nous aurons appâté cet hameçon, nous posséderons le professeur Ryan. Peut-être est-il assez naïf pour croire qu'un échange d'informations ponctuel est possible, qu'il ne recommencera plus... plus probablement, sa cause est tellement désespérée que pour le moment il n'y pense même pas. Quel genre d'information obtiendrons-nous de lui ?

L'assistant particulier du Directeur Adjoint des Renseignements ! Presque tout doit passer sous ses yeux ! Recruter un agent si précieux... ça ne s'était pas vu depuis Philby, et il y avait plus de cinquante ans de cela.

Mais est-ce assez important pour violer les règlements ? se demanda Platonov, en vidant son verre. Jamais de mémoire d'homme le KGB n'avait commis un acte de violence aux États-Unis, il y avait à ce sujet un accord, un *gentleman's agreement.* Mais que valaient les règlements, face à une telle possibilité ? Un Américain ou deux pourraient avoir un accident d'auto, ou une crise cardiaque inattendue. Cela aussi devrait être approuvé par le président. Platonov se permettrait de donner sa recommandation. Elle serait écoutée, il en était sûr.

Le diplomate était un délicat. Il se tamponna la figure avec sa serviette en papier, mit tous ses détritus dans son gobelet de carton et alla le déposer dans une corbeille à papier. Il ne laissa absolument rien qui puisse indiquer qu'il avait été assis là.

L'Archer était certain qu'ils étaient en train de gagner. À l'annonce de sa mission à ses subordonnés, la réaction n'aurait pu être meilleure. Des sourires féroces, amusés, des regards de côté, des hochements de tête. Le plus enthousiaste était leur nouveau membre, l'ancien commandant de l'armée afghane. Sous sa tente, à vingt kilomètres à l'intérieur de l'Afghanistan, les plans avaient été mis au point en cinq heures de tension.

L'Archer contemplait la phase un, déjà terminée. Six camions et trois transports d'infanterie BTR-60 étaient tombés entre leurs mains. Certains véhicules étaient endommagés mais il fallait s'y attendre. Les morts de l'armée fantoche étaient dépouillés de leurs uniformes. Onze survivants étaient interrogés. Ils ne participeraient pas à cette mission, naturellement, mais s'ils se révélaient dignes de confiance, ils seraient autorisés à se joindre à des bandes de guérilla alliées. Quant aux autres...

L'ex-officier récupéra les cartes et les codes radio. Il connaissait toutes les manières de procéder, que les Russes avaient si patiemment inculquées à leurs « frères » afghans.

À dix kilomètres, il y avait le camp de base d'un bataillon, au nord sur la route de Chékàbad. L'officier le contacta par radio, en indiquant que « Tournesol » avait repoussé l'embuscade avec des pertes modérées et rentrait au camp. Ce qui fut approuvé par le commandant du bataillon.

Ils chargèrent à bord quelques cadavres, encore dans leurs

uniformes ensanglantés. D'anciens membres de l'armée afghane, bien entraînés, servaient les mitrailleuses lourdes sur les BTR. La colonne s'ébranla, en restant en formation réglementaire sur la route de gravier. La base était juste de l'autre côté de la rivière. Vingt minutes plus tard, ils l'aperçurent. Le pont était détruit depuis longtemps mais le génie russe avait jeté assez de terre et de pierraille pour faire un gué. La colonne s'arrêta au poste de garde sur la rive est.

C'était le moment délicat. Le commandant donna le signal correct et le poste de garde leur fit signe de passer. Un par un, les véhicules traversèrent lentement la rivière. La surface était gelée et les conducteurs devaient suivre une rangée de bâtons, pour ne pas quitter le gué et plonger dans l'eau profonde sous la glace. Plus que cinq cents mètres.

Le camp de base était sur une légère hauteur, entouré de petits blockhaus faits de sacs de sable et de rondins. Aucun n'était vraiment occupé ni armé. Le camp était bien situé, avec de vastes champs de tir dans toutes les directions, mais les nids de mitrailleuses n'avaient leur effectif au complet que la nuit. Une seule compagnie restait en faction, toutes les autres étant envoyées en patrouille dans les montagnes environnantes. De plus, la colonne arrivait à l'heure du repas. Le parc de véhicules de la base était en vue.

L'Archer était à l'avant du camion de tête. Il se demandait pourquoi il accordait une telle confiance à cet ex-officier transfuge mais il se dit que ce n'était pas le moment de se faire ce genre de souci.

Le chef de bataillon sortit de son abri, et ce fut en mâchonnant qu'il regarda les soldats sauter des camions. Il attendait le commandant de l'unité et manifesta quelque irritation quand la portière de côté du BMP s'ouvrit lentement et qu'apparut un homme en uniforme d'officier.

— Qui es-tu, bon Dieu ?

— *Allahu akhbar !* glapit le commandant.

Son fusil abattit le chef de bataillon. Les mitrailleuses lourdes des transports d'infanterie tailladèrent la masse d'hommes qui prenaient leur repas de midi, pendant que ceux de l'Archer se précipitaient sur les blockhaus à moitié déserts. En dix minutes, toute résistance eut cessé mais les défenseurs n'avaient jamais eu en fait la moindre chance, avec près d'une centaine d'hommes armés introduits tout à coup dans le camp. Les assaillants firent vingt prisonniers. Les seuls Russes —

deux lieutenants et un sergent des communications — furent immédiatement tués sans autre forme de procès et les autres placés sous bonne garde pendant que les hommes du commandant couraient au parc de véhicules.

Ils y prirent deux autres BTR et quatre camions. Cela devrait suffire. Le reste, ils le brûlèrent. Ils brûlèrent d'ailleurs tout ce qu'ils ne pouvaient emporter. Ils s'emparèrent de quatre mortiers, d'une demi-douzaine de mitrailleuses et de tous les uniformes de rechange qu'ils trouvèrent. Le camp fut totalement détruit, à commencer par les radios qui furent mises en pièces à coups de crosse avant d'être incendiées. Une petite garde fut laissée avec les prisonniers, qui auraient eux aussi une chance de s'allier aux *moudjahiddin* ou de mourir pour leur loyauté à l'infidèle.

Kaboul était à cinquante kilomètres. La nouvelle colonne, plus importante, partit vers le nord. D'autres hommes de l'Archer la rattrapèrent et sautèrent à bord des véhicules. Sa force comptait à présent deux cents hommes, habillés et équipés comme des soldats réguliers de l'armée afghane roulant vers le nord dans des véhicules militaires de fabrication russe.

Le temps était leur plus dangereux ennemi. Ils atteignirent les faubourgs de Kaboul quatre-vingt-dix minutes plus tard et durent passer le premier des points de contrôle.

L'Archer eut froid dans le dos, de se retrouver si près de tant de soldats russes. Quand le soir tomba, les Russes rentrèrent dans leurs abris et leurs logements, laissant les rues aux Afghans, mais malgré le coucher du soleil il ne se sentait pas en sécurité. Les vérifications d'identité étaient moins consciencieuses qu'il ne s'y attendait et le commandant les faisait passer aisément, avec des documents de voyage et des mots de code du camp de base si récemment anéanti. Et, surtout, leur itinéraire les écartait des quartiers les mieux gardés de la ville. En moins de deux heures, ils la laissèrent derrière eux et continuèrent de rouler, protégés par la nuit complice.

Ils continuèrent jusqu'à ce qu'ils tombent en panne sèche. Les véhicules furent alors poussés hors de la route. Un Occidental se serait étonné de voir que les *moudjahiddin* étaient contents d'abandonner les camions, même s'ils étaient maintenant obligés de porter des armes sur leur dos. Bien reposés, les guérilleros s'engagèrent immédiatement dans la montagne, toujours vers le nord.

La journée ne lui avait apporté que de mauvaises nouvelles, pensait Gerasimov en considérant le colonel Vatutine.

— Comment ça, vous ne pouvez pas le briser ?

— Camarade président, notre équipe médicale m'apprend que le processus de privation sensorielle ainsi que toute forme de persuasion physique (le mot *torture* n'était plus employé depuis longtemps au siège du KGB) risquent de tuer l'homme. Compte tenu de votre insistance pour obtenir des aveux nous devons avoir recours à des méthodes d'interrogatoire plus... plus primitives. Le sujet est coriace. Mentalement, il est beaucoup plus résistant qu'aucun de nous le supposait, expliqua Vatutine aussi posément qu'il le put.

À cet instant, pour un verre de vodka, il aurait tué.

— Tout ça parce que vous avez saboté votre arrestation, répliqua froidement Gerasimov. J'avais de grands espoirs pour vous, colonel. Je vous prenais pour un homme d'avenir. Je vous croyais bon pour l'avancement. Me suis-je trompé, camarade colonel ?

— Mon souci dans cette affaire se limite à la dénonciation d'un traître à la patrie, proclama Vatutine en faisant appel à tout son sang-froid pour ne pas trembler. Je pense l'avoir déjà fait. Nous savons qu'il a commis un acte de trahison. Nous avons la preuve...

— Yazov ne l'acceptera pas.

— Le contre-espionnage est du ressort du KGB, pas du ministère de la Défense.

— Peut-être aurez-vous la bonté d'expliquer cela au Secrétaire général du Parti, riposta Gerasimov en laissant sa colère aller un peu trop loin. Il me faut ces aveux, colonel Vatutine.

Gerasimov avait espéré réussir un autre coup de contre-espionnage ce jour-là, mais le rapport FLASH d'Amérique l'avait invalidé et, pire, Gerasimov avait déjà transmis les renseignements, un jour avant d'apprendre qu'ils ne valaient rien. L'agent Livia se confondait en excuses, disait le rapport, mais les données de programmation informatique récemment transmises par le capitaine Bisyarina étaient malheureusement caduques. Une information qui aurait pu aider à tout aplanir entre le KGB et le nouveau projet chéri du ministère de la Défense s'était ainsi évaporée.

Il lui fallait des aveux, et des aveux qui ne soient pas arrachés par la torture. Tout le monde savait que la torture ne servait qu'à faire dire ce que voulaient les interrogateurs, que la plupart des sujets réagissaient à la douleur en racontant n'importe quoi. Il avait besoin de quelque chose d'assez solide pour être porté à la connaissance du Politburo : les membres du Politburo n'avaient plus une telle frayeur du KGB, ils ne croiraient jamais son président simplement sur parole.

— J'en ai besoin, Vatutine. J'en ai besoin au plus vite. Quand pourrez-vous me les fournir ?

— En employant les méthodes auxquelles nous sommes désormais limités, dans pas plus de deux semaines. Nous pouvons le priver de sommeil. Cela prend du temps, surtout avec les vieux qui ont moins besoin de sommeil que les jeunes. Petit à petit, il deviendra désorienté et il craquera. Étant donné ce que nous savons de cet homme, il nous combattra avec tout son courage. C'est un homme brave, mais ce n'est qu'un homme. Quinze jours, assura Vatutine en sachant que dix seulement devraient suffire mais mieux valait donner l'impression d'être en avance.

— Très bien, dit Gerasimov et il prit un temps, jugeant venu le moment de l'encouragement. Objectivement parlant, camarade colonel, vous avez bien mené votre enquête, malgré la déception de la phase finale. Il est déraisonnable d'espérer la perfection en toutes choses, et les complexités politiques ne sont pas de votre fait. Si vous fournissez ce que je demande, vous serez récompensé. Continuez comme ça.

— Merci, camarade président.

Gerasimov regarda partir le colonel puis il réclama sa voiture.

Le président du KGB ne se déplaçait pas seul. Sa Zil personnelle — une limousine à carrosserie spéciale qui ressemblait à une grosse américaine d'il y a trente ans — était suivie par une Volga encore plus laide, pleine de gardes du corps sélectionnés pour leur adresse au combat et leur loyauté absolue à la fonction de président du KGB. Gerasimov était assis à l'arrière et regardait défiler les immeubles de Moscou alors que sa voiture suivait à toute allure la voie centrale, réservée dans les grandes avenues. Il eut bientôt quitté la ville et il s'engagea dans la forêt où les Allemands avaient été arrêtés en 1941.

Beaucoup de leurs prisonniers — ceux qui n'étaient pas morts du typhus ou de sous-alimentation — avaient construit là des datchas. Les Russes avaient beau détester les Allemands, la *nomenklatura*, la classe dirigeante de cette société sans classes, prisait par-dessus tout la main-d'œuvre allemande. Les appareils Siemens Electronic et Blaupunkt faisaient tout autant partie de leur foyer que les numéros de la *Pravda* et les nouvelles « Tass blanches » non censurées. Les maisons de bois, dans les forêts de sapin à l'ouest de Moscou, étaient aussi bien construites que tout ce que les tsars avaient laissé derrière eux. Gerasimov se demandait souvent ce qu'étaient devenus les soldats allemands qui avaient travaillé à ces bâtiments. Mais peu importait, dans le fond.

La datcha officielle de l'académicien Mikhaïl Petrovitch Alexandrov ne différait pas des autres : un étage, la façade de bois peinte en crème et un toit pointu qui se serait trouvé très bien chez lui dans la Forêt-Noire. L'allée d'accès était un sentier sinueux entre les arbres. Une seule voiture y était garée. Alexandrov était veuf et avait passé l'âge où il recevait la visite de jeunes personnes. Gerasimov ouvrit lui-même sa portière et s'assura que sa suite de sécurité se dispersait comme d'habitude parmi les arbres. Les hommes ne prirent que le temps de récupérer dans le coffre leur équipement d'hiver, les anoraks blancs bien fourrés et les lourdes bottes pour garder leurs pieds au chaud dans la neige.

— Nikolaï Borissovitch !

Alexandrov ouvrit lui-même sa porte. Il y avait aussi à la datcha un couple qui faisait le ménage et la cuisine, mais qui savait rester discret quand il le fallait. L'académicien prit le manteau de Gerasimov et l'accrocha à une patère dans le vestibule.

— Merci, Mikhaïl Petrovitch.

— Du thé ? offrit Alexandrov en désignant la table de la salle à manger.

— Il fait froid dehors, reconnut Gerasimov.

Les deux hommes s'assirent de part et d'autre de la table dans de vieux fauteuils rembourrés. Alexandrov aimait recevoir, tout au moins ses amis. Il servit le thé et quelques cuillerées de cerises blanches au sirop. Ils burent leur thé à la manière traditionnelle, en mettant d'abord une cerise sucrée dans leur bouche et en la faisant passer avec le thé. C'était gênant pour la conversation mais parfaitement russe. Et Alexandrov aimait les vieilles coutumes. Tout inféodé qu'il fût aux idées du marxisme, le principal idéologue du Politburo conservait dans les petites choses les habitudes de sa jeunesse.

— Quoi de neuf ?

Gerasimov fit un geste d'agacement.

— L'espion Filitov est un vieil oiseau coriace. Il faudra encore une semaine ou deux pour obtenir des aveux.

— Vous devriez fusiller votre colonel qui...

— Non, non. Il faut être objectif. Le colonel Vatutine a été très bien. Il aurait dû laisser l'arrestation proprement dite à un agent plus jeune mais je lui avais dit que c'était son enquête et il a évidemment pris mes instructions trop littéralement. Son traitement du reste de l'affaire a été presque parfait.

— Vous devenez trop généreux trop tôt, Kolya. Est-ce si difficile de surprendre un homme de soixante-dix ans ?

— Pas lui. L'espion américain était vraiment bon, naturellement, et les bons agents ont un instinct très développé. S'ils n'étaient pas si habiles, le socialisme international serait déjà une réalité, dit négligemment Gerasimov.

Il savait qu'Alexandrov vivait dans son monde académique, qu'il comprenait mal comment les choses se passaient dans le monde réel. C'était dur de respecter un homme pareil mais pas trop difficile de le craindre.

L'idéologue grommela.

— Je suppose que nous pouvons attendre une semaine ou deux. Ce qui m'ennuie, c'est de faire ça pendant que la délégation américaine est ici...

— Ce sera après son départ. Si l'accord est conclu, nous ne perdons rien.

— C'est de la folie de réduire notre armement, affirma Alexandrov.

Mikhaïl Petrovitch persistait à penser que les armes nucléaires étaient comme les chars et les canons, plus il y en avait, mieux cela valait. Comme tous les théoriciens politiques, il ne daignait pas s'occuper des réalités.

— Nous conserverons les plus nouveaux et les meilleurs de nos missiles, expliqua patiemment Gerasimov. Plus important encore, notre projet Étoile brillante est en bonne voie. Avec ce que nos savants ont déjà accompli et ce que nous apprenons du programme américain, dans moins de dix ans nous aurons la possibilité de protéger la *Rodina* de toute attaque étrangère.

— Vous avez de bonnes sources pour ce qui est du programme américain ?

— Trop bonnes, répondit Gerasimov en posant sa tasse.

Certains renseignements que nous venons de recevoir ont été envoyés trop tôt, semble-t-il. Une partie des instructions informatiques américaines nous ont été transmises avant qu'elles aient été certifiées et qu'elles se révèlent erronées. C'est embarrassant, mais si l'on doit être embarrassé, mieux vaut que ce soit par excès d'efficacité que par négligence.

Alexandrov écarta ce sujet d'un geste.

— J'ai parlé à Vaneyev, hier soir.

— Et alors ?

— Il est à nous. Il ne peut pas supporter l'idée que sa putain de fille chérie soit envoyée dans un camp de travail, ou pire. J'ai expliqué ce qu'on attendait de lui. C'était très facile. Une fois que vous aurez les aveux de ce salopard de Filitov, nous ferons tout en même temps. Mieux vaut tout accomplir d'un coup.

L'académicien hocha la tête pour donner du poids à ses mots. C'était lui, après tout, l'expert en manœuvres politiques.

— Je m'inquiète des réactions possibles de l'Occident, hasarda prudemment Gerasimov.

Le vieux renard sourit dans son thé.

— Narmonov aura une crise cardiaque. Il a l'âge pour ça. Pas mortelle, naturellement, mais suffisante pour qu'il cède la place. Nous affirmerons à l'Occident que sa politique continuera. Je peux même vivre avec l'accord sur les armements, si vous insistez... Il ne sert à rien de les alarmer inutilement. Tout ce qui m'intéresse, c'est la primauté du Parti.

— Naturellement.

Gerasimov connaissait d'avance ce qui allait suivre et il se carra dans son fauteuil pour l'écouter encore une fois.

— Si nous ne freinons pas Narmonov, le Parti est condamné ! L'imbécile rejette tout le fruit de notre travail. Sans le pouvoir absolu du Parti, un *Allemand* vivrait dans cette maison. Sans Staline pour mettre de l'acier dans le caractère du peuple, où serions-nous ? Et Narmonov condamne notre plus grand héros — après Lénine, rectifia aussitôt l'académicien. Ce pays a besoin d'une main forte, d'*une* main forte, pas de mille petites mains ! Le peuple le comprend. C'est ce que *veut* notre peuple.

Gerasimov opina en se demandant pourquoi ce vieil imbécile gâteux éprouvait le besoin de répéter toujours la même chose. Le Parti ne voulait pas d'une main forte, en dépit de tout ce qu'il prétendait. Le Parti lui-même était composé de mille petites mains avides, cupides, les membres du Comité central, les *apparatchiki* locaux qui payaient leurs cotisations, débitaient leurs slogans, assistaient aux réunions hebdomadaires jusqu'à en avoir ras le bol de tout ce que disait le Parti mais qui se cramponnaient à lui parce que c'était la voie de l'avancement et que l'avancement, c'étaient les privilèges. L'avancement signifiait une voiture, des vacances à Sotchi... et des appareils ménagers Blaupunkt.

Tous les hommes avaient leurs aveuglements, Gerasimov le savait. Celui d'Alexandrov, c'était qu'il ne voyait pas que très peu de gens croyaient encore au Parti. Gerasimov n'y croyait pas, mais c'était pourtant le Parti qui dirigeait le pays. C'était le Parti qui alimentait les ambitions. Le pouvoir était sa propre justification et, pour lui, le Parti était le chemin du pouvoir. Il avait passé pratiquement toute sa vie d'adulte à protéger le Parti de ceux qui souhaitaient modifier l'équation du pouvoir. Maintenant, comme président de « l'épée et du bouclier » du Parti, il se trouvait dans la meilleure position pour prendre les rênes de l'appareil. Alexandrov aurait été surpris et scandalisé d'apprendre que son jeune élève voyait dans le pouvoir son unique but et n'avait d'autre plan que le *statu quo ante.* L'Union soviétique persévérerait pesamment, à l'abri derrière ses frontières, en cherchant à répandre sa forme de gouvernement à tous les pays qui lui en donneraient l'occasion. Il y aurait des progrès, en partie à cause de changements internes, en partie grâce à ce que l'on pourrait obtenir de l'Occident, mais pas assez pour donner de grands espoirs, ni trop rapidement comme Narmonov menaçait de le faire. Et surtout, le plus beau serait que Gerasimov tiendrait les rênes. Soutenu par la puissance du KGB, il n'aurait pas à craindre pour sa sécurité, encore moins après avoir brisé le ministère de la Défense. Il écoutait donc les élucubrations d'Alexandrov sur la doctrine du Parti, en hochant la tête quand il le fallait. Pour un observateur de l'extérieur, la scène aurait ressemblé à ces milliers de vieux tableaux — presque tous faux — de Staline écoutant avec pénétration les paroles de Lénine et, comme Staline, il se servirait de ces paroles à son propre avantage. Gerasimov croyait en Gerasimov.

18

Avantages

— MAIS je viens de finir de manger ! protesta Micha.

— Vous dites n'importe quoi, répliqua le gardien en lui mettant sa montre sous le nez. Regardez l'heure, vieux gâteux. Mangez donc. Ce sera bientôt le moment de votre interrogatoire... Pourquoi est-ce que vous ne leur dites pas ce qu'ils veulent entendre, camarade ? demanda l'homme en se penchant vers le prisonnier.

— Je ne suis pas un traître ! Je ne le suis pas.

— Comme vous voudrez. Bon appétit.

La porte de la cellule se ferma avec un claquement métallique.

— Je ne suis pas un traître, répéta Filitov. Je ne le suis pas, entendit le microphone. Je ne le suis pas !

— Nous progressons, murmura Vatutine.

Ce qui arrivait à Filitov n'était pas très différent dans son effet de ce que le médecin tentait de faire avec sa citerne de privation sensorielle. Le prisonnier perdait le contact avec la réalité, mais beaucoup plus lentement que Vaneyeva. Sa cellule se trouvait à l'intérieur de la prison et privait le prisonnier de la succession des jours et des nuits. L'unique ampoule électrique ne s'éteignait jamais. Au bout de quelques jours, Filitov perdit la notion du temps. Ensuite, ses fonctions corporelles devinrent irrégulières. On commença alors à modifier les intervalles entre les repas. Son corps sentait qu'il y avait quelque chose d'anormal mais sans comprendre quoi et sa désorientation était telle que ce qui arrivait au prisonnier s'apparentait à une maladie mentale. C'était une technique classique et rares étaient les individus qui la supportaient plus de deux semaines et, même, on avait découvert que leur résistance dépendait d'un facteur extérieur inconnu des interrogateurs, par exemple le bruit de la circulation ou de la tuyauterie, des sons se produisant avec une certaine régularité. Progressivement, le « Deux » avait appris à isoler totalement le prisonnier. Un nouveau quartier de cellules spéciales avait été complètement insonorisé, sourd aux bruits du monde. La cuisine était à l'étage au-dessus pour éliminer les odeurs. Cette partie de la Lefortovo était le résultat de générations d'expériences dans les méthodes destinées à briser l'esprit humain.

C'était mieux que la torture, pensait Vatutine. La torture accablait aussi les bourreaux, invariablement. C'était le principal problème. Une fois qu'un homme — et dans de rares cas une femme — devenait trop habile à torturer, sa tournure d'esprit changeait. Le bourreau devenait fou, petit à petit, on ne pouvait plus se fier aux résultats des interrogatoires et un agent du KGB inutilisable devait être remplacé et même, parfois, hospitalisé. Dans les années 30, de tels agents étaient souvent fusillés quand leurs maîtres politiques se rendaient compte de ce qu'ils avaient créé. Ils étaient remplacés par d'autres et tout recommençait. Jusqu'à ce que les interrogateurs se décident à chercher des méthodes plus efficaces, plus imaginatives, plus intelligentes. Cela valait mieux pour tout le monde, estimait Vatutine. Les nouvelles techniques, même les plus terribles, n'infligeaient pas de dégâts physiques permanents. Maintenant, on avait presque l'impression de traiter des maladies mentales que l'on avait provoquées ; les médecins qui se chargeaient du travail pour le KGB pouvaient observer avec assurance que la trahison de la Mère Patrie était en soi un symptôme d'un grave désordre mental, par conséquent quelque chose qui demandait à être soigné. Moralement, cela faisait l'affaire de tout le monde. Si l'on se sentait coupable d'infliger des sévices à un ennemi courageux, on ne pouvait qu'être satisfait de guérir un esprit malade.

Celui-ci est plus malade que les autres, pensait Vatutine. Il était un brin trop cynique pour croire à toutes les sornettes que le nouveau cru du « Deux » débitait à présent aux cours d'entraînement et d'orientation. Il se rappelait les histoires nostalgiques des hommes qui l'avaient entraîné, il y avait trente ans, au bon vieux temps de Beria... Il avait eu froid dans le dos en écoutant ces fous mais au moins ils avaient la franchise de reconnaître ce qu'ils faisaient. Tout en leur étant reconnaissant de ne pas être devenu comme eux, il ne s'illusionnait pas jusqu'à prendre Filitov pour un malade mental. C'était en réalité un homme courageux, qui avait choisi de son plein gré de trahir son pays. Un homme mauvais, certainement, parce qu'il avait violé les règles de sa société mère, ce qui ne l'empêchait pas d'être un valeureux adversaire. Vatutine regardait par le tube de fibre optique traversant le plafond de la cellule et observait Filitov en écoutant les sons captés par le microphone.

Depuis combien de temps est-ce que tu travailles pour les Américains ? Depuis que tu as perdu ta famille ? Si longtemps ? Près de trente ans... Est-ce possible ? se demanda le colonel du Deuxième Directorat principal. C'était une durée impressionnante. Kim Philby avait tenu bien moins longtemps. La carrière de Richard Sorge, bien que brillante, avait été brève...

Mais c'était logique. Il fallait aussi rendre hommage à Oleg Penkovski, le colonel traître du KGB dont la capture était une des plus grandes réussites du « Deux », réussite aujourd'hui empoisonnée par la pensée que Penkovski avait utilisé sa propre mort pour donner de l'essor à la carrière d'un espion plus grand encore... qu'il avait probablement recruté lui-même. *Ça, c'était du courage*, se disait Vatutine. *Pourquoi une telle vertu était-elle consacrée à la trahison ?* rageait-il. *Pourquoi ne peuvent-ils pas aimer la patrie comme je l'aime ?* Le colonel secoua la tête. Le marxisme exigeait de l'objectivité de ses adhérents, mais cela c'était trop. Il y avait toujours ce danger de trop s'identifier à son sujet. Il avait rarement ce problème, mais il faut dire qu'il n'avait jamais eu à s'occuper d'une affaire comme celle-ci. Trois fois Héros de l'Union soviétique ! Une authentique icône nationale dont la tête avait orné des couvertures de magazines et de livres. Oserons-nous jamais révéler ce qu'il a fait ? Quelle serait la réaction du peuple en apprenant que le Vieux Micha, le héros de Stalingrad, un des combattants les plus courageux de l'Armée rouge, était devenu traître à la *Rodina ?* Il fallait tout de même prendre en considération l'effet sur le moral de la nation.

Pas mon problème, se dit-il. Il observa le vieil homme par le judas de haute technologie. Filitov essayait de manger, sans croire tout à fait que c'était l'heure de son repas, mais sans savoir que le petit déjeuner — tous les repas étaient les mêmes pour des raisons évidentes — lui avait été apporté à peine une heure et demie plus tôt.

Vatutine se redressa pour étirer son dos ankylosé. Cette technique avait pour effet annexe de bouleverser la vie des interrogateurs eux-mêmes. Son propre emploi du temps était perturbé. Il était plus de minuit et il avait dormi à peine sept heures depuis trente-six heures. Mais au moins il savait l'heure, il connaissait le jour, la saison. Pas Filitov, il en était sûr. Il se pencha de nouveau, pour regarder son sujet finir son bol de kacha.

— Allez me le chercher, ordonna le colonel Klementi Vladimirovitch Vatutine.

Il alla aux toilettes s'asperger la figure d'eau froide, se regarda dans la glace et jugea inutile de se raser. Il s'assura ensuite que son uniforme était impeccable. La seule réalité constante, dans le monde désorganisé du prisonnier, devait être la figure et l'allure de son interrogateur. Vatutine répéta même son expression devant la glace : un air fier, arrogant mais compatissant aussi. Il n'eut pas honte de ce qu'il vit. Cet homme est un professionnel, déclara-t-il à son reflet. Pas un barbare, pas un dégénéré mais simplement un homme habile faisant un travail difficile et nécessaire.

Vatutine était assis dans la salle d'interrogatoire, comme toujours, quand on fit entrer le prisonnier. Invariablement, il feignait de faire quelque chose quand la porte s'ouvrait et il sursautait en relevant la tête, le regard étonné comme pour dire : *Ah ? Encore vous, déjà ?* Il referma son dossier et le rangea dans sa serviette pendant que Filitov s'asseyait en face de lui. C'était très bien, nota Vatutine sans regarder. Le sujet n'avait pas besoin qu'on lui dise ce qu'il devait faire. Son esprit était fixé sur la seule réalité qu'il connaissait : Vatutine.

— J'espère que vous avez bien dormi, dit le colonel.

— Assez bien.

Les yeux du vieil homme étaient voilés. Le bleu avait perdu l'éclat que Vatutine avait admiré lors de leur première séance.

— Vous êtes bien nourri, j'espère ?

— J'ai mieux mangé. (Un sourire las, avec encore un peu de fierté et défi mais beaucoup moins que ne le pensait celui qui l'arborait.) Plus mal aussi.

Vatutine évalua froidement la force de son prisonnier, elle avait diminué. *Tu sais*, pensa le colonel, *tu sais que tu dois perdre. Tu sais que ce n'est qu'une question de temps. Je le vois bien,* disait-il des yeux, en cherchant et en trouvant la faiblesse sous le regard fixe. Filitov s'efforçait de ne pas plier sous la tension mais les bords s'effrangeaient, quelque chose se défaisait sous les yeux de Vatutine. *Tu sais que tu es en train de perdre, Filitov.*

À quoi bon, Micha ? demandait une partie de son esprit. *Il a le temps, il contrôle le temps. Il s'en servira autant qu'il le voudra pour te briser. Il est en train de gagner. Tu le sais,* lui disait son désespoir.

Dites-moi, camarade capitaine, pourquoi vous vous posez ces questions stupides ? Pourquoi éprouvez-vous le besoin de vous expliquer à vous-même pourquoi vous êtes un homme ? demanda une voix bien connue. *Tout le long du chemin, de Brest-Litovsk à Viasma, nous savions que nous perdions mais je n'ai jamais renoncé, et vous non plus. Si vous êtes capable de tenir tête à l'armée allemande, vous êtes bien capable de tenir tête à cette limace civile de tchékiste !*

Merci, Romanov.

Comment est-ce que vous avez pu vous débrouiller sans moi, mon capitaine ? railla la voix. *Malgré toute votre intelligence, vous n'êtes parfois qu'une vieille bête.*

Vatutine s'aperçut d'un changement. Les paupières battirent, les yeux s'éclaircirent, le vieux dos fatigué se redressa.

Qu'est-ce qui te soutient ? Est-ce que tu hais l'État à cause de ce qui est arrivé à ta famille ?... Ou bien est-ce tout autre chose ?

— Dites-moi, reprit Vatutine, pourquoi vous haïssez la patrie ?

— Je ne la hais pas, répliqua Filitov. J'ai tué pour la patrie. J'ai saigné pour la patrie. J'ai *brûlé* pour la patrie. Mais je n'ai pas fait tout cela pour des individus comme vous.

Malgré sa faiblesse, le défi fulgurait dans ses yeux comme une flamme. Vatutine ne s'en émut pas.

Je touchais au but, mais quelque chose a changé. Si seulement je savais ce que c'est, Filitov, je t'aurais ! Un instinct disait à Vatutine qu'il avait déjà ce qu'il cherchait. Il ne restait qu'à l'identifier.

L'interrogatoire continua. Filitov résisterait peut-être cette fois, et la fois prochaine, et même la fois suivante, mais Vatutine le vidait de son énergie physique et mentale. Ils le savaient tous deux. Simple question de temps. Mais sur un point les deux hommes se trompaient. Tous deux croyaient que Vatutine contrôlait le temps, alors que le temps est le maître final de l'homme.

Gerasimov fut surpris par la nouvelle dépêche FLASH arrivant d'Amérique, de Platonov cette fois. Elle arrivait par câble, l'avisant d'un message Yeux-Seuls-Président KGB en route par la valise diplomatique. C'était vraiment insolite. Le KGB, plus que tout autre service de renseignements, comptait encore sur les systèmes de chiffres utilisables une fois. Ils étaient indéchiffrables, même dans un sens théorique, à moins que la séquence de code elle-même n'ait été révélée. C'était lent mais sûr et le KGB tenait par-dessus tout à être « sûr ». Au-delà de ce niveau de transmissions, toutefois, il y avait un autre protocole. Chaque station importante avait un chiffre spécial. Cela n'avait même pas de nom mais allait directement du *rezident* au président du KGB. Platonov était encore plus important que ne le soupçonnait la CIA. Il était le *rezident* de Washington, le chef de station.

Quand la dépêche arriva, elle fut immédiatement apportée au bureau de Gerasimov, directement. Son chiffreur personnel, un capitaine aux états de service impeccables, ne fut pas appelé. Le président déchiffra lui-même la première phrase et apprit que c'était un avertissement de taupe. Le KGB n'avait pas de mot passe-partout pour qualifier un traître dans ses propres rangs mais les plus hauts échelons connaissaient le monde occidental.

La dépêche était longue et Gerasimov mit plus d'une heure à la décoder, sans cesser de pester contre sa maladresse à percer les transpositions irrégulières des trente-trois lettres de l'alphabet cyrillique.

Un agent en place au sein du KGB ? se demanda-t-il. *À quel niveau ?* Il sonna son secrétaire particulier et réclama les dossiers concernant l'agent Cassius et Ryan, I.P., de la CIA. Comme pour tous ces ordres-là, ce ne fut pas long. Il mit de côté Cassius, pour le moment, et ouvrit le dossier Ryan.

Il y avait là un résumé biographique de six feuillets, remis à jour six mois plus tôt seulement, et en plus des coupures de presse, avec originaux et traductions. Gerasimov n'avait pas besoin de ces dernières. Il parlait un bon anglais, malgré un fort accent. Âgé de trente-cinq ans, lut-il, avec des antécédents dans le monde des affaires, l'université et les milieux du renseignement. Il avait rapidement gravi les échelons de la CIA. Agent de liaison spécial avec Londres. Gerasimov constata que la première évaluation de la place Dzerjinski avait été altérée par les idées politiques d'un des « analystes ». Un riche dilettante plutôt mou. Non, ce n'était pas vrai du tout. Il avait avancé trop rapidement pour ça, à moins qu'il n'ait une influence politique qui ne transparaissait pas dans le profil. Un homme intelligent, probablement, un auteur, nota Gerasimov en constatant qu'il y avait des exemplaires de deux de ses livres à Moscou. Indiscutablement un homme fier, accoutumé au confort et aux privilèges.

Ainsi, il aurait violé les lois américaines sur les transactions boursières, hein ? Cette pensée vint naturellement au président du KGB. Dans n'importe quelle société, la corruption était le chemin de la fortune et du pouvoir. Ryan avait ses faiblesses, comme tous les hommes. Gerasimov savait que la sienne, c'était la soif du pouvoir, mais il n'en jugeait pas moins que ce désir était comme une folie. Il retourna à la dépêche de Platonov.

« Évaluation, concluait le message. Le sujet n'est pas motivé par des considérations idéologiques ou financières mais par la colère et l'ego. Il a peur de la prison mais plus encore de la disgrâce personnelle. I.P. Ryan possède probablement l'information qu'il dit. Si la CIA a réellement une taupe haut placée à Moscou Centre, il est vraisemblable que Ryan a vu des renseignements qu'il lui aura transmis, même s'il ne connaît pas son nom ni son visage. Les renseignements devraient suffire à identifier la source de la fuite.

« Recommandations : l'offre doit être acceptée pour deux raisons. Premièrement, pour identifier l'agent des Américains. Deuxièmement, pour utiliser Ryan à l'avenir. L'unique occasion offerte a deux visages. Si nous éliminons les témoins contre le sujet, il a une dette envers nous. Si son action est découverte, le blâme sera rejeté sur la CIA, et les enquêtes qui en résulteront compromettront gravement le service secret américain. »

— Hum, murmura Gerasimov en repoussant le dossier.

Celui de l'agent Cassius était beaucoup plus épais. Il promettait de devenir une des meilleures sources du KGB à Washington. Gerasimov avait déjà lu plusieurs fois ce dossier et il se contenta de le parcourir pour arriver aux plus récentes informations. Deux mois plus tôt, Ryan avait été l'objet d'une enquête. Détails inconnus. Cassius l'avait simplement rapporté comme rumeur sans confirmation. C'était un point en sa faveur, pensa Gerasimov. Cela détachait aussi les avances de Ryan de tous les événements récents...

Filitov ?

Et si justement l'agent haut placé que Ryan pouvait identifier était celui qui venait d'être arrêté ? se demanda Gerasimov.

Non. Ryan lui-même était suffisamment haut placé à la CIA pour ne pas confondre un ministère avec un autre. La seule mauvaise nouvelle, c'était que pour le moment Gerasimov n'avait vraiment pas besoin d'une fuite au sommet du KGB. C'était déjà assez grave qu'il y en ait une, mais si cela se savait à l'extérieur, ce serait catastrophique. *Si nous ouvrons une véritable enquête, cela se saura. Si nous ne découvrons pas l'espion parmi nous... et s'il est aussi haut placé que le prétend Ryan... Et si la CIA découvre qu'Alexandrov et moi... ?*

Que fera-t-elle ?

Et si...

Gerasimov sourit et regarda par la fenêtre. Ce poste lui manquerait. Le jeu lui manquerait. Tous les faits avaient au moins trois côtés, et chaque pensée en avait six. Non, s'il croyait cela, alors il devrait croire que Cassius était sous le contrôle de la CIA et que tout avait été projeté à l'avance. Filitov était arrêté. Une telle supposition était manifestement impossible.

Le président de la Commission pour la sécurité de l'État consulta son agenda pour voir quand devaient arriver les Américains. Il y aurait encore des réceptions officielles. S'ils étaient vraiment décidés à mettre sur la table leurs systèmes de guerre des étoiles, ce serait une bonne chose pour le Secrétaire général Narmonov mais combien de membres du Politburo voteraient dans ce sens ? *Pas beaucoup, tant que je peux garder en échec l'obstination d'Alexandrov. Et si je peux prouver que j'ai recruté un agent à nous, aussi haut placé dans la CIA, si je peux prédire que les Américains braderont leurs programmes de défense, alors je marquerai moi-même un point contre l'initiative de paix de Narmonov...*

La décision était prise.

Mais Gerasimov n'était pas impulsif. Il envoya un message à Platonov lui demandant de vérifier certains détails, par l'intermédiaire de l'agent Cassius. C'était un message qu'il pourrait envoyer par satellite.

Ce message arriva à Washington une heure plus tard. Il fut capté, du satellite de communications soviétique Raduga-19, à la fois par l'ambassade soviétique et par l'agence américaine de la Sécurité nationale qui le programma aussitôt dans un ordinateur comme les milliers d'autres signaux russes que l'agence s'attachait à déchiffrer vingt-quatre heures sur vingt-quatre.

C'était plus facile pour les Soviétiques. Le message fut communiqué à une section sûre de l'ambassade où un lieutenant du KGB le convertit en clair. Puis il fut enfermé dans un coffre-fort surveillé en attendant l'arrivée de Platonov dans la matinée.

Cela se passa à 6 h 30. Les journaux habituels étaient sur son bureau. La presse américaine était très utile au KGB, pensait-il. La liberté de la presse était pour lui un concept si étranger qu'il n'imaginait pas sa véritable fonction. Mais d'autres choses avaient la priorité. L'agent du service de nuit arriva à 6 h 45 et le mit au courant des événements de la nuit, en lui remettant aussi les messages de Moscou, où il était déjà plus de midi. En tête de liste, il y avait un avis d'une note Yeux-Seuls-*Rezident.* Platonov se douta de ce que c'était et il alla immédiatement au coffre-fort. Le jeune agent du KGB qui gardait cette partie de l'ambassade vérifia scrupuleusement son identité ; son prédécesseur avait perdu sa place pour avoir eu l'audace de penser qu'il connaissait Platonov de vue après neuf mois seulement. Le message, bien étiqueté et dans une enveloppe cachetée, se trouvait à la place normale. Platonov l'empocha avant de refermer le coffre et de brouiller la combinaison.

La station du KGB à Washington était plus importante que celle de la CIA à Moscou, mais pas assez au gré de Platonov, puisque le nombre de personnes de la mission avait été réduit pour égaler celui du personnel de l'ambassade US en Union soviétique : les Américains avaient mis des années pour en arriver là. Platonov avait l'habitude de convoquer ses chefs de section à 7 h 30 pour la conférence du matin, mais ce jour-là il fit venir en avance un de ses agents.

— Bonjour, camarade colonel, dit l'homme en entrant, sans autre préambule car le KGB n'était pas connu pour les amabilités de la conversation.

— J'ai besoin que vous m'obteniez de Cassius des renseignements sur cette affaire Ryan. Il est impératif que nous confirmions aussi vite que possible ses difficultés actuelles avec la justice. C'est-à-dire aujourd'hui même, si vous pouvez.

— Aujourd'hui ? demanda l'agent avec quelque inquiétude, en jetant un coup d'œil aux instructions écrites. Une telle rapidité de manœuvre est risquée.

— Le président le sait, riposta Platonov.

— Aujourd'hui, acquiesça l'homme.

Le *rezident* sourit à part lui quand son agent le quitta. C'était le premier signe d'émotion qu'il donnait depuis un mois. Ce garçon-là avait de l'avenir.

— Voilà Butch, observa un agent du FBI quand l'homme sortit de l'ambassade.

On connaissait son vrai nom, naturellement, mais le premier agent chargé de le filer avait trouvé que ce surnom lui allait, et il lui était resté. Sa routine matinale était en principe d'ouvrir quelques bureaux de l'ambassade et de faire des courses, avant l'arrivée du personnel diplomatique important, à neuf heures. Il avait l'habitude de prendre son petit déjeuner dans un café voisin, après avoir acheté plusieurs journaux et magazines... et laissé fréquemment une marque ou deux en divers endroits. Comme pour la plupart des opérations de contre-espionnage, le plus difficile était de réussir la première percée. Ensuite, ce n'était que du travail normal de police. Leur première chance était venue, avec Butch, dix-huit mois plus tôt.

Il fit à pied les quatre cents mètres jusqu'au café, bien couvert contre le froid — il devait trouver les hivers de Washington assez doux, tout le monde était d'accord — et entra dans la salle à son heure habituelle. Comme la plupart des cafés, celui-ci avait une clientèle d'habitués. Trois d'entre eux étaient des agents du FBI, dont une femme habillée en femme d'affaires, qui lisait son *Wall Street Journal* toute seule à une table du fond. Les deux autres portaient des ceintures à outils de charpentiers et arrivaient au comptoir juste avant ou juste après l'entrée de Butch. Ce jour-là, ils l'attendaient. Ils n'étaient pas toujours là, bien sûr. La jeune femme, l'agent spécial Hazel Loomis, coordonnait son emploi du temps avec une affaire réelle, en prenant soin de respecter les jours fériés. C'était un risque mais une surveillance rapprochée, même organisée avec le plus grand soin, ne pouvait être trop régulière. De même, ils venaient au café même quand ils savaient que Butch serait absent, sans jamais modifier leur routine pour ne pas révéler leur véritable intérêt pour cet homme.

L'agent Loomis nota l'heure d'arrivée dans la marge d'un article — elle griffonnait toujours des notes sur le journal — et les charpentiers observèrent Butch dans la glace derrière le comptoir tout en mangeant leurs hamburgers et en échangeant de bruyantes plaisanteries. Comme d'habitude, Butch avait acheté quatre journaux différents au kiosque, juste à côté du café. Ses magazines paraissaient tous le mardi. La serveuse lui apporta son café sans qu'il ait à le commander. Butch alluma sa cigarette habituelle — une Marlboro américaine, la marque préférée des Russes — et but sa première tasse de café tout en parcourant la Une du *Washington Post*, qui était *son* journal.

Les deuxièmes tasses étaient gratuites, dans cette maison, et la sienne arriva comme prévu. Il eut fini en six minutes, ce qui était à peu près normal, nota tout le monde. Puis il rassembla ses journaux et laissa de l'argent sur la table. Quand il se leva, tout le monde vit qu'il avait roulé en boule sa serviette en papier et l'avait posée sur la soucoupe à côté de la tasse vide.

Au boulot !, se dit tout de suite Loomis. Butch porta son addition à la caisse au bout du comptoir, paya et sortit. Il était bon, nota encore Loomis. Elle savait où et comment il transmettait ses messages mais elle l'avait rarement pris sur le fait.

Un autre habitué arriva. C'était un chauffeur de taxi qui avait l'habitude de boire un café avant de commencer sa journée, il s'assit tout seul au bout du comptoir. Il déplia son journal à la page des sports et regarda autour de lui dans la salle, comme d'habitude. Il vit la serviette en papier dans la soucoupe. Il n'était pas tout à fait aussi bon que Butch. Posant le journal sur ses genoux, il allongea la main sous le comptoir et récupéra le message qu'il glissa dans la rubrique mode.

Ensuite, ce fut assez facile. Loomis paya sa consommation et alla reprendre sa Ford Escort pour se rendre à l'immeuble du Watergate. Elle avait la clef de l'appartement de Henderson.

— Vous allez recevoir aujourd'hui un message de Butch, annonça-t-elle à l'agent Cassius.

— O.K.

Henderson leva les yeux de son petit déjeuner. Il n'aimait pas du tout que cette fille le « pilote » comme agent double. Il était particulièrement irrité du fait qu'on l'avait chargée de cette mission à cause de sa beauté et que la « couverture » de leurs rapports soit une liaison supposée, de pure fiction, naturellement. En dépit de son charme, de son accent sucré du Sud — et de son extraordinaire beauté ! grommelait-il — Loomis considérait Henderson comme une forme de vie à peine supérieure à un microbe, il ne le savait que trop. « N'oubliez pas, lui avait-elle dit une fois, qu'une chambre vous attend. » Elle faisait allusion au Pénitencier des États-Unis — pas à un « établissement de correction » — de Marion, en Illinois, celui qui remplaçait Alcatraz comme lieu de détention des pires criminels. Certainement pas un endroit pour un ancien de Harvard. Mais elle n'avait fait cela qu'une fois et le traitait par ailleurs assez poliment, en le prenant même parfois par le bras en public. Ce qui ne faisait que tout aggraver.

— Vous voulez une bonne nouvelle ? demanda Loomis.

— Bien sûr.

— Si ce coup-ci réussit comme nous l'espérons, vous serez probablement dédouané. Complètement.

— Qu'est-ce qui se passe ? demanda-t-il avec intérêt.

Jamais encore elle n'avait fait cette promesse.

— Il y a un agent de la CIA nommé Ryan...

— Ouais, j'ai appris que la SEC enquêtait sur lui... et c'était vrai, il y a quelques mois. Vous m'avez laissé en parler aux Russes...

— Il est malhonnête. Il a violé des lois, gagné un demi-million de dollars en spéculant grâce à des tuyaux illicites et il doit y avoir une séance de la chambre d'accusation, dans quinze jours, qui va lui incendier le cul dans les grandes largeurs. (La grossièreté était d'autant plus frappante, accompagnée de cet accent et de ce sourire de beauté du Sud.) L'agence va le virer aussi sec. Il ne peut espérer le secours de personne. Ritter ne peut pas le sentir. Vous ne savez pas pourquoi mais vous l'avez entendu dire par l'assistant du sénateur Fredenburg. Vous avez l'impression qu'il est le bouc émissaire pour quelque chose qui a mal marché mais vous ne savez pas quoi. Quelque chose qui se serait passé en Europe centrale il y a quelques mois, peut-être, c'est tout ce que vous avez entendu circuler. Une partie de tout ça, vous le dites d'emblée. Le reste, vous les faites attendre jusqu'à cet après-midi. Un dernier mot. Le bruit court que l'IDS pourrait être déjà sur la table. Vous pensez que c'est un faux bruit mais vous avez entendu un sénateur en parler. Compris ?

— Ouais.
— C'est bon.
Loomis alla à la salle de bains. L'établissement favori de Butch était trop crasseux pour elle.

Henderson passa dans sa chambre pour choisir une cravate. Dédouané ? se demanda-t-il en commençant à faire le nœud, puis il changea d'avis. Si c'était vrai... il devait reconnaître qu'elle ne lui avait jamais menti. *Elle me traite comme de la merde, mais elle ne m'a jamais menti. Alors je pourrais être dégagé... ?* Et alors ? se demanda-t-il. Était-ce important ?

Oui, mais moins que de se sauver.

— Je préfère la rouge, déclara Loomis sur le seuil.

L'idée ne vint pas à Henderson de protester.

— Pouvez-vous me dire... ?

— Je ne sais rien, et je ne peux rien dire, d'abord. Mais on ne me laisserait pas annoncer ça si on n'estimait pas que vous avez payé en partie votre dette, M. Henderson.

— Vous ne pourriez pas m'appeler Peter, rien qu'une fois ?

— Mon père a été le vingt-neuvième pilote abattu audessus du Nord-Vietnam. Ils l'ont capturé vivant, il y a eu des photos de lui, vivant, mais il n'est jamais revenu.

— Je ne savais pas.

Elle parla posément, comme de la pluie et du beau temps.

— Vous ne savez pas beaucoup de choses, M. Henderson. On ne me permet pas de piloter des avions, comme mon père, mais au Bureau je rends la vie aussi impossible que je le peux à ces salauds. Ça, on me le permet. J'espère leur faire autant de mal qu'ils m'en ont fait. (Elle sourit de nouveau.) Ce n'est pas très professionnel, n'est-ce pas ?

— Je suis désolé. Je ne sais vraiment pas que dire.

— Si, vous le savez. Vous dites à votre contact ce que je vous ai prié de dire.

Elle lui lança un magnétophone miniaturisé. Il était équipé d'un minuteur spécial informatisé et d'un système anti-manipulations. Dans le taxi, il serait sous surveillance intermittente. S'il essayait d'avertir son contact d'une façon ou d'une autre, il courait le risque — grand ou petit, il n'en savait rien — d'être détecté. On ne l'aimait pas et on n'avait pas confiance en lui. Henderson savait qu'il n'aurait jamais droit à de l'affection ou à de la confiance, mais il se contenterait de sa libération.

Il sortit de chez lui quelques minutes plus tard et descendit à pied. Il y avait le nombre habituel de taxis en circulation. Il ne fit aucun geste et attendit simplement qu'une voiture vienne à lui. Ils ne parlèrent pas avant d'être engagés dans les embouteillages de Virginia Avenue.

Le taxi le conduisit au siège du General Accounting Office dans G. Street Northwest. Une fois dans l'immeuble, il remit le magnétophone à un autre agent du FBI. Il soupçonnait, à tort d'ailleurs, que c'était aussi une radio. Le magnétophone monta au Hoover Building où l'agent Loomis l'attendait. La bande fut rembobinée et écoutée.

— La CIA ne s'est pas gourée, pour une fois, dit-elle à son supérieur.

Il y avait là quelqu'un d'encore plus important, aussi. L'affaire était plus grosse qu'elle ne l'avait cru.

— Je lui ai dit que ça pourrait être son billet de sortie, confia-t-elle mais le ton de sa voix en disait plus long que les mots.

— Vous n'approuvez pas ? demanda le Directeur adjoint qui dirigeait toutes les opérations de contre-espionnage du FBI.

— Il n'a pas payé assez pour ce qu'il a fait.

— Miss Loomis, lorsque tout ceci sera terminé, je vous expliquerai pourquoi vous avez tort. Vous mettez ça de côté, d'accord ? Vous avez fait un travail magnifique sur cette affaire. Ne gâchez rien maintenant.

— Qu'est-ce qui va lui arriver ?

— Comme d'habitude, le programme de protection des témoins. Il peut se retrouver à la tête d'un Wendy's à Billings dans le Montana, autant que je sache. Vous allez être promue et envoyée au bureau de New York. Il y a un diplomate attaché à l'ONU qui a besoin d'un bon manipulateur.

— O.K.

Le sourire, cette fois, ne fut pas forcé.

— Ils ont mordu. Ils ont tout avalé, annonça Ritter à Ryan. J'espère que vous aurez la force, mon garçon.

— L'affaire est sans danger, en principe. Ce devrait être civilisé.

Seulement les aspects que vous en connaissez.

— Écoutez, Ryan, vous êtes encore un amateur, pour les ops en campagne, ne l'oubliez pas.

— Il faut bien que je le sois, pour que ça marche, fit observer Jack.

— Les dieux rendent orgueilleux ceux qu'ils veulent perdre, pontifia le directeur adjoint des Opérations.

— Ce n'est pas tout à fait la formule de Sophocle, dit Jack en riant.

— J'aime mieux la mienne. J'ai même fait poser une plaque à la Ferme, qui me cite.

L'idée de Ryan, pour la mission, était simple, trop simple, et les hommes de Ritter l'avaient raffinée en dix jours pour en faire une véritable opération. Simple par la conception, elle aurait des complications. Elles en avaient toutes et cela ne plaisait pas à Ritter.

Bart Mancuso s'était depuis longtemps fait à l'idée que le sommeil ne figurait pas dans les tâches et devoirs d'un commandant de sous-marin mais ce qu'il détestait par dessus-tout, c'était un coup à sa porte un quart d'heure après qu'il avait enfin réussi à s'allonger.

— Entrez !

Et mourez ! pensa-t-il.

— Communication FLASH, Yeux-Seuls-Capitaine, dit un lieutenant en s'excusant.

— J'espère que ce n'est pas pour des conneries ! gronda Mancuso en rejetant ses couvertures.

Il se rendit en caleçon à la chambre des communications, sur bâbord, juste à l'arrière du centre d'attaque. Dix minutes plus tard, il en ressortit et tendit un bout de papier au navigateur.

— Je veux être là dans dix heures.

— Pas de problème, commandant.

— Et le prochain qui vient m'embêter, il fera bien de me déranger pour une grave catastrophe nationale !

Il repartit pieds nus sur le carrelage du pont.

— Message transmis, annonça Henderson à Loomis, au dîner.

— Rien d'autre ?

Un dîner aux chandelles, rien que ça, pensait-elle.

— Ils veulent simplement confirmer. Ils ne voulaient pas de nouvelles infos, simplement étayer ce qu'ils avaient déjà par d'autres sources. C'est du moins ce que j'ai compris. J'ai une autre livraison pour eux.

— Tiens, laquelle ?

— Le nouveau rapport sur la défense aérienne en campagne. Je n'ai jamais compris pourquoi ils se donnent ce mal. Ils pourront lire ça dans *Aviation Week* à la fin du mois.

— Ne bousculons pas la routine maintenant, M. Henderson.

Cette fois, le message pouvait passer par la filière normale du contre-espionnage. Il serait signalé à l'attention du président du fait des renseignements « personnels » sur un important agent des services secrets ennemis. Les hautes sphères du KGB connaissaient le penchant de Gerasimov pour les potins, occidentaux autant que russes.

Le message attendait le président du KGB quand il arriva le lendemain matin. Il avait horreur du décalage horaire entre Moscou et Washington, c'était affreusement incommode. Un ordre d'action immédiate de Moscou Centre risquait de révéler aux Américains où se trouvaient ses agents de terrain. En conséquence, on envoyait très peu de messages « action immédiate » et le président était vexé que son pouvoir personnel soit sapé par des choses d'aussi prosaïques que des fuseaux horaires.

« Le sujet P, commençait la dépêche — P étant dans l'alphabet cyrillique l'équivalent du R —, est maintenant la cible d'une enquête criminelle secrète dans le cadre d'une affaire ne concernant pas les renseignements. On soupçonne cependant que l'intérêt pour P a une raison politique, que ce serait une tentative d'éléments parlementaires progressistes pour discréditer la CIA à cause d'un échec opérationnel inconnu, concernant peut-être l'Europe centrale, mais ce rapport n'est pas confirmé. La disgrâce de P pour délit de droit commun ferait du tort aux plus hauts personnages de la CIA qui l'ont recruté. Cette station note d'un A la crédibilité d'information du cas. Trois sources indépendantes confirment maintenant les allégations transmises dans ma 88(B)531-C/EOC. Détails complets suivent par valise. La station recommande continuation. *Rezident* Washington. Fin. »

Gerasimov rangea le rapport dans son bureau.

— Eh bien, murmura-t-il tout seul.

Il regarda sa montre. Il devait être à la réunion habituelle du Politburo du jeudi matin dans deux heures. Comment se passerait-elle ? Il était sûr d'une chose : elle serait intéressante.

Il avait l'intention d'introduire une nouvelle variante dans son jeu, le grand Jeu du Pouvoir.

Sa conférence opérationnelle quotidienne était toujours un peu plus longue, le jeudi. Cela ne faisait jamais de mal de lâcher quelques détails croustillants anodins au cours des réunions. Ses camarades du Politburo étaient tous des hommes pour qui la conspiration était aussi aisée que la respiration et depuis un siècle, un gouvernement dont les principaux responsables n'adoraient pas écouter des histoires d'opérations secrètes, cela n'existait nulle part. Gerasimov prit quelques notes, en prenant soin de ne choisir que ce qu'il pourrait aborder sans compromettre les affaires importantes. Sa voiture vint le chercher à l'heure dite, accompagnée comme toujours par celle des gardes du corps, et tout ce petit monde partit pour le Kremlin.

Gerasimov n'arrivait jamais le premier ni le dernier. Cette fois, il entra sur les talons du ministre de la Défense.

— Bonjour, Dimitri Timofeyevitch, dit-il sans sourire mais tout de même assez cordialement.

— Bonjour à vous aussi, camarade président, répondit Yazov avec méfiance.

Les deux hommes s'assirent. Yazov avait plus d'une raison de se méfier. Non seulement Filitov était suspendu au-dessus de sa tête comme une épée de Damoclès, mais encore ce n'était pas un membre votant du Conseil suprême. Or Gerasimov en était un, lui. Cela donnait au KGB une puissance politique plus grande que celle de la Défense, mais les seules fois où, dans l'histoire récente, un ministre de la Défense avait obtenu une voix dans cette salle, ç'avait été avant tout parce qu'il s'agissait d'un homme du Parti. Ainsi Oustinov. Yazov, lui, était d'abord un soldat. Il était bien entendu aussi un loyal membre du Parti, mais son uniforme ne deviendrait jamais le simple costume qu'il avait été pour Oustinov. Yazov n'aurait jamais de voix à cette table.

Andreï Ilitch Narmonov arriva avec sa vigueur coutumière. De tous les membres du Politburo, seul le président du KGB était plus jeune que lui et Narmonov éprouvait le besoin de faire preuve d'une énergie affairée devant les vieillards autour de « sa » table de conférence. Les tensions et les fatigues du pouvoir commençaient à se voir sur lui. Tout le monde le constatait. Ses épais cheveux noirs grisonnaient rapidement et paraissaient se clairsemer. Mais ce n'était pas anormal pour un homme de plus de cinquante ans. Il fit un geste, pour faire asseoir tout le monde.

— Bonjour, camarades, dit-il d'une voix décidée. Nous allons commencer par évoquer la prochaine arrivée de l'équipe américaine de négociation sur le contrôle des armements.

— J'ai une bonne nouvelle à annoncer, dit immédiatement Gerasimov.

— Vraiment ? demanda Alexandrov avant que le Secrétaire général ait le temps de réfléchir à sa propre réponse.

— Nous avons une information indiquant que les Américains sont en principe d'accord pour mettre sur la table leur programme de défense stratégique, enchaîna le président du KGB. Nous ne savons pas quelles concessions ils demanderont en échange, ni quelle sera l'étendue de leurs concessions dans le cadre de leur programme, mais c'est néanmoins un changement dans leur attitude.

— Je trouve cela difficile à croire, déclara Yazov. Leur programme est bien avancé, comme vous me l'avez dit vous-même la semaine dernière, Nikolaï Borissovitch.

— Il y a de la dissension politique au sein du gouvernement américain, et peut-être aussi une lutte pour le pouvoir dans la CIA, en ce moment, comme nous venons de l'apprendre. Telle est en tout cas notre information, et nous la jugeons plutôt digne de foi.

— Voilà une surprise !

Toutes les têtes se tournèrent vers le ministre des Affaires étrangères. Il paraissait sceptique.

— Les Américains se sont montrés absolument inflexibles sur ce point. Vous dites « plutôt digne de foi » mais pas « totalement digne de foi ».

— La source est haut placée mais l'information n'a pas encore été confirmée. Nous en saurons davantage à la fin de la semaine.

Les têtes opinèrent. La délégation américaine devait arriver le samedi et les négociations ne commenceraient que lundi. On accordait aux Américains trente-six heures pour se remettre du décalage horaire, heures durant lesquelles un dîner d'accueil leur serait offert à l'hôtel de l'Académie des Sciences, et ce serait à peu près tout.

— Une telle information est évidemment d'un grand intérêt pour mon équipe de négociation mais je la trouve tout à fait étonnante, compte tenu en particulier de ce qui leur a été dit ici sur notre programme Étoile brillante et de leur contrepartie.

— Il y a des raisons de croire que les Américains ont tiré une leçon d'Étoile brillante, répliqua Gerasimov sans s'émouvoir. Peut-être ont-ils été dégrisés par nos progrès.

— Étoile brillante serait infiltré ? s'exclama un autre membre. Comment ?

— Nous ne le savons pas encore avec certitude. Nous y travaillons, assura Gerasimov en s'appliquant à ne pas regarder du côté de Yazov.

À vous de jouer, camarade ministre de la Défense.

— Les Américains s'intéressaient alors davantage à mettre fin à notre programme qu'à réduire le leur, fit observer Alexandrov.

— Et ils pensent que nos efforts ont été en fait à l'inverse de cela ? grommela le ministre des Affaires étrangères. Ce serait bien si je pouvais dire à mes gens ce qui se passe vraiment !

— Maréchal Yazov ? pria Narmonov sans se douter qu'il mettait son propre homme sur la sellette.

Jusqu'alors, Gerasimov n'avait pas été sûr de Yazov, il ignorait s'il ne se sentirait pas assez à l'abri pour avouer à son maître sa vulnérabilité politique au sujet de l'affaire Filitov. Il allait avoir sa réponse. *Yazov a peur de la possibilité, de la CERTITUDE,* se corrigea-t-il, *Yazov doit maintenant savoir que nous pouvons obtenir sa disgrâce. Il a peur aussi que Narmonov ne veuille pas risquer sa propre position pour le sauver. Alors, est-ce que je me serais attaché à la fois Vaneyev et Yazov ? Dans ce cas, je me demande s'il ne serait pas plus sage de garder Yazov une fois que j'aurai remplacé le Secrétaire général... Ta décision, Yazov...*

— Nous avons résolu le problème de la projection de l'énergie laser. Il reste celui du contrôle informatique. Là, nous sommes très en retard sur la technologie américaine, à cause de la supériorité de leur industrie dans ce domaine. La semaine dernière encore, le camarade Gerasimov nous a fourni une partie du programme de contrôle des Américains mais nous n'avions même pas commencé à l'étudier que nous apprenions que ce programme lui-même était dépassé. Je ne veux pas critiquer le KGB, bien entendu...

Oui ! À cet instant-là, Gerasimov fut certain. *Il me fait ses propres avances. Et le plus beau c'est que personne dans cette pièce, pas même Alexandrov, ne comprend ce qui vient de se passer.*

— ...mais à vrai dire, cela illustre assez clairement le problème technique. Mais ce n'est qu'un problème technique, camarades. Il sera lui aussi résolu. À mon avis, nous sommes en avance sur les Américains. S'ils le savent, ils en auront peur. Notre position de négociation, jusqu'à présent, a été de nous opposer uniquement aux programmes de bases spatiales, jamais aux bases terrestres, puisque nous savions très bien que nos systèmes basés au sol étaient beaucoup plus prometteurs que ceux des Américains. Il est possible que le changement de position américaine le confirme. Dans ce cas, je recommanderais de ne pas échanger Étoile brillante, en aucun cas ni contre n'importe quoi.

— C'est une opinion défendable, dit Gerasimov après un léger temps de pause. Dimitri Timofeyevitch a soulevé là un point intéressant, qui donne à penser.

Des têtes approuvèrent, autour de la table — en connaissance de cause, croyaient-ils tous mais en se trompant plus qu'on ne pouvait l'imaginer — tandis que le président de la Commission pour la sécurité de l'État et le ministre de la Défense concluaient leur marché d'un simple regard et d'un sourcil haussé.

Gerasimov se tourna vers le haut de la table alors que la discussion se poursuivait. Le Secrétaire général Narmonov observait le débat avec intérêt, prenait quelques notes et ne remarquait pas le regard de son président du KGB.

Je me demande si ce fauteuil est plus confortable que le mien.

19

Voyageurs

RYAN fut heureux de constater que même la 89e escadre aérienne s'inquiétait de la sécurité. Les sentinelles gardant l'« escadre présidentielle » à la base d'Andrews avaient des fusils chargés et une mine assez sérieuse pour impressionner les VD, les « visiteurs distingués » — l'US Air Force dédaignait le terme de VIP. La présence des soldats armés ajoutée au bla-bla habituel que l'on entendait dans les aéroports assurait que personne ne détournerait l'avion pour l'emmener à... Moscou. C'était aussi la tâche de l'équipage.

Ryan avait toujours la même pensée, avant un voyage aérien. En attendant de passer par le portique du magnétomètre, il imaginait qu'on avait gravé sur le linteau : « Vous qui entrez ici, laissez toute espérance ! » Il avait presque surmonté sa terreur de l'avion et se disait que son anxiété venait maintenant de tout autre chose. Cela ne marchait pas. En sortant de l'aérogare, il découvrit que les peurs sont cumulatives, pas parallèles.

Ils prenaient le même appareil que la dernière fois, immatriculé sur la queue 86971. C'était un 707 sorti en 1958 des usines Boeing de Seattle, auquel on avait donné par la suite une configuration de VC-137. Plus confortable que le VC-135, il avait aussi des hublots. Ryan avait horreur, par-dessus tout, de se retrouver à bord d'un avion sans hublots. Il n'y avait pas de couloir télescopique donnant accès à l'appareil. Tout le monde devait monter par la passerelle mobile d'autrefois. L'intérieur était un curieux mélange de banal et d'unique. Les toilettes avant étaient à leur place habituelle, en face de la porte, mais juste à l'arrière il y avait la console de télécommunications offrant à l'appareil un lien satellite-radio instantané et sûr avec n'importe quel point du globe. Venaient ensuite des aménagements relativement confortables pour l'équipage et la cuisine. On mangeait plutôt bien, à bord. La place de Ryan était dans le secteur presque VD, sur un des deux canapés adossés au fuselage, qui se faisaient face, juste avant six fauteuils réservé aux personnalités vraiment importantes. Il y avait ensuite quelques rangées de cinq sièges de front, pour les journalistes, le Secret Service et d'autres personnes jugées moins distinguées par ceux qui prenaient ce genre de décisions. Pour ce voyage, cette partie-là était à peu près vide mais il y aurait tout de même quelques membres subalternes de la délégation qui, pour une fois, pourraient prendre leurs aises.

Le seul aspect vraiment désagréable du VC-137, c'était son rayon d'action limité. Il ne pouvait pas gagner Moscou d'un seul coup d'ailes et faisait généralement escale à Shannon pour se ravitailler. L'avion présidentiel — en réalité, il y avait deux Air Force One — était une modification du 707-320 à plus long rayon d'action et devait être bientôt remplacé par des 747 ultramodernes. L'armée de l'air était impatiente d'avoir un appareil présidentiel plus jeune que la majorité de son équipage navigant. Ryan aussi. Celui-ci était sorti de l'usine alors que lui-même était encore au lycée, et cela lui paraissait bizarre. Il se demanda ce qui se serait passé si son père l'avait emmené à Seattle et lui avait montré l'avion en disant : *Tu vois ? Un jour tu iras en Russie dans celui-là...*

Je me demande comment on peu prévoir le destin. Je me demande comment on peut prédire l'avenir... La pensée, d'abord amusante, le glaça tout à coup.

Ton rôle est de prédire l'avenir, mais qu'est-ce qui te fait croire que tu en es réellement capable ? À propos de quoi t'es-tu trompé ce coup-ci, Jack ?... Nom de Dieu, pesta-t-il contre lui-même, *chaque fois que je monte à bord d'un putain d'avion...* Il boucla sa ceinture, face à un expert technique du Département d'État qui adorait voler.

Les moteurs se mirent en marche une minute plus tard et bientôt l'appareil roula sur la piste. Les annonces des haut-parleurs n'étaient pas très différentes de celles d'un avion de ligne, juste assez pour faire savoir que le propriétaire n'en était pas une compagnie. Jack l'avait déjà déduit. L'hôtesse avait une moustache. C'était un sujet un peu risible, tandis que l'appareil arrivait au bout de la piste Un Gauche.

Le VC-137 décolla dans le vent, qui soufflait du nord, et viva sur la droite une minute plus tard. Jack se retourna pour regarder au-dessus de lui la route US 50. C'était celle qui conduisait chez lui à Annapolis. Il la perdit de vue quand l'avion pénétra dans les nuages. Le voile blanc impersonnel avait souvent eu l'air d'un magnifique rideau mais à présent... à présent il signifiait simplement que Ryan ne pouvait plus voir le chemin de la maison. Faisant contre mauvaise fortune bon cœur, et comme il avait tout le canapé pour lui, il ôta ses souliers et s'allongea pour faire un somme. Une chose était certaine : il aurait bien besoin de repos.

Le *Dallas* avait fait surface à l'heure et au point prévus, mais avait appris qu'il y avait eu un changement de plans. Maintenant, il refaisait surface. Mancuso fut le premier à escalader l'échelle vers le poste de contrôle, suivi par un officier subalterne et deux vigies. Le périscope était déjà haussé et balayait la surface à la recherche de bâtiments. La nuit était calme et claire, avec le genre de ciel que l'on ne voit qu'en mer, tout flamboyant d'étoiles comme des gemmes sur une nappe de velours.

— Passerelle, contrôle.

Mancuso appuya sur le bouton.

— Passerelle, oui.

— ESM signale un émetteur radar aéroporté position un-quatre-zéro, apparemment fixe.

— Très bien, dit le commandant et il se retourna. Vous pouvez allumer les feux de position.

— Mer dégagée sur tribord, annonça une vigie.

— Mer dégagée sur bâbord, dit l'autre.

— ESM signale contact toujours fixe sur un-quatre-zéro. Puissance du signal accrue.

— Engin aérien possible sur bâbord avant, annonça une vigie.

Mancuso regarda à la jumelle. C'était déjà là, tous feux éteints, mais il vit disparaître une poignée d'étoiles, cachées par quelque chose...

— Je l'ai. Bon œil, Everly ! Ah, ça y est, il allume ses feux.

— Passerelle, contrôle. Nous recevons un message radio.

— Transmettez, répondit immédiatement Mancuso.

— C'est fait, commandant.
— Echo-Golf-Nine, ici Alfa-Whiskey-Five, à vous.
— Alfa-Whiskey-Five, ici Echo-Golf-Nine, je vous reçois cinq sur cinq. Authentifiez, à vous.
— Bravo-Delta-Hotel, à vous.
— Roger, merci. Nous sommes parés. Vent calme, mer plate.

Mancuso alluma les lumières du panneau de contrôle des instruments. Ce n'était pas vraiment nécessaire pour le moment — le centre d'attaque avait le contrôle —, mais cela ferait un point de repère pour l'hélicoptère qui s'approchait.

Ils l'entendirent quelques instants plus tard, d'abord le claquement du rotor, puis le sifflement des turbo-propulseurs. Moins d'une minute après, ils sentirent le courant descendant quand l'hélicoptère tourna deux fois au-dessus du sous-marin pour que le pilote s'oriente. Mancuso se demanda s'il allait allumer ses feux d'atterrissage ou s'il allait treuiller.

Il treuilla, ou plus précisément il traita la chose comme ce qu'elle était : un transfert secret de personnel, une mission de « combat ». Le pilote se fixa sur les lumières du kiosque et amena son appareil à cinquante mètres sur bâbord. Il réduisit ensuite son altitude pour planer vers le sous-marin. La porte s'ouvrit à l'arrière. Ils virent une main apparaître et saisir le crochet du câble du treuil.

— Attention tout le monde ! cria Mancuso à ses hommes. Nous avons déjà fait ça. Vérifiez vos lignes de sécurité. Que tout le monde ouvre l'œil.

Le déplacement d'air de l'hélicoptère menaça de les faire tous retomber par l'échelle dans le centre d'attaque, quand il vint planer juste au-dessus d'eux. Une silhouette humaine émergea de la porte et fut abaissée, tout droit. Les dix mètres parurent durer une éternité tandis que l'homme descendait en tournoyant légèrement au bout du câble d'acier. Un des matelots attrapa un pied et attira l'homme vers eux. Le commandant lui prit une main et tous deux le tirèrent à bord.

— Ça va, nous vous tenons, dit Mancuso.

L'homme se dégagea de son harnais, se retourna et le câble remonta.

— Mancuso !
— Ah merde ! s'exclama le capitaine.
— En voilà une façon d'accueillir, camarade !
— Merde ! répéta Mancuso.

Il leva les yeux. L'hélicoptère était déjà remonté de soixante mètres. Il fit clignoter trois fois ses feux de position : TRANSFERT TERMINÉ. Immédiatement, l'hélico piqua du nez et repartit vers les côtes d'Allemagne.

— Descendons, dit Bart. Les vigies, en bas. Dégagez le pont. Ah merde...

Il surveilla la descente de ses hommes, éteignit tout dans le kiosque et procéda à une dernière inspection de sécurité avant de le suivre. Une minute plus tard, il était dans le centre d'attaque.

— Est-ce que je dois demander permission de monter à bord ? demanda Marko Ramius.

— Navigateur ?

— Tous systèmes alignés et vérifiés pour plongée. Nous sommes parés à plonger.

— Parfait. Immersion. Profondeur trente mètres, cap zéro-sept-un, un tiers... Bienvenue à bord, capitaine.

— Merci, capitaine.

Ramius serra Mancuso dans ses bras à l'étouffer et l'embrassa sur une joue. Puis il se déchargea de son paquetage.

— Est-ce que nous pouvons parler ?

— Venez à l'avant.

— Première fois je viens à bord de votre sous-marin, remarqua Ramius.

Quelques instants plus tard, une tête apparut à la porte de la chambre du sonar.

— Capitaine Ramius ! Il me semblait bien reconnaître votre voix ! s'exclama Jones et il regarda Mancuso. Excusez-moi, commandant. Nous venons d'avoir un contact, position zéro-huit-un. On dirait un marchand. Une seule hélice, diesels lents. Probablement assez loin. Actuellement en cours de signalisation à l'ODD.

— Merci, Jonesy.

Mancuso emmena Ramius dans sa cabine et ferma la porte.

— Qu'est-ce que c'était que ça ? demanda le jeune spécialiste du sonar un moment après.

— Nous venons de recevoir de la compagnie.

— Est-ce qu'il n'a pas un accent, comme qui dirait ?

— Quelque chose comme ça, répondit Jones et il montra l'écran du sonar. Ce contact a un accent aussi. Voyons un peu le temps qu'il te faudra pour savoir de quelle espèce de marchand il s'agit.

C'était dangereux, mais la vie entière était dangereuse, pensait l'Archer. La frontière soviéto-afghane semblait un torrent de montagne serpentant par les gorges qu'il creusait. Elle était bien gardée. Heureusement, les hommes de l'Archer avaient tous des uniformes de style soviétique. Les Russes avaient mis depuis longtemps leurs soldats en tenue d'hiver toute simple. Les Afghans étaient en blanc, pour se fondre dans le paysage neigeux, avec juste assez de rayures et de taches pour délimiter leur forme. Ici, il fallait être patient. L'Archer était à plat ventre sur une crête et se servait de jumelles de l'armée russe pour examiner le terrain, pendant que ses hommes se reposaient à quelques mètres derrière lui et un peu en dessous. Il aurait pu faire appel à une bande locale de guérilleros pour l'aider mais il était maintenant trop loin pour risquer ça. Certaines tribus du Nord avaient été embrigadées par les Russes, tout au moins à ce qu'il avait entendu dire. Vrai ou faux, il ne voulait courir aucun risque.

Il y avait un poste de garde russe au sommet de la montagne sur sa gauche, à six kilomètres. Un poste important. Peut-être un peloton complet vivait-il là et c'étaient ces soldats du KGB les responsables des patrouilles dans le secteur. La frontière elle-même était protégée par une clôture et des champs de mines. Les Russes adoraient leurs champs de mines... mais le gel avait durci la terre et les mines soviétiques ne fonctionnaient pas très bien ; il leur arrivait même de sauter toutes seules quand le gel pesait trop sur elles.

Il avait choisi ce point avec soin. La frontière, en cet endroit, avait l'air infranchissable, au moins sur la carte. Des contrebandiers passaient pourtant par là depuis des siècles. De l'autre côté de la rivière, il y avait un sentier sinueux formé par des siècles de fonte des neiges. Abrupt et glissant, c'était aussi un mini-canyon bien dissimulé à toute vue, sauf à la verticale. Si des Russes le gardaient, cela pouvait être naturellement un piège mortel. Ce serait la volonté d'Allah, se dit-il, et il s'abandonna à son destin. Il était temps.

Il vit d'abord les éclairs. Dix hommes avec une mitrailleuse lourde et un de leurs précieux mortiers. Quelques balles traçantes jaunes passèrent au-dessus de la frontière vers le camp de base soviétique. Il en vit certaines ricocher sur les rochers et zébrer le ciel de velours. Puis les Russes commencèrent à riposter. Les détonations leur parvinrent peu après. En espérant que ses hommes s'en tireraient, il se retourna et fit signe à son groupe d'avancer.

Ils dévalèrent la pente sans souci de leur sécurité. Le seul avantage, c'était que le vent avait balayé la neige des rochers, permettant de bons points d'appui. L'Archer les précéda, jusqu'à la rivière. Assez singulièrement, elle n'était pas gelée, le courant étant trop fort pour s'arrêter, même par des températures au-dessous de zéro. Et il vit le grillage !

Un jeune homme armée d'une grosse pince coupante pratiqua un passage et, encore une fois, l'Archer précéda ses hommes. Ses yeux étaient accoutumés à l'obscurité, maintenant, et il descendait plus lentement, en guettant sur le terrain gelé les bosses trahissant des mines. Il n'eut pas besoin de dire à ceux qui le suivaient de rester en file indienne et de marcher autant que possible sur les pierres. Sur leur gauche, des fusées éclairantes illuminaient encore le ciel mais le tir s'était calmé.

Il lui fallut plus d'une heure, mais il fit passer tous ses hommes sur l'autre rive et sur la piste des contrebandiers. Deux seulement devaient rester en arrière, chacun sur une des éminences dominant la clôture. Le sapeur d'occasion qui avait coupé le fil de fer répara tant bien que mal les dégâts pour dissimuler leur entrée. Et puis il se fondit lui aussi dans la nuit.

L'Archer ne ferait pas halte avant le jour. Ils n'avaient pris aucun retard sur l'horaire quand ils s'arrêtèrent enfin pour quelques heures de repos et un repas. Tout s'était bien passé, lui dirent ses officiers, mieux qu'ils ne l'avaient espéré.

L'escale à Shannon fut brève, juste le temps de refaire le plein et de prendre à bord un pilote soviétique dont la mission était juste de parler pour leur faire franchir le système de contrôle aérien russe. Jack se réveilla à l'atterrissage et songea à se dégourdir les jambes mais il jugea que les boutiques duty-free de l'aéroport pouvaient attendre le retour. Le Russe prit place sur le strapontin du poste de pilotage et l'avion 86971 repartit.

La nuit était tombée. Le pilote était ce soir d'humeur bavarde et annonça que leur prochain atterrissage se ferait à Wallasey. Toute l'Europe, dit-il, bénéficiait d'un temps froid et clair et Jack regarda défiler au-dessous d'eux les lumières clignotantes des villes anglaises. La tension montait, à bord, ou peut-être l'attente aurait-elle été un mot mieux choisi, pensa-t-il, en écoutant le ton se durcir quoique le volume des voix baissât. On ne pouvait voler vers l'Union soviétique sans devenir un peu conspirateur. Bientôt, toutes les conversations furent chuchotées. Jack sourit vaguement en se regardant dans un hublot et son reflet lui demanda ce qu'il y avait de drôle. De l'eau reparut sous les ailes, alors qu'ils survolaient la mer du Nord, en route vers le Danemark.

La Baltique suivit. Il était facile de voir la démarcation entre l'Est et l'Ouest. Au sud, les villes d'Allemagne fédérale étaient toutes gaiement illuminées, toutes entourées d'une chaude auréole lumineuse. Il en allait tout autrement de l'autre côté du rideau de fer. Chacun à bord remarqua la différence et les conversations devinrent encore plus discrètes.

L'avion suivait le couloir aérien G-24. Le navigateur, à l'avant, avait la carte Jeppesen en partie dépliée sur sa table. L'autre différence entre l'Orient et l'Occident était la pénurie de routes aériennes à l'Est. Bien sûr, se dit-il, il n'y avait pas beaucoup de Piper ni de Cessna par là... encore qu'il y ait eu *un* Cessna...

— Nous allons virer de bord. Nouveau cap zéro-sept-huit et nous allons passer sous contrôle soviétique.

— D'accord, répondit au bout d'un moment le pilote, le « commandant de bord ».

Il était fatigué. La journée de vol avait été longue. Ils étaient déjà au niveau 381, 38 100 pieds ou 11 600 mètres comme disaient les Soviétiques. Le pilote n'aimait pas les mètres. Après le changement de cap, ils firent encore une centaine de kilomètres avant de survoler la frontière soviétique à Ventspils.

— Nous y sommes, chuchota une voix sifflante près de Ryan.

La nuit, vu du ciel, le territoire d'Allemagne de l'Est avait l'air de La Nouvelle-Orléans à Mardi Gras, comparé bien sûr à celui de l'Union soviétique. Ryan se rappela les photos de nuit des satellites. C'était très facile de repérer les camps du goulag. C'étaient les seuls quadrilatères éclairés... Quel endroit sinistre, où seules les prisons étaient illuminées !

Le pilote nota le passage sur son livre de bord. Plus que 85 minutes, avec les vents qu'ils avaient sur cette route — appelée maintenant G-3 —, le contrôle aérien soviétique était le seul à parler anglais. Ils n'avaient pas réellement besoin d'un officier soviétique pour compléter leur équipe — c'était naturellement un agent des SR de l'armée de l'air —, mais si jamais il y avait un pépin, les choses pourraient être différentes. Les Russes tenaient à un contrôle positif. Les ordres que recevaient les pilotes, quant à leur cap et leur altitude, étaient beaucoup plus précis que ceux que l'on donnait dans l'espace aérien américain — on aurait dit qu'ils ne savaient pas quoi faire si un idiot au sol ne les aidait pas. Il y avait là quelque chose d'un peu comique, bien sûr. Le pilote était le colonel Paul von Eich. Sa famille avait émigré de Prusse en Amérique cent ans plus tôt mais aucun de ses membres n'avait été capable de se défaire de ce « von », qui avait jadis été si important pour leur rang. Certains de ses ancêtres s'étaient battus là, pensa-t-il, sur cette terre russe couverte de neige. Et certainement aussi quelques parents moins éloignés. Il en restait peut-être, enterrés dans cette terre, et lui passait au-dessus d'eux à près de mille kilomètres à l'heure. Il se demanda vaguement ce qu'ils pouvaient penser de sa mission, tandis que ses yeux bleu pâle guettaient dans le ciel les lumières d'autres appareils.

Comme la plupart des passagers, Ryan estimait son altitude à ce qu'il voyait au sol mais la campagne soviétique ne lui offrait aucun point de repère. Tout était obscur. Il comprit qu'ils allaient bientôt arriver quand l'avion amorça un long virage sur la gauche. Il entendit le bourdonnement métallique des volets abaissés et remarqua le changement de régime des moteurs. Bientôt, il distingua des arbres, filant à toute allure sous les ailes. Les haut-parleurs prièrent d'éteindre les cigarettes et de boucler les ceintures. Cinq minutes plus tard, ils touchèrent de nouveau le sol à l'aéroport de Cheremetyevo. Les aéroports du monde entier se ressemblaient tous mais Ryan ne pouvait confondre celui-là avec aucun autre : la station de taxis y était la plus déplorable de la terre.

Les conversations étaient maintenant plus animées. On s'était agité quand le personnel de cabine avait commencé à aller et venir. Le reste se passa plutôt dans du flou. Ernie Allen était attendu par un comité d'accueil du niveau approprié qui l'embarqua promptement dans une limousine de l'ambassade. Tous les autres durent se contenter d'un car. Ryan était assis tout seul, et regardait défiler la campagne, de chaque côté du véhicule de fabrication allemande.

Est-ce que Gerasimov mordra à l'hameçon, mordra vraiment ?

Et s'il ne mord pas ?

Et s'il *mord*? se demanda Ryan avec un sourire.

À Washington, tout avait paru assez simple, mais ici, à huit mille kilomètres... eh bien... D'abord, il lui fallait dormir, avec l'aide d'une gélule rouge gracieusement offerte par le gouvernement. Ensuite, il aurait à parler à quelques personnes de l'ambassade. Et le reste devrait suivre automatiquement.

20

La clef du Destin

Il faisait un froid de loup quand Ryan fut réveillé par le petit bourdonnement de sa montre-réveil. Il y avait du givre sur les carreaux, il était pourtant dix heures du matin, et il se souvint qu'il avait oublié de s'assurer que le chauffage marchait dans sa chambre. Son premier geste conscient de la journée fut d'enfiler ses chaussures. Sa chambre du sixième — on appelait ça un « appartement de commodité » — donnait sur l'enceinte de l'ambassade. Le ciel s'était couvert. Il était d'un gris plombé, avec une menace de neige.

« Parfait », se dit Jack en allant à la salle de bains. Il savait que cela aurait pu être pire. S'il avait cette chambre, c'était uniquement parce que l'agent qui y habitait normalement était en voyage de noces. L'eau courante fonctionnait, au moins, mais il trouva une note collée sur le miroir de l'armoire à pharmacie le priant de ne pas laisser l'endroit aussi sale et désordonné que le précédent hôte de passage. Il alla ensuite voir ce qui se trouvait dans le minuscule réfrigérateur. Rien. *Bienvenue à Moscou.* De retour dans la salle de bains, il fit sa toilette et se rasa. Il y avait une autre bizarrerie à l'ambassade : pour descendre du sixième étage, il fallait d'abord prendre un ascenseur jusqu'au huitième et puis en reprendre là un autre pour descendre au rez-de-chaussée. Il secouait encore la tête en pensant à ça quand il entra dans la cantine.

— Est-ce que vous n'adoreriez pas le décalage horaire, par hasard ? lui lança en guise d'accueil un membre de la délégation. Le café est là-bas.

— J'appelle plutôt ça le choc du voyage, répondit Jack. (Il alla se remplir une tasse et revint.) Le café est buvable, au moins. Où est tout le monde ?

— Encore au pieu, probablement, même l'oncle Ernie. J'ai dormi quelques heures dans l'avion et Dieu soit loué pour la pilule qu'on nous a donnée.

— Ouais, dit Jack en riant. Moi aussi. J'aurai peut-être même repris figure humaine à temps pour le dîner de ce soir.

— Vous avez envie d'explorer un peu l'extérieur ? J'aimerais bien faire un tour mais...

— Oui, n'oubliez pas : « Déplacez-vous à deux ! »

Ryan soupira. La règle ne s'appliquait qu'aux négociateurs sur les armements. Cette phase des négociations allait être délicate et les règlements, pour toute l'équipe, étaient plus stricts que d'ordinaire.

— Plus tard, peut-être. J'ai du travail.

— Aujourd'hui et demain, ce sont nos seules occasions, lui rappela le diplomate.

— Je sais.

Ryan consulta sa montre et préféra attendre midi pour déjeuner. Son cycle de sommeil était presque synchrone avec Moscou mais son estomac n'en était pas encore très sûr.

Il retourna à la chancellerie. Les corridors étaient à peu près déserts. Quelques Marines y patrouillaient, l'air très sérieux après les problèmes qu'il y avait eu récemment. À part eux, on ne pouvait pas remarquer beaucoup d'autre activité, ce samedi matin. Jack trouva la porte voulue et frappa. Il savait qu'elle était fermée à clef.

— Vous êtes Ryan ?

— C'est ça.

La porte lui fut ouverte, puis refermée et verrouillée.

— Asseyez-vous. Alors, qu'est-ce qui se passe ?

Cet agent s'appelait Tony Candela.

— Nous avons une op en train.

— Première nouvelle. Vous n'êtes pas des opérations, vous êtes des renseignements, objecta Candela.

— Oui, d'accord, Ivan sait ça aussi. Ce coup-ci va être un peu bizarre.

Ryan lui donna quelques explications pendant cinq minutes.

— *Un peu* bizarre, vous dites ? s'exclama Candela en levant les yeux au ciel.

— J'ai besoin d'un gardien, pour une partie de l'affaire. J'ai besoin aussi de quelques numéros de téléphone que je pourrais appeler et il me faudra sans doute une voiture à disposition.

— Ça risque de me coûter quelques atouts.

— Nous le savons.

— Naturellement, si ça marche...

— Tout juste. Nous pouvons vraiment mettre le paquet.

— Les Foley sont au courant ?

— Hélas non.

— Dommage. Mary Pat aurait adoré. C'est elle, le cowboy. Ed est plutôt du genre bien mis. Alors, comme ça, vous pensez qu'il mordra lundi ou mardi soir ?

— C'est ça le plan.

— Plan, vous dites ? Permettez-moi de vous parler un peu de plans, rétorqua Candela.

Ils le laissaient dormir. Les médecins avaient formulé une nouvelle mise en garde. Vatutine grommelait. Comment arriverait-il à accomplir quelque chose si on n'arrêtait pas de le...

— Voilà encore ce nom, dit l'homme aux écouteurs, d'une voix lasse. Romanov. Si ce type parle dans son sommeil, pourquoi est-ce qu'il n'avoue pas...

— Il parle peut-être au fantôme du tsar, plaisanta un autre agent et Vatutine se redressa.

— Peut-être à celui de quelqu'un d'autre...

Le colonel se secoua. Il avait été sur le point de s'endormir. Romanov, le nom de la défunte famille royale de l'empire russe, était assez courant. Il y avait même un Romanov au Politburo.

— Où est son dossier ?

— Ici.

Le plaisantin ouvrit un tiroir et remit le dossier, qui pesait six kilos et qui comportait plusieurs chemises séparées. Vatutine connaissait presque tout par cœur mais il avait accordé une particulière attention aux deux dernières parties. Cette fois, il s'intéressa à la première.

— Romanov, souffla-t-il pour lui-même. Où est-ce que j'ai vu ça... ?

Il lui fallut un quart d'heure, en feuilletant les feuillets jaunis aussi vite qu'il pouvait.

— Je le tiens !

C'était une citation, écrite au crayon : « Le caporal A.I. Romanov, mort au champ d'honneur le 6 octobre 1941... a audacieusement placé son char entre l'ennemi et le blindé désemparé de son chef de compagnie, permettant au chef d'extraire son équipage blessé... »

— Oui, c'était dans un livre que j'ai lu quand j'étais petit. Micha a mis son équipage à l'abri dans un autre char, il a sauté dedans et il a lui-même détruit le char qui avait eu celui de Romanov. Il avait sauvé la vie de Micha et il avait été décoré à titre posthume du Drapeau Rouge...

Vatutine s'interrompit en s'apercevant qu'il appelait son suspect *Micha.*

— Il y a près de cinquante ans ?

— C'étaient des camarades. Ce Romanov avait fait partie de l'équipage du char de Filitov durant les premiers mois de la campagne. Sûr, c'était un héros. Il était mort pour la patrie en sauvant la vie de son officier, dit Vatutine.

Et Micha lui parlait encore...

Je te tiens, maintenant, Filitov.

— Vous voulez qu'on le réveille et...

— Où est le médecin ?

Le médecin était sur le point de rentrer chez lui et il ne fut pas enchanté d'être rappelé. Mais il ne pouvait pas jouer au plus fin avec le colonel Vatutine.

— Comment devrions-nous nous y prendre ? demanda Vatutine après avoir exposé son idée.

— Il faudrait qu'il soit fatigué mais bien réveillé. C'est facile à obtenir.

— Alors nous devons le réveiller maintenant et...

— Non. Pas pendant le sommeil REM...

— Quoi ?

— Le sommeil « rapid eye movement », lc mouvement rapide des yeux, c'est comme ça qu'on appelle le moment où le sujet rêve. On peut toujours savoir si le sujet rêve, en observant le mouvement de ses yeux, qu'il parle ou non.

— Nous ne pouvons pas voir ça d'ici, protesta un autre agent.

— C'est une idée, reconnut le médecin, nous devrions peut-être modifier le système d'observation. Mais cela n'a pas trop d'importance. Pendant le sommeil REM le corps est en réalité paralysé. Vous remarquez qu'il ne bouge pas, n'est-ce pas ? Le cerveau fait cela pour protéger le corps. Quand il se remet à bouger, le rêve est fini.

— Combien de temps ? demanda Vatutine. Il ne faut pas qu'il soit trop reposé.

— Tout dépend du sujet, mais vous n'avez pas trop à vous inquiéter. Dites au gardien de lui préparer son petit déjeuner et dès qu'il se mettra à bouger, réveillez-le et faites-le manger.

— Oui, bien sûr, dit Vatutine avec un sourire.

— Ensuite, vous n'aurez qu'à le maintenir éveillé pendant... oh, huit heures. Oui, cela devrait suffire. Est-ce assez de temps pour vous ?

— Largement, assura Vatutine avec plus de confiance qu'il n'aurait dû en avoir.

Le colonel du « Deux » se leva, regarda l'heure, appela le Centre et donna quelques ordres. Il avait aussi grand besoin de sommeil. Mais lui, un lit douillet l'attendait. Il voulait pouvoir utiliser à plein toute son habileté, le moment venu. Il se déshabilla, réclama une ordonnance pour cirer ses bottes et repasser son uniforme. Il était tellement fatigué qu'il n'avait même pas envie de boire un verre.

— Je le tiens, maintenant, murmura-t-il en s'endormant.

— Bonne nuit, Bea ! cria Candi de la porte, quand son amie ouvrit sa portière.

Taussig se retourna une dernière fois pour agiter la main avant de prendre le volant. Candi et l'Affreux ne purent voir avec quelle rage elle appuyait sur le démarreur. Elle n'alla pas plus loin que le coin de la rue, tourna et s'arrêta le long du trottoir, puis elle regarda fixement dans la nuit.

Ils y sont déjà, pensait-elle. *Pendant tout le dîner, il avait une façon de la regarder, et les yeux qu'elle lui faisait elle ! Déjà ses sales petites mains tâtonnent sur les boutons de son corsage...*

Elle alluma une cigarette et renversa la tête contre le dossier du siège, l'estomac crispé, noué en une petite boule acide. Gueule-de-rat et Candi. Elle avait supporté ça pendant trois heures. Le dîner de Candi, succulent comme d'habitude. Durant vingt minutes, alors qu'elle veillait aux derniers préparatifs, Bea s'était trouvée coincée dans le living-room avec *lui*, forcée d'écouter ses plaisanteries idiotes et de lui sourire. Il était évident qu'elle ne plaisait pas non plus à Al mais comme elle était l'amie de Candi il se croyait obligé d'être aimable avec elle, gentil avec cette pauvre Bea qui allait rester vieille fille, si c'était encore comme ça qu'on disait, elle avait vu ça dans ses yeux de poisson mort. Subir sa condescendance c'était déjà assez écœurant mais qu'il ait pitié d'elle...

Et maintenant, il caressait Candi, il l'embrassait, il écoutait ses murmures, il lui chuchotait ses ridicules mots d'amour dégoûtants... et Candi aimait ça ! Comment était-ce *possible ?*

Candace était plus que simplement jolie, pensait Beatrice. C'était un esprit libre. Elle avait un cerveau de découvreur allié à une âme chaleureuse et sensible. Elle avait des sentiments authentiques. Elle était si merveilleusement féminine, possédant ce genre de beauté qui s'épanouit dans le cœur et irradie ensuite dans un sourire comme idéal.

Mais en ce moment, elle se donne à ce fumier ! Il doit y aller déjà comme une brute. L'idée ne doit pas lui venir de prendre son temps, de faire preuve de véritable amour et de sensibilité. Je parie qu'il fait ça comme un lapin, en bavant et en gloussant comme un foutu connard d'ado boutonneux ! Comment peut-elle !

— Ah ! Ah, Candace...

La voix de Bea se brisa. Elle fut prise de nausée et dut faire un effort pour se maîtriser. Elle y parvint et resta encore vingt minutes dans sa voiture, en laissant couler des larmes silencieuses, avant de réussir à repartir.

— Qu'est-ce que vous pensez de ça ?

— Je crois qu'elle est lesbienne, répondit l'agent Jennings après un moment de réflexion.

— Y a rien de tel dans son dossier, Peggy, dit Will Perkins.

— Sa façon de regarder le Pr Long, sa façon de se conduire avec Gregory... C'est mon impression.

— Mais...

— Ouais, mais qu'est-ce que nous y pouvons, hein ? répliqua Margaret Jennings en démarrant. (Elle songca un instant à suivre Taussig mais la journée avait été déjà assez longue.) Pas de preuve et si nous en trouvions une, si nous agissions en conséquence, ça ferait un drame.

— Vous croyez que tous les trois...

— Will ! Vous avez encore lu de ces magazines !

Jennings éclata de rire, ce qui rompit un peu la tension. Perkins était un mormon et jamais on ne l'avait vu toucher à quoi que ce soit de pornographique.

— Ces deux-là sont si amoureux qu'ils n'ont pas la moindre idée de ce qui se passe autour d'eux, à part leur travail. Je parie que leurs conversations sur l'oreiller sont classées top secret. Ce qui se passe, Will, c'est que Taussig est écartée de la vie de son amie et qu'elle en souffre. C'est dur.

— Alors comment est-ce que nous rédigeons ce rapport ?

— On y met juste beaucoup de vent.

Leur mission de la soirée était née d'un rapport révélant que l'on voyait parfois des voitures inconnues devant le domicile Gregory-Long. Il devait avoir pour origine, pensait l'agent Jennings, la pruderie de quelque vieille n'appréciant pas que deux jeunes gens vivent ensemble sans les paperasses d'usage. Elle avait des idées un peu vieux jeu elle aussi, à ce sujet, mais elle ne voyait pas en quoi cela pouvait constituer un risque pour la sécurité. D'un autre côté...

— Je crois que nous devrions nous renseigner sur Taussig et la surveiller, plus tard.

— Elle vit seule.

— Ça ne m'étonne pas.

Il faudrait du temps pour enquêter sur tout le personnel clef de Tea Clipper. Mais, dans ce genre d'investigation, il ne fallait surtout pas se précipiter.

— Vous n'auriez pas dû venir ici ! dit immédiatement Tania Bisyarina.

Sa figure ne révélait pas sa rage. Elle prit Taussig par la main et la fit entrer.

— Ann, c'est tellement épouvantable !

— Venez vous asseoir. Vous n'avez pas été suivie ?

Crétine ! Dépravée ! Tania avait été en fait arrachée à sa douche et elle était en peignoir de bain, une serviette en turban sur les cheveux.

— Non, j'ai bien regardé tout le long du chemin.

Bien sûr, pensa Bisyarina. Elle aurait été surprise d'apprendre que c'était là la vérité. Malgré le laxisme de la sécurité de Tea Clipper — on permettait à une fille pareille d'y travailler ! —, son agent avait violé tous les règlements en vigueur en venant la voir.

— Vous ne pouvez pas rester longtemps.

— Je sais, gémit Bea et elle se moucha. Ils ont à peu près terminé le projet du nouveau programme. L'Affreux l'a réduit à quelque quatre-vingt-mille lignes de code, la suppression de toute cette IA a vraiment fait une différence. Vous savez, je crois qu'il a la totalité des nouveaux trucs dans sa *tête*... je sais, je sais, c'est impossible, même pour *lui*.

— Quand pourrez-vous...

— Je ne sais pas, avoua Taussig et elle sourit un instant. C'est lui que vous devriez faire travailler pour vous. Je crois qu'il est le seul à vraiment comprendre tout le programme... tout le projet, je veux dire.

Malheureusement, nous n'avons que vous. Bisyarina ne le dit pas à haute voix. Mais ce qu'elle fit lui fut très difficile : elle prit la main de Taussig et elle la pressa.

Les larmes se remirent à couler. Beatrice se jeta dans les bras de Tania. La Russe la serra contre son cœur, en essayant d'éprouver de la compassion pour son agent. Elle avait suivi beaucoup de cours, à l'école du KGB, tous destinés à l'aider à manipuler ses agents. Il fallait en fait un mélange de compassion et de discipline. On devait les traiter comme des enfants gâtés, en dosant bien les faveurs et les gronderies. Et l'agent Livia était assez important, tout de même.

Mais c'était dur de se tourner vers cette tête sur sa propre épaule et d'embrasser cette joue mouillée de larmes salées. Bisyarina fut soulagée à l'idée qu'elle n'avait pas besoin d'aller plus loin. Elle n'avait encore jamais eu à aller plus loin mais elle vivait dans la peur qu'un jour on exige cela d'elle, et cela arriverait certainement si jamais « Livia » se rendait compte que celle qu'elle aimait n'avait pas la moindre intention de céder à ses avances. Bisyarina s'en étonnait. Beatrice Taussig était intelligente, à sa façon, bien plus intelligente que l'agent du KGB qui la « dirigeait », mais elle manquait totalement de psychologie. Le plus ironique, c'était qu'elle ressemblait beaucoup à cet Alan Gregory qu'elle détestait. Plus jolie, plus sophistiquée, bien sûr, mais il lui manquait le talent de s'ouvrir aux autres quand elle en avait besoin. Gregory n'avait sans doute fait cela qu'une fois dans sa vie mais c'était toute la différence entre elle et lui. Il était arrivé le premier parce que Beatrice avait manqué de ce courage. Et c'était tant mieux, jugeait Bisyarina. Car un rejet l'aurait, elle, démolie.

Tania se demanda comment était réellement Gregory. Comme tous les petits génies universitaires, probablement. Un esprit scientifique brillant... mais de toute façon tous ceux qui étaient affectés à Tea Clipper étaient brillants, dans un domaine ou un autre. À sa manière, Beatrice était fière du programme, tout en le considérant comme une menace pour la paix du monde, point sur lequel Bisyarina était bien d'accord. Gregory était un scientifique qui voulait changer le monde. Bisyarina comprenait sa motivation. Elle aussi voulait le changer. Mais d'une façon différente. Et Gregory et Tea Clipper menaçaient cela. Elle ne détestait pas le garçon. Il lui plaisait plutôt, même. Mais les goûts et dégoûts personnels n'avaient absolument pas leur place dans le métier du renseignement.

— Ça va mieux ? demanda-t-elle quand les larmes cessèrent.

— Il faut que je parte.

— Vous êtes sûre que ça va ?

— Oui. Je ne sais pas quand je pourrai...

— Je comprends.

Tania la raccompagna à la porte. Elle avait eu au moins le bon sens de garer sa voiture ailleurs, nota « Ann ». Elle attendit, tenant la porte à peine entrouverte, jusqu'à ce qu'elle entende le bruit caractéristique de la voiture de sport. Après avoir refermé à clef, elle regarda ses mains et partit à la salle de bains pour les laver.

La nuit tomba de bonne heure, à Moscou. Le soleil était caché par des nuages qui commençaient à laisser tomber leur neige. La délégation se rassembla dans le foyer de l'ambassade et tout le monde alla prendre les voitures qui étaient affectées au groupe, pour se rendre au dîner d'accueil. Ryan était dans la voiture numéro trois, une légère promotion après le précédent voyage, nota-t-il avec amusement. Dès que le cortège s'ébranla, il se rappela la réflexion d'un conducteur, la dernière fois, disant que Moscou avait des noms de rues pour identifier des collections de nids de poule. La voiture cahota vers l'est, par les larges avenues désertes. Ils traversèrent la Moskova devant le Kremlin et longèrent le parc Gorki. Ryan vit qu'il était brillamment éclairé et que des gens patinaient sous la neige. Cela faisait plaisir de voir des personnes réelles, qui s'amusaient réellement. Même Moscou, se rappela-t-il, était une ville pleine de gens ordinaires, menant une existence ordinaire. C'était une réalité facile à oublier quand le travail vous obligeait à concentrer toute votre attention sur un petit groupe d'ennemis.

La voiture tourna sur la place Octobre et, après quelques manœuvres compliquées, s'arrêta devant l'hôtel de l'Académie des Sciences. C'était une bâtisse vaguement moderne qu'on aurait prise en Amérique pour un immeuble de bureaux. Une triste petite rangée d'ormes s'alignait entre la façade de béton gris et la chaussée, dressant vers le ciel moucheté de blanc des branches dénudées. Ryan sourit. Encore quelques heures de neige et ce serait vraiment un beau paysage. La température avoisinait zéro — Ryan pensait Fahrenheit, pas centigrade — et le vent était presque tombé. Des conditions idéales pour de la belle neige. Il sentit l'air lourd et froid autour de lui quand il pénétra par la porte principale dans l'hôtel.

Comme la plupart des immeubles russes, celui-ci était surchauffé. Jack ôta son pardessus et le remit à un employé. La délégation soviétique était déjà alignée pour accueillir les Américains, qui défilèrent devant elle pour aboutir au buffet où chacun prit un verre. Ils devaient tous avoir quatre-vingt-dix minutes, avant le dîner, pour boire et refaire connaissance. Bienvenue à Moscou. Le plan convenait à Ryan. Une bonne dose d'alcool pouvait transformer un repas en festin et il n'avait effectivement pas encore goûté de cuisine russe un peu mieux qu'ordinaire. La salle était assez mal éclairée, ce qui permettait à tout le monde de regarder tomber la neige à travers les immenses fenêtres.

— Rebonjour, professeur Ryan, dit une voix joviale.

— Sergueï Nikolayevitch ! J'espère que vous ne conduisez pas, ce soir, plaisanta Jack en haussant son verre de vin vers la vodka de Golovko, qui avait déjà le teint un peu congestionné et les yeux pétillants d'alcool.

— Est-ce que vous avez fait un bon vol, la nuit dernière ? demanda le colonel du GRU, en éclatant d'un grand rire avant que Jack lui réponde. Vous avez toujours peur en avion ?

— Non, c'est l'atterrissage qui m'inquiète, répliqua Ryan en riant aussi, car il avait toujours été capable de se moquer de sa propre frayeur.

— Ah oui, votre blessure au dos, lors de l'écrasement de cet hélicoptère. Je comprends.

Ryan se tourna vers la fenêtre.

— Combien de centimètres de neige, ce soir, en principe ?

— Cinquante, peut-être plus. Ce n'est pas une forte tempête et demain l'air sera frais et clair et la ville étincellera d'une belle couverture blanche.

Golovko devenait presque lyrique. *Déjà ivre*, se dit Ryan. Mais après tout, ce n'était qu'une réception mondaine, ce soir, et les Russes savaient être follement hospitaliers quand ils le voulaient. Sauf un homme, se rappela-t-il, qui devait éprouver d'autres sentiments.

— Votre famille va bien ? demanda Golovko à portée de voix d'un autre délégué américain.

— Oui, merci. Et la vôtre ?

Golovko fit signe à Ryan de le suivre au buffet. Les serveurs n'étaient pas encore arrivés. L'agent de renseignements prit un autre verre d'alcool incolore.

— Oui, tout le monde va bien, dit-il d'une voix forte, avec un large sourire amical, puis il baissa le ton sans changer d'expression : Il paraît que vous voulez voir le président Gerasimov ?

Dieu de Dieu ! La figure de Jack se figea et son cœur fit un ou deux petits bonds.

— Allons donc ! Où avez-vous pris cette idée ?

— Je ne suis pas du GRU, Ryan, pas vraiment. J'appartiens en réalité au Troisième Directorat, à l'origine, mais je suis passé depuis à d'autres choses.

Golovko rit encore. C'était un rire sincère. Il venait d'invalider le dossier qu'avait sur lui la CIA et, apparemment, la propre observation de Ryan. Il donna une petite tape sur l'épaule de l'Américain.

— Je vais vous laisser, maintenant. Dans cinq minutes, vous passerez par la porte qui est là derrière vous et vous tournerez à gauche comme si vous cherchiez les toilettes. Ensuite vous suivrez les instructions. Compris ?

Une nouvelle petite tape sur l'épaule.

— Oui.

— Je ne vous reverrai pas, ce soir.

Ils se serrèrent la main et Golovko s'éloigna.

— Ah, merde, marmonna Ryan tout seul.

Un groupe de violonistes entra dans la salle de réception. Ils devaient bien être une quinzaine et ils jouèrent des airs tziganes, en circulant. Jack se dit qu'ils avaient dû beaucoup répéter, pour jouer en parfaite harmonie malgré la pénombre, le brouhaha et leurs déplacements. Avec tout ce mouvement et le mauvais éclairage, il serait difficile de bien distinguer qui serait où au cours de la réception. C'était une petite touche habile, très professionnelle, qui permettrait à Jack de mieux s'esquiver.

— Bonsoir, professeur Ryan, dit un autre personnage.

C'était un jeune diplomate soviétique, un subalterne qui prenait des notes et servait de garçon de courses. Maintenant, Jack savait qu'il était aussi du KGB. Gerasimov ne se contentait pas d'une seule surprise pour la soirée. Il voulait éblouir Ryan par les prouesses du KGB, Jack le comprit. *C'est ce que nous allons voir*, pensa-t-il, mais la fanfaronnade sonna creux, même à son propre esprit. Trop tôt. Trop tôt.

— Bonsoir... Nous n'avons pas été présentés.

Jack plongea une main dans sa poche de pantalon et s'assura qu'il n'avait pas oublié son porte-clefs.

— Je m'appelle Vitaly. Votre absence ne sera pas remarquée. Les toilettes sont par-là, dit-il en faisant un geste.

Jack lui donna son verre et se dirigea vers la porte. Il faillit s'arrêter net en sortant de la salle. À l'intérieur, personne ne pouvait le savoir mais le couloir avait été complètement dégagé, à l'exception d'un homme, à l'extrémité, qui lui fit signe. Il alla le rejoindre.

Ah merde, cette fois-ci, ça y est...

C'était un homme assez jeune, moins de trente ans, probablement un costaud. Sa carrure était dissimulée par un gros pardessus mais il se déplaçait avec la souplesse et la vivacité d'un athlète. Son expression, ses yeux pénétrants trahissaient le garde du corps. La pensée réconfortante qui vint à Ryan fut qu'il était censé paraître nerveux et qu'il n'avait pas besoin d'un grand talent pour donner en ce moment cette impression. L'homme lui fit tourner un coin de corridor et lui remit un pardessus de coupe russe et une toque de fourrure. Puis il prononça un seul mot :

— Venez.

Il conduisit Ryan par un couloir de service dans l'air glacial d'une ruelle. Un autre homme attendait là, en guettant. Il salua le guide de Ryan qui tourna la tête et fit signe de se dépêcher. La ruelle débouchait dans la rue Chabolovka et les deux hommes tournèrent à droite. Jack vit tout de suite que c'était un vieux quartier de Moscou. La plupart des immeubles dataient d'avant la révolution. Il y avait des rails de tramway, au milieu de la chaussée pavée, et des caténaires. Il en regarda passer un en brinquebalant. Plus exactement c'étaient deux tramways accrochés l'un à l'autre, bicolores, rouge et blanc. Les deux hommes traversèrent la chaussée glissante vers un bâtiment de brique au toit apparemment en métal. Jack ne comprit ce dont il s'agissait qu'après avoir tourné le coin.

Le dépôt des tramways, constata-t-il en se souvenant d'avoir vu des bâtisses à peu près semblables dans son enfance, à Baltimore. Tous les rails s'y dirigeaient et puis ils se séparaient de nouveau à l'intérieur vers les divers garages du lieu. Il hésita mais son guide lui fit signe d'avancer, d'un geste pressant, en tournant vers le garage le plus à gauche. Il y avait là des tramways, naturellement, alignés dans l'obscurité comme du bétail endormi. Le silence était absolu et Jack s'en étonna. Il aurait dû y avoir des travailleurs, des bruits de marteaux et de machines-outils mais rien ne bougeait. Son cœur battit plus vite, alors qu'il longeait deux voitures immobiles. À la troisième, son guide s'arrêta. Les portes étaient ouvertes et un autre garde du corps descendit pour examiner Ryan. Il le tapota de la tête aux pieds en quête d'une arme : il n'en trouva pas. Un geste du pouce fit monter Jack dans le tramway.

La voiture venait d'arriver, et il y avait de la neige sur la première marche. Ryan glissa et serait tombé si un des hommes du KGB ne l'avait pas retenu. Il regarda Jack d'une façon qui, à l'Ouest, aurait été accompagnée d'un sourire, mais les Russes n'étaient pas souriants, sauf quand ils désiraient vraiment l'être. Jack monta, en se tenant à la rampe des deux côtés. *Tout ce qu'il te reste à faire...*

— Bonsoir.

La voix n'était pas très forte, mais elle n'avait pas à l'être. Ryan cligna des yeux dans l'obscurité et distingua le rougeoiement d'une cigarette. Il respira profondément, et s'avança.

— Président Gerasimov, je présume ?

— Vous ne me reconnaissez pas ?

Un soupçon d'amusement. L'homme alluma son briquet à gaz de fabrication occidentale pour s'éclairer la figure. C'était bien Nikolaï Borissovitch Gerasimov. La flamme lui donnait exactement l'impression voulue. Celle du Prince des Ténèbres en personne...

— Si, maintenant, répondit Jack en s'efforçant de contrôler sa voix.

— Il paraît que vous désirez me parler. En quoi puis-je vous être utile ? demanda le Russe d'une voix courtoise qui allait mal avec le décor.

Jack se retourna et désigna les deux gardes du corps restés

à l'avant de la voiture. Il n'eut pas besoin de parler. Gerasimov prononça un seul mot et les deux hommes disparurent.

— Excusez-les, mais leur devoir est de protéger le président et mes hommes prennent leur mission au sérieux.

Il désigna un siège en face de lui et Ryan s'assit.

— Je ne savais pas que vous parliez si bien l'anglais.

— Merci.

Un signe de tête courtois, suivi d'une stricte observation :

— Je vous avertis que vous avez peu de temps. Vous avez des renseignements pour moi ?

— Oui, j'en ai. J'ai quelque chose pour vous.

Jack glissa une main sous son manteau. Gerasimov se raidit un instant, puis il se détendit. Seul un fou tenterait de tuer le chef du KGB et il savait, d'après le dossier de Ryan, que l'Américain n'était pas fou.

— Ah ?

Comme une impatience. Gerasimov était un homme qui n'aimait pas attendre. Il regarda son interlocuteur chercher quelque chose dans une poche et s'étonna d'entendre un tintement de métal. La maladresse de Ryan disparut quand il eut ôté la clef de l'anneau et, lorsqu'il parla, ce fut d'une voix ferme.

— Tenez.

— Qu'est-ce que c'est ?

Comme un soupçon, à présent. Ce qui se passait n'était pas normal du tout, assez insolite même pour que la voix de Gerasimov le trahisse. Jack ne le fit pas patienter. Il se remit à parler, de cette voix assurée qu'il travaillait depuis une semaine, mais plus vite qu'il n'en avait eu l'intention :

— Ceci, président Gerasimov, est la clef de contrôle des missiles du sous-marin soviétique *Krasny Oktyabr.* Elle m'a été donnée par le capitaine Marko Alexandrovitch Ramius quand il a choisi la liberté. Vous serez heureux d'apprendre qu'il aime beaucoup sa nouvelle vie en Amérique, comme tous ses officiers.

— Le sous-marin a été...

Ryan l'interrompit. Il y voyait juste assez pour distinguer le contour du visage, mais cela lui suffit pour remarquer le changement d'expression.

— Détruit par ses propres charges de sabordage ? Non. Votre agent à bord dont la couverture était celle de cuisinier — je crois qu'il s'appelait Sudeks — eh bien, c'est inutile de le cacher, je l'ai tué. Je n'en suis pas particulièrement fier, mais c'était lui ou moi. Je ne sais à quoi cela sert de le dire mais c'était un jeune homme très courageux, continua Jack en se rappelant les dix minutes horribles dans la chambre des missiles du sous-marin. Votre dossier à mon sujet ne dit rien de cette opération, n'est-ce pas ?

— Mais...

Jack l'interrompit encore une fois. L'heure n'était pas aux finasseries. Il fallait le secouer, le secouer durement.

— M. Gerasimov, il y a certaines choses que nous voulons de vous.

— Ridicule ! Notre conversation est terminée !

Mais Gerasimov ne se leva pas et, cette fois, Ryan le fit un peu attendre.

— Nous voulons le colonel Filitov. Votre rapport officiel au Politburo sur *Octobre rouge* affirmait catégoriquement que le sous-marin était détruit et qu'il n'y avait jamais eu de projet de désertion mais plutôt que la sécurité du GRU avait été infiltrée et que des ordres fictifs avaient été donnés après le sabotage de ses moteurs. Cette information vous a été transmise par l'agent Cassius. Il travaille pour nous. Vous vous en êtes servi pour faire disgracier l'amiral Gorchkov et renforcer votre contrôle sur la sécurité intérieure de l'armée. Les militaires vous en veulent encore, n'est-ce pas ? Alors si nous ne récupérons pas le colonel Filitov, dès la semaine prochaine la presse va être informée et tout ceci à temps pour les éditions du dimanche, à Washington. Seront divulgués les détails de l'opération ainsi qu'une photo du sous-marin en cale sèche à Norfolk, en Virginie. Nous présenterons ensuite le capitaine Ramius. Il dira que l'officier politique du bâtiment — un de vos hommes du Département Trois, je crois — faisait partie de la conspiration. Malheureusement, Poutine est mort après son arrivée, d'une crise cardiaque. C'est un mensonge, mais allez le prouver !

— Vous ne pouvez pas me faire chanter, Ryan ! répliqua Gerasimov sans la moindre émotion.

— Un dernier mot. L'IDS n'est pas sur la table de négociation. Est-ce que vous avez dit au Politburo qu'elle le serait ? demanda Jack. Vous êtes fini, M. Gerasimov. Nous avons la possibilité de vous mettre en disgrâce et vous êtes une trop bonne cible pour que nous la laissions tomber. Si nous ne récupérons pas Filitov, il y aura bien d'autres fuites du côté de la presse. Certaines seront confirmées mais les plus importantes seront démenties, naturellement, et le FBI ouvrira d'urgence une enquête pour savoir d'où peuvent venir ces fuites.

— Vous n'avez pas fait tout cela pour Filitov, dit Gerasimov sur un ton plus mesuré.

— Pas précisément, dit Jack et, encore une fois, il fit un peu attendre la suite. Nous voulons que vous sortiez aussi.

Cinq minutes plus tard, Jack descendit du tramway. Son guide le ramena à l'hôtel. Le souci du détail était impressionnant. Avant que Jack retourne à la réception, ses souliers furent essuyés. En rentrant dans la salle, il alla immédiatement au buffet mais il n'y restait plus rien. Avisant un serveur sur un plateau, il prit le premier verre venu. C'était de la vodka, mais il l'avala d'un trait avant d'en prendre un autre. Quand il eut vidé celui-là, il se demanda où étaient en réalité les toilettes. Elles étaient exactement là où on le lui avait indiqué. Il y arriva juste à temps.

Tout était aussi parfaitement organisé que pouvait l'être une simulation informatique. On n'avait encore jamais procédé à une expérience de cette façon, naturellement, et c'était là tout le but de l'essai. L'ordinateur de contrôle au sol ne savait pas ce qu'il faisait, pas plus que les autres ordinateurs. L'un d'eux était programmé pour rapporter une série de contacts radar lointains. En réalité, il ne recevait qu'une collection de signaux comme ceux que transmettait un satellite Flying Cloud en orbite, relayés ensuite par un des oiseaux DSPS à une altitude géosynchrone. L'ordinateur renvoyait cette information au contrôle au sol qui examinait ses critères de non-armement et estimait qu'ils étaient respectés. Il fallut quelques secondes aux lasers pour s'échauffer mais ils s'annoncèrent parés un instant plus tard. Le fait que ces lasers, en réalité, n'existaient pas importait peu pour l'expérience. Le miroir au sol existait, lui, et il réagit aux instructions de l'ordinateur en envoyant le rayon laser imaginaire vers le miroir relais à huit cents kilomètres d'altitude. Ce miroir, récemment transporté par la navette spatiale et actuellement en Californie, reçut ses propres instructions et modifia en conséquence sa configuration pour renvoyer le rayon au miroir de combat. Celui-là se trouvait à l'usine Lockheed, et non pas en orbite, et il reçut ses instructions par voie de terre. Sur les trois miroirs, des notes furent prises avec précision quant aux changements de longueur de focale et de réglage d'azimut. Ces renseignements furent transmis à l'ordinateur marqueur de points au contrôle de Tea Clipper.

L'essai dont Ryan avait été le témoin quelques semaines plus tôt avait eu plusieurs buts. En validant l'architecture du système, on avait reçu aussi d'inestimables informations empiriques sur le fonctionnement réel du matériel. On pouvait donc à présent simuler de véritables exercices au sol avec une certitude presque absolue des résultats théoriques.

Gregory faisait rouler entre ses mains un stylo à bille, alors que les données apparaissaient sur le terminal vidéo. Il s'était arrêté de mâchonner le stylo, de peur d'avoir la bouche pleine d'encre.

— Bon, voilà le dernier coup, observa un ingénieur. Et nous avons le score...

— Ouah ! s'écria Gregory. Quatre-vingt-seize sur cent ! Quel est le temps de cycle ?

— Zéro virgule zéro-un-six, répondit un informaticien. Ça fait zéro virgule zéro-zéro-quatre en *dessous* du nominal... nous pouvons revérifier tous les ordres de pointage pendant que les cycles laser...

— Et ça augmente le PK de trente pour cent à lui tout seul, dit Gregory. Nous pouvons essayer de faire du tir-observation-tir au lieu de nous contenter de tir-tir-observation et gagner encore du temps sur la fin. *Messieurs-dames !* cria-t-il en se levant d'un bond, *nous avons réussi !* L'informatique est dans la poche !

Quatre mois plus tôt que promis !

Une ovation éclata dans la salle, que personne en dehors de cette équipe de trente personnes n'aurait pu comprendre.

— C'est parfait, bande de foutus as du laser ! cria quelqu'un. Dépêchez-vous maintenant de nous fabriquer un rayon de la mort ! Le viseur est *terminé !*

— Un peu de respect pour les foutus as du laser, protesta en riant Gregory. Je travaille avec eux aussi.

Dans le couloir, Beatrice Taussig passait simplement devant la porte en se rendant à une réunion administrative quand elle entendit les vivats. Elle ne pouvait pas entrer dans le laboratoire — il y avait une serrure à combinaison et elle n'avait pas le chiffre — mais elle n'en avait pas besoin. L'expérience dont ils avaient parlé la veille au dîner venait d'être effectuée. Le résultat était assez évident. Candi devait être là, probablement juste à côté de l'Affreux, pensa Bea. Elle ne s'arrêta pas.

— Dieu soit loué, il n'y a pas trop de glace, remarqua Mancuso, en regardant au périscope. Disons cinquante centimètres, peut-être un mètre.

— Il y aura chenal libre, ici. Les brise-glace gardent tous les ports ouverts, dit Ramius.

— Abaissez péri, ordonna le capitaine avant d'aller se pencher sur la table des cartes. Ça va nous placer sous un toit dur et ça devrait nous mettre à l'abri des Gricha et des Mirka.

— C'est sûr, commandant, répondit l'officier de quart.

— Descendons boire un peu de café, proposa Mancuso à Ramius et à Clark.

Il les fit descendre d'un pont et les précéda sur tribord, dans le carré. En dépit du nombre de fois où il avait accompli des missions de ce genre, depuis quatre ans, il avait quand même le trac. Ils étaient dans moins de soixante mètres d'eau, en vue des côtes soviétiques. S'ils étaient détectés et ensuite localisés par un bâtiment russe, ils seraient attaqués. C'était déjà arrivé. Aucun sous-marin occidental n'avait jamais subi de graves avaries, mais il pouvait y avoir une première fois pour tout, surtout si on finissait par se croire trop à l'abri, se dit le capitaine de l'USS *Dallas.* Soixante centimètres de glace, c'était trop pour les patrouilleurs de classe Gricha à coque mince et leur principale arme anti-sous-marins, un multiple lance-roquettes appelé RBU-6000, était inutilisable sur la glace, mais n'importe quel Gricha pouvait appeler un sous-marin en renfort. Et il y en avait dans les parages. Ils en avaient repéré deux la veille.

— Café, commandant ? demanda le garçon de carré.

L'ordre fut donné d'un signe de tête et il apporta la cafetière et les tasses.

— Vous êtes sûr que c'est assez près ? demanda Mancuso à Clark.

— Oui, je peux entrer et ressortir.

— Ce ne sera pas très marrant.

Clark eut un sourire en coin.

— C'est pour ça qu'on me paie si cher. Je...

La conversation se tut un moment. La coque du sous-marin grinça quand il se posa sur le fond et prit une légère gîte. Mancuso regarda le café dans sa tasse et se dit qu'elle devait être de six à sept degrés. Son machisme de sous-marinier l'empêcha d'avoir la moindre réaction mais c'était vrai qu'il n'avait encore jamais fait une chose pareille, du moins pas avec le *Dallas*. Une poignée de sous-marins de l'US Navy étaient spécialement conçus pour ce genre de mission. Les initiés les reconnaissaient au premier coup d'œil, à la disposition de quelques détails sur la coque, mais le *Dallas* n'en faisait pas partie.

— Je me demande combien de temps ça va prendre.

— Si ça se trouve, ça n'arrivera pas du tout, répondit Clark. La moitié ou presque ne donne rien. Le plus longtemps que j'ai eu à attendre comme ça c'est... douze jours, si je me souviens bien. Ça paraît rudement long. Et ce coup-là a raté.

— Pouvez-vous quand même dire combien de temps ? demanda Ramius.

— Non. Navré.

Ramius reprit, d'une voix nostalgique :

— Vous savez, quand j'étais petit garçon, je pêchais ici même bien souvent. Nous ne savions pas que vous, Américains, veniez aussi pêcher.

— C'est un monde cinglé, reconnut Clark. Et la pêche était bonne ?

— En été, très bonne. Le vieux Sacha m'emmenait dans son bateau. C'est là où j'ai appris la mer, où j'ai appris à être marin.

— Et les patrouilles locales ? voulut savoir Mancuso, ce qui ramena tout le monde dans le présent.

— Il y aura niveau bas de préparation. Vous avez diplomates à Moscou, alors risques de guerre minimes. Les bâtiments de patrouille en surface sont surtout KGB. Ils gardent contre contrebandiers... et espions, dit le Russe en pointant un doigt sur Clark. Pas si bons contre sous-marins, mais ça changeait quand je suis parti. Ils augmentaient entraînement ASW dans Flotte du Nord et, à ce qu'il paraît, dans Flotte Baltique aussi. Mais ici c'est mauvais endroit pour détection de sous-marins. Il y a beaucoup d'eau douce de rivières et la glace au-dessus... tout cela fait difficiles conditions sonar.

Ça fait plaisir à entendre, pensa Mancuso. Son bâtiment était en état d'alerte accrue. Il avait ses effectifs sonar au complet et les garderait le temps qu'il faudrait. Le *Dallas* pouvait se mettre en route en deux minutes et ce serait largement suffisant, estimait-il.

Gerasimov réfléchissait aussi. Il était seul dans son bureau. Habitué qu'il était à contrôler ses émotions, encore plus que la moyenne des Russes, son visage n'exprimait absolument rien d'anormal, même s'il n'y avait personne pour le voir. Chez la majorité des hommes, une telle impassibilité aurait été remarquable, car bien rares sont ceux capables de considérer avec objectivité leur propre destruction.

Le président de la Commission pour la Sécurité de l'État évalua sa position aussi froidement et consciencieusement qu'il examinait n'importe quel aspect de ses devoirs officiels. *Octobre rouge.* Tout découlait de là. Il s'était servi à son profit de l'affaire d'*Octobre rouge*, d'abord pour suborner Gorchkov et se débarrasser ensuite de lui, et puis pour renforcer la position de son Troisième Directorat. L'armée commençait alors à s'occuper de sa propre sécurité intérieure et Gerasimov avait sauté sur le rapport de l'agent Cassius pour convaincre le Politburo que seul le KGB était capable d'assurer la sécurité et la loyauté des militaires soviétiques. Cela lui avait valu du ressentiment. Il avait annoncé, de nouveau via Cassius, qu'*Octobre rouge* avait été détruit. Cassius avait annoncé au KGB que Ryan était l'objet d'une enquête criminelle et...

Et nous — moi ! — *sommes tombés dans le piège.*

Comment pourrait-il expliquer cela au Politburo ? Un de ses meilleurs agents avait été retourné, doublé, mais quand ? On le lui demanderait et il ne le savait pas ; par conséquent, tous les rapports reçus de Cassius deviendraient suspects. Malgré tous les bons renseignements que cet agent avait transmis, savoir qu'il avait été doublé à une date inconnue mettait tout en doute. C'était le naufrage de sa connaissance tant vantée de la pensée politique occidentale.

Il avait annoncé à tort que le sous-marin n'était pas passé à l'ennemi et il n'avait jamais découvert cette erreur. Les Américains avaient obtenu une mine de renseignements mais le KGB n'en avait rien su. Le GRU non plus, mais ce n'était pas une consolation.

Et il avait annoncé aussi que les Américains avaient procédé à un changement majeur de stratégie pour leurs négociations sur les armements, ce qui était également faux.

Pourrait-il survivre à ces trois révélations subites ? se demanda Gerasimov.

Probablement pas.

À une autre époque, il aurait eu à affronter la mort et cela aurait facilité la décision. Aucun homme ne choisit la mort, du moins pas s'il a toute sa raison et Gerasimov était froidement sensé dans tout ce qu'il faisait. Mais on ne fusillait plus. Il se retrouverait avec un emploi subalterne, dans un coin quelconque, où il gratterait du papier. Ses contacts du KGB ne lui serviraient à rien, sauf à de petites faveurs anodines comme l'accès aux bonnes épiceries. On le suivrait des yeux dans la rue, on n'aurait plus peur de le regarder en face, on ne craindrait plus son pouvoir, on le montrerait du doigt et on rirait derrière son dos. Le personnel de son bureau perdrait progressivement sa déférence, lui répliquerait, peut-être même un peu haut, quand on saurait que sa puissance avait bel et bien disparu. Non, se dit-il, je ne supporterais pas cela.

Passer à l'Ouest, alors ? Après avoir été un des hommes les plus puissants du monde, devenir un domestique, un mendiant qui échangerait ce qu'il savait contre de l'argent et une vie confortable ? Gerasimov reconnaissait que sa vie deviendrait physiquement plus confortable... mais perdre son *pouvoir !*

C'était cela, la question, après tout. Qu'il parte ou qu'il reste, devenir simplement un homme ordinaire... *ce serait pareil que la mort, n'est-ce pas ?*

Alors, qu'est-ce que tu vas faire ?

Il devait changer sa position, changer les règles du jeu, faire quelque chose de spectaculaire... mais quoi ?

Le choix était entre la disgrâce et le passage dans l'autre camp. Perdre tout ce à quoi il avait travaillé... et, à l'approche de son but, avoir à affronter un choix pareil !

L'Union soviétique n'est pas une nation de flambeurs. Sa stratégie nationale a toujours été un reflet de la passion des Russes pour les échecs, une suite de coups soigneusement prémédités, sans jamais risquer gros, toujours en protégeant sa position en cherchant de petits avantages, de légers progrès chaque fois que c'est possible. Le Politburo avait presque toujours manœuvré ainsi. Le Politburo dans son ensemble était composé d'hommes semblables. Plus de la moitié étaient des *apparatchiks* qui avaient su dire ce qu'il fallait, remplir les quotas voulus, en profitant de tous leurs atouts, et qui avaient gagné leur avancement grâce à une lourdeur flegmatique qu'ils manifestaient à la perfection autour de la table du Kremlin. Mais la fonction de ces hommes-là était d'exercer une influence modératrice sur ceux qui aspiraient à régner, et ceux-ci étaient les flambeurs. Narmonov en était un. Gerasimov aussi. Il avait joué sa propre partie en s'alliant avec Alexandrov pour établir sa position idéologique, et il avait fait chanter Vaneyev et Yazov pour qu'ils trahissent leur maître.

Et c'était un jeu trop extraordinaire pour l'abandonner si facilement. Il lui fallait une fois de plus en modifier les règles, mais dans le fond ce jeu n'en avait pas, sauf une seule : gagner.

S'il gagnait... les disgrâces n'auraient pas d'importance.

Gerasimov retira la clef de sa poche et l'examina pour la première fois à la lumière de sa lampe de bureau. Elle paraissait assez ordinaire. Utilisée de la manière voulue pour la fonction à laquelle elle était destinée, elle provoquerait la mort de... cinquante millions d'hommes ? Cent millions ? Davantage ? Les hommes du Troisième Directorat, à bord des sous-marins et à terre dans les bases de missiles, détenaient ce pouvoir. Le *zampolit*, l'officier politique, avait seul l'autorité pour activer les ogives nucléaires sans lequelles les missiles n'étaient que de simples pétards. Il savait qu'en tournant la clef de la manière voulue, à l'heure voulue, les pétards se transformeraient en instruments de mort : et les plus effroyables que l'esprit de l'homme ait jamais conçus. Une fois lancés, rien ne pourrait les arrêter...

Mais cette règle-là était sur le point d'être changée, non ?

Qu'est-ce que ça valait, en fait, d'être l'homme capable de faire une chose pareille ?

— Ah ! dit Gerasimov avec un sourire.

Cela valait plus que tous les autres principes réunis et il se souvint que les Américains aussi avaient violé une règle, en tuant leur courrier au dépôt de marchandises de Moskvitch. Il décrocha son téléphone et demanda un officier des communications. Pour une fois, les fuseaux horaires travaillaient pour lui.

Beatrice Taussig fut étonnée quand elle vit le signal. « Ann » avait cela de bien qu'elle ne changeait jamais ses habitudes. En dépit de la visite intempestive de son contact, se rendre au centre commercial était sa classique sortie du samedi. Bea gara sa Datsun assez loin, de peur qu'un abruti avec une Chevy Malibu ne flanque un coup de portière dans sa carrosserie. En entrant, elle aperçut la Volvo d'Ann, dont le pare-soleil côté conducteur était abaissé. Taussig consulta sa montre et pressa le pas. Dès l'entrée, elle tourna à gauche.

Peggy Jennings travaillait seule, ce jour-là. Ils n'étaient pas assez nombreux pour faire le travail aussi vite que le voulait Washington mais ça, c'était une vieille histoire. Le lieu était à la fois bon et mauvais. C'était assez facile de suivre son sujet dans le centre commercial mais une fois à l'intérieur il était pratiquement impossible d'exercer une filature convenable, à moins d'être toute une équipe. Elle atteignit la porte une minute à peine après Taussig, en sachant déjà qu'elle l'avait perdue. Mais, après tout, ce n'était qu'un coup d'œil préliminaire. Simple routine, se dit Jennings en poussant la porte.

Elle regarda à droite et à gauche sans apercevoir son sujet. Fronçant les sourcils, elle hésita un instant, puis elle déambula lentement de boutique en boutique, en regardant les vitrines et en se demandant si Taussig était allée au cinéma.

— Tiens, Ann ! Bonjour !

— Bea ! s'exclama Bisyarina en pleine boutique Eve's Leaves. Comment allez-vous ?

— Ça va, toujours le travail. Cette robe vous va à ravir.

— Elle est si facile à habiller, susurra la patronne.

— Pas comme moi, dit Taussig avec une petite grimace.

Elle décrocha un tailleur et s'approcha d'une glace, en le tenant devant elle. Sévèrement coupé, il s'accordait très bien avec son humeur actuelle.

— Je peux essayer ça ?

— Mais certainement, répondit la propriétaire enchantée.

Le tailleur coûtait trois cents dollars.

— Vous voulez que je vous aide ? proposa Ann.

— Vous seriez gentille ! Et puis vous me raconterez ce que vous devenez.

Les deux femmes allèrent s'engouffrer dans une cabine d'essayage.

Elles bavardèrent de tout et de rien, des mille incidents de la vie quotidienne qui diffèrent si peu, au fond, que l'on soit homme ou femme. Bisyarina remit un bout de papier à Taussig, qui le lut. Bea perdit contenance, sa conversation devint un peu bredouillante mais elle se ressaisit et finit par acquiescer de la tête. Son expression passa du choc à la résignation et revint à quelque chose qui ne plut pas du tout à Bisyarina... mais le KGB ne la payait pas pour aimer son travail.

Le tailleur allait à la perfection, assura la vendeuse quand elles sortirent de la cabine. Beatrice le paya comme tout le monde, avec une carte de crédit. Ann lui dit au revoir et sortit. En partant, elle tourna à gauche et longea la vitrine de l'armurier.

Jennings vit apparaître son sujet quelques minutes plus tard, portant un sac en plastique transparent au nom de la boutique. *Bon, ce n'était que ça,* se dit-elle. *Quoi qui l'ait tracassée hier soir, elle se console en faisant les boutiques et elle s'est acheté un petit ensemble.* Jennings la suivit encore pendant une heure, avant d'abandonner la surveillance. Rien d'intéressant de ce côté.

— C'est vraiment un poisson froid, confia Ryan à Candela. Je ne m'attendais pas à ce qu'il me saute au cou et me remercie de l'offre, mais j'espérais au moins une réaction quelconque !

— Ma foi, s'il mord, il vous le fera savoir assez vite.

— Ouais.

21

Le coup du valet

L'ARCHER essayait de se persuader que le temps n'était l'allié de personne mais il savait que ce n'était pas vrai. Le ciel était clair, le vent froid soufflait du nord-est en balayant tout, depuis les steppes glacées de Sibérie. Il voulait des nuages. Maintenant, ils ne pouvaient plus se déplacer que dans l'obscurité. La progression était donc lente et plus ils s'attarderaient en territoire soviétique, plus ils risqueraient d'être remarqués, et s'ils étaient repérés...

Il n'était guère besoin de spéculer là-dessus. Il n'avait qu'à hausser un peu la tête pour voir les blindés passer sur la route de Dangara. Il y avait au moins un bataillon cantonné dans ce secteur, peut-être même tout un régiment de fusiliers motorisés qui patrouillaient constamment le long des routes et des pistes. Les forces de l'Archer étaient importantes et redoutables, pour des *moudjahiddin*, mais contre des Russes enrégimentés, sur leur propre territoire, seul Allah lui-même pourrait les sauver. *Et peut-être même pas lui*, pensa l'Archer, puis il se reprocha ce blasphème silencieux.

Son fils n'était pas loin, peut-être moins loin que la distance qu'ils avaient parcourue jusque-là, mais où donc ? Dans un endroit qu'il ne trouverait jamais, il en était certain. Depuis longtemps, il avait renoncé à tout espoir. Le garçon avait été élevé dans les manières étrangères et infidèles des Russes et il ne pouvait que prier pour qu'Allah rappelle à lui cet enfant avant qu'il ne soit trop tard. Voler des enfants, c'était le plus odieux de tous les crimes. Les arracher à leurs parents et à leur foi... Enfin, il était inutile de s'attarder sur cette pensée.

Chacun de ses hommes avait suffisamment de raisons de haïr les Russes. Des familles tuées ou dispersées, des maisons bombardées. Ses troupes ignoraient que c'était cela, la guerre moderne. Un peu « primitifs », ces hommes croyaient que les batailles étaient seulement l'affaire des guerriers. Leur chef savait que ce n'était plus vrai, depuis bien avant leur naissance. Il ne comprenait pas pourquoi les nations dites civilisées avaient changé cette règle raisonnable, mais il avait seulement besoin de savoir qu'il en était ainsi. Il avait compris, en même temps, que son destin n'était pas celui qu'il s'était choisi. L'Archer se demandait s'il y avait un homme qui choisissait sa destinée ou si tout ne se trouvait pas entre des mains plus puissantes que celles qui tenaient les livres ou les fusils. Mais c'était là une autre pensée complexe et inutile, puisque pour lui et pour ses hommes le monde se résumait à quelques simples vérités et quelques haines profondes. Cela changerait peut-être un jour mais pour le moment le monde des *moudjahiddin* se limitait à ce qu'ils voyaient et ressentaient. Aller chercher plus loin, c'était perdre de vue le plus important, et cela signifiait la mort. La grande vérité de ses hommes était leur foi et, pour l'instant, c'était largement suffisant.

Le dernier véhicule de la colonne disparut au-delà du virage. L'Archer secoua la tête. Assez réfléchi. Les Russes qu'il venait d'observer étaient tous à l'intérieur de leurs autochenilles BMP, de leurs transports d'infanterie, bien au chaud ; et de leurs machines, ils ne pouvaient pas très bien voir à l'extérieur. C'était cela qui importait. Il releva la tête pour regarder ses hommes, bien camouflés dans leur tenue d'hiver de l'armée russe et cachés derrière des rochers, allongés dans des crevasses et toujours par deux, ce qui permettait à l'un de dormir tandis que l'autre, comme leur chef, guettait et montait la garde.

L'Archer leva les yeux vers le soleil à son déclin. Dès qu'il aurait disparu derrière la montagne, ses hommes reprendraient leur marche vers le nord. Il vit le soleil se refléter sur la carlingue d'aluminium d'un avion qui tournait dans le ciel, à très haute altitude.

Le colonel Bondarenko avait une place contre un hublot et regardait en bas les hautes montagnes. Il se rappelait son bref service en Afghanistan, les interminables marches tuantes où l'on tournait en rond et toujours en montant. Cela, au moins, était fini pour lui. Il avait fait son temps, il avait goûté au combat et maintenant il était libre de retourner à la science, et plus particulièrement à la « mécanique appliquée » qui était, après tout, son premier amour. Les opérations militaires ? un jeu de jeune homme et Gennady Iosifovitch avait maintenant plus de quarante ans. Ayant prouvé qu'il était capable d'escalader des rochers au milieu d'autres jeunes gens, il était bien résolu à ne jamais recommencer. D'ailleurs, il avait autre chose en tête.

Qu'était devenu Micha ? Quand il avait disparu du ministère, Bondarenko avait naturellement supposé que le vieil homme était malade. Après plusieurs jours d'absence, il s'était dit que cela devait être grave et il avait demandé au ministre si le colonel Filitov était hospitalisé. La réponse avait été rassurante, sur le moment, mais maintenant il s'interrogeait. Le maréchal Yazov s'était montré un peu trop désinvolte. Et puis Bondarenko avait reçu l'ordre de retourner à Étoile brillante pour une évaluation plus approfondie du site. Et il avait l'impression qu'on l'écartait... mais pourquoi ? Quelque chose dans la réaction de Yazov à une demande innocente ? Sans compter cette surveillance qu'il avait observée. Y aurait-il un rapport ? Le rapport était si évident que Bondarenko le négligea, inconsciemment. Il était tout simplement impossible que Micha ait été l'objet d'une enquête de sécurité et encore plus impossible que l'investigation débouche sur des preuves concluantes d'un méfait quelconque. Le plus probable, conclut-il, c'était que Micha ait été envoyé par Yazov en mission ultra-secrète. On lui en confiait beaucoup, certainement. Bondarenko regarda par le hublot les énormes travaux du barrage hydroélectrique de Nourek. Il nota que l'installation de la seconde ligne à haute tension était presque terminée, alors que l'avion abaissait son train d'atterrissage pour se poser à Douchanbe-Est. Il fut le premier à descendre à terre.

— Gennady Iosifovitch !

— Bonjour, camarade général, répondit Bondarenko, un peu étonné.

— Venez avec moi, dit Pokrychkine en lui rendant son salut. Vous n'allez pas prendre ce maudit bus.

Il fit signe à son sergent, qui se hâta de prendre le bagage de Bondarenko.

— Vous n'aviez pas besoin de venir vous-même !

— Allons donc !

Pokrychkine conduisit tout son monde vers son hélicoptère personnel dont le rotor tournait déjà.

— Il faudra que je lise un jour ce rapport que vous avez rédigé. J'ai eu la visite de trois ministres, hier ! Tout le monde comprend maintenant notre importance. Nos crédits ont été augmentés de vingt-cinq pour cent. J'aimerais bien pouvoir écrire ce genre de rapport !

— Mais je...

— Je ne veux rien entendre, colonel. Vous avez vu la vérité et vous l'avez communiquée à d'autres. Vous faites maintenant partie d'Étoile brillante. Je veux que vous songiez à venir ici à plein temps, une fois que votre service à Moscou sera terminé. D'après votre dossier, vous avez d'excellentes références comme ingénieur et administrateur et j'ai besoin d'un bon second. Croyez-vous que je puisse vous persuader d'endosser l'uniforme de l'armée de l'air ? demanda-t-il avec un coup d'œil complice.

— Camarade général, je...

— Je sais, un soldat de l'Armée rouge reste toujours un soldat de l'Armée rouge. Nous ne vous le reprocherons pas. D'ailleurs, vous pourrez m'aider à tenir tête à ces abrutis du KGB qui gardent le périmètre. Ils peuvent se donner de l'importance devant un vieux pilote de chasse cloué au sol mais pas devant un homme qui a été décoré du Drapeau Rouge pour s'être battu au corps à corps.

Le général fit signe à son pilote de décoller. Bondarenko fut surpris qu'il ne prenne pas lui-même les commandes.

— Croyez-moi, Gennady, reprit-il, d'ici quelques années ceci sera tout un nouveau service de l'armée. Défense cosmique, peut-être. Il y aura de la place pour vous, pour entamer une nouvelle carrière avec des perspectives de promotion rapide. Je veux que vous y réfléchissiez sérieusement. Vous serez probablement général dans trois ou quatre ans, n'importe comment, mais je peux vous garantir plus d'étoiles que l'armée.

— Pour le moment, cependant...

Bondarenko se promit d'y réfléchir, mais pas dans un hélicoptère.

— Nous examinons le miroir et les plans informatiques dont se servent les Américains. Le chef de notre groupe des miroirs pense qu'il peut adapter leurs conceptions à notre matériel. Il faudra à peu près un an pour tracer les plans, dit-il, mais il n'est pas au courant de l'ingénierie proprement dite. En attendant, nous assemblons quelques lasers de réserve et nous essayons de simplifier la conception pour faciliter la maintenance.

— Encore deux ans de travail, observa Bondarenko.

— Au moins, reconnut le général. Ce programme ne sera pas fonctionnel avant mon départ. C'est inévitable. Si nous avons encore une réussite majeure d'un essai, je serai rappelé à Moscou pour diriger le bureau du ministère et, au mieux, le système ne sera pas déployé avant ma retraite. C'est dur à accepter, le temps qu'il faut pour ces projets. C'est pourquoi je vous veux ici. J'ai besoin d'un homme jeune pour diriger ce projet jusqu'au bout. J'ai examiné une vingtaine d'officiers. Vous êtes le meilleur, Gennady Iosifovitch. Je vous veux ici pour prendre la relève et me remplacer le moment venu.

Bondarenko était suffoqué. Pokrychkine l'avait choisi, lui, de préférence sans aucun doute à des hommes de son propre service armé.

— Mais vous me connaissez à peine...

— Je ne suis pas devenu officier général sans une bonne connaissance des hommes. Vous possédez les qualités que je cherche et vous êtes arrivé au bon moment de votre carrière, prêt à un commandement indépendant. Votre uniforme est moins important que le genre d'homme que vous êtes. J'ai déjà envoyé dans ce sens un télex au ministre.

Eh bien! Bondarenko était encore trop surpris pour être heureux. *Et tout cela parce que ce vieux Micha a jugé un jour que j'étais l'homme qu'il fallait pour une tournée d'inspection. J'espère qu'il n'est pas trop malade.*

— Ça va faire plus de neuf heures, maintenant, dit un des agents à Vatutine, sur un ton presque accusateur.

Le colonel se baissa pour regarder par le tube de fibre optique et considéra le prisonnier pendant plusieurs minutes. Il était allongé, d'abord, se tournait et se retournait en essayant de se forcer à dormir, mais ses efforts étaient voués à l'échec. Ensuite vinrent les nausées et la diarrhée, provoquées par la caféine qui lui interdisait le sommeil. Après cela, il se leva et se remit à arpenter sa cellule, comme il l'avait fait pendant des heures, dans l'espoir de se fatiguer et de sombrer dans le sommeil qu'une partie de son corps exigeait alors que l'autre s'y opposait.

— Faites-le monter ici dans vingt minutes.

Le colonel du KGB regarda son subordonné avec amusement. Il n'avait dormi que sept heures et passé les deux dernières à s'assurer que les ordres qu'il avait donnés avant de se coucher avaient été bien exécutés. Ensuite, il avait pris une douche et s'était rasé. Un messager était allé chercher à son domicile un uniforme propre et une ordonnance avait ciré ses bottes. Vatutine termina son petit déjeuner et se permit une tasse de café supplémentaire, apportée du mess des officiers supérieurs. Il négligea les regards que lui jetaient les membres de son équipe d'interrogatoire et ne daigna même pas sourire d'un air entendu pour indiquer qu'il savait ce qu'il faisait. Quand il eut fini, il s'essuya la bouche avec sa serviette et se dirigea vers la salle d'interrogatoire.

Comme dans la plupart de ces pièces, la table n'était pas exactement ce qu'elle paraissait. Sous le rebord, il y avait plusieurs boutons qu'il pouvait presser sans être vu. Plusieurs microphones étaient dissimulés dans les murs apparemment nus, uniquement décorés d'un miroir qui, en réalité, était une glace sans tain, pour que le sujet puisse être observé et photographié de la pièce voisine.

Vatutine s'assit et prit le dossier qu'il rangerait dès l'arrivée de Filitov. Il repassa dans sa tête ce qu'il ferait alors. Il avait déjà tout prévu, bien entendu, jusqu'aux phrases de son rapport verbal au président Gerasimov. Il nota l'heure, fit un signe de tête au miroir et passa les quelques minutes suivantes à se préparer mentalement à ce qui allait se passer. Filitov arriva à l'heure.

Vatutine lui trouva l'air fort. Fort mais hagard. C'était la caféine qui avait corsé son dernier repas. L'apparence était dure, mais fragile. Filitov semblait irrité, maintenant. Jusqu'alors, il avait été plutôt ostensiblement résolu.

— Bonjour, Filitov, dit Vatutine en levant à peine les yeux.

— *Colonel* Filitov, pour vous. Dites-moi, quand allez-vous en finir avec cette comédie ?

Cela aussi, il le croit probablement, se dit l'homme du KGB. Le sujet avait si souvent répété son histoire, que Vatutine lui avait mis la cassette de film dans la main, qu'il en venait presque à la croire. Ce n'était pas anormal. Il s'assit sans demander l'autorisation et Vatutine fit signe au planton de les laisser.

— Quand avez-vous décidé de trahir la patrie ? demanda-t-il.

— Quand avez-vous décidé de ne plus sodomiser les petits garçons ? répliqua rageusement le vieil homme.

— Filitov... Excusez-moi, colonel Filitov, vous savez que vous avez été arrêté avec une cassette de microfilm dans la main, à deux mètres seulement d'une Américaine qui est un agent secret. Cette cassette de microfilm contenait des renseignements sur une installation ultrasecrète de recherche pour la défense, le genre de renseignements que vous donnez depuis des années aux Américains. Cela ne fait pas le moindre doute, au cas où vous l'auriez oublié. Ce que je vous demande, c'est depuis combien de temps ?

— Allez vous faire foutre, grommela Micha et Vatutine remarqua un léger tremblement de ses mains. Je suis trois fois Héros de l'Union soviétique. Je tuais des ennemis pour mon pays alors que vous n'étiez encore qu'une douleur dans le bas-ventre de votre père et vous avez l'infâme culot de me traiter de traître ?

— Vous savez, quand j'étais à l'école élémentaire, j'ai lu des livres sur vous, Micha, qui aviez repoussé les nazis des portes de Moscou. Micha, le tueur d'Allemands, Micha, le commandant de la contre-attaque victorieuse de Koursk. Micha, conclut Vatutine, traître à la patrie.

Micha agita la main et la vit trembler, avec un agacement visible.

— Je n'ai jamais eu beaucoup de respect pour les *tchekisti.* Quand je commandais mes hommes, ces individus étaient là, derrière nous. Ils savaient très bien fusiller des prisonniers, des prisonniers que de vrais soldats avaient capturés. Ils savaient très bien, aussi, assassiner des hommes qui avaient été forcés de battre en retraite. Je me souviens d'un cas, quand un lieutenant tchékiste a pris le commandement d'un groupe de chars et l'a conduit dans un foutu marécage. Les Allemands que j'ai tués étaient des hommes, au moins, des combattants. Je les haïssais mais je respectais les soldats qu'ils étaient. Votre espèce, en revanche... Nous autres, soldats tout simples, nous n'avons peut-être jamais compris qui était l'ennemi. Je me demande parfois qui a tué le plus de Russes, les Allemands... ou les gens comme vous.

Vatutine ne s'émut pas.

— Le traître Penkovski vous a recruté, n'est-ce pas ?

— Ridicule ! J'ai moi-même dénoncé Penkovski, répliqua Filitov en haussant les épaules, un peu étonné de ce qu'il éprouvait mais incapable de le contrôler. Je suppose que votre espèce a son utilité. Oleg Penkovski était un homme désorienté et misérable, qui a payé le prix que doivent payer ces hommes-là.

— Et que vous paierez.

— Je ne peux pas vous empêcher de me tuer mais j'ai vu trop souvent la mort. La mort m'a pris ma femme et mes deux fils. La mort a pris tant de mes camarades... et la mort a essayé de me prendre assez souvent. Tôt ou tard, la mort sera victorieuse, avec votre aide ou celle de quelqu'un d'autre. J'ai oublié comment en avoir peur.

— De quoi avez-vous peur, dites-moi ?

— Pas de vous, en tout cas.

Cela ne fut pas dit avec un sourire mais avec un regard glacial de défi.

— Mais tous les hommes ont peur de quelque chose, insista Vatutine. Aviez-vous peur de la guerre ?

Ah, Micha, tu parles beaucoup trop, maintenant. Tu ne t'en aperçois pas ?

— Oui, au début. La première fois qu'un obus a frappé mon T-34, j'ai mouillé mon pantalon. Mais seulement cette unique fois. Ensuite, je savais que le blindage résisterait à la plupart des coups. On s'habitue au danger physique et, quand on est officier, on a souvent bien trop à faire pour se rendre compte qu'on devrait avoir peur. On a peur pour les hommes qu'on a sous ses ordres. On a peur de l'échec d'une mission de combat, parce que d'autres dépendent de vous. On craint toujours la douleur. Pas la mort, mais la souffrance.

Filitov se surprenait à trop parler mais il en avait assez de cette limace du KGB. Être assis là et se battre en fait avec cet homme lui faisait ressentir comme l'excitation frénétique du combat.

— J'ai lu quelque part que tous les hommes ont peur de la bataille mais que ce qui les soutient, c'est leur image d'eux-mêmes. Ils savent qu'ils ne peuvent permettre à leurs camarades de percevoir qu'ils valent moins que ce qu'ils doivent valoir. Les hommes, par conséquent, ont davantage peur de la lâcheté que du danger. Ils craignent de trahir leurs soldats et eux-mêmes.

Micha hocha la tête et Vatutine pressa un des boutons, sous la table.

— Vous avez trahi vos hommes, Filitov. Vous ne le comprenez pas ? Vous ne comprenez pas qu'en livrant à l'ennemi des secrets de la défense, vous avez trahi tous les hommes qui ont servi sous vos ordres ?

— Il faudra plus que vos paroles pour...

La porte s'ouvrit dans un murmure. Le jeune homme qui entra portait un treillis sale, couvert de graisse, et le casque d'un soldat des blindés. Tous les détails étaient exacts : il y avait le fil traînant des interphones du char et une âcre odeur de poudre pénétra dans la pièce en même temps que le garçon. Le treillis était déchiré et brûlé. La figure et les mains étaient couvertes de pansements. Du sang coulait de l'œil recouvert et formait une rigole dans la crasse. Et le jeune homme était le parfait sosie d'Alexeï Ilitch Romanov, caporal de l'Armée rouge, ou tout au moins aussi ressemblant que le KGB avait pu le rendre après une nuit d'efforts fébriles.

Filitov ne l'entendit pas mais il se retourna dès qu'il sentit l'odeur. Il resta bouche bée.

— Dites-moi, Filitov, reprit Vatutine. À votre avis, quelle serait la réaction de vos hommes s'ils apprenaient ce que vous avez fait ?

Le jeune homme — qui était effectivement un caporal, travaillant pour un fonctionnaire subalterne du Troisième Directorat — ne prononça pas un mot. Le produit chimique irritant, dans son œil droit, le faisait larmoyer et tandis qu'il s'efforçait de ne pas grimacer de douleur, les larmes coulaient sur sa joue. Filitov ne savait pas que l'on avait ajouté une drogue à son repas. Il était tellement désorienté par son séjour à la Lefortovo qu'il n'était plus capable d'enregistrer ce qu'on lui faisait. La caféine produisait un effet diamétralement opposé à l'ivresse. Il avait l'esprit aussi lucide qu'à la guerre, tous ses sens étaient en alerte, il remarquait tout ce qui se passait autour de lui... mais durant toute la nuit il n'y avait rien eu à signaler. Sans données à transmettre, ses sens commençaient à en inventer et il était en pleine hallucination quand les gardiens étaient venus le chercher. Avec Vatutine, il avait un objectif sur quoi braquer sa psyché. Mais Micha était fatigué, aussi, épuisé par le mode de vie auquel on le soumettait et ce mélange de manque de sommeil et de fatigue écrasante le plongeait dans un état de semi-conscience, lui ôtant toute capacité de distinguer le réel de l'imaginaire.

— Tournez-vous, Filitov ! tonna Vatutine. Regardez-moi quand je vous parle ! Je vous ai posé une question. *Quelle serait la réaction de vos hommes ?*

— Qui...

— Qui ? Les hommes que vous commandiez, vieux débris !

— Mais...

Filitov se retourna encore une fois mais la vision avait disparu.

— J'ai recherché dans votre dossier toutes les citations que vous avez écrites pour vos hommes... plus que la plupart des commandants d'ailleurs. Ivanenko ici, Poukhov là, et ce caporal Romanov. Tous ces hommes qui sont morts pour vous, que penseraient-ils aujourd'hui ?

— Ils comprendraient ! affirma Micha en se laissant maintenant contrôler par sa fureur.

— Que comprendraient-ils ? Allons, dites-le-moi, que comprendraient-ils ?

— Que des hommes comme vous les ont tués, pas les Allemands, pas moi mais des hommes comme vous !

— Et vos fils aussi, hein ?

— Oui ! Mes deux beaux garçons, mes deux grands et courageux garçons... Ils devaient marcher sur mes traces mais...

— Et votre femme ?

— Elle, par-dessus tout ! gronda férocement Filitov en s'appuyant des deux mains sur la table. Vous m'avez tout pris, tout volé, espèce de fumier tchékiste, et vous vous étonnez que je veuille riposter ? Aucun homme n'a mieux servi l'État que moi et voyez ma récompense, voyez la reconnaissance du Parti ! Tout ce qui faisait mon univers, vous me l'avez pris et vous dites que j'ai trahi la *Rodina*, c'est ce que vous dites ? C'est vous qui l'avez trahie, et vous m'avez trahi !

— Et à cause de cela, Penkovski vous a recruté et, à cause de cela, vous transmettez des renseignements à l'Occident... vous nous avez trompés pendant toutes ces années !

— Ce n'est pas difficile de tromper des gens comme vous ! Trente ans, Vatutine, pendant trente ans j'ai... j'ai...

Micha s'interrompit, avec une expression soudain bizarre, en se demandant ce qu'il venait de dire.

Vatutine prit son temps avant de parler et quand il le fit, ce fut d'une voix douce.

— Merci, camarade colonel. C'est bien suffisant pour le moment. Plus tard, nous parlerons avec précision de ce que vous avez donné à l'Ouest. Je vous méprise pour ce que vous avez fait, Micha. Je ne puis pardonner ni comprendre la trahison mais vous êtes l'homme le plus courageux que j'aie jamais rencontré. J'espère que vous serez capable d'affronter ce qui vous reste de vie avec la même bravoure. Il est important que vous vous affrontiez vous-même, et affrontiez vos crimes aussi courageusement que les nazis, pour que votre vie se termine aussi honorablement que vous l'avez vécue.

Vatutine appuya sur un bouton et la porte s'ouvrit. Les gardiens emmenèrent Filitov, qui se retournait pour regarder encore son interrogateur, l'air plus surpris qu'autre chose. Surpris d'avoir été joué. Il ne comprendrait jamais comment cela s'était fait, mais ils ne comprenaient jamais, se dit le colonel du Troisième Directorat. Il se leva à son tour, au bout d'une minute, et rassembla méticuleusement ses dossiers avant de monter à l'étage supérieur.

— Vous auriez fait un excellent psychiatre, lui dit tout de suite le médecin.

— J'espère que les magnétophones ont tout enregistré, dit Vatutine à ses techniciens.

— Tous les trois, plus la vidéo.

— C'est le plus dur que j'aie jamais vu, déclara un commandant.

— Oui, il a été dur. Et c'est un brave. Pas un aventurier, pas un dissident. Celui-là était un patriote, du moins c'était ce que se croyait le pauvre bougre. Il voulait sauver son pays du Parti... Où vont-ils pêcher de telles idées ?

Ton président, se rappela-t-il, *veut faire la même chose, ou plus précisément sauver le pays pour le Parti.* Vatutine s'adossa au mur, pendant un moment, en recherchant la similitude ou la différence des motivations. Il conclut rapidement que ce n'était pas un sujet de réflexion convenable pour un simple agent du contre-espionnage. Du moins pas encore. *Les idées de Filitov lui ont été inspirées par la façon maladroite qu'a eue le Parti de traiter sa famille. Mais quoi, le Parti a beau affirmer qu'il ne commet jamais d'erreurs, nous savons que ce n'est pas vrai. Dommage que Micha n'ait pas pu le tolérer. Après tout, le Parti c'est tout ce que nous avons.*

— Veillez à ce qu'il se repose, docteur, dit-il en sortant.

Une voiture l'attendait dehors.

Vatutine fut surpris de constater que c'était le matin. Il s'était trop laissé absorber, ces deux derniers jours et il se croyait encore en pleine nuit. Mais c'était tant mieux, pensa-t-il, il pouvait aller voir le président tout de suite. Le plus ahurissant, c'était qu'il retrouvait un horaire normal. Il pourrait rentrer chez lui dans la soirée, dormir normalement, reprendre sa vie avec sa femme et avec sa famille, regarder la télévision. Il sourit tout seul. Il pouvait aussi rêver à une promotion. Finalement, il avait brisé l'homme plus tôt que promis. Voilà qui devrait faire plaisir au président.

Vatutine le surprit entre deux réunions. Gerasimov était d'humeur pensive et contemplait vaguement par sa fenêtre la circulation sur la place Dzerjinski.

— Camarade président, j'ai l'aveu, annonça tout de suite le colonel et Gerasimov se retourna.

— Filitov ?

— Eh bien, oui, camarade président.

L'étonnement de Vatutine fut évident. Au bout de quelques secondes, Gerasimov sourit.

— Excusez-moi, colonel. Il y a une question opérationnelle qui me tracasse en ce moment. Vous avez les aveux ?

— Encore rien de détaillé, naturellement, mais il a bien reconnu qu'il transmettait des secrets à l'Ouest et cela depuis trente ans.

— Trente ans ! Et nous ne l'avons pas détecté...

— En effet. Mais nous l'avons pris et nous passerons des semaines à apprendre tout ce qu'il a mis en danger. Je crois que nous découvrirons que son poste et ses méthodes opérationnelles rendaient la détection difficile, mais ce sera une leçon pour nous, et nous profitons de tous les cas de ce genre. Quoi qu'il en soit, vous exigiez des aveux : maintenant, vous les avez.

— Excellent. Quand votre rapport écrit sera-t-il prêt ?

— Demain ? hasarda Vatutine sans réfléchir.

Il se retint de frémir en attendant la réponse. Il s'attendait à un coup de gueule mais Gerasimov réfléchit pendant une éternité avant de hocher la tête.

— C'est suffisant. Merci, camarade colonel. Ce sera tout.

Vatutine claqua des talons et salua avant de repartir.

Demain ? se demanda-t-il dans le couloir. *Après tout ce tintouin, il veut bien attendre jusqu'à demain ?*

Ce n'était pas logique, ça n'avait aucun sens. Vatutine ne trouvait aucune explication, mais il avait un rapport à rédiger. Il retourna à son bureau, prit un grand bloc et se mit à écrire.

— Ainsi, c'est là, dit Ryan.

— C'est là. Dans le temps, il y avait un magasin de jouets, juste en face. Ça s'appelait le Monde des Enfants, vous vous rendez compte ? Ils ont dû finir par comprendre que c'était dingue alors ils l'ont déplacé. La statue, au milieu, c'est Feliks Dzerjinski. Un sacré salopard de poisson froid, celui-là. À côté de lui, Heinrich Himmler était un boy-scout.

— Himmler n'était pas tellement intelligent, observa Jack.

— C'est vrai. Feliks a brisé au moins trois tentatives de renversement de Lénine et l'une d'elles était passablement grave. Cette histoire-là, on ne l'a jamais sue tout entière mais vous pouvez parier que les archives sont là-dedans, affirma le chauffeur.

C'était un Australien qui faisait partie de la compagnie engagée pour assurer la sécurité du périmètre de l'ambassade américaine, un ancien « commando » du SAS australien. Il n'avait jamais exercé de véritables activités d'espionnage — tout au moins pas pour l'Amérique — mais disons qu'il « participait », en faisant des choses étranges. Il avait par exemple appris à repérer et à semer une filature et pour cela les Russes étaient certains qu'il était de la CIA, en tout cas qu'il s'agissait d'un barbouze. C'était aussi un excellent guide touristique.

Il leva les yeux vers son rétroviseur.

— Nos amis sont toujours là. Vous n'attendez rien de spécial, dites-moi ?

— Nous verrons, répondit Jack en se retournant. (Ils n'étaient pas très subtils mais il ne s'attendait pas à de la subtilité de leur part.) Où est Frunze ?

— Au sud de l'ambassade, camarade. Vous auriez dû me dire que vous vouliez aller là-bas, nous y serions passés d'abord.

Le chauffeur fit demi-tour. Jack continua de regarder par la lunette arrière. Naturellement la Jigouli — qui avait l'air d'une vieille Fiat — en fit autant, et les suivit comme un chien fidèle. Ils repassèrent devant l'ambassade US, et puis devant l'ancienne église orthodoxe grecque que les plaisantins de l'ambassade appelaient Notre-Dame-des-Micropuces à cause de tous les instruments de surveillance qu'elle devait contenir.

— Qu'est-ce que nous faisons, au juste ? demanda le chauffeur.

— Nous nous promenons. La dernière fois que je suis venu ici, je n'ai vu que le chemin entre l'ambassade et le ministère des Affaires étrangères, et l'intérieur d'un palais.

— Et si nos amis se rapprochent ?

— Eh bien, s'ils veulent me parler, je suppose que je leur ferai ce plaisir.

— Vous parlez sérieusement ? s'exclama l'Australien qui savait que Ryan était de la CIA.

— Et comment ! assura Jack en riant.

— Vous savez qu'il faut que je rédige un rapport sur les trucs comme ça ?

— Vous avez votre boulot, j'ai le mien.

Ils roulèrent au hasard pendant encore une heure mais il ne se passa rien. Ce fut une déception pour Ryan et un soulagement pour le chauffeur.

Ils arrivèrent de la manière habituelle. Les points de passage étaient chargés et choisis au hasard mais la voiture — une Plymouth Reliant de quatre ans environ, immatriculée dans l'Oklahoma — s'arrêta au poste frontière. Il y avait trois hommes dans la voiture, dont un paraissait endormi. On dut le secouer.

— Bonsoir, dit le garde-frontière. Vos papiers, s'il vous plaît ?

Les trois hommes présentèrent des permis de conduire, avec leur photo.

— Rien à déclarer ?

— Un peu de boissons fortes. Deux litres chacun, répondit le conducteur en regardant avec intérêt un chien qui reniflait tout autour d'eux. Vous voulez qu'on se gare et que j'ouvre le coffre ?

— Pour quelle raison étiez-vous au Mexique ?

— Nous sommes représentants de la Cummings-Oklahoma Outillage. Matériel de forage et de pipe-lines, expliqua le conducteur. En particulier les valves de contrôle à gros diamètre, les trucs comme ça. Nous essayons d'en vendre à Pennex. Les échantillons sont aussi dans le coffre.

— Vous avez bien vendu ?

— Première visite. Il en faudra encore quelques-unes. C'est toujours comme ça.

Le maître chien secoua négativement la tête. La voiture n'intéressait pas son labrador. Aucune odeur de drogue. Pas d'odeur de nitrate. Les passagers ne correspondaient pas au profil. Ils avaient un air honnête et franc, mais sans exagération, et ils n'avaient pas choisi une heure de pointe pour leur passage.

— Allez, bon retour, dit la garde-frontière.

— Merci, mon vieux, dit le conducteur en démarrant. À un de ces quatre.

— C'est incroyable, dit le passager de l'arrière quand ils furent à cent mètres du poste-frontière. Ils n'ont pas la moindre idée de la sécurité.

— Mon frère est commandant dans les Gardes-Frontière. Je crois qu'il aurait une crise cardiaque s'il voyait comme c'est facile de passer, observa le conducteur.

Il ne riait pas. Le plus dur serait la sortie et, désormais, ils étaient en territoire ennemi. Il conduisait juste à la vitesse autorisée en se laissant doubler par les automobilistes de la région. Il aimait la voiture américaine. Elle manquait de puissance mais il n'avait encore jamais conduit de voitures de plus de quatre cylindres et, dans le fond, il ne sentait pas très bien la différence. Il était déjà venu quatre fois aux États-Unis mais jamais pour une mission pareille et jamais avec aussi peu de préparation.

Tous trois parlaient à la perfection l'anglais d'Amérique, avec un léger nasillement de la Prairie pour concorder avec leurs papiers d'identité, encore que leurs permis de conduire et leurs cartes de sécurité sociale ne pussent guère être qualifiés de « papiers », pensait le chauffeur. Le plus bizarre, c'était qu'il aimait l'Amérique, particulièrement l'abondance d'une alimentation saine, variée et bon marché. Il se promit de s'arrêter à un « fast food », sur la route de Santa Fe, un Burger King de préférence, où il se ferait servir un hamburger grillé au charbon de bois avec de la laitue, des tomates et de la mayonnaise. C'était la chose qui étonnait le plus les Soviétiques, en Amérique, qu'on n'ait pas besoin de faire la queue pendant des heures pour se nourrir. Et généralement, tout était bon. Comment les Américains pouvaient-ils être si experts dans des domaines difficiles comme la production alimentaire et la distribution, et si stupides dans des domaines tout simples comme la sécurité ?

Ils n'avaient aucun bon sens mais ce serait un tort — et même un risque dangereux — de les mépriser. Il le comprenait. Les Américains avaient des règles du jeu si différentes qu'elles étaient incompréhensibles... et il y avait surtout trop de *hasard* de ce côté du monde. Cela effrayait, d'une manière fondamentale, l'agent du KGB. On ne pouvait jamais savoir de quel côté ils allaient se tourner, pas plus qu'on ne pouvait prévoir le comportement d'un automobiliste sur la route. C'était cette imprévisibilité, plus que tout, qui lui rappelait constamment qu'il se trouvait en territoire ennemi. Ses hommes et lui devaient faire attention et ne pas oublier leur entraînement. Être à son aise dans un environnement étranger, c'était le plus sûr chemin vers la catastrophe : cette leçon leur avait été enfoncée dans la tête, pendant tout leur temps à l'académie. Mais il y avait vraiment trop de choses que l'entraînement ne pouvait apprendre. Le KGB était incapable de prédire ce que ferait le gouvernement américain. Alors ils n'avaient bien entendu aucun moyen de comprendre d'avance les actions individuelles de deux cent millions de personnes — qui rebondissaient toutes de décision en décision.

C'était bien ça, se dit-il. Ils avaient à prendre tant de décisions, tous les jours ! Quelles provisions acheter, quelle route prendre, quelle voiture conduire. L'agent se demanda comment ses compatriotes affronteraient un tel fardeau de décisions, imposées chaque jour. Ce serait le chaos, il en était sûr. Le résultat ne pourrait être que l'anarchie, qui était historiquement la plus grande terreur des Russes.

— J'aimerais bien que nous ayons des routes comme ça chez nous, dit l'homme assis à côté de lui.

Le passager de l'arrière dormait, réellement cette fois. Pour ces deux-là, c'était leur premier voyage aux États-Unis. L'opération avait été projetée trop vite. Oleg avait effectué quelques missions en Amérique du Sud, toujours avec une couverture d'homme d'affaires américain. Moscovite, il se souvenait que là-bas, à quarante kilomètres du périphérique, il n'y avait plus que des routes de gravier ou de terre battue. L'Union soviétique n'avait pas une seule route goudronnée allant d'une frontière à une autre.

Le conducteur — il s'appelait Leonid — réfléchit à cela.

— D'où viendrait l'argent ?

— C'est vrai, reconnut Oleg en soupirant, la voix fatiguée

après dix heures de voyage. Mais nous pourrions tout de même avoir des routes aussi bonnes que celles du Mexique.

— Hum, grogna le conducteur.

Mais alors les gens auraient à décider de l'endroit où ils veulent aller et personne ne s'est jamais donné la peine de les entraîner pour ça. Il baissa les yeux sur la pendule du tableau de bord. Encore six heures, peut-être sept.

Le capitaine Tania Bisyarina aboutissait à peu près à la même conclusion, en regardant la pendule de sa Volvo. Sa maison n'était pas une maison du tout, juste une vieille caravane qui avait plutôt l'air d'un de ces bureaux mobiles utilisés sur les chantiers de construction. Le véhicule avait effectivement commencé son existence en tant que sorte de maison et l'avait terminée de cette dernière façon avant d'être abandonné quelques années auparavant à la suite de la faillite de la société, qui laissait inachevé un projet de lotissement dans la montagne au sud de Santa Fe. L'adduction d'eau et les égouts étaient restés en panne et l'achat du terrain lui-même était encore en plein litige. Le site était parfait, proche de la route inter-États, proche de la ville mais caché derrière une crête et uniquement indiqué par un chemin de terre que les adolescents n'avaient même pas découvert pour leurs flirts d'après-bal. La visibilité était à la fois bonne et mauvaise. Des pins rabougris et des chênes verts dissimulaient la remorque mais permettaient aussi une approche clandestine. Ils auraient à poster une sentinelle. Mais on ne pouvait pas tout avoir. Elle s'y était rendue tous feux éteints en minutant soigneusement son arrivée pour une heure où la route voisine serait à coup sûr déserte. Elle déchargea de l'arrière de sa Volvo deux sacs de provisions. Il n'y avait pas d'électricité dans la caravane et les vivres se devaient d'être des denrées non périssables, c'est-à-dire de la saucisse emballée sous vide comme viande, et une douzaine de boîtes de sardines parce que les Russes les adoraient. Après l'épicerie, elle sortit ensuite une petite valise de sa voiture, qu'elle posa à côté de deux jerricanes d'eau dans le très rudimentaire cabinet de toilette.

Elle aurait préféré des rideaux aux fenêtres mais ça n'aurait pas été pas une bonne idée de trop modifier l'aspect de la caravane. Et ce ne serait pas non plus une bonne idée de laisser une voiture dans le coin. Après l'arrivée de l'équipe, ils chercheraient un endroit bien boisé, à une centaine de mètres en remontant par le sentier, et ils la cacheraient. C'était un autre léger inconvénient auquel ils devraient faire face. Ce n'était pas aussi facile qu'on le croyait d'organiser une maison sûre, surtout dans le genre caché, même dans des pays aussi ouverts que l'Amérique. Cela aurait été tout de même plus facile si elle avait été avertie normalement, à l'avance, mais cette opération semblait avoir été décidée du jour au lendemain, et tout ce à quoi elle avait pensé c'était ce coin isolé, repéré peu après son arrivée dans le pays. Ce ne devait être en principe qu'une cachette où se terrer en cas de besoin, ou mettre un agent en sécurité. Jamais cette caravane n'avait été prévue pour une mission comme celle-ci mais elle n'avait pas eu le temps de prendre d'autres dispositions. Autrement, il n'y avait de possible que sa propre maison et il n'en était pas question. Bisyarina se demanda si elle serait blâmée pour ne pas avoir trouvé quelque chose de mieux, mais elle savait aussi qu'elle avait toujours suivi les instructions à la lettre, dans tout ce qu'elle avait pu faire sur le terrain.

Le mobilier était fonctionnel et très sale. N'ayant rien de mieux à faire, elle l'épousseta. Le chef de l'équipe attendue était un agent important. Elle ne connaissait pas son nom ni sa figure mais il devait avoir un grade supérieur au sien, pour qu'on lui confie ce genre de mission. Quand l'unique couchette de la remorque fut à peu près présentable, elle s'y allongea pour faire un somme, après avoir réglé une petite pendulette-réveil de façon à être réveillée dans quelques heures. Il lui semblait qu'elle venait à peine de poser la tête sur le coussin quand la sonnerie la fit sursauter.

Ils arrivèrent une heure avant le jour. C'était facile, avec tous les panneaux indicateurs, et Leonid avait appris le chemin par cœur. À cinq *miles* — il devait penser en *miles*, maintenant — de l'inter États, il prit sur la droite une petite route transversale. Tout de suite après un panneau publicitaire vantant une marque de cigarettes, il aperçut le chemin de terre qui semblait ne mener nulle part. Il éteignit ses phares et cessa d'accélérer mais prit soin de ne pas poser le pied sur la pédale du frein, pour ne pas être trahi par ses feux rouges. Au-delà de la première petite éminence, le chemin plongeait et tournait à droite. La Volvo était là. À côté, il y avait quelqu'un.

C'était toujours un moment de tension. Il prenait contact avec un autre agent du KGB et il connaissait des cas où les choses ne s'étaient pas très bien passées. Il serra le frein à main et mit pied à terre.

— Perdus ? demanda une voix féminine.

— Je cherche Mountain View, répondit-il.

— C'est de l'autre côté de la ville, ça.

— Ah, j'ai dû prendre la mauvaise sortie.

Il la vit alors se détendre, la séquence terminée.

— Tania Bisyarina. Appelez-moi Ann.

— Moi c'est Bob, dit Leonid. Dans la voiture, il y a Bill et Lenny.

— Fatigués ?

— Nous roulons depuis hier matin à l'aube, répondit Bob-Leonid.

— Vous pouvez dormir à l'intérieur. Il y a des vivres et de l'eau. Pas d'électricité, pas d'eau courante. Vous trouverez deux torches électriques et une lanterne à essence, qui vous servira aussi pour faire bouillir de l'eau pour le café.

— Quand ?

— Ce soir. Faites entrer vos hommes et je vous montrerai où laisser la voiture.

— Et pour sortir ?

— Je ne sais pas encore. Ce que nous avons à faire aujourd'hui est déjà assez compliqué.

Elle se lança alors dans une description de l'opération. Elle fut étonnée, probablement à tort, par le professionnalisme des trois hommes. Chacun devait se demander ce que Moscou Centre avait dans la tête pour ordonner une telle mission. Ce qu'ils faisaient était insensé mais moins que le choix du moment. Pourtant aucun des quatre ne manifesta ses sentiments personnels, le métier passait avant les états d'âme. L'opération était ordonnée par Moscou Centre et Moscou Centre savait ce qu'il faisait. Les manuels l'affirmaient et les agents de terrain le croyaient, même quand ils savaient qu'ils ne devraient peut-être pas le croire.

Beatrice Taussig se réveilla une heure plus tard. Les jours rallongeaient et maintenant elle n'avait plus le soleil dans les yeux quand elle se rendait en voiture au travail, mais il regardait tout de même par la fenêtre de sa chambre de son œil accusateur. Aujourd'hui, se dit-elle, l'aube annonçait une journée vraiment exceptionnelle et elle se prépara pour l'affronter. Elle commença par une douche et un brushing. Sa cafetière électrique était déjà branchée et elle but sa première tasse en se demandant ce qu'elle allait porter ce jour-là. C'était une décision importante, pensait-elle, qui exigeait un petit déjeuner plus consistant qu'une tasse de café et un muffin. Ces choses-là nécessitent de l'énergie, se dit-elle et elle ajouta des œufs à son ordinaire. Il lui suffirait de ne pas oublier de réduire le déjeuner de midi. Elle se maintenait à un poids constant depuis quatre ans et avait un grand souci de sa ligne.

Quelque chose de froufroutant, décida-t-elle. Elle n'avait pas beaucoup de toilettes de ce genre mais peut-être la bleue... Elle alluma la télévision en déjeunant, et regarda sur la chaîne d'actualités CNN le communiqué sur les négociations de Moscou. La terre deviendrait un monde plus sûr. Cela faisait du bien de se dire qu'on travaillait pour quelque chose. Toujours soigneuse, elle mit toute sa vaisselle dans le lave-vaisselle avant de retourner dans sa chambre. L'ensemble bleu avec les volants était un peu démodé mais peu d'employés au projet le remarqueraient, à part les secrétaires, et qui se souciait de leur opinion ? Elle ajouta à son cou un foulard imprimé cachemire, juste pour montrer que Bea était toujours Bea.

À l'heure habituelle, elle garda sa voiture à son emplacement réservé. Elle sortit son laissez-passer de son sac, le mit à son cou au bout d'une chaîne d'or et entra en passant toutes voiles dehors devant le poste de contrôle.

— Bonjour, professeur, dit un des gardes.

Ce devait être la robe, pensa-t-elle. Elle lui sourit quand même, ce qui rendit la matinée un peu insolite à tous deux, mais sans rien dire : on ne parlait pas aux gens sans culture.

Elle arriva la première à son bureau, comme d'ordinaire. Cela lui permettait de régler la machine à café à son goût, bien serré. En attendant que le café soit prêt, elle ouvrit son armoire de sécurité et prit le dossier sur lequel elle avait commencé à travailler la veille.

La matinée passa plus vite qu'elle ne l'aurait cru et elle s'en étonna. Le travail aidait. Elle avait à remettre une analyse de prix de revient avant la fin du mois et pour cela il lui fallait parcourir une masse de documents dont la plupart avaient déjà été photographiés et communiqués à Ann. C'était pratique d'avoir un bureau personnel, avec une porte et une secrétaire qui frappait toujours avant d'entrer. Sa secrétaire ne l'aimait pas et c'était réciproque, cette fille était une reconvertie, une idiote dont le seul amusement dans la vie était de chanter des cantiques. Mais bien des choses allaient changer, se disait Beatrice. Aujourd'hui, c'était le grand jour. Elle avait bien vu la Volvo garée à l'endroit convenu.

— Huit virgule un sur le gouinomètre, annonça Peggy Jennings. Vous devriez voir les frusques qu'elle achète.

— D'accord, elle est excentrique, reconnut Will Perkins avec indulgence. Vous voyez quelque chose qui m'échappe, Peg. D'ailleurs, je l'ai vue arriver ce matin et je l'ai trouvée assez convenable, à part l'écharpe.

— Rien d'anormal ? demanda Jennings en mettant de côté ses sentiments personnels.

— Rien. Elle se lève assez tôt, mais il lui faut peut-être du temps pour bien se réveiller. Je ne vois aucune raison spéciale d'étendre la surveillance. (Le travail était long — et la main-d'œuvre, plutôt courte.) Je sais que vous n'aimez pas les lesbiennes, Peg, mais vous n'avez même pas encore eu une confirmation de cette tendance. La fille ne vous plaît pas, sans doute, et voilà tout.

— Le sujet est flamboyant dans ses manières mais sévère dans sa façon de s'habiller. Elle a son franc-parler sur à peu près tout mais ne dit rien du tout de son travail. Elle ressemble à une vraie collection de contradictions.

Ce qui correspond au profil, pensa-t-elle, mais elle n'eut pas besoin de le dire tout haut.

— Si elle ne parle pas de son travail, c'est sans doute parce qu'elle ne le doit pas, ainsi que le lui serinent les types de la sécurité. Elle conduit comme les gens de l'Est, toujours pressée, mais elle s'habille d'une façon très discrète. Elle trouve peut-être que ce style lui va ! Vous ne pouvez pas avoir de soupçons à propos de tout, Peg !

— Je croyais que c'était notre boulot ! Expliquez ce que nous avons observé l'autre soir.

— Je ne peux rien expliquer mais je vois bien que dans cette affaire tu donnes un peu d'effet à la balle. Il n'y a pas de preuves, Peg, pas même assez pour intensifier la surveillance. Écoutez, quand nous en aurons fini avec tous ceux de la liste, nous reviendrons à elle, d'accord ?

— C'est de la folie, Will. Nous avons une fuite supposée dans un projet de haute sécurité et nous prenons des gants comme si nous avions peur de faire de la peine à quelqu'un !

L'agent Jennings se leva et retourna à son bureau pour un

moment. Ce n'était pas une longue marche. Le local du FBI était surpeuplé de nouveaux du département du contresp et les gens du siège avaient réquisitionné la cafétéria. Leurs « bureaux » étaient en réalité de simples tables de cantine.

— Tenez, je vais vous dire. Nous n'avons qu'à prendre les gens qui ont accès au matériel filtré et tous les coller dans la boîte.

La « boîte » en question était le détecteur de mensonges. La dernière fois qu'on y avait eu recours, cela avait failli déclencher une révolution à Tea Clipper. Les scientifiques et les ingénieurs n'étaient pas des agents du renseignement qui comprenaient la nécessité de ces choses-là mais des universitaires, qui considéraient cette épreuve comme une insulte à leur patriotisme. Ou comme un jeu. Un des informaticiens avait même tenté d'utiliser les techniques de bio-feed-back pour fausser les résultats. Le principal résultat de cette entreprise, il y avait dix-huit mois, avait été de démontrer la vive hostilité du personnel scientifique envers les agents de la sécurité, ce qui n'avait guère été une surprise. Ce qui avait finalement fait renoncer à ces épreuves, c'était un papier vengeur d'un des savants qui avait prouvé que certains de ses mensonges volontaires n'avaient pas été détectés. Cet article, s'ajoutant au bouleversement dans la plupart des services, avait interrompu le programme avant son achèvement.

— Taussig n'est pas allée dans la boîte la dernière fois, fit observer Jennings qui l'avait vérifié. Aucun membre du personnel administratif n'y est passé. La révolte a tout arrêté avant qu'on en arrive à eux. Elle était une des personnes qui...

— Parce que les informaticiens sont allés se plaindre à elle. Elle fait partie de l'administration, ne l'oubliez pas, elle est là pour vérifier que tous les scientifiques sont heureux, répliqua Perkins qui s'était renseigné aussi. Écoutez, si vous y attachez tant d'importance, nous reviendrons à elle plus tard. Je ne vois rien moi-même et je veux bien faire confiance à votre intuition mais pour l'instant, nous avons tous les autres à examiner.

Margaret Jennings capitula. Perkins avait raison, après tout. Ils n'avaient aucune preuve tangible. C'était simplement sa... *Quoi ?* se demanda-t-elle. Elle pensait que Taussig était lesbienne mais ce n'était plus de nos jours une telle affaire — les tribunaux le disaient assez souvent — et rien n'étayait ces soupçons. Car il ne s'agissait pas d'autre chose, elle le savait bien. Trois ans plus tôt, juste avant qu'elle entre dans le bureau du contre-espionnage, elle avait eu à s'occuper d'une affaire d'enlèvement dans laquelle deux...

Elle savait aussi que Perkins avait un point de vue plus professionnel qu'elle. Bien que mormon, et plus raide que la justice, il ne laissait pas ses sentiments personnels intervenir dans son travail. Mais elle ne pouvait se défaire de la certitude d'avoir raison, en dépit de tout ce que disaient la logique et son expérience. Vrai ou faux, Will et elle avaient encore six rapports à rédiger avant de retourner sur le terrain. D'ailleurs, on ne pouvait plus passer que la moitié du temps sur le terrain. Le reste, on le passait devant un bureau — une table de cantine recyclée — à expliquer aux gens ce qu'on faisait quand on n'était pas contraint à des écritures.

— Al ? C'est Bea. Vous pouvez venir à mon bureau ?

— Bien sûr. Dans cinq minutes.

— Parfait. Merci.

Bea raccrocha. Elle devait reconnaître que Gregory avait au moins une qualité : la ponctualité. Il apparut très exactement cinq minutes plus tard.

— Je n'ai rien interrompu, j'espère ?

— Non? On procède à une autre simulation de géométrie-cible mais on n'a pas besoin de moi pour ça. Qu'est-ce qui se passe ? demanda le commandant Gregory. Vous avez une jolie robe, Bea.

— Merci. J'ai besoin que vous m'aidiez, Al.

— Quoi donc ?

— C'est un cadeau d'anniversaire pour Candi. Je vais le chercher cet après-midi et j'ai besoin de quelqu'un pour me donner un coup de main.

— Ouaaah, vous avez raison. C'est dans trois semaines, n'est-ce pas ?

Beatrice sourit. Il avait même des exclamations d'Affreux.

— Il va falloir vous habituer à vous rappeler ces dates.

— Alors, qu'est-ce que vous lui offrez ? demanda-t-il avec un grand sourire de petit garçon.

— C'est une surprise ! Quelque chose dont elle a besoin. Vous verrez, Al. Candi est venue de son côté au travail, aujourd'hui, je crois ?

— Oui, elle doit passer chez le dentiste, ensuite.

— Et vous ne lui dites rien, promis ? C'est une grosse surprise, dit Bea.

Il voyait qu'elle avait toutes les peines du monde à garder son sérieux. Ce devait être une sacrée surprise, se dit-il en souriant.

— D'accord, Bea. Je vous verrai à cinq heures.

Ils se réveillèrent après midi. « Bob » se traîna le premier aux toilettes avant de se souvenir qu'il n'y avait pas d'eau courante. Il regarda par les fenêtres, guetta un signe d'activité, et sortit. Quand il revint, les autres faisaient bouillir de l'eau. Ils n'avaient que du café soluble mais Bisyarina leur avait acheté une bonne marque et les produits du petit déjeuner étaient typiquement américains, tous très sucrés. Ils savaient qu'ils auraient besoin de cette énergie. Ensuite ils prirent leurs cartes et leurs instruments et repassèrent les détails de l'opération. Pendant trois heures, ils les exécutèrent mentalement, jusqu'à ce que chacun sache exactement ce qui devait se passer.

Enfin, c'était là, se dit l'Archer. Les montagnes étaient faites pour les coups d'œil lointains. Dans ce cas précis, l'objectif était encore à deux nuits de marche, même s'ils le voyaient déjà. Pendant que ses subordonnés installaient les hommes dans des cachettes, ils appuya ses jumelles sur un rocher et examina le site, à encore... vingt-cinq kilomètres ? se demanda-t-il et il vérifia sur sa carte. Il devait faire descendre ses hommes dans la vallée, traverser un petit torrent et remonter par une pente abrupte jusqu'à leur dernier campement... là. Il concentra son observation sur ce point. À cinq kilomètres de l'objectif, dissimulé par les montagnes environnantes... la dernière escalade serait la plus dure. Mais quel choix y avait-il ? Peut-être pourrait-il accorder à ses hommes une heure de repos avant l'assaut. Ce serait utile et cela lui permettrait aussi de leur expliquer leurs dernières missions, de leur donner le temps de prier. Ses yeux retournèrent vers l'objectif.

De toute évidence, le site était encore en cours de construction mais on n'arrêtait jamais de construire, dans ce genre de base. C'était aussi bien qu'ils soient là maintenant. Dans quelques années, ce serait imprenable. Et même aujourd'hui...

Il fit des efforts pour voir les détails. Malgré les jumelles, il ne distinguait rien de plus petit que les miradors. Dans les premières lueurs de l'aube il apercevait les bosses que formaient les bâtiments. Il lui faudrait être plus près pour percevoir les choses dont dépendraient les détails de dernière minutes de son plan mais, pour le moment, il s'intéressait surtout à la topographie. Quelle serait la meilleure approche ? Comment se servir des hauteurs à son avantage ? Si cet endroit était gardé par des soldats du KGB, comme le disaient les documents de la CIA qu'il avait étudiés, il savait qu'ils étaient aussi paresseux que cruels.

Des miradors, là au nord. Il doit y avoir une clôture. Des mines ? se demanda-t-il. Mines ou pas, il fallait se débarrasser au plus tôt de ces miradors. Ils devaient contenir des mitrailleuses lourdes et, de là-haut, la vue dominait tout le terrain. Comment s'y prendre ?

— Ainsi, c'est l'endroit ?

L'ancien commandant de l'armée afghane vint s'accroupir à côté de lui.

— Les hommes ?

— Tous cachés, répondit l'officier et, pendant une minute, il examina le site en silence. Vous vous rappelez cette place-forte des Assassins, en Syrie ?

L'Archer tourna vivement la tête. C'était donc cela que le site lui rappelait ?

— Et comment a été prise cette forteresse ?

Le commandant sourit, en gardant les yeux sur l'objectif.

— Avec plus de ressources que nous n'en avons, mon ami... Si jamais ils fortifient toute la hauteur, il faudrait un régiment soutenu par des hélicoptères pour seulement pénétrer à l'intérieur du périmètre. Alors comment comptez-vous faire ?

— Deux groupes.

— D'accord.

Le commandant n'était d'accord sur rien de tout cela. Son entraînement — entièrement assuré par les Russes — lui disait que cette mission était une folie pour une force aussi réduite mais avant d'oser contredire un homme comme l'Archer, il devait faire la preuve de ses talents de combattant. Et, pour cela, prendre des risques déments. En attendant, le commandant essaierait de pousser un peu la tactique dans la bonne direction.

— Les machines sont sur les pentes du nord. Le personnel est sur le sommet du sud.

Ils virent des phares de bus aller d'un endroit à l'autre. C'était le changement d'équipes. L'Archer considéra cela mais il devait lancer son attaque dans l'obscurité et se replier dans l'obscurité, sinon ils n'en réchapperaient jamais.

— Si nous pouvions nous approcher sans être détectés... Puis-je faire une suggestion ? demanda le commandant.

— Je vous écoute.

— Emmenez tout sur la hauteur au centre et puis attaquez de haut en bas, sur les deux sites.

— C'est dangereux, nota immédiatement l'Archer. Il y a trop de terrain découvert, des deux côtés.

— C'est aussi plus facile de gagner le point de départ sans être observés. L'approche d'un groupe a moins de risques d'être aperçue que celle de deux groupes. Placez nos armes lourdes ici, et elles pourront observer et soutenir les deux pelotons d'assaut...

C'était la différence entre le guerrier instinctif et le soldat entraîné, reconnut à part lui l'Archer. L'officier savait mieux que lui soupeser les risques.

— Pour ce qui est des miradors, je ne sais pas. Qu'en pensez-vous ?

— Je ne suis pas trop sûr, je...

Le commandant repoussa la tête du chef de groupe vers le sol. Quelques instants plus tard, un avion survola la vallée à toute vitesse.

— Un Mig-21 de reconnaissance. Nous n'avons pas affaire à des imbéciles, dit-il en se retournant pour s'assurer que tous les hommes étaient bien cachés. Nous avons peut-être été pris en photo.

— Est-ce qu'ils...

— Je ne sais pas. Nous devons nous en remettre à Dieu pour ça, mon ami. Il ne nous a pas laissés venir aussi loin pour échouer, assura l'officier en se demandant si c'était vrai ou faux.

— Où allons-nous, alors ? demanda Gregory dans le parking.

— Retrouvez-moi au centre commercial, du côté sud, d'accord ? J'espère que ça entrera dans la voiture.

— À tout à l'heure.

Gregory alla prendre sa voiture et démarra.

Bea attendit quelques minutes avant de le suivre. Inutile

qu'on les voie partir en même temps. Elle était maintenant très énervée. Pour se calmer, elle s'efforça de conduire lentement mais c'était tellement étranger à son caractère que ça ne faisait que l'énerver davantage, elle avait l'impression que la Datsun changeait de vitesses et de voies d'elle-même. Elle arriva dans le petit parking vingt minutes plus tard.

Al l'attendait. Il s'était garé à deux emplacements d'un break, bien éloigné du premier magasin. Il avait même plus ou moins choisi le bon endroit, pensa Bea en s'arrêtant à côté de sa voiture. Elle descendit et il demanda :

— Qu'est-ce qui vous a retenue ?

— Rien ne presse.

— Et maintenant, alors ?

Bea ne le savait pas exactement. Elle savait simplement ce qui allait arriver, mais pas comment ils entendaient s'y prendre, en fait elle ne savait même pas s'ils étaient plusieurs. Elle se dit qu'Ann allait peut-être tout faire elle-même, toute seule. Elle rit pour masquer sa nervosité.

— Venez, dit-elle en faisant signe à Gregory de la suivre.

— Ça doit être un sacré cadeau d'anniversaire !

Il remarqua du coin de l'œil une voiture qui sortait en marche arrière de sa place, sur sa droite.

Bea nota que le parking était plein de voitures mais qu'il n'y avait personne. Les acheteurs de l'après-midi étaient rentrés chez eux pour dîner, les nouveaux arrivants commençaient à peine leurs activités et la foule du cinéma n'arriverait pas avant une heure. Malgré cela, elle était tendue et ses yeux regardaient de tous côtés. Elle devait se trouver à une rangée de l'entrée du cinéma. Elle était à l'heure juste. Si les choses tournaient mal, se dit-elle, et elle faillit pouffer, il lui faudrait choisir un vrai cadeau, énorme. Mais ce fut inutile. Ann apparut. Elle ne portait rien qu'un grand sac à main.

— Hé ho, Ann ! cria Bea.

— Bonsoir, Bea. Ah ! C'est le commandant Gregory.

— Salut, dit Al tout en essayant de se rappeler s'il connaissait cette fille.

Il n'avait guère la mémoire des têtes, son cerveau était bien trop préoccupé par les chiffres.

— Nous nous sommes rencontrés l'été dernier, lui dit Ann, ce qui le dérouta encore plus.

— Qu'est-ce que vous faites ici ? demanda Taussig à son contrôle.

— Quelques courses en vitesse. J'ai une sortie, ce soir et il me fallait... Attendez, je vais vous montrer.

Elle plongea la main dans son sac et en retira ce que Gregory prit pour un vaporisateur de parfum, il ne savait pas comment on appelait ces gadgets, une petite bombe aérosol. Il attendait, heureux que Candi ne soit pas comme cette Ann, qui vaporisait du parfum sur son poignet et le faisait sentir à Bea, alors qu'une voiture arrivait dans l'allée.

— Candi adorerait ça ! Vous ne croyez pas, Al ? demanda Bea alors qu'Ann relevait le vaporisateur.

— Hein ?

Au même instant, il reçut en pleine figure un grand jet de gaz chimique Mace-Autodéfense.

Ann avait parfaitement choisi son moment, l'instant où Gregory inspirait, en visant de manière à en projeter dans ses yeux, sous les lunettes. Il eut la sensation d'avoir le visage en feu et une douleur fulgurante descendit jusque dans ses poumons. Il tomba à genoux, les mains sur la figure. Il était incapable de crier, incapable de voir la voiture s'arrêter juste à côté de lui. La portière s'ouvrit et le conducteur n'eut qu'un demi-pas à faire pour l'assommer d'un coup de karaté.

Bea le regarda s'affaisser. Parfait, pensa-t-elle. La portière arrière de la voiture s'ouvrit et deux mains apparurent pour saisir Al par les épaules. Bea et Ann aidèrent à soulever les jambes pendant que le conducteur se remettait au volant. La porte arrière claqua et les clefs de la voiture de Gregory furent lancées par la vitre baissée. La Plymouth repartit, après s'être à peine arrêtée.

Instantanément, Ann se tourna à droite et à gauche. Personne ne les avait vus. Elle en était sûre. Bea et elle tournèrent le dos aux magasins et retournèrent vers les voitures.

— Qu'est-ce que vous allez faire de lui ? demanda Bea.

— Ça ne vous regarde pas.

— Vous n'allez pas le...

— Non, nous n'allons pas le tuer.

Ann se demanda si c'était bien vrai. Elle n'en savait rien mais se doutait qu'un meurtre n'était pas au programme. Ils avaient violé la règle inviolable. Cela suffisait pour la journée.

22

Mesures actives

LEONID, que sa couverture obligeait à répéter constamment « Appelez-moi Bob », se dirigea vers le fond du parking. Pour une opération pratiquement sans aucune préparation, la première partie s'était plutôt bien passée. Lenny, à l'arrière, était chargé de maîtriser l'officier américain qu'ils venaient d'enlever. De carrure athlétique, il avait fait partie des forces d'« action spéciale », les *Spetznaz*. Bill, à ses côtés, avait été affecté à la mission parce qu'il était un as du renseignement scientifique : sa spécialité était la chimie, mais cela n'avait aucune importance pour Moscou. L'affaire exigeait un spécialiste scientifique et c'était lui qu'on avait sous la main.

À l'arrière, le commandant Gregory commença à gémir et à s'agiter. Le coup de karaté l'avait assommé mais n'avait pas été assez violent pour causer de dégâts plus sérieux qu'un fort mal de tête. Ils avaient bien entendu pris garde de ne pas le tuer accidentellement, ce genre de chose était déjà arrivé. Pour la même raison, ils ne l'avaient pas non plus drogué : c'était beaucoup plus dangereux qu'on ne le pensait en général, une fois, cela avait même éliminé un dissident qui n'avait jamais pu, ainsi, être interrogé par les services du Deuxième Directorat. Lenny trouvait qu'il avait l'air d'un bébé émergeant d'un long sommeil. L'odeur du Mace était tellement forte, dans la voiture, que toutes les vitres étaient baissées de quelques centimètres pour que les agents du KGB ne soient pas trop incommodés. Ils auraient bien voulu ligoter leur prisonnier mais ç'aurait été gênant si on les avait vus. Lenny était capable de maîtriser l'Américain, bien sûr. Seulement, leur expérience leur avait appris à se méfier de tout. D'ailleurs, Gregory pouvait être un bon lutteur, on avait déjà vu plus surprenant. Quand il reprit vaguement connaissance, la première chose qu'il vit fut le silencieux d'un automatique collé sur son nez.

— Commandant *Gregori*, dit Lenny en prononçant exprès le nom à la russe, nous savons que vous êtes un jeune homme intelligent et peut-être même très courageux. Si vous résistez, vous serez tué, affirma-t-il. Je suis très habile pour cela. Vous n'allez rien dire du tout et vous allez rester bien tranquille. Si vous obéissez, il ne vous sera fait aucun mal. Est-ce que vous comprenez ? Hochez simplement la tête si vous comprenez.

Gregory avait maintenant toute sa connaissance. À aucun moment il ne l'avait complètement perdue mais il avait quand même été assommé par ce coup qui lui laissait encore une tête douloureuse et lourde. Ses yeux versaient des larmes comme un robinet qui fuit et à chaque inspiration ses poumons brûlaient. Il s'était donné l'ordre de bouger quand on l'avait traîné dans la voiture mais ses membres n'avaient pas alors répondu aux commandements désespérés de son cerveau. En un éclair, une pensée lui était venue : *Voilà pourquoi je déteste Bea !* Non, ce n'était pas ses manières méprisantes ni sa drôle de façon de s'habiller. Mais il mit cela de côté, bien à l'écart. Il y avait des choses plus importantes, plus inquiétantes aussi, et son cerveau travaillait à toute allure, comme jamais cela ne lui était arrivé. Il hocha la tête.

— Très bien.

Des bras solides le soulevèrent du plancher et le hissèrent sur la banquette arrière. Le pistolet était maintenant contre son torse, caché par le bras gauche de l'autre homme.

— L'effet irritant du produit chimique se dissipera dans une heure environ, lui dit Bill. Pas d'effet permanent.

— Qui êtes-vous ? demanda Al d'une voix à peine plus haute qu'un chuchotement, râpeuse comme du papier de verre.

— Lenny vous a dit de vous taire, répliqua le conducteur. D'ailleurs, quelqu'un d'aussi intelligent que vous doit déjà savoir qui nous sommes. Pas vrai ?

Bob le regarda dans le rétroviseur et le vit acquiescer.

Des Russes ! se dit Al avec un mélange de stupéfaction et de certitude. *Des Russes ici... qui font cela... Qu'est-ce qu'ils me veulent ? Est-ce qu'ils vont me tuer ?* Il savait qu'il ne devait pas croire un mot de ce qu'ils disaient. Ils diraient n'importe quoi pour le tenir sous leur coupe. Il se fit l'effet d'un imbécile. Il était censé être un homme, un officier, et voilà qu'il était réduit à l'impuissance comme une petite fille de quatre ans... une petite fille qui pleurait, constata-t-il, et il était furieux de chaque larme qui s'échappait de ses yeux. Jamais de sa vie Gregory n'avait ressenti une rage aussi meurtrière. Il regarda sur sa droite et comprit qu'il n'avait pas la moindre chance. L'homme au pistolet pesait presque deux fois plus que lui et, de plus, il lui enfonçait toujours son arme entre les côtes. Les paupières de Gregory battaient presque comme des essuie-glaces. Il n'y voyait pas bien mais il sentait que l'homme armé l'observait avec un intérêt clinique, sans aucune trace d'émotion. C'était un professionnel de la violence. *Spetznaz*, pensa tout de suite Al. Il respira profondément, ou plutôt essaya, et fut pris d'une quinte de toux explosive.

— Il ne faut pas faire ça, dit l'homme assis à l'avant, à droite. Respirez doucement, par petites bouffées. L'effet va se dissiper.

Un produit épatant, ce Mace, pensa Bill. Et n'importe qui pouvait en acheter en Amérique. Ahurissant.

Bob était maintenant sorti de l'immense parking et retournait vers la maison sûre. Il avait appris la route par cœur, naturellement, mais malgré tout il n'était pas complètement à l'aise. C'était la première fois qu'il la prenait et il n'avait donc pas pu repérer la circulation, les temps nécessaires, ni préparer les déviations en cas d'urgence. Mais il avait passé suffisamment de temps en Amérique pour savoir conduire avec prudence et en respectant les lois. Les habitudes de conduite étaient meilleures ici que dans le Nord-Est, sauf peut-être sur les autoroutes où tous les gens de l'Ouest croyaient posséder le droit divin de rouler comme des fous. Mais il n'était pas sur l'autoroute et, sur la chaussée à quatre voies, la circulation malgré l'heure de pointe s'écoulait paisiblement de feu tricolore en feu tricolore. Il s'aperçut que son estimation de temps avait été trop optimiste mais c'était sans importance. Lenny n'aurait pas de difficultés à tenir en respect leur passager. Il faisait tout à fait nuit, les rues étaient peu éclairées et leur voiture n'était qu'un véhicule anonyme parmi tous ceux des travailleurs rentrant chez eux.

Bisyarina se trouvait déjà à huit kilomètres, dans la direction opposée. L'intérieur de la voiture était encore pire que ce qu'elle avait imaginé. Soigneuse de nature, elle était atterrée de voir que le jeune homme avait couvert le plancher d'emballages en plastique, certainement des sucreries, et elle s'étonnait que la Chevrolet ne soit pas déjà pleine de fourmis. Cette seule idée lui donna le frisson. Elle regarda dans son rétroviseur pour s'assurer que Taussig était bien là. Dix minutes plus tard, elle arriva dans un quartier un peu bourgeois. Toutes les maisons avaient un petit jardin et une allée carrossable mais, même là, la plupart des familles possédaient plus d'une voiture et le deuxième véhicule était garé dehors. Elle stationna finalement au coin d'une rue. La Datsun de Taussig vint s'arrêter à sa hauteur et elle y monta, laissant la Chevy parmi d'autres voitures anonymes. Au premier feu rouge, Bisyarina baissa la vitre et jeta les clefs de Gregory dans une bouche d'égout. Ainsi finissait pour elle la partie la plus dangereuse de sa mission. Sans avoir besoin qu'on le lui dise, Taussig retourna vers le centre commercial où Bisyarina récupérerait sa Volvo.

— Vous êtes sûre que vous n'allez pas le tuer ? demanda encore une fois Bea.

— Absolument sûre, répondit Ann en se demandant pourquoi Taussig avait brusquement acquis une conscience. Si je ne me trompe pas, il aura même l'occasion de continuer à travailler, de poursuivre ses recherches... ailleurs. S'il collabore, il sera remarquablement bien traité.

— Vous lui affecterez même une petite amie, non ?

— C'est un moyen de garder les hommes heureux, reconnut Tania. Et les gens heureux travaillent mieux.

— Parfait, déclara Taussig, ce qui surprit beaucoup son contrôle et puis elle expliqua au bout d'un petit moment : Je ne lui veux pas de mal. Ce qu'il sait pourrait aider les deux camps à rendre le monde plus sûr.

Et une fois débarrassée de lui, j'aurai la voie libre ! Cela, elle ne le dit pas.

— Il est trop précieux pour qu'on lui veuille du mal, dit Ann.

À moins que les choses tournent très mal, auquel cas d'autres ordres viendraient...

Bob fut étonné quand la circulation se mit comme à reculer. Il était juste derrière une fourgonnette. Comme tous les conducteurs américains, il avait horreur de ces véhicules parce qu'ils lui bouchaient la vue. Agacé, les sourcils froncés, il ouvrit le cendrier et enfonça l'allume-cigares. Bill, à côté de lui, prit une cigarette aussi. La fumée contribua un peu à combattre l'âcre odeur du Mace qui imprégnait encore le tissu des sièges. Bob se dit qu'en garant la voiture, dans la soirée, il baisserait complètement toutes les vitres pour se débarrasser de l'odeur. Il commençait à larmoyer lui-même, maintenant qu'ils étaient à l'arrêt et qu'aucun souffle d'air ne venait chasser les vapeurs. Cela lui fit presque plaindre leur prisonnier et regretter la forte dose qu'ils lui avaient administrée mais au moins c'était préférable à une drogue qui aurait pu être mortelle ou à un coup qui lui aurait fracturé les vertèbres cervicales. En tout cas, il se tenait tranquille. Si tout se passait comme prévu dans le plan, à la fin de la semaine il serait à Moscou. Ils attendraient un jour ou deux avant de reprendre la route du Mexique. Un autre point de passage serait choisi et une diversion — à organiser — serait probablement utilisée pour assurer leur entrée rapide dans ce pays commode d'où l'on pouvait prendre l'avion pour Cuba et de là un vol direct pour Moscou. Ensuite, toute l'équipe du Premier Directorat aurait un mois de repos. Ce serait bon, se dit Bob, de revoir la famille. Il se sentait toujours très seul à l'étranger. Si seul qu'il lui était arrivé une ou deux fois de tromper sa femme, ce qui était aussi une transgression des règlements. Ce n'était pas une faute que beaucoup d'agents prenaient au sérieux mais, tout de même, il n'en était pas tellement fier. Il obtiendrait peut-être une nouvelle affectation, à l'académie du KGB. Il avait maintenant l'ancienneté suffisante et avec la réussite d'une mission comme celle-ci...

La circulation se remit en marche. Bob fut surpris de voir les clignotants de la fourgonnette s'allumer. Deux minutes plus tard, il comprit pourquoi et fut horrifié. Un énorme semi-remorque était replié en travers de la chaussée, avec les restes d'une petite voiture sous ses roues avant. Au moins une vingtaine de gyrophares d'ambulances illuminaient les efforts des agents de police et des pompiers pour extraire l'imbécile qui conduisait il y a encore un instant la petite voiture étrangère. Bob était incapable de voir quelle était la marque mais, comme la majorité des autres automobilistes, il contempla l'épave avec fascination avant de se rappeler qui et où il était. Un agent de police en noir disposait par terre des balises éclairantes et dirigeait toute la circulation à destination du sud vers une rue transversale. Bob redevint un agent secret. Il attendit qu'il y ait un passage dégagé autour du flic et accéléra. Cela lui valut un regard furieux, rien de plus. Le policier n'avait pas eu le temps de bien voir la voiture, c'était cela l'important. Bob gravit une côte à toute allure avant de comprendre qu'il ne savait pas du tout où se dirigeait la circulation déviée.

Je n'ai pas apporté le plan, se dit-il ensuite. Il l'avait détruit, à cause de toutes les marques qu'il y avait faites. Il n'y avait aucune carte dans la voiture. Les cartes étaient toujours dangereuses et d'ailleurs, il savait apprendre par cœur tous les renseignements nécessaires à ses missions. Mais il n'était pas dans la région depuis assez longtemps pour bien la connaître et il n'avait appris qu'un seul chemin pour retourner à la maison sûre.

La peste soit de ces opérations de «priorité immédiate»!

Il tourna à gauche au premier croisement, dans une rue serpentant à travers un quartier résidentiel. Il mit plusieurs minutes à s'apercevoir que le terrain était tellement accidenté que toutes les rues tournaient et retournaient sur elles-mêmes au point qu'il ne savait plus du tout dans quelle direction il roulait. Pour une fois, il faillit perdre son sang-froid. Mais un seul juron mental dans sa langue maternelle lui rappela qu'il ne devait même pas penser en russe. Il alluma une autre cigarette et conduisit lentement, en s'efforçant de s'orienter. Ses yeux larmoyants ne l'y aidaient pas.

Il est perdu, comprit Gregory au bout d'un moment. Il avait lu assez de romans d'espionnage pour savoir qu'ils l'emmenaient dans une maison sûre — ou un terrain d'atterrissage clandestin ? — ou bien qu'un autre véhicule le transporterait... où ? Mais dès qu'il reconnut une voiture devant laquelle ils étaient passés quelques minutes plus tôt, il dut se retenir de sourire. Ils avaient tout de même commis une erreur. Le prochain tournant qu'ils prirent leur fit descendre une côte et les soupçons de Gregory furent confirmés quand il revit les gyrophares de l'accident. Il nota les jurons quand le conducteur tourna dans une allée pour faire demi-tour et remonter la côte.

Tout ce que les Russes détestaient chez les Américains revenait à l'esprit de Bob. Trop de routes, trop de voitures, un foutu crétin d'Américain avait brûlé un stop et... *J'espère qu'il est mort ! J'espère qu'il est mort en hurlant de douleur !* Il se sentit tout de suite mieux, avec cette pensée dans le fond de sa tête.

Et maintenant, quoi ?

Il poursuivit son chemin par une autre route, en s'engageant dans une rue au sommet de la crête, d'où il aperçut une autre route principale. Il se dit que s'il l'empruntait en direction du sud, il rejoindrait peut-être celle sur laquelle ils avaient été... Cela valait la peine d'être tenté. À côté de lui, Bill l'interrogea du regard mais, à l'arrière, Lenny était trop occupé par le prisonnier pour s'apercevoir que l'affaire tournait en fait très mal. Quand la voiture accéléra, l'air entrant par les vitres sécha au moins les larmes de Bob. Il y avait un feu de signalisation au bas de la côte, mais aussi un panneau d'interdiction de tourner à gauche.

Gavno! pensa-t-il en tournant à droite. Cette route à quatre voies était divisée au centre par un muret de béton.

Tu aurais dû passer plus de temps à étudier le chemin. Tu aurais dû consacrer quelques heures à la conduite, dans toute la région. Mais il était trop tard pour ça et il savait bien qu'il n'en avait pas eu le temps. Et maintenant ils roulaient vers le nord. Bob consulta sa montre, oubliant qu'il y avait une pendule sur le tableau de bord. Il avait déjà perdu un quart d'heure. Il était à découvert, vulnérable, en territoire ennemi. Et si quelqu'un les avait vus dans le parking ? Et si le flic sur les lieux de l'accident avait relevé leur numéro ?

Bob ne céda pas à la panique. Il était trop bien entraîné pour ça. Il se donna l'ordre de respirer profondément et de se rappeler toutes les cartes et les plans qu'il avait vus des environs. Il était à l'ouest de l'autoroute. S'il la retrouvait, il se rappellerait encore quelle sortie il avait empruntée plus tôt dans la journée — était-ce la même journée ? — et à partir de là, il gagnerait la maison sûre les yeux fermés. S'il était à l'ouest de l'autoroute, il n'avait qu'à trouver une route qui allait vers l'est. De quel côté était l'est ? Oui, à droite. Encore une profonde inspiration. Il n'avait plus qu'à rouler vers le nord jusqu'à ce qu'il croise une route importante est-ouest et alors tourner à droite. O.K.

Il lui fallut près de cinq minutes, mais il finit par trouver un grand axe est-ouest et il tourna aussitôt à droite, sans chercher à savoir de quelle route il s'agissait. Au bout de cinq nouvelles minutes, il fut soulagé de voir le panneau rouge-blanc-bleu lui annonçant que l'autoroute n'était plus qu'à un demi-*mile.* Il respira plus facilement.

— Qu'est-ce qu'il y a ? demanda finalement Lenny, à l'arrière, et Bob lui répondit en russe, d'une voix beaucoup plus désinvolte qu'elle ne l'avait été quelques instants plus tôt :

— Nous avons dû faire un détour.

Mais en tournant la tête pour répondre, il loupa en fait un panneau de signalisation.

Il arrivait à l'échangeur. Les panneaux verts indiquaient qu'il pouvait aller vers le nord ou vers le sud. Il voulait aller au sud et la bretelle de sortie devait se trouver...

Au mauvais endroit. Il était sur la voie de droite et la sortie partait sur la gauche ; elle n'était qu'à cinquante mètres. Il donna un coup de volant pour traverser la chaussée, sans regarder. Immédiatement derrière lui, le conducteur d'une Audi freina brutalement en plaquant une main sur son avertisseur. Bob ne s'en soucia pas et tourna à gauche sur la rampe. Il était dans le virage ascendant et regardait la circulation sur l'autoroute quand il vit des lumières clignotantes sur la calandre de la voiture noire qui le suivait. Les phares lui firent signe et il comprit ce qui allait arriver.

Pas de panique, se dit-il. Il n'avait besoin de rien dire à ses camarades. Bob ne songea pas un instant à prendre la fuite. Ils avaient aussi suivi des cours à ce sujet. Les policiers américains étaient courtois et professionnels. Ils n'exigeaient pas un paiement sur-le-champ, comme le faisaient les agents de la circulation à Moscou. Il savait aussi que les flics américains étaient armés de Magnum.

Bob arrêta la Plymouth sur le bas-côté, juste après le passage supérieur, et attendit. Dans le rétroviseur, il vit la voiture de police s'arrêter derrière eux, un peu plus sur la gauche. Il regarda le policier en descendre, un bloc à pince dans la main gauche — la droite était donc libre de saisir le pistolet. À l'arrière, Lenny expliqua au prisonnier ce qui se passerait s'il faisait le moindre bruit.

— Bonsoir, monsieur, dit l'agent de la police routière. Je ne sais pas quelles sont les lois dans l'Oklahoma mais ici nous préférons qu'on ne change pas de voie comme ça. Pourrais-je voir votre permis de conduire et les papiers de la voiture, s'il vous plaît ?

L'uniforme noir et les galons d'argent rappelaient à Leonid les SS mais ce n'était pas le moment d'avoir ce genre d'idées. *Sois simplement poli*, se dit-il calmement, *prends ta contravention et démarre.* Il remit les cartes demandées et attendit pendant que le policier remplissait le formulaire du procès-verbal. Des excuses s'imposaient peut-être... ?

— Excusez-moi, monsieur l'agent, je croyais que la bretelle de sortie était sur la droite et...

— C'est pour cela que nous dépensons de l'argent pour installer des panneaux de signalisation, M. Taylor. C'est bien votre adresse actuelle ?

— Oui, monsieur l'agent. Comme je disais, je suis navré. Si vous me collez une contravention, y a rien à dire, je l'ai méritée.

— J'aimerais que tout le monde soit aussi compréhensif, dit l'agent avec un sourire.

Tout le monde ne l'était pas, et il voulut voir la tête qu'avait cet automobiliste poli. Il examina la photo du permis et se pencha pour s'assurer qu'il avait bien en face de lui la bonne personne. Il braqua sa torche sur la figure de Bob. C'était bien la même mais...

— Bon Dieu, qu'est-ce que ça sent, là-dedans ?

Mace, pensa-t-il à la même seconde. La torche tourna. Les passagers avaient l'air assez normaux, deux à l'avant, deux à l'arrière et... un de ceux de l'arrière semblait vêtu d'un uniforme...

Gregory se demanda si réellement sa vie était en jeu. Il se dit qu'il allait bien voir et pria le ciel que le flic n'ait pas les yeux dans sa poche.

À l'arrière, le passager de gauche, celui qui portait une espèce d'uniforme, articulait silencieusement deux mots : *Au secours.* Le policier fut étonné mais les hommes de l'avant avaient vu aussi et commençaient un peu à s'agiter. Le flic réagit tout à coup. Sa main droite glissa vers son revolver d'ordonnance et fit sauter le cran de sûreté.

— Hors de la voiture, un à la fois, et *tout de suite !*

Il fut d'ailleurs éberlué de voir une arme. Elle venait d'apparaître comme par magie dans la main du type de droite, à l'arrière, avant qu'il ait lui-même le temps de dégainer...

La main droite de Gregory n'arriva pas tout à fait à temps, mais son coude gêna tout de même la visée de Lenny.

Le policier fut surpris de ne rien entendre, sauf un cri dans une langue qu'il ne connaissait pas, mais quand il s'en aperçut sa mâchoire avait déjà explosé dans une bouffée blanche, plus perçue que ressentie. Il tomba à la renverse. Son revolver était bien dégainé, à présent, et tirait apparemment tout seul.

Bob frémit et démarra. Les roues avant dérapèrent sur le gravier du bas-côté puis les pneus mordirent et entraînèrent lentement la Plymouth loin du bruit de la détonation. À l'arrière, Lenny, qui n'avait tiré qu'une seule balle, abattit la crosse de son automatique sur le crâne de Gregory. Son coup parfaitement visé aurait dû aller droit au cœur du policier mais il l'avait touché à la tête et il ne savait pas quel en avait été le résultat. Il cria aussi quelque chose que Bob ne prit même pas la peine d'écouter.

Trois minutes plus tard, la Plymouth quitta l'autoroute. Au-dessous de l'accident, qui provoquait encore un bouchon, la chaussée était parfaitement dégagée. Bob trouva le chemin de terre et y tourna, tous feux éteints. Il arriva à la caravane avant que le prisonnier reprenne connaissance.

Derrière eux, un automobiliste aperçut le policier sur le bas-côté et s'arrêta pour lui porter secours. Le malheureux souffrait atrocement, la mâchoire fracassée et neuf dents en moins. L'automobiliste courut à la voiture de police et lança un appel radio. Le dispatcher mit une minute à comprendre mais trois minutes après l'appel, une deuxième voiture-radio était là, et encore cinq de plus en autant de minutes. L'agent blessé ne pouvait parler mais il tendit son bloc, avec le signalement et le numéro de la voiture. Il avait toujours aussi le permis de conduire de « Bob Taylor ». Ce fut pour ses collègues un message suffisant. Un appel fut immédiatement lancé sur toutes les fréquences de la police locale. On avait blessé par balle un officier de police. Le crime qui avait été commis était infiniment plus grave mais la police n'en savait rien et, d'ailleurs, elle s'en serait bien moins souciée.

Candi fut étonnée de ne pas trouver Al à la maison. Sa mâchoire était encore tout engourdie par les piqûres de xylocaïne et elle se décida pour de la soupe, à dîner. Mais où était Al ? Peut-être avait-il été retenu au labo ? Elle aurait pu téléphoner, mais ce n'était pas si grave et puis, avec la bouche dans un tel état, elle n'avait pas vraiment envie de parler.

Au siège de la police, dans Cerrillos Road, les ordinateurs bourdonnaient déjà. Un télex fut immédiatement envoyé en Oklahoma où des collègues prirent aussitôt note de l'importance du crime et firent travailler leurs propres ordinateurs. Ils apprirent très vite qu'il n'y avait jamais eu aucun permis de conduire accordé à Robert J. Taylor du 1353 108e Rue Nord-

Ouest à Oklahoma City, Okla. 73210, pas plus qu'il n'y avait de Plymouth Reliant immatriculée XSW-498. Ce numéro, en fait, n'existait pas. Le sergent qui dirigeait le département informatique fut plus qu'un peu surpris. Apprendre qu'il n'y avait pas trace d'un numéro, ce n'était pas tellement insolite, mais faire chou blanc à la fois sur la voiture et le permis, et par-dessus le marché dans une affaire d'attaque à main armée contre un policier, c'était pousser un peu loin les lois de la probabilité. Il décrocha son téléphone pour appeler son supérieur.

— Capitaine, nous avons quelque chose de plutôt dingue, ici, dans l'affaire Mendez, le collègue blessé par balle.

L'État du Nouveau-Mexique est plein de secteurs appartenant au gouvernement fédéral et a une longue histoire d'affaires plutôt délicates. Le capitaine ne savait pas ce qui s'était passé mais il comprit tout de suite qu'il ne s'agissait pas d'un simple accident de la circulation. Une minute plus tard, il avait au téléphone le bureau local du FBI.

Jennings et Perkins arrivèrent avant que l'agent Mendez sorte de la salle d'opération. Le salon d'attente était tellement bondé de policiers que c'était une chance que l'hôpital n'ait pas à réceptionner d'autres urgences de chirurgie pour le moment. Le capitaine chargé de l'enquête était là aussi, ainsi que l'aumônier de la police de l'État et une demi-douzaine d'agents du même service que Mendez, sans compter Mme Mendez, enceinte de sept mois. Enfin le chirurgien apparut et annonça que tout allait bien. Le seul vaisseau sanguin important atteint avait été facilement suturé. Les plus gros dégâts se situaient à la mâchoire et aux dents et un spécialiste se mettrait à ces réparations-là dans un jour ou deux. La femme du blessé pleura un peu, on l'emmena voir son mari et puis deux agents la raccompagnèrent chez elle. Alors tout le monde se mit au travail.

— Il devait avoir le flingue dans le dos du pauvre bougre, dit lentement l'agent Mendez, ses mots déformés par les fils d'acier maintenant son maxillaire.

Il avait déjà refusé les calmants. Il voulait transmettre au plus tôt les renseignements et pour cela, il consentait à souffrir un peu. Au reste, il était tout à fait furieux.

— C'est le seul moyen qu'il avait de tirer si vite.

— La photo sur le permis, c'est celle de l'homme ?

— Oui, madame.

Pete Mendez était très jeune et il parvint à mettre dans ces seuls mots un respect qui donna à l'agent Jennings l'impression d'avoir pris un coup de vieux. Il donna ensuite un signalement sommaire des deux autres hommes et, enfin, celui de la victime :

— Dans les trente ans, maigre, avec des lunettes. Il avait un blouson... comme une veste d'uniforme. Je n'ai pas vu d'écusson ni rien mais il faut dire que je n'ai pas eu le temps de bien regarder. Et puis il avait aussi les cheveux coupés comme au régiment. Je ne me souviens pas de la couleur des yeux, non plus, mais c'était bizarre... ses yeux étaient brillants comme si... Ah, l'odeur de Mace ! Ça devait être ça. Ils ont dû lui flanquer une dose de Mace. Il n'a rien dit mais il a articulé les mots, voyez ? J'ai trouvé ça drôle mais le type à droite à l'avant a réagi drôlement vite. J'ai été trop lent. J'aurais dû réagir plus vite. Trop lent...

— Vous dites que l'un d'eux a crié quelque chose ? demanda Perkins.

— Le salaud qui m'a tiré dessus. Je ne sais pas ce que c'était. Pas de l'anglais ni de l'espagnol. Je me rappelle juste le dernier mot... *maht,* quelque chose comme ça.

— *Yob' tvoyou mat' ?* dit immédiatement Perkins.

— C'est ça ! qu'est-ce que ça veut dire ?

— Cela veut dire « baise ta mère ». Excusez-moi, bredouilla Perkins, sa figure de mormon devenant écarlate.

Mendez se raidit dans son lit. On ne disait pas ce genre de choses à un homme en colère portant un nom hispanique.

— Quoi ? s'écria le capitaine de la police de l'État.

— C'est du russe, un de leurs jurons favoris, expliqua Perkins en jetant un coup d'œil à Jennings.

— Dieu de Dieu, souffla-t-elle, à peine capable d'y croire. Nous appelons Washington tout de suite.

— Nous devons identifier la... non, attendez... Gregory ? Nom de Dieu ! Appelez Washington, j'appelle le bureau des projets.

La plus rapide fut la police de l'État. Candi alla ouvrir quand on frappa à sa porte et fut étonnée de voir un policier. Il lui demanda poliment s'il pouvait parler au commandant Al Gregory et apprit qu'il n'était pas là, par une jeune femme dont la bouche engourdie redevenait progressivement normale à mesure que le monde s'écroulait autour d'elle. Elle avait à peine appris la nouvelle quand le chef de la sécurité de Tea Clipper arriva. Elle demeura simple spectatrice pendant qu'un appel radio était lancé, donnant l'ordre de rechercher la voiture d'Al Gregory. Elle était même trop choquée pour pleurer.

La photo du permis de « Bob Taylor » était déjà à Washington, examinée par les membres de la branche du contre-espionnage du FBI, mais elle ne figurait pas dans leur liste d'agents soviétiques identifiés. Le Directeur adjoint qui commandait les opérations de contresp fut rappelé de son domicile d'Alexandria par l'officier de service de nuit. Le Directeur adjoint appela à son tour le Directeur du FBI, Emil Jacobs, qui arriva à l'immeuble Hoover à deux heures du matin. Ils pouvaient à peine y croire, mais le policier blessé avait formellement reconnu la photographie du commandant Alan T. Gregory. Jamais les Soviétiques n'avaient commis ce genre d'action violente aux États-Unis. Cette règle était si fermement établie que même les transfuges soviétiques les plus importants pouvaient, s'ils le voulaient, vivre à visage découvert et sans protection. Tout ceci était en fait encore pire que l'élimination de quelqu'un qui aurait été, par la loi soviétique, un traître condamné. Un citoyen américain avait été kidnappé, et pour le FBI, un enlèvement était un crime qui différait très peu d'un meurtre.

Il y avait là tout un plan, naturellement. Bien que ce ne fût jamais arrivé, les experts des opérations dont la mission était de penser à l'inconcevable possédaient un protocole prévu de choses à faire dans ces cas-là. Avant le jour, trente agents de niveau élevé partirent de la base aérienne d'Andrews, et parmi eux des membres du corps d'élite de sauvetage des otages, l'Hostage Rescue Team. Et dans tout le Sud-Ouest, les agents des bureaux locaux du FBI alertèrent les postes frontière.

Bob-Leonid était assis tout seul et buvait du café tiède. *Pourquoi est-ce que je n'ai pas accéléré et fait demi-tour dans la rue ?* se demandait-il. *Pourquoi est-ce que j'étais si pressé ? Pourquoi est-ce que j'étais énervé alors que je n'avais pas à l'être ?*

Maintenant, il y avait de quoi être énervé. Il y avait trois trous de balles dans sa voiture, deux sur le flanc gauche et le troisième dans le couvercle du coffre. Son permis de conduire était entre les mains de la police, avec sa photo.

Ce n'est pas comme ça que tu auras un poste d'enseignant à l'académie, tovarichtch. Il sourit amèrement.

Il était dans une maison sûre. Il avait au moins cette consolation. Elle le resterait d'ailleurs probablement pendant un jour ou deux. C'était manifestement le refuge de dernier recours du capitaine Bisyarina et il n'avait jamais été destiné à être autre chose qu'un coin où elle pourrait se cacher au cas où il faudrait le faire. De ce fait, il n'y avait là bien entendu pas de téléphone et aucun moyen de communiquer avec le correspondant local. *Et si elle ne revenait pas ?* C'était assez clair, ça. Il aurait à prendre le risque de conduire une voiture au numéro connu, et portant des traces de balles par-dessus le marché, assez loin pour en voler une autre. Il avait des visions de milliers d'agents de police patrouillant le long de toutes les routes, à la recherche des fous qui avaient blessé leur camarade. Comment avait-il pu laisser les choses tourner aussi mal, et aussi vite ?

Il entendit approcher une voiture. Lenny gardait toujours leur prisonnier. Bob et Bill s'armèrent de leurs pistolets et risquèrent un œil au coin de l'unique fenêtre de la remorque donnant sur le chemin de terre. Ils respirèrent en reconnaissant la Volvo de Bisyarina. Elle descendit, fit le geste signifiant que tout allait bien pour elle et s'avança en traînant un grand sac.

— Félicitations, vous avez fait le journal télévisé, dit-elle dès son entrée.

L'imbécile. Elle n'avait pas besoin de dire ça, le mot planait maintenant comme un nuage d'orage.

— C'est une longue histoire, dit-il en s'apprêtant à mentir.

— Je n'en doute pas, grommela-t-elle et elle posa son sac sur la table. Demain, j'irai vous louer une autre voiture. C'est trop dangereux de vous servir de la vôtre. Où l'avez-vous...

— À deux cents mètres en haut du chemin, dans le fourré le plus dense que nous avons trouvé, bien recouverte de branches pour qu'elle soit difficile à apercevoir, même du haut du ciel.

— Très bien, n'oubliez pas ça. La police, ici, a des hélicoptères.

Elle lança à Bob une perruque noire. Ensuite elle tira du sac des lunettes, les unes aux verres neutres, les autres solaires, avec des verres-miroirs.

— Est-ce que vous êtes allergique au maquillage ?

— Quoi ?

— Au *maquillage*, espèce d'idiot !

— Capitaine, voulut protester Bob, mais Bisyarina lui coupa la parole :

— Votre peau est trop claire. Au cas où vous ne l'auriez pas remarqué, beaucoup de gens de cette région sont d'origine espagnole. C'est mon territoire et vous ferez exactement ce que je vous dirai... Je vous ferai sortir.

— L'Américaine, elle vous connaît de vue...

— C'est évident. Je suppose que vous voudriez l'éliminer ? Après tout, nous avons déjà violé une règle, pourquoi pas en violer une autre, hein ? Quelle espèce de putain de fou furieux a ordonné cette opération ?

— Les ordres sont venus de très haut, répliqua Leonid.

— D'où ça, très haut ? demanda-t-elle et elle reçut comme réponse un sourcil haussé qui en disait très, très long. Vous voulez rire !

— La nature de l'ordre, la mention « priorité immédiate »... qu'est-ce que vous croyez ?

— Je crois que nos carrières sont foutues et cela suppose que nous... enfin, bon. Mais je ne suis pas d'accord quant à l'assassinat de mon agent. Nous n'avons encore tué personne et je ne pense pas que nos ordres envisageaient...

— C'est exact, dit tout haut Bob mais en secouant énergiquement la tête à droite et à gauche.

Bisyarina en resta bouche bée.

— Ça pourrait déclencher une guerre, murmura-t-elle en russe.

Elle ne voulait pas dire une vraie guerre, bien sûr, mais quelque chose de presque aussi grave, un conflit ouvert entre les agents du KGB et de la CIA, ce qui n'était jamais arrivé, même dans les pays du tiers-monde. Dans ces pays, il s'agissait surtout de petites guerres par procuration où les hommes ne savaient pas trop ce qu'ils faisaient ni pourquoi, et même ces cas-là étaient dans le fond plutôt rares. Le travail des services de renseignements était de récolter des informations, et la violence, les deux camps étaient bien d'accord là-dessus, compromettait toujours les vraies missions. Si les deux camps se mettaient à tuer les atouts stratégiques de leurs adversaires...

— Vous auriez dû refuser l'ordre, dit-elle au bout d'un moment.

— Certainement, répliqua Bob. Il paraît que les camps de

la Kolyma sont ravissants en cette saison, tout scintillants de blanc sous leur couverture de neige.

Le plus curieux — du moins cela aurait paru curieux à un Occidental — c'était qu'aucun de ces agents n'envisageait un instant de se rendre et de demander l'asile politique. Cela aurait mis fin au danger qu'ils couraient, mais ç'eût été aussi trahir la patrie.

— Ce que vous faites ici vous regarde, mais je ne tuerai pas mon agent, déclara « Ann », mettant fin à cette discussion-là. Je vous ferai sortir.

— Comment ?

— Je ne le sais pas encore. En voiture, je pense. Il va falloir que je trouve quelque chose de nouveau. Peut-être pas une voiture. Un camion...

Il y avait beaucoup de camions dans la région et il n'était pas du tout étrange de voir une femme au volant d'un poids-lourd. Passer la frontière avec un camion, peut-être ? Transportant des caisses... Gregory dans une caisse, drogué et bâillonné... les autres aussi, on verrait... Quelles étaient les procédures douanières pour ce genre de véhicule ? Elle n'avait jamais eu à s'intéresser à ce genre de choses. Avec une semaine de préavis, comme pour toute opération normale, elle aurait eu le temps de répondre à toutes ces questions.

Prends ton temps, se dit-elle. Nous nous sommes déjà trop précipités...

— Deux jours, peut-être trois.

— Ça fait long, observa Leonid.

— Il me faudra peut-être tout ce temps pour évaluer les contre-mesures que nous risquons d'avoir à affronter. En attendant, ne vous rasez pas.

Bob hésita puis il s'inclina.

— C'est votre territoire.

— Quand vous rentrerez, vous pourrez écrire tout ça comme une leçon de manuel, pour expliquer pourquoi les opérations doivent être bien préparées. Vous n'avez besoin de rien d'autre ?

— Non.

— Très bien. Je vous reverrai demain après-midi.

— Non, dit aux agents Beatrice Taussig. J'ai vu Al cet après-midi. Je... (Elle jeta un coup d'œil embarrassé à Candi.) Je voulais qu'il m'aide à.. eh bien, à choisir un cadeau d'anniversaire pour Candace, demain. Je l'ai vu dans le parking, aussi, mais c'est tout. Vous croyez réellement... des *Russes*... ?

— C'est bien ce qu'on dirait, répondit Jennings.

— Oh, mon Dieu !

— Est-ce que le commandant Gregory en sait assez pour que...

— Oh oui !

Jennings était étonnée que Taussig réponde à ses questions à la place du professeur Long.

— Oui. Il est le seul à réellement comprendre tout le projet. Al est un garçon extrêmement intelligent. Et un ami, ajouta-t-elle.

Cela lui valut un sourire chaleureux de Candi. Il y avait maintenant des larmes authentiques dans les yeux de Bea. Elle souffrait de voir son amie malheureuse, et elle savait pourtant que tout était, au fond, pour le mieux.

— Vous allez adorer ça, Ryan.

Jack venait tout juste de revenir du dernier round des négociations, qui se déroulaient au ministère des Affaires étrangères, vingt étages de pièce montée stalinesque dans le boulevard Smolenski. Candela lui remit la dépêche.

— Ah le porc ! souffla-t-il.

— Vous ne vous attendiez quand même pas à ce qu'il collabore, dites ? répliqua Candela avec ironie mais il se ravisa et changea de ton. Excusez-moi, mon vieux. Je ne me serais pas attendu à ça non plus.

— Je connais ce gosse. Je l'ai trimballé moi-même autour de Washington, quand il est venu nous mettre au courant...

C'est ta faute, Jack. C'est ton initiative qui a provoqué ça... Il posa quelques questions.

— Ouais, c'est pratiquement une incertitude, dit Candela. Leur coup a foiré, on dirait. Ça me fait l'effet d'un truc un peu rapide. Les agents du KGB ne sont pas des surhommes non plus, mon vieux, mais ils obéissent aux ordres, tout comme nous.

— Vous avez des idées ?

— Nous ne pouvons pas faire grand-chose d'ici mais j'espère que les flics du coin vont arranger tout ça.

— Et si ça devient public...

— Montrez-moi une preuve. On n'accuse pas un gouvernement étranger d'une chose pareille sans preuves. Écoutez, il y a une demi-douzaine d'ingénieurs qui ont été assassinés en Europe par des terroristes de gauche depuis deux ans, des scientifiques qui travaillaient tous en marge du programme de l'IDS, et je ne parle pas des quelques suicides qu'il y a eu aussi : nous n'avons jamais rendu ça public.

— Mais, bon sang, ça viole complètement les règles !

— Tout bien pesé, vous savez, il n'y a au fond qu'une règle, c'est de gagner.

— Est-ce que l'USIA a encore cette opération TV mondiale en train ?

— Worldnet, vous voulez dire ? Bien sûr. C'est un sacré programme.

— Si nous ne le récupérons pas, je révélerai personnellement l'histoire d'*Octobre rouge* au monde entier ! Et au cul les conséquences ! tempêta Ryan. Si ça me coûte ma carrière, tant pis, je le ferai !

— *Octobre rouge ?*

Candela ne savait pas du tout de quoi parlait Jack.

— Faites-moi confiance. C'en est une bonne.

— Dire à vos amis du KGB... Ah oui, ça pourrait marcher.

— Même si ça ne marche pas, dit Ryan, plus maître de lui à présent.

C'est ta faute, Jack, se répéta-t-il. Candela était d'accord, Jack le sentait bien.

Le plus drôle, pensait la police, c'était qu'on ne donnait pas à la presse l'essentiel de l'information. Dès l'arrivée de l'équipe du FBI, les règles avaient été établies. Pour le moment, c'était une simple affaire de fusillade. L'intervention fédérale devait être gardée secrète et si jamais il y avait une fuite, la consigne était qu'un gros trafiquant de drogue international s'était évadé et qu'on avait demandé l'assistance des fédéraux. Les autorités de l'Oklahoma reçurent l'ordre de communiquer à tout journaliste curieux qu'elles avaient simplement fourni une identification pour aider des collègues. Pendant ce temps, le FBI prenait l'affaire en main et des agents fédéraux envahissaient carrément la région. On expliqua à la population que des bases militaires voisines se livraient à quelques manœuvres, des exercices spéciaux de recherche et de sauvetage, d'où l'activité accrue des hélicoptères. Au projet Tea Clipper, on mit le personnel au courant de ce qui était arrivé, avec l'ordre de garder ce secret aussi jalousement que tous les autres.

La voiture de Gregory fut retrouvée en quelques heures. Pas d'empreintes digitales — Bisyarina avait mis des gants, naturellement — ni rien d'autre pouvant servir d'indice, mais l'emplacement de la voiture et l'endroit de la fusillade confirmaient à l'évidence le côté « professionnel » de toute l'affaire.

Gregory avait été reçu, à Washington, par des personnalités plus importantes que Ryan. Dans la matinée, le premier rendez-vous du Président fut pour le général Bill Parks, le Directeur du FBI Emil Jacobs et le juge Moore.

— Eh bien ? demanda à Jacobs le Président.

— Ces choses prennent du temps. J'ai là-bas quelques-uns de nos meilleurs enquêteurs, monsieur le Président, et si on regarde par-dessus leur épaule cela ne fera que les ralentir.

— Bill ? dit ensuite le Président. Quelle est au juste l'importance de ce garçon ?

— Il est inestimable, répondit Parks avec simplicité. Il est un de mes trois hommes les plus précieux. Les gens comme ça ne se remplacent pas facilement.

Le Président prit très au sérieux cette information. Il s'adressa enfin à Moore :

— Vous avez provoqué ça, n'est-ce pas ?

— Oui, monsieur le Président, dans un sens. Il est évident que nous avons touché chez Gerasimov un point extrêmement sensible. Mon estimation concorde avec celle du général. Ils veulent ce que sait Gregory. Gerasimov pense probablement que s'il peut se procurer des renseignements de cette importance, il pourra surmonter les conséquences politiques de la révélation d'*Octobre rouge.* C'est difficile de juger de ce côté-ci de l'océan mais il y a certainement de fortes chances pour que cette évaluation soit bonne.

— Je savais que nous ne devions pas faire ça..., murmura le Président, puis il secoua la tête. Mais c'est ma responsabilité. Je l'ai autorisé. Si la presse...

— Monsieur le Président, si la presse a vent de cela ce ne sera certainement pas par la CIA. Ensuite, nous pourrons toujours dire qu'il s'agissait d'une tentative désespérée — et je préférerais dire « un peu brutale » — pour sauver la vie de notre agent. Pas la peine, je crois, d'aller plus loin que ça. De toute façon, tous les services secrets du monde pratiquent ce genre de choses. De temps en temps, ils font vraiment tout pour protéger leurs agents. Nous aussi. C'est une des règles du jeu.

— Où est-ce que Gregory figure exactement, dans ce jeu ? demanda Parks. Est-ce qu'ils pensent que nous avons une chance de le sauver ?

— Je ne sais pas, avoua Moore. Si Gerasimov réussit à se sauver, lui-même, il nous fera peut-être savoir que nous lui avons forcé la main, qu'il regrette, que cela ne se reproduira plus. Il s'attendrait alors à une ou deux actions de représailles, mais il est probable que tout s'arrêterait assez vite car ni le KGB ni la CIA ne veulent déclencher une guerre. Pour répondre directement à votre question, général, il est possible qu'ils aient l'ordre d'éliminer totalement le sujet.

— Vous voulez dire, l'assassiner ? s'exclama le Président.

— C'est une possibilité. Gerasimov a ordonné très rapidement cette mission. Les hommes désespérés donnent des ordres désespérés. Il serait imprudent de supposer le contraire.

Le Président considéra tout cela pendant une minute entière. Il se carra dans son fauteuil et but du café.

— Si nous pouvons découvrir où il se trouve, Emil...

— L'Hostage Rescue Team se tient prêt à intervenir. Mes hommes sont sur place. L'armée de l'air leur transporte leurs véhicules mais, pour le moment, ils ne peuvent qu'attendre les bras croisés.

— S'ils interviennent, quelles chances ont-ils de le sauver ?

— Elles sont assez bonnes, monsieur le Président, assura Jacobs.

— « Assez », ce n'est pas assez ! grogna Parks. Si les Russes ont l'ordre de l'emporter...

— Mes hommes sont parmi les mieux entraînés du monde, déclara le directeur du FBI.

— Quelles sont leurs consignes d'engagement ? demanda Parks.

— Ils sont entraînés à tuer pour la protection de toute personne innocente et leur propre protection. Si un sujet apparaît menaçant pour un otage, c'est un homme mort.

— Cela ne suffit pas, déclara le général.

— Que voulez-vous dire ? demanda le Président.

— Combien de temps faut-il pour se retourner et faire sauter la tête de quelqu'un ? Est-ce qu'ils sont prêts à mourir pour accomplir leur mission ? C'est ce que nous attendons de nos hommes, non ?

— Arthur ?

Les têtes se tournèrent vers Moore. Il fit un geste vague.

— Je ne peux pas prévoir l'abnégation des Soviétiques. Elle est possible ? Oui, je le pense. Elle est certaine ? Je ne sais pas. Personne ne le sait.

— Mon métier était de piloter des chasseurs. Je connais les temps de réaction humaine, dit Parks. Si un type décide de se retourner et de tirer, même si votre gars a un pistolet braqué, il risque de ne pas être assez rapide pour garder Al vivant.

— Qu'est-ce que vous voulez que je fasse ? Que je dise à mes gars de tuer tout le monde à vue ? demanda posément Jacobs. Ce n'est pas en général ce que nous faisons. Nous ne pouvons pas faire ça.

Parks s'adressa ensuite au Président.

— Même si les Russes ne tuent pas Gregory, monsieur le Président, si nous le perdons, ils auront gagné. Il faudra sans doute des années pour le remplacer. Je pense que les hommes de M. Jacobs sont entraînés à affronter des criminels, pas des situations comme celle-ci. Je crois qu'il serait mieux de faire venir la Force Delta de Fort Bragg.

— Cela ne relève pas de leur autorité, protesta immédiatement Jacobs.

— Ils ont subi l'entraînement qu'il faut, rétorqua le général.

Le Président réfléchit en silence pendant une autre minute.

— Dites-moi, Emil, que valent vos hommes, pour l'obéissance aux ordres ?

— Ils feront ce que vous leur direz, monsieur le Président. Mais il faudra que vous leur donniez l'ordre vous-même, par écrit.

— Pouvez-vous me mettre en communication avec eux ?

— Certainement, monsieur le Président.

Jacobs décrocha le téléphone et fit relayer l'appel par son propre bureau de l'immeuble Hoover. En cours de transmission, la communication fut brouillée.

— L'agent Werner, s'il vous plaît... Agent Werner, ici le Directeur Jacobs. J'ai un message spécial pour vous. Ne quittez pas, dit-il en remettant le combiné au Président. C'est Gus Werner, chef du groupe depuis cinq ans. Gus a renoncé à une promotion pour rester avec l'HRT.

— M. Werner, vous avez le Président au bout du fil. Est-ce que vous reconnaissez ma voix ? Bien. Écoutez attentivement, je vous prie. Au cas où vous auriez la possibilité de tenter le sauvetage du commandant Gregory, votre seule mission sera de le sauver, de le récupérer. Toutes les autres considérations sont secondaires et passent après cet objectif. L'arrestation des criminels n'est pas, je répète, n'est pas à considérer. Est-ce clair ?... Oui, même la simple possibilité d'une menace contre l'otage est une raison suffisante d'un recours à la force mortelle. Le commandant Gregory est une valeur nationale irremplaçable. Sa vie sauve est votre unique mission. Je vais rédiger ces ordres par écrit et les remettre au Directeur. Je vous remercie. Bonne chance, dit le Président et il raccrocha. Il me dit qu'ils ont déjà envisagé cette possibilité, ajouta-t-il.

— Ça ne m'étonne pas, avoua Jacobs. Il a de l'imagination — et même une très bonne imagination. L'ordre par écrit, maintenant, monsieur le Président.

Le Président prit une petite feuille de papier à lettres et rendit l'ordre officiel. Ce fut seulement quand il eut fini qu'il prit pleinement conscience de ce qu'il venait de faire. Il ne s'agissait pas d'un exercice intellectuel. Il venait de signer une condamnation à mort. Et c'était d'une facilité déprimante.

— Êtes-vous satisfait, général ?

— J'espère que ces hommes sont aussi bons que l'assure le Directeur.

Ce fut tout ce que Parks voulut bien dire.

— Arthur, pas de répercussions de l'autre côté ?

— Non, monsieur le Président. Nos collègues soviétiques comprennent ce genre de choses.

— Eh bien voilà, alors.

Et que Dieu aie pitié de mon âme.

Personne n'avait dormi. Candi n'était pas allée à son travail, naturellement. Les enquêteurs étant arrivés de Washington, Jennings et Perkins veillaient sur elle. Il y avait bien sûr la possibilité bien mince que Gregory réussisse à s'échapper. Dans ce cas, il téléphonerait tout de suite à la maison. Et il y avait autre chose, c'est vrai, mais ce n'était pas encore officiel.

Côté activité, c'était une véritable tornade, Bea Taussig. Elle avait passé la nuit à faire le ménage et du café pour tout le monde. Aussi curieux que cela paraisse, elle avait besoin de faire quelque chose, à part rester assise bien entendu à côté de son amie. Elle passait beaucoup de temps auprès d'elle, naturellement, ce que personne ne trouvait particulièrement bizarre. C'était comme ça.

Jennings mit plusieurs heures à remarquer que Taussig portait une toilette vraiment féminine. Elle s'était donné du mal, la veille, pour s'arranger assez joliment. Malheureusement, il ne restait pratiquement rien de ces efforts. Une ou deux fois elle avait pleuré avec Candi : tout le maquillage était maintenant un peu passé. Sa robe était fripée et son écharpe se trouvait dans le placard, accrochée au même cintre que son manteau. Mais ce qu'il y avait de plus intéressant chez Taussig — de son fauteuil, Jennings pensait à cela —, c'était son état mental. Il y avait pas mal de tension en elle, c'était sûr. L'activité débordante de la nuit l'avait un peu calmée mais... il devait y avoir là autre chose qu'un simple désir de servir, pensait l'agent. Elle n'en dit rien à Perkins.

Taussig ne faisait pas attention à Jennings et se moquait de ce qu'elle pensait. Elle regarda par la fenêtre, s'attendant à voir le soleil se lever une deuxième fois, car elle venait de redormir, et se demandant d'où lui venait toute cette énergie. Le café, sans doute, se dit-elle avec un sourire secret. C'était toujours drôle de se mentir à soi-même. Elle se demanda dans quelle mesure elle était elle-même en danger mais elle chassa vite cette pensée. Elle faisait confiance au professionnalisme d'Ann. Une des premières choses qu'on lui avait dites au début de sa seconde carrière, c'était qu'elle serait protégée, jusqu'à la mort même. De telles promesses ne peuvent qu'être sûres, disait Ann, parce qu'elles ont un aspect pratique. C'était un métier, pensait Bea, et elle était certaine que ceux qui l'exerçaient savaient se conduire. Le pire qui puisse arriver ce serait que la police et le FBI sauvent Al, mais ils étaient probablement déjà partis, se dit-elle. Ou alors ils le tueraient, peut-être, en dépit de ce qu'Ann lui avait assuré la veille. Ce serait dommage. Elle voulait être débarrassée de lui, elle ne désirait pas sa mort, elle voulait simplement être débarrassée. Elle se rappela des conversations, à table, avec des gens du projet : des Allemands, des Italiens et des Britanniques travaillant à des recherches en rapport avec l'IDS étaient morts mystérieusement. Il y avait donc des précédents. Si Al revenait vivant... eh bien la question serait réglée. Elle devait se fier à son contrôle, pour tout organiser. Trop tard pour réfléchir, maintenant. Elle consacra de nouveau son attention à son amie.

Candi regardait fixement le mur. Il y avait là un tableau, une gravure au laser d'un lancement de navette spatiale à cap Canaveral. Pas une vraie gravure, quelque chose qu'Al avait obtenu pour rien d'une entreprise quelconque et accroché là. Les pensées de Bea revinrent vers Candace. Elle avait les yeux gonflés d'avoir tant pleuré.

— Il faut aller te reposer, lui dit Bea, mais elle ne tourna même pas la tête, elle eut l'air de ne pas entendre, alors Bea lui mit un bras autour des épaules et la souleva du canapé. Viens...

Candi se leva comme dans un rêve et se laissa guider hors du living-room, dans l'escalier, jusqu'à la chambre. Une fois à l'intérieur, Bea ferma la porte.

— Pourquoi, Bea ? Pourquoi ont-ils fait ça ?

Candi s'assit sur le lit et son regard fixe se posa sur un autre mur.

— Je ne sais pas, répondit Bea plus franchement qu'elle ne le croyait car réellement elle l'ignorait, et, de plus, ne s'y intéressait pas du tout.

Les larmes reparurent, les sanglots reprirent, le nez se remit à couler et Bea regarda son amie contempler un monde qu'on lui avait détruit. Elle éprouva un instant de remords, à la pensée qu'elle avait participé à cette destruction mais elle était sûre de pouvoir tout réparer. Assez timorée malgré son allure indépendante, Bea s'était découvert un courage inattendu en travaillant pour une puissance étrangère, et plus de courage encore en faisant une chose qu'elle n'avait jamais imaginé qu'on lui demanderait. Il restait un dernier acte à jouer. Elle s'assit à côté de son amie et la serra dans ses bras, lui prit la tête sur son épaule. C'était très difficile pour Bea. Elle n'avait pour toute expérience que quelques petites passades entre collégiennes. Elle avait cherché quelque chose de différent mais les hommes qu'elle avait fréquentés ne l'avaient pas satisfaite. Ses tout premiers rapports sexuels avec un footballeur adolescent aux mains maladroites avaient été si horribles que... mais elle n'était pas fille à se faire psychanalyser. Avec les inconnus ou les simples relations, c'était une chose, mais à présent elle devait s'affronter elle-même, affronter sa propre image dans les yeux de son amie. Une amie qui souffrait. Une amie qui avait besoin de soutien. Une amie, se rappela-t-elle froidement, qu'elle avait trahie. Elle n'en haïssait pas moins

Gregory mais devait se rendre à l'évidence qu'il était important pour son amie, que dans un sens il était toujours là entre elles, même ici, alors qu'elles se retrouvaient seules dans cette chambre. Cette espèce de répugnante caricature d'homme, de petit homme qui dans ce lit même...

Arriveras-tu jamais à le remplacer ? se demanda-t-elle.

Vas-tu seulement essayer ?

Si tu as accepté de le retirer du tableau, de la faire souffrir et si maintenant tu ne prends même pas le risque... Qu'est-ce que tu vaux, alors ?

Elle resserra ses bras autour de son amie et fut récompensée par une étreinte semblable. Candi essayait simplement de se cramponner à ce qui restait de son monde en éclats mais Bea ne le savait pas. Elle embrassa son amie sur la joue et l'étreinte de Candi se raffermit.

Elle a besoin de toi.

Bea fit appel à tout son courage. Déjà son cœur battait rapidement et elle se moqua d'elle-même, comme elle le faisait depuis des années. Bea la résolue. Bea la dure, qui montrait les dents et élevait la voix contre ce qu'elle voulait, qui conduisait son style de voiture, et pas un autre, qui s'habillait à sa propre mode et au diable ce que les gens pensaient. Bea la timorée qui, même après avoir tout risqué, manquait de courage pour s'ouvrir à la seule personne au monde qui comptât pour elle. Encore un petit pas hésitant. Elle embrassa encore sa compagne, goûta le sel de ses larmes et sentit la supplication désespérée dans les bras qui l'enlaçaient. Taussig respira profondément et laissa une main glisser sur le sein de son amie.

Jennings et Perkins bondirent dans la chambre moins de cinq secondes après le hurlement. Ils virent l'horreur sur le visage de Long et quelque chose de semblable mais d'à la fois très différent sur celui de Taussig.

23

Les plans les mieux élaborés...

— TELLE est la position du gouvernement des États-Unis, déclara Ernest Allen de son côté de la table. Les systèmes conçus pour défendre des civils innocents contre des armes de destruction massive ne sont ni menaçants ni déstabilisants et des restrictions imposées au développement de tels systèmes ne peuvent avoir aucun résultat utile. Depuis huit ans, cette position a été constamment et fermement déclarée et nous n'avons absolument aucune raison d'en changer. Nous accueillons favorablement l'initiative du gouvernement de l'Union des Républiques Socialistes Soviétiques de réduire de cinquante pour cent les armes offensives et nous examinerons avec intérêt les détails de la proposition, mais une réduction des armes offensives ne concerne en rien les armes défensives, qui ne sont pas l'objet de négociations, hors les accords déjà existants entre nos deux pays. Pour ce qui est de la question des inspections de sites, nous sommes déçus de constater que les remarquables progrès accomplis si récemment soient...

On ne pouvait qu'admirer ce type, pensait Ryan. Il n'était pas d'accord avec ce qu'il disait mais c'était la position de son pays et jamais Ernie Allen ne laisserait ses sentiments personnels s'échapper du compartiment secret où il les avait bien enfermés avant le début de ces séances.

La réunion fut officiellement ajournée quand Allen eut terminé son exposé, qu'il répétait pour la troisième fois de la journée. Les amabilités d'usage furent échangées. Ryan serra la main de ses homologues soviétiques. Ce faisant, il passa un papier, comme on lui avait appris à le faire à Langley. Golovko n'eut aucune réaction visible, ce qui lui valut un signe de tête amical pour ponctuer la poignée de main. Jack n'avait pas vraiment le choix. Il devait continuer selon le plan, en sachant qu'il apprendrait les jours suivants si Gerasimov était un flambeur. Pour qu'il coure le risque de révélations de la part de la CIA, surtout avec la menace d'autres fuites, encore plus spectaculaires, que Jack avait promises... Mais Ryan ne pouvait l'admirer. Il considérait Gerasimov comme l'assassin en chef de cette agence d'assassins d'un pays qui se laissait gouverner par des assassins. Il savait que son raisonnement était simpliste, et même dangereux, mais il n'était pas un agent de terrain, même si en ce moment il en jouait le rôle, et il n'avait pas encore appris que le monde qu'il contemplait ordinairement de son bureau climatisé et protégé du sixième étage de la CIA n'était pas aussi clair que les rapports qu'il pouvait faire à son sujet. Il s'était attendu à ce que Gerasimov cède à ses exigences, après avoir bien sûr pris le temps d'étudier sa propre position, mais cède en fin de compte. L'idée lui vint qu'il avait raisonné comme un joueur d'échecs, c'était après tout la façon de penser qu'on attendait de la part d'un chef du KGB, et voilà qu'il était tombé sur un homme qui acceptait de jouer aux dés... comme les Américains avaient tendance à le faire. Cette ironie aurait dû être drôle, se dit Jack en traversant le vestibule de marbre du ministère des Affaires étrangères. Mais elle ne l'était pas.

Jennings n'avait jamais vu personne d'aussi démoli que Beatrice Taussig. Sous la façade cassante et l'apparence assurée battait en fait un cœur solitaire, un cœur consumé d'une rage contre un monde qui ne l'avait pas traité comme il le désirait. Peg avait presque pitié de cette fille menottes aux mains, mais sa compassion n'allait pas jusqu'à la trahison et encore moins jusqu'à l'enlèvement, le plus grand crime — le plus vil — dans le code du FBI.

Son effondrement avait été vraiment total toutefois, et c'était cela qui comptait pour le moment, ainsi que le fait que Perkins et elle-même lui avaient soutiré des renseignements. La nuit était encore noire quand ils la firent sortir puis monter dans une voiture du FBI. Ils laissèrent sa Datsun dans l'allée pour faire croire qu'elle était toujours là mais un quart d'heure plus tard, elle pénétrait par la porte de derrière au siège du FBI de Santa Fe et donnait tous ses renseignements aux enquêteurs qui venaient d'arriver. Ce n'était pas grand-chose, dans le fond, rien qu'un nom, une adresse et un type de voiture mais c'était le début de piste dont les agents avaient besoin. Un peu plus tard, une voiture du Bureau partit à l'adresse indiquée pour aller voir si la Volvo était encore là. Ensuite, après quelques recherches dans l'annuaire, on téléphona à la famille habitant juste en face pour l'avertir que dans une minute deux agents du FBI allaient frapper à leur porte de service. Les deux agents installèrent leur poste de surveillance dans le living-room, ce que le jeune couple propriétaire de la petite maison trouva à la fois effrayant et passionnant. Ils dirent aux agents qu'« Ann » — on la connaissait sous ce nom dans le quartier — était une personne discrète. On ignorait sa profession mais elle ne dérangeait personne, même si elle avait des heures un peu anormales, comme beaucoup de personnes seules. La veille au soir, par exemple, elle était rentrée plutôt tard, dit le mari, vingt minutes avant la fin de l'émission *Carson*. Une sortie galante, probablement. Mais, curieusement, on ne l'avait jamais vue ramener quelqu'un chez elle...

— Elle est levée. Voilà de la lumière.

Un des agents prit ses jumelles, dont il n'avait pourtant pas vraiment besoin pour voir de l'autre côté de la rue. Son camarade tenait une caméra à téléobjectif et film ultra-rapide. Ils ne voyaient rien de plus qu'une ombre allant et venant derrière les rideaux fermés. Dehors, un homme portant un casque intégral — il devait faire son exercice matinal — passa sur sa bicyclette à dix vitesses. De leur poste d'observation, les agents le virent placer un radio-signalisateur sous le pare-chocs arrière de la Volvo, mais ils ne virent cela que parce qu'ils savaient ce qu'il fallait surveiller.

— Qui leur apprend à faire ça ? demanda l'homme à la caméra. David Copperfield ?

— Stan Quelquechose, il travaille à Quantico. J'ai joué aux cartes avec lui, une fois, dit l'autre en riant. Il m'a rendu mon argent et m'a montré comment on s'y prend. Je n'ai plus jamais joué au poker pour de l'argent.

— Est-ce que vous pourriez nous dire ce que ça signifie, tout ça ? demanda l'habitant de la maison.

— Désolé. Vous le saurez plus tard, mais ce n'est pas le moment. Bingo !

— C'était moins une, pour nous, marmonna l'homme aux

jumelles et il prit sa radio. Le sujet s'en va, monte dans la voiture.

— Nous sommes parés, répondit la radio.

— La voilà partie, direction sud, sur le point de perdre le contact visuel. Ça y est. Elle est à vous, maintenant.

— Nous l'avons. Terminé.

Onze voitures et camions, pas moins, étaient affectés à la surveillance mais le plus important c'était l'essaim d'hélicoptères tournoyant à plus de mille mètres d'altitude. Un autre hélicoptère était au sol, à la base aérienne de Kirkland, un UH-IN, la variante bimoteur du vénérable Huey qui s'était rendu célèbre au Vietnam. Il avait été emprunté à l'armée de l'air et on était en train de l'équiper de cordes de rappel.

Ann conduisait d'une manière tout à fait normale mais derrière ses lunettes de soleil ses yeux remontaient toutes les secondes vers son rétroviseur. Elle avait maintenant besoin de tous ses talents, de toute sa science, et malgré ses cinq courtes heures de sommeil, elle se sentait à la hauteur de son professionnalisme. Elle avait une thermos de café sur le siège à côté d'elle. Elle en avait déjà bu deux gobelets et comptait donner le reste à ses trois collègues.

Bob était levé aussi. En tenue de travail et en bottes, il courait au petit trot à travers bois, en ne s'arrêtant que pour consulter sa boussole, sur un sentier de trois kilomètres, sous les sapins. Il s'était accordé quarante minutes pour le parcours et s'apercevait qu'il aurait bien besoin de tout ce temps. L'altitude le fit haleter avant même de s'attaquer à la côte. Il avait mis de côté toutes ses récriminations. Plus rien ne comptait, que la mission. Des choses avaient déjà mal tourné dans des opérations sur le terrain, mais jamais dans une des siennes, et la marque du bon agent était sa capacité d'affronter l'adversité et de réussir. À sept heures dix, il aperçut la route et, sur le bord de la route, un petit magasin. Il s'arrêta à vingt mètres de l'orée du bois et attendit.

Apparemment, Ann roulait sans but. Elle fit quelques détours et quitta deux fois la route principale avant d'entamer la dernière partie du trajet. À sept heures et quart, elle se gara dans le parking du petit magasin et y entra.

L'équipe du FBI était maintenant réduite à deux voitures, tant le sujet avait été habile à éluder la chasse. Chacun de ses détours avait forcé une voiture à abandonner la filature — on supposait qu'elle saurait identifier tous les véhicules qu'elle verrait plus d'une fois — et un appel urgent avait été lancé pour réclamer d'autres véhicules. Elle avait même choisi avec soin le magasin. Impossible de l'observer de la route, le flot de la circulation l'interdisait. La voiture numéro dix pénétra dans le même parking. Un des deux occupants entra dans le magasin, l'autre resta au volant.

L'agent qui avait pénétré dans la boutique fut le premier du Bureau à voir réellement Ann alors qu'elle achetait des beignets et puis du café dans deux grands récipients en plastique, ainsi que des boissons non alcoolisées, toutes avec une forte teneur en caféine, mais cela, l'agent ne le remarqua pas. Il passa à la caisse sur ses talons et paya un journal et deux cafés. Il la regarda sortir et vit qu'un homme la rejoignait et montait dans la Volvo aussi naturellement que le fiancé d'une fille qui aimait conduire sa propre voiture. L'agent courut à la sienne : malgré cela, ils faillirent la perdre.

— Tenez...

Ann montrait un journal. La photo de Bob était en première page. Elle avait même été imprimée en couleurs, mais la qualité du cliché, d'après la petite photo du permis de conduire, n'était pas extraordinaire.

— Je suis contente que vous n'ayez pas oublié la perruque.

— Quel est le plan ? demanda Leonid.

— Je vais d'abord louer une nouvelle voiture pour vous ramener en lieu sûr. Ensuite, j'irai acheter du maquillage pour que vous puissiez tous modifier votre teint. Et puis je pense que nous nous procurerons un petit camion pour passer la frontière. Nous aurons aussi besoin de caisses d'emballage. Ça, je ne sais pas encore mais je saurai à la fin de la journée.

— Et le passage ?

— Demain. Nous partirons avant midi et nous passerons à l'heure du dîner.

— Si vite ?

— *Da.* Plus j'y réfléchis... Si nous nous attardons trop, toute la région va grouiller d'agents.

Ils firent le reste du chemin en silence. Elle retourna en ville et laissa Leonid avec la voiture dans un parking public avant de se rendre à pied dans une agence de location, juste en face d'un grand hôtel. Toutes les formalités furent terminées en moins d'un quart d'heure et bientôt après elle arrêtait une Ford à côté de sa Volvo. Elle remit les clefs à Bob et lui dit de la suivre jusqu'à l'autoroute : après cela, il serait livré à lui-même.

Quand ils arrivèrent sur l'autoroute, le FBI était presque à bout d'automobiles. Une décision devait être prise et l'agent responsable de la surveillance choisit la bonne. Une voiture banalisée de la police de l'État suivit la Ford sur l'autoroute. Pendant ce temps, cinq véhicules de la première partie de la filature matinale foncèrent pour rattraper « Bob » et sa Ford. Trois d'entre eux prirent la même bretelle de sortie et continuèrent de le suivre sur la route secondaire menant au refuge. Comme il respectait scrupuleusement la limitation de vitesse, deux des voitures furent obligées de le doubler mais la troisième resta en retrait... jusqu'à ce que la Ford s'arrête sur le bas-côté. C'était une longue ligne droite de près de deux kilomètres et il avait fait halte juste au milieu.

— Je l'ai, je l'ai ! annonça un observateur en hélicoptère armé de jumelles stabilisées.

D'une distance de cinq kilomètres, il vit une minuscule silhouette ouvrir le capot, se pencher sur le moteur et attendre plusieurs minutes avant de le refermer et de repartir.

— Ce type-là est un pro, dit l'observateur au pilote.

Pas assez pro, pensa le pilote, les yeux rivés sur le lointain point blanc du toit de la voiture. Il vit la Ford quitter la route et tourner dans un chemin de terre qui disparaissait sous les arbres.

— Bingo !

On s'était bien attendu à ce que le refuge soit isolé. La topographie de la région s'y prêtait parfaitement. Dès que le site fut identifié, un Phantom RF-4C du 67e Groupe de reconnaissance tactique décolla de la base de Bergstrom au Texas. Les deux hommes de l'équipage trouvaient que c'était une plaisanterie mais le vol, qui prit moins d'une heure, ne les dérangeait pas. La mission était si simple que n'importe qui aurait pu s'en charger. Le Phantom effectua quatre passages à haute altitude au-dessus du secteur et après avoir pris plusieurs dizaines de mètres de film avec ses multiples systèmes de caméras, l'appareil alla se poser à la base aérienne de Kirkland, près d'Albuquerque. Un avion-cargo avait apporté quelques heures plus tôt une équipe supplémentaire de rampants et du matériel. Pendant que le pilote coupait ses moteurs, deux mécaniciens retirèrent la boîte de film et la portèrent dans la remorque qui servait de laboratoire photographique aéro-portable. Un appareil de développement automatique fournit les clichés humides aux photo-interprètes une demi-heure à peine après l'atterrissage.

— Nous y voilà, dit le pilote quand la bonne photo apparut. De bonnes conditions pour l'exercice, temps clair, froid, peu d'humidité, bon angle du soleil. Nous n'avons même pas laissé de traînée de vapeur.

— Merci, commandant, dit la femme-sergent en examinant le film de la grosse caméra KA-91 panoramique. On dirait que nous avons un chemin de terre, qui quitte la route là, qui serpente au-dessus de la petite crête... et on dirait une caravane, une voiture garée à une cinquantaine de mètres... une autre, un peu recouverte. Deux voitures, donc. O.K. Quoi encore ?

— Attendez ! Je ne vois pas de seconde voiture, dit l'agent du FBI.

— Là. Le soleil se reflète sur quelque chose et ça m'a l'air trop gros pour être une bouteille de Coca. Un pare-brise, probablement. Peut-être une lunette arrière, mais je penche pour le devant.

— Pourquoi ?

Elle ne releva pas les yeux.

— Ma foi, si c'était moi, si je cachais une voiture, je me garerais en marche arrière, pour pouvoir me tirer de là en vitesse, non ?

L'homme eut du mal à se retenir de rire.

— C'est très bien, sergent.

Elle donna un tour de manivelle pour avoir un nouveau cadrage.

— Nous y voilà... voilà un reflet sur le pare-chocs, et ça c'est probablement la calandre. Voyez comment c'est recouvert ? Regardez près de la caravane. Ça pourrait bien être un homme, là dans l'ombre... Oui, c'est une personne, dit-elle en examinant le cadre suivant.

L'homme devait mesurer un mètre quatre-vingts environ ; il avait une carrure athlétique, des cheveux bruns et une ombre sur sa figure suggérait qu'il avait négligé de se raser ce matin. Pas de pistolet en vue.

Il y avait quatre photos utilisables du site, dont on tira huit posters. Les agrandissements allèrent au hangar rejoindre l'UH-IN. Gus Werner y était. Il n'aimait pas plus les opérations précipitées que les hommes de la caravane, mais ses choix étaient aussi limités que les leurs.

— Eh bien, colonel Filitov, nous voici avec vous en 1976.

— Dimitri Fedorovitch m'a pris avec lui quand il est devenu ministre de la Défense. Cela simplifiait les choses naturellement.

— Et augmentait les bonnes occasions, observa Vatutine.

— Oui, bien sûr.

Il n'y avait plus de récriminations, plus d'accusations, plus de commentaires sur la nature du crime commis par Micha. Ils avaient dépassé ce stade. L'aveu était venu d'abord, comme toujours, et c'était le plus dur, mais ensuite, une fois qu'ils avaient brisé ou trompé un homme pour le faire avouer, c'était facile. Cela pouvait durer des semaines et Vatutine n'avait aucune idée du temps que cela prendrait cette fois. La phase initiale tendait à délimiter ce qu'il avait fait. L'examen détaillé de chaque épisode suivrait mais la nature en deux phases de l'interrogatoire était capitale, pour établir un bon index de recoupement, au cas où le sujet tenterait par la suite de modifier ou de nier un point particulier. Même cette phase, qui survolait les détails au passage, horrifiait Vatutine et ses hommes. Les plans de chaque char, de chaque canon de l'Armée rouge, y compris les variantes envoyées aux Arabes — ce qui équivalait à les donner aux Israéliens et, par conséquent, aux Américains — et même aux autres pays du pacte de Varsovie étaient parties pour l'Ouest avant même que les prototypes soient mis en production. Et des plans d'avions. Et les possibilités de toutes les armes conventionnelles et nucléaires, de toute espèce. Et les chiffres de fiabilité des missiles stratégiques. Et les querelles internes du ministère de la Défense — sans compter, au moment où ils étaient arrivés, lorsque Oustinov était devenu membre votant du Politburo, toutes les disputes politiques au plus haut niveau. Plus grave que tout, Filitov avait donné à l'Ouest tout ce qu'il savait de la stratégie soviétique.. et il savait tout ce qu'il y avait à en savoir. Servant de caisse de résonance et de confident à Dimitri Oustinov, et lui-même soldat légendaire, il était devenu la lunette du fonctionnaire braquée sur le champ de la guerre.

Alors, Micha, qu'est-ce que tu penses de ça... ? Oustinov

avait dû poser cette question mille fois, se disait Vatutine, mais il n'avait jamais soupçonné...

— Quelle espèce d'homme était Oustinov ? demanda le colonel du « Deux ».

— Brillant, répondit immédiatement Filitov. Ses talents administratifs étaient uniques. Son instinct des procédés de fabrication, par exemple, n'avait pas son pareil au monde. Il lui suffisait de respirer dans une usine pour dire si on y faisait du bon ou du mauvais travail. Il était capable de voir ce qui se passerait cinq ans plus tard et de déterminer quelle arme serait nécessaire et quelle autre inutile. Sa seule faiblesse : sa mauvaise compréhension de l'utilisation réelle des armes au combat et, à cause de cela, nous nous disputions parfois, quand j'essayais de changer des choses pour rendre tous ces jouets plus faciles d'emploi. Je veux dire par là qu'il cherchait des méthodes de fabrication plus faciles pour accélérer la production, alors que je m'intéressais à la facilité d'utilisation du produit fini sur le champ de bataille. En général, j'arrivais à le convaincre, mais quelquefois non.

Ahurissant, pensa Vatutine en prenant quelques notes. *Micha n'a jamais cessé de lutter pour rendre les armes meilleures, même s'il donnait tout à l'Ouest... Pourquoi ?* Mais il ne pouvait poser cette question maintenant, et pas avant longtemps. Il ne pouvait pas permettre à Micha de se considérer de nouveau comme un patriote, pas avant que l'intégralité de sa trahison soit pleinement prouvée. Les détails de ces aveux allaient durer des mois, il n'en doutait pas.

— Quelle heure est-il à Washington ? demanda Ryan à Candela.

— Pas loin de dix heures du matin. Votre séance a été courte, aujourd'hui.

— Ouais. Les autres voulaient ajourner de bonne heure, pour une raison ou une autre. Pas de nouvelles de D.C. au sujet de l'affaire Gregory ?

— Rien, répliqua sombrement Candela.

— Vous nous avez dit qu'ils mettraient leur système de défense sur la table, gronda Narmonov au chef du KGB.

Le ministre des Affaires étrangères venait de lui annoncer qu'il n'en était rien. Ils l'avaient appris la veille, en réalité, mais à présent ils étaient absolument certains que ce n'était pas une simple ruse de jeu. Les Soviétiques avaient fait allusion à une remise en cause de la clause de vérification dont le principe était déjà décidé, dans l'espoir que cela leur ferait revoir leur position sur la question de l'IDS. Leur manœuvre s'était heurtée à un mur de pierre.

— Il semble que notre source se soit trompée, reconnut Gerasimov. Ou peut-être la concession attendue demande un peu plus de temps.

— Ils n'ont pas changé leur position et ils ne la changeront pas ! Vous avez été mal informé, Nikolaï Borissovitch, déclara le ministre des Affaires étrangères, définissant ainsi sa propre position, en ferme alliance avec le Secrétaire général du Parti.

— Est-ce possible ? demanda Alexandrov.

— Un des problèmes, avec la recherche de renseignements sur les Américains, c'est que bien souvent ils ne savent pas eux-mêmes quelle est leur position. Notre information venait d'une source très bien placée et ce rapport coïncidait avec celui d'un autre agent. Allen voulait peut-être faire cela mais on le lui a interdit.

— C'est possible, reconnut le ministre des Affaires étrangères, qui ne voulait pas être trop dur avec Gerasimov. J'ai longtemps senti qu'il avait sa propre opinion à ce sujet. Mais cela n'a plus d'importance. Nous devrons modifier notre approche. Cela pourrait être le signal que les Américains ont opéré une nouvelle percée technique ?

— Peut-être. Nous travaillons là-dessus en ce moment. J'ai une équipe qui essaie de nous rapporter du matériel assez secret.

Gerasimov n'osait pas en dire plus. Son opération d'enlèvement du commandant américain était encore plus désespérée que Ryan lui-même ne s'en doutait. Si elle devenait publique, il serait accusé par le Politburo d'avoir cherché à faire échouer des négociations importantes, et de l'avoir fait sans consulter ses pairs. Même les membres du Politburo devaient révéler ce qu'ils faisaient, mais lui ne le pouvait pas. Son allié Alexandrov voudrait savoir pourquoi et Gerasimov ne pouvait avouer à personne dans quel piège il était tombé. D'autre part, il était certain que les Américains n'ébruiteraient pas l'enlèvement. Cela leur ferait courir un risque identique : les éléments politiques de Washington accuseraient les conservateurs de se servir de l'incident dans le but de saborder les négociations, pour des raisons qui leur étaient propres. La partie était plus serrée que jamais et les risques que courait Gerasimov, tout en étant graves, ajoutaient simplement du piment à la compétition. Il était trop tard pour être prudent. Même si sa vie était en jeu, l'ampleur de la compétition valait vraiment que l'on joue.

— Nous ne savons pas s'il est là, n'est-ce pas ? demanda Paulson.

C'était le premier tireur d'élite du groupe de sauvetage des otages. Membre du « Club du Quart-de-pouce » du FBI, il était capable de placer trois balles dans un cercle d'un demi-pouce de diamètre à deux cents mètres, et sur ce demi-pouce (12,7 mm) un tiers était représenté par la balle elle-même.

— Non, mais c'est tout ce que nous avons, avoua Gus Werner. Ils sont trois. Nous savons, avec certitude, qu'il y en a deux là. Ils ne laisseraient pas un seul homme garder l'otage pendant qu'ils iraient se balader ailleurs, ce ne serait pas très professionnel.

— Logique, reconnut Paulson. Mais nous ne *savons pas*. Bon, alors nous marchons comme ça.

Ce n'était pas une question.

— Ouais, et vite.

— O.K.

Paulson se retourna et regarda le mur. Ils avaient pris possession de la salle de préparation d'un pilote. Le revêtement de liège, destiné à l'insonorisation, était parfait pour l'affichage de cartes et de photos. Ils constatèrent tous que la caravane n'était qu'une vieille guimbarde. Peu de fenêtres, et une des deux portes d'orgine était condamnée par des planches clouées. Ils supposèrent que la partie près de la porte restante était occupée par les « méchants » et que l'otage était détenu dans l'autre. Le seul bon aspect de l'affaire, c'était que leurs adversaires étaient des professionnels et, par conséquent, des gens prévisibles. Dans la plupart des cas, ils agissaient raisonnablement, contrairement aux criminels de droit commun qui faisaient tout ce qui leur passait par la tête.

Paulson examina les diverses photos, puis la carte topographique et commença à calculer une route d'approche. La haute précision des clichés était une bénédiction. Ils montraient un homme dehors, qui surveillait la route, le moyen d'accès le plus évident. Il devait un peu aller et venir, pensait Paulson, mais il surveillait surtout la route. Donc l'équipe d'observateurs et le tireur d'élite devraient approcher à revers, par l'autre côté.

— Vous croyez que c'est des citadins ? demanda-t-il à Werner.

— Probablement.

— J'arriverai par là. Marty et moi pourrons nous approcher à quatre cents mètres, quelque chose comme ça, derrière cette hauteur, et puis nous descendrons par là, parallèlement à la caravane.

— Où est votre point d'atterrissage ?

— Là, dit Paulson en mettant le doigt sur la meilleure des photos. Nous devrions emporter la mitraillette avec nous.

Il expliqua pourquoi et tout le monde approuva.

— Un dernier petit changement, annonça Werner. Nous avons de nouvelles règles d'engagement. Si jamais quelqu'un pense que l'otage pourrait être en danger, les mauvais types dérouillent. Éliminés. Paulson, s'il y en a un près de lui quand vous passez à l'action, vous l'abattez avec la première balle, qu'il soit armé ou non.

— Doucement, Gus ! s'écria Paulson. Il va y avoir un sacré...

— L'otage est important et nous avons des raisons de soupçonner que toute tentative de sauvetage aura sa mort pour résultat.

— Il y en a un qui va trop au cinéma, marmonna un autre membre de l'équipe.

— Qui ? demanda Paulson, très sérieusement.

— Le Président. Le Directeur Jacobs était au téléphone aussi. Il a l'ordre écrit.

— Je n'aime pas ça, grommela le tireur d'élite. Ils auront quelqu'un qui lui tiendra la main, et vous voulez que je tue ce type-là, qu'il menace ou non l'otage ?

— C'est exactement ça. Si vous ne pouvez pas le faire, dites-le-moi tout de suite.

— Il faut que je sache pourquoi, Gus.

— Le Président l'a qualifié de « valeur nationale inestimable ». Il est l'homme-clef d'un projet si important qu'il est allé lui-même mettre le Président au courant. C'est pour ça qu'il a été kidnappé et on pense que s'ils voient qu'ils ne peuvent pas l'avoir, ils ne voudront pas non plus que nous l'ayons. Réfléchissez un peu à ce qu'ils ont déjà fait !

Paulson soupesa tout cela pendant un moment et finit par

acquiescer. Il se tourna vers Marty, son coéquipier, qui en fit autant.

— O.K. Nous devrons passer par une fenêtre. C'est un boulot pour deux fusils.

Werner se dirigea vers un tableau noir et fit un croquis du plan d'assaut, aussi détaillé qu'il le put. L'aménagement intérieur de la remorque était inconnu et bien des choses dépendraient de renseignements de dernière minute, des renseignements qui seraient récoltés sur place par le viseur télescopique de Paulson. Avant tout, Werner établit un ordre de commandement. Tout le monde le connaissait mais il le définit quand même avec précision. Ensuite vinrent la composition des groupes d'assaut et leurs rôles dans la mission. Des médecins et des ambulances se tiendraient prêts, c'était une évidence. Ils y passèrent une heure et malgré tout le plan n'était toujours pas aussi complet qu'ils l'auraient voulu, mais leur entraînement leur permettait cela. Une fois engagée, l'opération dépendrait de l'adresse et du jugement de chaque membre de l'équipe, mais il en était toujours ainsi dans ce genre d'affaires. Quand ils eurent fini, tout le monde se mit à la tâche.

Elle se décida pour un petit camion de location U-Haul, de la même taille que les mini-cars et les fourgonnettes de livraison. Un camion plus important, pensait-elle, serait trop long à charger des caisses à venir. Ces dernières, elle alla les chercher une heure plus tard dans une entreprise qui s'appelait « La Boîte à Boîtes ». C'était une chose qu'elle n'avait encore jamais faite — tous ses transferts d'informations s'étaient toujours effectués avec des cassettes de film qui se dissimulaient facilement dans une poche — mais il lui avait suffi de consulter les pages jaunes et de donner quelques coups de téléphone. Elle acheta dix cartons d'emballage en carton revêtu de plastique, avec des coins en bois, tous bicn pliés et faciles à assembler. La même maison lui vendit des étiquettes pour indiquer le contenu et de la fibre de polystyrène pour protéger son envoi. Le vendeur insista beaucoup. Tania attendit pendant que deux hommes chargeaient sa camionnette et elle repartit.

— À ton avis, qu'est-ce que ça veut dire, tout ça ? demanda un agent.

— Probable qu'elle veut transporter quelque chose quelque part.

Le conducteur la suivit sur quelques centaines de mètres

pendant que son collègue appelait des agents pour qu'ils aillent interroger le magasin d'emballages. La camionnette U-Haul était bien plus facile à suivre que la Volvo.

Paulson et trois autres agents descendirent de la Chevrolet Suburban, à l'extrémitié d'un lotissement, à environ deux kilomètres de la caravane. Un enfant qui jouait dans un jardin regarda les hommes, deux armés de fusils, un troisième d'une mitraillette M-60, s'engager dans la forêt. Deux voitures de police restèrent là après le départ de la Suburban et des agents allèrent frapper aux portes pour dire aux gens de ne pas parler de ce qu'ils avaient vu, ou plutôt, dans la plupart des cas, allaient bientôt voir.

L'agrément des sapins, pensait Paulson déjà à cent mètres dans la forêt, c'était qu'ils laissaient tomber des aiguilles et pas des feuilles sèches et bruyantes comme dans les montagnes de Virginie où il marchait chaque automne sur la trace des chevreuils. Il n'en avait pas eu un seul, cette année. Deux bonnes occasions s'étaient présentées mais les mâles qu'il avait vus étaient plus petits que ce qu'il aimait rapporter à la maison et il avait préféré les laisser pour l'année prochaine, en attendant qu'une autre occasion se présente, qui n'était pas venue.

Paulson était un homme des bois, né dans le Tennessee, qui n'était jamais plus heureux que dans les régions sauvages, marchant sans bruit dans un pays planté d'arbres, au sol vierge tapissé d'un épais lit de feuilles. Il précédait les trois autres lentement, prudemment, en faisant le moins de bruit possible, comme les « revenuers », ces fonctionnaires des contributions qui avaient fini par persuader son grand-père de ne plus fabriquer son alcool clandestin, un épouvantable tord-boyaux, pensa-t-il sans sourire. En quinze ans de service, Paulson n'avait jamais tué personne. Le Hostage Rescue Team avait les tireurs d'élite les mieux entraînés du monde mais ils n'avaient jamais eu à pratiquer réellement leur art. Il en avait été bien près, six ou sept fois, mais toujours, il avait eu une raison de ne pas tirer. Cette fois, ce serait différent. Il était presque certain qu'il aurait à le faire et cela agissait sur son humeur. C'était une chose de partir en mission en sachant qu'une fusillade était possible. Au FBI, cette éventualité était toujours là. On s'y préparait, toujours en espérant qu'elle ne serait pas nécessaire ; il ne savait que trop ce qui arrivait quand un flic tuait quelqu'un, les cauchemars, la dépression, tout ce qui apparaissait rarement dans les émissions policières de la télé. Le toubib est déjà en route, se dit-il. Le FBI avait un psychiatre à sa disposition, pour secourir les agents après une fusillade mortelle parce que même lorsqu'on sait qu'on n'a pas eu le choix, la nature humaine est ainsi faite qu'elle défaille devant la réalité de la mort inutile et punit le survivant d'être en vie alors que sa victime ne l'est plus. C'est une des rançons du progrès, se dit Paulson ; c'était différent autrefois, et avec les criminels, dans la plupart des cas ce n'était pas la même chose non plus. C'était toute la différence entre un milieu et l'autre. Mais à quel milieu appartenait son objectif ? Criminel ? Non, c'étaient des professionnels entraînés, des patriotes à leur manière, dans leur société. Des hommes qui faisaient leur travail. *Tout comme moi.*

Il entendit du bruit. Sa main gauche se leva et les quatre hommes s'accroupirent et se mirent à couvert. Quelque chose bougeait... sur leur gauche. Toujours sur la gauche, en s'éloignant de leur chemin. Un gosse, peut-être, pensa-t-il, un gosse qui joue dans la forêt. Il attendit pour être sûr qu'il était loin, puis il se remit en marche. L'équipe de tireurs portait des combinaisons léopard de l'armée, par-dessus leur équipement de protection, des combinaisons prévues pour la forêt, dans des teintes vertes et marron. Au bout d'une demi-heure, Paulson consulta sa carte.

— Point de contrôle numéro un, dit-il à sa radio.

— Bien reçu, répondit Werner, à cinq kilomètres. Des problèmes ?

— Négatif. Parés à franchir la première crête. Nous devrions avoir l'objectif en vue dans un quart d'heure.

— O.K. Allez-y.

— O.K. Terminé.

Paulson et son équipe avancèrent de front pour atteindre la première éminence. Elle n'était pas très haute et il y en avait une seconde deux cents mètres plus loin. De cette hauteur, ils apercevraient la remorque. À partir de là tout se passa très lentement. Paulson remit son fusil au quatrième homme et s'avança seul, en regardant assez loin devant lui pour choisir le chemin promettant d'être le plus silencieux. Il s'agissait surtout de regarder où on marchait, plutôt que comment, ce que ne comprenaient pas les gens de la ville qui croyaient que le sol d'une forêt était invariablement bruyant. Il y avait là bien assez de rochers et de pierres à fleur de terre et il serpenta parmi eux. Il arriva à la seconde crête après cinq minutes de marche presque totalement silencieuse. Accroupi contre un arbre, il prit ses jumelles, elles aussi recouvertes de plastique vert.

« Salut, les gars », dit-il à part lui. Il ne voyait encore personne mais la caravane cachait l'endroit où devait se trouver l'homme de l'extérieur et il y avait aussi beaucoup d'arbres pour boucher la vue. Paulson chercha dans les environs immédiats des signes de mouvement. Il consacra plusieurs minutes à observer en écoutant, avant de faire signe à ses camarades de le rejoindre. Ils mirent dix minutes, Paulson le vérifia à sa montre. Ils étaient dans la forêt depuis quatre-vingt-dix minutes, un peu en avance sur l'horaire.

— Tu as vu quelqu'un ? demanda l'autre tireur d'élite en s'accroupissant à côté de Paulson.

— Pas encore.

— Merde, j'espère qu'ils n'ont pas déménagé, grommela Marty. Qu'est-ce qu'on fait ?

— On va passer sur la gauche, et descendre dans cette ravine, là. C'est notre point, dit Paulson en tendant le bras.

— Comme sur les photos.

— Tout le monde est prêt ?

Il attendit une minute avant de repartir, le temps de permettre à tout le monde de boire un peu d'eau. L'air était sec et l'altitude desséchait la gorge. Il ne faudrait surtout pas tousser. *Des pastilles contre la toux,* pensa le chef de groupe. *Nous devrions en ajouter à l'équipement de base.*

Il leur fallut encore une demi-heure pour arriver à leurs perchoirs. Paulson choisit un coin humide à côté d'un gros rocher de granit déposé là par le dernier glacier venu visiter la région. Il était à six ou sept mètres au-dessus du niveau de la remorque, à peu près ce qu'il désirait pour sa mission, et à un angle de pas tout à fait quatre-vingt-dix degrés. Il avait une vue dégagée de la large fenêtre de l'arrière. Si Gregory se trouvait dans cette caravane, c'était sans doute là, à l'arrière, qu'ils le garderaient. Il était temps de s'en assurer. Paulson déplia la double béquille de son fusil, ôta les couvercles du viseur et se mit au travail. Il prit à tâtons sa radio et se mit l'écouteur à l'oreille, puis il parla d'un murmure moins fort que celui du vent dans les aiguilles des sapins au-dessus de sa tête.

— Ici Paulson. Nous sommes en place, nous observons. Vous tiendrai au courant.

— Bien reçu, répondit la radio.

— Ah mince ! chuchota Marty. Le voilà. Sur la droite.

Al Gregory était assis dans un fauteuil. Il avait eu peu de choix en la matière. Ses mains étaient retenues par des menottes, sur ses genoux — une concession, pour son confort — mais ses bras et ses mollets étaient ligotés, attachés au siège. On lui avait ôté ses lunettes et tout ce qu'il voyait était flou sur les bords — y compris bien entendu l'individu qui se faisait appeler Bill. Bill était assis de l'autre côté de la fenêtre. Il avait un pistolet automatique glissé dans sa ceinture mais Gregory ne pouvait le distinguer, il ne voyait qu'une forme anguleuse.

— Qu'est-ce que...

— Nous allons faire de vous ? dit Bill, en complétant la question. Je n'en sais foutre rien, commandant. Il y a des gens qui s'intéressent à ce que vous faites comme boulot, probable.

— Je ne...

— Ben voyons ! dit Bill avec un sourire. Mais on vous a dit de rester tranquille, sinon je remets le bâillon. Détendez-vous donc, mon petit.

— Est-ce qu'elle a dit pour quoi c'était faire, les cartons ? demanda l'agent.

— Elle disait que sa compagnie expédiait des statues. Un artiste local, à ce qu'elle disait, une exposition à San Francisco, je crois.

Il y a un consulat soviétique à San Francisco, pensa aussitôt l'agent. *Mais ils ne peuvent pas faire ça... ils pourraient ?*

— Des cartons grands comme un homme, vous dites ?

— On pourrait coller deux personnes dans les grands, facile, et il y en a tout un tas de petits.

— Combien de temps ?

— Pas besoin d'outils spéciaux. Une demi-heure, maxi.

Une demi-heure... ? Un des agents quitta le magasin pour aller téléphoner. Le message fut relayé à Werner.

— Du nerf ! annonça l'écouteur de la radio. Nous avons un U-Haul, disons une camionnette, qui quitte la route principale.

— Nous ne pouvons pas la voir d'ici, maugréa Paulson à Marty, sur sa gauche.

Leur problème, à ce poste d'observation, c'était qu'ils ne pouvaient voir toute la caravane et ne distinguaient que par endroits le chemin qui y conduisait. Les arbres étaient trop denses. Pour avoir un meilleur champ de vision, il leur faudrait s'avancer mais alors il y aurait un risque qu'ils ne tenaient pas à courir. L'indicateur de portée au laser les plaçait à cent quatre-vingt-six mètres de la remorque. Les fusils avaient une portée optimale de deux cents mètres et les tenues camouflées rendaient les hommes invisibles, à condition qu'ils ne bougent pas. Même à la jumelle, les arbres étaient si rapprochés et les fourrés si épais qu'il y avait tout simplement trop de choses pour distraire l'œil humain.

Paulson entendit la camionnette. Mauvais pot d'échappement, pensa-t-il. Il entendit claquer une portière et le grincement d'une autre qu'on ouvrait. Puis ce furent des voix mais il ne put distinguer un seul mot.

— Ça devrait être assez grand, dit à Leonid le capitaine Bisyarina. J'en ai deux comme ça et trois plus petites. Nous les entasserons sur le dessus, celles-là.

— Qu'est-ce que nous expédions ?

— Des statues. Il y a une exposition de peinture et de sculpture dans trois jours et nous allons franchir la frontière au point le plus rapproché de cette manifestation. Si nous partons dans deux heures, nous arriverons à peu près au bon moment à la frontière.

— Vous êtes sûre...

— Ils fouillent les colis qui montent dans le nord, pas ce qui descend vers le sud, affirma Bisyarina.

— Bon, d'accord. Nous assemblerons les cartons à l'intérieur. Dites à Oleg de sortir.

Bisyarina entra. Lenny montait la garde dehors, parce qu'il connaissait mieux la vie au grand air que les deux autres. Pendant qu'Oleg et Leonid transportaient les cartons à l'intérieur, Tania alla dans le fond voir Gregory.

— Bonjour, commandant. Confortable ?

— J'en ai un autre, annonça Paulson dès qu'elle apparut. Une femme, c'est celle des photos, de la Volvo, dit-il à la radio. Elle parle à l'otage.

— Trois hommes maintenant visibles, dit ensuite la radio ; un autre agent occupait un autre perchoir de l'autre côté de la caravane. Ils transportent des cartons d'emballage à l'intérieur de la remorque. Je répète, trois sujets masculins. Le sujet féminin est à l'intérieur et hors de vue.

— Toute la troupe doit être là. Parlez-moi des cartons d'emballage.

Werner se tenait à côté de l'hélicoptère, dans un champ à plusieurs kilomètres, avec un diagramme de la caravane.

— Ils sont pliés, pas montés. Je suppose qu'ils vont les assembler.

— Nous n'avons repéré que quatre personnes, dit Werner à ses hommes. Et l'otage est là...

— Ça devrait en retenir deux, l'assemblage des cartons, dit un homme du groupe d'assaut. Un à l'extérieur, un avec l'otage... Ça me paraît bon, Gus.

— Attention, ici Werner. Nous démarrons. Tout le monde se tient prêt.

Il fit signe au pilote de l'hélicoptère qui commença sa séquence de mise en marche du moteur. Le chef de l'HRT fit sa propre vérification mentale pendant que ses hommes montaient à bord. Si les Russes essayaient d'emmener l'otage, ses hommes tenteraient de les avoir en chemin, mais ce genre de fourgonnette n'avait de vitres que pour le conducteur et le passager de l'avant... ce qui signifiait que deux ou trois d'entre eux pourraient être hors de vue... et capables peut-être de tuer l'otage avant que ses hommes puissent les en empêcher. Sa première idée était la bonne : ils devaient passer à l'action tout de suite. La Chevy Suburban du groupe, avec quatre hommes, s'engagea sur la route principale conduisant au site.

Paulson fit sauter le cran de sûreté de son fusil et Marty l'imita. Ils étaient d'accord sur la suite des événements. À trois mètres devant eux, le mitrailleur et son chargeur préparèrent lentement leur arme en prenant soin d'étouffer tous les bruits métalliques.

— Ça ne se passe jamais conformément au plan, remarqua tout bas le second tireur d'élite.

— C'est pour ça qu'ils nous entraînent tant.

Paulson avait la croix de son viseur sur l'objectif. Ce n'était pas facile parce que la vitre reflétait beaucoup de lumière de la forêt environnante. Il distinguait à peine la tête du sujet mais c'était bien la femme, une personne catégoriquement identifiée comme cible. Il estima que le vent soufflait à dix nœuds environ, de la droite. Appliquée sur deux cents mètres, cette vitesse déplacerait la balle d'à peu près cinq centimètres sur la gauche et il devait en tenir compte. Même avec un viseur télescopique puissance dix, une tête humaine n'est pas un bien gros objectif à deux cents mètres et Paulson bougeait légèrement son fusil pour la maintenir au centre de la croix de visée alors qu'elle allait et venait. Il regardait moins son objectif que sa mire pour bien la garder alignée sur la cible. Tous ses gestes étaient automatiques. Il contrôlait sa respiration, bien calé sur les coudes, l'arme serrée contre sa joue.

— Qui êtes-vous ? demanda Gregory.

— Tania Bisyarina, répondit-elle en marchant un peu pour dégourdir ses jambes ankylosées.

— Est-ce que vous avez l'ordre de me tuer ?

Elle admira sa façon de poser la question. Gregory n'avait pas précisément l'allure d'un soldat, mais le plus important était toujours caché.

— Non, commandant. Vous allez faire un petit voyage.

— Voilà la camionnette, dit Werner. *Soixante secondes de la route à la caravane.* Il prit sa radio : Go go go !

Les portes de l'hélicoptère coulissèrent et des cordes enroulées furent préparées. Werner abattit son poing sur l'épaule du pilote, assez fort pour lui faire mal mais l'aviateur était trop occupé pour s'en soucier. Il appuya sur le collectif et l'hélico piqua vers la remorque, maintenant à moins de quinze cents mètres.

Ils l'entendirent avant de le voir, le claquement caractéristique du rotor à deux pales. Il y avait une assez importante circulation d'hélicoptères au-dessus de la région pour que le danger ne devienne pas immédiatement évident. L'homme à l'extérieur longea la remorque et se tordit le cou pour regarder vers la cime des arbres, puis il tourna la tête en croyant entendre approcher un véhicule. À l'intérieur, Leonid et Oleg levèrent les yeux de leur assemblage de caisses, plus irrités qu'inquiets, mais cela changea en un instant quand le bruit de l'hélicoptère devint assourdissant alors que l'appareil descendait pour planer directement au-dessus de leur tête. À l'arrière de la caravane, Bisyarina se dirigea vers la fenêtre et le vit la première. Ce fut la dernière chose qu'elle devait voir de sa vie.

— Sur l'objectif, annonça Paulson.

— Sur l'objectif, dit l'autre tireur.

— *Feu !*

Ils tirèrent presque en même temps mais Paulson sut que l'autre balle était partie la première. Celle-là brisa la vitre épaisse et la balle se perdit, sa trajectoire déviée. La seconde balle à pointe creuse la suivit d'une fraction de seconde et frappa l'agent soviétique en pleine figure. Paulson vit cela mais c'était l'instant du tir qui s'était verrouillé dans son esprit, la fine croix sur l'objectif. Sur leur gauche, le mitrailleur tirait déjà quand Paulson annonça son coup :

— Centre tête.

— Objectif abattu, annonça l'autre tireur à sa radio. L'objectif féminin est à terre. L'otage est en vue.

Tous deux rechargèrent leur fusil et cherchèrent de nouveaux objectifs.

Des cordes lestées tombèrent de l'hélicoptère et quatre homme descendirent en rappel. Werner était le premier et il se balança par la vitre cassée, sa mitraillette MP-5 à la main. Gregory était là et criait quelque chose. Werner fut rejoint par un autre agent qui renversa le fauteuil sur le côté et s'accroupit derrière. Un troisième homme passa ensuite et tous trois braquèrent leurs armes dans la direction opposée.

À l'extérieur, la Chevy Suburban arriva à temps pour voir un des hommes du KGB tirer au pistolet sur un agent qui avait atterri sur le toit de la remorque et s'était pris un bras dans quelque chose qui l'empêchait de braquer son arme. Deux agents bondirent de la voiture et tirèrent chacun trois fois, l'homme tomba raide. L'agent sur le toit se dégagea et fit un signe de la main.

À l'intérieur, Leonid et Oleg dégainaient. Un des deux se retourna et vit un chapelet ininterrompu de balles de mitrailleuse mordre le flanc de la caravane, manifestement pour les empêcher de s'approcher de Gregory. Mais ils avaient leurs ordres.

— Otage sain et sauf, otage sain et sauf. Objectif féminin abattu ! annonça Werner à la radio.

— Objectif extérieur abattu, cria un agent, du dehors.

Il regarda un autre membre de l'équipe placer une petite charge explosive sous la porte de la caravane. L'homme recula vivement et hocha la tête.

— Paré !

— Mitrailleur, halte au feu ! Halte au feu ! cria Werner.

Les deux agents du KGB entendirent le tir s'arrêter et se jetèrent vers l'arrière. Au même instant, la porte fut arrachée à ses gonds. L'explosion était destinée à les désorienter mais les deux hommes étaient bien trop alertés pour cela. Oleg pivota et leva son arme à deux mains pour couvrir Leonid. Il tira sur la première silhouette qui apparut à la porte et blessa l'homme au bras. L'agent tomba en essayant de viser. Il tira, manqua son coup mais attira sur lui l'attention d'Oleg. Le deuxième homme à surgir à la porte avait sa MP-5 au creux du bras. Elle tira deux balles. La dernière expression d'Oleg fut de la surprise, il n'avait pas entendu tirer. Il comprit quand il vit les silencieux semblables à des boîtes de conserve.

— Agent blessé, salopard abattu. Un autre méchant se dirige vers l'arrière. Je l'ai perdu au coin.

L'agent lui courut après mais buta dans un carton.

Ils laissèrent le Russe passer la porte. Un autre agent, le torse protégé par un gilet pare-balles, se tenait entre la porte et l'otage. Ils pouvaient prendre un risque, maintenant. C'était celui qui avait conduit la voiture de location, Werner le reconnut tout de suite, et son arme n'était pointée sur personne encore. L'homme vit trois membres de l'HRT en combinaison de saut noire, manifestement protégés par des vêtements pare-balles, et sa figure exprima un début d'hésitation...

— *Lâche le pétard !* hurla Werner. *Ne...*

Leonid vit où était Gregory et se rappela ses ordres. Le pistolet se leva.

Werner fit ce qu'il avait toujours dit à ses hommes de ne pas faire, mais il ne pouvait jamais se rappeler pourquoi. Il tira une demi-douzaine de balles sur le bras de l'homme, visant le pistolet... et miraculeusement, il réussit. La main armée tressauta comme celle d'une marionnette et le pistolet tomba dans un jaillissement de sang. Werner bondit, jeta le sujet au sol et lui colla son silencieux sur le front.

— Numéro trois à terre ! Otage sain et sauf ! À vous l'équipe, au rapport !

— Dehors, numéro deux abattu et mort.

— Remorque, numéro deux abattu et mort ! Un agent blessé au bras, rien de grave.

— Femme abattue et morte ! cria Werner. Un sujet blessé et arrêté. Bouclez le périmètre. Les ambulances, maintenant !

Depuis l'instant où les tireurs d'élite avaient ouvert le feu, il s'était écoulé vingt-neuf secondes.

Trois agents apparurent à la fenêtre par où étaient passés Werner et les deux autres. Un de ceux de l'intérieur dégaina son couteau de combat et trancha les cordes maintenant Gregory, puis il le lança pratiquement par la fenêtre, il fut attrapé et emporté comme une poupée de chiffon. Il fut enfin jeté à l'arrière du véhicule de l'HRT qui démarra en trombe. Un hélicoptère de l'armée de l'air se posa sur la route principale. Dès que Gregory y eut été lancé, il décolla.

Tous les membres de l'HRT suivent des études médicales et deux de ceux du groupe d'assaut s'étaient entraînés avec des infirmiers du service des pompiers. L'un d'eux était blessé au bras et il indiqua comment faire le pansement à celui qui avait abattu Oleg. L'autre infirmier vint s'occuper de Leonid.

— Il s'en tirera, mais faudra opérer ce bras. Radius, cubitus, humérus, tout ça c'est fracturé, chef.

— Vous auriez dû lâcher le pistolet, lui dit Werner. Vous n'aviez aucune chance.

— Dieu de Dieu !

L'exclamation venait de Paulson, qui se tenait à la fenêtre et regardait ce qu'avait fait son unique balle. Un agent fouillait le cadavre, cherchant une arme. Il se releva en secouant la tête. Cela apprit au tireur d'élite une chose qu'il aurait préféré ne pas savoir. À cette seconde, il comprit qu'il n'irait plus jamais à la chasse. La balle était entrée juste au-dessous de l'œil gauche. La plus grande partie du reste de la tête était contre le mur, du côté opposé à la fenêtre. Paulson se dit qu'il n'aurait jamais dû regarder. Après cinq longues secondes, il se détourna et déchargea son fusil.

L'hélicoptère emmena directement Gregory au projet. Six agents armés de la sécurité l'attendaient et le firent entrer précipitamment. Il fut étonné lorsque quelqu'un prit des photos. Quelqu'un d'autre lui lança une boîte de Coca et il s'inonda de boisson poisseuse en l'ouvrant. Après avoir bu, il parla enfin :

— Nom de Dieu, qu'est-ce que c'était que tout ça ?

— Nous n'en savons trop rien nous-mêmes, répliqua le chef de la sécurité du projet.

Gregory eut besoin de quelques secondes encore pour se faire une idée de ce qui lui était arrivé. Alors il se mit à trembler.

Werner et ses hommes étaient sortis de la caravane quand l'équipe d'enquête vint prendre la relève. Il y avait aussi une douzaine d'agents de la police d'État du Nouveau-Mexique.

Les deux blessés, l'agent américain et l'homme du KGB, furent installés dans la même ambulance, mais ce dernier avait des menottes qui le maintenaient sur son brancard, il faisait des efforts pour ne pas hurler de douleur.

— Où les emmenez-vous ? demanda un capitaine de police.

— À l'hôpital de la base de Kirkland. Tous les deux, répondit Werner.

— C'est loin.

— Nous avons l'ordre de faire le black-out sur cette affaire. Si ça vous intéresse, le type qui a blessé votre agent, c'est celui-là, là-bas, du moins d'après le signalement que votre gars nous a donné.

— Je suis surpris que vous en ayez pris un vivant.

Cela valut au capitaine un coup d'œil assez curieux.

— Eh bien, ils étaient tous armés, n'est-ce pas ?

— Ouais, reconnut Werner et il sourit d'une manière plutôt bizarre. Je suis surpris aussi.

24

Les règles du jeu

Le plus surprenant fut que rien ne filtra dans les médias. Seuls quelques coups de feu avaient été tirés, étouffés par les silencieux, et les détonations n'ont rien de bien insolite dans le sud-ouest américain. À une question posée à la police de l'État du Nouveau-Mexique, on répondit que l'enquête se poursuivait sur la fusillade au cours de laquelle l'agent Mendez avait été blessé, qu'on s'attendait à ce qu'elle aboutisse bientôt et que l'activité des hélicoptères faisait simplement partie de manœuvres de recherche et sauvetage effectuées conjointement par la police d'État et l'armée de l'air. Ça n'était pas vraiment convaincant, mais l'explication suffirait à tenir tout le monde à l'écart pendant un jour ou deux.

Les enquêteurs passèrent la caravane au peigne fin mais ne trouvèrent rien d'intéressant, ce qui ne surprit personne. Un photographe de la police prit des clichés, comme il se devait, de toutes les victimes — il se traitait lui-même de nécrophage professionnel — et remit la pellicule au principal agent du FBI présent sur les lieux. Les cadavres furent déposés dans des sacs et transportés à Kirkland, où il y avait un centre spécial avec des médecins légistes. Quant aux photos de l'équipe du KGB, elles furent télétransmises à Washington. La police locale et le FBI commencèrent à s'interroger sur la façon de traiter le cas de l'espion survivant. On détermina qu'il avait violé au moins douze lois, tant fédérales que de l'État, et divers avocats auraient à trier tout cela — mais on savait pertinemment que la véritable décision serait prise à Washington. Sur ce point, on se trompait. Une partie de cette décision serait prise ailleurs.

Il était quatre heures du matin quand Ryan sentit une main sur son épaule. Il se retourna au moment où Candela allumait la lampe de chevet.

— Quoi ? demanda Ryan, de la manière la plus cohérente qu'il put.

— Le Bureau a réussi son coup. Ils ont Gregory, sain et sauf, annonça Candela.

Il tendit quelques photos. Ryan cligna des yeux deux ou trois fois, avant de les ouvrir tout grands.

— C'est un sacré truc, au réveil, bougonna-t-il avant même d'avoir vu ce qui était arrivé à Tania Bisyarina. Oh merde !

Il laissa tomber les photos sur le lit et alla à la salle de bains. Candela entendit couler de l'eau. Et puis Ryan reparut, pour le rejoindre au réfrigérateur. Il y prit une boîte de soda qu'il ouvrit.

— Excusez-moi. Vous en voulez ? proposa-t-il.

— C'est un peu tôt pour moi. Vous avez fait la transmission à Golovko, hier ?

— Oui. La séance commence cet après-midi et je veux voir notre ami vers huit heures. Je comptais me lever à cinq heures et demie.

— J'ai pensé que vous voudriez voir ça tout de suite, dit Candela, ce qui provoqua un grognement.

— Bien sûr. Ça bat le journal du matin. Nous le tenons au cul, jugea Ryan, en contemplant le tapis. À moins...

— À moins qu'il n'ait une grande envie de mourir, reconnut l'agent de la CIA.

— Et sa femme et sa fille ? demanda Jack. Si vous avez des opinions, j'aimerais bien les entendre.

— Le rendez-vous a lieu à l'endroit que j'ai suggéré ?

— Ouais.

— Poussez-le aussi fort que vous pouvez, conseilla Candela en reprenant les photos pour les glisser dans une enveloppe. Et montrez-lui bien tout ça. Je ne crois pas que ça lui troublera beaucoup la conscience mais ça lui montrera que nous ne rigolons pas. Si vous voulez une opinion, eh bien je vous croyais fou mais à présent... Je pense que vous êtes juste assez cinglé. Je reviendrai quand vous serez réveillé.

Ryan hocha la tête et regarda partir l'agent avant d'aller prendre une douche. L'eau était bien chaude et il resta longtemps sous le jet, emplissant la petite pièce d'une vapeur qu'il dut ensuite essuyer sur la glace. En se rasant, il fit un effort conscient pour regarder sa barbe plutôt que ses yeux. Ce n'était pas le moment de douter de soi-même.

Il faisait noir, dehors. Moscou ne ressemblait pas du tout aux villes américaines. Peut-être était-ce l'absence quasi totale de voitures, à cette heure. À Washington, il y avait toujours du monde qui allait et venait. On avait inconsciemment la certitude que quelque part, à quelque heure de la nuit, des gens étaient levés et vaquaient à leurs affaires. Cette impression ne se traduisait pas. Tout comme les mots d'une langue ne correspondent jamais exactement à ceux d'une autre, ainsi Moscou paraissait à Ryan assez semblable aux autres villes qu'il avait visitées pour paraître plus étrangère encore dans ses différences. Les gens n'y vaquaient pas à *leurs* affaires. Pour la plupart, leurs affaires leur étaient dictées par d'autres. Et l'ironie consistait dans le fait que, bientôt, il donnerait lui-même des ordres à quelqu'un qui aurait oublié la façon dont il s'agissait de les recevoir.

Le jour se levait lentement sur Moscou. Le bruit de la circulation des tramways et le grondement des camions à moteur diesel était étouffé par la neige et la fenêtre de Ryan ne donnait pas dans la bonne direction pour surprendre les premières lueurs de l'aube. Pourtant le gris commença à prendre des couleurs, comme si un enfant jouait avec les boutons d'une télévision en couleurs. À sept heures et demie, Jack but sa troisième tasse de café et posa son livre. L'heure était capitale, dans les occasions comme celle-ci, lui avait dit Candela. Il alla une dernière fois à la salle de bains avant de s'habiller pour sa marche matinale.

Les trottoirs avaient été balayés de la neige du dimanche soir mais elle s'entassait encore au bord de la chaussée. Ryan salua de la tête les gardes de sécurité, australiens, américains et russes, avant de s'engager dans Tchaïkovskogo en direction du nord. Le vent piquant le fit larmoyer et il resserra son écharpe autour de son cou en marchant vers la place Vostaniya. C'était le quartier des ambassades. Le matin précédent, il avait tourné à droite à l'extrémité de la place pour passer devant une demi-douzaine de légations, mais ce matin il tourna à gauche dans Koudrinski Pereulok — les Russes avaient au moins neuf façons de désigner une rue mais les nuances échappaient à Jack — puis à droite et de nouveau à gauche dans Barrikadnaya.

« Barricade » lui paraissait un drôle de nom à donner à une rue et à un cinéma. C'était encore plus bizarre en caractères cyrilliques. Le B était reconnaissable, mais en russe c'était un V, et le R ressemblait au P romain. Jack rasait de plus en plus les murs, à mesure qu'il approchait de sa destination. Comme il s'y attendait, une porte s'ouvrit et il entra. Encore une fois, il fut tapoté tout le long du corps. L'agent de la sécurité trouva l'enveloppe cachetée dans la poche du manteau mais ne l'ouvrit pas, ce qui fut un soulagement.

— Venez.

La même chose qu'il avait dite la première fois, nota Jack. Peut-être avait-il un vocabulaire limité.

Gerasimov était assis au bord de la travée, le dos tourné avec confiance à Ryan qui descendait vers lui.

— Bonjour, dit Jack à ce dos.

— Que pensez-vous de notre climat ? demanda Gerasimov en revoyant d'un geste l'homme de la sécurité, puis il se leva et entraîna Jack vers l'écran.

— Il ne faisait pas aussi froid, là où j'ai grandi.

— Vous devriez mettre un chapeau. La plupart des Américains n'aiment pas en porter mais, ici, c'est une nécessité.

— Il fait froid aussi dans le Nouveau-Mexique, dit Ryan.

— Il paraît. Pensiez-vous que je ne ferais rien ?

Le président du KGB parlait sans émotion, comme un professeur à un élève attardé. Ryan décida de le laisser savourer un moment ce sentiment.

— Est-ce que je suis censé négocier avec vous la liberté du commandant Gregory ? demanda Jack sur un ton qu'il voulait neutre mais que le café supplémentaire du matin rendait cassant.

— Si vous voulez, répliqua Gerasimov.

— Je crois que vous trouverez ceci intéressant.

Jack remit l'enveloppe. Le directeur du KGB l'ouvrit et en retira les photos. Il n'eut aucune réaction apparente en examinant les trois clichés mais quand il se tourna pour regarder Jack, ses yeux firent paraître le vent matinal doux comme une bouffée de printemps.

— L'un d'eux est vivant, révéla Jack. Il est blessé mais il

se remettra. Je n'ai pas sa photo. Quelqu'un l'a oubliée. Nous avons récupéré Gregory, indemne.

— Je vois.

— Vous devriez voir aussi que vos options sont maintenant celles que nous voulions. Je dois savoir ce que vous allez choisir.

— C'est évident, n'est-ce pas ?

— Une des choses que j'ai apprises en étudiant votre pays, c'est que rien n'est aussi évident que nous le voudrions.

Cela provoqua un semblant de sourire.

— Comment serai-je traité ?

— Très bien.

Bougrement mieux que vous ne le méritez.

— Ma famille ?

— Elle aussi.

— Et comment vous proposez-vous de nous faire sortir tous les trois ?

— Je crois que votre femme est estonienne de naissance, et qu'elle va souvent en visite dans son pays. Arrangez-vous pour qu'elle soit là-bas vendredi soir, dit Ryan et il donna quelques détails.

— Mais comment, exactement...

— Vous n'avez pas besoin de cette information, M. Gerasimov.

— Ryan ! Vous ne pouvez pas...

— Si. Je peux, monsieur, trancha Jack et il se demanda pourquoi il avait dit « monsieur ».

— Et pour moi ?

Ryan lui dit ce qu'il aurait à faire. Gerasimov accepta puis il dit :

— J'ai une question.

— Oui ?

— Comment avez-vous trompé Platonov ? C'est un homme très habile.

— Il y a réellement eu un petit différend sans importance avec la SEC, mais ce n'était pas l'essentiel, répondit Jack en se préparant à repartir. Nous n'aurions pas pu réussir sans vous. Nous devions organiser une scène vraiment réaliste, quelque chose d'impossible à créer de toutes pièces. Le représentant Trent était ici il y a six mois et il a rencontré un garçon appelé Valery. Ils sont devenus amis intimes. Il a appris par la suite que vous aviez condamné Valery à cinq ans pour « activité asociale » et il a voulu se venger. Nous lui avons demandé de nous aider et il a sauté sur l'occasion. Alors on pourrait dire que nous nous sommes servis de vos propres préjugés contre vous.

— Que voudriez-vous que nous fassions de ces gens-là, Ryan ? demanda le président. Est-ce que vous...

— Je ne fais pas les lois, M. Gerasimov.

Ryan s'en alla. C'était agréable, pensa-t-il en retournant vers l'ambassade, d'avoir le vent dans le dos, pour changer.

— Bonjour, camarade Secrétaire général.

— Vous n'avez pas besoin d'être si protocolaire, Ilya Arkadyevitch. Il y a des membres du Politburo plus anciens que vous qui n'ont pas le droit de vote et nous sommes camarades depuis longtemps, trop longtemps. Qu'est-ce qui vous trouble ? demanda prudemment Narmonov.

Dans les yeux de son collègue, la douleur était évidente. Il était prévu qu'ils discuteraient de la récolte de blé d'hiver mais...

— Je ne sais pas par où commencer, Andreï Ilitch, avoua Vaneyev et sa voix se brisa, des larmes lui montèrent aux yeux. C'est ma fille...

Il parla pendant dix minutes, nerveusement.

— Et... ? demanda Narmonov quand Vaneyev parut avoir tout dit, mais il était évident qu'il n'avait pas fini.

En effet...

— Alexandrov et Gerasimov, alors, murmura Narmonov en se carrant dans son fauteuil, les yeux fixés sur le mur. Il vous a fallu un grand courage pour venir me raconter tout cela, mon ami.

— Je ne peux pas les laisser... Même si cela brise ma carrière, Andreï, je ne peux pas les laisser vous arrêter maintenant. Vous avez trop de choses à faire, nous... vous avez trop de choses à changer. Je dois partir, je le sais. Mais il faut que vous restiez, Andreï. Le peuple a besoin de vous ici, si nous voulons accomplir quelque chose.

Il était à noter qu'il avait dit le peuple, plutôt que le Parti, pensa Narmonov. Les temps changeaient réellement. Non. Il secoua la tête. Ce n'était pas cela, pas encore. Sa seule réussite avait été de créer une atmosphère grâce à laquelle les temps auraient peut-être la possibilité de changer. Vaneyev était de ceux qui comprenaient que le problème était moins la fin que les moyens. Tous les membres du Politburo savaient — depuis des années — ce qui avait besoin de changer. C'était sur la méthode du changement qu'ils ne pouvaient se mettre d'accord. Comme si l'on voulait changer de cap, dans un bateau, en sachant que le gouvernail risquait alors de se casser. En continuant sur le même cap, le navire risquait de naviguer vers... quoi ? Où allait l'Union soviétique ? Ils ne le savaient même pas. Mais changer de cap, c'était risqué et si le gouvernail cassait... si le Parti perdait son ascendant, alors il n'y aurait plus que le chaos. C'était un choix qu'aucun homme raisonnable ne souhaitait affronter, mais c'était un choix dont aucun homme raisonnable ne pouvait nier la nécessité.

Nous ne savons même pas ce que fait notre pays, se dit Narmonov. Depuis au moins huit ans, tous les chiffres de la croissance économique étaient falsifiés d'une façon ou d'une autre. Ils s'additionnaient jusqu'à ce que les prévisions, élaborées par les fonctionnaires du GOSPLAN, soient aussi fictives que la liste des vertus de Staline. Le navire qu'il commandait s'enfonçait de plus en plus dans un épais brouillard de mensonges débités par des fonctionnaires dont la carrière serait brisée par la vérité. C'était ainsi qu'il en parlait aux réunions hebdomadaires du Politburo. Quarante ans d'objectifs optimistes et de prévisions n'avaient réussi qu'à tracer une voie sur une carte sans signification. Le Politburo lui-même ne connaissait pas l'état de l'Union soviétique, ce que ne soupçonnait guère l'Occident.

L'alternative ? C'était cela la difficulté, n'est-ce pas ? Dans ses moments les plus sombres, Narmonov se demandait si lui ou un autre pourrait réellement changer les choses. Le but de toute sa vie politique avait été de prendre le pouvoir qu'il détenait actuellement, et maintenant seulement il comprenait combien ce pouvoir était circonscrit. En gravissant les échelons de sa carrière, jusqu'au sommet, il avait noté tout ce qui devait changer, sans jamais se rendre vraiment compte des difficultés que cela présenterait. Son pouvoir n'était pas celui qu'avait eu Staline. Ses prédécesseurs les plus récents y avaient veillé. À présent, l'Union soviétique était moins un navire à piloter qu'une gigantesque bureaucratie qui absorbait et rejetait l'énergie et ne vibrait que sur sa propre fréquence d'inefficacité. Si cela ne changeait pas... L'Occident se précipitait dans une nouvelle ère industrielle alors que l'Union soviétique était encore incapable de se nourrir. La Chine prenait des leçons économiques du Japon et, dans deux générations, pourrait devenir la troisième puissance économique mondiale. *Un milliard d'habitants avec une économie saine, forte, en pleine expansion, là sur la frontière, affamés de territoires, animés d'une haine viscérale de tous les Russes et à côté desquels les légions nazies d'Hitler auraient l'air d'une bande de hooligans du football.* C'était une menace stratégique pour son pays qui rendait insignifiantes toutes les armes nucléaires de l'Amérique et de l'OTAN, et la bureaucratie du Parti s'entêtait à ne pas comprendre qu'elle devait changer ou risquer d'être l'agent de sa propre défaite !

Quelqu'un doit essayer, et ce quelqu'un c'est moi.

Mais pour essayer, il devait d'abord survivre, et survivre assez longtemps pour communiquer sa vision des buts nationaux au Parti d'abord, et ensuite au peuple, ou le contraire ? Ni ceci ni cela ne serait facile. Le Parti avait ses méthodes, il résistait au changement, et le peuple, le *narod*, ne se souciait plus du tout de ce que le Parti et son chef lui disaient. C'était le côté amusant de la chose. L'Occident — les ennemis de sa nation — avait plus d'estime pour lui que ses compatriotes !

Et qu'est-ce que ça signifie ? se demanda-t-il. *Si c'est l'ennemi, est-ce que sa faveur veut dire que je suis sur la bonne voie ? Mais bonne voie pour qui ?* Narmonov se demanda si le Président américain était un homme aussi seul que lui. Seulement, avant d'affronter cette tâche impossible, il avait à résoudre le problème tactique de sa survie personnelle au jour le jour. Même en ce moment, pensa-t-il en soupirant, même entre les mains d'un collègue digne de confiance. Son soupir fut très russe.

— Alors, Ilya, qu'allez-vous faire ? demanda-t-il à un homme incapable de commettre une trahison aussi odieuse que celle de sa fille.

— Je vous soutiendrai au risque de ma disgrâce. Ma Svetlana devra affronter les conséquences de ses actes.

Vaneyev se redressa et s'essuya les yeux. Il avait l'air d'un homme qui est sur le point d'affronter le peloton d'exécution et s'arme de courage pour un dernier geste de défi.

— Je vais peut-être devoir vous dénoncer moi-même, dit Narmonov.

— Je comprendrai, Androuchka, répondit Vaneyev avec une grande dignité.

— Je préférerais ne pas le faire. J'ai besoin de vous, Ilya.

J'ai besoin de vos conseils. Si je peux sauver votre place, je la sauverai.

— Je ne puis rien demander de plus.

Il était temps de remonter le moral de cet homme. Narmonov se leva et contourna son bureau pour aller saisir la main de son ami.

— Quoi qu'on vous dise, soyez d'accord sans réserve. Le moment venu, vous leur montrerez quel genre *d'homme* vous êtes.

— Comme vous voudrez, Andreï.

Narmonov le raccompagna à la porte. Il avait encore cinq minutes avant le rendez-vous suivant. Sa journée était accaparée par des questions économiques, des décisions qu'il devait prendre lui-même à cause de l'indécision d'hommes qui avaient rang de ministres et qui recherchaient sa bénédiction comme celle d'un prêtre de village... « Comme si je n'avais pas assez de soucis », grommela à part lui le Secrétaire général du parti communiste d'Union soviétique. Il passa ces cinq minutes à compter des voix. Cela aurait dû être plus facile pour lui que pour son homologue américain — en URSS seuls les membres à part entière du Politburo avaient le droit de vote et ils n'étaient que treize — mais chaque individu représentait toute une somme d'intérêts et Narmonov demandait à chacun d'eux de faire des choses qui n'avaient encore jamais été envisagées. Tout bien analysé, le pouvoir comptait encore plus que tout, se dit-il, et il pourrait toujours s'appuyer sur Yazov le ministre de la Défense.

— Je crois que vous vous plairez ici, dit le général Pokrychkine alors qu'ils longeaient le grillage du périmètre.

Les gardiens du KGB saluaient sur leur passage et les deux hommes leur rendaient ces saluts d'un geste machinal. Les chiens étaient partis, maintenant, et Gennady pensait que c'était une erreur, problème de nourriture ou non.

— Ma femme ne s'y plaira pas, répondit Bondarenko. Depuis vingt ans, elle m'a suivi d'un camp à l'autre et puis finalement à Moscou. Elle aime bien Moscou.

Il tourna la tête pour regarder au-delà du grillage et sourit. *Pourrait-on jamais se lasser de ce panorama ? Mais que dira ma femme quand je lui annoncerai ça ?* Ce n'était pourtant pas souvent qu'un soldat soviétique avait la chance de faire ce genre de choix, elle le comprendrait sûrement, tout de même...

— Des étoiles de général la feront peut-être changer d'idée. Et nous travaillons pour rendre le site plus hospitalier. Imaginez-vous le mal que j'ai dû me donner pour cela ? J'ai fini par leur dire que mes ingénieurs étaient comme les danseurs, qu'ils devaient être heureux pour déployer leur talent. Je crois que cet homme du Comité central est un passionné du Bolchoï et que j'ai fini par le lui faire comprendre. C'est ainsi que le théâtre a été autorisé et qu'on a commencé à nous envoyer une alimentation de meilleure qualité. L'été prochain, l'école sera terminée et tous les enfants seront ici. Naturellement, dit en riant Pokrychkine, nous devrons construire un nouvel immeuble d'appartements et il faudra que le prochain commandant d'Étoile brillante soit aussi un maître d'école.

— Dans cinq ans, nous n'aurons peut-être plus de place pour les lasers. Mais je vois que vous leur avez réservé le plus haut sommet.

— Oui, cette discussion a duré neuf mois. Rien que pour les convaincre que nous allions sans doute construire un jour quelque chose de plus puissant que ce que nous avons actuellement.

— La véritable Étoile brillante, dit Bondarenko.

— Vous la construirez, Gennady Iosifovitch.

— Oui, camarade général. Je la construirai. J'accepterai la mission, si vous voulez encore de moi.

Il se retourna pour contempler encore le paysage. *Un jour, tout cela sera à moi...*

— La volonté d'Allah, dit le commandant avec un haussement d'épaules.

L'Archer commençait à en avoir assez d'entendre ces mots. Sa patience et même sa foi étaient mises à l'épreuve par le changement forcé de plans. Les Soviétiques faisaient passer des détachements à intervalles irréguliers sur la route de la vallée, depuis maintenant trente-six heures. Il avait fait traverser le torrent à la moitié de ses forces quand le défilé avait commencé et puis il avait souffert de voir ses hommes ainsi divisés, chaque groupe regardant passer les camions et les blindés en se demandant si les Russes n'allaient pas s'arrêter, sauter à terre et escalader les pentes pour vérifier s'ils étaient bien seuls dans le coin. Ce serait un combat sanglant, si cela arrivait, beaucoup de Russes mourraient. Or il n'était pas là pour tuer simplement des Russes. Il était venu pour leur infliger une perte bien pire que celle de la vie de quelques soldats.

Mais il y avait une montagne à gravir, il était à présent très en retard sur son horaire, et la seule consolation qu'on lui offrait, c'était la volonté d'Allah. *Où était Allah quand les bombes sont tombées sur ma femme et ma fille ? Où était Allah quand ils ont enlevé mon fils ? Où était Allah quand les Russes ont bombardé notre camp de réfugiés... ? Pourquoi la vie est-elle si cruelle ?*

— C'est dur d'attendre, hein ? dit le commandant. L'attente, c'est ce qu'il y a de plus dur. L'esprit n'a rien pour s'occuper et les questions affluent.

— Quelles questions ?

— Quand la guerre va-t-elle finir ? On parle... Mais voilà des années qu'on parle. Je suis fatigué de tout ça.

— Tu en as passé une grande partie de l'autre...

— Ne dis pas cela ! s'exclama le commandant en tournant vivement la tête. Pendant des années, j'ai renseigné ta bande. Ton chef ne te l'a pas dit ?

— Non. Nous savons qu'il recevait des renseignements, mais...

— Oui, c'était un homme de valeur et il savait qu'il devait me protéger. Est-ce que tu peux imaginer combien de fois j'ai envoyé mes hommes en patrouilles inutiles pour qu'ils ne vous trouvent pas, combien de fois mes propres troupes m'ont tiré dessus ? Je savais qu'ils voulaient me tuer, qu'ils maudissaient mon nom.

Un flot d'émotion subit les surprit tous les deux.

— Finalement, je n'arrivais plus à supporter tout ça. Parmi mes hommes, il y en avait qui voulaient travailler pour les Russes... Les Russes, je pouvais les envoyer dans vos embuscades mais je ne pouvais pas les envoyer seuls, tu comprends ? Est-ce que tu peux imaginer, mon ami, combien de mes soldats, de mes bons soldats, j'ai condamnés à mort dans vos guets-apens ? Ceux qui me restaient m'étaient loyaux, et loyaux à Allah, et il était temps de rejoindre une fois pour toutes les combattants de la liberté. Que Dieu me pardonne tous ceux qui n'ont pas vécu assez longtemps pour cela.

Chaque homme a son histoire à raconter, songea l'Archer, et chacune de ces histoires se résume en une seule phrase :

— La vie est dure.

— Elle va être encore plus dure pour ceux qui sont au

sommet de cette montagne, déclara la commandant. Le vent tourne, il souffle du sud. Le temps change. Les nuages amèneront de l'humidité. Allah ne nous a peut-être pas abandonnés, après tout. Il nous laissera peut-être poursuivre cette mission. Nous sommes sans doute Son instrument, et Il leur montrera par notre intermédiaire qu'ils doivent quitter notre pays, sinon nous irons leur rendre visite.

L'Archer grogna et leva les yeux vers le sommet. Il ne voyait plus l'objectif mais cela n'avait pas d'importance parce que, contrairement au commandant, il ne voyait pas du tout la fin de la guerre.

— Nous ferons traverser tous les autres cette nuit.

— Oui. Ils seront bien reposés, mon ami.

— M. Clark ?

Il faisait un sale boulot depuis près d'une heure. Mancuso le vit à la sueur sur son visage quand il arrêta la machine.

— Oui, commandant ?

Clark ôta son walkman.

— C'est quoi, la musique ?

— Le garçon du sonar, Jones, m'a prêté son appareil. Il n'a que du Bach, mais ça occupe bien la tête.

— Un message pour vous, dit Mancuso.

Le bout de papier ne contenait que six mots. Des mots codés, forcément, puisqu'ils n'avaient aucun sens.

— C'est un feu vert.

— Quand ?

— Ça ne le dit pas. Ce sera pour le prochain message.

— Il me semble qu'il serait temps que vous me disiez comment ça se passe, dit le capitaine.

— Pas ici, murmura Clark.

— Ma cabine est par là.

Ils se dirigèrent tous deux vers l'avant, en passant le long des turbo-propulseurs, puis il traversèrent le compartiment du réacteur dont la porte bruyante les agaça, et finalement le centre d'attaque, avant d'arriver à la chambre du commandant. C'était à peu près le plus long chemin qu'on puisse faire à pied dans un sous-marin. Le commandant donna une serviette à Clark, pour qu'il éponge son visage en sueur.

— J'espère que vous ne vous êtes pas trop épuisé ?

— C'est l'ennui. Tous vos hommes ont quelque chose à

faire. Moi, je ne peux qu'attendre les bras croisés. L'attente, c'est la plaie. Où est le capitaine Ramius ?

— Il dort. Il n'a pas besoin d'être dans le coup aussi tôt, n'est-ce pas ?

— Non.

— Quelle est la mission, au juste ? Pouvez-vous me le dire, maintenant ?

— Je fais sortir deux personnes, répondit Clark avec simplicité.

— Deux Russes ? Al, vous n'allez pas chercher *quelque chose ?* Il s'agit de deux *personnes ?*

— C'est ça.

— Et vous allez me raconter que vous faites ça tout le temps ? s'exclama Mancuso.

— Pas exactement *tout* le temps, reconnut Clark. Je l'ai fait une fois, il y a trois ans, et une autre fois un an avant. Deux autres missions n'ont pas réussi et je n'ai jamais su pourquoi. « Besoin-de-savoir », vous comprenez ?

— J'ai déjà entendu cette phrase.

— C'est drôle, murmura Clark. Je parie que les gens qui prennent ces décisions n'ont jamais eu à se déculotter en plein...

— Ces personnes que vous allez chercher, elles sont au courant ?

— Non. Elles doivent se trouver en un certain endroit à une certaine heure. Mon gros souci, c'est qu'elles seront entourées d'une version KGB de nos SWAT, notre brigade antiterroriste, dit Clark en soulevant une radio. Votre plan est tout ce qu'il y a de facile. Si je ne dis pas les mots qu'il faut comme il faut et au moment voulu, vous prenez votre bateau et vous vous tirez d'ici vite fait.

— En vous laissant derrière nous.

— À moins que vous ne préfériez me rejoindre à la prison de Lefortovo. Avec tout l'équipage, bien sûr. Ça ferait mauvais effet dans les journaux, commandant.

— Je vois que vous êtes aussi un homme raisonnable.

— C'est une très longue histoire, confia Clark en riant.

— Colonel Eich ?

— Von Eich, rectifia le pilote. Mes ancêtres étaient prussiens. Vous êtes le professeur Ryan, c'est bien ça ? Qu'est-ce que je peux faire pour vous ?

Jack s'assit. Ils étaient dans le bureau de l'attaché de la Défense, que leur prêtait cet attaché, un général de l'armée de l'air.

— Vous savez pour qui je travaille ?

— Il me semble me souvenir que vous êtes un des types des SR mais je ne suis que votre chauffeur, je laisse les choses importantes aux gens en civil, répliqua le colonel.

— Plus maintenant. J'ai une mission pour vous.

— Comment ça, une mission ?

— Vous allez adorer ça.

Jack se trompait. Le pilote ne l'apprécia pas du tout.

C'était difficile pour lui de se concentrer sur le travail officiel. La difficulté venait en partie de l'ennui écrasant du processus de négociation, mais surtout du vin enivrant de son travail officieux. Sa pensée se verrouillait là-dessus tandis qu'il tripotait son écouteur pour ne rien manquer de la traduction simultanée du négociateur soviétique, qui répétait mot pour mot le discours qu'il avait prononcé un moment avant. Les soupçons de la veille, quant au fait que les inspections des sites seraient plus limitées que ce qui avait été convenu, s'étaient dissipés. À la place de cela, ils demandaient maintenant une plus grande possibilité d'inspection des sites américains. Voilà qui ferait la joie du Pentagone, pensa Jack en réprimant un sourire. Des agents de renseignements russes grouillant dans les usines et descendant dans les silos pour regarder de près les missiles américains, le tout sous l'œil vigilant d'agents du contresp américain et de gardiens du Strategic Air Command caressant leurs nouveaux Beretta. Et les sous-mariniers, qui considéraient souvent le reste de leur propre marine comme des ennemis en puissance, que penseraient-ils en recevant des Russes à leur bord ? À les entendre, ils n'iraient pas plus loin que le pont, pendant que les techniciens, à l'intérieur, ouvriraient les sabords des tubes sous l'œil intéressé des équipages et des Marines qui gardaient les bases de boumeurs. La même chose arriverait du côté soviétique. Chaque agent envoyé pour faire partie des groupes d'inspection serait un barbouze, avec parfois un officier de ligne, peut-être, pour prendre note de choses que seul un opérateur peut remarquer. C'était ahurissant. Après trente ans de demandes des États-Unis, les Soviétiques acceptaient finalement l'idée que les deux camps devaient permettre une espèce d'espionnage officiellement reconnu.

Lorsque cela était arrivé, pendant la première série de conversations sur les armes à moyenne portée, la réaction américaine avait plutôt été une stupeur méfiante... *Pourquoi les Russes acceptent-ils soudain nos conditions ? Pourquoi ont-ils dit oui ? Que cherchent-ils* vraiment ?

Mais c'était un progrès, une fois qu'on s'était fait à cette idée. Les deux camps auraient la possibilité de savoir ce que faisait et ce que possédait l'autre. Les deux services secrets s'en occuperaient. Des espions continueraient de rôder, chercheraient à s'assurer que l'autre camp ne trichait pas, n'assemblait pas des missiles dans des usines secrètes, ne les cachait pas ici et là en vue d'une attaque surprise. Ils trouveraient des indications de tout cela, ils feraient des rapports de mise en garde, ils essaieraient d'aller jusqu'au bout de leurs recherches. La paranoïa institutionnelle durerait plus longtemps que les armes. Les traités n'y changeraient rien, en dépit de l'euphorie des journaux. Jack tourna son regard vers le Soviétique qui avait la parole.

Pourquoi ? Pourquoi avez-vous changé d'avis ? Est-ce que vous savez ce que j'ai dit dans ma National Intelligence Estimate ? Ça n'a pas encore filtré dans la presse, mais vous avez pu en avoir connaissance. Je disais que vous aviez finalement compris (1) ce qu'allaient coûter ces sacrés engins, (2) que dix mille ogives nucléaires passeraient huit fois l'Amérique à la grande friture alors que trois ou quatre fois suffisaient probablement et (3) que vous économiseriez de l'argent en éliminant tous vos vieux missiles, ceux que vous ne pouvez plus très bien entretenir. Ce n'est que de la bonne gestion, pas un changement de votre point de vue, leur ai-je dit. Ah oui, aussi, (4) cela fait d'excellentes relations publiques et vous adorez toujours le jeu des RP, même si vous vous prenez les pieds dedans à chaque coup.

Ce qui ne nous dérange pas du tout, naturellement.

Une fois l'accord conclu — et Jack pensait qu'il le serait — les deux camps économiseraient environ trois pour cent de leur budget de défense, peut-être jusqu'à cinq pour cent pour les Russes à cause de leurs systèmes de missiles plus diversifiés, mais c'était difficile d'en être sûr. Une petite fraction en moins du budget général de défense, cela suffirait aux Russes pour financer quelques nouvelles usines ou pour construire quelques routes, toutes choses dont ils avaient réellement besoin. Comment redistribueraient-ils leurs économies ? Et l'Amérique ? Jack devait faire une estimation de cela aussi, un nouveau rapport spécial, pompeusement appelé Special National Intelligence Estimate alors que ce n'était guère mieux qu'une supposition officielle et que, pour le moment, en fait, il ne savait rien.

Le discours du Russe se termina et ce fut le moment de la pause café. Ryan ferma son dossier de cuir et sortit de la salle avec tout le monde. Il prit du thé, rien que pour changer, et décora sa soucoupe de quelques petits fours.

— Alors, Ryan, qu'en pensez-vous ? demanda Golovko.

— Question d'affaires ou question amicale ?

— Amicale, si vous voulez.

Jack s'approcha d'une fenêtre et regarda dehors. *Un de ces jours,* se promit-il, *je visiterai un peu Moscou. Il doit y avoir des choses à photographier. La paix sera peut-être un jour déclarée et je pourrai revenir avec ma famille...* Il se retourna. *Mais pas aujourd'hui. Pas cette année. Ni l'année prochaine. Dommage.*

— Écoutez, Sergueï Nikolayevitch, si le monde était sensé, les hommes comme vous et moi s'assiéraient et discuteraient ce genre de bout de gras en deux ou trois jours. Je sais que les deux camps veulent réduire de moitié les inventaires, vous le savez aussi. La question sur laquelle nous nous chamaillons depuis le début de la semaine, c'est combien d'heures de préavis un côté doit donner à l'autre avant l'arrivée d'une équipe d'inspection-surprise *mais* comme aucun camp n'arrive à se mettre d'accord sur la réponse, nous parlons d'un tas de choses sur lesquelles nous nous sommes déjà mis d'accord et nous faisons du surplace au lieu d'avancer. Si c'était entre vous et moi, je dirais une heure, vous diriez huit et nous tomberions finalement d'accord sur trois ou quatre...

— Quatre ou cinq, dit Golovko en riant et Jack rit aussi.

— Quatre, donc. Vous voyez ? Nous réglerions ça en deux temps trois mouvements !

— Mais nous ne sommes pas des diplomates, fit observer Golovko. Nous savons conclure des marchés, mais pas de la façon traditionnelle. Nous sommes trop directs, vous et moi, nous avons l'esprit trop pratique. Ah, Ivan Emmetovitch, nous finirons bien par faire un Russe de vous !

Il venait de russifier le nom de Jack. Ivan Emmetovitch : John, fils d'Emmet.

Il est temps de se remettre au travail, pensa Ryan. Il changea de vitesse et décida de harceler à son tour son interlocuteur.

— Non, je ne crois pas. Il fait un peu trop frais, ici. Tenez, je vais vous dire, vous allez trouver votre chef de délégation et moi j'irai voir l'oncle Ernie et nous leur dirons ce que nous avons décidé à propos du temps de préavis des inspections : quatre heures. Tout de suite. Qu'est-ce que vous en pensez ?

Golovko fut visiblement désarçonné. Pendant une minuscule fraction de seconde, il dut croire que Jack parlait sérieusement. L'agent du GRU-KGB se ressaisit vite, néanmoins, et Jack lui-même avait à peine remarqué l'hésitation. Le sourire ne s'était pas interrompu, il était resté fixé sur la bouche mais s'était un peu estompé autour des yeux. Jack ne pouvait se douter de la gravité de la faute qu'il venait de commettre.

Tu devrais être très nerveux, Ivan Emmetovitch, mais tu ne l'es pas. Pourquoi ? Tu l'étais, auparavant. Tu étais si tendu à la réception de l'autre soir que j'ai cru que tu allais exploser. Et hier, quand tu m'as passé le billet, j'ai senti ta main moite. Mais aujourd'hui, tu plaisantes. Tu essaies de me dérouter avec ton bavardage. Qu'y a-t-il de changé, Ryan ? Tu n'es pas un agent de terrain. Ta nervosité passée le prouve, mais aujourd'hui tu te conduis comme si tu en étais un. Pourquoi ? se demanda-t-il alors que tout le monde retournait dans la salle de conférences. Chacun s'assit pour la nouvelle tournée de monologues et Golovko garda un œil sur son homologue américain.

Ryan ne s'agitait pas, remarqua-t-il avec un certain étonnement. Lundi et mardi, il ne tenait pas en place. À présent, il avait simplement l'air de s'ennuyer, il n'était pas plus gêné que ça. *Tu devrais être mal à l'aise, Ryan*, pensait Golovko.

Pourquoi avais-tu besoin de rencontrer Gerasimov ? Pourquoi deux fois ? Pourquoi étais-tu nerveux après la première rencontre... et même avant ? Et pourquoi ne l'étais-tu plus du tout après la deuxième entrevue ?

Ce n'était pas logique. Golovko écoutait la voix monotone dans son écouteur — c'était au tour de l'Américain de radoter au sujet de ce qui avait déjà été décidé — mais il avait l'esprit ailleurs. Il revoyait en pensée le dossier de Ryan au KGB. Ryan, John Patrick. Fils d'Emmet William Ryan et de Catherine Burke Ryan, tous deux décédés. Marié, deux enfants. Diplômes d'économie et d'histoire. Riche. Bref service dans le Marine Corps. Ancien agent de change et professeur d'histoire, entré à mi-temps à la CIA il y avait quatre ans, après avoir eu un emploi de consultant pendant un an. Bientôt après, devient agent-analyste à plein temps. Jamais entraîné à l'académie de la CIA à Camp Peary en Virginie. Ryan avait été mêlé à deux incidents violents et, dans les deux cas, s'était bien comporté. L'entraînememnt des Marines, pensait Golovko, plus des qualités innées que le Russe respectait. Très intelligent, courageux quand il le fallait : un ennemi dangereux. Ryan travaillait directement pour le DDI, le Directeur adjoint pour les renseignements, et on savait qu'il avait préparé et rédigé de nombreuses évaluations de renseignements... mais une mission secrète spéciale... ? Il n'avait pas la formation pour ça. Ce n'était pas dans son caractère. Trop ouvert, jugeait Golovko, il avait peu de malice, et peu de ruse. Quand il cachait quelque chose, on ne savait jamais quoi mais on savait par contre qu'il cachait quelque chose...

Tu cachais quelque chose, avant, mais plus maintenant, c'est ça ?

Et qu'est-ce que ça veut dire, Ivan Emmetovitch ? Et qu'est-ce que c'est que ce prénom, Emmet ? se demanda distraitement Golovko.

Jack se sentait observé et il déchiffrait la question dans les yeux du Russe. Ce n'est pas un imbécile, se dit-il alors qu'Ernest Allen parlait d'un détail technique sans intérêt. Nous pensions qu'il était du GRU et en réalité il est du KGB, ou du moins c'est ce qu'il semble, corrigea Jack. Y a-t-il autre chose, avec lui, que nous ne connaissons pas ?

Au poste de stationnement numéro neuf de l'aéroport de Cheremetyevo, le colonel von Eich se tenait à la porte arrière de son avion. Devant lui, un sergent travaillait sur un des verrous, une impressionnante panoplie d'outils étalée devant lui. Comme la plupart des portes d'avion, celle-ci s'ouvrait vers l'extérieur uniquement après avoir été d'abord tirée vers l'intérieur, ce qui permettait à la fermeture étanche de se décoller et de glisser de côté sans être endommagée. Des fermetures de portes défectueuses avaient déjà causé des catastrophes aériennes, la plus spectaculaire aux environs de Paris il y avait dix ans. Au-dessous d'eux, un garde du KGB en uniforme était en faction, fusil chargé. L'équipage devait passer par les contrôles de sécurité. Tous les Russes, pensait le colonel, prenaient la sécurité très au sérieux, et à ce jeu, les agents du KGB étaient vraiment les plus fanatiques.

— Je ne sais pas pourquoi vous avez votre voyant d'alerte qui s'allume, colonel, dit le sergent au bout de vingt minutes.

La fermeture est parfaite, l'interrupteur qui actionne le voyant est apparemment en état. En un mot, la porte est au point, chef. Je vais aller vérifier le panneau du tableau de bord.

T'as entendu ça ? avait envie de demander Paul von Eich au garde, à cinq mètres au-dessous de lui, mais il ne le pouvait pas.

Son équipage préparait déjà l'appareil pour le vol de retour. Ils avaient eu deux jours pour faire du tourisme. Cette fois, ils avaient choisi un vieux monastère à une soixantaine de kilomètres de Moscou — les quinze derniers par des routes qui devaient être en terre battue l'été mais qui, à cette époque de l'année, n'étaient plus qu'un mélange de boue et de neige. Ils avaient eu aussi leur visite guidée — et surveillée — de Moscou et maintenant ils étaient tous prêts à rentrer chez eux. Von Eich n'avait pas encore mis ses hommes au courant de ce que Ryan lui avait dit. Le moment viendrait le lendemain soir. Il se demanda quelle serait leur réaction.

La séance se termina à l'heure dite, les Soviétiques laissant entendre qu'ils consentiraient à parler le lendemain des temps d'inspection. Il faudrait d'ailleurs qu'ils en parlent vite, pensa Ryan, parce que la délégation partait dans la soirée et devait absolument rapporter quelque chose de précis de toutes ces conversations. La date du sommet était déjà officieusement fixée, après tout. Il aurait lieu à Moscou. Moscou au printemps, se dit Jack. Je me demande s'ils m'emmèneront pour la cérémonie des signatures ? Mais y aura-t-il seulement un traité à signer ? Il vaudrait mieux, conclut-il.

Golovko observa le départ de l'Américain puis il héla sa propre voiture qui le conduisit au KGB. Il monta directement au bureau du président.

— Alors, qu'est-ce que nos diplomates ont encore accordé aujourd'hui ? demanda Gerasimov sans préambule.

— Je crois que demain nous ferons notre proposition amendée pour le temps d'inspection... J'ai causé avec Ryan, aujourd'hui. Il me paraît avoir changé et j'ai pensé que je devais le signaler.

— Je vous écoute.

— Camarade président, je ne sais pas de quoi vous avez parlé tous les deux, mais le changement de son comportement est tel que j'ai pensé que vous deviez être mis au courant.

Golovko expliqua ce qu'il avait noté.

— Ah oui. Je ne peux pas parler de ces conversations parce que vous n'êtes pas habilité à ce sujet, mais il n'y a aucune raison de vous inquiéter, colonel. Je m'occupe personnellement de cette affaire. Votre observation est notée. Ryan devra apprendre à mieux contrôler ses émotions. Il n'est peut-être pas assez russe. (Gerasimov n'avait pas l'habitude de plaisanter, mais c'était une exception.) Rien d'autre à propos des négociations ?

— Je vais mettre mes notes au propre. Vous les aurez sur votre bureau demain matin.

— Très bien. Vous pouvez disposer.

Gerasimov regarda partir Golovko. Son expression ne changea qu'une fois la porte tout à fait fermée. C'est assez grave de perdre, pensa-t-il, mais être battu par un amateur... Seulement il avait perdu et, se rappela-t-il, il n'était pas non plus un professionnel, simplement l'homme du Parti qui donnait des ordres. Mais sa décision était déjà derrière lui. C'était bien triste pour ses agents, où qu'ils se trouvent, mais ils avaient échoué et mérité leur sort. Il décrocha son téléphone et demanda à sa secrétaire particulière de prendre des billets pour sa femme et sa fille sur un vol à destination de Tallinn, la capitale de l'Estonie, le lendemain matin. Oui, elles auraient également besoin d'une voiture et d'un chauffeur. Oui, un seul. Qui ferait aussi office de garde du corps. Peu de gens connaissaient sa femme et le voyage était impromptu, juste pour aller voir de vieux amis. Parfait. Gerasimov raccrocha et contempla son bureau. Ce bureau allait lui manquer, pas tant la pièce elle-même que le pouvoir. Mais il savait que la vie lui manquerait encore plus, s'il la perdait.

— Et ce colonel Bondarenko ? demanda Vatutine.

— Un jeune officier de valeur. Très intelligent. Ce sera un bon général, le moment venu.

Vatutine se demanda comment il traiterait cette question dans son rapport final. Aucun soupçon ne s'attachait à cet homme, à part ses relations avec Filitov. Mais aucun soupçon ne s'était attaché à Filitov, en dépit de ses relations avec Oleg Penkovski. Le colonel Vatutine remua la tête d'un air stupéfait. On allait parler de cela pendant au moins une génération dans les cours de sécurité. Pourquoi n'avait-on rien remarqué ? demanderaient les jeunes futurs agents. Comment avait-on pu être aussi stupide ? Tout simplement parce que seules les personnes en qui on a le plus confiance peuvent devenir des espions : on ne confie pas des informations ultra-secrètes à quelqu'un à qui on ne se fie pas. La leçon était toujours la même : ne se fier à personne. Pour en revenir à Bondarenko, Vatutine se demanda ce qui allait lui arriver. S'il était l'officier loyal et exceptionnel qu'il semblait être, il serait injuste qu'il fût éclaboussé par cette affaire. Mais — il y avait toujours un *mais*, n'est-ce pas ? — il restait encore des questions supplémentaires à poser et le colonel du KGB alla jusqu'au bout de sa liste. Son premier rapport d'interrogatoire devait être sur le bureau de Gerasimov le lendemain matin.

L'escalade dura toute la nuit, dans l'obscurité totale. Les nuages chassés du sud cachaient la lune et les étoiles et la seule clarté venait des projecteurs sur le périmètre de leur objectif, reflétée par le plafond bas. Ils l'avaient en vue, maintenant. C'était encore une bonne marche, mais ils distinguaient suffisamment les bâtiments pour indiquer leurs missions respectives aux divers groupes et leur montrer ce qu'ils auraient à faire. L'Archer se choisit un poste d'observation élevé et cala ses jumelles sur un rocher pour examiner le site. Il semblait y avoir trois camps. Deux seulement étaient clôturés mais dans le troisième il apercevait des piles de pieux et de grillage près d'un projecteur blanc-orangé au sommet d'un poteau, comme il en existait dans les villes pour éclairer les rues. L'ampleur de la construction l'étonnait. Bâtir tout cela au sommet d'une montagne ! Quelle était donc l'importance d'une telle installation pour mériter autant d'efforts, une telle dépense ? Quelque chose qui envoyait un rayon laser dans le ciel... à quelle fin ? Les Américains lui avaient demandé s'il avait vu ce que la lumière avait frappé. Ils savaient donc qu'elle avait frappé quelque chose ? Un objectif dans le ciel ? Quoi que ce fût, cela avait effrayé les Américains, ceux-là mêmes qui fabriquaient les missiles avec lesquels il avait tué tant de pilotes russes... Qu'est-ce qui pouvait effrayer un peuple aussi habile ? L'Archer regardait le site mais ne voyait rien de plus effrayant que les miradors et leurs mitrailleuses. Dans un de ces bâtiments, il y avait des soldats avec des armes lourdes. Cela, oui, avait de quoi faire peur. Quel bâtiment ? Il devait le savoir, parce que ce serait ce lui qu'il attaquerait en premier. Ses mortiers feraient d'abord pleuvoir leurs obus sur celui-là. Mais lequel était-ce ?

Et ensuite... ? Il se dit qu'il déploierait ses forces en deux sections de près de cent hommes chacune. Le commandant en emmènerait une sur la gauche. Lui-même prendrait l'autre et passerait par la droite. L'Archer avait choisi son objectif dès qu'il avait vu le sommet. Ce bâtiment, pensait-il, était celui où se trouvait le personnel. L'immeuble où habitaient les Russes. Pas les soldats mais ceux qui protégeaient les soldats. Quelques fenêtres étaient éclairées. Un immeuble au sommet d'une montagne ! Quel genre de personnes les Russes installaient-ils donc dans un immeuble comme ceux que l'on voit dans les villes ? Des gens habitués au confort. Des gens qui avaient besoin d'être gardés. Des gens qui travaillaient à quelque chose d'effrayant pour les Américains. Des gens qu'il tuerait sans merci, se dit l'Archer.

Le commandant vint s'allonger à plat ventre à côté de lui.

— Tous les hommes sont bien cachés, annonça-t-il.

Il braqua ses propres jumelles sur l'objectif. La nuit était si noire que l'Archer le voyait à peine, rien que la forme de sa figure et la vague ombre de sa moustache hérissée.

— Nous avons mal jugé le terrain, de l'autre sommet. Il nous faudra trois heures pour nous en approcher, estima le commandant.

— Sinon quatre, je crois.

— Je n'aime pas ces miradors. Une ou deux mitrailleuses dans chaque. Ils peuvent nous balayer de la montagne quand nous nous lancerons pour l'assaut final.

Les deux hommes grelottaient. Le vent avait forci et ils n'étaient plus abrités par la masse de la montagne. La nuit promettait d'être pénible pour tout le monde.

— Pas de projecteurs, nota l'Archer.

— Alors ils doivent se servir d'engins à vision nocturne. J'en ai utilisé moi-même.

— Et on y voit bien ?

— Leur portée est limitée, à cause de leur fonctionnement. Ils permettent de voir de gros objectifs, des camions, à une distance comme celle-ci. Un homme sur un arrière-plan chaotique comme celui-ci... à trois kilomètres, environ. Bien assez pour leurs intentions, mon ami. Les miradors doivent disparaître en premier. Avec les mortiers.

— Non, contredit l'Archer. Nous avons moins de cent obus. Nous devons les réserver à la caserne des gardes. Si nous arrivons à tuer tous les soldats endormis, ce sera d'autant plus facile pour nous de pénétrer dans la place.

— Si les mitrailleurs dans ces miradors nous voient arriver, la moitié de nos hommes seront morts avant que les gardes se réveillent, répliqua le commandant.

L'Archer grommela. Son camarade avait raison. Deux des miradors étaient situés de manière à permettre à leurs occupants de balayer la pente abrupte qu'ils devaient escalader pour atteindre le sommet. Il pourrait riposter avec ses propres mitrailleuses... mais les duels de ce genre étaient généralement remportés par le défenseur. Une rafale de vent les fit claquer des dents et les deux combattants comprirent qu'ils devaient se trouver rapidement un abri, sous peine de se retrouver avec des membres gelés.

— La peste soit de ce froid, maugréa le commandant.

— Tu crois qu'il fait froid aussi, dans les miradors ? demanda l'Archer au bout d'un moment.

— C'est encore pire. Ils sont plus exposés que nous.

— Comment sont habillés les soldats russes ?

Le commandant s'esclaffa.

— Comme nous ! Nous portons tous leur uniforme, pas vrai ?

L'Archer hocha la tête, tout en cherchant l'idée qui hésitait au bord de son subconscient. Elle finit par filtrer dans son cerveau engourdi par le froid et il quitta son perchoir, en disant au commandant de rester là. Il revint avec un lance-missiles Stinger. Le tube de métal était glacé quand il l'assembla. Les systèmes d'acquisition étaient tous transportés dans les vêtements des hommes, pour protéger les piles du gel. Il monta et activa rapidement l'arme, puis il colla sa joue contre la barre de conduction et la pointa sur le premier mirador.

— Écoutez, dit-il et il tendit l'arme au commandant, qui la prit et fit ce que lui expliqua l'Archer.

— Aaaah !

Ses dents formèrent dans la nuit noire un large sourire de chat du Cheshire.

Clark avait fort à faire aussi. Un homme précautionneux, nota Mancuso en le regardant étaler et vérifier tout son équipement. Ses vêtements étaient ordinaires, d'assez mauvaise qualité et mal coupés.

— Achetés à Kiev, expliqua Clark. On ne peut guère

porter du Hart, Schaffner et Marx et espérer avoir l'air d'un autochtone.

Il avait aussi une combinaison pour les recouvrir, à rayures de camouflage, et tout un jeu de papiers d'identité — en russe, que Mancuso ne pouvait lire — ainsi qu'un pistolet. L'arme était petite, à peine plus grosse que le silencieux posé à côté.

— Je n'en ai encore jamais vu un comme ça, dit le commandant.

— C'est un silencieux Qual-A-Tec de type baffle sans essuyage et un cran à glissière interne sur la boîte.

— Qu'est-ce que...

M. Clark rit un peu.

— Vous me cassez tous les oreilles avec votre jargon de sous-marinier depuis que je suis à bord, commandant. Maintenant, c'est mon tour.

Mancuso souleva le pistolet.

— Ce n'est qu'un vingt-deux.

— C'est presque impossible de réduire au silence une balle de gros calibre, à moins d'avoir un silencieux long comme votre avant-bras, comme les mecs du FBI collent sur leurs jouets. Il me fallait quelque chose qui tienne dans une poche. C'est ce que Mickey fait de mieux et il est vraiment le meilleur.

— Qui ça ?

— Mickey Finn. C'est son vrai nom. Il travaille au bureau d'études de Qual-A-Tec et je ne voudrais du silencieux de personne d'autre. Ce n'est pas comme à la télé, commandant. Pour qu'un silencieux soit efficace, faut un petit calibre, faut utiliser une balle subsonique et avoir une culasse scellée. Et c'est utile d'être à l'extérieur. Ici dedans, on l'entendrait à cause des parois d'acier. Dehors, on entendrait quelque chose, à une dizaine de mètres, mais sans savoir ce que c'est. Le silencieux se met sur le pistolet comme ça, et puis on le tourne, expliqua-t-il en faisant la démonstration, et maintenant le pistolet n'est qu'à un coup. Le silencieux verrouille le mécanisme. Pour tirer une autre balle, il faut le dévisser et réenclencher le mécanisme à la main.

— Vous voulez dire que vous allez partir pour cette mission avec un vingt-deux à un coup ?

— C'est comme ça que ça se fait, commandant.

— Comment avez-vous jamais...

— Vous ne voulez pas vraiment le savoir. D'ailleurs, je ne

peux pas en parler, répliqua Clark avec un sourire. Je ne suis pas habilité pour ça moi-même. Si ça peut vous faire plaisir, oui, moi aussi j'ai la trouille, mais c'est pour ça que je suis payé.

— Mais si...

— Vous vous tirez d'ici en vitesse. J'ai le droit de vous donner cet ordre, commandant, vous ne l'avez pas oublié, j'espère ? Ce n'est encore jamais arrivé. Ne vous inquiétez pas. Je me fais assez de souci pour nous deux.

25

Convergence

MARIA et Katryn Gerasimov bénéficiaient toujours du traitement de faveur réservé à la proche famille d'un membre du Politburo. Une voiture du KGB les conduisit de leur appartement de huit pièces bien gardé de Koutoussovsky Prospekt jusqu'à l'aéroport de Vnoukovo utilisé pour les vols intérieurs. Là, elles attendirent dans le salon privé des *vlasti*[1]. Il y avait plus de personnel que jamais et ce matin-là les seules autres personnes présentes gardaient le silence. Un employé prit leur manteau et leur chapeau, un autre les conduisit vers un canapé, un troisième leur demanda ce qu'elles désiraient prendre. Toutes deux demandèrent du café, rien de plus. Le personnel considérait leur toilette avec envie. La jeune femme du vestiaire caressa le poil soyeux des fourrures, en pensant que ses aïeules avaient probablement regardé la noblesse tsariste avec la même envie que celle que lui inspiraient aujourd'hui ces deux femmes. Elles étaient assises dans un isolement royal, avec pour unique compagnie éloignée leur garde du corps, et buvaient leur café à petites gorgées en regardant par la grande baie les appareils stationnant en bout de piste.

Maria Ivanovna Gerasimov n'était pas à proprement parler estonienne, bien que née en Estonie il y avait tout juste cinquante ans. Sa famille était avant tout russe car le petit État

1. *Vlasti*: littéralement «les pouvoirs», par extension les hommes du pouvoir. (*N.d.T.*)

balte faisait partie depuis longtemps de l'empire russe des tsars. Il n'avait connu qu'une brève « libération » — comme disaient les factieux — entre les deux guerres et les nationalistes estoniens n'avaient pas rendu alors la vie très facile aux Russes. Les souvenirs de son enfance à Tallinn n'étaient pas tous agréables mais comme n'importe quel enfant, elle avait eu des amis qui étaient restés des amis pour toujours. Ces relations avaient survécu à son mariage avec un jeune homme du Parti qui à la surprise de tout le monde — et plus particulièrement de Maria — s'était élevé jusqu'à la fonction de chef de l'organisme le plus haï du gouvernement soviétique. Pis encore, il avait fait carrière dans la répression des dissidents. C'était grâce à son intelligence qu'elle avait gardé ses amis d'enfance. Elle avait intercédé en faveur de plusieurs personnes à qui avaient été ainsi épargnées des peines dans des camps de travail ou qui avaient été transférées d'un camp à régime strict à un établissement moins dur. Grâce à son influence, des enfants de ses amis avaient pu aller à l'université. Ceux qui s'étaient moqués de son nom russe, autrefois, eurent moins de chance mais elle en aida quand même un, juste assez pour paraître miséricordieuse. Cette conduite lui suffisait pour continuer de jouer son rôle dans la petite banlieue de Tallinn qu'elle avait pourtant quittée depuis de longues années. C'était une bonne chose aussi que son mari ne l'eût accompagnée qu'une seule fois dans son pays natal. Ce n'était pas un monstre, simplement une femme qui avait su se servir de son pouvoir par procuration, comme l'aurait sans doute fait une princesse d'un autre temps, arbitrairement mais sans malveillance. Son visage avait cette espèce de royale impassibilité qui convenait à son rôle. Ravissante il y avait vingt-cinq ans, elle était encore très belle femme, mais sa beauté avait quelque chose d'un peu sévère. Comme elle faisait en quelque sorte partie de l'identité officielle de son mari, elle devait jouer le jeu, peut-être pas autant que la femme d'un homme politique occidental, mais elle devait tout de même se surveiller. Cette habitude lui servait en ce moment. Personne, en l'observant, n'aurait deviné ses pensées.

Elle se demandait ce qui se passait mais savait que c'était très grave. Son mari lui avait dit de se trouver en un lieu précis, à une heure précise, de ne lui poser aucune question mais de promettre de faire tout ce qu'on lui dirait, sans s'occuper des conséquences. Ces ordres, donnés d'une voix monocorde, basse, alors que l'eau coulait au robinet de la cuisine, étaient en fait ce qui lui était arrivé de plus effrayant depuis l'entrée des chars allemands à Tallinn en 1941. Après avoir vécu l'occupation allemande, elle connaissait l'importance primordiale de la survie.

Sa fille ignorait tout de ce qui se passait. On ne pouvait se fier à ses réactions, Katryn n'avait jamais de sa vie connu le danger, comme sa mère l'avait connu, il ne lui était arrivé que quelques rares ennuis. Elle était enfant unique, en première année à l'université de Moscou où elle étudiait l'économie et fréquentait une bande de rejetons de familles aussi importantes que la sienne, dont les pères avaient au moins rang de ministre. Déjà membre du Parti — dix-huit ans, c'était l'âge d'admission — elle jouait elle aussi son rôle. L'été précédent, elle était partie avec plusieurs de ses condisciples pour aider les paysans — c'était le temps des moissons —, mais surtout... pour la photographie qui avait été publiée à la deuxième page de la *Komsomolskaya Pravda*, le journal des Jeunesses communistes. Ce n'était pas du tout par plaisir mais les nouvelles directives de Moscou « encourageaient » les enfants des puissants à avoir au moins l'air de participer aux travaux du peuple. Cela aurait pu être pire. Elle était revenue de cette épreuve avec un nouvel amoureux. Sa mère se demandait s'ils étaient amants ou si le jeune homme avait été effrayé par les gardes du corps et la fonction du père. À moins qu'il n'ait vu en elle une chance d'entrer au KGB ? Ou faisait-il partie de cette génération nouvelle qui s'en moquait complètement ? Sa fille en faisait partie. On prenait sa carte du Parti pour asseoir sa position, pensait la jeune fille, et la situation de son père lui assurait d'avance un bon emploi. Elle feuilletait près de sa mère un magazine de mode ouest-allemand qui se vendait maintenant en Union soviétique, et cherchait quelles tenues occidentales elle aimerait porter pour se rendre à ses cours. Il lui faudrait apprendre, pensait sa mère, qu'à dix-huit ans les horizons du monde sont à la fois rapprochés et lointains, selon l'humeur du moment.

Elles venaient de finir leur café quand leur vol fut annoncé. Elles attendirent. L'avion ne partirait pas sans elles. Finalement, au dernier appel, la dame du vestiaire leur apporta leurs manteaux et leurs chapeaux et une autre employée les conduisit par le grand escalier, suivies de leurs gardes du corps, vers leur voiture. Les autres passagers étaient déjà partis pour l'avion en autobus — les Russes n'avaient pas encore découvert les couloirs télescopiques — mais elles furent déposées, elles, juste au pied de la passerelle et n'eurent plus qu'à monter. L'hôtesse les guida à l'avant, vers leur fauteuils de première classe. On n'appelait pas cette partie de l'avion « première classe », naturellement, mais là les sièges étaient plus larges, plus espacés, on pouvait allonger ses jambes et même réserver sa place. L'appareil décolla à dix heures, heure de Moscou, fit escale à Leningrad et arriva à Tallinn à treize heures.

— Alors, colonel, vous avez votre résumé sur l'activité du sujet ? demanda nonchalamment Gerasimov.

Vatutine lui trouva l'air préoccupé. Il aurait dû être plus intéressé, surtout avec une réunion du Politburo dans une heure !

— On va écrire des livres sur celui-là, camarade président. Filitov avait accès à pratiquement tous nos secrets de la défense. Il a même contribué à l'élaboration de notre politique de défense. J'ai dû couvrir trente feuillets, rien que pour résumer ce qu'il avait fait. L'interrogatoire total va durer plusieurs mois.

— Il est plus important d'être consciencieux que rapide, dit vaguement Gerasimov.

Vatutine se garda de réagir.

— À vos ordres, camarade président.

— Si vous voulez bien m'excuser, il y a la réunion du Politburo ce matin.

Le colonel Vatutine claqua des talons, salua, fit demi-tour et sortit du bureau. Dans l'antichambre, il trouva Golovko. Les deux hommes se connaissaient vaguement. Ils n'avaient fréquenté l'académie du KGB qu'avec un an d'écart et leur carrière avait progressé à peu près au même rythme.

— Colonel Golovko, dit la secrétaire de Gerasimov, le président doit partir maintenant et il vous demande de revenir demain matin à dix heures.

— Mais...

— Il part vraiment tout de suite, reprit la secrétaire.

— Bon, d'accord.

Golovko se leva. Vatutine et lui sortirent ensemble.

— Le président est très occupé, observa Vatutine.

— Qui ne l'est pas ? répliqua Golovko dans le couloir. Je

croyais qu'il voulait ça ! Je suis arrivé ici à quatre heures pour rédiger ce foutu rapport ! Enfin... Je crois que je vais aller déjeuner. Comment vont les affaires au « Deux », Klementi Vladimirovitch ?

— Beaucoup de travail aussi. On ne nous paie pas à rester vissés sur nos chaises.

Lui aussi était arrivé de très bonne heure pour avancer son travail et son estomac, ostensiblement, grommelait.

— Vous avez faim aussi, on dirait. Vous venez me tenir compagnie ?

Vatutine accepta et tous deux descendirent à la cantine. Les officiers supérieurs — colonels et au-dessus — avaient une salle à manger privée où ils étaient servis par des garçons en veste blanche. La salle n'était jamais déserte. Le KGB travaillait vingt-quatre heures sur vingt-quatre et les emplois du temps particuliers bouleversaient les heures des repas. De plus, la cuisine y était bonne. C'était un endroit calme et discret. On y baissait la voix, même si l'on ne parlait que de sport.

— Est-ce que vous n'êtes pas délégué aux négociations sur l'armement, en ce moment ? demanda Vatutine en prenant sa tasse de thé.

— Oui, pour chouchouter les diplomates. Vous savez, les Américains me croient du GRU.

Golovko haussa un sourcil, en partie par raillerie pour les Américains, en partie pour montrer à son pas-tout-à-fait-collègue l'importance de sa couverture.

— Vraiment ? répliqua Vatutine, sincèrement étonné. Je les aurais crus mieux informés... du moins... eh bien...

Il fit un geste évasif, pour indiquer qu'il ne pouvait en dire plus. *Moi aussi, je connais des choses dont je ne peux pas parler, Sergueï Nikolayevitch.*

— Je suppose que le président est préoccupé par la réunion du Politburo. Le bruit court...

— Il n'est pas encore prêt, assura Vatutine avec la paisible confiance d'un homme qui est dans le secret des dieux.

— Vous en êtes certain ?

— Tout à fait.

— Quelle est votre position ?

— Quelle est la vôtre ? rétorqua Vatutine.

Les deux hommes échangèrent un regard amusé, puis Golovko reprit son sérieux.

— Narmonov a besoin qu'on lui donne une chance.

L'accord sur les armements... si jamais les diplomates se réveillent assez pour le signer, sera une bonne chose pour nous.

— Vous le pensez réellement ?

Vatutine, lui, n'avait pas d'opinion bien arrêtée.

— Oui, sincèrement. J'ai fini par devenir un expert, pour les armements des deux camps. Je sais ce que nous avons et je sais ce qu'ils ont. Trop c'est trop. Une fois qu'un homme est mort, on n'a pas besoin de lui tirer encore dessus, encore et encore. Il y a de meilleurs moyens de dépenser l'argent. Certaines choses doivent changer.

— Vous devriez prendre garde à qui vous dites ça, conseilla Vatutine.

Golovko avait trop voyagé. Il avait vu l'Occident et beaucoup d'agents du KGB en revenaient avec des histoires fantastiques... si seulement l'Union soviétique pouvait faire ci, ou ça, ou autre chose... Vatutine reconnaissait la justesse de ces souhaits mais il possédait une prudence innée. Il était un homme du « Deux », qui guettait les dangers, alors que Golovko était du « Un » : il guettait plutôt les bonnes occasions.

— Est-ce que nous ne sommes pas les gardiens ? Si nous ne pouvons pas parler, qui le peut ? riposta Golovko mais il fit aussitôt marche arrière. Avec précaution, bien sûr, et en nous laissant à tous moments guider par le Parti... mais même le Parti reconnaît le besoin de changement.

Ils étaient bien d'accord sur ce point. Tous les journaux soviétiques proclamaient la nécessité d'une nouvelle approche, et tous ces articles devaient être approuvés par quelqu'un d'important, d'une parfaite pureté politique. Le Parti n'avait jamais tort, ils le savaient tous les deux, mais il était quand même évident que son état d'esprit *kollektiv* changeait beaucoup.

— Dommage que le Parti ne reconnaisse pas l'importance du repos pour ses gardiens. Les hommes fatigués font des erreurs, Sergueï Nikolayevitch.

Golovko contempla ses œufs, pendant quelques instants, puis il baissa encore plus la voix.

— Klementi..., supposons une minute que je sache qu'un important représentant du KGB a des rendez-vous avec un agent de la CIA.

— À quel niveau d'importance ?

— Plus haut qu'un chef de directorat, répondit Golovko

en disant ainsi de qui il s'agissait sans prononcer de nom ni de titre. Supposons que j'organise ces rendez-vous et qu'il me dise que je n'ai pas besoin de savoir de quoi il s'agit. Finalement, supposons que ce représentant important se conduise... bizarrement. Qu'est-ce que je dois faire ?

La réponse sortit tout droit du manuel :

— Vous devez rédiger un rapport pour le Deuxième Directorat, bien sûr.

Golovko faillit s'étrangler avec son petit déjeuner.

— Riche idée ! Et tout de suite après je me tranche la gorge avec un rasoir pour éviter à tout le monde la peine de m'interroger. Il y a des gens au-dessus de tout soupçon ou qui détiennent assez de pouvoir pour que personne n'ose les soupçonner.

— Sergueï, j'ai appris une chose ces dernières semaines : au-dessus de tout soupçon, ça n'existe pas. Nous travaillons sur une affaire... quelqu'un de si élevé au ministère de la Défense... vous trouveriez ça incroyable.

Vatutine fit signe à un garçon d'apporter encore du thé. L'interruption permit à son interlocuteur de réfléchir un peu. Golovko connaissait très bien ce ministère, vu son travail sur les armes stratégiques. De qui pouvait-il bien s'agir ? Il n'y avait pas beaucoup d'hommes que le KGB était incapable de soupçonner — bien que l'agence, évidemment, n'encourageât pas ce genre de mauvaise conduite — et encore moins aux plus hauts niveaux du ministère de la Défense, que le KGB considérait avec la plus grande méfiance. Mais...

— Filitov ?

Vatutine pâlit et gaffa :

— Qui vous l'a dit ?

— Mon Dieu ! C'est lui qui m'a tout expliqué l'année dernière pour ce qui est des armes intermédiaires ! J'ai appris qu'il était malade. Vous ne plaisantez pas, dites ?

— Il n'y a vraiment pas de quoi plaisanter. Je ne peux pas vous en dire bien long et ça ne doit pas aller plus loin que cette table mais... oui, Filitov travaillait pour... pour quelqu'un au-delà de nos frontières. Il a avoué et la première phase de l'interrogatoire est terminée.

— Mais il sait tout ! L'équipe de négociations doit être mise au courant ! Ça modifie totalement la base des pourparlers !

Vatutine n'avait pas songé à cela mais ce n'était pas à lui

de prendre des décisions politiques. Il n'était après tout qu'un policier chargé d'un secteur très particulier. Golovko avait peut-être raison dans le principe mais le règlement était le règlement.

— L'information est tenue extrêmement secrète pour le moment, Sergueï Nikolayevitch. Ne l'oubliez pas.

— Le compartimentage de l'information peut agir à la fois pour et contre nous, Klementi, avertit Golovko en se demandant s'il devait prévenir les négociateurs.

— C'est assez vrai, reconnut Vatutine.

— Quand avez-vous arrêté votre homme ?

Golovko obtint sa réponse. C'était *le moment*... Il reprit sa respiration et oublia les négociations.

— Le président a eu au moins deux rendez-vous avec un important agent de la CIA...

— Qui ? Et quand ?

— Dimanche soir et hier matin. Il s'appelle Ryan. Il est mon homologue dans l'équipe américaine mais c'est un type du renseignement, pas un agent de terrain comme je l'étais. Qu'est-ce que vous pensez de ça?

— Vous êtes sûr que ce n'est pas un homme des opérations ?

— Absolument. Je peux même vous dire dans quel bureau il travaille. En toute certitude. C'est un analyste, très écouté, mais un homme de bureau avant tout. Assistant spécial du Directeur adjoint pour les renseignements, et avant il faisait partie d'un groupe de liaison de haut niveau, à Londres. Il n'a jamais été sur le terrain.

Vatutine vida sa tasse et s'en servit une autre. Ensuite, il se beurra une tartine, en prenant son temps, en réfléchissant. Il avait une bonne occasion de faire tarder sa réaction, mais...

— Tout ce que nous avons ici, c'est une activité inhabituelle. Le président a peut-être une affaire en train si délicate que...

— Oui... et c'est peut-être ainsi qu'elle doit apparaître.

— On dirait que vous avez une façon de penser bien à vous, pour un homme du « Un », Sergueï. Très bien. Normalement — rien n'est normal dans un cas comme celui-là mais vous me comprenez —, normalement donc, nous devrions réunir les renseignements et les présenter au chef du Deuxième Directorat. Le président a des gardes du corps. Ils seraient pris à part et interrogés. Mais une chose pareille devrait être traitée très, très prudemment. Il faudrait que mon chef s'adresse à... à qui ? À un membre du Politburo, je suppose, ou peut-être au secrétaire du Comité central mais... L'affaire Filitov est traitée dans le plus grand secret. Je crois que le président souhaite s'en servir comme d'un levier politique, contre le ministre de la Défense et contre Vaneyev...

— *Quoi!*

— La fille de Vaneyev espionnait pour l'Occident, elle faisait le courrier, pour être plus précis. Nous l'avons brisée et...

— Pourquoi est-ce que cela n'a pas été rendu public ?

— La jeune femme a repris son travail normal, sur l'ordre du président.

— Klementi ! Est-ce que vous avez la moindre idée de ce qui se passe ici ?

— Non, pas pour le moment. Je supposais que le président cherchait à renforcer sa position politique, mais ces rencontres avec un agent de la CIA... Vous êtes *sûr* de ça ?

— J'ai organisé moi-même les rendez-vous, répéta Golovko. Le premier avait dû être pris avant l'arrivée des Américains et je n'ai eu à m'occuper que des détails. Ryan a demandé le second. Il m'a fait passer un billet... à peu près aussi habilement qu'un stagiaire dans son premier travail. Ils se sont vus au cinéma Barricade, hier, comme je vous l'ai dit. Il se passe quelque chose de très bizarre, Klementi...

— On le dirait bien. Mais nous n'avons rien...

— Que voulez-vous dire ?

— L'investigation, c'est mon métier, Sergueï. Nous n'avons rien que des bribes de renseignements disparates qui seraient faciles à expliquer. Rien ne fait échouer une enquête comme la précipitation. Avant de passer à l'action, nous devons rassembler et analyser ce que nous avons. Après ça nous pourrons aller voir mon chef et ce sera à *lui* d'autoriser une action supplémentaire. Croyez-vous que deux colonels puissent agir dans une telle affaire sans prendre l'avis d'une plus haute autorité ? Vous devez écrire tout ce que vous savez et me l'apporter. Combien de temps vous faudra-t-il ?

Golovko consulta sa montre.

— Il faut que je sois à la séance de négociation dans deux heures. Elle durera jusqu'à seize heures et sera suivie d'une réception. Les Américains partent à vingt-deux heures.

— Pouvez-vous éviter la réception ?

— Ce sera difficile mais je m'arrangerai.

— Soyez dans mon bureau à seize heures trente, dit Vatutine sur un ton officiel et Golovko, qui était le plus âgé, juste d'une année, sourit pour la première fois de la matinée.

— À vos ordres, camarade colonel.

— Quelle est la position du ministère, maréchal Yazov ? demanda Narmonov.

— Pas moins de six heures, répondit le ministre. Ce temps devrait nous suffire pour dissimuler les articles les plus sensibles. Comme vous le savez, nous préférerions qu'il n'y ait aucune inspection de nos sites, mais l'examen des installations américaines présente bien des avantages sur le plan des renseignements.

Le ministre des Affaires étrangères approuva.

— Les Américains demanderont moins mais je crois que nous pourrons nous mettre d'accord sur ce chiffre.

— Moi, je ne suis pas d'accord !

Toutes les têtes du Politburo se tournèrent vers Alexandrov. Le teint rubicond de l'idéologue était plus éclatant que jamais.

— C'est déjà assez grave de réduire nos arsenaux, mais que des Américains viennent examiner nos usines, découvrent tous nos secrets, c'est de la folie !

— Nous avons épuisé ce sujet, Mikhaïl Petrovitch, dit patiemment le Secrétaire général. Pas d'autre discussion ?

Ses yeux firent le tour de la table. Des têtes remuèrent. Il raya la question sur son bloc-notes et regarda le ministre des Affaires étrangères :

— Six heures, rien de moins.

Le ministre chuchota des instructions à un assistant qui partit aussitôt transmettre l'ordre au principal négociateur. Et il posa ses coudes sur la table.

— Il ne nous reste plus que la question des armes à éliminer, la plus dure de toutes, naturellement. Lesquelles ? Cela nécessitera une autre session... une longue session.

— Notre sommet est dans trois mois, rappela Narmonov.

— Oui. Il faut que les décisions soient prises avant. Les incursions préliminaires dans cette question ne se sont pas heurtées à des obstacles sérieux.

— Et les systèmes de défense américains ? demanda Alexandrov. Qu'est-ce qu'il en est, de ceux-là ? Hein ?

Les têtes se tournèrent encore, mais vers le président du KGB.

— Nous poursuivons nos efforts d'infiltration dans le programme américain Tea Clipper. Comme vous le savez, il correspond à notre projet Étoile brillante, mais ils semblent être moins avancés que nous dans les domaines les plus importants, répondit Gerasimov sans lever les yeux de son bloc.

— Nous réduisons de moitié notre force de missiles pendant que les Américains apprennent à abattre nos missiles, maugréa Alexandrov.

— Et ils réduiront leurs forces de moitié pendant que nous travaillerons aux mêmes fins, répliqua Narmonov. Voilà trente ans que nous y travaillons, Mikhaïl Petrovitch, et avec bien plus d'acharnement qu'eux.

— Nous sommes aussi plus en avance pour les essais, fit observer Yazov. Et...

— Ils le savent, dit Gerasimov.

Il faisait allusion à l'essai que les Américains avaient observé de l'avion Cobra Belle, mais Yazov n'était pas au courant et le KGB n'avait jamais découvert comment cet essai avait été repéré, il savait simplement que les Américains étaient au courant.

— Ils ont aussi des services de renseignements, vous savez, ajouta-t-il.

— Mais ils n'en ont rien dit ! s'exclama Narmonov.

— Il est arrivé aux Américains d'être réticents à parler de ce genre de choses. Ils se plaignent de certains aspects techniques de notre activité en faveur de la défense, mais pas de tous, de peur de mettre en danger leurs méthodes d'espionnage, expliqua posément Gerasimov. Ils ont peut-être effectué des essais semblables, encore que nous l'aurions su. Les Américains aussi sont capables de garder des secrets quand ils le veulent.

Taussig n'avait jamais pu transmettre cette information non plus. Gerasimov se redressa et laissa parler les autres.

— Autrement dit, les deux camps vont continuer comme avant, conclut Narmonov.

— À moins que nous n'arrivions à arracher une concession, ce qui n'est guère probable, avoua le ministre des Affaires étrangères. Y a-t-il à cette table quelqu'un qui pense que nous devons restreindre nos programmes de défense anti-missiles ? demanda-t-il et il n'y en avait pas. Alors soyons réalistes.

Comment pouvons-nous attendre des Américains qu'ils pensent eux-mêmes autrement ?

— Mais s'ils nous ont devancés ? s'inquiéta Alexandrov.

— Excellente question, Mikhaïl Petrovitch, dit Narmonov en saisissant la balle au bond. Pourquoi les Américains arrivent-ils toujours à nous devancer ? Ce n'est pas parce qu'ils sont des magiciens, mais parce que nous les laissons faire, parce que nous n'arrivons pas à faire fonctionner notre économie comme elle le devrait. Cet état de choses prive le maréchal Yazov des outils dont nos hommes en uniforme ont besoin, prive notre peuple des bonnes choses de la vie qu'il est en droit d'espérer et nous empêche d'affronter l'Occident à égalité.

— Nos armes font de nous leurs égaux ! protesta Alexandrov.

— Mais quel avantage nous offrent-elles alors que l'Occident a des armes aussi ? Y a-t-il un homme autour de cette table qui se contente d'être l'égal de l'Occident ? Nos roquettes font cela pour nous, nos fusées, mais la grandeur nationale est autre chose que la capacité de tuer. Si nous voulons vaincre l'Ouest, cela ne pourra se faire avec des bombes nucléaires, à moins que vous n'ayez envie de laisser les Chinois hériter de notre monde... Camarades ! Si nous voulons gagner, nous devons faire marcher notre économie !

— Elle marche, bougonna Alexandrov.

— Dans quel domaine ? Est-ce que l'un de vous le sait ? demanda Vaneyev et l'atmosphère de la salle s'enflamma.

La discussion fut bruyante pendant plusieurs minutes, mais finit par se calmer et se résoudre à l'espèce de colloque universitaire habituel au Politburo. Narmonov s'en servit pour mesurer la force de son opposition. Il jugea sa faction plus qu'égale à celle d'Alexandrov. Vaneyev n'avait pas dévoilé son jeu : Alexandrov lui avait bien demandé de faire semblant d'être du côté du Secrétaire général, après tout. Et le Secrétaire général avait encore Yazov. Narmonov s'était également servi de la réunion pour désamorcer la dimension politique des problèmes économiques, en indiquant le besoin de réformes pour améliorer la puissance militaire du pays, ce qui était vrai, bien sûr, mais difficile à nier par Alexandrov et sa clique. En prenant l'initiative, jugeait Narmonov, il avait pu évaluer encore une fois les forces de l'adversaire et, en mettant l'argument à découvert, il le plaçait psychologiquement sur la défensive, momentanément du moins. C'était tout ce qu'il pouvait espérer pour l'instant. Il avait survécu pour livrer d'autres batailles, se dit-il. Une fois signé le traité sur le contrôle des armements, son pouvoir à cette table augmenterait d'encore un cran. Le peuple serait content... et pour la première fois dans l'histoire soviétique, les sentiments du peuple commençaient à compter. Une fois décidé quelles armes devraient être éliminées, et selon quel calendrier, ils sauraient de quels fonds supplémentaires ils disposeraient. Narmonov pouvait contrôler cette discussion de son fauteuil, en se servant des crédits pour monnayer une puissance additionnelle pendant que les membres du Politburo rivalisaient pour défendre leurs propres projets. Alexandrov ne pourrait intervenir là-dedans, puisque la base de son pouvoir n'était pas économique mais idéologique. L'idée vint à Narmonov qu'il allait probablement gagner. Avec la Défense pour lui, avec Vaneyev dans sa poche, il remporterait la confrontation, il imposerait sa volonté au KGB et mettrait Alexandrov au rancart. Il suffisait de choisir le moment. Il devait y avoir des accords sur le traité et il était tout prêt à échanger de petits avantages sur ce point afin de mieux assurer sa position en URSS. Cela étonnerait l'Occident, mais il serait un jour plus surpris encore en voyant ce qu'une économie stable pourrait apporter à son principal rival. Le souci immédiat de Narmonov était sa survie politique. Ensuite viendrait la tâche de remise en état de l'économie. Il y avait un autre objectif plus lointain, qui n'avait pas changé depuis trois générations mais l'Occident trouvait constamment de nouveaux moyens de l'ignorer. Les yeux de Narmonov n'étaient pas fixés sur ce but, mais il existait bien.

Dernière séance, se dit Ryan. *Dieu soit loué.* La nervosité était revenue. Il n'y avait aucune raison pour que tout ne se passe pas bien. Le plus curieux, c'était que Ryan ne savait pas du tout ce qui allait arriver avec la famille de Gerasimov. Le « Fouineur » avait encore tenté de s'en mêler, mais en ce qui concernait la sortie de Gerasimov et de Cardinal, c'était d'une telle simplicité qu'il n'aurait jamais pu l'imaginer. C'était l'œuvre de Ritter et le vieux renard avait du flair.

Les Russes avaient la parole les premiers, cette fois, et après cinq minutes de discours, ils proposèrent un temps d'avertissement pour les inspections-surprises des sites. Jack aurait préféré pas de temps du tout, mais c'était déraisonnable. Il n'était pas nécessaire de voir les entrailles des oiseaux, même si ç'aurait été souhaitable. Il suffisait de compter les rampes de lancement et les ogives nucléaires et n'importe quel nombre d'heures au-dessous de dix serait bien suffisant pour cela, surtout si les visites-« surprises » étaient coordonnées avec des passages de satellites pour surprendre toute tentative d'embrouille. Les Russes proposaient dix heures. Ernest Allen, dans sa réponse, en demanda trois. Deux heures plus tard, les chiffres respectifs étaient de sept et cinq. Deux heures après, à la surprise de tout le monde, les Américains dirent *six* et le principal délégué russe accepta. Les deux hommes se levèrent pour se serrer la main au-dessus de la table. Jack fut heureux qu'on en ait fini mais, quant à lui, il aurait tenu bon sur cinq heures. Après tout, Golovko et lui étaient tombés d'accord sur quatre.

Quatre heures et demie pour décider d'un seul foutu chiffre, pensa-t-il. *Ce devait être un record absolu.* Il y eut même des applaudissements quand tout le monde se leva et Jack se joignit à la file de ceux qui allaient aux toilettes. Quand il revint quelques minutes plus tard, Golovko était là.

— Vos collègues ont été gentils avec nous, dit l'agent du KGB.

— Vous avez de la chance que ce ne soit pas à moi de décider. Et ça fait un sacré travail pour deux ou trois petites choses.

— Vous les trouvez petites ?

— Dans le Grand Ordre des Choses... oui, d'accord, elles sont importantes, mais pas exagérément. Cela signifie surtout que nous pouvons décoller et rentrer chez nous !

Un rien de malaise se glissa dans la voix de Jack. *Ce n'était pas encore fini.*

— Vous vous en faites une joie, de l'avion ? demanda Golovko.

— Pas précisément, mais que voulez-vous ?

Ce n'est pas le vol qui me fait peur, cette fois, patate.

L'équipage était descendu à l'hôtel Ukraïnia, au bord de la Moskova, à deux dans d'immenses chambres. Ils avaient acheté des souvenirs dans le « magasin d'amitié » et visité ce qu'ils avaient pu tout en laissant une équipe de garde à bord de l'appareil. Maintenant, ils partaient tous ensemble. Le car de tourisme de cinquante places traversa la rivière et prit la direction de l'est par Kalinina Prospekt pour les conduire à l'aéroport, à une demi-heure de route avec une circulation clairsemée.

Quand le colonel von Eich arriva, les rampants des British Airways qui étaient chargés de l'entretien finissaient de faire le plein sous la surveillance du chef d'équipage, le sergent-chef à qui l'avion « appartenait », et du capitaine qui servirait de copilote dans le siège de droite du VC-137. Les hommes de l'équipage passèrent par le poste de contrôle du KGB, dont les agents s'appliquaient assidûment à vérifier toutes les identités. Quand ils eurent terminé, le personnel monta à bord et prépara le 707 transformé pour son vol de retour à la base aérienne d'Andrews. Le pilote réunit cinq de ses hommes dans le poste de pilotage et, protégé par le bruit infernal d'un transistor, il leur expliqua que ce qu'ils allaient faire ce soir serait un peu différent.

— Ah, nom de Dieu, chef ! s'écria le sergent. Pour être différent, c'est différent, ça !

— Que serait la vie sans un peu de distraction ? répliqua von Eich. Vous êtes tous à jour de vos corvées ? C'est bon. Alors au travail, les gars.

Le pilote et le copilote prirent leurs check-lists et sortirent avec les autres pour le pré-vol de l'appareil. Ils étaient tous d'accord pour penser que ce serait bon de rentrer, en supposant qu'ils arrivent à décoller les pneus de la piste. L'air était aussi froid qu'un téton de sorcière, de l'avis du sergent-chef. Bien gantés, vêtus maintenant des parkas de l'Air Force, ils prirent leur temps en faisant le tour de l'avion. La 89e escadrille avait un palmarès de sécurité impeccable depuis qu'elle promenait des « VD » tout autour du monde et elle le cultivait en accordant une attention minutieuse aux moindres détails. Von Eich se demanda si leurs 700000 heures de vol sans accident n'allaient pas s'achever ce soir.

Ryan avait déjà fait ses bagages. Ils devaient partir tout de suite après la réception et aller directement à l'aéroport. Il décida de se raser et de se brosser les dents encore une fois avant de ranger sa trousse de toilette dans une des poches de son sac de voyage. Il portait ce jour-là un de ses costumes anglais. Il était presque assez chaud pour le climat local mais Jack se promit que si jamais il revenait à Moscou en hiver, il apporterait des caleçons longs en flanelle. Il était presque l'heure quand on frappa à sa porte. C'était Tony Candela.

— Bon vol de retour, dit-il.
— Merci, répliqua ironiquement Jack.
— Je viens vous donner un coup de main.
Il s'empara du sac et Jack n'eut qu'à se charger de son attaché-case. Ils prirent ensemble l'ascenseur, qui les conduisit du sixième au huitième où ils en attendirent un autre pour descendre au rez-de-chaussée.
— Savez-vous qui a conçu ce bâtiment ?
— Manifestement un type qui avait le sens de l'humour, répondit Candela. Ils ont embauché le même pour construire la nouvelle ambassade.
Ils rirent tous les deux. Cette histoire était digne d'un film-catastrophe de Hollywood. Il y avait assez de gadgets électroniques dans cette baraque pour bricoler tout un ordinateur. L'ascenseur arriva une minute plus tard et les descendit dans le hall. Candela rendit sa valise à Ryan.
— Et merde, hein, mon vieux, lui dit-il avant de le quitter.
Jack sortit. Les voitures attendaient et il jeta son bagage dans un coffre ouvert. La nuit était claire. Il y avait des étoiles et un soupçon d'aurore boréale à l'horizon, au nord. Il avait entendu dire que ce phénomène naturel se voyait parfois de Moscou mais il n'avait jamais pu en admirer une.

Le cortège démarra dix minutes plus tard et roula au sud vers le ministère des Affaires étrangères, en reprenant le chemin qui représentait à peu près tout ce que Ryan connaissait de cette ville de huit millions d'âmes. Une par une, les voitures tournèrent sur la petite esplanade et leurs occupants furent conduits à l'intérieur. Cette réception était loin d'être aussi grandiose que celle du Kremlin mais la cession n'avait pas été aussi fructueuse. La prochaine serait une corvée, à l'approche du sommet, mais elle aurait lieu à Washington. Les journalistes attendaient impatiemment, en grande majorité de la presse écrite mais il y avait aussi quelques caméras de télévision. Quelqu'un vint aborder Jack dès qu'il eut remis son pardessus au vestiaire.
— Professeur Ryan ?
— Oui ? fit-il en se retournant.
— Mike Paster, *Washington Post*. On annonce à Washington que vos problèmes avec la SEC sont résolus.
— Bravo, dit Jack en riant. Ça fait du bien de ne pas parler d'armements, pour une fois ! Comme je l'ai déjà dit, je n'ai rien fait de répréhensible. Je suppose que ces... cons mais

ne me citez pas ! que ces gens ont fini par le comprendre. Tant mieux. Je ne tenais pas à engager un avocat.

— Le bruit court que la CIA a aidé à...

— Écoutez, interrompit Jack. Dites à votre rédaction de Washington que si on m'accorde deux jours pour en finir avec cette affaire-ci, je leur montrerai tout ce que j'ai pu faire. Toutes mes transactions ont eu lieu par ordinateur et je garde des copies de tout. Ça vous va ?

— Bien sûr, mais pourquoi n'avez-vous...

— Dites-le-moi, répliqua Jack en prenant un verre de vin sur un plateau qui passait — il lui en fallait un, mais ce serait le seul de la soirée. Il y a peut-être à Washington des gens qui bandent en pensant à l'Agence. Mais pour l'amour du ciel, ne citez pas ça non plus !

— Comment se sont passés les pourparlers ? demanda ensuite le journaliste.

— Ernie vous donnera tous les détails mais, entre nous, plutôt bien. Pas aussi bien que la dernière fois, et il reste beaucoup de choses à régler, mais nous en avons résolu quelques-unes plutôt difficiles, c'était à peu près ce que nous attendions de ce voyage.

— Est-ce que l'accord sera conclu à temps pour le sommet ?

— Tout à fait entre nous ? dit immédiatement Jack et le journaliste acquiesça. Je dirais que les chances sont supérieures à deux sur trois.

— Quel est le sentiment de l'Agence à ce sujet ?

— Nous ne devons pas faire de politique, vous le savez. D'un point de vue technique, la réduction de cinquante pour cent n'est pas si mal que ça. Mais dans le fond, ça ne change pas grand-chose. Enfin, c'est bien, je vous l'accorde.

— Comment voulez-vous que je vous cite, là ? demanda Paster.

— Appelez-moi « une source administrative assez bien informée », répliqua Jack en riant. D'accord ? L'oncle Ernie peut parler officiellement mais je n'en ai pas le droit.

— Et quel effet est-ce que ça aura sur le maintien au pouvoir de Narmonov ?

— Pas mon rayon, mentit tranquillement Ryan. Mes opinions sont personnelles, pas professionnelles.

— Alors... ?

— Alors demandez ça à quelqu'un d'autre. Demandez-moi des trucs vraiment importants, par exemple qui les Redskins devraient engager pour le premier round.

— Olson, le trois-quarts de Baylor, répondit instantanément le journaliste.

— J'aime bien cette défense particulière de Penn State, mais il partira probablement trop tôt.

— Bon voyage, dit le reporter en refermant son carnet.

— Ouais, et profitez bien du reste de l'hiver, mon vieux.

Le journaliste s'éloigna d'un pas ou deux et revint poser une nouvelle question :

— Pouvez-vous me dire quelque chose, tout à faire entre nous, sur ces Foley, le couple que les Russes ont expulsé il y a...

— Qui ? Ah, ceux qui étaient accusés d'espionnage ? Tout à fait entre nous, et je ne vous ai jamais rien dit, c'est de la connerie. N'importe comment, pas de commentaire.

— D'accord.

Le reporter s'en alla en souriant.

Jack resta seul. Il chercha des yeux Golovko mais ne put le trouver. Il fut déçu. Ennemis ou non, ils pouvaient toujours causer et Ryan avait fini par apprécier leurs conversations. Le ministre des Affaires étrangères apparut avec Narmonov. Tous les autres accessoires étaient là, les violons, les buffets énormes, les plateaux d'argent qui circulaient en proposant du vin, de la vodka et du champagne. Les gens du Département d'État étaient en conciliabule avec leurs homologues soviétiques. Ernie Allen riait avec le sien. Seul Jack était isolé et cela ne faisait pas du tout l'affaire. Il s'approcha du premier groupe venu et resta près de lui, à peine remarqué, tandis qu'il regardait sa montre de temps en temps et buvait son vin à très petites gorgées.

— C'est l'heure, annonça Clark.

Ça n'avait pas été commode d'en arriver là. Le matériel était déjà rangé dans le coffre étanche, qui était en train de passer du centre d'attaque au sommet du kiosque. Il y avait des panneaux d'écoutille à chaque extrémité et l'ensemble était absolument étanche, contrairement au reste du kiosque qui n'était pas protégé contre l'eau. Un matelot se proposa pour monter avec lui et le panneau du bas fut refermé et bien verrouillé. Mancuso décrocha un téléphone.

— Vérification de communications.

— Cinq sur cinq, commandant, répliqua Clark. Paré quand vous le serez.

— Ne touchez pas au panneau avant mon ordre.

— Compris.

Le capitaine se retourna.

— Officier de plongée, pompez trois mille litres. Nous le soulevons du fond. Chambre des machines, parez à répondre aux appels.

— Parés, commandant.

L'officier de plongée qui était aussi le maître du navire donna les ordres nécessaires. Des pompes électriques éjectèrent une tonne et demie d'eau de mer et, lentement, le *Dallas* se redressa. Mancuso jeta un coup d'œil autour de lui. Le sous-marin était en position de combat. L'équipe de pointage et de contrôle de tir était parée. Ramius se trouvait près du navigateur, les postes de contrôle des armes étaient tous occupés. En bas, dans la chambre des torpilles, les quatre tubes étaient chargés et l'un d'eux déjà inondé.

— Sonar, contrôle. Rien à signaler ? demanda ensuite Mancuso.

— Négatif, contrôle. Rien du tout.

— Très bien. Officier de plongée, notez votre profondeur à vingt-sept mètres.

— Vingt-sept mètres, commandant.

Ils devaient quitter le fond avant de mettre le sous-marin en marche avant. Mancuso surveilla la jauge de profondeur et la regarda changer lentement tandis que le maître du navire, que l'on appelait le Cob[1], manœuvrait adroitement.

— Profondeur vingt-sept mètres, commandant, annonça-t-il. Elle sera très difficile à maintenir.

— Manœuvres, donnez-moi des tours pour cinq nœuds. Gouvernail, à droite quinze degrés, nouveau cap zéro-trois-huit.

L'homme de barre répéta l'ordre, en l'exécutant. Mancuso regarda le gyrocompas tourner en cliquetant vers le cap nord-est. Il fallut cinq minutes pour se dégager de sous la glace. Le capitaine demanda la profondeur périscopique. Encore une minute.

— Périscope, dit-il ensuite.

1. Chief Of the Boat : capitaine. (*N.d.T.*)

Un quartier-maître tourna le volant et le capitaine vit l'instrument qui se dressait : l'objectif émergeait du pont.

— Stop !

Le périscope s'arrêta à trente centimètres au-desous de la surface. Mancuso chercha des ombres, des glaces dérivantes, mais ne vit rien.

— Haussez encore de cinquante centimètres. Un peu plus, et ne bougeons plus.

Il était à genoux, maintenant, et se servait du mince périscope d'attaque, pas du plus gros utilisé pour la recherche. Ce dernier avait une meilleure capacité d'absorption de la lumière, mais Mancuso ne voulait pas courir de risque avec le plus grand radar. Depuis douze heures, le sous-marin n'était éclairé à l'intérieur que par la lumière rouge. Elle donnait un drôle d'aspect aux aliments mais améliorait aussi la vision nocturne de tout le monde. Il fit un lent tour d'horizon, très attentivement. Il n'y avait rien à voir, à la surface, que de la glace qui dérivait.

— La voie est libre, annonça-t-il. Haussez l'ESM.

Le mât du senseur électronique monta avec un soupir hydraulique. La mince tige de fibre de verre n'avait qu'un centimètre d'épaisseur et elle était pratiquement invisible au radar.

— Baissez le péri.

— J'ai un radar de surveillance surface au cap zéro-trois-huit, signala le technicien de l'ESM en donnant la fréquence et les caractéristiques de pulsion. Le signal est faible.

— On y va, les gars ! dit Mancuso et il décrocha le téléphone communiquant avec la descente du kiosque. Vous êtes paré ?

— Oui, commandant, répondit Clark.

— Tenez-vous prêt. Bonne chance, souhaita le capitaine puis il raccrocha et se retourna. Mettez-vous sur le toit et parez pour immersion rapide.

Cela prit en tout quatre minutes. Le sommet du kiosque noir du *Dallas* rompit la surface, directement pointé sur le radar soviétique le plus rapproché pour minimiser sa coupe transversale. Le maintien de la profondeur était d'une extrême délicatesse.

— Clark ! Go !

— O.K.

Avec toutes ces glaces en désordre, l'écran de ce radar

devait être bien encombré, pensait Mancuso. Il regarda le voyant indicateur du panneau d'écoutille passer d'un trait signifiant « fermé » à un cercle annonçant « ouverture ».

La descente de la passerelle aboutissait à une plate-forme, à un mètre environ au-dessous. Clark ouvrit le panneau et se hissa dessus. Puis il tira son radeau sur l'échelle, avec l'aide d'un matelot qui poussait d'en bas. Seul maintenant sur la minuscule passerelle du sous-marin — le poste de contrôle en haut du kiosque —, il jeta son embarcation en travers et tira sur le cordon de gonflage. Le sifflement aigu de l'air lui fit l'effet d'un hurlement dans la nuit et il fit une grimace. Dès que le tissu caoutchouté fut bien tendu, il cria au matelot de fermer l'écoutille puis il décrocha le téléphone de la passerelle.

— Tout est paré ici. L'écoutille est fermée. Je vous retrouve dans deux heures.

— Très bien. Bonne chance, répéta Mancuso.

À la surface, Clark grimpa dans son radeau, tandis que le sous-marin plongeait sous lui, et mit en marche le moteur électrique. Le panneau d'écoutille resta ouvert juste le temps pour le matelot de sauter sur l'échelle, et puis le capitaine et lui le verrouillèrent solidement.

— Panneau fermé, parés à plonger, annonça le Cob quand le dernier indicateur passa du cercle au trait.

— Très bien. M. Goodman, vous avez le contrôle, vous savez ce que vous avez à faire.

— Je prends le contrôle, répliqua l'officier alors que le capitaine partait vers le compartiment du sonar.

Le lieutenant Goodman se mit immédiatement en immersion et dirigea le sous-marin vers le fond.

C'était comme au bon vieux temps, pensait Mancuso, avec Jones au sonar. Le bâtiment se redressa, pointant son sonar avant déployé sur la route que suivait Clark. Ramius arriva une minute plus tard, pour observer.

— Comment se fait-il que vous n'ayez pas voulu regarder au péri ? lui demanda Mancuso.

— C'est dur de voir son pays et de savoir qu'on ne peut pas...

— Le voilà ! dit Jones en tapotant de l'index son écran vidéo. Il pousse des pointes à dix-huit nœuds. Plutôt silencieux pour un hors-bord. Électrique, hein ?

— Oui.

— J'espère qu'il a de bonnes batteries.

— Lithium rotatif-anode. J'ai demandé.

— Chouette, jugea Jones.

Il fit sauter une cigarette de son paquet, en offrit une à Mancuso qui la prit, en oubliant qu'il avait encore une fois cessé de fumer. Il lui donna du feu et prit un air pensif.

— Vous savez, commandant, maintenant je me rappelle pourquoi j'ai pris ma retraite...

Sa voix mourut alors qu'il regardait la piste sonar s'étirer dans le lointain. À l'arrière, le groupe de contrôle du tir recalcula la portée, histoire de faire quelque chose. Jones allongea le cou et tendit l'oreille. Le *Dallas* était plus silencieux que jamais et la tension y était plus dense que la fumée des cigarettes.

Clark était allongé presque complètement à plat dans son embarcation. En nylon caoutchouté, elle était camouflée de rayures grises et vertes, pas très différentes des couleurs de la mer. On avait envisagé d'ajouter quelques taches blanches, pour simuler la glace, avant de se souvenir que le chenal était maintenant ouvert en permanence par un brise-glace et qu'une tache blanche se déplaçant rapidement, ce ne serait pas merveilleux, comme idée. Clark se souciait surtout du radar. Le kiosque du sous-marin avait pu éviter d'être repéré dans le chaos mais si les systèmes radar russes avaient un indicateur d'objectif mobile, l'ordinateur simple qui enregistrait le renvoi des signaux pourrait bien se fixer sur un objet naviguant à trente kilomètres à l'heure. L'embarcation n'émergeait à la surface que d'une trentaine de centimètres, le moteur du double mais revêtu d'une couche de substance absorbante pour les ondes radar. Clark gardait sa tête au même niveau que le moteur. Il se demanda une fois de plus si la demi-douzaine de bouts de ferraille décorant son anatomie seraient assez gros pour être visibles. Il savait que ce genre de réflexion était insensé — ils ne déclenchaient même pas un petit bourdonnement dans les détecteurs de métal des aéroports — mais les hommes seuls dans des situations dangereuses ont tendance à avoir l'imagination anormalement débordante. Mieux valait être stupide, se dit-il. L'intelligence ne servait qu'à vous faire comprendre le danger de ce genre d'affaire. Après ces missions-là, une fois passés les tremblements, après la douche, on pouvait se prélasser dans la gloire en se félicitant de son courage et de son astuce, mais pas maintenant. En ce moment, tout cela paraissait simplement périlleux, pour ne pas dire complètement fou.

La côte était bien visible, une suite de points nets tout le long de l'horizon. Elle avait un air assez banal, mais c'était un territoire ennemi. Cette idée donnait bien plus le frisson que l'air froid de la nuit.

La mer était calme, au moins, se dit-il. En réalité, un petit clapot aurait fourni de bien meilleures conditions anti-radar, mais la surface lisse, huileuse, permettait une plus grande vitesse et la vitesse le rassurait toujours. Il se retourna. L'embarcation ne laissait pas un grand sillage et il le réduirait encore en ralentissant quand il approcherait du port.

Patience, se dit-il inutilement. Il avait horreur de la patience. *Qui aime attendre ?* se demanda-t-il. *Si ça doit arriver, que ça arrive et qu'on en finisse.* Ce n'était jamais raisonnable de se précipiter, mais quand on était en pleine action, au moins on faisait quelque chose. Pourtant, quand il enseignait à d'autres comment s'y prendre dans ce genre de missions, ce qui était son occupation normale, il leur conseillait toujours la patience. *Tu n'es qu'un foutu hypocrite*, se dit-il.

Les bouées à l'entrée de la rade lui donnèrent la distance de la côte. Il réduisit sa vitesse à dix nœuds, puis à cinq et finalement à trois. Le moteur électrique bourdonnait à peine. Clark tourna la poignée et dirigea l'embarcation vers une vieille jetée vermoulue. Elle devait être très ancienne, ses piles étaient fendues et érodées par la glace de nombreux hivers. Très lentement, il prit une lunette à vision nocturne et examina les environs. Il n'y avait aucun mouvement visible. Il entendait un peu de bruit, maintenant, principalement des bruits de circulation qui portaient loin, sur l'eau, et puis de la musique. C'était vendredi soir, et même en Union soviétique on faisait la fête dans les restaurants, on dansait. Le plan tenait compte d'ailleurs d'une activité nocturne — l'Estonie était plus animée que le reste du pays —, mais la jetée était bien déserte, comme on le lui avait annoncé. Il s'en approcha et amarra son embarcation à une pile avec un soin considérable : si elle s'en allait à la dérive, il aurait de sérieux problèmes. À côté de la pile, il y avait une échelle. Clark ôta sa combinaison et monta, pistolet au poing. Il remarqua alors l'odeur. Elle n'était pas très différente de celle des ports américains, une odeur de vase, d'huile et de bois pourri. Au nord, une dizaine de bateaux de pêche étaient amarrés à une autre jetée. Il y en avait encore une au sud, avec des piles de bois de charpente. On reconstruisait donc le port, ce qui expliquait l'état de celle-ci, pensa-t-il. Il consulta sa montre — une vieille « Pilot » russe — et chercha autour de lui un coin pour attendre. Quarante minutes avant de passer à l'action. Il avait compté sur une mer plus agitée, et le temps calme lui avait simplement accordé plus de temps pour méditer sur la démence de son entreprise.

Boris Filipovitch Morozov sortit de la caserne où il habitait encore et leva les yeux. Les lumières d'Étoile brillante faisaient du ciel une coupole diaphane où voletaient des flocons lumineux. Il adorait ces moments de paix.

— Qui va là ? demanda une voix autoritaire.

— Morozov, répondit le jeune ingénieur à la silhouette surgissant dans la clarté et il reconnut la casquette à large visière d'un officier.

— Bonsoir, camarade ingénieur. Vous faites partie de l'équipe de contrôle des miroirs, n'est-ce pas ? demanda Bondarenko.

— Est-ce que nous nous connaissons ?

— Non. Savez-vous qui je suis ?

— Oui, camarade colonel.

Bondarenko désigna le ciel.

— Quelle beauté, n'est-ce pas ? Je suppose que cela console d'être tout à fait au bout du néant.

— Non, camarade colonel, nous sommes au bout de quelque chose de très important, rectifia Morozov.

— Cela me fait plaisir à entendre ! Est-ce que toute votre équipe a ce sentiment ?

— Oui, camarade colonel. J'ai demandé à venir ici.

— Ah ? Et comment connaissiez-vous ce site ?

— Je suis venu l'année dernière avec le Komsomol. Nous avons aidé les ingénieurs civils à l'installation des piliers des miroirs. J'avais étudié les lasers et je savais ce qu'était Étoile brillante. Je ne l'ai dit à personne, bien sûr. Mais je savais que c'était ici que je voulais me retrouver.

Bondarenko examina le jeune homme avec intérêt.

— Comment va le travail ?

— J'avais espéré faire partie de l'équipe du laser mais

mon chef de section m'a persuadé d'entrer dans son groupe, avoua Morozov en riant.

— Vous le regrettez ?

— Non... Non, excusez-moi, vous vous méprenez. Je ne me doutais pas de l'importance du groupe des miroirs. Je l'ai apprise depuis. Maintenant, nous essayons d'adapter les systèmes de miroirs pour un contrôle informatique plus précis. Je vais peut-être bientôt devenir chef de section adjoint, annonça fièrement Morozov. Je connais bien aussi les systèmes informatiques, voyez-vous.

— Qui est votre chef de section ? Govorov ?

— Oui. Un ingénieur de grand talent, je dois dire. Puis-je vous poser une question ?

— Certainement.

— On dit que vous... que vous êtes le nouveau colonel dont il était question, c'est vrai ? Que vous pourriez être le nouveau directeur adjoint du projet ?

— Il peut y avoir du vrai dans ces rumeurs, reconnut Bondarenko.

— Alors est-ce que je peux faire une suggestion, camarade ?

— Bien sûr.

— Il y a beaucoup d'hommes seuls, ici...

— Et pas assez de femmes seules ?

— Nous aurions besoin de plus de laborantines.

— Votre observation est notée, camarade ingénieur, dit Bondarenko avec un sourire. Nous avons aussi en projet un nouvel immeuble d'habitation pour éviter le surpeuplement. Comment est la caserne ?

— L'atmosphère est amicale. Les clubs d'astronomie et d'échecs sont très actifs.

— Ah ! Il y a longtemps que je n'ai pas joué sérieusement aux échecs. Est-ce que la concurrence est dure ?

— Terrible ! Féroce, même, avoua Morozov en riant.

À mille mètres de là, l'Archer bénit le nom de son Dieu. La neige tombait et les flocons donnaient à l'air cet aspect magique tant prisé des poètes... et des soldats. On entendait, on *sentait* le silence alors que la neige étouffait tous les sons. Tout autour d'eux, en haut et en bas, à perte de vue, le rideau blanc réduisait la visibilité à moins de deux cents mètres. L'Archer rassembla ses commandants basanés et commença à organiser l'assaut. Ils partirent quelques minutes plus tard, en formation tactique. Il était avec la section de tête de la première compagnie alors que son commandant en second restait avec l'autre.

Le terrain était étonnamment bon. Les Russes avaient répandu la terre de leurs excavations dans tout le secteur et, malgré la neige, les rochers n'étaient pas glissants. C'était heureux car leur chemin les faisait passer dangereusement près du bord d'une paroi à pic d'au moins cent mètres. Il était assez difficile de se diriger. L'Archer avançait de mémoire, après avoir passé des heures à examiner l'objectif, et il connaissait chaque détour de la montagne, ou tout au moins il le croyait. Les doutes venaient maintenant, comme toujours, et il avait besoin de toute sa concentration pour garder l'esprit fixé sur la mission. Il avait appris par cœur plus d'une dizaine de points de repère avant le départ. Un rocher ici, une petite ravine là, un endroit où le sentier tournait sur la gauche, et cet autre qui partait vers la droite. Au début, la progression parut affreusement lente mais plus ils se rapprochaient de l'objectif, plus l'allure devenait rapide. Ils étaient guidés à tout moment par la lumière des projecteurs. Comme les Russes devaient être confiants, pour avoir tant de lumière, pensa-t-il. Il y avait même un véhicule en mouvement, certainement un autobus, au bruit du moteur, tous phares allumés. Les petits points brillants se déplaçaient dans le nuage blanc qui enveloppait tout. À l'intérieur du plus grand globe lumineux, les soldats de garde devaient être désavantagés. Normalement, les projecteurs tournés vers l'extérieur devaient éblouir et aveugler les intrus mais à présent c'était le contraire. Un peu de leur clarté seulement pénétrait la neige et le reste était reflété vers l'arrière, gênant la vision nocturne des soldats armés. Le groupe de tête atteignit enfin le premier point de repère. L'Archer déploya sa troupe et attendit que les autres le rattrapent. Cela demanda une demi-heure. Ses hommes étaient groupés par trois ou quatre et les *moudjahiddin* prirent le temps de boire un peu d'eau et de confier leur âme à Allah, en se préparant à la fois pour la bataille et pour ses possibles suites. Leur foi était celle du guerrier. Leur ennemi était aussi l'ennemi de leur Dieu. Quoi qu'ils fassent à ceux qui avaient offensé Allah, cela leur serait pardonné et chacun des hommes de l'Archer se rappela les amis et les proches que des Russes avaient tués.

— C'est stupéfiant, murmura le commandant en arrivant.
— Allah est avec nous, mon ami, répondit l'Archer.
— Il doit l'être.

Ils n'étaient plus qu'à cinq cents mètres du site et n'avaient toujours pas été vus. *Nous pourrions même nous en tirer...*

— Jusqu'où pouvons-nous...

— Cent mètres. Leur matériel de vision nocturne doit pénétrer la neige sur environ quatre cents mètres. Le premier mirador est à six cents mètres, de ce côté.

L'Archer tendit le bras mais ce n'était pas nécessaire. Il savait exactement où se trouvait la tour, et la suivante deux cents mètres plus bas. Le commandant regarda sa montre et réfléchit un moment.

— La garde ne changera pas avant une heure, si les habitudes sont les mêmes ici qu'à Kaboul. Les hommes en faction doivent être fatigués et avoir froid et les soldats de la relève ne sont pas encore réveillés. C'est le moment.

— Bonne chance, dit simplement l'Archer et les deux hommes s'embrassèrent.

— Pourquoi refuserions-nous de nous battre pour la cause d'Allah, alors que nos enfants et nous avons été chassés de nos demeures ?

— Quand ils ont affronté Goliath et ses guerriers, ils se sont écriés : « L'Éternel emplit nos cœurs de ténacité. Il raffermit nos pieds et nous aide contre les incroyants. »

C'était une citation du Coran et aucun des deux hommes ne s'étonna que ce passage fît en réalité allusion à la bataille des Israélites contre les Philistins. David et Saül étaient aussi connus des Musulmans, ainsi que leur cause. Le commandant sourit une dernière fois avant de courir rejoindre ses hommes.

L'Archer se retourna et fit signe à son groupe lance-missiles. Deux d'entre eux épaulèrent leurs Stinger et suivirent leur chef. Encore une éminence, et ils dominèrent les miradors. Il fut surpris de pouvoir facilement distinguer trois hommes et il fit venir un troisième lance-missiles. Après avoir donné ses instructions, il les quitta pour aller retrouver le gros de sa troupe. Sur la hauteur, les systèmes d'acquisition d'objectif sifflèrent leur chant de mort aux oreilles des tireurs. Les miradors étaient chauffés, et le Stinger ne recherche que la chaleur.

L'Archer fit ensuite approcher son équipe de mortiers, plus près qu'il ne l'aurait voulu mais la visibilité n'était pas dans le camp des *moudjahiddin.* Il regarda la compagnie du commandant descendre en glissant sur la gauche et disparaître sous la neige. Ils porteraient leur assaut contre l'installation laser elle-même, pendant que l'Archer et ses quatre-vingts hommes s'attaqueraient aux bâtiments où vivait la majorité du personnel. C'était leur tour, maintenant. L'Archer les fit avancer aussi loin qu'il put, juste au bord de la portée des projecteurs. Il aperçut une sentinelle, tout emmitouflée contre le froid et dont l'haleine formait de petits nuages blancs emportés par le vent. Encore dix minutes. L'Archer prit sa radio. Ils n'en avaient que quatre et il n'avait pas encore osé s'en servir, de peur d'être détecté par les Russes.

Nous n'aurions jamais dû nous débarrasser des chiens, se disait Bondarenko. *Mon premier soin, quand je serai installé ici, sera de les faire revenir.* Il faisait le tour du camp, savourait le froid et la neige, et profitait du calme de l'atmosphère pour mettre de l'ordre dans ses pensées. Certaines choses avaient besoin d'être changées, ici. Il leur fallait un vrai soldat. Le général Pokrychkine se fiait trop au dispositif de sécurité et les hommes du KGB étaient trop paresseux. Il n'y avait pas de patrouilles de nuit à l'extérieur, par exemple. Trop dangereux sur ce terrain, disait leur commandant, les patrouilles de jour détecteront tout ce qui tentera de s'approcher, les miradors ont des appareils à vision nocturne et le reste du site est illuminé par les projecteurs. Mais la neige supprimait quatre-vingts pour cent d'efficacité des systèmes de visée nocturne. Et si un groupe d'Afghans était en train de s'approcher, en ce moment même ? se demanda-t-il. *Tout d'abord,* se dit-il, *je vais appeler le colonel Nikolayev au quartier général de* Spetznaz *et je commanderai un assaut d'entraînement contre ce site, pour montrer à ces imbéciles du KGB à quel point ils sont vulnérables.* Bondarenko leva les yeux vers le sommet. Il y avait une sentinelle du KGB, qui battait des bras pour se réchauffer, le fusil à l'épaule : il lui faudrait quatre secondes pour l'épauler, viser et faire sauter le cran de sûreté. *Quatre secondes, et il serait mort à la deuxième pour peu qu'il y ait là-dehors quelqu'un de compétent...* Ma foi, se dit-il, le commandant adjoint de tout avant-poste doit être un gaillard impitoyable et si ces *tchekisti* veulent jouer aux soldats, ils feraient bien de se comporter comme des soldats. Le colonel fit demi-tour et retourna vers l'immeuble d'habitation.

La voiture de Gerasimov s'arrêta devant l'entrée administrative de la prison de Lefortovo. Son chauffeur resta au volant alors que ses gardes du corps le suivaient à l'intérieur. Le président du KGB montra sa carte d'identité au gardien, sans même ralentir le pas. Le KGB était très à cheval sur la sécurité mais tous ses hommes connaissaient de vue le président et encore mieux le pouvoir qu'il représentait. Gerasimov tourna à gauche et se dirigea vers les bureaux de l'administration. Le directeur de la prison était absent, naturellement, mais un de ses adjoints était là. Gerasimov le trouva en train de remplir des formulaires.

— Bonsoir !

Seules ses lunettes empêchèrent les yeux du fonctionnaire de lui sortir de la tête.

— Camarade président ! Je ne savais...

— Vous n'aviez pas à savoir.

— Comment puis-je...

— Le prisonnier Filitov. J'ai besoin de lui immédiatement, gronda Gerasimov et il répéta, pour plus d'effet : Immédiatement !

— Immédiatement !

Le second adjoint du directeur se leva d'un bond et courut dans une autre pièce. Il revint en moins d'une minute.

— Cela prendra cinq minutes.

— Il doit être correctement habillé, précisa Gerasimov.

— Son uniforme ?

— Mais non, imbécile ! En civil ! Il doit être présentable. Vous avez tous ses effets personnels ici, je pense ?

— Oui, camarade président, mais...

— Je n'ai pas toute la nuit, dit-il calmement.

Rien n'était plus redoutable qu'un président du KGB à la voix calme. Le second adjoint se précipita hors du bureau. Gerasimov regarda son garde du corps, qui souriait d'un air amusé. Personne n'aimait les gardiens de prison.

— Combien de temps, à ton avis ?

— Moins de dix minutes, camarade président, même s'ils doivent chercher ses habits. Après tout, ce petit crétin sait combien il est agréable de vivre dans cette maison. Je le connais.

— Ah ?

— Il était du « Un » mais il a complètement raté sa première mission et depuis, il est geôlier.

Le garde du corps regarda sa montre. Il fallut huit minutes. Filitov apparut, le costume à moitié enfilé, la chemise déboutonnée, la cravate simplement jetée autour du cou. Le second adjoint portait sur son bras un pardessus élimé. Filitov n'avait jamais acheté beaucoup de tenues civiles. Il était colonel de l'Armée rouge et ne se sentait à l'aise qu'en uniforme. Ses yeux exprimèrent de la perplexité quand ils se posèrent sur Gerasimov.

— Que se passe-t-il ? demanda-t-il.

— Vous venez avec moi, Filitov. Boutonnez votre chemise. Essayez au moins d'avoir l'air d'un homme.

Micha faillit marmonner quelque chose mais se retint. Le regard qu'il jeta au président suffit pour que le garde du corps rapproche une main de son pistolet. Filitov boutonna sa chemise et noua sa cravate. Le nœud était de travers, il n'avait pas de glace.

— Et maintenant, camarade président, si vous voulez bien signer ce...

— C'est comme ça que vous me remettez un criminel ?

— Mais que...

— Les menottes ! tonna Gerasimov.

Bien entendu, le second adjoint du directeur en avait une paire dans son bureau. Il les passa aux poignets de Filitov et faillit empocher la clef avant de voir la main tendue de Gerasimov.

— Très bien. Je vous le ramènerai demain soir.

— Mais j'ai besoin de votre signature...

Le second adjoint s'aperçut qu'il parlait à un dos qui s'éloignait.

— Allons, avec tout ce monde que j'ai sous mes ordres, confia Gerasimov à son garde du corps, il est normal qu'il y ait quelques...

— Certainement, camarade président.

Le garde du corps était un homme de quarante-deux ans dans une forme physique exceptionnelle, un ancien agent de terrain expert à toutes les formes de combat, avec ou sans armes. Sa poigne solide sur le bras du prisonnier disait tout cela à Micha.

— Filitov, lança Gerasimov par-dessus son épaule, nous allons faire un petit voyage, un vol plus précisément. On ne vous fera pas de mal. Si vous vous conduisez bien, vous aurez même droit à un ou deux repas convenables. Sinon, Vassili, ici présent, vous le fera amèrement regretter. C'est clair ?

— Très clair, camarade tchékiste.

Le garde du corps se mit au garde à vous puis il poussa la porte. Les gardiens de l'extérieur saluèrent et un signe de tête leur répondit. Le chauffeur tenait ouverte la portière arrière. Gerasimov se retourna.

— Fais-le monter derrière avec moi, Vassili. Tu devrais pouvoir tout couvrir de l'avant.

— À vos ordres, camarade.

— Cheremetyevo, dit Gerasimov au chauffeur. Le terminal du fret dans l'aile sud.

Voilà l'aéroport, se dit Ryan. Il étouffa un petit renvoi au goût de vin et de sardine. Le cortège pénétra dans l'enceinte et tourna sur la droite, sans s'arrêter aux portes normales de l'aérogare, pour se diriger vers l'aire de stationnement des avions. La sécurité, nota-t-il, était stricte. On pouvait toujours compter sur les Russes pour cela. Partout où il se tournait, il y avait des soldats armés en uniforme du KGB. La voiture passa rapidement devant le terminal principal, puis devant une récente annexe. Elle était inutilisée mais ressemblait au vaisseau extra-terrestre du film de Spielberg *Rencontres du troisième type.* Il aurait voulu demander pourquoi elle avait été construite si elle ne servait à rien. La prochaine fois, peut-être, se dit-il.

Les adieux officiels avaient été faits au ministère des Affaires étrangères. Quelques personnalités subalternes attendaient au pied de la passerelle pour serrer des mains et personne n'était pressé de quitter le confort des limousines bien chauffées. Tout se passait donc lentement. La voiture de Ryan avançait par à-coups. Enfin elle s'arrêta et l'homme assis à sa droite ouvrit la portière pendant que le chauffeur allait ouvrir le coffre. Ryan non plus n'avait pas très envie de sortir. Il avait fallu plus de la moitié du trajet pour réchauffer la voiture. Il alla prendre son sac de voyage et son attaché-case et marcha vers la passerelle.

— J'espère que vous avez apprécié votre visite, lui dit un Soviétique.

— J'aimerais revenir pour visiter votre ville, répondit Jack en lui serrant la main.

— Nous en serions enchantés.

Je parie, tiens, pensa Jack en montant. Une fois dans l'appareil, il regarda vers l'avant. Un agent russe se tenait sur le strapontin du poste de pilotage, pour aider aux communications avec la tour de contrôle. Ses yeux étaient tournés vers le rideau dissimulant la console des télécoms. Ryan fit un signe de tête au pilote, par la porte ouverte, et un clin d'œil lui répondit.

— La dimension politique me fait une peur bleue, avoua Vatutine.

Au numéro 2 de la place Dzerjinski, Golovko et lui comparaient leurs notes écrites.

— Ce n'est pas comme autrefois. On ne peut pas nous fusiller pour avoir agi conformément à notre entraînement et aux procédures normales.

— Vous croyez ? Et si le président savait que l'on faisait fonctionner Filitov ?

— Ridicule ! protesta Golovko.

— Ah oui ? Et si son premier travail contre les dissidents l'avait mis en contact avec l'Occident ? Nous savons qu'il est intervenu personnellement dans certains cas... principalement en faveur de dissidents des États baltes, mais d'autres aussi.

— Vous raisonnez vraiment comme un homme du « Deux », à présent !

— Réfléchissez une minute. Nous arrêtons Filitov et tout de suite après, le président rencontre personnellement un homme de la CIA. Est-ce qu'une chose pareille est déjà arrivée ?

— J'ai entendu raconter des histoires à propos de Philby mais... non, c'était seulement après son arrivée ici.

— C'est une sacrée coïncidence, insista Vatutine en se frottant les yeux. On nous apprend à ne pas croire aux coïncidences mais...

— *Tvoyou mat'!* s'écria Golovko et Vatutine le regarda d'un air agacé. La dernière fois que les Américains étaient ici, comment ai-je pu l'oublier ? Ryan a causé avec Filitov... ils se sont heurtés comme par accident et...

Vatutine décrocha immédiatement son téléphone et forma un numéro.

— Passez-moi le directeur adjoint du service de nuit... Ici le colonel Vatutine. Réveillez le prisonnier Filitov. Je veux le voir dans une heure... Qu'est-ce que vous dites ? Qui ça ? Ah bon. Merci.

Le colonel du Deuxième Directorat du KGB se leva et annonça :

— Le président Gerasimov vient de faire sortir Filitov de la Lefortovo, il y a un quart d'heure. Il disait qu'ils allaient faire un petit voyage.

— Où est votre voiture ?

— Je vais demander au...

— Non, dit Golovko. Votre voiture personnelle.

26

Opérations obscures

RIEN ne pressait encore. Pendant que l'équipage de cabine installait tout le monde, le colonel von Eich parcourut la check-list pré-décollage. Le VC-137 recevait son courant électrique d'une génératrice qui permettrait aussi de faire démarrer leurs moteurs plus facilement qu'avec les systèmes du bord. Il vérifia l'heure et espéra que tout se passerait comme prévu.

À l'arrière, Ryan alla plus loin que sa place normale, juste devant le compartiment central d'Ernie Allen, et choisit un siège au dernier rang dans la partie arrière. L'avion ressemblait, à cet endroit-là, à un appareil de ligne courant, à cette différence qu'il n'y avait que cinq places de front. Jack en prit une sur la gauche, où les fauteuils se présentaient par paires, pendant qu'une dizaine d'autres personnes s'installaient le plus à l'avant possible, sur les conseils du steward, pour être moins secouées. Le chef de cabine viendrait s'asseoir sur sa droite, de l'autre côté de la travée, au lieu du compartiment de l'équipage tout à l'avant. Ryan aurait souhaité avoir un autre homme pour l'aider, mais on ne devait pas trop se faire remarquer. Il y avait un agent soviétique à bord. C'était normal et la moindre entorse à cette routine attirerait l'attention. L'essentiel de l'affaire, c'était que tout le monde soit confortablement installé et bien ancré dans la certitude que tout allait pour le mieux, comme il se devait exactement.

À l'avant, le pilote arriva au bas de sa check-list.

— Tout le monde est à bord ?

— Oui, commandant. Parés à fermer les portes.

— Gardez un œil sur le voyant de la porte de l'équipage. Il fait des siennes, dit von Eich au mécanicien de bord.

— Un problème ? demanda le pilote russe, de son strapontin.

La dépressurisation subite est un accident que tous les aviateurs prennent très au sérieux.

— Chaque fois que nous examinons la porte, tout est normal. Probablement un mauvais relais dans le tableau de bord, mais nous ne l'avons pas encore trouvé. J'ai vérifié moi-même le verrouillage de cette satanée porte, assura-t-il au Russe. C'est sûrement dans le circuit électrique.

— Parés à partir, annonça ensuite le mécanicien.

— O.K.

Le pilote se retourna pour voir si la passerelle avait bien été écartée, pendant que l'équipage de vol mettait les casques à écouteurs.

— Tout dégagé sur la gauche.

— Tout dégagé sur la droite, dit le copilote.

— Mise en marche un.

Des boutons furent poussés, d'autres tournés et le moteur externe numéro un commença à faire fonctionner les pales de sa turbine. Les aiguilles de plusieurs cadrans s'agitèrent et se mirent bientôt en indication de ralenti. Maintenant que l'appareil pouvait fournir sa propre électricité, la génératrice s'éloigna.

— Mise en marche quatre, dit ensuite le pilote, puis il tourna le bouton de son microphone pour se régler sur les haut-parleurs de cabine. Mesdames et messieurs, ici votre commandant de bord, le colonel von Eich. Nous mettons les moteurs en marche et nous devrions rouler dans cinq minutes environ. Attachez vos ceintures, s'il vous plaît. Ceux d'entre vous qui êtes fumeurs, essayez de patienter encore un moment.

À sa place, tout à l'arrière, Ryan aurait donné la prunelle de ses yeux pour une cigarette. Le chef de cabine lui jeta un coup d'œil et sourit. Il avait l'air assez costaud pour s'occuper de l'affaire, pensa Jack, malgré sa cinquantaine apparente. Il portait des gants de travail en cuir dont la patte était serrée.

— Fin prêt ? demanda Jack.

Il ne risquait pas d'être entendu. Le bruit des moteurs était effroyable, à l'arrière.

— Quand vous le voudrez.

— Vous le verrez vous-même, quand.

— Hum, grogna Gerasimov. Pas encore là.

Le terminal du fret était fermé et obscur, à part les projecteurs de la sécurité.

— Est-ce que je dois téléphoner ? demanda le chauffeur.

— Rien ne presse. Qu'est-ce que...

Un gardien en uniforme leur faisait signe de s'arrêter. Ils étaient déjà passés par un point de contrôle.

— Ah oui, c'est vrai. Les Américains se préparent à partir. Ça doit tout bouleverser.

Le garde s'approcha de la vitre du conducteur et demanda les laissez-passer. Le chauffeur gesticula vers l'arrière.

— Bonsoir, caporal, dit Gerasimov en montrant sa carte et le jeune homme se mit aussitôt au garde-à-vous. Un avion sera là pour moi dans quelques minutes. Les Américains doivent tout embouteiller. Est-ce que la force de sécurité est sur place ?

— Oui, camarade président, toute une compagnie au complet.

— Pendant que nous attendons, nous pourrions faire une rapide instruction. Qui est votre commandant ?

— Le commandant Zaroudine, cam..

— Qu'est-ce que c'est que ce bordel de...

Un lieutenant accourait et il arriva à la hauteur du caporal avant de voir qui était dans la voiture.

— Où est le commandant Zaroudine, lieutenant ?

— Dans la tour de contrôle, camarade président. C'est le meilleur endroit pour...

— Je n'en doute pas. Contactez-le avec votre radio, dites-lui que j'effectue une inspection du périmètre de garde et que je monterai ensuite le voir et lui dire ce que je pense de tout ça. Démarrez, dit-il à son chauffeur. Tournez à droite.

— Tour de contrôle de Cheremetyevo, ici le neuf-sept-un demandant l'autorisation de rouler jusqu'à la piste deux-cinq-droite, dit von Eich à son micro.

— Neuf-sept-un, permission accordée. Tournez à gauche sur la piste principale un. Le vent est de deux-huit-un à quarante kilomètres.

— Roger, terminé, dit le pilote. Bon, ça va, faisons démarrer cet oiseau.

Le copilote actionna des manettes et l'appareil commença à rouler. Devant eux, au sol, un homme brandissant des baguettes lumineuses leur donna des indications superflues. Les Russes partaient toujours du principe qu'on avait besoin d'expliquer à tout le monde ce qu'il fallait faire. Von Eich quitta son aire de stationnement et se dirigea vers le sud par la piste neuf avant de tourner à gauche. La petite roue contrôlant le train avant était dure, comme toujours, et l'appareil tourna lentement, propulsé par le moteur extérieur. Von Eich était toujours prudent, sur ce terrain-là. Les pistes étaient si mal entretenues qu'il avait toujours peur de casser quelque chose. Il ne voulait surtout pas que cela arrive ce soir. Il y avait plus d'un kilomètre pour arriver au bout de la piste principale et les cahots étaient assez violents pour donner le mal de mer. Enfin, il tourna à droite sur la piste cinq.

— Les hommes paraissent vigilants, observa Vassili alors qu'ils traversaient la piste vingt-cinq gauche.

Le chauffeur avait éteint ses phares et restait sur le bas-côté. Un avion s'apprêtait à atterrir et le conducteur comme le garde du corps suivaient des yeux cet éventuel danger. Ils ne virent pas Gerasimov prendre une petite clef dans sa poche et ouvrir les menottes de son prisonnier stupéfait. Puis le président du KGB tira d'une poche intérieur un pistolet automatique.

— Merde, y a une voiture, là, grommela le colonel von Eich. Qu'est-ce qu'elle fout là, cette bagnole ?

— Nous avons largement la place, elle est tout au bord, dit le copilote.

— Au poil, marmonna le pilote puis il tourna encore à droite en bout de piste. Foutus conducteurs du dimanche.

— Vous n'allez pas aimer ça non plus, colonel, dit le mécanicien. J'ai encore le voyant de la porte arrière qui déconne.

— Merde de merde ! jura von Eich à l'interphone et il rebrancha son micro sur les haut-parleurs de cabine mais il dut maîtriser sa voix avant de parler. Chef de cabine, vérifiez cette porte arrière.

— Nous y voilà, murmura le sergent.

Ryan déboucla sa ceinture et fit quelques pas, pour observer le sergent qui actionnait la poignée de la porte.

— Nous avons un court-jus quelque part là-dedans, dit le mécanicien dans le poste de pilotage. Il n'y a plus d'éclairage dans la cabine. L'interrupteur vient de sauter et je n'arrive pas à le remettre en marche.

— C'est peut-être un coupe-circuit défectueux ? hasarda von Eich.

— Je peux essayer de changer l'interrupteur.

— Allez-y. Je vais dire à nos gens pourquoi la lumière vient de s'éteindre.

C'était un mensonge mais assez plausible et, tout le monde étant bien attaché, ce n'était pas commode de se retourner pour regarder vers le fond de la cabine.

— Où est le président ? demanda Vatutine au lieutenant.

— Il effectue une inspection. Qui êtes-vous ?

— Le colonel Vatutine, et voici le colonel Golovko. Où est ce fils de pute de président, bougre de jeune imbécile ?

Le lieutenant bafouilla d'indignation pendant quelques secondes puis il fit un geste et montra du doigt.

— Vassili, dit le président. Ton arme, s'il te plaît.

C'était vraiment navrant. Son garde du corps se retourna et se trouva nez à nez avec le canon d'un pistolet.

— Mais...

— Pas le temps d'expliquer.

Gerasimov prit l'arme et l'empocha. Puis il tendit les menottes.

— Tous les deux, les mains à travers le volant.

Le chauffeur était atterré mais les deux hommes obéirent. Vassili mit une menotte à son poignet gauche et passa l'autre à travers le volant pour la faire claquer à la main du conducteur. Pendant ce temps, Gerasimov détacha le récepteur du radiophone de la voiture et l'empocha aussi.

— Les clefs ? demanda-t-il.

Le chauffeur les lui donna de sa main gauche libre. Le garde en uniforme le plus rapproché était à cent mètres, l'avion à vingt seulement. Le président de la Commission pour la Sécurité de l'État ouvrit lui-même la portière de sa voiture, ce qu'il n'avait pas fait depuis des mois.

— Colonel Filitov, voulez-vous venir avec moi, s'il vous plaît ?

Micha était aussi interloqué que les autres mais il fit ce qu'on lui demandait. Sous les yeux de tous les gens présents ce jour-là dans l'aéroport — tout au moins de ceux qui prenaient la peine de regarder un départ de routine — Gerasimov et Filitov marchèrent vers la queue rouge, blanche et bleue du VC-137. Comme par enchantement, la porte arrière s'ouvrit.

— Grouillons-nous un peu, les amis, dit Ryan en lançant une échelle de corde.

Les jambes de Filitov le trahirent. Le vent et le souffle des réacteurs faisaient flotter et claquer l'échelle comme un drapeau et, malgré l'aide de Gerasimov, il n'arrivait pas à y poser les deux pieds.

— Oh merde ! Regardez ! cria Golovko. Vite !

Vatutine ne dit rien. Il écrasa l'accélérateur au plancher et alluma ses phares de route.

— Du vilain, dit le sergent-chef en apercevant la voiture et aussi un homme armé d'un fusil qui arrivait en courant. Allez, du nerf, pépé ! marmonna-t-il au Cardinal du Kremlin.

— Merde !

Ryan repoussa le sergent et sauta à terre. C'était trop haut et il se reçut mal, en se tordant la cheville droite et en déchirant son pantalon au genou gauche. Sans souci de la douleur, il se releva d'un bond. Il saisit Filitov par une épaule, Gerasimov par l'autre et, à eux deux, ils le poussèrent vers la porte jusqu'à ce que le sergent puisse tendre la main et le hisser à l'intérieur. Gerasimov monta ensuite, avec l'aide de Ryan. Mais quand ce fut au tour de Jack, il eut le même ennui que Filitov. Son genou gauche était déjà raide et lorsqu'il essaya de grimper sa cheville foulée lui refusa tout service. Il jura assez fortement pour être entendu malgré le bruit des réacteurs et il fit des efforts pour se hisser sur les mains mais il lâcha prise et retomba sur le sol.

— *Stoï! Stoï!*[1] criait un homme armé, à quelques pas de lui.

Il leva les yeux vers la porte de l'appareil et hurla aussi fort qu'il le put :

— Partez ! Fermez la bon Dieu de porte et foutez le camp !

Le sergent-chef obéit instantanément, sans une seconde d'hésitation. Il tira la porte et Jack la vit se verrouiller automatiquement. À l'intérieur, le sergent décrocha l'interphone et annonça au pilote que la porte était correctement verrouillée.

1. Arrête-toi ! (*N.d.T.*)

— Tour de contrôle, ici neuf-sept-un, nous roulons maintenant. Terminé.

Le pilote lança ses moteurs à vitesse de décollage.

La violence du souffle jeta à terre les quatre hommes — le fusilier venait d'arriver sur les lieux à son tour — et les fit rouler hors de la piste glacée. À plat ventre, Jack regarda s'éloigner et s'élever le haut gouvernail de queue de l'appareil. La dernière vision qu'il en eut fut le reflet des brouilleurs à infrarouges qui protégeaient le VC-137 contre les missiles sol-air. Il faillit rire quand il roula sur le côté et vit un pistolet sous son nez.

— Salut, Sergueï, dit-il au colonel Golovko.

— Prêts, annonça la radio à l'Archer.

Il leva un pistolet d'alarme et lança une seule fusée éclairante qui explosa juste au-dessus d'un des ateliers.

Tout se passa en même temps. Sur sa gauche, trois missiles Stinger furent lancés. Chacun se dirigea vers un mirador, ou plus précisément vers les radiateurs électriques à l'intérieur. Les deux guetteurs, dans chacune des tours, eurent tout juste le temps de voir le signal au-dessus du centre de l'installation et de s'en étonner. Sur les six, un seul vit arriver la mince traînée jaune, trop tard pour permettre une réaction. Les trois missiles firent mouche — ils ne pouvaient guère manquer un objectif stationnaire — et dans chaque cas l'ogive de six livres fonctionna comme elle le devait. Moins de cinq secondes après le premier tir, les miradors étaient éliminés et, avec eux, les mitrailleuses protégeant l'installation des lasers.

La sentinelle dans la ligne de mire de l'Archer mourut ensuite. Elle n'avait aucune chance. Quarante fusils lui tirèrent dessus en même temps et la moitié des balles touchèrent leur but. Après cela, les mortiers entrèrent en action et l'Archer régla par radio leur tir sur ce qu'il pensait être la caserne des gardes.

Le crépitement d'armes automatiques ne peut se confondre avec aucun autre bruit. Le colonel Bondarenko venait de se dire qu'il avait consacré assez de temps à communier avec une nature belle mais froide et il regagnait ses quartiers quand ce bruit le cloua sur place. Sa première pensée fut qu'un des gardes du KGB avait accidentellement déchargé son arme mais cette impression ne dura pas une seconde. Il entendit un craquement dans les airs et vit la fusée éclairante, et puis les explosions du côté du laser. Comme si un interrupteur avait été pressé, il se transforma d'homme interloqué en soldat professionnel attaqué. La caserne du KGB était à deux cents mètres sur sa droite et il y courut aussi vite qu'il le put.

Des obus de mortier tombaient sur le grand atelier neuf, juste derrière la caserne. Quand il y arriva, des hommes sortaient en se bousculant et il dut s'arrêter et lever les deux bras pour éviter d'être abattu.

— Je suis le colonel Bondarenko ! Où est votre officier ?

— Présent ! dit un lieutenant en accourant. Qu'est-ce que...

Quelqu'un venait de comprendre son erreur. L'obus suivant frappa le fond de la caserne.

— Suivez-moi ! glapit Bondarenko pour éloigner tout le monde de l'objectif le plus évident.

Tout autour d'eux retentissait le crépitement mortel des fusils d'assaut... des fusils de fabrication soviétique. Le colonel nota immédiatement qu'il ne pourrait utiliser le bruit pour identifier les tireurs.

— En formation !

— Qu'est-ce que...

— Nous sommes attaqués, lieutenant ! Combien d'hommes avez-vous ?

Le jeune homme se retourna et compta. Bondarenko fut plus rapide. Ils étaient quarante et un, tous armés de fusils, mais ils n'avaient pas d'armes lourdes et pas de radio. Ils pouvaient se passer des mitrailleuses, mais les radios étaient vitales.

Les chiens, se répétait-il. *On aurait dû garder les chiens...*

La situation tactique était épouvantable et il savait qu'elle ne pourrait qu'empirer. Une série d'explosions déchira la nuit.

— Les lasers, nous devons..., dit le lieutenant mais le colonel le secoua par l'épaule.

— Nous pouvons reconstruire les machines ! Mais nous ne pouvons pas reconstruire les savants ! Nous allons rejoindre l'immeuble d'habitation et nous le tiendrons jusqu'à ce qu'on vienne nous relever. Envoyez un bon sergent aux logements des célibataires et qu'il les ramène tous à l'immeuble.

— Non, camarade colonel ! Mes ordres sont de protéger les lasers, et je dois...

— Moi, je vous donne l'ordre d'emmener vos hommes...

— Non ! hurla le lieutenant.

Bondarenko le jeta à terre, lui prit son fusil, arracha le cran de sûreté et lui logea deux balles dans la poitrine, puis il fit demi-tour.

— Qui est le meilleur sergent ?

— Moi, colonel, dit un jeune homme d'une voix chevrotante.

— Je suis le colonel Bondarenko et je suis au commandement ! annonça-t-il avec autant de force autoritaire que si c'était un commandement de Dieu. Prenez quatre hommes, allez à la caserne des célibataires et ramenez tout le monde au sommet, à l'immeuble d'habitation. Aussi vite que vous pourrez !

Le sergent désigna quatre hommes et partit en courant.

— Les autres, suivez-moi !

Bondarenko repartit sous la neige. Ni lui ni eux n'eurent le temps de se demander ce qui les attendait. Ils n'avaient pas fait dix mètres que toutes les lumières du camp s'éteignirent.

Au portail du site du laser une jeep GAZ était en stationnement, avec une mitrailleuse lourde à bord. Le général Pokrychkine sortit en courant du bâtiment de contrôle en entendant les explosions et fut suffoqué de voir qu'il ne restait de ses trois miradors que des décombres flambants. Le commandant du détachement du KGB se précipita vers lui sur son véhicule.

— Nous sommes attaqués ! cria bien inutilement l'officier.

— Rassemblez vos hommes, ici même.

Pokrychkine releva la tête et vit des hommes qui couraient. Ils étaient en uniforme soviétique mais, sans trop savoir pourquoi, il était certain que ce n'était pas des Russes. Il monta à l'arrière de la jeep et fit pivoter la mitrailleuse au-dessus de la tête de l'officier du KGB stupéfait. La première fois que le général pressa la détente, il ne se passa rien et il dut enclencher une balle dans la bande. Au deuxième coup, il eut la satisfaction de voir tomber trois hommes. Le commandant des gardes n'eut pas besoin d'autre encouragement. Il aboya à sa radio des ordres rapides. La bataille commencée dégénéra immédiatement dans la confusion, c'était fatal, puisque les deux camps portaient des uniformes et des armes identiques. Mais les Afghans étaient plus nombreux que les Russes.

Morozov et plusieurs de ses amis célibataires étaient sortis en entendant le fracas. La plupart d'entre eux avaient une expérience militaire, mais pas lui. Cela n'avait pas d'importance, personne n'avait la moindre idée de ce qu'il fallait faire. Cinq hommes surgirent en courant de l'obscurité. Ils étaient en uniforme et armés de fusils.

— Venez ! Venez tous, suivez-nous !

Une nouvelle fusillade éclata, tout près, et deux soldats du KGB tombèrent, l'un mort, l'autre blessé — ce dernier riposta en vidant son chargeur d'une longue salve. Ils entendirent un hurlement dans la nuit, suivi par des cris. Morozov se rua à l'intérieur et glapit à tout le monde de sortir tout de suite. Les ingénieurs ne se firent pas prier.

— Au sommet ! dit le sergent. À l'immeuble. Aussi vite que vous pourrez !

Les quatre hommes du KGB leur firent signe de se dépêcher, cherchèrent des cibles mais ils ne voyaient que des éclairs. Des balles sifflaient partout, maintenant. Un autre soldat tomba dans un hurlement d'agonie mais le sergent abattit l'homme qui l'avait tué. Quand le dernier ingénieur eut quitté le bâtiment, un soldat et lui ramassèrent les fusils tombés et aidèrent leur camarade blessé à monter au sommet.

C'était une mission trop ambitieuse pour quatre-vingts hommes, l'Archer le comprenait trop tard. Trop de terrain à couvrir, trop de bâtiments, mais il y avait beaucoup d'infidèles qui couraient en tous sens et c'était pour cela qu'il avait conduit ses hommes ici. Il en vit un qui faisait sauter un bus avec un tir de RPG-7 anti-chars. Le véhicule explosa, prit feu et quitta la route, en dévalant le long de la montagne au milieu des hurlements des passagers. Des équipes chargées d'explosifs pénétraient dans les bâtiments. Ils trouvèrent des machines-outils baignant dans l'huile et déposèrent rapidement leurs charges avant de sortir en courant juste avant que les explosifs déclenchent le feu. L'Archer avait compris une minute trop tard où était la caserne des gardes et maintenant elle flambait. Il y entraîna sa section pour éliminer les hommes qui y étaient logés. C'était trop tard, mais cela il ne le savait pas encore. Un obus de mortier avait sectionné les câbles de toute l'installation électrique et maintenant tous ses hommes avaient perdu leur vision nocturne, aveuglés par les éclairs de leurs propres armes.

— Bien joué, sergent, dit Bondarenko au jeune homme.

Il avait déjà fait monter les ingénieurs dans les étages.

— Nous allons organiser notre périmètre autour de l'immeuble. Ils nous forceront peut-être à reculer. Dans ce cas, nous nous retrancherons au rez-de-chaussée. Les murs sont en béton. Les RPG peuvent nous faire du mal mais le toit et les murs arrêteront les balles. Désignez quelqu'un pour aller à l'intérieur et trouvez des hommes qui ont une expérience militaire. Donnez-leur ces deux fusils. Chaque fois qu'un homme tombe, récupérez son arme et donnez-la à quelqu'un qui sait s'en servir. Je vais entrer un moment, voir si je trouve un téléphone qui marche...

— Il y a un radiophone dans le bureau du rez-de-chaussée, dit le sergent. Tous les bâtiments en ont.

— Parfait ! Tenez le périmètre, sergent. Je vous rejoins dans deux minutes.

Bondarenko courut dans l'immeuble. Le radiophone était accroché au mur et il fut soulagé de voir que c'était un appareil militaire, alimenté par sa propre batterie. Le colonel le décrocha et l'emporta dehors.

Les assaillants — il se demandait qui ils étaient — avaient mal prévu leur assaut. Tout d'abord, ils n'avaient pas su identifier la caserne du KGB avant de passer à l'attaque ; ensuite, ils n'avaient pas frappé le secteur résidentiel aussi rapidement qu'ils l'auraient dû. Ils avançaient, maintenant, mais ils se heurtaient à une ligne de gardes-frontière couchés dans la neige. Ce n'étaient que des soldats du KGB, Bondarenko le savait, mais ils avaient un certain entraînement de base et ils savaient presque tous qu'ils n'avaient nulle part où s'enfuir. Ce jeune sergent était bon, il le voyait. Il allait et venait le long du périmètre, sans utiliser son arme mais en encourageant les hommes, en leur disant ce qu'ils devaient faire. Le colonel actionna sa radio.

— Ici le colonel G.I. Bondarenko au projet Étoile brillante. Nous sommes attaqués. Je répète, Étoile brillante subit une attaque. À toutes les unités sur ce réseau, répondez immédiatement. Terminé.

— Gennady, ici Pokrychkine sur le site du laser. Nous sommes dans le bâtiment de contrôle. Quelle est votre situation ?

— Je suis aux appartements. J'ai tous les civils que nous avons pu trouver, à l'abri à l'intérieur. J'ai quarante hommes et nous allons essayer de tenir cet immeuble. Pouvez-vous envoyer des secours ?

— J'essaie, Gennady, nous ne pouvons pas vous secourir d'ici. Pouvez-vous tenir ?

— Demandez-moi ça dans vingt minutes.

— Protégez mes gens, colonel. Protégez mes gens ! cria Pokrychkine dans le micro.

— Jusqu'à la mort, camarade général. Terminé.

Bondarenko garda la radio sur son dos et leva son fusil.

— Sergent !

— Présent, colonel ! répliqua le jeune homme. Ils sondent, en ce moment, ils n'attaquent pas encore vraiment...

— Ils cherchent les points faibles.

Bondarenko se mit à genoux. L'air vibrait sous la fusillade mais le tir n'était pas encore concentré. Au-dessus des deux hommes et derrière eux, des vitres étaient brisées. Des balles s'écrasaient sur le béton des murs et faisaient pleuvoir des éclats sur tous ceux qui se trouvaient à l'extérieur.

— Mettez-vous en position dans le coin opposé à celui-ci. Vous défendrez les murs nord et est. Je m'occuperai de ces deux autres. Dites à vos hommes de ne tirer que lorsqu'ils ont un objectif...

— Déjà fait, camarade.

— Bravo ! dit Bondarenko en donnant une claque sur l'épaule du jeune homme. Ne reculez que si vous y êtes obligés mais prévenez-moi. Toutes les personnes dans cet immeuble sont d'une valeur inestimable. Elles doivent être sauvées. Allez !

Le sergent partit en courant. Le KGB entraînait peut-être assez bien certains de ses hommes, pensa le colonel, et il se précipita au coin du bâtiment.

Il avait maintenant vingt... non, dix-huit hommes. Leur tenue de camouflage les rendait difficiles à repérer. Il courut d'un défenseur à l'autre, voûté sous le poids de la radio, les déploya, leur enjoignit d'économiser leurs munitions. Il finissait d'organiser sa ligne du côté ouest quand il entendit dans l'obscurité un chœur de voix humaines.

— Les voilà ! cria un soldat.

— *Halte au feu !* rugit Bondarenko.

Des silhouettes surgirent comme par magie. Il n'y avait rien que de la neige qui tombait et, tout à coup, une ligne d'hommes venait d'aparaître tirant de la hanche à la Kalachnikov. Il les laissa approcher à cinquante mètres.

— *Feu !*

Il vit dix assaillants tomber immédiatement. Les autres hésitèrent et s'arrêtèrent, puis reculèrent en laissant encore deux cadavres. On tirait toujours de l'autre côté de l'immeuble. Bondarenko se demanda si le sergent avait résisté mais ce n'était plus son affaire. Près de lui, des plaintes et des cris lui apprirent qu'il avait aussi des pertes. En marchant le long de sa ligne, il s'aperçut qu'un des combattants n'avait pas fait de bruit du tout. Il en était maintenant réduit à quinze hommes.

L'ascension ne posait pas trop de problèmes, pensait le colonel von Eich. Derrière lui, le Russe sur le strapontin jetait de temps en temps un coup d'œil au panneau électrique.

— Comment marche l'électricité ? demanda le pilote d'une voix quelque peu irritée.

— Pas de problème avec le système moteurs et hydraulique. L'ennui doit se trouver dans le système d'éclairage, répondit le mécanicien en éteignant discrètement les feux anti-collisions de la queue et des ailes.

Les voyants des instruments étaient tous allumés dans le poste de pilotage, naturellement, et ils constituaient le seul éclairage des navigants.

— Nous arrangerons ça quand nous arriverons à Shannon.

— Colonel...

C'était la voix du sergent-chef, dans ses écouteurs.

— Allez-y, sergent.

— Nous avons nos deux... euh, nos deux passagers, colonel, mais M. Ryan... il est resté en rade, colonel.

— Répétez ça ! cria von Eich.

— Il a dit de décoller, colonel. Deux types avec des armes qui... il nous a dit de partir, répéta le sergent.

Von Eich poussa un soupir.

— O.K. Comment ça va, là-derrière ?

— Je les ai fait asseoir au dernier rang, chef. Personne n'a rien remarqué, je crois, avec tout le bruit des moteurs et tout.

— Arrangez-vous pour que ça continue.

— Oui, colonel. Freddie garde le reste des passagers à l'avant. Les chiottes arrière sont en panne.

— Pas de pot. Dites-leur d'aller à l'avant, s'ils doivent s'en servir.

— Bien, colonel.

— Soixante-quinze minutes, annonça le navigateur.

Bon Dieu, Ryan, pensa le pilote. *J'espère que vous vous plairez là-bas...*

— Je devrais vous tuer tout de suite, dit Golovko.

Ils étaient dans la voiture du président du KGB. Ryan se trouvait face à quatre agents très en colère. Le plus furieux était celui qui était assis à droite, à l'avant. Le garde du corps de Gerasimov, pensait Jack, chargé de la protection rapprochée. Il avait une carrure athlétique et Ryan était heureux d'en être séparé par le dossier du siège avant. Il avait un problème plus immédiat. Jetant un coup d'œil à Golovko, il se dit qu'il serait bon de le calmer.

— Cela, Sergueï, provoquerait un incident international comme vous n'en avez pas idée, dit-il posément.

Les conversations suivantes qu'il entendit furent en russe. Il ne comprenait pas ce que les hommes disaient mais le sens était assez clair. Ils ne savaient pas que faire. Cela convenait parfaitement à Ryan.

Clark suivait une rue à trois cents mètres du front de mer quand il les aperçut. Il était 23 h 45. Ils étaient parfaitement à l'heure, grâce à Dieu. Il y avait des restaurants dans ce quartier et, même s'il avait peine à le croire, des discothèques. Ils sortaient d'un de ces établissements quand il les vit. Deux femmes, habillées comme on le lui avait dit, avec un homme. Le garde du corps. Un seul, cela aussi comme prévu. Jusque-là, tout s'était passé selon le plan, ce qui était une agréable surprise. Clark compta encore une dizaine de personnes sur le trottoir, quelques-unes formant des groupes bruyants, d'autres des couples plus discrets, mais presque tous titubaient d'avoir trop bu. Dans le fond, on était vendredi soir, et c'était ce que faisaient les gens le vendredi soir, dans le monde entier. Il garda le contact visuel avec les trois personnes qui l'intéressaient et s'en approcha.

Le garde du corps était un vrai professionnel. Il restait sur la droite des deux femmes, pour avoir la main libre pour son pistolet. Il les précédait légèrement, ce qui ne l'empêchait pas de tourner la tête dans toutes les directions. Clark resserra l'écharpe autour de son cou et plongea une main dans sa poche. Le pistolet était là. Il pressa le pas pour les rattraper. Ce n'était pas difficile. Les femmes ne marchaient pas vite, comme si elles avaient tout leur temps. La plus âgée semblait admirer la ville. Les immeubles paraissaient anciens mais ne l'étaient pas. La Seconde Guerre mondiale avait balayé Tallinn en deux vagues explosives, ne laissant rien que de la pierre calcinée. Mais ceux qui prenaient les décisions avaient choisi de reconstruire la ville telle qu'elle avait été et elle dégageait une atmosphère très différente des villes russes que Clark avait visitées. Elle lui faisait penser à l'Allemagne, mais il aurait été bien en peine de dire pourquoi. Ce fut sa dernière pensée frivole de la soirée. Il était maintenant à dix mètres derrière elles, un homme comme un autre rentrant chez lui par une froide nuit de février, la figure baissée pour se protéger du vent et une toque de fourrure tirée sur son front. Il entendait maintenant leurs voix, parlant en russe. C'était le moment.

— *Russki*, dit Clark avec l'accent de Moscou. Alors, comme ça, il n'y a pas que des Baltes arrogants dans cette ville ?

— C'est une belle et très ancienne ville, camarade, répliqua la plus âgée des deux. Un peu de respect.

Allons-y, se dit Clark. Il s'approcha, de la démarche mal assurée d'un ivrogne.

— Faites excuse, jolie dame. Bonne soirée, dit-il en les dépassant et il bouscula un peu le garde du corps. Pardon, camarade...

L'homme tourna la tête et vit un pistolet braqué sur sa figure.

— Tourne à gauche dans la ruelle. Les mains dehors, que je puisse les voir, camarade.

Le choc, sur la figure du pauvre bougre, amusa Clark mais il se dit qu'il avait affaire à un homme bien entraîné, avec aussi un pistolet dans sa poche. Il le saisit par le collet et le poussa devant lui à bout de bras, la main ferme sur sa propre arme.

— Maman..., dit Katryn avec inquiétude.

— Tais-toi et fais ce que je te dis. Fais ce que cet homme te dit.

— Mais...

— Contre le mur, gronda Clark au garde du corps.

Il garda le pistolet pointé sur son front, en changeant de main pour lui assener un coup de karaté au cou du tranchant de la droite. L'homme tomba, assommé, et Clark lui mit des menottes aux poignets. Ensuite il le bâillonna, lui attacha les pieds et le traîna dans le recoin le plus sombre qu'il trouva.

— Mesdames, si vous voulez bien venir avec moi, s'il vous plaît ?

— Qu'est-ce que ça signifie ? demanda Katryn.

— Je ne sais pas, avoua sa mère. Ton père m'a dit de...

— Mademoiselle, votre père a envie de visiter l'Amérique et il veut que vous alliez le rejoindre, votre maman et vous, dit Clark dans un russe parfait.

Katryn ne répondit pas. Il faisait très sombre, dans la ruelle, mais il la vit pâlir. Sa mère avait un peu meilleure mine.

— Mais, bredouilla finalement la jeune fille, mais c'est de la trahison... je ne veux pas le croire.

— Il me l'a dit... Il m'a dit de faire tout ce que cet homme nous dira, insista Maria. Nous le devons, Katryn.

— Mais...

— Katryn ! Que deviendra ta vie si ton père passe à l'Ouest et si tu restes ici ? Qu'arrivera-t-il à tes amis ? Que t'arrivera-t-il, à toi ? On se servira de toi pour le faire revenir, Katia...

— Il est temps de partir, mesdames, dit Clark en les prenant toutes deux par le bras.

— Mais...

Katryn fit un geste, indiquant le garde du corps.

— Il ne risque rien. Nous ne tuons personne. C'est mauvais pour les affaires.

Clark les ramena dans la rue et tourna à gauche pour descendre vers le port.

Le commandant avait divisé ses hommes en deux groupes. Le plus petit déposait des charges d'explosifs sur tout ce qu'il trouvait. Un simple lampadaire ou un laser, peu leur importait. Le groupe plus important avait éliminé la majorité des soldats du KGB qui tentaient de s'approcher et se déployait autour du bâtiment de contrôle. On aurait dit un blockhaus ; les architectes du site avaient évidemment pensé que la salle de contrôle devait être aussi bien protégée que celles du cosmodrome de Leninsk ou peut-être avaient-ils cru que la montagne risquait un jour d'être l'objectif d'une attaque aérienne nucléaire. Plus probablement, on avait dû se rendre compte que le manuel prescrivait ce genre de construction pour ce genre de site. Le résultat était une bâtisse aux murs de béton armé d'un mètre d'épaisseur. Ses hommes avaient tué le commandant du KGB et s'étaient emparés de son véhicule, avec la mitrailleuse lourde, dont ils se servaient pour déverser un feu meurtrier dans les étroites fentes d'observation du bâtiment. En réalité, personne n'était là pour observer et leurs balles avaient depuis longtemps fait éclater les vitres épaisses et massacraient maintenant les ordinateurs et tout le matériel de contrôle.

À l'intérieur, le général Pokrychkine avait pris le commandement, par défaut. Il avait une trentaine d'hommes du KGB, uniquement armés d'armes légères et ne disposant que du peu de munitions qu'ils portaient sur eux quand l'attaque avait commencé. Un lieutenant s'occupait de la défense, du mieux qu'il pouvait, pendant que le général cherchait à appeler des secours par radio.

— Ça demandera une heure, lui répondit le commandant d'un régiment. Mes hommes partent en ce moment même !

— Aussi vite que vous pourrez ! implora Pokrychkine. Des gens meurent, ici !

Il avait pensé à des hélicoptères, mais avec ce temps ils ne pourraient rien faire du tout. Un assaut par hélicoptère ne ressemblerait même pas à un coup de dés mais à un suicide. Il posa sa radio et prit son automatique d'ordonnance. Il entendait le fracas, dehors. Tout le matériel du site était en cours de destruction. Il pouvait s'y résigner, maintenant. C'était une catastrophe mais le personnel était plus important. Près d'un tiers des ingénieurs étaient dans le blockhaus. Ils terminaient une assez longue conférence quand l'attaque avait commencé. Sinon, ils auraient été moins nombreux, sans doute, mais ils auraient été aussi en train de travailler sur le matériel. Au moins ici, ils avaient une chance.

De l'autre côté des murailles de béton, le commandant afhghan essayait encore de comprendre la situation. Il ne s'était pas attendu à ce genre de construction. Ses obus RPG anti-chars écornaient à peine les murs et il était difficile, dans l'obscurité, de les braquer sur les étroites meurtrières. Son tir de mitrailleuses pouvait être guidé avec des balles traçantes, mais cela ne suffisait pas.

Trouve les points faibles, se dit-il. *Prends ton temps et réfléchis.* Il ordonna à ses hommes de maintenir un tir régulier et contourna le bâtiment. Ceux qui étaient à l'intérieur avaient leurs armes également dispersées, mais ce genre de structure avait toujours un angle mort... et il devait le trouver.

— Qu'est-ce qui se passe ? graillonna sa radio.

— Nous en avons tué une cinquantaine. Le reste est dans un blockhaus et nous essayons de les avoir aussi. Et ton objectif ?

— L'immeuble, répondit l'Archer. Ils sont tous là-dedans et...

La radio transmit un bruit de fusillade.

— ... nous les aurons bientôt.

— Trente minutes et nous devrons partir, mon ami ! avertit le commandant.

— Oui.

La radio se tut.

L'Archer était un homme bon et courageux, pensait le commandant en examinant la façade nord du blockhaus, mais avec seulement une semaine d'entraînement, il aurait été beaucoup plus efficace... rien qu'une semaine pour codifier les choses qu'il apprenait en ce moment par lui-même... et pour donner des leçons aux autres qui versaient leur sang pour...

Là, c'était là, l'angle mort.

Les derniers obus de mortier visaient le toit de l'immeuble. Bondarenko sourit en les observant. Finalement, les assaillants faisaient quelque chose de vraiment stupide. Les obus de 82 mm n'avaient aucune chance de percer les plaques de béton du toit mais s'ils les avaient fait pleuvoir tout autour de l'immeuble, il aurait perdu beaucoup d'hommes. Il ne lui en restait que dix, dont deux blessés. Les fusils de ceux qui étaient tombés avaient été emportés à l'intérieur et on tirait avec du premier étage. Il compta vingt cadavres à l'extérieur de son périmètre et les assaillants — des Afghans, il en était sûr maintenant — tournaient en rond au-delà de son champ de vision, en se demandant que faire. Pour la première fois, Bondarenko se dit qu'ils allaient peut-être survivre, après tout. Le général avait annoncé par radio qu'un régiment motorisé était en route, venant de Nourek, et s'il frémissait à la pensée des transports d'infanterie BTR montant par des routes de montagne enneigées, la perte de quelques pelotons de fantassins n'était rien à côté de celles des cerveaux qu'il s'efforçait en ce moment de protéger.

Le tir devenait intermittent, ce n'était qu'un simple tir de harcèlement pendant que les assaillants cherchaient à prendre une décision. Avec des forces plus importantes, il aurait tenté une contre-attaque, rien que pour les déséquilibrer, mais il devait rester à son poste. Avec une poignée d'hommes à peine pour couvrir deux côtés de l'immeuble, le colonel ne pouvait courir le risque de l'abandonner.

Est-ce que je me replie maintenant ? Plus je pourrai les tenir longtemps à l'écart de l'immeuble, mieux cela vaudra, mais est-ce que je ne devrais pas me replier maintenant ? Il hésitait à prendre cette décision. À l'intérieur, ses hommes seraient beaucoup mieux protégés mais il perdrait la possibilité de les contrôler, quand chacun serait séparé des autres par des cloisons intérieures. S'ils rentraient et se réfugiaient dans les étages supérieurs, ils permettraient aux sapeurs afghans de faire tout sauter à l'explosif... Non, cela c'était le conseil du désespoir. Bondarenko écouta les coups de feu dispersés qui ponctuaient les plaintes des blessés et des mourants et ne parvint pas à se décider.

À cent mètres de là, l'Archer était sur le point de le faire pour lui. Croyant à tort que les pertes qu'il avait subies là signifiaient que cette partie de l'immeuble était la mieux défendue, il conduisait de l'autre côté ce qui restait de ses hommes. Il lui fallut cinq minutes pour y arriver, tandis que ceux qu'il avait laissés sur place maintenaient un feu nourri contre le périmètre russe. Ayant épuisé tous les obus de mortiers, tous les projectiles RPG, il ne lui restait, à part les fusils, que quelques grenades et six charges explosives dans des sacoches. Tout autour de lui des incendies éclataient, de hautes flammes rouge-orangé s'élançaient dans la nuit, faisant fondre la neige qui tombait. Il entendit les cris de ses propres blessés tandis qu'il mettait en formation ses cinquante derniers hommes. Ils attaqueraient en masse, derrière le chef qui les avait conduits jusque-là. L'Archer ôta le cran de sûreté de son AK-47 et se rappela les trois premiers hommes qu'il avait tués avec cette arme.

Bondarenko tourna vivement la tête en entendant les clameurs de l'autre côté de l'immeuble. Il regarda derrière lui et vit qu'il ne se passait rien de son côté. Il était temps de faire quelque chose et il espéra qu'il prenait la bonne décision.

— Tout le monde retourne dans l'immeuble ! Au trot !

Deux de ses dix hommes étaient blessés et durent être soutenus. Il leur fallut plus d'une minute pour se replier alors que la nuit explosait de nouveau en salves d'armes automatiques. Bondarenko prit cinq hommes et traversa l'immeuble en courant dans le couloir central du rez-de-chaussée.

En débouchant de l'autre côté, il ne sut s'il y avait eu une percée ou si ces hommes-là se repliaient aussi. Et encore une fois, il devait retenir le feu parce que les deux camps étaient identiquement vêtus. Et puis un de ceux qui couraient vers l'immeuble tira, alors le colonel tomba sur un genou et l'abattit d'une courte salve de cinq balles. D'autres surgirent et il faillit tirer encore, avant d'entendre leurs cris.

— *Nashi ! Nashi !*[1]

Il en compta huit. Le dernier était le sergent, blessé aux deux jambes.

— Trop nombreux, nous ne pouvions...

— Rentrez vite ! lui dit Bondarenko. Tu peux encore te battre ?

— Merde, oui !

Les deux hommes regardèrent de tous côtés. Ils ne pourraient combattre des appartements. Il leur faudrait prendre position dans les couloirs et les escaliers.

— Du secours arrive. Un régiment est parti de Nourek, si nous pouvons tenir jusque-là ! annonça Bondarenko à ses hommes.

Il ne leur dit pas combien de temps il faudrait attendre. C'était la première bonne nouvelle depuis plus d'une demi-heure. Deux civils descendirent, tous deux armés de fusils.

— Vous avez besoin d'aide ? demanda Morozov.

Il avait esquivé le service militaire mais il venait d'apprendre qu'il n'était pas si difficile que ça de se servir d'un fusil.

— Comment ça va, là-haut ? lui demanda Bondarenko.

— Mon chef de section est mort. Je lui ai pris cette arme. Il y a beaucoup de blessés et les autres sont aussi terrifiés que moi.

— Restez avec le sergent, lui dit le colonel. Ne perdez pas la tête, camarade ingénieur, et nous nous en tirerons bien. Du secours est en route.

— J'espère que ces bougres se dépêchent !

1. Les nôtres ! (*N.d.T.*)

Morozov aida le sergent, qui était encore plus jeune que lui, à aller jusqu'au bout du corridor.

Bondarenko posta la moitié de ses hommes dans l'escalier et l'autre moitié près des ascenseurs. Le calme s'était rétabli. Il entendait des voix surexcitées au-dehors mais, pour le moment, le tir avait cessé.

— En bas de l'échelle. Doucement, dit Clark. Il y a une traverse, au pied. Vous pourrez vous tenir là-dessus.

Maria regarda avec dégoût le bois gluant, en obéissant comme dans un rêve. Sa fille la suivit et Clark descendit le dernier ; il les contourna et sauta dans l'embarcation. Après avoir détaché l'amarre, il amena le bateau à la main sous l'endroit où se tenaient les femmes. Il y avait une chute d'un mètre.

— Une à la fois. Vous d'abord, Katryn. Descendez lentement et je vous rattraperai.

Elle abaissa un pied, les genoux tremblant de peur et de doute. Clark lui saisit la cheville et la tira vers lui. Elle tomba dans le canot pneumatique avec toute l'élégance d'un sac de pommes de terre. Maria fut la suivante. Il lui donna les mêmes instructions, elle les suivit à la lettre mais Katryn se retourna pour l'aider et, ce faisant, déplaça le canot. Maria lâcha prise et tomba à l'eau en poussant un cri.

— Qu'est-ce que c'est que ça ? appela quelqu'un, du quai au bout de la jetée.

Clark ne répondit pas. Il empoigna les mains de Maria et la hissa à bord. Elle grelottait de froid, mais il n'y pouvait pas grand-chose. Il entendit des pas précipités sur la jetée quand il mit en marche le moteur électrique et fonça vers le large.

— *Stoï !* cria une voix autoritaire.

Un flic, se dit Clark, ça ne pouvait être qu'un foutu flic. Il se retourna et vit briller une torche électrique. Le rayon ne pouvait atteindre l'embarcation mais il était fixé sur le sillage. Clark prit sa radio.

— Oncle Joe, c'est Willy. En chemin. Le soleil se lève !

— Ils ont peut-être été vus, dit l'officier des communications à Mancuso.

— Au poil, gronda le capitaine. Goodman ! Virez à droite zéro-huit-cinq. Cap sur la côte à dix nœuds.

— Contrôle sonar. Contact position deux-neuf-six. Moteur diesel, annonça la voix de Jones. Hélices jumelles...

— Ce doit être frégate patrouille KGB, Gricha, probablement, jugea Ramius. Patrouille routine.

Mancuso ne dit rien mais il fit signe au groupe de pistage du contrôle de tir. Ils calculeraient une position sur l'objectif au large pendant que le *Dallas* se rapprocherait de la côte à profondeur de périscope, en gardant son antenne radio dressée.

— Neuf-sept-un, ici le centre de Veliky Louki. Tournez à droite sur nouveau cap un-zéro-quatre, dit une voix russe au colonel von Eich et le pilote pressa le bouton du microphone sur son volant.

— Répétez, Louki, à vous.

— Neuf-sept-un, vous avez l'ordre de tourner à droite sur le nouveau cap un-zéro-quatre et de retourner à Moscou. À vous.

— Ah, merci, Louki, négatif, nous maintenons un cap de deux-huit-six, conformément à notre plan de vol. À vous.

— Neuf-sept-un, vous avez l'ordre de retourner à Moscou, insista l'aiguilleur du ciel.

— Roger. Merci. Terminé.

Von Eich baissa les yeux pour s'assurer que son pilote automatique était sur le bon cap puis il reprit sa surveillance visuelle du ciel, à la recherche d'autres appareils.

— Mais vous ne retournez pas, dit le Russe à l'interphone.

Von Eich se retourna vers lui.

— Non. Nous n'avons rien oublié là-bas, que je sache. *Enfin...*

— Mais on vous a ordonné...

— Mon petit vieux, c'est moi le commandant de cet appareil et mes ordres sont de voler jusqu'à Shannon.

— Mais...

Le Russe déboucla sa ceinture et voulut se lever.

— Assis ! cria le pilote. Personne ne quitte mon poste de pilotage sans ma permission, mon bonhomme ! Vous êtes ici en invité, dans mon avion, et vous allez faire ce que je dis, nom de Dieu !

Merde, ça devait être plus facile que ça ! Il fit signe à son mécanicien, qui toucha un autre interrupteur. Les lumières de la cabine s'éteignirent. C'était maintenant le black-out complet à bord du VC-137. Von Eich reprit sa radio.

— Louki, ici neuf-sept-un. Nous avons un problème d'électricité à bord. Je ne veux pas procéder à des changements de cap radicaux tant que nous ne les aurons pas résolus. Me recevez-vous ? À vous.

— Quel est votre problème ? demanda le contrôleur.

En débitant ses mensonges suivants, le pilote se demanda ce qu'on avait dit à cet aiguilleur.

— Louki, nous ne le savons pas encore. Nous perdons du courant électrique. Toutes nos lumières se sont éteintes. Pour le moment, l'oiseau vole sans feux, je répète, nous volons sans feux. Je suis un peu inquiet et je n'ai pas besoin d'être distrait en ce moment.

Cela lui valut deux minutes de silence, et trente kilomètres de vol vers l'ouest.

— Neuf-sept-un, j'ai informé Moscou de vos problèmes. Ils vous prient de revenir immédiatement. Ils vous dégageront une piste pour atterrissage d'urgence, proposa le contrôleur.

— Roger, merci, Louki, mais je ne veux pas de changement de cap en ce moment, si vous voyez ce que je veux dire. Nous travaillons à résoudre le problème. Restez sur la longueur d'onde. Je vous aviserai. Terminé.

Le colonel von Eich regarda la pendule du tableau de bord. Encore trente minutes jusqu'à la côte.

— Quoi ? demanda le commandant Zaroudine. Qui est monté dans l'avion ?

— Le président Gerasimov et l'espion ennemi prisonnier, répondit Vatutine.

— À bord d'un avion américain ? Vous me racontez que le *président* du KGB passe à l'Ouest à bord d'un avion américain ?

L'officier commandant le détachement de sécurité de l'aéroport avait pris la situation en main, comme ses ordres le lui permettaient. Et il se retrouvait avec deux colonels, un lieutenant-colonel, un chauffeur et un Américain dans son bureau... et l'histoire la plus follement incroyable qu'il avait jamais entendue.

— Il faut que je demande des instructions.

— Je suis votre supérieur ! déclara Golovko.

— Vous n'êtes pas le supérieur de mon supérieur ! riposta Zaroudine en décrochant son téléphone.

Il avait pu demander aux contrôleurs de la navigation aérienne de tenter de rappeler l'avion américain mais ses visiteurs n'avaient pas été surpris qu'il n'obéisse pas.

Ryan ne bougeait absolument pas, respirait à peine, ne tournait même pas la tête et se disait que tant qu'ils ne s'énerveraient pas trop, il ne risquerait rien. Golovko était trop malin pour commettre une folie. Il savait qui était Jack, il savait ce qui arriverait si un membre accrédité d'une mission diplomatique était ne fût-ce qu'égratigné. Ryan avait des égratignures, bien sûr. Sa cheville lui faisait horriblement mal, son genou saignait, mais il s'était fait cela lui-même. Golovko le foudroyait du regard, à moins de deux mètres de lui. Ryan ne lui rendait pas la pareille. Il ravalait sa peur et s'efforçait d'avoir l'air aussi inoffensif qu'il l'était en ce moment.

— Où est sa famille ? demanda Vatutine.

— Elles ont pris l'avion pour Tallinn hier, répondit piteusement Vassili. Elles voulaient voir des amis...

Le temps pressait pour tout le monde. Les hommes de Bondarenko n'avaient plus qu'un demi-chargeur chacun. Deux autres étaient morts, tués par des grenades lancées par les fenêtres. Le colonel avait vu un soldat sauter sur l'une d'elles et se faire déchiqueter pour sauver ses camarades. Le sang du jeune homme couvrait le carrelage comme de la peinture. Six Afghans s'entassaient à la porte. Ce devait être comme ça à Stalingrad, se dit-il. Aucun soldat n'était meilleur que le soldat russe pour le combat de maison en maison. Où était le régiment motorisé ? C'était si peu de temps, une heure ! La moitié d'un film, une émission de télévision, une agréable promenade nocturne... très peu de temps, à moins qu'on ne vous tire dessus. Alors chaque seconde s'étirait sous vos yeux et les aiguilles de votre montre paraissaient figées, et la seule chose qui allait vite, c'étaient les battements du cœur. Ce n'était que sa seconde expérience du combat. Il avait été décoré après la première et il se demanda s'il serait enterré après la seconde. Mais il ne pouvait pas permettre ça. Dans les étages au-dessus de lui, il y avait plusieurs centaines de personnes, des ingénieurs et des savants, avec leurs femmes et leurs enfants ; toutes ces vies dépendaient de sa capacité de refouler les envahisseurs afghans pendant moins d'une heure.

Allez-vous-en, leur souhaita-t-il. *Est-ce que vous croyez que nous avons vraiment voulu venir nous faire tirer dessus dans ce misérable tas de cailloux que vous appelez un pays ? Si vous voulez tuer les responsables, qu'est-ce que vous attendez pour aller à Moscou ?*

Mais ce n'était pas ainsi que les choses se passaient à la guerre, n'est-ce pas ? Les hommes politiques ne venaient jamais voir ce qu'ils avaient provoqué. Ils ne savaient pas réellement ce qu'ils faisaient, jamais, et maintenant ces salauds-là avaient des missiles à tête nucléaire. Ils avaient le pouvoir de tuer des millions de personnes mais même pas le courage de venir voir l'horreur sur un simple bon vieux champ de bataille.

Les idioties qui te passent par la tête dans ces moments-là ! ragea-t-il contre lui-même.

Il avait échoué. Ses hommes lui avaient confié le commandement et il les avait trahis, pensait l'Archer. Il contempla les cadavres dans la neige, autour de lui, et chacun eut l'air de l'accuser. Il pouvait tuer des hommes, il était capable d'abattre des avions dans le ciel mais il n'avait jamais su comment commander une force nombreuse. Était-ce la malédiction d'Allah pour avoir torturé les pilotes russes ? Non ! Il y avait encore des ennemis à tuer. Il fit un grand geste pour ordonner à ses hommes de pénétrer dans l'immeuble par plusieurs fenêtres défoncées du rez-de-chaussée.

Le commandant marchait en tête, comme s'y attendaient les *moudjahiddin.* Il les avait amenés tout contre le côté du blockhaus et puis leur avait dit de raser le mur jusqu'à la porte principale, couverts par le tir du reste de sa compagnie. Cela se passait très bien, pensait-il. Il avait perdu cinq hommes, mais ce n'était pas beaucoup pour une mission comme celle-ci... *Je vous remercie de l'entraînement que vous m'avez donné, mes amis russes...*

La porte principale était en acier. Il déposa lui-même une paire de charges explosives aux deux coins inférieurs et régla les détonateurs avant de se glisser jusqu'au coin. Des fusils russes firent feu au-dessus de sa tête mais les occupants du blockhaus ne savaient pas où il était. Cela allait changer. Il avait posé les charges ; il tira sur les cordons des détonateurs et tourna le coin en courant.

Pokrychkine frémit en l'entendant. Il se retourna et vit la lourde porte d'acier voler à travers la salle et s'écraser contre la console de contrôle. Le lieutenant du KGB fut tué sur le coup par l'explosion et quand les hommes de Pokrychkine se précipitèrent pour couvrir la brèche dans le mur, trois autres charges explosives furent lancées à l'intérieur. Impossible de fuir ou de se cacher. Les gardes-frontière continuèrent de tirer et tuèrent un assaillant à la porte, mais alors les trois charges explosèrent.

Le commandant afghan trouva le bruit curieusement creux. La violence restait confinée entre les solides murs de béton armé. Il mena ses hommes à l'assaut une seconde plus tard. Des circuits électriques lançaient des gerbes d'étincelles et l'incendie n'allait pas tarder à se propager partout, mais tous les occupants étaient à terre. Ses hommes allèrent rapidement de l'un à l'autre pour s'emparer des armes et achever les blessés. Le commandant vit un officier russe avec des étoiles de général. Il saignait du nez et des oreilles et tentait de lever son pistolet quand le commandant l'abattit. Une minute plus tard, tous les Russes étaient morts. Le bâtiment s'emplissait rapidement d'une épaisse fumée âcre. Il donna l'ordre à ses hommes de sortir.

— Nous avons fini, ici, annonça-t-il à la radio, mais il ne reçut pas de réponse. Tu es là ?

L'Archer était contre un mur, près d'une porte entrouverte. Sa radio était éteinte. Juste devant la pièce il y avait un soldat tourné vers le fond du corridor. C'était le moment. Le combattant de la liberté ouvrit la porte avec le canon de son fusil et tua le Russe avant qu'il ait le temps de se retourner. Il hurla un ordre et cinq autres hommes surgirent de diverses pièces, mais deux furent abattus avant d'avoir pu tirer. L'Archer regarda à droite et à gauche dans le couloir et ne vit rien que des éclairs de fusils et des silhouettes à demi cachées.

À cinquante mètres, Bondarenko réagit à la menace principale. Il lança un ordre pour que ses hommes restent à couvert et puis, avec une précision meurtrière, il identifia les cibles qui entraient, reconnaissables dans l'éclairage de secours. Le corridor se présentait exactement comme un stand de tir et il abattit deux hommes de deux balles. Un autre courut vers lui en glapissant des mots inintelligibles tout en tirant une salve ininterrompue. Les balles de Bondarenko le manquèrent, il en fut le premier étonné, mais quelqu'un d'autre l'abattit. La fusillade continua et le bruit des détonations répercuté entre les murs de béton assourdit complètement tout le monde. Enfin, il ne resta plus qu'un attaquant. Le colonel vit encore tomber deux de ses hommes et le dernier Afghan fit sauter des éclats de ciment à quelques centimètres de son visage. De la poussière lui piqua les yeux et une douleur cinglante sur sa joue le fit reculer. Il s'écarta de la ligne de feu, régla son pistolet sur automatique total, respira profondément et sauta dans le corridor. L'homme était à moins de dix mètres de lui.

L'instant dura une éternité alors que tous deux amenaient leurs armes en position. Bondarenko vit les yeux de l'homme. Le visage était jeune, là juste au-dessous de l'éclairage de secours, mais les yeux... la rage qu'ils exprimaient, la haine faillirent arrêter le cœur du colonel. Mais il était, par-dessus tout, un soldat. La première balle de l'Afghan le manqua. La sienne fit mouche.

L'Archer ressentit le choc mais aucune douleur quand il tomba. Son cerveau envoya un message à ses mains, leur disant de braquer l'arme sur la gauche mais elles refusèrent d'obéir et lâchèrent le fusil. Il s'écroula par phases, d'abord sur les genoux, puis sur le dos et resta couché, les yeux au plafond. C'était enfin terminé. Il vit un homme se pencher sur lui. Ce n'était pas un visage cruel, pensa-t-il. C'était l'ennemi, et un infidèle, mais un homme aussi, n'est-ce pas ? Il y avait là comme de la curiosité. Il veut savoir qui je suis, pensa l'Archer, et il le lui dit dans son dernier souffle.

— *Allahu Akhbar.*

Dieu est grand.

Eh oui, sans doute, répondit Bondarenko au cadavre. Il connaissait assez bien la formule. *Est-ce pour cela que tu es venu ?* Il vit que l'homme avait une radio et il se baissa pour la prendre.

— Tu es là ? demanda la radio quelques instants plus tard.

La question était en pachto mais la réponse fut donnée en russe :

— Tout est achevé ici, dit Bondarenko.

Le commandant regarda un instant sa radio, puis il donna un coup de sifflet pour réunir ce qui lui restait d'hommes. La compagnie de l'Archer connaissait le chemin vers le point de rassemblement et l'essentiel, pour le moment, était de rentrer chez soi. Il compta ses combattants. Il en avait perdu onze et il avait six blessés. Avec un peu de chance, ils arriveraient à la frontière avant que la neige cesse de tomber. Cinq minutes plus tard, les hommes abandonnèrent la montagne.

— Bouclez le secteur, ordonna Bondarenko à ses troupes réduites. Réunissez toutes les armes et distribuez-les.

Tout était probablement fini, pensait-il, mais ce ne serait réellement « achevé » que lorsque le régiment motorisé arriverait.

— Morozov ! appela-t-il et l'ingénieur apparut quelques instants plus tard.

— Oui, camarade colonel ?

— Y a-t-il un médecin, là-haut ?

— Oui, plusieurs. Je vais en chercher un.

Le colonel s'aperçut qu'il transpirait. Un peu de chaleur s'attardait dans l'immeuble. Il fit glisser de son dos le téléphone de campagne et fut stupéfait de voir que deux balles l'avaient atteint, et encore plus étonné de découvrir du sang sur une des bretelles. Il avait été touché et ne s'en était même pas aperçu. Le sergent s'approcha pour examiner la blessure.

— Rien qu'une égratignure, colonel. Comme mes jambes.

— Aide-moi à ôter cette capote, s'il te plaît...

Bondarenko se dépouilla du long manteau et apparut en tunique d'uniforme. Il tâtonna, en ôta le ruban de l'ordre du Drapeau Rouge et l'épingla sur le col du jeune homme.

— Tu mérites mieux, sergent, mais c'est tout ce que je peux faire pour le moment.

— Périscope ! ordonna Mancuso, qui se servait maintenant du périscope de recherche, à amplification de lumière. Toujours rien... Ah si ! J'ai un feu de tête de mât à deux-sept-zéro...

— C'est notre contact sonar, dit le lieutenant Goodman.

— Sonar, contrôle, est-ce que vous avez une identification du contact ? demanda Mancuso.

— Négatif, répondit Jones. Nous recevons des réverbérations de la glace, les conditions acoustiques sont plutôt moches. C'est un diesel double hélice mais pas d'identité.

Mancuso se tourna vers le groupe de pistage.

— Solution ?

— Oui, mais pas brillante, répondit l'officier d'armement. La glace ne va pas aider.

Il voulait dire que la torpille Mark-48 en mode d'attaque

en surface risquait d'être désorientée par les glaces flottantes. Il prit un temps et demanda :

— Commandant, si c'est un Gricha, comment ça se fait qu'il n'y ait pas de radar ?

— Nouveau contact ! Contrôle sonar, nouveau contact possition zéro-huit-six... on dirait notre copain, annonça Jones. Quelqu'un d'autre près de cette position, hélice grande vitesse... nettement quelque chose de neuf, là, commandant, disons zéro-huit-trois.

— Haussez cinquante centimètres, dit Mancuso au quartier-maître et le périscope s'éleva. Je le vois. Juste sur l'horizon... disons trois milles. Il y a une lumière derrière eux ! s'exclama-t-il en remontant d'un coup sec les poignées du périscope qui descendait. Allons-y en vitesse. En avant toute deux-tiers.

— En avant toute deux-tiers, répéta l'homme de barre.

Le navigateur calcula la position de l'embarcation et signala les mètres.

Clark tournait la tête vers la côte. Une lumière balayait la mer de droite à gauche. Qui était-ce ? Il ne savait pas si les flics du coin avaient des bateaux mais il devait y avoir un détachement du KGB, des gardes-frontière qui possédaient leur propre petite marine et, *aussi,* leur petite armée de l'air. Mais dans quel état étaient-ils un vendredi soir ? Meilleur probablement que lorsque ce gosse allemand s'était mis en tête de voler jusqu'à Moscou... en passant en plein par ce secteur, se rappela Clark. *Cette région doit sans doute être assez sur le qui-vive... Où es-tu,* Dallas ? Il reprit sa radio.

— Oncle Joe, c'est Willy. Le soleil se lève et nous sommes loin de la maison !

— Il dit qu'il est tout près, commandant, rapporta l'officier des communications.

— Navigateur ? demanda Mancuso.

Le navigateur leva les yeux de sa table.

— Je lui donne quinze nœuds. Nous devrions être dans les cinq cents mètres, maintenant.

— En avant toute un tiers, ordonna le capitaine. Périscope !

Le tube d'acier bien graissé remonta dans un soupir, jusqu'en haut.

— Commandant, j'ai un émetteur radar sur l'arrière, position deux-six-huit. C'est un Don-2, annonça le technicien ESM.

— Contrôle sonar, les deux contacts hostiles ont forcé leur vitesse. Le compte des pales donne environ vingt nœuds pour le Gricha et en accélération, dit Jones. Confirmation objectif classe Gricha. Contact Est encore inconnu, une hélice, probablement moteur à essence, tournant à vingt environ.

— Distance environ six mille mètres, annonça ensuite le groupe de contrôle de tir.

— C'est là que ça devient drôle, marmonna Mancuso. Je les ai. Position... *marque!*

— Zéro-neuf-un.

— Portée ?

Mancuso pressa la détente de l'indicateur de portée au laser du périscope.

— Marque !

— Six cents mètres.

— Très bien, navigateur. Solution pour le Gricha? demanda-t-il au contrôle de tir.

— Parés aux tubes deux et quatre. Sabords extérieurs encore fermés, commandant.

— Restez comme ça, ordonna Mancuso et il se dirigea vers la descente de la passerelle. Goodman, vous avez le contrôle. Je vais faire la récupération moi-même. Allons-y.

— Stoppez tout, dit l'officier de manœuvre.

Mancuso ouvrit le panneau et monta par l'échelle jusqu'à la passerelle. Le panneau du bas se ferma derrière lui. Il entendit l'eau clapoter autour du kiosque et puis les brisants des vagues de surface. L'interphone lui dit qu'il pouvait ouvrir le panneau d'écoutille de la passerelle. Il tourna le volant de verrouillage et poussa le lourd panneau d'acier. Presque aussitôt, il reçut une gifle d'eau salée, glacée et huileuse, mais la négligea et sortit sur la passerelle.

Il regarda d'abord sur l'arrière. Le Gricha était là, son feu de tête de mât bas sur l'horizon. Il se tourna ensuite vers l'avant et tira de sa poche sa lampe électrique. Il la pointa directement sur le canot et signala la lettre morse D.

— Une lumière ! Une lumière ! s'écria Maria.

Clark se retourna vers l'avant, aperçut le signal et mit le cap dessus. Puis il vit autre chose.

Le patrouilleur, derrière Clark, était à deux bons milles, son projecteur cherchant du mauvais côté. Le capitaine regarda vers l'ouest pour voir l'autre contact. Il savait, plus ou moins vaguement, que les Gricha avaient des projecteurs de recherche mais il s'était permis de négliger cette réalité. Après tout, comment des projecteurs inquiéteraient-ils un sous-marin ? Quand il est en surface, se dit Mancuso. Le navire était encore trop loin pour le voir, projecteurs ou non, mais cela allait très vite changer. Il regarda la lumière balayer la surface à l'arrière de son sous-marin et comprit trop tard qu'ils devaient maintenant avoir le *Dallas* sur leur radar...

— Par ici, Clark ! Magnez-vous le cul ! hurla-t-il au-dessus de la mer en balançant sa lampe à gauche et à droite.

Les trente secondes suivantes lui parurent durer jusqu'au milieu du mois suivant. Enfin, il arriva.

— Aidez les dames, dit Clark.

Il maintenait au moteur le canot contre le kiosque. Le *Dallas* bougeait encore, il le fallait bien pour maintenir la profondeur précaire, pas tout à fait en surface, pas tout à fait en plongée. La première que Mancuso amena à bord lui parut être la jeune fille. La seconde était trempée et grelottante. Clark observa un moment, tout en posant une petite boîte sur son moteur. Mancuso se demanda comment elle restait si bien en place, avant de comprendre qu'elle devait être aimantée.

— Descendez par l'échelle, dit-il aux dames.

Clark se hissa à bord et dit quelques mots, probablement les mêmes, en russe puis il parla anglais à Mancuso :

— Deux minutes avant que ça saute.

Les femmes étaient déjà à mi-descente. Clark les suivit et finalement Mancuso, avec un dernier regard au radeau pneumatique. La dernière chose qu'il vit fut le patrouilleur de surveillance de la rade piquant droit sur lui. Il rabattit vivement le panneau vers lui et pressa le bouton de l'interphone.

— Immersion et bougez le bateau !

Le panneau du bas s'ouvrit sous eux et le commandant entendit l'ordre :

— Profondeur trente mètres, en avant toute deux-tiers, gouvernail gauche toute.

Un officier marinier accueillit les dames au pied de l'échelle. Dans d'autres circonstances, sa mine ahurie aurait été comique. Clark les prit par le bras et les conduisit vers l'avant dans sa cabine. Mancuso alla à l'arrière.

— J'ai le contrôle ! annonça-t-il.

— Le commandant a le contrôle, reconnut Goodman. L'ESM reçoit du trafic radio VHF, tout près, probablement le Gricha qui parle à l'autre.

— Barre, nouveau cap trois-cinq-zéro. Repassons sous la glace. Ils savent probablement que nous sommes ici... enfin, ils savent qu'il y a quelque chose ici. Que dit la carte, navigateur ?

— Nous allons devoir tourner bientôt, avertit l'officier. Hauts fonds dans huit mille mètres. Je recommande nouveau cap deux-trois-un.

Mancuso ordonna immédiatement le changement.

— Profondeur actuelle vingt-six mètres, en rétablissement, annonça l'officier de plongée. Vitesse dix-huit nœuds.

Un petit aboiement étouffé annonça la destruction du canot et de son moteur.

— C'est bon, les gars, maintenant nous n'avons plus qu'à partir, déclara Mancuso à son équipage du centre d'attaque mais un brusque tintement aigu leur dit que ce ne serait pas facile.

— Contrôle, sonar, nous sommes repérés. C'était un rayon de la mort de Gricha, ça, dit Jones en employant le mot d'argot désignant le système russe. Il pourrait nous avoir.

— Nous sommes sous la glace, annonça le navigateur.

— Distance de l'objectif ?

— Juste au-dessous de quatre mille mètres, répondit l'officier de l'armement. Parés pour les tubes deux et quatre.

Le problème, c'était qu'ils ne pouvaient pas tirer. Le *Dallas* était dans les eaux territoriales russes et même si le Gricha les attaquait, la riposte ne serait pas de l'autodéfense mais un acte de guerre. Mancuso examina la carte. Il avait dix mètres d'eau sous sa quille et moins de sept au-dessus de son kiosque, moins l'épaisseur de la glace...

— Marko ? demanda le capitaine.

— Ils vont d'abord demander instructions, jugea Ramius. Plus ils auront de temps, plus ils auront de chances de tirer.

— O.K. En avant toute, ordonna Mancuso.

À trente nœuds, il serait dans les eaux internationales en dix minutes.

— Le Gricha passe par le travers bâbord, dit Jones.

Mancuso alla à l'avant, à la chambre du sonar, et demanda :

— Qu'est-ce qui se passe ?

— La haute fréquence marche assez bien sur la glace. Il balaie avec ses projecteurs, il sait qu'il y a là quelque chose mais il ne sait pas encore quoi.

Mancuso décrocha le téléphone.

— Lancez deux bruiteurs !

Une paire de leurres producteurs de bulles furent éjectés par bâbord.

— Très bien, Mancuso, approuva Ramius. Son sonar va se fixer là-dessus. Il ne peut pas très bien manœuvrer, avec la glace.

— Nous le saurons dans une minute.

Au même instant, le sous-marin fut secoué par des explosions sur l'arrière. Un cri très féminin se répercuta dans tout l'avant du bâtiment.

— Avant toute de flanc ! cria Mancuso.

— Les leurres, dit Ramius. Étonnant qu'ils aient tiré si vite...

— Perte de performance sonar, commandant, dit Jones alors que l'écran était couvert de parasites.

Mancuso et Ramius allèrent à l'arrière. Le navigateur avait indiqué leur route sur la carte.

— Aïe, nous devons transiter par-là, où la glace finit. Combien voulez-vous parier qu'il le sait ?

— Radio... Mancuso, laissez-moi parler sur radio, dit Ramius.

— Nous ne faisons pas les choses comme ça...

La doctrine américaine était l'évasion et ne jamais laisser savoir qu'il y avait là un sous-marin.

— Je sais. Mais nous ne sommes pas sous-marin américain, capitaine Mancuso. Nous sommes sous-marin soviétique, suggéra Ramius.

Bart Mancuso acquiesça. Il n'avait encore jamais joué cette carte.

— Amenez-nous à profondeur d'antenne.

Un technicien de la radio se brancha sur la fréquence soviétique et la fine antenne VHF fut haussée dès que le bâtiment se dégagea de la glace. Le périscope monta aussi.

— Le voilà. Angle sur l'avant, zéro. Baissez le périscope !

— Contact radar deux-huit-un, annonça le haut-parleur.

Le capitaine du Gricha revenait d'une semaine de patrouille dans la mer Baltique et s'était fait d'avance une joie de quatre jours de permission. Et puis il y avait eu d'abord une transmission radio de la police portuaire de Tallinn à propos d'une embarcation inconnue qu'on avait vue partir du quai, suivie par un appel du KGB et par une petite explosion près du bateau de la police de la rade, et ensuite plusieurs contacts sonar. Le lieutenant de vingt-neuf ans, avec trois mois de commandement, avait estimé la situation et tiré sur ce que son sonariste appelait un contact positif de sous-marin. Maintenant, il se demandait s'il n'avait pas commis une erreur, et si elle ne serait pas tragique. Tout ce qu'il savait, c'était qu'il n'avait pas la moindre idée de ce qui se passait mais s'ils chassaient un sous-marin, il se dirigerait vers l'ouest.

Et maintenant, il avait un contact radar sur l'avant. Le haut-parleur sur la fréquence radio de la garde se mit à caqueter.

— Cessez le feu ! Cessez le feu, bougre d'imbécile ! glapit trois fois une voix métallique.

— Identification ! répliqua le capitaine du Gricha.

— Ici le *Novossibirsk Komsomolets !* Qu'est-ce qui vous prend de tirer à projectiles réels dans des manœuvres d'entraînement ! Identifiez-vous vous-mêmes !

Le jeune officier ouvrit des yeux ronds et jura. Le *Novossibirsk Komsomolets* était un bâtiment d'opérations spéciales basé à Kronstadt, qui jouait toujours à des jeux de *Spetznaz...*

— Ici le *Kreptki...*

— Merci. Nous parlerons de cette bavure après-demain. Terminé.

Le capitaine ahuri regarda autour de lui son équipage de passerelle.

— Quelles manœuvres... ?

— Dommage, dit Marko en raccrochant le micro. Il a bien réagi. Il lui faudra maintenant plusieurs minutes pour contacter sa base et...

— Et c'est tout ce qu'il nous faut. Et ils ne savent toujours pas ce qui s'est passé, dit Mancuso. Navigateur ! Le plus court chemin pour sortir d'ici !

— Je recommande deux-sept-cinq, distance onze mille mètres.

À trente-quatre nœuds, la distance restante fut vite couverte. Dix minutes plus tard, le sous-marin était de retour dans les eaux internationales. Dans la salle de contrôle, le soulagement fut remarquable. Mancuso changea de cap pour les eaux plus profondes et fit réduire la vitesse à un tiers, puis il retourna au sonar.

— La question devrait être réglée, annonça-t-il.

— Qu'est-ce que c'était que tout ça, commandant? demanda Jones.

— Eh bien, je ne sais pas si je peux vous le dire.

— Elle s'appelle comment?

De sa place, Jones pouvait voir dans la coursive.

— Je n'en sais même rien moi-même. Mais je vais le savoir.

Mancuso traversa le passage et alla frapper à la porte de la cabine de Clark.

— Qui est là?

— Devinez.

Clark ouvrit. Le capitaine vit une jeune femme en tenue présentable, mais avec les pieds mouillés. Puis une femme plus âgée sortit des toilettes, vêtue de la chemise et du pantalon kaki du chef mécanicien du *Dallas*, les bras chargés de ses propres effets tout trempés. Elle les mit dans les mains de Mancuso en lui disant quelque chose en russe.

— Elle veut que vous les fassiez nettoyer, commandant, traduisit Clark et il se mit à rire. Ce sont vos nouvelles passagères. Mme Gerasimov et sa fille Katryn.

— Qu'est-ce qu'elles ont de si spécial?

— Mon père est le directeur du KGB, lui déclara Katryn.

Le capitaine réussit à ne pas lâcher les vêtements.

— Nous avons de la compagnie, annonça le pilote. Et qui arrive vite.

Ils venaient de la droite, leurs feux révélaient qu'il ne pouvait s'agir que de deux avions de chasse.

— Vingt minutes jusqu'à la côte, rapporta le navigateur mais le pilote l'avait déjà calculé.

— Merde, grogna-t-il.

Les chasseurs manquèrent l'avion de moins de deux mètres à la verticale et d'à peine plus à l'horizontale. Un instant après, le VC-137 fut secoué par leur déplacement d'air.

— Contrôle d'Engure, ici le vol de l'US Air Force neuf-sept-un. Nous venons d'échapper à une collision. Qu'est-ce que vous foutez là en bas?

— Laissez-moi parler à l'officier soviétique, répondit une

voix qui n'avait pas l'air d'être celle d'un simple aiguilleur du ciel.

— C'est moi qui parle pour cet appareil, riposta von Eich. Nous croisons sur un cap de deux-huit-six, à une altitude de onze mille six cents mètres. Nous suivons le plan de vol dûment enregistré, dans un couloir aérien autorisé et nous avons des problèmes d'électricité. Nous n'avons pas besoin que de foutus crétins de chasseurs viennent jouer à chat avec nous. C'est un appareil américain avec une mission diplomatique à bord. Vous voulez déclencher la Troisième Guerre mondiale, ou quoi ? À vous !

— Neuf-sept-un, vous avez l'ordre de faire demi-tour !

— Négatif ! Nous avons des problèmes d'électricité et nous ne pouvons pas, je répète, nous ne pouvons pas obéir. Cet appareil vole sans lumière et vos deux pilotes cinglés ont bien failli nous rentrer dedans. Vous cherchez à nous tuer ? À vous.

— Vous avez enlevé un citoyen soviétique et vous devez retourner à Moscou.

— Répétez ça ? dit von Eich.

Mais le capitaine ne pouvait pas. Officier d'interception de chasseurs au sol, il avait été envoyé de toute urgence à Engure, le dernier poste de contrôle à l'intérieur des frontières soviétiques, rapidement mis au courant par un officier local du KGB, et il avait reçu l'ordre de forcer l'appareil américain à faire demi-tour. Il n'aurait pas dû dire en clair ce qu'il venait de dire.

— Vous devez arrêter cet avion ! cria le général du KGB.

— Très simple, alors. Je donne l'ordre aux Mig de l'abattre ! rétorqua le capitaine sur le même ton. Est-ce que vous me donnez cet ordre, camarade général ?

— Je n'ai pas cette autorité. Vous devez le faire arrêter.

— C'est impossible ! Nous pouvons l'abattre, mais nous ne pouvons pas l'arrêter en vol !

— Est-ce que vous avez envie d'être fusillé ? glapit le général.

— Où diable est-il maintenant ? grommela le pilote du Foxbat à son camarade d'escadrille.

Ils ne l'avaient vu que pendant une seconde effroyable. Ils pouvaient suivre à la piste l'intrus — mais il partait et ce n'était pas vraiment un intrus, ils le savaient tous les deux —, l'abattre avec des missiles guidés par radar, mais pour s'approcher de l'objectif dans l'obscurité... La nuit était relativement claire mais l'avion volait tous feux éteints et en le cherchant on courrait le risque de ce que les pilotes appelaient en plaisantant une Fox-Four, une collision en l'air, la mort rapide et spectaculaire pour tout le monde.

— Tête de Marteau ici Boîte à Outils. Vous avez l'ordre de vous rapprocher de l'objectif et de le forcer à faire demi-tour, dit le contrôleur. L'objectif est maintenant à douze heures à votre niveau, distance trois mille mètres.

— Je sais ça, marmonna le pilote.

Il avait l'avion de ligne sur radar mais pas visuellement et son radar ne pouvait l'avertir avec assez de précision d'une collision imminente. Il devait aussi s'inquiéter de l'autre Mig.

— Reste à l'écart, lui dit-il. Je vais m'occuper de ça tout seul.

Il augmenta légèrement les gaz et déplaça son manche à balai d'un poil sur la droite. Le Mig-25 était lourd, pas très maniable pour un chasseur. Il y avait deux missiles air-air accrochés sous chaque aile et il suffisait pour arrêter l'avion de... Mais au lieu de lui ordonner de faire une chose à laquelle il avait été entraîné, un crétin d'officier du KGB voulait...

Là ! Il ne voyait pas réellement l'appareil mais simplement quelque chose qui disparaissait devant lui. *Ah !* Il remonta de quelques centaines de mètres et... oui ! Il voyait maintenant le Boeing se détacher sur le scintillement de la mer. Lentement, prudemment, il avança jusqu'à ce qu'il soit par le travers de l'objectif et deux cents mètres plus haut.

— J'ai des lumières sur la droite, dit le copilote. Chasseur, mais nous ne savons pas quel type.

— À sa place, qu'est-ce que tu ferais ? lui demanda von Eich.

— Je passerais à l'Ouest !

Ou je nous abattrais...

Derrière eux sur le strapontin, le pilote russe, dont la seule mission était de parler russe en cas d'incident grave, avait sa ceinture bouclée et ne savait pas du tout que faire. Il avait été coupé de la conversation radio et n'avait plus que l'interphone. Moscou voulait qu'on fasse rebrousser chemin à l'appareil. Il ne savait pas pourquoi mais... mais quoi ? se demanda-t-il.

— Le voilà ! Il se glisse vers nous.

Aussi prudemment qu'il le put, le pilote du Mig manœuvra son chasseur vers la gauche. Il voulait passer au-dessus du poste de pilotage du Boeing et, de cette position, réduire doucement son altitude et le forcer à descendre. Cela exigeait toute l'habileté dont il était capable et il ne pouvait que prier que l'Américain fût aussi bon pilote. Il se mit en position pour mieux voir mais...

Le Mig-25 était conçu comme intercepteur et la visibilité, du poste de pilotage, était extrêmement réduite. Maintenant, il ne pouvait plus voir l'appareil avec lequel il volait en formation. Il regarda devant lui. La côte n'était qu'à quelques kilomètres. Même s'il parvenait à contraindre l'Américain à réduire son altitude, il serait au-dessus de la Baltique avant de pouvoir faire quoi que ce soit d'autre. Le pilote tira sur son manche à balai et s'éleva dans la nuit. Une fois loin, il vira de bord.

— Boîte à Outils, ici Tête de Marteau, rapporta-t-il. L'Américain refuse de changer de cap. J'ai essayé, mais pas question que j'entre en collision avec son avion sans ordres formels.

Le contrôleur avait regardé les deux points radar se rejoindre et se confondre sur son écran et s'étonnait que son cœur ne se soit pas arrêté de battre. Qu'est-ce qui se passait ? C'était un avion américain. On ne pouvait pas le forcer à s'arrêter et s'il y avait un accident, on accuserait qui ? Il prit sa décision.

— Retournez à la base. Terminé.

— Vous paierez ça ! promit à l'officier d'interception au sol le général du KGB.

Il se trompait.

— Dieu soit loué, dit von Eich quand ils survolèrent la côte, et il appela son chef de cabine. Comment vont nos gens, là-bas ?

— La plupart dorment. Il a dû y avoir une grande réception, ce soir. Quand allons-nous avoir de la lumière ?

— Mécanicien ? demanda le pilote. Ils veulent savoir où en sont les problèmes d'électricité.

— On dirait que c'était un interrupteur défectueux. Je crois... Oui, je l'ai réparé.

Le pilote regarda par son hublot. Les feux de position étaient rallumés en bout d'ailes, ainsi que les lumières de la cabine, sauf à l'arrière. Après avoir survolé Ventspils, ils tournèrent à gauche sur un nouveau cap deux-cinq-neuf. Von Eich poussa un long soupir. Deux heures et demie jusqu'à Shannon.

— Un café ne ferait pas de mal, pensa-t-il tout haut.

Golovko raccrocha le téléphone et cracha quelques mots que Ryan ne comprit pas très bien, mais leur sens était assez clair.

— Sergueï, est-ce que je pourrais nettoyer mon genou ?

— Qu'est-ce que vous avez fait, au juste, Ryan ? demanda l'officier du KGB.

— Je suis tombé de l'avion et les salauds sont partis sans moi. Je veux être conduit à mon ambassade mais, d'abord, j'ai bien mal au genou.

Golovko et Vatutine se regardèrent et tous deux se posèrent plusieurs questions. Que s'était-il réellement passé ? Qu'allait-il leur arriver ? Que devaient-ils faire de Ryan ?

— Qui pouvons-nous appeler ? demanda Golovko.

27

Sous le sceau du secret

VATUTINE décida d'appeler son chef de directorat, qui téléphona au premier président adjoint du KGB, lequel joignit quelqu'un d'autre et rappela enfin le bureau de l'aéroport où ils attendaient tous. Vatutine nota les instructions, emmena tout le monde jusqu'à la voiture de Gerasimov et donna des ordres que Jack ne comprit pas. La voiture traversa Moscou, par des rues désertes. Il était plus de minuit et tous les Moscovites qui étaient allés au cinéma, à l'opéra ou aux ballets étaient déjà rentrés chez eux. Jack se trouvait assis entre les deux colonels du KGB. Il avait espéré qu'on le conduirait à l'ambassade mais ils continuaient de rouler à vive allure, sortaient de la ville et pénétraient par les monts Lénine dans la forêt entourant Moscou. Et maintenant il avait peur. L'immunité diplomatique lui avait paru plus sûre à l'aéroport que dans ces bois.

Au bout d'une heure, la voiture ralentit et quitta la route goudronnée pour s'engager dans un chemin de gravier serpentant entre les arbres. Il vit par la portière des hommes en uniforme. Des hommes armés de fusils. Cela lui fit oublier la douleur à la cheville et au genou. Où était-il ? Pourquoi l'amenait-on ici ? Pourquoi ces hommes armés... La réponse qui lui vint à l'esprit était simple et inquiétante : on le promenait.

Non ! Ils ne peuvent pas, lui dit sa raison. *J'ai un passeport diplomatique. J'ai été vu par trop de monde. L'ambassadeur doit déjà...* Sans doute pas. Il n'était pas habilité pour ce qui s'était passé et à moins qu'ils n'aient eu des nouvelles de l'avion... Malgré tout, ils ne pouvaient quand même pas... Mais en Union soviétique, comme on disait, il se passait des choses qui tout simplement ne se passaient *pas*. La portière s'ouvrit brusquement. Golovko descendit et entraîna Ryan. La seule chose dont Jack était sûr, c'était qu'il ne servait à rien de résister.

C'était une maison tout à fait ordinaire, une maison de bois dans la forêt. De la lumière jaune brillait aux fenêtres, derrière les rideaux. Ryan vit une dizaine de personnes, toutes en uniforme, toutes armées de fusils, qui le regardaient avec l'espèce d'intérêt que l'on accorde à une cible en carton. Un officier s'avança et tapota Ryan des pieds à la tête, très consciencieusement, en provoquant un grognement de douleur quand il arriva au genou et au pantalon déchiré. Il surprit Ryan en prononçant quelques mots qui avaient l'air d'une excuse. Puis il fit signe à Golovko et Vatutine, qui laissèrent là leurs automatiques et conduisirent Ryan dans la maison.

À l'intérieur, un homme prit leurs manteaux. Deux autres, en civil, étaient manifestement des agents de la police ou du KGB. Ils portaient des blousons à fermeture Éclair et, à leur façon de se tenir, ils devaient avoir sur eux des pistolets, jugea Jack. Il les salua poliment de la tête mais n'obtint d'autre réponse qu'une nouvelle fouille rapide de l'un, tandis que l'autre observait la scène à distance. Ryan fut ahuri de voir fouiller aussi les deux colonels du KGB. Ces formalités accomplies, le deuxième homme les fit passer par une porte.

Le Secrétaire général du Parti communiste de l'Union soviétique, Andreï Ilitch Narmonov, était assis dans un fauteuil rembourré, devant un feu de bois. Il se leva quand les quatre hommes entrèrent et leur désigna le canapé en face de lui. Le garde du corps prit position, debout derrière le chef du gouvernement soviétique. Narmonov parla en russe et Golovko traduisit.

— Vous êtes ?

— John Ryan, monsieur le Secrétaire.

Narmonov l'invita à s'asseoir dans un fauteuil à côté de lui et remarqua qu'il boitait.

— Anatoli, dit-il à son garde du corps qui prit le bras de Ryan et l'emmena dans une salle de bains du rez-de-chaussée.

Il trempa un gant de toilette dans l'eau chaude et le donna à Jack. On entendait parler, dans le salon, mais Ryan ne connaissait pas assez bien le russe pour comprendre ce qui se disait. Cela lui fit du bien de nettoyer sa blessure mais il fut navré de voir que son pantalon était irrémédiablement perdu — quant à son deuxième costume, il était maintenant (il regarda sa montre) sans doute au-dessus du Danemark. Anatoli l'observa attentivement, prit dans l'armoire à pharmacie un pansement de gaze et aida Jack à le coller sur la plaie. Puis il le ramena dans l'autre pièce.

Golovko y était toujours mais Vatutine était parti et le fauteuil attendait toujours Jack. Anatoli alla reprendre sa place derrière Narmonov.

— Ce feu est agréable, dit Jack. Merci de m'avoir permis de nettoyer un peu mon genou.

— Golovko me dit que ce n'est pas nous qui vous avons fait cela. Est-ce exact ?

Jack trouva la question assez bizarre, puisque Golovko faisait l'interprète. *Ainsi, Andreï Ilitch parle un peu l'anglais. Tiens, tiens.*

— Non, monsieur. Je me suis fait ça tout seul. Je n'ai pas du tout été maltraité, d'aucune façon.

On ne m'a flanqué qu'une trouille de tous les diables, pensa-t-il, *mais c'était bien de ma faute.* Narmonov le considéra avec intérêt pendant une minute entière avant de reprendre la parole.

— Je n'ai pas besoin de votre aide.

— Je ne comprends pas ce que vous voulez dire, monsieur le Secrétaire, mentit Jack.

— Pensiez-vous réellement que Gerasimov allait me renverser ?

— Monsieur, je ne sais pas de quoi vous parlez. Ma mission était de sauver la vie d'un de nos agents. Et pour cela, il fallait compromettre le président Gerasimov. Il s'agissait simplement d'aller à la pêche avec l'appât adéquat.

— Et de pêcher le bon poisson, commenta Narmonov avec dans la voix un amusement que ne reflétait pas son visage. Votre agent, c'était le colonel Filitov ?

— Oui. Vous le saviez ?

— Je viens juste de l'apprendre.

Alors vous savez que Yazov était compromis aussi. Est-ce qu'ils n'auraient pas été à deux doigts de réussir, camarade Secrétaire général ? Cela, Ryan ne le dit pas. Narmonov ne le savait probablement pas non plus.

— Savez-vous pourquoi cet homme est devenu un traître ?

— Non, je ne le sais pas. On ne m'a dit que ce que j'avais besoin de savoir.

— Et, par conséquent, vous ignorez tout de l'attaque contre notre projet Étoile brillante ?

— Pardon ? Quoi ?

Jack était très surpris et le montra.

— Ne m'insultez pas, Ryan. Vous connaissez ce nom.

— C'est au sud-est de Douchanbe, oui, je sais. Une attaque, vous dites ?

— C'est bien ce que je pensais. Vous savez que c'était un acte de guerre, fit observer Narmonov.

— Monsieur, le KGB a kidnappé un savant américain du projet IDS, il y a plusieurs jours. Ce rapt a été ordonné par Gerasimov en personne. Ce savant s'appelle Alan Gregory. C'est un commandant de l'armée américaine mais il a été sauvé.

— Je ne le crois pas, dit Golovko avant de traduire.

Narmonov ne fut pas irrité par l'interruption mais choqué par ce qu'affirmait Ryan.

— Un de vos agents a été capturé. Il est vivant. C'est la vérité, monsieur le Secrétaire, insista Jack.

Narmonov secoua la tête et se leva pour jeter une autre bûche dans le feu. Il la mit bien en place avec le tisonnier.

— C'est de la folie, vous savez, dit-il à la cheminée. Nous connaissons une situation parfaitement satisfaisante, en ce moment.

— Excusez-moi, je ne comprends pas.

— Le monde est stable, n'est-ce pas ? Et pourtant votre pays veut changer ça et nous force à poursuivre le même objectif.

Le fait que le site d'essai d'ABM à Sary Chagan ait fonctionné depuis plus de trente ans, à cet instant, était soudain à côté de la question.

— Monsieur le Secrétaire, si vous pensez que la capacité de transformer toutes les villes, toutes les maisons de mon pays en un brasier comme celui que vous avez là, sous les yeux...

— Mon pays aussi, Ryan, l'interrompit Narmonov.

— Oui, monsieur, votre pays aussi et quelques autres. Vous pouvez tuer presque tous nos civils et nous pouvons assassiner presque tous vos citoyens en une heure ou même moins, il suffit que vous décrochiez ce téléphone... ou que mon

Président décroche le sien. Et vous appelez ça comment ? La *stabilité ?*

— C'est la stabilité, Ryan.

— Non, monsieur, le mot technique que nous employons, c'est MAD, un mot qui veut dire « fou » dans mon pays, Mutual Assured Destruction, destruction mutuelle assurée. Grammaticalement, ce n'est même pas vraiment juste mais ça dit bien ce que ça veut dire. La situation qui est la nôtre en ce moment est folle, c'est certain, et le fait qu'elle ait été créée par des hommes réputés intelligents ne la rend pas plus raisonnable.

— Et pourtant ça marche, non ?

— En quoi le fait d'avoir ainsi plusieurs centaines de millions de personnes à moins d'une heure de la mort est-il donc stabilisateur ? Et pourquoi jugeons-nous pourtant dangereuses les armes qui pourraient protéger tous ces gens ? Est-ce que tout cela n'est pas un peu confus ?

— Mais si nous ne les utilisons jamais... Croyez-vous que je pourrais vivre avec un tel crime sur la conscience ?

— Non, je crois qu'aucun homme ne le pourrait. Seulement, quelqu'un peut très bien un jour commettre une bavure. Il se ferait sans doute sauter la cervelle huit jours après, mais ce serait de toute façon un peu trop tard pour le reste des humains. Ces foutues armes sont trop faciles à utiliser. On appuie sur un bouton et les voilà parties, et elles fonctionneront, certainement, puisque rien ne pourra les arrêter. Si quelque chose ne vient pas entraver leur route, il n'y a aucune raison de penser qu'elles n'accompliront pas leur mission. Et tant que quelqu'un pense qu'elles pourraient fonctionner, c'est trop facile de les utiliser.

— Soyez réaliste, Ryan. Croyez-vous que nous puissions jamais nous débarrasser de nos armes atomiques ?

— Non, nous ne nous débarrasserons jamais de toutes les armes. Je le sais. Nous avons tous deux la capacité de nous faire mutuellement beaucoup de mal, mais nous pouvons rendre cela encore plus compliqué que ce ne l'est actuellement. Nous pouvons donner à tout le monde une raison de plus de ne pas appuyer sur le bouton. Et ça, ce n'est pas déstabilisant. C'est juste du bon sens. Et c'est aussi une protection de plus pour votre conscience.

— Vous parlez comme votre Président, dit Narmonov avec un sourire.

Jack sourit aussi en répondant :

— Il a raison.

— C'est assez grave que je doive discuter avec un Américain. Je refuse de recommencer avec un autre. Qu'allez-vous faire de Gerasimov ?

— Tout se passera très discrètement, pour des raisons évidentes, assura Jack en espérant qu'il ne se trompait pas.

— Ce serait très préjudiciable pour mon pays que sa défection fût rendue publique. Je suggère qu'il ait trouvé la mort dans un accident d'avion...

— Je transmettrai votre suggestion à mon gouvernement, si on me le permet. Nous pouvons aussi empêcher que le nom de Filitov paraisse dans la presse. La publicité ne nous ferait rien gagner. Elle ne servirait qu'à compliquer les choses, pour votre pays et pour le mien. Nous voulons tous les deux que le traité sur les armements soit signé... et que soit économisé également tout cet argent.

— Ce n'est pas tant que ça, vous savez, dit Narmonov. Quelques petits pour-cents du budget de la Défense, d'un côté comme de l'autre.

— Chez nous, monsieur le Secrétaire, on dit souvent : Un milliard de dollars par-ci, un milliard par-là, bientôt on va réllement parler d'argent.

Cela valut à Jack un rire. Il demanda :

— Puis-je vous poser une question, monsieur ?

— Je vous écoute.

— Qu'allez-vous faire de cet argent « sauvé », de votre côté ? Théoriquement, je devrais être aussi au courant de ça.

— Alors, faites-moi vous-même une suggestion ! Qu'est-ce qui vous fait d'ailleurs penser que je sais une chose pareille ? demanda le Secrétaire général en se levant, et Jack l'imita. Retournez à votre ambassade. Dites chez vous qu'il vaut mieux, pour les deux côtés, que tout ceci ne devienne jamais public.

Une demi-heure plus tard, Ryan fut déposé à la porte de l'ambassade. La première personne à le voir fut un sergent des marines. Et la seconde, Candela.

À cause d'un vent de front sur la mer du Nord, le VC-137 atterrit à Shannon avec dix minutes de retard. Le chef de cabine et un autre agent firent descendre les passagers par la porte avant et, quand tout le monde eut débarqué, ils allèrent ouvrir la porte arrière. Pendant que les caméras tournaient et que les flashes scintillaient dans l'aérogare principale, une passerelle fut poussée contre la queue du Boeing et quatre hommes descendirent, en parkas de sergents de l'US Air Force. Ils montèrent dans une voiture et furent conduits à l'autre extrémité du terminal, où ils embarquèrent à bord d'un autre appareil de la 89e escadre militaire, un VC-20A, la version militaire du jet d'affaires Gulfstream-III.

— Bonjour, Micha !

Mary Pat Foley l'accueillit à la porte et l'entraîna vers l'avant. Elle ne l'avait encore jamais embrassé mais elle se rattrapait maintenant.

— Nous avons à boire et à manger, et un nouvel vol pour rentrer chez nous. Venez, Micha.

Elle le prit par le bras et le conduisit à sa place. À quelques pas d'eux, Gerasimov était reçu par Robert Ritter.

— Et ma famille ? demanda le Russe.

— Saine et sauve. Elles seront à Washington dans deux jours. Pour le moment, elles se trouvent à bord d'un bâtiment de l'US Navy dans les eaux internationales.

— Je suis supposé vous remercier ?

— Nous comptons sur votre collaboration.

— Vous avez eu beaucoup de chance, observa Gerasimov.

— Beaucoup, reconnut Bob Ritter.

Une voiture de l'ambassade conduisit Ryan à Cheremetyevo, le lendemain, pour lui permettre de prendre le vol régulier de la Pan Am pour Francfort. Le billet qu'on lui fournit était un « classe touriste », mais il réussit à se faire placer en première. Trois heures plus tard, il changea pour un autre 747, de la Pan Am aussi, à destination de Dulles. Il dormit pendant presque tout le vol.

Bondarenko contemplait le carnage. Les Afghans avaient laissé quarante-sept cadavres et d'après certains indices ils avaient même certainement eu beaucoup plus de morts. Deux seulement des installations laser du site étaient intactes. Tous les ateliers de mécanique étaient détruits, ainsi que le théâtre et les logements des célibataires. L'hôpital n'avait pas trop souffert et il était rempli de blessés. Heureusement, les trois quarts du personnel scientifique et presque toutes leurs familles étaient saufs. Quatre officiers généraux étaient déjà là pour lui dire qu'il était un héros, lui promettant des décorations et des promotions, mais il avait déjà reçu la seule récompense qui eût de l'importance. Dès que les forces de secours étaient arrivées, il avait en effet vu que la majorité du personnel était indemne. Et maintenant, il regardait du haut du toit de l'immeuble d'habitation.

— Il y aura beaucoup de travail.

Le colonel, bientôt général, tourna la tête.

— Ah, Morozov. Nous avons encore deux des lasers. Nous pouvons reconstruire les ateliers et les laboratoires. Un an, peut-être dix-huit mois...

— Oui, c'est ce que je pense, répondit le jeune ingénieur. Les nouveaux miroirs et leur matériel de contrôle informatisé prendront au moins aussi longtemps. Camarade colonel, les autres m'ont demandé de vous...

— C'était ma mission, camarade ingénieur, et j'avais ma propre peau à sauver, ne l'oubliez pas. Cela ne se reproduira plus. Désormais, nous aurons ici un bataillon d'infanterie motorisée d'un régiment de Gardes. J'y ai déjà veillé. L'été prochain, cette installation sera le lieu le plus sûr d'Union soviétique.

— Sûr ? Qu'est-ce que ça veut dire, camarade colonel ?

— C'est ma nouvelle mission. Et la vôtre, déclara Bondarenko. Vous vous en rappellerez ?

ÉPILOGUE

Causes communes

ORTIZ ne fut pas étonné que le commandant se présente seul. Le rapport sur la bataille dura une heure et, encore une fois, l'agent de la CIA reçut quelques sacoches de matériel. La bande de l'Archer s'était repliée en combattant et sur les deux cents hommes ou plus qui avaient quitté le camp de réfugiés, moins de cinquante revenaient aujourd'hui, en ce premier jour de printemps. Le commandant se mit immédiatement au travail pour prendre contact avec les autres groupes et le prestige de la mission que ses troupes venaient d'accomplir lui permit de traiter presque d'égal à égal avec des chefs de tribu plus âgés et plus puissants. En une semaine, il compensa ses pertes avec de nouveaux guerriers enthousiastes et l'arrangement que l'Archer avait conclu avec Ortiz demeura en vigueur.

— Vous y retournez déjà ? demanda au nouveau chef l'agent de la CIA.

— Naturellement. Nous sommes sur le chemin de la victoire, maintenant, assura le commandant avec une confiance que lui-même ne comprenait pas très bien.

Ortiz les regarda partir à la nuit tombante, une mince colonne de farouches guerriers commandés maintenant par un soldat bien entraîné. Il espéra que cela ferait toute la différence.

Gerasimov et Filitov ne se revirent plus. Les interrogatoires durèrent pendant des semaines, dans des endroits séparés. Filitov fut conduit à Camp Peary en Virginie, où il fit la connaissance d'un jeune commandant de l'armée américaine portant de grosses lunettes à qui il raconta ce qu'il savait de l'avancée russe du côté des lasers. Le vieil homme trouva curieux que ce garçon soit tellement surexcité par des choses qu'il avait lui-même apprises par cœur mais n'avait jamais bien comprises.

Après cela vinrent les explications sur la seconde carrière qu'il avait embrassée, parallèle à la première. Toute une génération d'agents de terrain tinrent à le voir, à avoir des conversations avec lui au cours de repas, de promenades, de soirées passées à boire qui inquiétaient les médecins mais que l'on ne pouvait refuser à Cardinal. Son logement était strictement gardé et avait même été mis sur écoute. Ceux qui étaient responsables de ces écoutes s'étonnaient du reste de l'entendre de temps en temps parler dans son sommeil.

Un agent de la CIA qui était juste à six mois de la retraite leva les yeux du journal local lorsque le vieil homme se remit une fois de plus à causer dans la nuit. Il sourit et abandonna l'article qu'il lisait sur la visite du Président à Moscou. *Ce vieil homme solitaire et triste...*, pensa-t-il en l'écoutant. *La plupart de ses amis sont morts et il ne les voit qu'en rêve. Est-ce à cause de ça qu'il s'est mis à travailler pour nous* ? Puis le murmure se tut et, dans le poste de guet, le garde de Cardinal retourna à son journal.

— Camarade capitaine ? dit Romanov.

— Oui, caporal ?

Cela semblait plus réel que dans ses rêves, nota Micha. Un instant plus tard il comprit pourquoi.

Ils passaient leur lune de miel sous la protection d'agents de la sécurité, quatre jours entiers, c'était le temps qu'Al et Candi avaient consenti à soustraire à leurs travaux. Le téléphone sonna et le commandant Gregory alla répondre.

— Ouais... Pardon, oui, général ? dit-il, et Candi l'entendit soupirer, le vit secouer la tête dans la pénombre. Même pas moyen d'envoyer des fleurs, hein ? Candi et moi... Oui, je comprends. Merci d'avoir appelé, général.

Il raccrocha et poussa un nouveau soupir.

— Candi ? Tu es réveillée ?

— Oui.

— Notre premier gosse ; il s'appellera Mike.

La fonction du général Grigori Dalmatov, attaché militaire à l'ambassade soviétique de Washington, l'obligeait à un certain nombre d'obligations protocolaires qui entraient en conflit avec sa véritable mission d'agent de renseignements. Il fut un peu agacé quand il reçut un coup de téléphone du Pentagone lui demandant de venir au quartier général américain et — à son étonnement — de venir en grand uniforme.

Sa voiture le déposa devant l'entrée du Potomac et un jeune capitaine de paras l'escorta à l'intérieur, jusqu'au bureau du général Ben Crofter, chef d'état-major de l'armée de terre.

— Puis-je demander ce qui se passe ?

— Quelque chose que vous devez vraiment voir, à notre avis, Grigori, répondit énigmatiquement Crofter.

Ils traversèrent l'énorme bâtiment jusqu'à l'héliport privé du Pentagone où Dalmatov fut encore plus stupéfait qu'on le fasse monter dans un hélicoptère des marines de l'escadrille présidentielle. Le Sikorsky décolla immédiatement et se dirigea vers le nord-ouest, au-dessus des collines du Maryland. Vingt minutes plus tard, il commença à descendre et Dalmatov eut une nouvelle surprise. L'hélicoptère se posait à Camp David. Un soldat de la garde, en uniforme bleu de parade, salua au bas des marches quand ils descendirent et les conduisit sous les arbres. Au bout de quelques minutes, ils arrivèrent dans une clairière. Dalmatov ne savait pas qu'il y avait là des bouleaux, sur une vingtaine d'ares, peut-être. La clairière était au sommet d'une éminence d'où l'on avait une belle vue du paysage environnant.

Et il y avait là aussi un trou rectangulaire, profond de six pieds, exactement. Il trouva curieux qu'il n'y ait pas de pierre tombale et que la terre ait été soigneusement creusée et mise de côté pour combler la fosse.

Dalmatov distingua plusieurs marines sous les arbres. Ceux-là étaient en tenue léopard et avaient un pistolet à leur ceinturon. Cette mesure de sécurité était assez normale, en ce lieu, et le général trouva plutôt réconfortant qu'il y ait un détail logique parmi toutes les surprises de l'heure écoulée.

Une jeep apparut d'abord. Deux marines — ceux-ci aussi en tenue bleue de parade — en sautèrent et installèrent une estrade préfabriquée autour du trou. Ils avaient dû s'y entraîner, pensa Dalmatov, puisqu'il ne leur fallut que trois minutes pour le tout, montre en main. Puis un petit camion arriva sous les arbres, suivi par d'autres jeeps. À l'arrière, il transportait un cercueil de chêne verni. Le véhicule s'arrêta à quelques mètres du trou. Une garde d'honneur se rassembla.

— Puis-je demander pourquoi je suis ici ? demanda Dalmatov qui ne put tenir plus longtemps.

— Vous étiez dans les chars, n'est-ce pas ?

— Mais oui, général Crofter, comme vous.

— C'est pour cette raison.

Les six hommes de la garde d'honneur posèrent le cercueil sur l'estrade. Le sergent d'artillerie commandant le détachement ôta le couvercle. Crofter s'en approcha. Dalmatov étouffa une exclamation quand il vit qui était à l'intérieur.

— Micha !

— Je pensais bien que vous le connaissiez, dit une nouvelle voix, et Dalmatov pivota brusquement.

— Vous êtes Ryan !

D'autres étaient là aussi, Ritter de la CIA, le général Parks et un jeune couple d'une trentaine d'années dont la femme paraissait enceinte, mais depuis peu. Elle pleurait silencieusement dans la légère brise de printemps.

— Oui, général.

Le Russe fit un geste vers le cercueil.

— Où... ? Comment avez-vous... ?

— J'arrive de Moscou. Le Secrétaire général a eu l'amabilité de me donner l'uniforme et les décorations du colonel. Il m'a dit que... il a dit que dans le cas de cet homme, il préfère ne se rappeler que la raison de ces trois étoiles d'or. Nous espérons que vous direz à vos compatriotes que le colonel Mikhaïl Semyonovitch Filitov, trois fois Héros de l'Union soviétique, est mort paisiblement dans son sommeil.

Dalmatov devint écarlate.

— C'était un traître à son pays ! Je refuse de rester ici et de...

— Général, dit Ryan d'une voix dure, il doit être évident pour vous que votre Secrétaire général ne partage pas ce sentiment. Cet homme est peut-être un plus grand héros que vous ne l'imaginez, pour votre pays et pour le mien. Dites-moi, général, combien de batailles avez-vous livrées ? Combien de blessures avez-vous reçues pour votre patrie ? Pouvez-vous réellement regarder cet homme et le traiter de traître ? D'ailleurs...

Ryan fit signe au sergent qui remit le couvercle en place. Quand il eut fini, un autre marine drapa sur le cercueil un drapeau soviétique. Un peloton de fusiliers apparut et se mit en rang à la tête de la tombe. Ryan tira un papier de sa poche et lut les citations de Micha. Les marines levèrent leurs fusils et tirèrent une salve. Un clairon sonna « Aux morts ».

Dalmatov se mit au garde-à-vous et salua. Ryan trouvait dommage que la cérémonie dût être aussi secrète, mais il y avait beaucoup de dignité dans toute cette simplicité, et c'était après tout une compensation.

— Pourquoi ici ? demanda Dalmatov quand tout fut terminé.

— J'aurais préféré Arlington, mais on se serait fait remarquer. Juste de l'autre côté de ces collines, c'est le champ de bataille d'Antietam. Au cours de la journée la plus sanglante de notre guerre civile, les forces de l'Union ont repoussé la première invasion du Nord par les troupes de Lee, après une lutte désespérée. L'endroit nous a paru bien choisi. Si un héros doit avoir une tombe anonyme, dit Ryan, qu'elle se trouve au moins près de l'endroit où sont tombés ses camarades.

— Ses camarades ?

— D'une façon ou d'une autre, nous nous battons tous pour des choses auxquelles nous croyons. Voilà au moins, entre nous, un terrain commun, non ? demanda Jack.

Il retourna à sa voiture, laissant Dalmatov avec cette pensée.

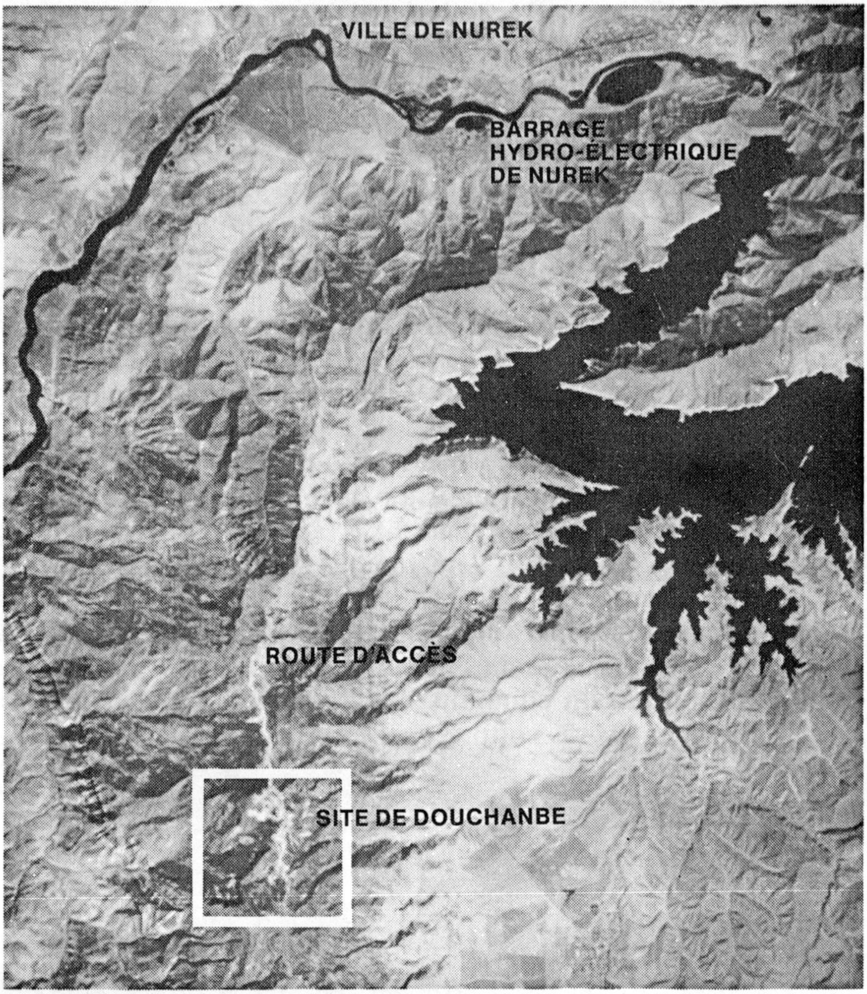
VILLE DE NUREK
BARRAGE
HYDRO-ÉLECTRIQUE
DE NUREK
ROUTE D'ACCÈS
SITE DE DOUCHANBE

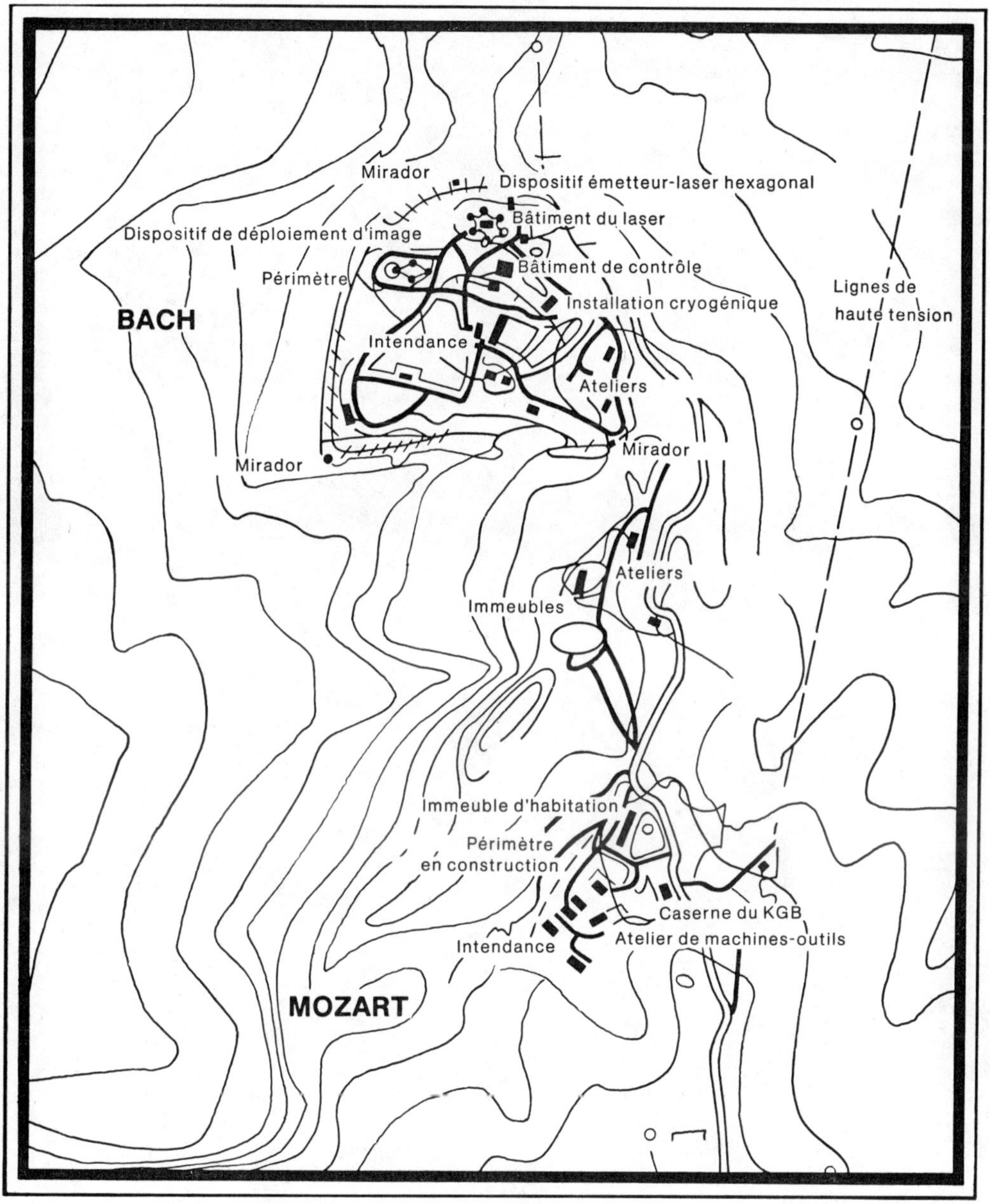

Détail du site de Douchanbe

Table

La composition de ce livre
a été effectuée par Comp'Infor à Saint-Quentin
l'impression et le brochage ont été effectués
sur presse CAMERON
dans les ateliers de la S.E.P.C. à Saint-Amand-Montrond (Cher)
pour les Éditions Albin Michel

Achevé d'imprimer en août 1992.
N° d'édition : 12577. N° d'impression : 1602.
Dépôt légal : août 1992.